Der Auftrag

Der Nebel wurde schlagartig so dicht, dass Peter kaum mehr seine ausgestreckte Hand erkennen konnte. Seine Hoffnungen, der allabendliche Dunst möge nicht kompakter werden, erwiesen sich wieder einmal als frommer Wunsch. Die Kälte kroch ihm unter die fadenscheinige, zerschlissene Kleidung, und seine Gelenke wurden steif. Jede Bewegung wurde zur Qual.

Nie verhielt sich das Wetter so, wie es die Gazetten prophezeiten. Diese Schreiberlinge blickten nach Peters Meinung immer kurz vor Drucklegung ihrer Blätter aus dem Fenster und machten sich einen Spaß daraus, wie die Seher vergangener Zeiten den Vogelflug zu deuten. Auf Hygro- und Barometer zu blicken und sich in einer Berechnung der Wahrscheinlichkeiten zu versuchen war mühsam und fiel bei diesen Dilettanten auch nicht genauer aus.

Mit den Vögeln war es ohnehin so eine Sache: Außerhalb der nobleren Viertel einem zu begegnen grenzte schon an ein Wunder. Alles, was fliegen konnte, schien dem Moloch der Stadt schleunigst zu entfliehen. Mit einer gewissen Berechtigung, wie Peter fand.

Vielleicht lasen die Redakteure ja ihren Kaffeesatz, das war auch nicht unzuverlässiger. Oder nutzten eine Kristallkugel, wie diese uralte Frau auf dem Andreasmarkt eine besaß.

Für die ländlichen Gegenden fern der Stadt waren die Prognosen halbwegs stimmig. Dort reichten aber auch Bauernregeln aus, um etwas über den nächsten Tag aussagen zu können. In der Stadt hatte nicht einmal Hellseher eine Chance. Das Wetter unterschied sich oft von einem Häuserblock zum nächsten, je nachdem, was für Lasten die Flüsse mit sich schleppten oder wie stark die Schornsteine der Fabriken gerade rauchten. Alles zusammen ergab ein unberechenbares Gemisch in den verdreckten Gebieten an den Ufern von Main und Rhein.

Nachdem er zum fünften Mal über Müll und Schutt auf der Straße gestolpert war, den der Nebel gnädig verhüllte, und sich fast der Länge nach in den Schlamm gelegt hätte, gab Peter auf. Bedächtig tastete er sich an einer bröckligen Hauswand entlang, bis er einen überdachten Hauseingang mit Treppenstufen fand. Er setzte sich auf die kalten, ausgetretenen Sandsteine und zog seinen Mantel fester um sich. Zerknirscht musste er sich eingestehen, dass er die Orientierung verloren hatte. Das Herumtasten im Nebel hatte ihn in eine Gasse geführt, die ihm unbekannt war. Zumindest soweit er Details erkennen konnte. Er konnte sich nicht einmal mehr auf sein Gehör verlassen, um herauszufinden, wo er sich befand. Das Geratter der unentwegt über die Hochgleise donnernden Züge hatten ihm einen akustischen Stadtplan eingegeben, doch der Nebel schluckte sogar diesen stetigen, ohrenbetäubenden Lärm.

Der Tag war verloren. Pech, denn damit würde auch das Geld ausbleiben, das ihn bis zu einem besser entlohnten Auftrag über Wasser halten sollte. Kopfprämien wie die für Schrottdiebe waren so unberechenbar wie das Wetter. Abgesehen davon war ihm ein guter Fang bislang verwehrt geblieben. Die dicken Fische hinter den armen Hunden, die er gelegentlich zu fassen bekam, blieben in Deckung und rührten keinen Finger für ihre Untergebenen. Obwohl nahezu jeder Polizist die Namen der Hintermänner kannte und wusste, wo man sie in den Armenvierteln ausfindig machen konnte, überließ man ihnen das Feld.

Ohne Beweise und Zeugenaussagen konnte man diesen Gaunern nicht das Handwerk legen, geschweige denn, einen Polizisten dazu bringen, sich den Flüssen zu nähern, wo sie herrschten wie die Kaiser. Die kleinen Fische, die Peter auf frischer Tat ertappte, schwiegen meist beharrlich. Sie gingen lieber ins Gefängnis, als ihr Leben oder das ihrer Angehörigen in Gefahr zu bringen.

Peter war sein eigener Wetterprophet. Ein ätzender Geruch zog durch die Straßen und hinterließ im Nebel einen düsteren, giftig grünen Schleier. Sofort zog er die Schutzbrille vor die Augen, die bis dahin nur an einem Lederband um seinen Hals gehangen hatte. Die Schweißerbrille mit dem Messingrahmen, den Gummiringen, die dicht mit der Haut abschlossen, und den großen, runden Gläsern schränkte sein Gesichtsfeld zusätzlich ein. Aber sie verhinderte, dass der ätzende Dunst seinen Augen schadete. Das Brennen auf den offenen Hautstellen war schon schlimm genug. Die Brille besaß eigentlich auch doppelschichtige Gläser, die mit Äther gefüllt waren. Dadurch konnte man bei Nebel und Dunkelheit besser sehen, weil der Äther das Restlicht wie bei einem Katzenauge verstärkte. Doch der Äther war verflogen, so dass er auch mit Brille wie blind war. Eine neue konnte er sich nicht leisten.

Das Atmen fiel ihm schwer, und die giftigen Dämpfe verätzten seine Nase und den Hals, aber eine Atemschutzmaske mitzunehmen schadete seiner Tarnung, denn so etwas konnte sich kein einfacher Arbeiter leisten. Ein Halstuch musste genügen.

Der Nebel verdichtete sich immer mehr, weil er sich in den Gassen staute. Früher waren alle Straßen durchgängig gewesen, durchflutet von der frischen Luft, die von den Taunushängen oder den Flüssen einströmte. Doch die Wohnungsnot hatte kunstvolle Blüten in Form bizarrer Bauten getrieben. Wenig vertrauenserweckende Konstrukte aus krummen Balken, Ziegelsteinen und allem möglichen gesammelten Schutt und Treibgut überspannten die Straßen und ließen nur kleine Durchgänge. Die Innenhöfe waren ohnehin alle vollständig überdacht. Dabei war dieser Stadtteil noch relativ offen. Es gab deutlich schlimmere Ecken im Städteverbund.

Ein Windhauch vom Fluss komprimierte den Nebel zu kompakter Watte, die nahezu greifbar erschien, nasser und schwerer wurde. Das kleine Männchen in Peters Kopf sagte ihm voraus, er werde keine trockene Faser mehr am Leib haben, wenn er nach Hause kam.

Als wollte das Wetter dies bestätigen, fing der Nebel langsam an abzuregnen. Die Luft war so feucht, dass sie an dem Ruß und stinkenden Dreck kondensierte und aus dem Himmel ausbrach wie aus einem lecken Wasserrohr. Es begann ein satter Regen, von dem Peter annehmen konnte, dass er für den Rest des Tages nicht mehr aufhören würde – bis der ganze Schmutz aus den Schloten der Fabriken, den dampfbetriebenen, kohle- oder ätherbefeuerten Transportmitteln und den Kaminen der Häuser vollständig aus der Luft gespült war.

Peter schlug den Kragen seines Wachsmantels hoch, drückte den Schirm seiner Mütze tiefer ins Gesicht und zog sich in den spärlichen Schutz des Hauseinganges zurück. Der Nebel behinderte seine Sicht nicht mehr, dafür waren die Bindfäden aus Wasser, die vom Himmel hingen, so dicht wie eine Gardine. Peter sah auf seine Taschenuhr. Der Morgen war angebrochen, aber hell wurde es dennoch nicht.

Außer ihm war kein Mensch auf der Straße, und er zuckte resigniert die Achseln. Bei diesem Wetter blieben sogar die Schrotträuber lieber in ihren Löchern. Niemand kam auf die Idee, auf die Suche nach Metallteilen zu gehen, die sich abmontieren und an die Stahlschmelzen verkaufen ließen. Keine Chance, jemanden auf frischer Tat zu ertappen und nach den Hintermännern der in Banden organisierten Metalldiebe zu fahnden, die sogar vor den gut bewachten Friedhöfen der Villengebiete nicht haltmachten. Das nahm Peter übel, denn auch die Grabstätte seiner Eltern war bereits geschändet worden. Diebe hatten die Bronzebuchstaben aus dem Granit gebrochen und die Metallkette mitgenommen, die den Zutritt auf das Grab verhindern sollte.

„Tja, neuer Tag, neues Glück“, knurrte Peter und warf noch einen Blick zum Himmel, an dem sich die düsteren Wolken ballten. „Was soll's, ich bin sowieso schon patschnass und durchgefroren, da kann der Regen nicht mehr schaden.“

Missmutig machte er sich zu Fuß auf den Weg nach Hause. In Biebrich würde er niemanden finden, der ihn heimbrachte, sei es mit einer Droschke oder einem Dampfwagen, denn wer ein solches Gefährt sein Eigen nannte, hatte die Gegend längst verlassen, um anderswo sein Glück zu versuchen. Die Transportmittel versprachen eine Art Garantie für den Lebensunterhalt.

Sein Fahrrad hatte man ihm schon vor langer Zeit gestohlen, und auf den schadhaften Kopfsteinen Biebrichs hätte er es ohnehin zuschanden gefahren. Die ehemals gepflegten Arbeiterwohnhäuser entlang der Frankenfurter Straße blieben hinter ihm zurück, und er flüchtete sich für einen Augenblick unter die Unterführung der Bahntrassen.

Ratternd näherte sich eine der letzten archaisch wirkenden Pferdebahnen, die im Groß-Stadtkreis nur noch in den Armenvierteln ihren Dienst verrichteten. Die Gleise verliefen über die Kasteler Straße auf den Biebricher Berg. Peter erkannte sein Chance, ein Stück des Weges im Trockenen zurücklegen zu können, und rannte der Bahn winkend entgegen. Die Wagen hielt nicht, aber die Türen öffneten sich für einen Augenblick, als Peter ihn erreichte. Das Dampfventil, das die Türen per Knopfdruck hätte öffnen sollen, war bei der alten Bahn natürlich defekt. Peter sah, wie der Fahrer für den einsamen Fahrgast den Handhebel herumwarf, ohne die Pferde zu zügeln. Wahrscheinlich wären die Tiere einfach stehengeblieben, und nicht einmal ein Donnerwetter hätte sie dann noch zur Weiterarbeit anspornen können.

Die beiden klapprigen Arbeitspferde zuckelten kaum schneller über die Gleise, als er zu Fuß unterwegs gewesen wäre, aber wenigstens war es trocken, und er konnte in dem leeren Wagen sitzen. Seufzend ließ er sich auf eine der harten Bänke sinken und sah in den Regen hinaus.

Nach wie vor blieben die Straßen leer. Die Abwasserkanäle waren inzwischen nicht mehr imstande, die Mengen an Regen mit Ruß und anderem Dreck aufzunehmen. In den Straßenrinnen wuchsen die Abwässer zu reißenden Strömen an, die Einläufe verstopften, und das Wasser überschwemmte die Straßen. Selbst die Bahn musste sich durch das schlammige Wasser kämpfen, das bereits so hoch in den Gleisen stand, dass es den Pferden die Fesseln umspülte.

„Die Lage scheint mit der Pleite der Düngemittelfabrik und dem Rückzug von Albrechts Chemikalienwerk wirklich katastrophal geworden zu sein. Biebrich und Amöneburg kommen immer mehr runter. Bald sehen sie aus wie Kastel und Kostheim, die Armenhäuser im Westen des Stadtkreises. Es fehlt nicht mehr viel, selbst wenn die Leute hier noch versuchen, einen letzten Rest Würde zu wahren. Kein Wunder, dass die Menschen klauen. Eigentlich tun mir die Kerle leid, sie wollen schließlich nur ihre Familien ernähren. Die Zustände in der Stadt machen wenigstens mich nicht arbeitslos", dachte er, während sie die verlassenen Industrieanlagen hinter sich ließen.

Die Chemiefabriken standen still oder waren verlassen und verpesteten die Luft nicht mehr. Der berüchtigte Gestank der „Stinkhütt" war Vergangenheit, da man die Herstellung des Düngemittels Thomasmehl weiter nach Norden verlegt hatte. Näher an die Quelle des Ausgangsstoffes heran, denn Stahlhütten, die die Schlacke für das Düngemittel lieferten, gab es in unmittelbarer Umgebung nicht mehr.

Warum auch die Folienfabrik an einen anderen Standort bei Höchst übergesiedelt war, konnte Peter allerdings nicht nachvollziehen. Die geschäftlichen Interessen der Fabrikbesitzer waren ihm völlig unverständlich. Dass es trotzdem in Biebrich noch so stank, war ebenso seltsam. Schlote, die nicht mehr rauchten, konnten auch nicht stinken. Was die Luft dennoch so dick machte, dass man sie kaum atmen konnte, entzog sich Peters Vorstellungskraft.

Dabei hatten die Liegenschaften am Rhein von Gustavsburg bis Schierstein einst einen immensen Wert gehabt. In den Zeiten der wie wahnsinnig voranschreitenden Industrialisierung zu Beginn des Jahrhunderts, das nun kurz vor der Vollendung stand, waren die sumpfigen Auenlandschaften plötzlich zu Filetstücken der städtischen Bauherren geworden. Wo zuvor nur Flöße vorbeigeschippert oder Frachtkähne mit Pferden auf der anderen Rheinseite vorbeigetreidelt worden waren, waren innerhalb kürzester Zeit gigantische Fabriken errichtet worden, die man von neu gebauten Häfen aus mit Rohstoffen versorgte. Wer dort Land besessen hatte, war über Nacht reich geworden. Aus kleinen Landjunkern waren reiche Adelige geworden, die den Pomp vergangener Tage wieder aufleben ließen, während ihre Reihen durch Geldadel anschwollen: Familien, die durch den Erfindungsreichtum eines Mitgliedes reich geworden waren.

Dazu kam, dass für den Zustrom an Arbeitern vom Lande, der die Ausmaße einer zweiten Völkerwanderung angenommen hatte, schnell und billig Wohnraum geschaffen werden musste. Also hatte man riesige Wohnblocks aus dem feuchten Boden gestampft. Dadurch waren beschauliche Dörfer wie Kostheim und Kastel nahezu von der Landkarte verschwunden und vollständig überbaut worden.

Peter dankte im Stillen den Behörden, die zumindest dafür gesorgt hatten, dass diese Wohnkasernen nicht völlig gesichtslos geworden waren. Wenigstens äußerlich boten sie einen halbwegs angenehmen Anblick. Allerdings wusste er selbst am besten, dass die Ziegelsteinfassaden eben das waren: Fassaden, hinter denen sich die wahren Dramen abspielten, nicht in der Kulisse davor.

Die Pferdebahn zockelte über die Wiesbadener Allee den Biebricher Berg hoch. Auch wenn es fast unmöglich erschien, die Bahn wurde noch langsamer, weil die Pferde die Steigung kaum schafften. Peter hörte, wie die Pferde schnauften und hin und wieder fast panische Geräusche von sich gaben, weil sie auf dem nassen Pflaster ausrutschten. Hufeisen waren Mangelware, und kaum ein Bahnkutscher konnte es sich leisten, seine Tiere beschlagen zu lassen.

Sie überquerten die Wilhelmsbrücke mit den mittlerweile zehn parallel verlaufenden Eisenbahngleisen und tauchten unter der Hochtrasse der Schnellbahn durch, die an einer Stelle gerade mal eine Handbreit Platz über dem Dach der Tram ließ. Danach passierten sie das prächtige Gebäude der Sektkellerei, das mehr einem Schloss als einem Zweckbau glich, sah man von dem gigantischen Lagerhaus ab, das den Berghang dominierte. Von der Biebricher Straße aus sah man das Lagerhaus nicht, nur das große Rund der Vorfahrt zum Hauptgebäude.

Auf der Kiesfläche standen ein paar große Automobile mit wuchtigen Dampfturbinen. Peter vermutete, sie gehörten der betuchten Kundschaft, die am Vorabend wohl den neuen Jahrgangssekt hatte verkosten dürfen und nun ihren Rausch ausschlief. Irgendwann würden diese Leute sich von ihren Chauffeuren wieder in die Villen fernab des Molochs der Fabriken jenseits der Bahnlinien bringen lassen. An die Hänge des Taunus, wo der Wind alle Abgase vorbeitrieb, so dass sie den Nasen der hochwohlgeborenen Gesellschaft nicht schaden konnten.

„Ich bieg jetzt zum Paulinenstift ab, die Biebricher runter dürfe de Kleppertrams seit neustem nich mehr fahren. Is aber grad e Dampfbohn da!“, rief der Kutscher zu ihm nach hinten, und Peter machte sich seufzend auf, an der Kreuzung zum zweiten Wiesbadener Stadtring, hochtrabend Nassauer-Ring genannt, auszusteigen.

An der Haltestelle war ein kleines Häuschen, in dem ein Polizist saß, der alle Personen kontrollieren sollte, die in die Innenstadt wollten. Ohne Ausweis oder Wohnungsnachweis kam man nicht hinein. Das zementierte die Trennung der besseren Stadtviertel im Tal von Wiesbaden. Peter fragte sich ernsthaft, ob man am zweiten Stadtring nicht bald einen Zaun oder gar eine Mauer bauen würde, um Arm und Reich endgültig und unüberwindbar voneinander fernzuhalten.

Der Polizist sah flüchtig auf den Ausweis, den Peter ihm an die Scheibe des Häuschens hielt, und winkte ihn durch. Bei dem Wetter hatte der Mann wenig zu tun, aber auch genauso wenig Lust, sich mehr als unbedingt nötig zu bewegen. Nichtsdestotrotz war der Posten auf dem Sprung. Wer versuchte, sich unbefugt den Berg hinunterzubewegen, würde nicht weit kommen. Der Wächter wäre schnell mit der Waffe in der Hand hinter ihm her. Das Waffenarsenal in der Hütte war groß genug, auch eine größere Gruppe aufzuhalten, selbst wenn diese ihrerseits Waffen mit sich führte. Das träge Pfannkuchengesicht des Mannes konnte Peter nicht täuschen, denn die wachen Augen und zackigen Bewegungen verrieten den Soldaten. Diese Wachposten entstammten unteren Rängen des Militärs und kannten keine Gnade.

Die Dampfbahn wartete gnädigerweise am Christiansplatz auf den einzelnen Fahrgast der Pferdebahn, die rumpelnd auf den

Ring abbog. Kaum hatte Peter den Wagen betreten, schlossen sich zischend die Türen hinter ihm, und die Bahn setzte sich in Bewegung den Biebricher Berg hinunter, wo sie am Hauptbahnhof auf den ersten Stadtring einbog. Auch in der Dampfbahn war Peter um diese Tageszeit fast allein, nur ein ältliches Dienstmädchen in adretter schwarz-weißer Uniform saß gähnend hinter dem Schaffner.

Am Gutenbergplatz sprang Peter wieder in den Regen und rannte über die freie Fläche vorbei an der Lutherkirche und der Gutenbergschule, die er einst selbst besucht hatte, bevor er seinem Bruder auf eine höhere Schule in der Innenstadt gefolgt war. Der Block mit den großen Bürgerhäusern wurde von seinen Besitzern krampfhaft in einem nach außen hin guten Zustand gehalten, doch auch hier war es schon zunehmend mehr Schein als Sein, denn südlich und westlich des ersten Stadtringes, innerhalb dessen sich die Großbürger der Stadt eingekauft hatte, wurde ebenfalls langsam die wachsende Armut deutlich, die den ganzen Groß-Stadtkreis Wiesbaden-Frankenfurt in der herrschenden Stahl- und Kohlekrise erfasst hatte.

Die Schere zwischen Arm und Reich klaffte immer weiter. Niemand war vor dem gesellschaftlichen Abstieg gefeit, auch die vielen Beamten und Angestellten im gehobenen Dienst nicht. Oder die Studierten und Handwerksmeister mit eigenen Werkstätten jenseits des Kaiser-Friedrich-Ringes. Ärzte, Apotheker, Ingenieure, Lehrer – wer noch nicht seine Schäfchen ins Trockene gebracht und Geld gehortet hatte, der konnte ganz schnell gezwungen sein, die Innenstadt zu verlassen. Sie siedelten sich zunächst jenseits des zweiten Stadtrings an. Wenn der Abstieg nicht aufzuhalten war, weil sie keine neue Arbeit fanden, dann dauerte es nicht lange, und sie wurden zu Bewohnern der Armenviertel.

Mit der Industrialisierung war der Verwaltungsapparat angeschwollen, und mit dem Niedergang durch die Krise war die Luft entwichen. Sogar Beamte wurden entlassen, zumindest die aus den niederen Rängen. Das Haus, das einst Peters Eltern gehört hatte, war ein gutes Beispiel für diese Probleme.

Als Peter noch ein Kind gewesen war, hatte seine Familie das Haus mit den vier Geschossen und der Mansarde alleine bewohnt. Sein Vater hatte es bauen lassen, als er vom einfachen Lehrer zum Studiendirektor aufgestiegen war. Peters Familie, das waren damals seine Eltern, seine Großeltern mütterlicherseits, die Schwester seiner Mutter mit Familie und er selbst mit seinem Bruder und seiner Schwester gewesen. Davon lebte nun nur noch er selbst dort. Deshalb hatte er die übrigen drei Geschosse und die Mansarde vom Erdgeschoss abgetrennt und als eigenständige Wohnungen vermietet. Das versetzte ihn in die Lage, das Haus behalten zu können, dessen Unterhalt zunehmend Geld verschlang, vor allem, weil es immer teurer wurde, das große Haus zu beheizen. Für eine der teuren, sparsamen Ätherheizungen fehlten ihm die Mittel, daher musste er noch immer einen Beitrag zur weiteren Verpestung der Luft leisten. Mit Schaudern dachte er an das drohende Gesetz, das alle Hausbesitzer innerhalb des zweiten Stadtringes verpflichtete, Ätherheizungen zu installieren, um die Luft im Kurgebiet sauber zu halten.

Peters Eltern und Großeltern waren verstorben und lagen in der Familiengruft auf dem Südfriedhof. Seine Tante und ihr Mann waren mit den drei Töchtern schon vor langer Zeit nach München weggezogen, woher der Onkel ursprünglich stammte. Aber auch von dort hörte Peter nicht viel Gutes, die Familie kam gerade noch so über die Runden. Eine seiner Cousinen hatte reich geheiratet und versorgte die Familie mit. Peters Schwester war mit einem Schiffbauingenieur aus Hamburg verheiratet und zu Beginn der Stahlkrise nach Amerika ausgewandert. Peter hatte schon lange nichts mehr von ihr gehört und machte sich Sorgen, aber alle seine Nachforschungen waren bisher ins Leere gelaufen.

Der einzige, der sich nicht weit von seinen Wurzeln entfernt hatte, war sein zwei Jahre älterer Bruder Paul. Der war studierter Bauingenieur und bekleidete als Architekt eine gute Anstellung in Frankenfurt. Auf Paul konnte er auch zählen, wenn er Hilfe bei Renovierungsarbeiten brauchte, denn Paul hatte ein seltsam inniges Verhältnis zu dem Haus seiner Kindheit. Er würde es Peter nie verzeihen, wenn der auch nur kurz mit dem Gedanken spielte, das Haus zu verkaufen. Peter war sich sicher, dass Paul seinen letzten Pfennig dafür opfern würde, das Gebäude im Besitz der Familie zu belassen und seinen Bruder zu unterstützen. Doch für solche Hilfe war Peter zu stolz.

Auch in diesem, noch als „besser" zu bezeichnenden Viertel waren die Kanäle mit dem anfallenden Straßendreck und den Wassermassen überfordert. In den Rinnen sammelte sich die schmutzige Brühe zu tückischen Fluten, über die Peter mit weiten, im Voraus berechneten Sprüngen setzte, um nicht auch noch in seinen Schuhen das Wasser zu sammeln. Innerlich triumphierte er über seine weise Voraussicht, in der vergangenen Woche einen halsbrecherischen Ausflug auf das Dach seines Hauses unternommen zu haben, um die Regenrinne zu reinigen. So konnte das Wasser wenigstens nicht wieder an der Fassade herunter- und durch die Fenster ins Haus laufen.

Er bog in die Schenkendorfstraße ein und blieb trotz des Regens erstaunt stehen, als er die Limousine vor seinem schmalen Vorgarten sah. Das Automobil war eines der neusten Modelle. Es hatte nichts mehr gemein mit den umgebauten Kutschen, die nach der Entwicklung des Dampfmotors auf derartiges Interesse gestoßen waren, dass sich die verschiedenen Motorenhersteller mit immer neuen Entwürfen überschlugen. Aus den pferdelosen Kutschen waren neuartige, geschlossene, massive Metallgebilde geworden, die auf Rädern aus Kautschuk durch die Straßen rollten und das Werk der Stellmacher durch ein neues Handwerk ersetzten: Das des Gummikochers. Im Gegensatz zu den kohle- oder holzbetriebenen Dampfautomobilen hatte dieses Fahrzeug nur einen kleinen Kessel, der sich im Vergleich zu dem wuchtigen Chassis fast zierlich ausnahm. Ein Hinweis darauf, dass es ein sehr teures Modell war, das Äther als Treibstoff benötigte. Erhärtet wurde diese Annahme von den beiden Auspuffrohren, die auch als Trittbretter dienten und sich chromglänzend bis zur hinteren Stoßstange zogen. Für einen normalsterblichen Menschen war ein solches Fahrzeug unerschwinglich, der Besitzer gehörte demnach zu einer Schicht, die sich eigentlich nur selten in eine Gegend wie diese verirrte.

In der Hinterhofzufahrt des Nachbarhauses und des Hauses gegenüber standen so ziemlich alle Kinder, die in dieser Straße wohnten, und ein paar mehr, die Peter noch nie gesehen hatte. Sie gafften das außergewöhnliche Fahrzeug an, wagten es jedoch nicht, sich ihm zu nähern. Das lag nicht zuletzt an dem Mann in Chauffeuruniform, der mit einem großen Regenschirm bewaffnet neben dem Wagenschlag stand. Der Mann hatte die Statur eines Preisboxers und offensichtlich auch entsprechende Erfahrungen. Die Nase in dem fleischigen Gesicht hatte einen deutlichen Knick, der Mund war schief. Eine Narbe zog sich von seinen Lippen bis unters linke Augenlid und hob den Mundwinkel zu einem teuflisch wirkenden Grinsen, da der Zahn darunter fehlte und ein schwarzes Loch hinterlassen hatte.

Wie immer in ungewohnten Situationen zog Peter seine Pfeife aus der Tasche und steckte sie zwischen die Lippen. Bei diesem Wetter hatte er natürlich keine Chance, sie zu entzünden, aber auf dem Mundstück herumzukauen beruhigte ihn. Er musterte den Chauffeur, der seinen Blick nur ungerührt, aber mit alarmierter Wachsamkeit erwiderte. Die Muskeln unter dem dünnen Stoff der Uniform strafften sich.

Fast wären Peter die Gesichtszüge entgleist, die eigentlich nur milden Spott für den Chauffeur beibehalten sollten, als er beim Weitergehen in seine eigene Hinterhofzufahrt sah, die gut fünf Fuß unterhalb des Straßenniveaus lag. Natürlich hatten die Wassermassen trotz des hohen Bordsteins nicht vor der abschüssigen Zufahrt haltgemacht, doch dafür gab es eigentlich einen Hofablauf an der tiefsten Stelle. Trotzdem staute sich das Wasser bereits hüfthoch. Mit einer solchen Katastrophe hatte Peter nicht gerechnet. Er schickte ein stummes Stoßgebet zum Himmel, dass die zugemauerten Kellerfenster dicht gehalten hatten und er nicht auch noch seinen Keller würde leerpumpen müssen. Um sich vor dem Chauffeur keine Blöße zu geben, musste er sich krampfhaft bemühen, nicht an die defekte, rostige Wasserpumpe zu denken, die er für die Behebung des Schadens dringend benötigen würde.

Peter ging an dem Automobil vorbei und versuchte, einen neugierigen Blick hineinzuwerfen, aber die Vorhänge im Fond waren zugezogen. Also grinste er den Chauffeur frech an und trat zu seiner Haustür. „Der Wagen macht sich ganz schön breit – nachher kommt noch ein Pferdefuhrwerk, das die Gaststätten und Restaurants vorn am Ring mit Bier von der Germania-Brauerei versorgt!“, rief er über die Schulter und schloss die Tür auf.

Er war kaum im Hausflur, als der Chauffeur den Schlag öffnete und seinen Fahrgast mit dem Schirm vor den Unbilden des Wetters schützte. Der Mann hatte den Kragen hochgeschlagen, so dass Peter sein Gesicht nicht erkennen konnte. Da er sich von seinem Fahrer aber zur Tür geleiten ließ, hielt Peter diese auf und wartete, bis der Mann bei ihm im Hausflur stand.

„Sie wollen zu mir?“, fragte er, schob seine Schutzbrille hoch und entledigt sich seines durchnässten Wachsmantels, um ihn hinter der Tür an einen Haken zu hängen. Er sah den Mann bewusst nicht an, auch wenn es all seiner Kraft bedurfte, nicht der Neugier stattzugeben.

Der Mann, der so groß wie Peter, jedoch eher als dünn denn als schlank zu bezeichnen war, ließ die Kragenenden los und schickte den Chauffeur mit einer kleinen Geste weg. „Wenn Sie Peter Philipp Langendorf sind, der Privatermittler, dann ja“, erwiderte er mit leiser, seltsam rostig klingender Stimme, die Peter einen kalten Schauer über den Rücken jagte.

Peter drehte sich langsam um und musste sich sehr beherrschen, beim Anblick des Mannes nicht zusammenzuzucken. Er hatte ihn trotz des Zwielichtes im Hausflur, der nur von einer Gaslampe erhellt wurde, sofort erkannt. „Ja, der bin ich … Herr Baron?“

„Sie kennen mich – das ist gut, dann brauche ich keine lange Vorrede. Ich will Ihnen einen Auftrag erteilen. Aber die Angelegenheit erfordert Diskretion. Hier im Hausflur ist diese nicht gegeben.“

„Natürlich, wenn Sie mir bitte folgen wollen …“ Peter ging die Treppe voran zu dem etwas erhöht liegenden ersten Wohnungsgeschoss.

Diskretion ... dass er hier persönlich auftauchte und auffiel wie ein bunter Hund, war alles andere als diskret, dachte Peter, doch diese Tatsache beruhigte ihn nicht.

Seine Finger zitterten, als er den Schlüssel aus seiner Hosentasche fischte und die wuchtige Wohnungstür mit den kunstvollen Bleiverglasungen öffnete. Diese war ein Zeugnis alter, gutbürgerlicher Größe, wenn man nicht auf die abblätternde Farbe achtete. Innerlich beglückwünschte er sich dazu, in den letzten Tagen sein kleines Reich aufgeräumt und geputzt zu haben. So machte die Wohnung einen sauberen, gepflegten Eindruck, und er konnte guten Gewissens Gäste empfangen. Zumindest Gäste seines eigenen Standes. Bei diesem Gast ging er jedoch davon aus, dass dieser hinter ihm eher die Nase rümpfte.

„Mein Büro ist hinten rechts im letzten Raum zum Hinterhof. Wenn Sie gestatten, ziehe ich mir schnell etwas Trockenes an.“

„Nur zu, erkältet können Sie mir nicht helfen.“ Der Baron trat ein und verschwand in dem Flur, auf den Peter hingewiesen hatte.

„Danke, machen Sie es sich bequem“, rief Peter ihm nach. Dann beeilte er sich, in sein Schlafzimmer zu springen, um sich die Kleidung vom Leib zu reißen, die mit Sicherheit in ihrer verlotterten Ärmlichkeit einen befremdlichen Eindruck auf seinen hohen Besuch gemacht haben dürfte. Einen Augenblick lang überlegte er, ob er seinen Anzug anziehen sollte, aber das kam ihm dann doch übertrieben vor. Wenn der Baron sich schon in derartige Niederungen herabließ, erwartete er sicher keine perfekte Kleiderordnung. Also zog er nur frische Hosen und einen sauberen Rollkragenpullover über.

Ein Blick in den Spiegel mit dem verzierten Holzrahmen, der seiner Mutter gehört hatte, verriet ihm, dass er schrecklich übernächtigt wirkte. Sein braunes Haar stand wild in alle Richtungen vom Kopf ab, weil es viel zu lang war und sich wegen der Feuchtigkeit lockte. Gedanklich notierte er einen Besuch beim Barbier.

Mit einer Drahtbürste versuchte er, des glanzlosen Gestrüpps Herr zu werden, was ihm aber nicht gelang. Den Stoppelbart befand er ebenfalls als unangemessen. Aber damit musste sein Gast einfach klarkommen, er hatte sich schließlich die Nacht um die Ohren geschlagen. Selbst ein Baron konnte nicht erwarten, dass man danach aussah wie aus dem Ei gepellt.

Als er sich wieder halbwegs menschlich fühlte, betrat er sein Büro. Sein adeliger Gast stand am Fenster und blickte in den Hinterhof. Er hatte sich weder seines Mantels entledigt noch seinen Zylinder mit dem massiven metallenen Hutband abgenommen, an dem eine ähnliche Ätherschutzbrille angebracht war, wie Peter sie besaß. Sie war heruntergeklappt und verbarg die obere Hälfte des Gesichtes seines Besuchers. Peter fragte sich, was der Mann dort so intensiv betrachtete, denn der zu seinem Haus gehörende Hof war der Kleinste von allen im Block, lediglich der Hof des Eckhauses zur Schule hin war noch etwas kleiner. Es gab dort nichts zu sehen als eine Ziegelwand, die den Hof von den anderen abtrennte und von struppigem Efeu überwuchert war. Der einzigen Pflanze, die dem verseuchten Regen widerstehen konnte. Halb in dem üppigen Laub verborgen standen unter einem schäbigen Dach die Blechbehälter zum Sammeln des Unrats. Selbst der Handwagen des Scherenschleifers, der bei Peter unterm Dach hauste, stand bei diesem Wetter geschützt im Schuppen oder in dem Raum, von welchem aus der Kohlenkeller beschickt wurde.

„Was kann ich für Sie tun, Herr Baron?“, fragte Peter, weil der Baron keine Anstalten machte, von sich aus das Gespräch zu beginnen, und es ihm dabei mulmig wurde.

„Sie wurden mir von Hauptkommissar Sonnemann empfohlen als einer, der sich in den, sagen wir, weniger gehobenen Vierteln des Groß-Stadtkreises gut auskennt und jeden Schlupfwinkel findet, in dem sich auch nur eine Ratte verstecken kann“, begann der ungewöhnliche Gast ohne große Vorrede. Er machte keine Anstalten, sich zu setzen, sondern blieb an die Fensterbank gelehnt stehen. Wenigstens hob sich jetzt mit einem hohen Zischen die Schutzbrille, die der Mann benutzte. Nach einer verstohlenen

Berührung an der metallverzierten Krempe des Zylinders klappte sie von den Augen weg. Die dies bewirkenden Hebel waren eine Meisterleistung der Feinmechanik. Das Blitzen des hellen Materials ließ Peter vermuten, dass die ganze Konstruktion aus purem Gold war.

Peter musterte seinen Besucher. Es war extrem selten, dass jemand wie er von sich behaupten konnte, einen echten Baron zu Gast zu haben. Noch dazu einen, der nicht nur von altem Adel war, sondern auch ein Fürst der Industriellen. Einer der reichsten Männer Hessen-Nassaus, möglicherweise sogar des gesamten Deutschen Reiches oder gar der Welt. Dennoch machte dieser Mann im Moment nicht den Eindruck, als sei er in die gehobene Gesellschaft hineingeboren worden und dort aufgewachsen. Er verhielt sich Peter gegenüber vielmehr rein geschäftsmäßig. Peter ging davon aus, dass der Baron sich in so vielen Kulturkreisen und Gesellschaftsschichten bewegte, dass er je nachdem, was er erreichen wollte, bestimmte Verhaltensweisen und Sprachmuster an- und ablegen konnte. „Wenn Hauptkommissar Sonnemann das sagt, werde ich dem gewiss nicht widersprechen. Ich kenne mich aus und brauche von hier bis Fechenheim keinen Stadtplan. Aber ich gestehe, dass ich mir nicht vorstellen kann, was Sie, Herr von Wallenfels, an diesen Gegenden interessieren könnte."

Der Detektiv hatte das Gefühl, der Blick des Barons durchbohre ihn. Dazu trug nicht zuletzt die körperliche Besonderheit des Barons bei. Der Baron war bei einer Kesselexplosion nur knapp mit dem Leben davongekommen. Spuren hatte der Unfall reichlich hinterlassen.

Seine linke Hand war eine Metallprothese, die bei jeder Bewegung ein leises Zischen von sich gab, wenn die winzigen Dampfpumpen die einzelnen Glieder bewegten. Peter versuchte vergeblich herauszufinden, wo die Motoren und die Behälter für den Treibstoff dieses feinmechanischen Wunderwerkes sitzen mochten. Daher ging er davon aus, dass ein großer Teil der Steuerung der filigran wirkenden Hebel und Gelenke das Werk eines Uhrmachers waren und der eigentliche Antrieb in der Röhre des künstlichen Armes verborgen war. Ein kleiner Äthertank oder etwas Ähnliches, kaum größer als eine Gewehrpatrone. Die Hand war aber nicht das einzig Künstliche. Von Wallenfels hatte bei dem Unglück auch ein Auge verloren. Die rechte Kopfhälfte steckte in einem Metallaufsatz, den man mit der Schädeldecke fest verschraubt hatte und der ein künstliches Auge beinhaltete. Rundherum blühte Narbengewebe, als sei das Metall fest mit dem Körper des Mannes verwachsen.

Das Glasauge unter den Metalllamellen sah ihn genauso aufmerksam an wie das echte. Peter fragte sich, wie weit die Prothesentechnik bereits fortgeschritten sein mochte, ob das künstliche Auge nur eine perfekte Nachahmung von einem handwerklich sehr geschickten Glasbläsermeister oder tatsächlich in der Lage war, dem Gehirn des Mannes ein Bild der Umgebung zu liefern. Aber er hätte sich lieber die Zunge abgebissen, als eine so unschickliche Frage zu stellen. Er musste zugeben, dass er es auch nicht wirklich wissen wollte. Der Gedanke, als halbe Maschine weiterleben zu müssen, erschreckte ihn sehr.

Um seine Verlegenheit zu überspielen, griff er zur Pfeife und begann, sie konzentriert zu stopfen. „Ich hoffe, es stört Sie nicht?"

Statt einer Antwort zog der Baron ein Zigarrenetui aus der Innentasche seines Jacketts und steckte sich eine der daumendicken Stangen in den Mundwinkel. Peter sprang auf, um ihm Feuer anzubieten, und war erleichtert, als der Baron sich endlich doch in den zerschlissenen Korbsessel auf der gegenüberliegenden Seite des Schreibtisches sinken ließ. Endlich nahm er auch seinen Zylinder ab, auch wenn sich Peter bei dem Anblick des Metallhalbschädels wünschte, er hätte es vielleicht doch besser nicht getan. Auf der anderen Hälfte des Kopfes spross üppiges, graumeliertes, schwarzes Haar, das er mit Brillantine straff zurückgekämmt und im Nacken zusammengebunden hatte. Für einen Mann seines Standes war das Haar zu lang, aber ihm eilte ohnehin der Ruf voraus, sich in manchen Dingen gern über Konventionen hinwegzusetzen. Peter setzte sich in seinen Bürostuhl und entzündete seine Pfeife, wobei er die Musterung seines Gastes fortsetzte.

„Da Sie mich kennen, sind Sie sicherlich auch darüber informiert, wie ich das alte Vermögen meiner Familie, das lange Zeit hauptsächlich aus Grundbesitz und entsprechenden Pachteinnahmen bestand, vermehrt habe. Was für Firmen sich derzeit in meinem Besitz befinden und über den Rest, der so von der Presse verbreitet wird, ob korrekt oder nicht", begann Wilhelm von Wallenfels seinen Besuch zwischen zwei Zügen an seiner Zigarre zu erklären. Dann schwieg er erneut und beobachtete Peter aufmerksam.

„Ich lese zwar regelmäßig Zeitung, das gehört auch zu meinem Beruf, aber ich filtere die Informationen und glaube nicht alles aufs Wort. Über Ihre Person steht selten etwas geschrieben, so dass ich davon ausgehe, dass vieles erfunden wird, um die Klatschspalten zu füllen. Sie schotten sich und Ihre Familie gegen die Hyänen der Zeitungen ab", fühlte sich Peter genötigt zu erklären. „Im Wirtschaftsteil findet sich Ihr Name häufiger, in Verbindung mit so vielen Firmen, dass ich ehrlich gesagt den Überblick verloren habe."

Der Baron lachte. „Es ist auch besser, wenn nur ich alles überschaue. Aber wenn Sie die Wirtschaftsnachrichten verfolgen, ist Ihnen vielleicht nicht entgangen, dass ich große Hoffnungen in die zunehmend wachsende Luftschifffahrt setze. Nicht so sehr auf die Flugzeuge, die derzeit in Berlin entwickelt werden. Von denen halte ich nichts. Sie mögen als Kriegsgerät von Nutzen sein, sollte sich noch einmal eine Auseinandersetzung mit Waffengewalt entladen, wovor uns Gott bewahren möge. Ansonsten glaube ich, dass sie ein Spielzeug bleiben werden, solange es nicht gelingt, mit ihnen viele Menschen auf einmal oder gar schwere Fracht zu befördern. Ich will etwas anderes, nämlich die Transportkapazitäten für meine Firmen erhöhen. Dazu sind Luftschiffe besser geeignet. Man kann mit ihnen sehr … ‚unhandliche' Lasten verfrachten, ohne sie zerlegen zu müssen, kann diese punktgenau aufnehmen und absetzen. Sie benötigen keine langen, befestigten Start- und Landebahnen wie diese entsetzlich lauten Dampfflugzeuge, auf die man in Berlin so stolz ist. Das kann man mit Transporten auf der Straße, der Schiene oder mit dem Schiff auf den Flüssen nicht leisten. Vor allem, weil man gezwungen ist, Infrastruktur zu schaffen – Straßen, Wasserwege, Bahnlinien. Das ist teuer und vielen Zwängen unterworfen. Die Luft über uns hat jedoch keine Grenzen. Luftschiffe sind flexibel, eine wunderbare Technik. Ihnen genügt im Zweifel ein großer Acker, auf dem sie wie ein Schiff im Wasser ankern können, wenn der Pilot geschickt genug ist. Sie agieren für nahezu unbegrenzte Zeit in der Luft, solange das Gas in ihren Auftriebszellen sie trägt. Ich habe daher vor ein paar Jahren eine Firma gekauft, die einige Patente entwickelt hat, um solche Luftschiffe zu verbessern. Ein neuer Antrieb, ein paar neue Materialien, mit denen man die Schiffe leichter, stabiler und effizienter machen kann. Dazu ein paar Kleinigkeiten für eine neuartige Steuerung. Leider haben sich die Vorbesitzer finanziell übernommen, bevor ihr Schiff flugbereit war. Der Erstling kam über das Grundgerüst nicht hinaus.

Aber das muss Sie nicht interessieren. Ich habe die Firma gerettet. Auch die beständige Gefahr von Spionen soll nicht Ihr Auftrag sein. Ihrer werde ich schon Herr. Meine Ingenieure haben begonnen, mit all diesen neuen Erfindungen ein erstes Exemplar dieses neuen Luftschiffes zu bauen, das ob seiner Größe natürlich nicht geheim gehalten werden konnte." Der Baron stockte und sah finster zum Fenster hinaus.

Peter wartete geduldig auf das, was da kommen mochte. Er konnte sich noch immer nicht vorstellen, welche Aufgabe er erfüllen sollte. Aber der Baron würde sicher noch dazu kommen. Was den Detektiv allerdings sehr verwunderte, war die Tatsache, dass sich der Baron in das Büro eines unbekannten Einzelgängers verirrt hatte, und das auch noch persönlich. Es gab große Detekteien, die für gutes Geld auch gute, diskrete Arbeit leisteten. Was also konnte er tun, ein ehemaliger Kriminalkommissar, wozu diese nicht imstande waren?

Langsam übernahm die Neugier die Herrschaft über Peters Verstand, so dass er, als das Schweigen zu lange und zu quälend wurde, schließlich nachfragte: „Ich verstehe von dieser Technik absolut gar nichts und finde sie auch zugegebenermaßen nicht reizvoll. Die Argumente, die Sie für Luftschiffe angeführt haben, sind natürlich für einen Industriellen nachvollziehbar. Ich stehe aber lieber mit beiden Beinen auf dem Boden. Was mich interessiert, ist, was ich damit zu tun habe und warum Sie ausgerechnet hier bei mir sind. Ich könnte mir Ihre Person besser als Kunden bei den mittlerweile im ganzen Deutschen Reich verbreiteten Büros der Agentur Pinkerton vorstellen, die hier eine Marktlücke schließen wollten. Ich meine gehört zu haben, dass sie in Sonnenberg ein Büro haben, nahe der Villa Ihres Schwiegervaters."

Der Baron lachte. Die Bewegungen seines Gesichtes bewirkten, dass sich auch das künstliche Auge entsprechend dem anderen halb schloss. Die zischenden Ventile gaben dem Lachen etwas Blechernes. „Ich sehe, Sie lesen die Klatschspalten doch aufmerksamer, als Sie vorhin zugaben. Mein Schwiegervater wohnt noch immer im Schatten der Burg Sonnenberg. Das Grafengeschlecht, das einst dort herrschte, gehört in unseren Stammbaum.

Es ist sicher ungewöhnlich, aber ich denke, Sie werden es verstehen. In der Tat bin ich auch Kunde der Agentur Pinkerton. Sie hat mir schon hervorragende Dienste geleistet. Aber diese Leute scheitern leider, sobald sie in bestimmte Bereiche … ähm … hinabsteigen müssen. Ich hatte schon unangenehme Diskussionen mit dem Chef der Agentur in Sonnenberg, weil sich seine Leute nicht die Hände dreckig machen wollen und auf die Polizei verweisen. Daraufhin habe ich mich mit dem Polizeichef in Verbindung gesetzt. Polizeipräsident von Reiffenberg verwies mich an Sonnemann, und der schickte mich zu Ihnen, als guten Kenner der Schichten, in denen man möglicherweise stochern muss, um mein Problem zu lösen."

„Jaja, von Reiffenberg ist schließlich durch die Heirat mit deiner Lieblingscousine in Kreise aufgestiegen, die ihn vorher ignorierten, obwohl auch er von altem Adel ist. Nun muss er dir sicher oft zu Diensten sein", dachte Peter und musste darum kämpfen, ernst zu bleiben. Zu drängend war das Bedürfnis, die Mundwinkel spöttisch nach oben zu verziehen. Es gab in der Tat selten Details über den Baron zu lesen. Meist waren es Geschichten, mit denen er nur am Rande zu tun hatte. Wie eben die angeblich arrangierte Hochzeit seiner blutjungen Cousine mit dem Polizeichef des Groß-Stadtkreises, der fast schon ihr Großvater sein konnte.

„Ich bin mir nicht zu schade, die Finger und die Klamotten dreckig zu machen, und habe hin und wieder mit dem schlimmsten Abschaum der Gossen von Höchst, Kostheim oder Sossenheim in irgendwelchen Hinterhofkneipen gebechert, wenn ich Informationen brauchte. Aber das ist gefährlich“, erwiderte er, um die Spannungen wieder zu lösen.

„Ich nehme an, in Ihrer Honorartabelle lässt sich auch so etwas wie eine Gefahrenzulage finden. Berechtigt, wie ich weiß, und ich werde nicht zögern, sie zu bezahlen, das sollte Ihre geringste Sorge sein. Kommen wir ins Geschäft?“ Der Baron legte die Fingerspitzen der menschlichen und der Maschinenhand aneinander und sah Peter an, während sich der schwere Rauch seiner Zigarre zur Zimmerdecke kräuselte.

Peter zog an seiner Pfeife und wog die Worte sorgfältig ab. Es störte ihn, dass er immer noch nicht wusste, um was es ging. Andererseits war das Angebot verlockend, ein ordentliches Honorar zu kassieren. Schließlich hatte der Adelige noch nicht nach der Höhe gefragt. „Ich wäre ein Idiot, wenn ich einen Auftrag von Ihnen ablehnen würde. Ja, wir kommen ins Geschäft. Wenn Sie mir jetzt bitte sagen würden, um was es geht?“

Der Baron schwieg weiter. Es kam Peter vor, als müsse er mit sich selbst ringen, um etwas für ihn Unangenehmes in Worte zu packen – oder so zu umschreiben, dass nicht auffiel, dass es ihn selbst bis ins Mark traf. Was diesen Mann so tief berühren mochte, entzog sich Peters Vorstellungskraft.

„Wie schon angedeutet, gab es bereits einige Sabotageakte in meiner neuen Firma. Sie waren bislang erfolglos und haben nicht viel Schaden angerichtet, aber ärgerlich sind sie natürlich schon“, fing der Baron an. „Der Erstling meines neuen Luftschiffes ist noch nicht ganz fertig. Eine Sache ist zudem bislang nicht patentiert, daher schleichen immer eine Menge Spione um die Luftschiffhalle herum. Das ist normal. Sie wollen wissen, was es ist, um es bei anderen Industriellen zu Geld machen zu können, und natürlich wird man alles versuchen, um diese Dinge patentieren zu lassen, ehe ich es tun kann.

Aber die Leute, um die es geht, wollen nicht herausfinden, was ich baue und wie. Sie wollen das Schiff zerstören. Wollen verhindern, dass wir die letzte Neuerung fertigstellen. Sie sehen die Erfindung als Gefahr für die Menschheit. Idiotie, denn es ist nur eine Maschine wie viele andere. Angeblich gehören diese Saboteure einer technikfeindlichen Sekte an. Wahrscheinlich wollen sie wieder zurück auf die Bäume, wie Affen. Die Sekte nennt sich Lebenslicht. Sie können sich meine Besorgnis sicher vorstellen, was geschehen könnte, wären sie in der Lage, etwa ein Geschütz aus dem Krieg gegen Frankreich zu organisieren, mit dem sie auf das Schiff schießen.

Das Seltsame ist, dass die Polizei von dieser Sekte noch nie gehört haben will oder keine tiefer gehenden Informationen über sie besitzt. Daher kann die Polizei sie natürlich nicht verfolgen. Die Detektei in Sonnenberg hat zumindest herausgefunden, dass es diese Sekte schon länger gibt. Je nachdem, wer sie anführte und wie die wirtschaftliche Situation war, fand sie mehr oder weniger Anhänger, die sich vorwiegend aus eben dem Abschaum rekrutierten, den Sie, Herr Langendorf, besser kennen. Kirchenvertreter behaupten, von der Sekte zwar gehört zu haben, sehen jedoch keine Gefahr in ihr. Offenbar hat die Gruppe aber gerade wieder einen besonders charismatischen Anführer, und der wirtschaftliche Niedergang treibt diesem Rattenfänger viele Menschen in die Arme."

Wieder eine Pause. Der Baron zog an seiner Zigarre und sah dem Rauch nach, der zur ohnehin nikotingelben Decke aufstieg. Peter ahnte schon, worauf sein Auftraggeber hinauswollte, und überlegte, wie ihm die Aussicht gefiel, eine Organisation wie diese seltsame Sekte unterwandern zu müssen. Er selbst hatte von dieser Gruppe noch nichts gehört, ging aber davon aus, dass man bei der Polizei deutlich mehr wusste, als man dem Baron gesagt hatte.

„Ich denke, Ihnen ist klar, was ich von Ihnen will. Der Auftrag ist ganz einfach: Finden Sie diese Sekte und verhindern Sie den Anschlag. Finden Sie heraus, wer die Sekte führt, und unterbinden Sie sein Handeln.“ Nach einem weiteren Zug aus seiner Zigarre drückte er den üppigen Rest in dem schadhaften Porzellanaschenbecher auf Peters Schreibtisch aus. „Noch etwas: Sollten Sie etwas Ungesetzliches tun müssen, um den Anschlag zu verhindern – Sie haben nichts zu befürchten. Sie wissen sicher um meine Verbindungen. Ich habe Sonnemann in Kenntnis gesetzt, dass ich Sie beauftragen werde. Sie haben freie Hand. Schalten Sie den Sektenführer aus.“

Dieser Teil des Auftrags wollte Peter nicht gefallen, aber er nahm ihn mit unbewegter Miene hin. Was auch immer der Baron erwartete, er würde niemals so tief sinken, sich an seine ohnehin schon nicht mehr ganz sauberen Finger auch noch Blut zu schmieren. Es gab immer einen anderen Weg. Der Baron musste von seinen Skrupeln aber nichts wissen.

„Nehmen Sie an?“

Peter holte tief Luft und starrte von Wallenfels nachdenklich an. „Ja. Da es sich nach Ihren Beschreibungen um eine lokal tätige Sekte handelt, erübrigt es sich wohl, den Geheimdienst Ihrer Majestät in Berlin zu kontaktieren. Gehe ich recht in der Annahme, dass die Pinkerton-Leute schon Informationen zu ‚Lebenslicht‘ und den Hintergründen der Sabotageaktionen zusammengetragen haben? Dürfte ich diese einsehen? Je mehr ich weiß, desto schneller komme ich an die Hintermänner ran und kann ein paar Sackgassen von vorneherein ausschließen.“

„Sie werden die Unterlagen morgen in Händen halten“, gab der Baron zurück und zog einen Umschlag aus der Tasche, den er vor Peter auf den Schreibtisch legte. „Darin befindet sich ein Vorschuss, den Sie sicherlich brauchen werden, um diverse Leute zum Reden zu bringen, und das Honorar für Ihre ersten Bemühungen. Ich erwarte eine vernünftige Spesenabrechnung. Im Umschlag liegt auch eine Karte mit Kontaktadressen, über die Sie mich erreichen können. Verlieren Sie die nicht.“

„Ja, Herr Baron", stammelte Peter und ärgerte sich über seine Nervosität.

„Ich erwarte, dass Sie regelmäßig Bericht erstatten." Mit diesen Worten erhob sich der Baron und drehte sich brüsk um, bevor Peter noch etwas sagen konnte. Mit schnellen Schritten verließ der Mann das Büro und verschwand.

Als er die Wohnungstür ins Schloss fallen hörte, sprang Peter auf und hastete ins Wohnzimmer, das zur Straße hin gelegen war. Vor neugierigen Blicken durch die Gardine geschützt, blickte er nach draußen. Der Chauffeur erwartete seinen Herrn vor der Tür, noch immer mit dem Schirm gegen den Regen geschützt. Er hörte, wie der Baron dem Mann leise Anweisungen in einem schneidenden Tonfall gab, den Inhalt verstand er aber nicht. Der Chauffeur nickte und geleitete den Baron dann zum Wagen zurück.

Das Fahrzeug startete mit einem lauten Zischen und entfernte sich langsam. Mittlerweile stand das Wasser knöcheltief zwischen den Bordsteinen, weil nichts mehr ablaufen konnte und das Fassungsvermögen der Kanäle auf dem inneren Stadtring überschritten war. Immer mehr plätscherte über die Rinnsteine in die Vorgärten und von dort in Kellereingänge und Hofzufahrten.

Die Kinder, die in den Hofeinfahrten gelauert hatten, zogen sich zurück. Nur ein Junge blieb stehen und sah zu Peter herüber. Peter überlegte, ob er ihn rufen sollte, entschied sich aber dagegen. Es war noch zu früh für seinen eigenen Spion, da er noch nicht genug Informationen besaß. Er zog den Vorhang auf, so dass der Junge ihn sah, und schüttelte den Kopf. Erst wollte er den Bericht der Detektei in Händen halten und sich selbst um Informationen bemühen.

„Sobald ich ein paar Stündchen geschlafen habe", murmelte Peter und kehrte in sein Büro zurück. Der Umschlag lag noch immer auf seinem Schreibtisch, und er nahm ihn in die Hand, um ihn zu öffnen.

Der Geldbetrag darin war sehr üppig, und Peter wäre fast die Pfeife aus dem Mund gefallen. Er packte das Geld in seinen kleinen Tresor hinter dem Wandschrank. Selbst für sein Wohnumfeld war der Betrag zu hoch, um ihn offen herumliegen zu lassen. „Wenn ich wirklich in den Armutsvierteln baggern muss, reicht ein Bruchteil davon als Bestechungsmittel. Aber der Baron hat, wie es scheint, wenig Bezug zu Geld – er hat es eben, und er hat nicht die geringste Ahnung, was einem einfachen Arbeiter zum Leben genügt, oder besser: genügen muss! Ob er überhaupt weiß, was die Arbeiter in seinen Fabriken verdienen?“, dachte er.

Die Karte, die nichts weiter als eine unverfängliche Kontaktadresse und zwei Telefonnummern ohne eine Namensangabe enthielt, steckte er auf eine große Korktafel. Diese nahm die gesamte Wand dem Schreibtisch gegenüber ein.

Sein Bruder Paul hatte sie immer als „Peters ausgelagertes Hirn“ bezeichnet. Das kam Peter wieder in den Sinn, als er die Karte auf die leere Tafel steckte. Zwar gab es inzwischen schon Maschinen, mit denen man Informationen sammeln, auf Lochstreifen drucken und wieder kombinieren konnte, aber diese waren teuer, klobig und noch der primitive Anfang einer neuen Entwicklung. Peter hielt sich daher lieber an althergebrachte Polizeimethoden, zumal er sich eine derartige Maschine nicht leisten konnte.

Alle Informationen und alles, was er herausfand, selbst kleinste Details, schrieb er auf Zettel und hängte sie an diese Tafel. Die Karten wurden immer wieder umgehängt oder neu zugeordnet, so dass sich irgendwann, wenn er vorangekommen war, größere Strukturen sichtbar vor ihm auftaten. Noch war die Tafel leer, da er keinen größeren Auftrag hatte.

Peter würde sie bald wieder füllen. Ein Punkt fiel ihm schon ein, aber er konnte sich nicht durchringen, ihn schon in Worte zu fassen, die auf eine Karte passten. Es war die Bemerkung des Barons, dass er sich vor einem Geschütz aus dem Krieg von 70/71 fürchtete, mit dem man sein Schiff vom Himmel holen konnte. Auch dem Baron konnte nicht entgangen sein, dass bei der letzten Waffenerfassung keine Unregelmäßigkeiten vorgekommen waren. Alles, was nicht unmittelbar noch gebraucht wurde, um das Land zu verteidigen, war der Stahlkrise zum Opfer gefallen und in den

Schmelzöfen gelandet. Welche Geschütze konnte er also wirklich gemeint haben? Das war nur ein Detail in diesem großen Mosaik. Seine Trockenübungen, wenn er von der Arbeit draußen genug hatte.

Erste Erkenntnisse

Peter gab nichts auf Träume. Für ihn waren es Hirngespinste, die man am besten vergaß, sobald man die Augen öffnete. Bisher war ihm das auch immer gelungen, weshalb er sich als ausgeglichenen Menschen betrachtete. Doch diesmal brachte ihm der Schlaf keine Erholung, und die Alpträume wirkten auch nach dem Erwachen noch fort.

Nachdem er eine Weile wie betäubt auf die Karten an seiner Pinnwand gestarrt hatte, war er in sein Schlafzimmer gegangen, um die verpasste Nachtruhe nachzuholen. Wie viel, oder besser: wie wenig Schlaf ihm vergönnt war, wurde ihm bewusst, als er schweißgebadet erwachte und auf den anachronistischen, ungenauen Wecker mit dem mechanischen Uhrwerk und den Messingschellen starrte. Mehr als zwei Stunden Ruhe hatten ihm die Alpträume nicht gegönnt, und er fühlte sich erschöpfter als zuvor. Verwirrt setzte er sich auf und begann sofort zu frieren, weil das Nachthemd nass geschwitzt am Leib klebte, als hätte er mit ihm im Regen gestanden.

Schnell riss er sich das Hemd über den Kopf und huschte ins Badezimmer, den einzigen Raum, in dem die Dampfdruckheizung den ganzen Tag lief. Jedenfalls sofern seine Mieter ihren Verpflichtungen nachkamen und im Keller regelmäßig den Brenner nachfüllten. Doch auch dort wurde ihm nicht warm. Aus einem Kohleneimer füllte er die Brennkammer des Badeofens und heizte Badewasser an. Als die Wanne volllief, füllte sich das Badezimmer schnell mit feuchtem Dunst. Peter saß noch immer die Kälte in den Knochen, die der Alptraum dort hineingepflanzt hatte.

Er hockte nackt auf dem Badewannenrand, die Arme um den Körper geschlungen, und starrte ins Leere, während seine Gedanken die letzten Erinnerungen an den Traum zu ordnen versuchten. Das meiste schwand bereits aus seinem Gedächtnis, aber ein paar Bilder blieben haften, und er hielt sie fest, um sie genauer zu betrachten.

Der Baron oder zumindest sein Kopf war am deutlichsten. Der Körper verschwamm im Dunkel, doch es war kein menschlicher, sondern der eines Oktopus mit acht mächtigen Armen, die in alle Richtungen griffen. Sie umfingen Fabriken und Menschen und zerstörten sie, während der Baron bösartig lachte.

„Er ist ein Krake, hat seine Tentakelfinger überall. Das ist bekannt", murmelte Peter. „Ich habe genug darüber gelesen. Man bringt ihn zwar selten in Zusammenhang mit dem großen Elend, aber wenn man eins und eins zusammenzählt ... an der Stahlkrise ist er sicher nicht unschuldig, und wenn ich seine Beschreibungen des Luftschiffs richtig verstanden habe, ist er dabei, Alternativen zum guten alten Eisen zu finden, die ihn noch reicher machen werden, weil er ein Monopol darauf aufbaut. Hoffentlich ist die Alternative nicht schlimmer als der Stahl. Chemie ... viel Gutes hat sie nicht gebracht."

Ein anderes Bild war vage, kaum mehr als Schatten, aus denen sich der zigarrenförmige Körper eines Luftschiffes schälte. Das letzte Bild seines Traumes. Als das Schiff explodiert war, war er erwacht. Wenn man etwas von Sabotage an einem Luftschiff hörte, waren solche Assoziationen völlig normal, und doch wollte die Furcht nicht weichen. Um seiner inneren Kälte zu entkommen, glitt Peter in das heiße Wasser, ohne sich langsam daran zu gewöhnen. Ihm schwindelte sofort, weil sein Kreislauf diese Rosskur nicht hinnehmen konnte, aber der Schwindel vertrieb auch die düsteren Bilder. Mit ihnen schwand die Kälte, und er konnte sich endlich entspannen.

Aufatmend lehnte er sich zurück. „Vielleicht hätte ich den Auftrag besser ablehnen sollen. Ich fürchte, es ist mir zu hoch. Vielleicht kann ich ihm ja ein paar Informationen liefern und dann aussteigen. Sicher bekomme ich auch ein paar neue Erkenntnisse frei Haus, die mir in anderen Fällen weiterhelfen können."

Die Erkenntnis, dass er mal wieder Selbstgespräche führte, zauberte ein Lächeln auf sein Gesicht. Paul hatte ihn immer so sonderbar angesehen, wenn er mal wieder seine Gedankengänge ausformulierte, anstatt sie nur in seinem Hirn zu wälzen. Aber er hatte so schon oft Fehler in eben jenen Gedankengängen entdeckt. Obwohl das Grübeln nicht ganz die erhoffte Beruhigung brachte, stieg er deutlich munterer und erfrischter aus der Badewanne. Während er sich rasierte, überlegte er, wie er weiter vorgehen sollte. Sein erster Gedanke war, Sonnemann aufzusuchen. Von seinem ehemaligen Vorgesetzten würde er vielleicht ein paar wichtige Details erfahren, schließlich hatte der ihm die Suppe auch eingebrockt.

Als er sich wieder selbst im Spiegel erkennen konnte, starrte er eine Weile sein Gegenüber an, das immer noch Ringe unter den Augen hatte. „Siehst aus wie einem Grabe entstiegen. Aber das wird sich nicht ändern, bevor du nicht weißt, was hinter diesem ganzen Auftrag steckt. Der Baron verschweigt dir etwas! Für diese Erkenntnis bedarf es keiner Hellseherei."

Mit einem Ruck wandte er sich ab und kehrte ins Schlafzimmer zurück. Ein Blick aus dem Fenster ließ ihn wissen, dass es noch immer regnete, das Wasser aber bereits klar war, ohne weiteren Schmutz aus der Luft. Der Wetterfrosch in seinem Kopf verkündete daher, das Unwetter werde bald enden. Trotzdem nahm er seinen zweiten Wachsmantel zur Hand, ehe er das Haus verließ, denn eine weitere Folge solcher Wetterwechsel war eiskalter Wind. Den eleganten Wachsmantel, denn in der Innenstadt würden ihn er ständig übereifrige Polizisten überprüfen, wenn er im Räuberzivil auftauchte. Auf die hohen Arbeiterstiefel wollte er allerdings nicht verzichten, denn angesichts des Zustands der Straßen waren sie sogar für die bessere Gesellschaft das einzig vernünftige Schuhwerk. Sofern die Herrschaften überhaupt das Haus verließen.

Mit tief ins Gesicht gezogenem Hut und hochgeschlagenem Kragen machte er sich auf den Weg. In der Moritzstraße erwischte er eine Dampfbahn, die ihn trockenen Fußes bis zum Michelsberg brachte. Als er an der Marktstraße ausstieg, ließ der Regen tatsächlich nach, und der Wind frischte auf. Mit einem Mal roch es nach Schnee, aber es war nicht zu erwarten, dass dieser auch wirklich fiel. Schon seit Jahren hatte man im Groß-Stadtkreis keine reine, weiße Schneeflocke mehr gesehen, das Äußerste war schmutziger Matsch.

Peter hastete durch die ältesten Teile der einstmals unbedeutenden Stadt, die nur durch ihre Thermalquellen zu Bedeutung gekommen war, die Marktstraße entlang zum Gebäude der Reichskriminalpolizei an der Ecke Friedrichstraße.

Vor dem protzigen Sandsteingebäude in der Nähe der Marktkirche, wo sich auch das Stadtschloss des hessen-nassauischen Herzogsgeschlechtes befand, herrschte wie immer ein großes Aufgebot an Fahrzeugen und Angehörigen der Polizei vor, das nahezu undurchdringlich schien. Ein älterer Polizist hielt Peter auch sofort an, als der auf eine Seitentür zulief, und blies sich gewaltig auf.

Peter rollte mit den Augen. Ihm gingen die unteren Ränge der Reichskriminalpolizei gehörig auf die Nerven, hielten sie sich doch für etwas Besseres als die Beamten der Gendarmerie.

„Sie haben hier keinen Zutritt!“, herrschte er Peter an.

„Wirklich? Ich glaube, Hauptkommissar Sonnemann ist da anderer Meinung. Wenn Sie die Güte hätten, ihn zu fragen, ob er bereit für ein kleines Gespräch mit Peter Langendorf ist …“, gab Peter giftig zurück.

Der Polizist machte keine Anstalten, mit dem Haustelefon eine Anfrage zu machen, sondern stellte sich nur breitbeinig in Peters Weg.

Peters Gesicht verfinsterte sich. Er wollte gerade unfreundlich werden, als ein weiterer Uniformierter erschien. „Peter? Schön, dich zu sehen!“

„Ganz meinerseits, Karl, aber könntest du bitte den Kettenhund wieder in den Zwinger bringen?“, grüßte Peter zurück und wies auf den Polizisten, der sich überrascht umgedreht hatte, weil er die Stimme offensichtlich kannte.

„Wachtmeister Hartmann – machen Sie, dass Sie hier verschwinden!“, herrschte Kriminalkommissar Goerdeler den Mann an. „Ihr Auftrag lautete, keine Unbefugten ins Gebäude zu lassen. Damit war aber nicht gemeint, dass Sie alle Bürger verjagen sollen, nur weil Ihnen die Nase nicht passt! Sagen Sie Schmitt, er soll Sie ablösen!“

Wie ein geprügelter Hund zog der Mann ab. Peter umarmte Goerdeler herzlich und dankte ihm für sein Eingreifen.

„Was führt dich denn an deine alte Wirkungsstätte? Willst du doch wieder einsteigen? Du weißt, wir können einen guten Schnüffler immer gebrauchen."

„Du weißt, dass ich eurem Haufen abgeschworen habe, solange General von Reiffenberg Polizeipräsident des Groß-Stadtkreises ist. Da er leider noch immer keinem Herzinfarkt erlegen ist, werde ich weiter als Privatschnüffler arbeiten. So schlecht ist das nicht. Ist Sonnemann da? Ich müsste ihn wegen eines Auftrags belästigen. Die Sache hat einen gewaltigen Haken, den ich aber noch nicht zu fassen bekommen habe."

„Sonnemann ist anwesend. Wir glauben, er schläft hier oder hat in seinem Büro Wurzeln geschlagen. Er wird aber keine Zeit für dich haben. Im Moment geht hier vieles drunter und drüber, vor allem, weil der Kaiser überraschend mit Hofstaat anrückt, angeblich um zu kuren. Normalerweise kommt er immer erst im Sommer. Da aber die Kaiserin nicht dabei ist und einige Staatsgäste aus aller Herren Länder ihr Kommen angekündigt haben, geht es bei dieser ‚Kur' wohl eher um ein paar Abkommen, die neu geschmiedet werden müssen, und um die Rohstoffkrise. Abgesehen davon habe ich gehört, dass die Rohstofftransporte aus den Kolonien verstärkt von Piraten bedroht werden und auch Eingeborene immer wieder versuchen, die Lieferungen zu sabotieren. Die Rede ist von Aufständen. Ich habe keinen Überblick und verstehe auch nicht, warum das ausgerechnet hier besprochen werden muss. Wir haben nur mehr Arbeit.

In Berlin sind sie solche Zusammenkünfte gewohnt. Da gibt es eine eigene Polizeieinheit, die nichts anderes zu tun hat, als auf Staatsgäste und den Kaiser aufzupassen. Wir haben dafür einfach nicht das Personal, und Sonnemann springt im Karree, weil es einen Anschlag auf einen hohen Diplomaten gab und der Tatverdächtige behauptet, Teil einer Gruppe zu sein, die dem Kaiser hier das Leben zur Hölle machen will. Viele glauben zwar, er sei nur ein armer Irrer, weil er auch von vergiftetem Thermalwasser faselt, andere aber halten eine groß angelegte Verschwörung durchaus für möglich", erklärte Goerdeler geduldig.

Peter nahm diese Information aufmerksam auf und legte sie im Hinterkopf ab. Da er mit einer Sekte zu tun haben würde, von der er noch gar nichts wusste, nahm er Gerede von einer neuen Anarchistengruppe ernst. Es musste mit seinem Fall nichts zu tun haben, aber möglicherweise waren beide Gruppen identisch. „Ich muss es trotzdem versuchen, fünf Minuten reichen mir schon. Ich will nur wissen, ob er mehr weiß als ich."

„Na schön, dann lass uns schauen, wo Sonnemann steckt."

Peter folgte Goerdeler, der ihm in der Hierarchie der Reichskriminalpolizei nachgerückt war, als er drei Jahre zuvor den Dienst quittiert hatte. Goerdeler sprang in den Paternoster, Peter nahm die nächste der engen Kabinen und sprang im vierten Geschoss wieder hinaus, wo Karl auf ihn wartete. Man hatte die Räumlichkeiten seit seinem Weggang saniert und neu belegt, so dass Peter froh über die Führung war. Er hätte Sonnemann erst mühsam suchen müssen. Doch wo genau sich Sonnemann befand, brauchte er nicht zu fragen, denn der war deutlich in seiner schlimmsten Stimmung zu vernehmen.

„... und wenn ihm nicht einmal das gelingt, dann will ich seinen Arsch auf einem silbernen Tablett. Mit einem Apfel in der Spalte!", brüllte ein wohlbekannter Bass zwei Türen weiter. Die Tonlage Sonnemanns ließ Türen vibrieren und Fenster klirren. Aus dem Büro kam ein junger Mann rückwärts heraus. Die blauen Augen stachen aus dem blassen Gesicht hervor, als wollten sie aus den Höhlen fallen.

Peter sah zu Goerdeler, der grinsend die Achseln zuckte. „Wie immer in Hochform, der Alte", flüsterte Peter.

„Gebe Gott, dass er seine Stimme nie verliert!", gab Goerdeler leise zurück. In der Stille nach dem Ausbruch trug sein Flüstern aber weit genug.

„Das habe ich gehört, Goerdeler!", tönte es aus dem Büro, und Sonnemann erschien im Türrahmen. Sein Gesicht war hochrot angelaufen, und er wirkte derart angespannt, dass man befürchten musste, er würde im nächsten Augenblick explodieren. Doch dann fiel der Blick seiner kleinen Augen auf Peter, und er ließ deutlich Luft ab.

„Ich will keinen von euch Pennern hier mehr in der Nähe meines Büros sehen. Allesamt. Peter, komm rein. Bin dir eine Erklärung schuldig."

Peter reichte Goerdeler die Hand, als Sonnemann wieder vom Flur verschwunden war, und grinste. Dem jungen Polizisten, der immer noch blass vor der Tür stand, klopfte er aufmunternd auf die Schulter. „Wenn Sie nicht der Grund für den Ausbruch sind, brauchen Sie sich keine Sorgen zu machen! Tun Sie nur, was man Ihnen gesagt hat ... auch das mit dem Arsch", raunte er grinsend und betrat das Vorzimmer von Sonnemanns Büro.

Sonnemanns Sekretärin saß hinter ihrem Schreibtisch und hackte mit stoischer Ruhe auf einer wuchtigen Dampfschreibmaschine herum. Es war so still, dass man nur noch das sachte Zischen der dampfunterstützten Typen der Schreibmaschine vernahm. Die Sekretärin würdigte Peter keines Blickes, hatte ihn aber durchaus registriert.

„Einen wunderschönen guten Tag, Fräulein Kaltwasser", grüßte er sie mit einer knappen Verbeugung und einem schmeichlerischen Tonfall, wobei er sich den Hut vom Kopf zog. Das brachte ihm einen huldvollen Blick ein. Peter hatte gelernt, mit ihr umzugehen. Eine alte Jungfer par excellence.

„Vergeude deinen Charme nicht bei Helene!", ordnete Sonnemann an.

Peter beeilte sich, zu ihm in das geräumige Büro zu gelangen und die Tür zu schließen.

Sonnemann ließ sich auf seinen wuchtigen Schreibtischstuhl fallen und wies auf den Stuhl ihm gegenüber. „Der Baron hat dir einen Auftrag erteilt. War er selbst bei dir oder nur einer seiner Stiefellecker?"

Peter setzte sich. „Er selbst. In aller Frühe, als ich aus Biebrich zurückkam. War heute leider erfolglos mit meiner Diebesjagd, das Wetter hat alle in ihren Löchern festgehalten."

„Möge das Wetter die Ratten allesamt in ihren Löchern ersäufen!“, brummte Sonnemann. Es klang verbittert, aber gegenüber Peter ließ er sich zu solchen Dingen hinreißen, weil er sicher sein konnte, dass der verstand, dass er es nicht halb so brutal meinte, wie es klang. Auch Sonnemann dauerten die armen Menschen, die für ihre Leiden nicht die Verantwortung trugen und aus Not zu Verbrechern wurden.

Die beiden Männer waren trotz ihres ursprünglichen Rangunterschiedes per du, weil Peter Sonnemann einst bei einer Hausdurchsuchung, die in einer Schießerei endete, das Leben gerettet hatte. Zudem waren sie ein eingespieltes Team gewesen, das sich ohne Worte blind verstanden hatte. „Ich wünschte, du würdest wieder direkt in unserem Auftrag arbeiten.“

„Keine Chance …“

„Von Reiffenberg, ich weiß. Wenn es nur an diesem Herrn liegt, dann besteht ja Hoffnung!“

Peter horchte auf. „Wie das?“

Sonnemann zuckte die Achseln. „Der General säuft sich gerade zu Tode, und beim Kaiser ist er in Ungnade gefallen. Soll ziemlich ... angeheitert gewesen sein bei der letzten Audienz. Gerüchten zufolge war er sternhagelvoll. Warum er sich so gehen lässt, weiß niemand. Dafür wird das Gerede lauter, es krisele in seiner arrangierten Ehe. Was da zuerst war, Ei oder Huhn, das bleibt den Spekulationen der Zeitungsschmierfinken überlassen. Die Rede ist von Seitensprüngen seiner Frau. Was ich sogar verstehen kann. Hübsches Ding, zu schade für den alten Affen. Die Affäre soll auch erst angefangen haben, nachdem er sie im Suff verprügelt hat. Wenn er so weitermacht, können wir dich bald zwangsverpflichten.“

Diese Nachricht war Balsam auf Peters Seele. „Wenn er abspringt, springe ich wieder auf, das hatte ich ja versprochen. Aber jetzt zu der anderen Sache. Warum hast du den Baron an mich verwiesen? Ich soll zwar bald den Bericht der Pinkertons kriegen, aber mein kleines Männchen im Kopf sagt, an der Sache ist was faul.“

„Dein Männchen könntest du mir gelegentlich ausleihen. Manche Leute hier haben einen Ratgeber dringend nötig. Von den Pinkertons wirst du nicht viel bekommen. Deren Ermittlungen machen an der Bahnlinie zwischen Wiesbaden und Biebrich halt. Was darüber hinausgeht … mein Gott, da könnte man sich ja die Finger schmutzig machen. Ich bin sicher, von denen ist keiner jemals auch nur in Spuckweite an den Rhein oder den Main herangekommen. Im Rheingau eventuell. Aber du kennst das Spiel ja.

Was faul? Ganz im Vertrauen – bei den Geschäften des Barons ist immer etwas faul. Ich bin mir hundertprozentig sicher, dass an den Händen des Barons so viel Blut und Dreck klebt, dass man ganz Sonnenberg damit verschütten könnte. Die kleinen Gauner aus Kastel sind mir da lieber. Ich weiß nicht, was er dir erzählt hat, aber bei mir hat er nicht viel durchsickern lassen. Ich kann dir nur ein paar Dinge berichten, die ich aus anderen Quellen habe."

„Fang an. Mich interessiert vor allem, was du über dieses Luftschiffprojekt weißt, was daran so ungewöhnlich ist, dass so viele es zerstören wollen, und was es mit dieser Sekte auf sich hat."

Sonnemann lehnte sich zurück und starrte an die Decke. Dieses Verhalten kannte Peter. Es bedeutete, dass alles, was von nun an aus seinem Mund kam, unter Vorbehalt stand. Es waren Fakten, die er mit eigenen Vermutungen zu einem großen Ganzen zusammengefügt hatte. Da Peter aber um Sonnemanns Überblick bei großen Zusammenhängen wusste, lag der Hauptkommissar mit seinen Vermutungen selten völlig daneben.

„Über das Luftschiff dringt nichts durch. Natürlich kann man davon ausgehen, dass er Angst vor Werksspionen hat. Es soll neue Werkstoffe enthalten, die der Rohstoffkrise geschuldet sind. Kein Stahl mehr. Dazu ein neuer Kesselantrieb, natürlich Äther. Eine neue Form der Lastaufnahme soll er ebenfalls entwickelt haben, um große Dinge flexibler transportieren zu können. Ein ganzer Stall voller neuer Patente, auch wenn es manche Dinge schon gab. Sie sind nur ausgefeilter.

Um die neue Steuerung wird großes Tamtam gemacht, und da gibt es wieder so ein großes rotes Fragezeichen. Was das für eine Erfindung sein soll, weiß ich nicht, aber irgendwas scheint durchgedrungen zu sein, das manche Leute stört. Irgendwas Ungesetzliches, aber was an einer Maschine ungesetzlich sein soll – frag mich nicht. Man munkelt, der Baron habe die Pleite der Luftschiffingenieure noch forciert, deren Gesellschaft er später aufgekauft und die Teilhaber ausbezahlt hat. Auch der Tod des Geschäftsführers, der nicht für den Baron weiterarbeiten wollte, ist ungeklärt. Es sah wie ein Unfall aus – war aber sicher keiner. Für mich sieht es eher aus, als wäre da jemand zum Schweigen gebracht worden, und der Gerichtsmediziner ist der gleichen Ansicht, allerdings kann er mir keine stichhaltigen Beweise liefern, die auf einen Mord hinweisen und vor Gericht Bestand hätten. Abgesehen davon: Wen sollte ich dem Gericht denn als Mörder oder Auftraggeber präsentieren? Die anderen halten den Mund, man spürt, wie eingeschüchtert sie sind.

Ich kann dir eine Liste der Leute geben, die mit dem Luftschiff zu tun haben, aber es wird dir nicht gelingen, auch nur einen davon zum Reden zu bringen. Alle haben Angst. Wenn irgendwas durchsickert, wird der, der geredet hat, per Rufmord mundtot gemacht und kann in die Gosse verschwinden. Dort wird er bis zum Sankt-Nimmerleins-Tag verbleiben, denn er wird nirgendwo mehr Fuß fassen. Sogar die Konkurrenz fürchtet derart verbranntes Menschenmaterial und wagt nicht, sie anzustellen.

Bei Wallenfels paart sich Geld mit Macht. Er hat sie alle in der Tasche. Angeblich hat sogar der Kaiser bei ihm Schulden. Obwohl, was heißt hier angeblich? Bei welchem Reichen in diesem Land hat der Kaiser keine Schulden? Diese Herrschaften, Hochadel, Geldgenau wie Wirtschaftsadel, sie haben unser Staatsoberhaupt in der Hand. So viel zu einer unabhängigen Regierung. Aber ich schweife schon wieder in die Politik ab. Das ist nicht mein Metier."

Sonnemann verfiel in brütendes Schweigen, aber Peter drängte ihn nicht. Er wusste, dass er gleich noch mehr hören würde, und zog derweil seine eigenen Schlüsse. Peter war sicher, dass man bei einer Person wie von Wallenfels niemals eine Sache von der großen, umfassenden politischen Bühne trennen konnte. Alles, was der Mann tat, beeinflusste das politische Tagesgeschäft. Mal unbemerkt, mal mit einem Paukenschlag.

„Diese Sekte …", fuhr Sonnenmann schließlich fort, „nun, ich habe dem Baron zwar gesagt, sie sei unbekannt, aber das bezog sich nur auf ihre Wirkung nach außen. Nicht darauf, dass wir sie nicht kennen und beobachten. Hast du dir wahrscheinlich schon gedacht. Zeitweise gab es Rangeleien zwischen den Polizeibehörden, wer denn nun zuständig sei bei der Beobachtung einer neuen Gruppe, die möglicherweise anarchistische Tendenzen hat. Wir sollten es machen, sahen aber keine Veranlassung, weil kein Gewaltverbrechen zu erkennen war. Die Ordnungsbehörde sah sich überfordert, und den Geheimen war da noch nicht genug Substanz. Die Gruppe existiert schon lange. Die Wirkung ihrer in kurzen Abständen aufeinander folgenden Anführer war sehr unterschiedlich. Der Gründer ist ein verwirrter katholischer Priester, der die Verbindungen seiner Kirche mit den Reichen und Mächtigen anprangerte. Er fing nach dem Krieg 70/71 damit an, in dem er als Kompaniegeistlicher gedient haben soll. Vielleicht haben ihm die Granaten, die ihm da um die Ohren flogen, das Gehirn vernebelt. Danach wurde er eine Art neuzeitlicher heiliger Franz, jedenfalls betrachtete er sich als solcher und predigte ein Leben in Armut als das einzig Gottes Gnade würdige Leben. Keine Ahnung, ob er noch lebt. Ist aber möglich, denn er war noch nicht sehr alt, als er mit seiner Missionierung begann, gerade mal Ende zwanzig. Die Kirche hat ihn exkommuniziert und einfach mit Schweigen und Verachtung gestraft. Von da kommt nichts nach, die Kuttenbrunser wissen nicht, was aus ihm geworden ist. Natürlich hatte er unter den Armen Zulauf.

Dann kam ein aus dem Gefängnis entlassener Kommunist dazu, der wortgewaltig gegen die Reichen anredete und damit auch Zuhörer fand. Alles blieb harmlos, weil den Worten keine Taten folgten. Deshalb verloren die beiden Agitatoren bald wieder Anhänger, weil sich nichts an der Situation änderte. Wir hatten immer ein Auge auf die Leute. Sahen Anhänger und Anführer kommen und gehen. Der Kommunist ist tot, er wollte zur Tat schreiten, aber seine Bombe ging mit seiner Hinterhofwerkstatt und ihm selbst hoch. Wir haben lange nichts mehr von Lebenslicht gehört, und zwei Jahre lang war nicht einmal mehr ein Flugblatt im Umlauf. Aber jetzt hat sich jemand der Sekte angenommen und baut sie neu auf – und ist in einen Untergrund gegangen, in den wir ihm nicht mehr folgen können. Die alte ‚Sekte' war immer greifbar, das ist sie jetzt nicht mehr.

Der Name stand jedenfalls unter einem ominösen Flugblatt, das du sicher von den Pinkertons bekommen wirst. Was sie wollen, ist unklar, aber eines ist sicher: Sie kennen unsere Strukturen und wissen, wie sie sich unserer Beobachtung entziehen können. Das ist mein Hauptproblem, denn die erste Vermutung des lieben Barons war natürlich, dass jemand von denen Kontakte zu uns unterhält und immer wieder gewarnt wird. Als würde ich einen Spion bei mir dulden! Sobald sich da etwas abzeichnet, kann sich der Betreffende warm anziehen. Aber da ist nichts.

Hauptaugenmerk der neuen Sekte scheinen die Umtriebe des Barons zu sein, und da kommst du ins Spiel. Die Sekte ist irgendwo ganz unten und versteckt sich, wo keiner von uns stochern kann oder mag.

Noch was. Aber das muss nun wirklich komplett unter uns bleiben, du weißt von nichts, klar? Der Baron deutete an, aus seiner eigenen Familie käme Gegenwind, er könne nur noch nicht bestimmen, aus welcher Richtung. Aus dieser Ecke sollen auch die finanziellen Mittel der Sekte kommen. Aber da wollte er selbst einen Riegel vorschieben. Als er das sagte, bekam ich wirklich Angst. Wenn er rausbekommt, wer aus seiner Sippschaft in der Mannschaft seiner Gegner mitspielt, dann Gnade Gott dem armen Kerl."

Peter hatte schweigend zugehört, während sein Gehirn auf Hochtouren arbeitete. Der letzte Hinweis war für ihn von höchster Wichtigkeit, aber er schob ihn in den hintersten Winkel seiner Ablage von Details. „Das verstehe ich. Mir war auch nicht wohl, als ich ihm gegenübersaß. Dieser Mann hat kein Herz."

Sonnemann lachte freudlos. „Das kannst du laut sagen. Ich mag ihn nicht, für mich ist er nicht besser als seine Maschinen. Ich frage mich, wie seine Familie es mit ihm aushält. Seine Frau ist so ein nettes Wesen, seine Töchter sind die Königinnen jedes Ballsaals, selbst die Kleine, die eigentlich noch ein Kind ist. Seine Söhne waren auch ganz in Ordnung. Der Älteste, Heinrich, kommt inzwischen aber ganz nach dem Baron. Ist genauso eiskalt und sieht ihm auch sehr ähnlich, fast wie eine jüngere Ausgabe des Alten. Der jüngere, Konstantin, ist seltsam. Der hat sich immer mehr zurückgezogen, seit sein Zwillingsbruder vor ein paar Jahren bei einem Unfall ums Leben kam. Seitdem scheint die Familie langsam, aber sicher zu zerbrechen. Sie zeigt sich zwar noch zu jedem Anlass zusammen, aber es scheint immer eine Mauer zwischen den Beteiligten zu schweben. Eine unsichtbare Grenze, die der Baron nicht mehr zu überschreiten in der Lage ist. Das habe ich auf dem letzten Polizeiball so empfunden. Ich hatte noch versucht, etwas herauszufinden, und es geschafft, die Baronin zu einem Tanz zu bewegen. Aber da ist Schweigen im Walde. Gerade so, als hätte sie die Sprache und ihren Geist verloren. Zwar schwebte sie wie eine Feder über das Parkett, aber nur wie eine leere Hülle, die ich führen musste.

Wenn du eine Vermutung von mir hören willst, dann ist es womöglich einzig der Verdacht, dass jemand aus seiner Familie ihm schaden will, der den Baron umtreibt. In diese Kreise kannst du nicht hinein. Was du machen kannst, ist herauszufinden, über welche Wege die Sekte Unterstützung von weiter oben bekommt und ob sie tatsächlich hinter den Anschlägen steht, also die Saboteure rekrutiert. Oder ob alles nur darauf abzielt, dem Baron mit der Zerstörung seines momentanen technischen Lieblingskindes einen Denkzettel zu verabreichen.

Wusstest du, dass er hinter der Lendi-Pleite steckt und die Düngemittelfabrik aus Amöneburg vertrieben hat? In Hattersheim hatte er die Folienfabrikation besser unter Kontrolle und konnte den Besitzern ein Grundstück völlig überteuert verkaufen. Das ist sicher, aber genauso wenig beweisbar wie die Hintergründe der Schließung des Farbenwerkes in Biebrich. Als Standort für chemische Werke sind Biebrich und Amöneburg gestorben.

Die Stinkhütt musste nicht schließen, weil sie keinen Rohstoff mehr bekam, sondern weil die Frachter mit dem Thomasmehl nicht mehr im Hafen von Amöneburg und an der Maaraue anlegen dürfen. Angeblich ist das Zeug plötzlich hochgiftig. Als ob das was Neues wäre! Seit wie vielen Jahren verseuchte die Stinkhütt denn schon den Rhein? Ich möchte auch nicht wissen, was da sonst noch im Wasser ist. Andere Quellen berichteten mir, der Hafen Maaraue habe wegen der Lieferungen des Thomasmehls einfach nur keine Kapazitäten mehr freigehabt – die für die Firmen des Barons aber dringend erforderlich waren. Da weiß man nicht recht, ob man nicht auch die Brände in den Lagern des Zollspeichers Biebrich, die angeblich von dem gefährlichen Thomasmehl ausgingen und später auch die Hafenanlagen des Werkes in Amöneburg völlig zerstörten, eher dem Baron als diesem verwirrten Teufel in die Schuhe schieben sollte, der dafür in die Irrenanstalt kam. Man stelle sich das vor – Thomasmehl leicht entflammbar? Noch Fragen, wie groß der Hass auf diesen Mann ist?"

„Ich nehme an, die Anzahl derjenigen, die ihm die Pest an den Hals wünschen, steigt exponentiell stärker, als unsere wirtschaftliche Leistung derzeit prozentual fällt", gab Peter zynisch zurück und speicherte auch dieses Detail in seinem Gedächtnis. Unwillkürlich kamen ihm seine Traumbilder in den Sinn, in denen er den Baron als Krake gesehen hatte, der alles umklammerte und auffraß.

Wieder lachte Sonnemann. „Jetzt weiß ich, was mir hier wirklich fehlt: deine Schlagfertigkeit. Hoffentlich holt der Teufel bald unseren Polizeipräsidenten, damit ich endlich wieder fähige Leute wie dich hier einstellen kann."

„Danke für die Blumen, aber Leute wie der General haben die Angewohnheit, ewig zu leben und ihre Posten auch bis zum bitteren Ende zu behalten. Da müsste ich mir schon beim Baron so viele Sporen verdienen, dass er höchstselbst den General absägt."

„Den soll vorher der Teufel holen!", knurrte Sonnemann und seufzte tief. „Sei's drum, an die Arbeit, Peter. Stochere im Dreck, aber nicht zu tief. Es lohnt sich nicht. Vor allem: Bring dich nicht in Gefahr!"

„Werde ich nicht. Aber danke für deine Erklärungen. Jetzt weiß ich, woher der Wind weht, und kann mich vorbereiten." Peter erhob sich und gab Sonnemann zum Abschied die Hand.

„Die Sache stinkt zum Himmel, aber der Fisch fängt vom Kopf an zu stinken. Die schlimmsten Gossen des Stadtkreises können nie so viel Pest verbreiten wie die Leute ganz oben."

Peter schwirrte der Kopf, aber Sonnemanns Informationen hatten ihm weitergeholfen. Dadurch wurde sein Schlaf auch ruhiger. Die Alpträume kehrten nicht zurück.

Er hatte sich mit Goerdeler noch auf ein Bier verabredet und dabei eine Menge erfahren, was bei seiner alten Dienststelle zurzeit alles geschah. Der Besuch des Kaisers war das Thema Nummer eins gewesen. Alle verfügbaren Leute waren abgestellt, das Kurviertel und die Villengebiete am Neroberg und östlich der Kaiserstraße zu sichern. Am meisten Unmut erregte die Urlaubssperre. Auch Goerdeler war davon betroffen. Seine Frau erwartete zum dritten Mal Nachwuchs, und die Hebamme behauptete, zwei Herzschläge hören zu können. Goerdeler wollte zur Niederkunft bei seiner Frau sein, doch das wurde ihm nicht gestattet. Im Grunde war Peter froh gewesen, dass er nicht mehr im Dienst war. Er konnte seine Zeit wenigstens frei einteilen.

Halbwegs erholt erwachte er vor Morgengrauen und schlich in seine Küche. Wie erwartet, hatte der Wind aufgefrischt und tobte nun heulend durch die verkrüppelten Straßenbäume. Die Fensterläden klapperten, und unheimliche Geräusche im einzigen noch offenen Kamin, dem des Salons, ließen auf ein ganzes Heer Poltergeister schließen. Die Kinder des Mieters in der zweiten Etage schliefen nicht und jammerten in einem fort. Es war kalt im Haus, offensichtlich hatte man die Kohleschütte der Dampfheizung noch nicht wieder gefüllt. Ein Blick auf den Haushaltsplan löste das

Rätsel schnell. Der Scherenschleifer, der in der Mansarde hauste, war mit Kohlendienst an der Reihe. Doch der stand erst auf, wenn es hell wurde. Es würde also noch eine Weile dauern, bis die Dampfheizung wieder lief. Peter hoffte nur, dass dieses Versäumnis nicht bedeutete, dass er wieder etwas an der Heizung reparieren musste. Der alte Dampfkessel lief hervorragend, solange man ihn in Betrieb hielt. Wenn er allerdings keinen Brennstoff bekam und das Feuer erlosch, reagierte er wie ein alter Hochofen. Ihn erneut unter Dampf zu setzen war eine zermürbende Angelegenheit, die nicht selten dazu führte, dass Teile des spröden Gussstahls, aus dem das Ungeheuer bestand, durch die Temperaturunterschiede platzten.

Um wenigstens innerlich warm zu werden, entfachte Peter ein Feuer in seinem alten Herd, der noch nach Brennholz verlangte, und stellte einen Wasserkessel auf. Ernüchtert stellte er fest, dass nicht nur das Holz knapp wurde, sondern auch außer einem harten Kanten Brot und einem Stück Käse keine Lebensmittel mehr im Haus waren. So ermahnte er sich, erst einmal einkaufen zu gehen und nachzusehen, ob noch ein paar Bretter im Schuppen lagen, die er verheizen konnte. An Nachschub von anständigem Brennholz war nach diesem Winter nicht zu denken. Es war knapp wie Kohle und Stahl, und die Wälder waren ziemlich ausgedünnt.

Da er harte Ermittlungsarbeit vor sich hatte, durfte ihn nicht ständig Hunger aus dem Takt bringen. Ein wenig sehnsüchtig dachte Peter an die Zeiten zurück, in denen seine Familie noch Personal beschäftigt hatte. Er erinnerte sich an Ludwig, der kurz vor Peters Vater verstorben war. Ein Faktotum, das sich um all die Dinge gekümmert hatte, die ihm jetzt Kopfzerbrechen bereiteten. Ludwigs Tochter war das Hausmädchen gewesen und mit der Familie von Peters Tante nach München gezogen. Es hatte sogar ein Kindermädchen gegeben.

Es klingelte, und Peter warf einen Blick aus dem Fenster. Vor seinem Haus stand erneut eines der seltenen, geschlossenen Automobile, ein kleineres Fahrzeug diesmal, mit einem Holzgasantrieb, der in der feuchten Luft stark rußte. Der Regen hatte über Nacht aufgehört, seine feuchte Fracht über der Stadt zu entladen, aber der

Wind trieb Nebel durch die Straßen, der einen nicht richtig gekleideten Passanten ebenfalls innerhalb kürzester Zeit bis auf die Knochen durchnässen konnte. Der Fahrer des Wagens stand am Tor.

Fast hätte Peter gelacht, denn der Mann tarnte sich nicht besonders gut. Wenn man nur genügend der billigen Kriminalromane las, mit denen sich so mancher arme Lehrer ein Zubrot bei schäbigen Kleinverlagen verdiente, erkannte man in ihm sofort den Privatdetektiv. Der Mann war die Karikatur eines Pinkertons, wie man dank ihrer literarischen Beschreibung glaubte, ihn aus Amerika zu kennen. Inklusive Melone.

Peter öffnete das Fenster. „Das Tor ist offen, ich lasse Sie rein!" Er zog eine Jacke über und ging zur Haustür, weil er wusste, dass das Dampfventil, mit dem man die Tür von seiner Wohnung aus hätte öffnen können, garantiert nicht funktionierte, sobald die Außentemperatur einen gewissen Wert unterschritt.

„Privatdetektiv Langendorf?", fragte der Mann mit einer Stimme, die einer defekten Nähmaschine würdig war, und baute sich in der Tür auf. Peter bewegte dieses Verhalten zu einem dreckigen Grinsen. Das Wort „Privatdetektiv" hatte aus dem Munde des Pinkerton-Schnüfflers geklungen, als spucke er aus. Damit war klar, was der Mann von der Konkurrenz hielt.

„Genau der."

Der Mann drückte ihm eine Mappe in die Hand, tippte an den Rand seiner Melone und wandte sich zum Gehen. „Schönen Tag", grüßte er in einem Tonfall, der klang, als hätte er lieber „friss Dreck, du Ratte" gesagt.

„Desgleichen", gab Peter freundlich zurück und schlug die Haustür wieder zu, um den Wind auszusperren. Er war so neugierig auf den Inhalt der Mappe, dass er nicht bemerkte, wie die Tür hinter ihm wieder aus dem Schloss sprang, weil es nicht schnell genug zuschnappte.

Mit den Unterlagen kehrte er in die Küche zurück, wo der Wasserkessel bereits pfiff. Die Mappe warf er auf den Küchentisch und goss erst einmal Kaffee auf. Bevor er sich jedoch eine Tasse eingießen konnte, schlug die Neugier zu, und er blätterte die Akte durch. Er hatte nicht viel erwartet und war dementsprechend von dem mageren Inhalt nicht enttäuscht.

Viel hatten die Detektive nicht zu berichten. Es gab eine Liste der bislang versuchten Anschläge auf das Luftschiff mit den Ergebnissen der Ermittlungen dazu. Peter ging die Aufzählung durch, fand aber keine erste Spur. Die Namen der festgenommenen Saboteure waren ihm unbekannt. Es waren kleine Lichter, ungelernte Arbeitssklaven, die ihr Zerstörungswerk dilettantisch durchgeführt und sich selbst mehr geschadet hatten als dem Ziel. Am Rande verwunderte Peter neben der Anzahl der gefassten Akteure, dass es nirgends einen Hinweis auf deren Aburteilung oder Verbleib gab. Aber das ging ihn nichts an. Sie saßen wahrscheinlich in irgendwelchen Gefängnissen oder Irrenanstalten. Eingesperrt für den Rest ihres Lebens. Auch die Steckbriefe der Männer gaben keinen weiteren Aufschluss.

Erstaunlich war allein ihre Anzahl. Es hatte in drei Monaten dreiundzwanzig Anschläge gegeben, an denen je ein bis drei Personen beteiligt gewesen waren.

„Dreiundzwanzig in drei Monaten? Wie zum Teufel können die so viele Leute rekrutieren?", rief Peter erstaunt, als ihm diese Dimension aufging. Um ein Haar hätte er die Kaffeekanne über die Papiere ausgeschüttet, aus der er sich gerade einschenken wollte. „Vor allem – die halbe Belegschaft der Werft scheint mitgemacht zu haben!"

Natürlich konnte man die Arbeiter jederzeit austauschen, es gab genug Erwerbslose. Aber so viele Menschen, die immer wieder auf der Luftschiffwerft anheuerten, um Anschläge zu verüben, das wurde ihm unheimlich. „Gut fünfzig Menschen so zu indoktrinieren, dass sie ihr Leben und ihre Freiheit für so was riskieren – der Anführer der Sekte muss wirklich ein charismatisches Wesen sein."

„Oder inhaltlich überzeugend!"

Peter fuhr herum, als er die Stimme hinter sich vernahm. In der Tür zu seiner Küche stand eine Frau in einem wallenden, mintfarbenen Kleid, dessen Saum von den verschmutzten Straßen stark in Mitleidenschaft gezogen war. Die pelzverbrämte Kapuze des schwarzen Mantels hatte sie weit ins Gesicht gezogen, so dass Peter sie nicht erkennen konnte.

„Ich bitte um Vergebung für mein unangemeldetes Eindringen, die Türen standen offen. Ich muss Sie sprechen.“ Sie trat ein und schloss die Tür hinter sich, als befürchte sie Lauscher. Dann erst zog sie ihre Kapuze vom Kopf. Noch immer war nicht viel zu erkennen, denn sie trug eine ausdruckslose Maske aus dünnem Leder mit getönten Gläsern über den Augen. Dies war die Variante der klobigen Schutzbrillen, die Damen trugen, um ihr Gesicht vor dem Wind und der schlechten Luft zu schützen. Sie zog sie über den Kopf ab und enthüllte rote Locken um ein fein geschnittenes Gesicht mit makelloser Haut. „Wissen Sie, wer ich bin?“

Peter starrte sie mit offenem Mund an. Er sprang auf und ergriff ihre Hand zu einem Handkuss, um sein Unwohlsein wegen seines bäuerlichen Aufzugs zu überspielen. „Baroness von Wallenfels! Bitte … setzen Sie sich doch, möchten Sie Kaffee?“

„Danke, gern.“ Sie sah sich in seiner Küche um, ohne dass ihre Miene verriet, was sie über die Art der schon leicht schäbigen Einrichtung oder den Bewohner dieser Liegenschaft dachte. Sie war sich auch nicht zu fein, an dem alten Holztisch Platz zu nehmen.

Peter eilte durch die Küche, um eine halbwegs unversehrte Kaffeetasse zu finden und sie zu füllen, nachdem er seinen letzten Rest Kandiszucker hineingegeben hatte. Dann setzte er sich ihr gegenüber.

Die junge Frau hatte ein zerknittertes Blatt aus der Akte gegriffen und las es. Es war das Flugblatt, von dem Sonnemann gesprochen hatte. Als Peter wieder saß, fing sie ohne Umschweife an, von ihrem Anliegen zu berichten.

„Ich muss Sie bitten, meine Anwesenheit hier aus Ihrem Gedächtnis zu streichen, sobald ich wieder verschwunden bin. Niemand, vor allem nicht mein Vater, darf erfahren, dass ich hier war und weiß, womit er Sie beauftragt hat. Ich will nur unverzeihliche Fehler verhindern. Ich hoffe sehr, Sie sind ein Mann, der nachdenkt, ehe er handelt, anders als die Vertreter der Detektei, die mein Vater beauftragt hat. Mir scheint, dass deren Waffen sehr locker sitzen."

„Dort, wo mich der Auftrag Ihres Vaters hinführen wird, sollte man ausschließlich seinen Kopf benutzen. Waffen haben dort wenig Wirkung, außer man rückt mit einer Armee an. Man schießt auf einen und ist von hundert umzingelt. Dann bleibt nicht mehr viel von einem übrig. Verzeihung, wenn ich so deutlich werde, aber das ist der Grund, warum nicht die Pinkerton-Leute an diese Orte geschickt werden, sondern ich, und ich werde nur stöbern und nicht handeln. Danach werde ich meine Erkenntnisse weitergeben", erklärte Peter, den die Neugier fast zerriss. „Außer ich erkenne, dass dies noch größeren Schaden anrichten könnte."

„Das ist gut. Ich kann und will nicht viel zur weiteren Aufklärung der Dinge bezüglich des Standpunktes meiner Familie in dieser Angelegenheit beitragen und muss Sie leider über ein paar Zusammenhänge im Dunklen lassen", seufzte sie. „Um es kurz zu machen: Mein Vater macht einen Fehler. Ich glaube, er weiß, wer der Anführer von Lebenslicht ist und warum diese Leute den Jungfernflug der Pazuzu verhindern wollen. Ich weiß es auch und stimme den Zielen der Sekte zu. Auch bin ich mir sicher, dass es kaum einen anderen Weg mehr gibt, meinen Vater von der Durchführung dieses entsetzlichen Fehlers abzuhalten, als das Objekt seines Wahnsinns zu vernichten. Das größte Problem sehe ich dabei in den Kollateralschäden. Es werden Menschen bei diesem Vorhaben den Tod finden. Aber man darf die Schuld dafür nicht bei den Menschen suchen, die die Pazuzu vernichten wollen. Mein Vater verstößt, um sein Vorhaben zu realisieren, gegen eine Menge Gesetze, die, wenn er Erfolg hat, nicht mehr weiter bestehen können und abgeschafft werden müssen. Dabei sind sie sinnvoll, weil ihr Ursprung im Gebot der Menschlichkeit liegt. Vater hat mit seinem Verstoß gegen diese Gesetze die letzten Reste seiner Unschuld und seines Anstandes verloren. Ich denke, Sie können eine Menge bewirken. In erster Linie möchte ich Ihnen raten, dafür zu sorgen, dass die Kollateralschäden gering bleiben. Verhindern

Sie unschuldige Opfer und fügen Sie bitte dem Sektenführer kein Leid zu. Denn das hat mein Vater schon getan."

„Sie kennen ihn." Es war keine Frage, sondern eine ernüchterte Feststellung. Er hatte die ganze Zeit ihr Gesicht beobachtet, um herauszufinden, welche Gefühle sie mit der ganzen Sache und speziell der bewussten Person verband.

Ihr gequälter Gesichtsausdruck strafte ihn fast körperlich dafür, so weit gegangen zu sein. „Ich kenne den Mann, der die treibende Kraft hinter dem Plan zur Vernichtung der Pazuzu ist, und ich wiederhole: Er hat schon genug unter meinem Vater gelitten. Dieser Versuch, meinen Vater zu stoppen, ist das Einzige, was ihn antreibt, und wird es auch bleiben. Wenn es vollbracht ist, wird er verschwinden. Deshalb – wenn es jemanden in dieser üblen Geschichte gibt, der die wahre Schuld an dem trägt, was geschieht, geschehen ist und noch geschehen wird, ist einzig und allein Wilhelm von Wallenfels."

Eine Weile saßen sie einander stumm gegenüber und sahen einander in die Augen. Peter bewunderte die junge Frau, die mit solcher Inbrunst und innerer Stärke den Kampf gegen ihren eigenen Erzeuger führte. Den Verdacht, es könne sich bei dem Mann um einen heimlichen Geliebten handeln, verwarf er, als ihm Sonnemanns unter der Hand geäußerter Verdacht wieder einfiel, es könne sich um einen Verwandten handeln.

„Ich weiß nicht, ob ich Ihnen helfen kann. Der Auftrag Ihres Vaters gefiel mir von Anfang an nicht, und er gefällt mir immer weniger, das gestehe ich gerne ein. Ebenso muss ich aber gestehen, dass ich Geld brauche. Sonst hätte ich den Auftrag abgelehnt, wenn man mir dazu überhaupt eine Möglichkeit gelassen hätte. Ich habe von Hauptkommissar Sonnemann interessante Details gehört, die es mir nicht einfacher machen. Das Bild ist noch unklar. Ich kann Ihnen jedoch versprechen, dagegen vorzugehen, wenn ich einen Verstoß gegen geltende Gesetze entdecke. Egal wer ihn verübt. Opfer zu vermeiden versteht sich für mich von selbst. Abgesehen davon bin ich kein Pinkerton, der schon zum Schießeisen greift, wenn man ihn nur schräg ansieht. Ich besitze zwar eine Waffe und einen

Waffenschein. Aber in dieser Gegend wäre ich ein toter Mann, sobald ich sie zöge. Daher benutze ich lieber mein Gehirn und nicht die Brechstange. Mein Gewissen steht mir zwar häufig im Weg, aber es hat bislang ganz gut geholfen, meine Würde zu wahren. Wenn ich das nicht mehr kann, gebe ich die Sache ab."

Das Gesicht der Baronesse nahm einen fast erlösten Ausdruck an. Sie rang sich sogar zu einem Lächeln durch. „Ich danke Ihnen. Mehr kann ich nicht verlangen, und ich bin sehr erleichtert, dass Sie nicht zu den Leuten gehören, die erst zuschlagen und dann denken."

Wieder entstand eine Pause, die beide dazu nutzten, einen Schluck Kaffee zu trinken. Peter wartete geduldig, denn er wurde den Eindruck nicht los, dass die Baronesse noch etwas auf dem Herzen hatte. Durch seine trockene Erkenntnis, dass sie den Sektenführer kannte, war ihr wohl klar geworden, dass Peter in der Lage war, seinen Kopf zu mehr zu verwenden als nur zum Tragen eines Hutes, und war entsprechend vorsichtig. Sie gab Obacht, dass nicht zu viele Leute von ihrem Wissen erfuhren, so dass es nachher doch ihrem Vater zu Ohren kam.

„Es ist besser für die Menschheit, wenn mein Vater mit seinen Plänen scheitert. Auch ohne diesen ganz speziellen Grund die Pazuzu betreffend", seufzte sie schließlich.

Peter runzelte die Stirn, als er den beißenden Unterton in ihrer sonst so sanften Stimme vernahm. „Wie darf ich das verstehen? Ich fürchte, ich kann Ihnen nicht folgen."

„Hat Ihnen mein Vater erklärt, wozu die Pazuzu dienen soll?", hakte sie mit einem spöttischen Lächeln nach. „Wahrscheinlich nur, dass man mit einem Luftschiff wie diesem ohne einen großen Flugplatz mit Landebahn schwere Lasten aufnehmen und absetzen kann. Das alles punktgenau und ohne besondere Infrastruktur. Ein hehres Ziel, das dem Wohle der Menschheit dienen kann. Wenn es etwa um Maschinen zur Fabrikation geht oder zur Schaffung fruchtbaren Landes in unwirtlicher Umgebung. Aber ich bin sicher, dass Ihnen auch andere Schwerlasten einfallen, die weniger wohltätigen Zwecken dienen und die man mit der Pazuzu über weite Strecken in unerschlossenes Gebiet liefern könnte, nicht wahr?"

Peter schloss gequält die Augen, als ihm ein Zeitungsbericht über ein weiteres Teilstück des Wallenfelsschen Imperiums ins Gedächtnis kam. „Rüstungsgüter. Waffen wie zum Beispiel dieses Monstrum von einem Kettenfahrzeug mit dem Geschütz auf einem drehbaren Turm. Es soll größer sein als die größte Dampflokomotive, vor allem dreimal so breit, so dass man es nicht auf Schienen transportieren kann. Im Krieg zählt Schnelligkeit, und wer seine Waffen, möglichst große und mit viel Zerstörungskraft, zuerst vor Ort hat ..."

Er verstummte. Sein Blick traf in schweigendem Einverständnis den der Baronesse. Peter kannte das Gerät, das die erste Last des Luftschiffes werden würde.

„Die Fette Molly", stöhnte er.

Die Baronesse nickte. „Die größte selbstfahrende Kanone, die die Welt je gesehen hat. Wussten Sie, dass es völlig unerheblich ist, was den Dampf in ihren Kesseln zum Kochen bringt? Ihr Antrieb funktioniert mit allem, was man verbrennen kann, Äther, Kohle, Holz – man kann sogar Mist in ihrem Brenner verfeuern. Ihre Geschosse werden nicht von Explosivstoffen angetrieben, sondern von Dampf. Ein Ingenieur meines Vaters hat das Verfahren zur Komprimierung des Dampfes verfeinert, und jetzt dürfen Sie raten, wer auf diese wunderbare Idee gekommen ist."

Peter enthielt sich einer Antwort. Er wusste, dass der Baron aus reinem Vergnügen an der Sache ein Ingenieursstudium im Fach Maschinenbau absolviert hatte. Summa cum laude. Er gehörte zu den Menschen, die bedingungslos an die Technik glaubten und der Ansicht waren, alles sei möglich, was menschliche Vorstellungskraft auszudenken vermochte. Langsam allerdings endete Peters Vorstellungskraft. Für ihn war der Baron wahnsinnig, und der dringende Wunsch, diesen Wahnsinn zu stoppen, keimte immer stärker in ihm auf.

„Ich werde tun, was in meiner Macht steht, um diesen Fall mit dem größtmöglichen Erfolg abzuschließen und so viel Elend zu vermeiden wie nur irgend möglich."

„Ich wünsche Ihnen dafür viel Erfolg und alles Gute für die Ermittlungen. Ich gestehe, dass ich mehr weiß. Dinge, die Ihnen helfen könnten. Aber ich darf sie Ihnen nicht sagen, weil ich nicht weiß, wie viel Schaden ich damit verursachen würde. Verzeihen Sie."

„Sie haben schon viel gesagt. Vielleicht sogar mehr als geplant. Aber bei mir sind diese Dinge gut aufgehoben, und ich gebe nichts weiter. Ich muss nur sehen, was ich daraus mache."

Sie erhob sich. Peter sprang auf, um ihr die Tür zu öffnen, jedoch nicht, ohne vorher in den Gang zu spähen, ob einer seiner Mieter von dem ungewöhnlichen Besuch Kenntnis bekommen hatte. Die Baronesse hatte Schutzbrille und Kapuze wieder über den Kopf gezogen und verbarg so ihr Gesicht.

Peter öffnete die Haustür und warf einen Blick in seinen Briefkasten, kontrollierte dabei, ob es ungewollte Beobachter gab. In der Hofeinfahrt gegenüber entdeckte er seinen jugendlichen Gelegenheitsspion Georg, der gerade seine Schutzbrille an seinem Hemdzipfel reinigte. Mit dem Finger unter der Nase holte Peter Luft und wies die Straße entlang: die stumme Frage, ob die Luft rein sei. Der Junge rannte kurz die Straße entlang und stellte sich dann tief durchatmend mit ausgebreiteten Armen am Kaiser-Friedrich-Ring in den Sturm.

„Keine Spione weit und breit!", sagte Peter leise und öffnete die Haustür für seinen Gast.

„Danke für Ihre Gastfreundlichkeit … und Ihr Verständnis!" Sie trat auf die Straße und eilte zum Ring, den Mantel eng um die schmalen Schultern gezogen, um dem Wind zu trotzen. Als ihr der Junge entgegenkam, drückte sie ihm etwas in die Hand. Georg starrte perplex auf die Münze und zog dann mit einer ausladenden Verbeugung die Mütze.

Peter sah ihr nach. Der Junge verschwand winkend in der Hofeinfahrt, und er winkte zurück. Ein prüfender Blick zum Himmel verriet ihm, dass er sich beeilen musste, wenn er an diesem Tag noch weitere Nachforschungen und Besorgungen erledigen wollte. Der Sturm brachte Wolken, die der Stadt ein weiteres Unwetter bescheren würden.

Noch mehr Arbeit

Der Besuch in der Landesbibliothek, in der sich Peter mit Lesestoff über Luftschiffe, Sekten und die Familie von Wallenfels eindeckte, war seine letzte Amtshandlung für den Tag, nachdem er auch Lebensmittel beschafft hatte. Kaum war er zu Hause, brach das erwartete Unwetter los. An ruhiges Arbeiten war nicht mehr zu denken, denn das Gewitter wurde so heftig, dass Peter um sein Haus bangte.

Aber auch zum Schlafen kam er kaum. Die entsetzlichen Geräusche des Sturms durchdrangen selbst die Kautschukstöpsel, mit denen er seine Ohren verstopfte. Das hohle Heulen in den Kaminen ergab zusammen mit dem Klappern der Fensterläden und dem Krachen umherfliegender Gegenstände eine wahnsinnige Choreografie. Ein besonders lauter Schlag in der Nähe seines Schlafzimmerfensters fügte diesem Orchester einen äußerst erschreckenden Effekt hinzu.

Übermüdet tappte er am nächsten Morgen ins Freie und besah sich die Bescherung. Der Paukenschlag war von seinem Haus gekommen. Der kleine Kontorist in seinem Kopf rechnete umgehend die Kosten der Schadensbeseitigung aus und verbot ihm, an die Ablehnung eines Auftrages auch nur zu denken. Das Hauptdach war unbeschadet geblieben, nicht jedoch das Satteldach des Zwerchhauses mit dem Staffelgiebel. Das Zwerchhaus war eigentlich Teil der Mansardenwohnung, diente aber nur als Speicher, weil sich dort ein Turmfalkenpärchen eingenistet hatte. Der Scherenschleifer war in den rückwärtigen Teil des Daches umgezogen, da ihn die Tiere um den Schlaf gebracht hatten. Im vergangenen Jahr war das treue Brutpaar allerdings ausgeblieben, und Peter fragte sich nun, ob die Tiere gespürt hatten, dass der Dachstuhl nicht mehr ganz wetterfest war. Natürlich hatte auch er bemerkt, dass die Mauer des Zwerchhauses Risse bekommen hatte und die Firstbalken stellenweise morsch waren, doch dass es so schlimm kommen könnte, hatte er nicht für möglich gehalten. Die Firstpfette war gebrochen und hatte einige Ziegel herausgerissen. Andere Steine hatte der Sturm auf die Straße gefegt, und das Fenster war geborsten. Das Einflugloch der Turmfalken über dem Fenster existierte nicht mehr.

Der Scherenschleifer kam aus dem Haus gelaufen. Bevor er jedoch zu seinen üblichen Jammertiraden anheben konnte, wies Peter ihn an, ihm mit dem Wachstuch zu helfen, das über den zerstören Erker gelegt werden musste, um weitere Wasserschäden in der Wohnung darunter zu verhindern.

Missmutig machten sich die beiden an die Arbeit. Ein dritter Helfer gesellte sich dazu, der Metzgermeister, der mit seiner Familie in der Wohnung unter dem Dachgeschoss lebte und so am meisten von dem Schaden betroffen war. Peter stemmte sich auf das Dach und sicherte sich mit einem Seil am Kamin. Der Wind war noch immer heftig genug, um ihn auf die Straße zu befördern, wenn er sich einen Fehltritt leisten sollte. Nun konnte er die Schäden genauer prüfen. Mit der Firstpfette hatten sich auch Teile der Attika aus massivem Sandstein verabschiedet, und die Rechnung in Peters Kopf wurde länger. Vor allem notierte er sich, dass er Paul anrufen musste. Ein Architekt war erforderlich, das Zwerchhaus musste umgebaut und die Statik neu berechnet werden. Zum Glück konnte er dafür auf seiner Rechnung eine Null als Kostenbetrag festhalten.

Mit viel Mühe und der Körperkraft des Metzgers sicherten sie nach dem Anbringen der Plane den schadhaften Rest der Attika mit Brettern und Latten, damit die verbliebenen Ziegel und Sandsteine an ihrem Platz blieben. Die Frau des Metzgers versorgte die Männer mit einem kräftigen Frühstück aus fetter Fleischwurst, frischem Brot und Kaffee, was dankbar angenommen wurde.

Als die beiden anderen Männer an ihre eigentliche Brotarbeit gegangen waren, verbrachte Peter eine Weile am Telefon. Paul war nicht zu erreichen, das Büro, für das er arbeitete, erklärte, er beaufsichtige eine Baustelle in Nürnberg. Das verwunderte Peter, denn seine letzten Informationen über den Aufenthalt seines Bruders lauteten, Paul habe eine Baustelle in Dresden und diese sei bald abgeschlossen. Er fragte nach, ob die Baustelle in Dresden denn schon fertig wäre, und erhielt die entnervte Antwort, man habe Herrn Langendorf versetzt. Der Ton dieser Antwort gefiel Peter nicht, und er begann, sich Sorgen um Paul zu machen. Daher bat er, man möge Paul ausrichten, er solle seinen Bruder anrufen.

Dann versuchte er sein Glück bei den Dachdeckern der Umgebung, aber der Sturm hatte denen derart viel Arbeit beschert, dass sie zumeist nicht erreichbar waren. Die Telefonistin der Vermittlung reagierte auf Anfragen zu weiteren Verbindungen schon recht ungehalten, so dass Peter es schließlich sein ließ und den sündhaft teuren, ätherbetriebenen kleinen Dampfgenerator abstellte, der das Telefon mit dem nötigen elektrischen Strom versorgte. Er ging davon aus, dass an diesem Tag kein Dachdecker mehr zurückrufen würde und auch niemand anderes seine Leitung belegen würde.

Das Dach war erst einmal dicht, so dass er sich ein bisschen Zeit lassen konnte. Erfahrungsgemäß mussten sie sich in den nächsten Tagen ohnehin mehr vor weiterem Regen als vor Wind fürchten, und dann kamen eventuell ein paar schönere Tage ohne neue Katastrophen. So jedenfalls besagten es Peters eigene Bauernregeln.

Aber er würde viel Geld brauchen. Die Anzahlung des Barons würde ihm die Reparatur ermöglichen, aber dann brauchte er immer noch Geld zum Leben. Also musste er mit den Ermittlungen beginnen, damit der Baron auch seinen guten Willen würdigen konnte. Seufzend machte er sich auf, wenigstens den Vorgarten aufzuräumen, in dem noch Ziegeltrümmer, Dachschindeln und

Holz herumlagen. Solche Arbeiten waren immer eine gute Gelegenheit, seine Gedanken zu ordnen und Pläne zu schmieden.

Er begann, die alten Ziegelsteine von der Straße zu sammeln, damit keine Fußgänger oder Fahrzeuge gefährdet wurden, und betrachtete jeden einzelnen, ob er nicht vielleicht noch verwendbar war. Die meisten waren allerdings derart zerstört, dass man sie nur noch als Schotter verwenden konnte. Mürrisch starrte Peter auf die Ziegelbruchstücke in seinen Händen, als könne er sie mit seinem bösen Blick wieder zusammenschweißen.

Den jungen Mann mit der eleganten schmalen Schutzbrille auf dem Barett, der sich mit einem versonnenen Blick auf den Haufen geborstener Ziegelsteine näherte, bemerkte Peter erst, als der sich nach einem Ziegel vor seinen Füßen bückte. Der Fremde rieb an der Bruchstelle und lächelte fast glücklich. „Kann ich von den kaputten Ziegeln ein paar mitnehmen? Ich brauche nur die schadhaften."

Der Blick, mit dem Peter ihn bedachte, hatte etwas von der Art, wie ein Nervenarzt einen Patienten musterte. Er hatte das Gefühl, einen Irren vor sich zu haben, anders konnte er sich das Interesse dieses gutgekleideten, offensichtlich wohlsituierten Mannes an kaputten Ziegelsteinen nicht erklären.

Der junge Mann lachte schallend, als er Peters Blick bemerkte. „Verzeihen Sie. Ich bin Kunstmaler und mische meine Farben zum großen Teil selbst. Die Ziegel Ihres Hauses haben einen wundervollen Rotton, den ich bislang noch nicht habe. Die Steine stammen sicher aus der inzwischen leider stillgelegten Ziegelei Bierstadt. Die Grube, aus der sie ihr Rohmaterial bezog, war leider erschöpft, wie ich hörte."

Es dauerte eine Weile, bis Peter sich wieder gefasst hatte, denn der Wunsch seines Gegenübers war ihm doch recht seltsam erschienen. Dann erkannte er den Fremden. Peter war sicher, ihn schon einmal in der Zeitung gesehen zu haben, in einer Lobeshymne des sonst von ihm verschmähten Feuilletons der Tageszeitung. „Ich habe keine Ahnung, woher die Ziegel kommen, das Haus ist schon dreißig Jahre alt, noch vor dem deutsch-französischen Krieg von 70/71 gebaut. Über den Farbton der Ziegel habe ich mir noch nie Gedanken gemacht. Das Haus war früher verputzt, und bei dem Ruß in der Luft wird ohnehin alles in kürzester Zeit schwarz. Aber nehmen Sie den Bruch ruhig, ich kann das Material nicht mehr verwenden, Herr …"

„Valerian de Cassard", stellte sich der Mann vor und reichte Peter seine schmale Hand, die den Händedruck überraschend fest erwiderte.

Peters Vermutung war damit bestätigt. Es handelte sich um den hochgelobten Maler, Sohn eines französischen Grafen, der sich vor Aufträgen aus der besseren Gesellschaft nicht mehr retten konnte, seit er eine erste Ausstellung im Kurhaus hatte ausstatten dürfen.

„Freut mich, Sie kennenzulernen, habe schon in der Zeitung einiges über Sie gelesen. Leider bin ich Kunstbanause und habe mir Ihre Ausstellung im Kurhaus nicht angetan. Peter Langendorf, Privatdetektiv!"

Der Künstler musterte Peter mit einer Mischung aus Neugier und Zweifel, die ihn ärgerte. Dieser Ärger stand ihm auch ins Gesicht geschrieben, was dem jungen Mann nicht verborgen blieb.

Er beeilte sich, Peter eine Erklärung für sein Verhalten zu geben: „Sie sind das, das ist gut, dass ich Sie antreffe, denn ich wollte eigentlich zu Ihnen. Nach den Beschreibungen Hauptkommissar Sonnemanns hätte ich allerdings erwartet, einen deutlich älteren Mann anzutreffen."

„Sonnemann? Das kann ich mir denken. Warum wollten Sie zu mir?" Jetzt war Peters Neugier geweckt, und er wies auf den Hauseingang.

De Cassard hob zwei Ziegelbruchstücke auf und steckte sie in die Taschen seines weiten Wachsmantels. Dann betrat er das Haus. Peter führte ihn in sein Büro und bot ihm an, Platz zu nehmen. Doch der Künstler blieb stehen. Dafür betrachtete er ausgiebig die Stuckornamente an der Zimmerdecke, während er sich ans Fensterbrett lehnte. „Das war einmal ein herrschaftliches Haus. Schade, dass es in einem schlechten Zustand ist. Diese Decken sind wunderschön …"

„So etwas zu erhalten kostet eine Menge Geld“, erwiderte Peter achselzuckend. „Die ganze Gegend hier war großbürgerlich und herrschaftlich, aber alles, was außerhalb des ersten Ringes liegt, verfällt seit Beginn der Rohstoffkrise, und das Wetter ist auch nicht besonders hilfreich bei der Erhaltung.“

„Es scheint immer schlimmer zu werden. Man könnte meinen, die Wissenschaftler, die glauben, dass unser Hunger nach Technik, die damit verbundene Verschmutzung der Luft und die Zerstörung der Natur diese Veränderungen beschleunigten, haben recht. Nun ... entschuldigen Sie, ich schweife ab ... wie hoch ist das Honorar für Ihre Dienste?“

„15 Goldmark die Woche plus Spesen“, gab Peter zurück. Es war der Grundtarif, den auch die Pinkerton-Agentur verlangte, und eigentlich sehr hoch gegriffen, doch der junge Mann nahm es ohne mit der Wimper zu zucken hin. „Bei gefährlichen Ermittlungen. Wenn ich für Sie eine Observation durchführen soll oder etwas ähnlich Langweiliges, wird es günstiger“, beeilte sich Peter trotzdem anzufügen.

Doch de Cassard nickte. „Ich möchte, dass Sie jemanden für mich suchen. Ich würde Ihnen 25 Goldmark die Woche plus Spesen zahlen. Betrachten Sie es als Gefahrenzulage, denn ich könnte mir vorstellen, dass es an dem Punkt, an dem Sie weitermachen müssen mit der Suche – dem Punkt, an dem ich sie abgebrochen habe –, gefährlich ist. Das sagte auch Sonnemann. Er hat mich für meine bisherige Arbeit getadelt. Ich hätte mich schon zu sehr in Gefahr begeben, aber die Polizei will ja nichts tun.“

Peter nickte und versuchte, ruhig zu bleiben. An dem Punkt weiterzumachen, an dem die Polizei ihre Arbeit einstellte, weil sie in Richtungen führte, in denen sie keinen Einfluss mehr hatte, war die Grundlage seines Lebensunterhaltes. Das Angebot des Künstlers war verlockend. Aber es beunruhigte ihn auch. „Um was geht es?“

De Cassard holte tief Luft und begann eine weitschweifige Erzählung. Er berichtete von seiner Familie und seinem Verhältnis zu seinem Vater, der nicht viel von Treue hielt und jedem

Rock nachstellte, der nicht bei drei auf dem höchsten Kirchturm Wiesbadens saß. Seine Mutter sei daran zerbrochen und verhielte sich wie ein Gespenst. Peter hörte geduldig zu, auch wenn es ihn drängte, den jungen Mann zu bitten, endlich auf den Punkt zu kommen. Aber er spürte, dass man diese Vorgeschichte kennen musste, um die Tragweite dessen zu begreifen, was sich noch als der Kern der Sache erweisen würde. Es schien nicht so zu sein, dass de Cassard um den heißen Brei herumredete. Nur schien die Familie nur nach außen hin intakt zu sein. Innen war sie ausgehöhlt und keine Familie mehr. Diese Tatsache schien de Cassard zu einem besonderen Schritt bewogen zu haben, und man musste sie kennen, um seine Gefühle zu verstehen.

Peter musste unwillkürlich an das denken, was er über von Wallenfels wusste. Das war eine ganz andere Art der Selbstzerstörung, aber es schien dem Detektiv symptomatisch für derartige Personen. Personen, die so viel Macht besaßen, dass sie sie auch innerhalb ihrer Familie skrupellos ausleben mussten, um sich selbst zu bestätigen. Wenn dann jemand nicht spurte, wurde er seelisch zerstört. So wie die Mutter de Cassards, der die einzig logische Konsequenz gezogen hatte: Nach seinen ersten Erfolgen als Maler hatte er sich vom Vater losgesagt und war ausgezogen. Ihm war bewusst, dass seine Mutter nicht mehr zu retten war und sein kleiner Bruder vollkommen unter dem Bann des Vaters stand.

De Cassard stockte. Es dauerte eine Weile, bis er fortfuhr, aber nun steuerte er geradlinig auf das Ziel zu: „Über einige Umwege erhielt ich die Bestätigung dafür, dass ich eine Halbschwester habe. Das Ergebnis einer der Liebeleien meines Vaters, die Tochter eines Dienstmädchens, das den Haushalt verlassen musste, sobald sich ihr Bauch rundete. Da war es für einen Engelmacher schon zu spät. Ich weiß aus sicherer Quelle, dass mein Vater schwangere Gespielinnen zu einem bestimmten Arzt schickte. Wenn sie weiter für ihn arbeiten wollten – weg mit der Leibesfrucht.

Wenn sie das Kind nicht wegmachen lassen wollten, wurden sie sofort wegen Unzucht gefeuert. Wer glaubte schon einem Dienstmädchen, dass das Balg vom eigenen Dienstherrn ist, wenn der das bestreitet? Bei der Mutter meiner Halbschwester war es zu spät, sie musste gehen. Am Anfang hat mein Vater noch dafür gesorgt, dass es seiner Geliebten und der Tochter wohl erging, weil sie nichts dafür konnte, dass es so weit gekommen war. Ob es schlechtes Gewissen war, das ihn dazu trieb, wage ich zu bezweifeln, aber einen anderen Grund kann ich mir nicht vorstellen. Außer der Möglichkeit, dass er sie auch weiter als Mätresse nutzte, denn die Frau soll schön gewesen sein. Aber das ist für die weitere Sache unwichtig.

Die Frau erlag später einer Krankheit, heißt es, und es kümmerte Vater nicht mehr, was aus dem Bastard wurde. Der Vater galt als unbekannt, die damals zehnjährige Tochter kam in ein Heim. An diesem Punkt habe ich angesetzt, nachdem ich mich mit Vater überworfen hatte. Auch wegen dieses Wissens. Er hat mich fortgejagt und mir alle Unterstützung entzogen. Wahrscheinlich dachte er, ich käme nach einer Weile auf Knien angekrochen und würde um Vergebung bitten. Aber ich hatte vorgesorgt und war unabhängig. Schließlich verdiente ich selbst genug und hatte einen Vertrag in der Tasche, die Angehörigen einer sehr hochgestellten Persönlichkeit zu malen. Ich wollte den anderen ‚Opfern' meines Vaters helfen. Speziell dieser Halbschwester, über andere habe ich noch nichts in Erfahrung bringen können. Die Frauen scheinen wie vom Erdboden verschluckt, vielleicht teilten sie das Schicksal meiner Schwester.

Im Heim erfuhr ich, dass alle Mädchen mit fünfzehn oder sechzehn Jahren einen Fußtritt bekommen und sich Anstellungen zu suchen haben. Im Idealfall kommen sie als Hausmädchen unter, vielen gelingt das aber nicht. Meine Halbschwester fand eine Anstellung bei einem Anwalt. Einem Mann, den ich kenne – und von dem ich weiß, was Frauen, selbst hässliche, zu erwarten haben. Er ist der beste Freund meines Vaters und der lebende Beweis, dass sich Gleich und Gleich gern gesellt, und so erging es auch Katharina. Sie ist getürmt, als sie seine Nachstellungen nicht mehr ertrug.

Die Köchin ist überzeugt, dass er sie vergewaltigt hat, mehrmals wohl, denn Katharina hat sie nach einer Engelmacherin gefragt. Dann verliert sich ihre Spur. Die Engelmacherin habe ich gefunden, es hat lange gedauert, sie zu überzeugen, dass ich nicht Polizist bin und ihr Handwerk verfolge. Sie bestätigte mir, dass Katharina schwanger war und dass sie ihr geholfen hatte, den ungewollten Bastard loszuwerden."

Die Erinnerungen an diese Nachforschungen in Bereichen, die ihm bis dahin fremd gewesen sein dürften, schienen ihn immer noch sehr zu bedrücken. Aber de Cassard blieb ruhig, so dass Peter damit rechnete, noch schlimmere Dinge zu hören zu bekommen. Sein Auftrag war ihm allerdings klar: Er sollte diese junge Frau finden. So ging er nicht auf den Künstler ein, sondern wartete ab.

De Cassard wandte sich endlich vom Fenster ab und sah Peter direkt an. „Ich nehme an, Sie wissen, was mein Auftrag für Sie ist: Ich möchte Katharina finden und ihr helfen. Sie soll nicht dafür leiden müssen, dass mein Vater ein Teufel ist, dem die Gefühle anderer egal sind, solange er seinen Trieben nachkommen kann. Meine Mutter kann ich nicht mehr retten, aber vielleicht kann ich Katharina ein menschenwürdiges Leben ermöglichen."

Er zog eine Mappe aus seiner Ledertasche. „Ich habe ein schlechtes Foto von Katharina im Heim bekommen und zusammen mit der Köchin des Anwaltes und der Engelmacherin ein Bild von ihr gemalt, das ihr zum jetzigen Zeitpunkt entsprechen dürfte. Mit den Einschränkungen, dass ich ihre Lebensumstände nicht kenne, die ihr womöglich auch körperlich einen Stempel aufdrücken."

Peter nahm die Mappe und schlug sie auf. Darin lag ein Porträt, das mit Rötel und Aquarellfarben gemalt war und so lebensecht wirkte wie ein nachkoloriertes Foto.

„Es ist ein Druck, den ich jederzeit vervielfältigen lassen kann. Ich weiß, Katharina ist darauf gut zu erkennen, denn meine Nachforschungen gingen dank dieses Bildes eine Weile gut voran. Aber ich gelangte dabei in Kreise, in denen selbst ich, der ich nicht als reich und mächtig gelte, nicht mehr … ähm … gerne gesehen werde, sobald ich eine Frage stelle, und in die ich nicht eintauchen möchte. Es ist nicht meine Welt. Ich bin sehr behütet aufgewachsen, und es tut mir weh, dieses Elend zu sehen. Umso dringlicher ist mein Wunsch, Katharina aus dieser Welt zu retten. Ich bin am Ende meiner Möglichkeiten, jetzt können wohl nur noch Sie mir helfen!"

Peter nahm den Druck aus der Mappe, in der noch eine Handvoll Kopien lagen, und betrachtete ihn lange. Mit einer gewissen Bewunderung musste er feststellen, dass de Cassard ohne jeden Zweifel großes Talent hatte. Es wunderte ihn nicht mehr, dass er Aufträge aus höchsten Kreisen erhielt. Von dem Papier blickte ihn ein hübsches, ausdrucksvolles Gesicht an, ein markantes Gesicht, das man sicher auch noch erkennen konnte, wenn es sich aufgrund der Lebensumstände verändern sollte.

„Solche Bilder würde ich mir von den Zeichnern der Polizei wünschen. Wenn sie noch irgendwo auffindbar ist, dann wird mich das Bild sicher hinführen", kommentierte Peter das Porträt bewundernd. „Wo verlor sich ihre Spur? Wie weit sind Sie gegangen? Gibt es einen Namen, einen Ort?"

„Ziemlich weit, für jemanden meines Standes sicher weiter, als jeder andere es jemals wagen würde, und ich habe mich dabei nicht besonders wohl in meiner Haut gefühlt. Die Spur führte nach Kastel und Kostheim. Den letzten Hinweis bekam ich im Gasthaus Schwarze Brücke am Floßhafen an der Festung Maaraue. Dort erzählte mir ein Straßenjunge, er habe sie und zwei weitere Frauen gesehen, wie sie zur Brücke nach Gustavsburg hinuntergingen, in Begleitung eines Mannes, den man nur als den Fuchs kennt …"

De Cassard hatte Peter beobachtet und stockte in seiner Erzählung. Peter wusste warum, denn er hatte gespürt, dass ihm jegliche Farbe aus dem Gesicht gewichen war.

„Der Fuchs …?"

„Ist das eine schlechte Nachricht?", fragte de Cassard. „Kennen sie ihn? Heißt er wirklich so, oder ist es nur ein Spitzname?"

Einen schlimmeren Namen konnte man als Spur kaum finden, auch wenn der Fuchs möglicherweise nur ein Glied in einer deutlich längeren Kette war. Die Leute, die hinter und über ihm standen, kannte niemand mit Namen, und das war auch gut so. Der Fuchs war in Kastel der ungekrönte König der Unterwelt und versuchte immer wieder, seinen Einflussbereich zu erweitern. Es verwunderte Peter daher, dass man den Fuchs in Kostheim gesehen hatte, denn das war bisher das Revier eines anderen gewesen.

Peter hatte keine Lust, diesen Leuten näher zu treten, als er unbedingt musste. Vielleicht konnte er Katharina finden und irgendwie aus dem Dreck holen, in dem sie nun steckte. Dabei musste er extrem vorsichtig sein, damit er auch weiterhin unbehelligt seine Nachforschungen jenseits der Bahnlinie betreiben konnte.

„Ich … bin ihm noch nicht begegnet, aber ich weiß einiges über ihn. Haben Sie Sonnemann gegenüber den Namen erwähnt?" Peter konnte es sich nicht vorstellen, aber fragen musste er, schon um seines eigenen Seelenheils willen. Immerhin hatte Sonnemann den Künstler an ihn verwiesen. Das konnte nur bedeuten, dass er über diese Nachforschungen de Cassards nur am Rande informiert war. Das Kopfschütteln seines Gastes erleichterte Peter ungemein.

„Ich habe den Namen erst erfahren, nachdem ich bei der Polizei gewesen war. Die Engelmacherin kam zu mir, als ich schon aufgegeben hatte, und nannte mir die Schwarze Brücke als Anlaufstelle. Dieses Wirtshaus hätte ich unter anderen Umständen nie aufgesucht. Mir war nicht wohl bei der Sache, und ich habe mich nicht getraut, dort Fragen zu stellen. Das Bild fiel aus meiner Manteltasche, und der Junge hob es auf, deshalb der Hinweis. Er hat Katharina erkannt. Ich wollte ihn nicht ausfragen, denn auch der Junge schien sich zu fürchten. Er hat mich aus dem Wirtshaus gezogen und sich dabei mehrfach umgesehen, bevor er mir sagte, was er wusste. Aber was bedeutet das, Herr Langendorf? Bitte, klären Sie mich auf. Gibt es eine Chance, Katharina zu helfen?"

Peter überlegte, was er dem Mann erzählen sollte. Wie er den Fuchs kannte, war das Mädchen in dem Moment verloren gewesen, als es diesen Mann getroffen hatte. Verbranntes Fleisch, möglicherweise schon tot, und wenn nicht, dann ganz am Ende.

„Schweigen Sie mich nicht an, sagen Sie mir, was Sie wissen!", flehte de Cassard.

Peter ahnte, dass der junge Mann, der so wunderbare Bilder malte, in seinem Gesicht Dinge gelesen hatte, die andere aus dem Mienenspiel nicht hätten herausfinden können. Dass der Maler die Menschen aus einem anderen Blickwinkel betrachtete. Er sah de Cassard an und kam zu dem Schluss, dass er die Wahrheit hören musste – und sie möglicherweise sogar ertragen konnte. Dass er den Mut gefunden hatte, sich der Schwarzen Brücke überhaupt zu nähern, ja sie sogar zu betreten, zeugte vom Mut der Verzweiflung. Oder von verzweifelter Hoffnung. Trotz seiner femininen Erscheinung war de Cassard eine Kämpfernatur. „Wann soll das gewesen sein? Das, was der Junge gesehen hat? Wie lang ist das her?"

„Der Junge sagte, es sei am Hochzeitstag des Kaisers gewesen. Am 27. Februar. Das ist ein Datum, das man nicht so leicht vergisst und das auch den Ärmsten gut bekannt zu sein scheint." De Cassard hing an Peters Lippen, er wartete auf eine Antwort.

Peter knetete sein Kinn, wie immer, wenn er intensiv nachdachte und seine Pfeife nicht in Händen hielt. „Am Hochzeitstag und am Geburtstag des Kaisers werden die Armenküchen mit einer Extraladung Nahrungsmittel versorgt. Das können sich die Straßenkinder merken, denn dann gibt es endlich mal eine Portion zum Sattwerden. Vielleicht das einzige Mal im Jahr, an dem sie ein Stück Fleisch zwischen die Zähne bekommen. Das ist fast drei Wochen her …"

Noch nicht allzu lang, wenn es sich bei der jungen Frau um einen starken Charakter handelte. Dann lebte sie eventuell noch. Wenn nicht, hatte sie sich längst ihrem Schicksal ergeben, war von einem Freier umgebracht worden oder hatte sich umgebracht. Sofern sie noch imstande war, klar zu denken, und nicht nur vor sich hin vegetierte. Peter sah noch einmal auf das Bild und entdeckte den entschlossenen Zug um den Mund der Frau. Ein Hoffnungsschimmer. „Ich will die Sache nicht schönreden. Ich hoffe, Sie können es ertragen – ich werde Ihnen erklären, was diese

Nachricht bedeutet. Der Fuchs und die Leute, für die er steht, sind für junge Frauen die Endstation. Kurz und knapp: Er ist ein Zuhälter. Aber das wird ihm in keinster Weise gerecht, und man kann sich bei diesem Wort falsche Hoffnungen machen. Es ist schlimmer. Denn für den Fuchs und die Seinen gibt es kein Wort. Jedenfalls keines, das ich kenne. Ein Zuhälter, ein Verbrecher, ein Schläger. Wer für ihn anschafft, muss jeden ranlassen, egal was für ein Abschaum es ist. Frauen mit ein bisschen Glück und wenig Hirn haben das zweifelhafte Privileg, eine Weile ausschließlich ihm zu Diensten zu sein. Aber er wird seiner Gespielinnen schnell überdrüssig, und dann landen auch diese Mädchen in der Gosse. Man macht sie mit Rauschmitteln gefügig, damit sie nicht abhauen, und wenn das Zeug sie nicht umbringt, dann oft genug die Freier, die zu fest zuschlagen oder Krankheiten mitbringen. Ich habe auch schon Geschichten gehört, dass er Mädchen gelegentlich an die ganz Perversen wie Vieh verkauft. Keine Ahnung, was ihnen passiert, aber sie tauchen nie wieder auf. Wer eine Gespielin für besonders abartige Gelüste braucht, der geht zum Fuchs. Seine Freudenhäuser sind die Hölle auf Erden. Stellen Sie sich das übelste Elendsviertel vor, das Sie je gesehen haben – und da Sie die Schwarze Brücke kennen, dürfte das nicht schwerfallen –, und potenzieren Sie den Ekel, den Sie empfanden. Dann wissen Sie, wo Katharina jetzt ist. Ganz unten. Im Vorhof der Hölle, wenn nicht gar in der Hölle selbst. Ich könnte mir nur mit viel Mühe einen Ort vorstellen, den ich mehr fürchtete."

De Cassard wandte sich ab und starrte die Wand an. Peter konnte sein Gesicht nicht sehen, sah aber auch nicht die typischen Anzeichen von Verzweiflung. Lediglich ein verräterisches Glitzern auf der Wange verriet ihm die stillen Tränen, die der Künstler um Katharina vergoss. Dennoch schien er härter im Nehmen zu sein, als seine Erscheinung vermuten ließ.

„Kann man sie dort herausbekommen, wenn sie noch am Leben ist? Freikaufen? Für Geld sind solche Menschen doch sicher zu haben?" Er drehte sich wieder um und blinzelte heftig, um die Tränen zurückzudrängen. Es quälte ihn, aber aus seinen Augen sprach keine Verzweiflung, nur Wut. Er hielt nur mit Mühe die Hände still.

Peter zögerte und überlegte sich sorgfältig, wie er auf dieses Problem eingehen sollte. Geld war in der Gosse immer ein gutes Mittel, konnte sich aber auch als Gummiband erweisen, das denjenigen traf, der es losließ. Vor allem konnte es so weit kommen, dass man die Empfänger des Geldes auch weiterhin auf dem Hals hatte. Erpressung war eines der Geschäfte, mit denen man reich wurde. „Vielleicht. Aber dann ist es wichtig, dass diese Leute nie erfahren, von wem das Geld kommt, denn sonst werden Sie die nie mehr los. Aber das sollte nicht Ihr Problem sein, Monsieur de Cassard! Sie sollten sich und Ihren Namen aus den Teilen der Stadt, in denen Katharina jetzt ist, unbedingt heraushalten. Wenn es eine solche Möglichkeit gibt, dann übernehme ich alle Verhandlungen. Ich will nicht hören, dass Sie noch einmal die West-Ost-Bahnlinie überschreiten. Auch um Katharinas willen. Nicht, dass sie am Ende noch als Druckmittel dient. Sie haben zu gute Kontakte, als dass gewisse Personen das nicht gern nutzen würden."

Der Maler lächelte, als Peter ihn mit der französischen Anrede ansprach, aber sein Blick floh durch den Raum, fand keinen festen Punkt. Seine Finger fuhren auf der Kommode hin und her und sortierten die Karten, die irgendwann mit Informationen versehen die Korkwand zieren würden. „Ich hatte nicht vor, mich tiefer in die Sache einzulassen, als ich muss. Wie ich schon sagte, mich verstörte schon der Aufenthalt in diesem Gasthaus. Aber ich will auch nichts unversucht lassen, Katharina zu retten. Werden Sie mir helfen? Wenn es Ihnen zu gefährlich ist, kann mehr Geld ein Anreiz sein? Ein Erfolgshonorar? Schließlich müssen wir auch schnell sein."

Peter dachte an die notwendigen Reparaturen am Haus und das ohnehin schon fürstliche Gehalt, das der Künstler ihm angeboten hatte, und nickte ohne nachzudenken. Abgesehen davon konnte er die Suche nach Katharina jederzeit mit den Ermittlungen zu der Sekte verbinden, denn die Örtlichkeiten waren möglicherweise die gleichen. Zumindest nahe beieinander. „Ich fürchte, schon allein die Spesen könnten recht üppig ausfallen, Monsieur, wenn ich sie freikaufen will. Da ich im Augenblick nicht flüssig bin, müsste ich um einen Vorschuss bitten, um die Leute zum Reden zu bringen, und um diese Drucke!"

Die Hand des Malers fuhr in die Innentasche seines Wachsmantels und förderte ein Beutelchen zutage, in dem es verheißungsvoll klimperte. „Fünfzig Goldmark in kleinen Münzen. Ich hoffe, das reicht. Ansonsten müsste ich noch einmal zur Bank. Melden Sie sich, wenn Sie mehr benötigen, in der Mappe ist meine Karte."

„Das reicht." Peter nahm lächelnd den Beutel. De Cassard hatte mitgedacht – im Gegensatz zum Baron, der große Geldscheine angezahlt hatte, mit denen man in den Elendsvierteln nichts anfangen konnte.

Der Blick des Künstlers fiel derweil auf eine der Karten, die Peter schon beschrieben hatte. Es stand ein Name darauf: Pazuzu. Wie um sich von all dem Schrecken, den er gerade zu hören bekommen hatte, abzulenken, nahm er die Karte. „Interessieren Sie sich für akkadische und sumerische Mythologie? Ich könnte Ihnen ein gutes Buch empfehlen."

Peter horchte auf. „Der Name hat mit einem anderen Fall zu tun, der mich beschäftigt. Was bedeutet er? Das wollte ich noch nachforschen."

De Cassard hielt die Karte in zitternden Händen und runzelte die Stirn. „Pazuzu war ein Gott oder besser ein Dämon aus dem Pantheon der Akkadier und Sumerer, also längst vergessener Völker des Orients. Ein böser Gott, Herr der Winde und Sinnbild für den Südostwind, der Pest und Krankheiten bringt. Seltsamerweise aber auch ein Schutzpatron aller Schwangeren und Gebärenden, denn er bekämpfte die Göttin Lamaschtu, die für den plötzlichen Kindstod und Kindbettfieber verantwortlich war. Ich hatte mich dafür interessiert, weil er vom künstlerischen Standpunkt als Höllenbote gut geeignet ist. Ein Hundekopf, Hörner, Skorpionschwanz, Adlerklauen statt Füßen, ein schlangenköpfiger Penis und vier schwarzgefiederte Flügel. Ich habe ihn in einen Entwurf für ein Bild des Fegefeuers eingebracht. Wer glaubt denn heute noch an die Götter eines ausgestorbenen Volkes?"

Er gab die Karte zurück. Seine Hände hatten aufgehört zu zittern, während er sich auf eine völlig andere Sache konzentrierte. Peter nahm seinen Füllfederhalter und notierte sich ein paar Stichworte. „Niemand. Es geht nur um den Namen … und warum ausgerechnet dieser für eine neue technische Entwicklung verwendet wurde. Aber vielleicht liegt darin der Schlüssel zu dem Rätsel, warum manche Leute diese technische Neuerung sabotieren. Vielleicht glauben sie tatsächlich an eine Ausgeburt der Hölle … danke für den Hinweis, vielleicht bringt mich das weiter. Ich beginne gleich mit der Suche nach Katharina."

Sie gaben einander die Hand, und de Cassard verschwand. Es war nichts mehr zu sagen. Peter hörte, wie der Mann schluchzte, kaum dass er die Wohnungstür hinter sich geschlossen hatte. Seine Fassung hatte gerade noch so weit gereicht, bis er Peter nicht mehr in die Augen sehen musste.

Seufzend nahm Peter die Karte mit den Informationen und pinnte sie an die Korktafel. In einigem Abstand dazu, weil es ein anderer Fall war, hängte er auch einen der Drucke mit Katharinas Porträt auf und starrte es an.

Sie war schön.

Er hoffte sehr, dass sie auch stark war.

Auf los geht's los

Die Fragmente möglicherweise hilfreicher Informationen, die ihm die Pinkertons überlassen hatten, waren kaum aufschlussreicher als der Bericht des Barons. Peter ging die Listen erneut durch. Stückwerk, dem wichtige Bindeglieder fehlten. Daran änderte auch die neuerliche Prüfung nichts.

Die Saboteure waren Menschen gewesen, die bis dahin völlig unbescholten gelebt hatten. Die Namen waren belanglos. Es gab zu viele Personen gleichen Namens, flüchtig wie der Dampf aus den Tausenden Kesseln der Stadt. Menschen, die durch das Raster der Erfassung der letzten Volkszählung gefallen waren. Dieses Raster war kaum mehr als ein grober Rost, der die Hälfte der Einwohner des Groß-Stadtkreises erfasst hatte, als die kaiserlichen Behörden die Zählung befahlen. Die Beamten, die man zur Zählung in die Vorstädte und Armensiedlungen geschickt hatte, waren unverrichteter Dinge zurückgekehrt. Zum Teil hatte man sie bedroht, manche waren gar nicht zurückgekommen. Namen hatten sie nicht erfassen können, nur eine ungefähre Zahl, wie viele Menschen es in den verschiedenen Stadtteilen gab.

Wie man zu diesen Zahlen gekommen war, wusste Peter und gab dementsprechend nicht viel auf deren Richtigkeit. Es waren Schätzungen. Die Beamten hatten sich mit Polizeigewalt Zutritt zu einigen als repräsentativ eingestuften Häuserblocks am Rande der Armenviertel verschafft. Was sie dort an Menschen vorfanden, wurde gezählt und auf den gesamten Stadtteil hochgerechnet. Die Blocks, zu denen man mit Brutalität Zugang erlangt hatte, waren aber kein Vergleich zu denen, die sich im Inneren der schlimmsten Stadtteile befanden. Diese Häuser am Rand waren noch im Besitz von Leuten von außerhalb, die für diese Rattenlöcher Miete kassierten. Wer sich nicht einmal diese Pfennigbeträge leisten konnte, wurde aus den Häusern geprügelt und zog weiter Richtung Fluss. Bis er irgendwann einmal in einem Haus landete, für das er keine Miete mehr entrichten musste, weil es diese Bezeichnung nicht mehr verdiente. Peter ging davon aus, dass die Zahl des ermittelten Durchschnitts mindestens verdoppelt werden musste, um der tatsächlichen Bewohnerzahl eines dieser Wohnblocks nahe zu kommen. Vor allem außerhalb der bewachten Rhein- und Mainhäfen am Fluss.

Oft bewohnten in den wuchernden Arbeitervierteln vielköpfige Familien einen einzigen Raum, der beheizbar war – sofern sie Brennmaterial bekamen. Viele Zimmer verfügten nicht einmal über einen Rauchabzug und hatten oft keine Fenster, da sie zur Brandmauer im Inneren eines Hauses lagen. In diese Zimmer baute man abenteuerliche Konstruktionen ein, die einen Herd oder Heizofen darstellen sollten. Dazu wurden die Etagenböden durchstoßen, um mit nicht weniger bedenklichen Konstruktionen aus Ziegeln, Schindeln oder Holz so etwas wie einen Rauchabzug zu schaffen. Nicht selten fiel deshalb ein ganzer Häuserblock in Schutt und Asche, so dass nur die Brandmauern übrig blieben. Denn wenn im Kern eines solchen Blocks ein Feuer ausbrach, konnten nicht einmal diese doppelt gemauerten Wände ihren Zweck erfüllen.

Peter wusste auch, dass die Leute in Ermangelung anderen Baumaterials oft auf eben diese Ziegelsteine zurückgreifen mussten, die eigentlich ihr Leben retten sollten. Brandmauern waren daher häufig nur noch in Fragmenten vorhanden, die dann als erste nachgaben, wenn sich eine Katastrophe anbahnte. Mit ihrer gewaltigen Höhe begruben sie alles andere unter sich. Es gab dort keine Bauinspektoren, die prüften, ob die Bauvorschriften eingehalten wurden. Niemand wagte sich in diese Viertel. Die Ingenieure hätten auch nichts bewirken können, denn selbst wenn die Menschen sich der Gefahr bewusst gewesen wären, sie hätten dennoch so gehandelt. Sie hatten keine andere Chance.

Klosetts gab es im Hof über offenen Jauchegruben. Diese liefen bei Unwettern über und verteilten ihre stinkenden, krankheitsbefrachteten Lasten im ganzen Stadtteil. Trinkwasserleitungen waren ein Luxus, der einem Zehntel der dort hausenden Menschenwesen zur Verfügung stand. So nahm es niemanden wunder, dass hin und wieder ganze Straßenzüge von der Cholera, dem Typhus oder anderen Krankheiten leergefegt wurden. Das war aber noch kein Grund für die Behörden einzugreifen, denn das Problem regelte sich meist von selbst.

Irgendwann lebte dort nichts mehr außer fetten Ratten, die Nutznießer solcher Katastrophen, die sich an den Leichen vergingen, die nicht von irgendwelchen Leichenfledderern auf die Straße geworfen und dann vom Flusswasser mitgerissen worden waren. Dann kamen neue Bewohner, denn der Zustrom der arbeitsuchenden Habenichtse war ungebremst. Sie suchten billige Bleiben, bauten mit bescheidenen Mitteln alles wieder auf und hausten auf dem Abstellgleis, bis wieder Krankheiten ausbrachen.

Das waren die Bereiche, in die er vordringen musste, um Katharina zu finden. Das Revier des Fuchses und möglicherweise auch der Sekte, denn eins fiel Peter an der Liste sofort ins Auge: die Tatsache, dass die meisten der gefassten Saboteure als Wohnort Biebrich und Kostheim angaben. Letzteres kam Peter sehr gelegen, da er dort auch eine Spur des Mädchens zu finden hoffte. Sofort zog er eine Kopie der offiziellen Karte des Stadtkreises West hervor und markierte die wichtigsten Punkte. Die meisten Kostheimer Saboteure wohnten angeblich in der Nähe des stillgelegten Floßhafens. Gegenüber der sogenannten „Festung Maaraue“, des vollständig befestigten und ausgebauten Hafen- und Industriebereichs; um den man zeitgleich mit der Verelendung der Stadtteile am Rhein eine immer höhere Mauer- und Zaunanlage gezogen hatte. Sogar eine kleine, ständig besetzte Infanteriekaserne stand auf dem Auengelände, um zu verhindern, dass die Arbeiter aus den stillgelegten Industrieanlagen auf dumme Ideen kamen. Die Hafenarbeiter wohnten in nicht weniger gut befestigten Anlagen an der Nordspitze der Aue. Ein autarkes Städtchen am Rande der

Metropole. Dazugehörig und doch unerreichbar für alle, die in unmittelbarer Nähe lebten.

Die Schwarze Brücke war nur einen Steinwurf vom einzigen Landübergang auf die Maaraue entfernt, und Peter beschloss, sich in der kommenden Nacht dort umzutun. Er kannte die Gaststätte und hatte sie immer als besonders ergiebig empfunden, wenn es einem Eindringling wie ihm gelang, sich dort unauffällig zu bewegen. Das beherrschte er inzwischen, und er wusste auch, wen man wie zum Reden bringen konnte. Die wichtigste Eigenschaft, die man für derartige Ausflüge brauchte, war Geduld. Niemand reagierte auf direkte Fragen. Im Gegenteil. Zu große Neugier war gefährlich. Wenn man hingegen mit der Menge verschmolz, Teil von ihr wurde und Augen und Ohren offen hielt, erfuhr man alles, was man wissen musste.

Wirklich interessant in der Akte der Detektive war das Flugblatt der Sekte, mit dem gegen das Luftschiff Stimmung gemacht wurde. Der Mappe hatten zwei zerknitterte Exemplare beigelegen, die offensichtlich schon durch viele Hände gegangen waren. Das Blatt trug weder eine Signatur des Verfassers noch einen Hinweis, wer es wo gedruckt hatte.

Peter grinste, als er sich vorstellte, wie die Pinkerton-Männer mit diesen Flugblättern von einer Druckerei zur nächsten geeilt waren, um herauszufinden, wer der Urheber des Schmierblattes sein konnte. Auch hier war Peter im Vorteil, denn er wusste, dass keine reguläre Druckerei Pamphlete dieser Art durch ihre Maschinen laufen ließ, und kannte sich gut mit den Herstellern aus, die nicht in der Reichweite Pinkertons waren.

Die Druckerpressen, die man in den Arbeitervierteln verwendete, um derartige Dinge herzustellen, waren Geräte, die sich jemand vom Schrott geholt hatte, bevor sie in die Schmelzöfen gewandert waren. Die stählernen Ungeheuer waren leicht zu reparieren, wenn man die entsprechenden Schrottler gut kannte und Ersatzteile bekam. Die wieder aufgemöbelten Dampfpressen boten dann irgendeinem armen Teufel in seiner Hinterhofwerkstatt ein Auskommen.

Peter zog einen Packen alter Drucksachen aus einem Aktendeckel und verglich die Flug- und Zeitschriften mit dem Wisch der Sekte, bis er ein Blatt fand, dessen schlechte Typen weitgehend übereinstimmten. Auf allen Blättern seiner alten Sammlung war vermerkt, wo die Druckerpresse zu finden gewesen war, und es überraschte ihn nicht, dass die Presse mit den schadhaften Typen in Kostheim stand.

„Im Pfarrhaus von Sankt Killian zu Kostheim. Das ist ja verrückt … aber sagte Sonnemann nicht, dass ein verwirrter Pfaffe der erste Sektenführer war? Mit wechselnden Helfershelfern? Das passt doch." Natürlich mochte die Druckmaschine nicht mehr an dem Ort stehen, an dem er sie gesehen hatte. Allerdings war es schwierig, ein derart monströses Stahlungeheuer mitsamt seiner Dampfkessel von einem Ort zum anderen zu bringen. Trotzdem geschah es häufig. Die Drucker waren sich der Gefahr, solche Blätter zu vervielfältigen, bewusst, denn sie gehörten zu den wenigen Armen, die des Lesens mächtig waren und Razzien befürchten mussten. „Die Kirche ist nahe der Brücke nach Gustavsburg. Dann ist klar, wo ich mit meinen Nachforschungen anfange."

Als das trübe Tageslicht wich und man in der Wohnung ohne Lampen nichts mehr erkennen konnte, zog sich Peter für den Ausflug um. Seine ältesten Klamotten lagen in einer Truhe in der Abstellkammer und waren ziemlich zerfressen und zerschlissen, da er in der Truhe keinerlei Schutz vor Motten oder anderem Ungeziefer vornahm. Dadurch wurde diese Kleidung nach und nach zu seiner Lebensversicherung bei seinen Ermittlungen in den Gossen des Stadtkreises. Es schüttelte ihn, wie immer, wenn er die stinkende Kleidung überstreifte, die auch verhindern würde, dass er ein Transportmittel bis zur imaginären Grenze der Bahnlinie zwischen Ober- und Unterstadt bei der Sektkellerei finden würde. Vielleicht konnte er am Nassauer Ring die Pferdebahn nehmen, die Kutscher waren Leute in diesem Aufzug gewohnt, die niedere Arbeiten für die Reichen in den Innenstadtvierteln übernahmen. Schließlich schippte kein Innenstadtbewohner gerne selbst seine Kohlen für die Dampfzentralheizung in den Kellern oder fegte die

Straßen vor seinem Haus. Peter nannte zu diesem Zwecke einen auf einen falschen Namen ausgestellten Straßenkehrerausweis sein Eigen. Ein Entgegenkommen Sonnemanns, der ihm auch falsche Papiere auf diesen Namen beschafft hatte. Asservate aus den unergründlichen Tiefen des Polizeiarchivs, an die niemand mehr dachte und deren Fehlen daher auch nicht bemerkt wurde. Zu diesen Asservaten gehörten auch andere Dinge, die sein Überleben garantieren würden, darunter selbst gebastelte Schutzbrillen und Masken gegen den Pesthauch der Flüsse, die man Strafgefangenen abgenommen hatte. Meisterwerke der Kunst, noch aus Müll etwas Praktisches herzustellen. Bruchstücke von Fensterglas, sorgfältig abgeschliffen und in Leder eingenäht, boten den Augen guten Schutz vor ätzenden Dünsten. Sie standen seiner Schutzbrille, mit der er in Kostheim auffallen würde wie ein bunter Hund, kaum nach.

Noch einmal kehrte er zur Korktafel zurück, um einen Blick auf den Stadtplan zu werfen. Er wollte sich die Örtlichkeiten einprägen. Das war zwar letztlich vergebliche Liebesmühe, aber wenigstens wollte er einen groben Überblick bekommen. In diesen Stadtteilen baute man ohne Genehmigung und Planung, wo gerade für weitere ärmliche Behausungen Platz war. Der Straßenverlauf änderte sich dort nahezu täglich, und kein Landvermesser hatte sich dorthin getraut, seit dieser Stadtplan vor dem Krieg entstanden war. Eine Fortschreibung fand nur in den besseren Vierteln statt.

Über dem Plan hing die Karte mit dem Namen Pazuzu. Auch über dieses Projekt hatte er keine Informationen im Bericht der Detektei gefunden, außer einer kurzen, stichpunktartigen Aufzählung all jener Verbesserungen, die bereits patentiert waren. Unter anderem ein neues Material, das die Chemiker aus dem Wallenfels-Werk Höchst II entwickelt hatten und das Hauptbestandteil der Luftschiffhülle werden sollte. Dazu ein weiteres neues Material aus Kohle, das in seiner Stabilität Stahl gleichkam und Teile der Innenkonstruktion ersetzen würde, zusammen mit Aluminium, dessen Herstellung ebenfalls mit einem neuen Verfahren beschleunigt werden konnte. Das alles sagte Peter nichts und gab ihm keine Begründung für die Sabotageakte. Was mit chemischen Prozessen zu tun hatte, war für ihn ein Buch mit sieben Siegeln. Letztlich würde es nur weitere Giftfracht für die Flüsse bedeuten. Aber bislang war noch kein Anwohner der stinkenden Vorfluter zum Revolutionär geworden. Selbst als man herausgefunden hatte, dass Textilfarben wie das wundervolle Fuchsin das Wasser nicht nur färbten, sondern auch mit Arsen vergifteten, war alles ruhig geblieben. Niemand hatte protestiert. Wohl auch, weil die Fabriken alle in Lohn und Brot hielten.

„Ich soll nur die Drecksarbeit erledigen, alles andere schreiben sich dann die Pinkerton-Leute auf die Fahnen", knurrte Peter.

Als die Türglocke schrillte, zuckte er zusammen. In diesem Aufzug wollte er niemandem begegnen und versuchte daher, mit einem Blick aus dem Fenster zu erkennen, wer um diese Zeit noch zu ihm wollte. Vor der Tür stand ein Mann in einem Wollmantel, dessen Kragen hochgeschlagen war. Den Hut hatte er tief ins Gesicht gezogen, um sich vor dem unangenehmen Wind zu schützen. Mit fahrigen Bewegungen der Hände, die in Lederhandschuhen steckten, vergrub der Mann sich noch mehr in seiner Kleidung, so dass man kaum mehr als eine Silhouette erfassen konnte. Peter erkannte ihn dennoch. Etwas an den Bewegungen war ihm vertraut.

„Paul?", rief er überrascht, eilte zur Haustür, die um diese Zeit verschlossen war, und entzündete das Gaslicht im Flur. „Paul!"

„Wie siehst du denn aus?", war das Erste, was sein Bruder überrascht sagte, als er von seinem Koffer aufblickte.

Peter lachte und gab seinem Bruder die Hand. In anderer Kleidung hätte er Paul umarmt, aber das wollte er den gepflegten Sachen seines Bruders nicht antun. „Ich muss noch was erledigen, in unangenehmer Umgebung, und hatte mich gerade darauf vorbereitet. Komm rein, ich bin froh, dass du kommen konntest …"

Pauls verwirrter Blick ließ ihn verstummen, und er begriff, dass man diesem in Frankenfurt nichts von Peters Anruf erzählt hatte. „Oh Himmel, Paul, du weißt nichts von meinem Anruf!"

„Anruf? Ich komme direkt aus Nürnberg. Sie haben mich entlassen …“ Paul schossen Tränen in die Augen. Ungeachtet des erschreckenden Aufzugs seines Bruders ließ er sich von Peter in die Arme nehmen und heulte. „Darf ich eine Weile bleiben?“

Peter hielt Paul fest, und seine Gedanken rasten. Die Unfreundlichkeit der Sekretärin kam ihm in den Sinn, und er begriff. Die Dame hatte gewusst, dass er seinen Bruder nie mehr im Büro würde erreichen können, aber gesagt hatte sie nichts. „Natürlich kannst du bleiben, willkommen zu Hause!“

Sie lösten sich wieder voneinander, und Peter zog Paul in die Wohnung. Erst im besseren Licht in der Küche konnte er erkennen, wie schlecht es Paul tatsächlich ging. Er war leichenblass, und Ringe unter den Augen zeugten davon, dass er in der letzten Zeit kaum ausreichend Schlaf gefunden hatte. „Meine Güte, was ist denn passiert?“

„Eine lange Geschichte … du wolltest weg, da fange ich besser nicht an, du kämest sonst nicht aus dem Haus. Außerdem bin ich müde. Wenn du nichts dagegen hast, lege ich mich aufs Sofa und schlafe erst mal drüber“, seufzte Paul und sah sich in der Küche um. „Wieder daheim …“

„In Ordnung. Du kannst dich auch ins Bett legen, ich werde nicht vor Morgengrauen zurück sein, und es ist immer noch das Doppelbett unserer Eltern. Decken und Kissen findest du im Schlafzimmerschrank.“ Peter sah besorgt in das gramgebeugte Gesicht Pauls. Er schien gealtert zu sein, mit einer Schätzung hätte jeder normale Mensch mindestens zehn Jahre danebengelegen.

„Danke. Tausend Dank!“

„Oh, ich bin ganz froh, dass du da bist“, zwinkerte ihm Peter zu, bevor er sich wieder durch die Tür drückte. „Aber von diesem Drama erzähle ich dir auch erst, wenn du ausgeschlafen hast.“

Kaum hatte Peter die Pferdebahn in der Kasteler Straße erwischt, verdrängte er den Gedanken an Paul und dessen erschreckenden Zustand vorläufig. Er musste sich auf eine Aufgabe konzentrieren, die all seine Aufmerksamkeit erforderte. Ab diesem Punkt konnte er es sich nicht mehr leisten, aus der Rolle zu fallen. Vor allem, wenn er die Schwarze Brücke erreicht hatte.

Die Pferde waren müde von ihrem langen Tagwerk, und so kamen sie nicht schnell voran. Sie liefen den ganzen Tag vor dem Wagen her. Früher – sehr viel früher – waren die Pferdebahnen in städtischer Hand gewesen, und man hatte die Tiere gut gepflegt. Doch mit den ersten Dampfwagen hatte sich die Situation für Mensch und Tier rapide verschlechtert, wie so vieles andere auch, das nicht mit dem Fortschritt ging. Die Dampf-Straßenbahnen verdrängten die Pferdetrams vollständig aus den Villengebieten und den bürgerlichen Innenstädten, in letzter Zeit hatten viele davon sogar einen der sauberen und geruchslosen Ätherantriebe erhalten. Um in den Vorstädten so etwas wie einen regelmäßigen Straßenbahnbetrieb aufrechterhalten und sich damit auch Geld verdienen zu können, hatten sich die Straßenbahnkutscher zusammengeschlossen und die Pferde und alte Wagen als letzten Lohn mitgenommen. Nun betrieben sie mit diesen auf den alten Gleisen eigene Linien. Da sie aber kaum Geld für die Fahrten verlangen konnten, ging alles vor die Hunde, und die Pferde starben weg. Niemand war in der Lage, Tiere nachzuzüchten, und so würde es wohl bald keinen Straßenbahnbetrieb mehr geben. Aber wo es keine Arbeit gab, wurde auch kein Verkehrsmittel gebraucht.

Peter wühlte in den Taschen des abgenutzten Mantels und seufzte erleichtert, als er die alte Pfeife fand. Nur der Tabak, den er sich gönnte, war von deutlich besserer Qualität, als man sie bei seinem Aufzug erwartet hätte. Verstohlen sah er auf seine alte Taschenuhr, als sie sich Kastel näherten. Fast Mitternacht, für seine Pläne die beste Zeit.

Je näher sie dem Rhein kamen, desto schlechter wurden die Straßen. Peter rechnete jeden Augenblick damit, dass die Tram aus den Gleisen sprang. Abgesehen davon nahm der Gestank des völlig verdreckten Flusses immer mehr zu. Seine Augen begannen zu tränen, und er zog schnell die Schutzbrille nach unten. Sie bedeckte auch seine Nase, so dass er nichts mehr roch.

Einen Augenblick lang spielte er mit dem Gedanken, schon an der Rheinbrücke auszusteigen, weil er neugierig war, ob sich die Reduit erneut verändert hatte. Das Festungsbauwerk schien mit den Gezeiten seiner Bevölkerung mal zu schrumpfen, mal zu wachsen. Doch Peter verwarf den Gedanken und blieb sitzen. Er ging davon aus, dass seine Ermittlungen ihn schon noch in diesen Teil Kastels führen würden. Entgegen so mancher Gerüchte war er selbst davon überzeugt, dass der Fuchs sein Hauptquartier weiterhin dort hatte.

Die Pferdebahn zockelte weiter. Sie kam bis an die Grenze nach Kostheim, als sie endlich den erwarteten Sprung aus den Schienen machte. Der Kutscher brummte nur entnervt, seine Fahrgäste sollten den Rest gefälligst zu Fuß gehen, und schirrte seine Pferde ab, um sich am Straßenrand einfach in einer verrotteten Wartehütte zum Schlafen hinzulegen.

Peter lief durch eine enge, verdreckte Gasse zum Floßhafen. Der Schmutz und die Unordnung waren nicht allein dem Unwetter der vergangenen Tage geschuldet. Die Straßen waren so gut wie unbeleuchtet, die Straßenlaternen schon lange abmontiert und an Schrotthändler verkauft. Nur ein paar vereinzelte Gas-Wandlampen verhinderten, dass man sich auf den Straßen, die nur noch aus Schlaglöchern bestanden, den Hals brach. In einigen Kellern stand das Wasser bis zum Straßenniveau, aber offensichtlich versuchte niemand, sie leerzupumpen. Eine Feuerwehr gab es hier schon lange nicht mehr.

Peter sprang zurück, als ihm aus einem der Kellerfenster eine Ratte entgegenschwamm. Als ihm klar wurde, dass sie einen aufgequollenen menschlichen Finger im Maul trug, wurde ihm schlecht. Offenbar hatten sich nicht alle Kellerbewohner retten können, als die unteren Etagen vollgelaufen waren.

„Alles ganz normal", dachte er. „Verdammt, wie oft hast du schon solche Opfer gesehen, als du noch bei der Polizei warst? Warum dreht sich dir immer noch der Magen um?"

Rasch lief er weiter. Dabei umrundete er Hütten, die in Hofeinfahrten und auf der Straße standen, weil dort ohnehin nur noch Fußgänger verkehrten, schlug sich durch verwinkelte Gassen, die es früher nicht gegeben hatte, weil sie aus eingestürzten Gebäuden entstanden waren, warf hin und wieder einen Blick hoch zu Galerien und Brücken zwischen Wohnhäusern, die mit abenteuerlichen Konstruktionen die Straßen überspannten – immer seinem ersten Ziel, dem vermuteten Standort der Druckerpresse, entgegen. Dem Pfarrhaus von Sankt Killian.

Dort brauchte er nicht lange, um herauszufinden, dass der Weg umsonst gewesen war. Das Pfarrhaus hatte den Sturm nicht überlebt, das Dach war in sich zusammengesackt. Die Werkstatt in der Remise bestand nur noch aus Mauerresten, dafür war aber ein Brand verantwortlich gewesen. Die verbrannten Dachbalken und Fensterrahmen zeugten von einer Feuersbrunst, die auch das Nachbargebäude erfasst hatte. Die Remise war leer, die Druckerpresse verschwunden.

Peter schnaufte. Es wäre auch zu einfach gewesen, gleich Erfolg zu haben. Die Presse war weg und warf damit noch ein paar Fragen mehr auf. Er erinnerte sich an ein riesengroßes Ungeheuer aus Stahl mit einem nicht weniger beeindruckenden Dampfkessel, der nicht nur aus seinem Schlot geraucht hatte, sondern auch aus allen Nähten. Diese Maschine abzubauen und zu transportieren dauerte Tage und bedurfte mehrerer Männer und schweren Geräts. Das war nicht nur sehr problematisch und auffällig, es war auch teuer. Schließlich benötigte man mehrere Fuhrwerke mit kräftigen Gäulen.

„Suchst was?"

Peter drehte sich langsam um und entdeckte einen abgerissenen Jungen hinter sich, der auf einem Stöckchen kaute. Das Gesicht des Halbwüchsigen war von dicken, eitrigen Pickeln übersät, und

Haare hatte er auch keine mehr unter seiner Mütze. Man hatte sie ihm wegen eines Ausschlages abgeschoren.

„Siehst aus, als hättest heute noch nix anderes zwischen de Zähn gehabt als den Span“, gab Peter ungerührt zurück.

„Könnt mer ändern.“

„Ja. Ich wollt nen Plakat drugge lasse un hatte im Hinterkopf, dass hier ne Presse gestanne hat. Is die mit abgebrannt?“

„Neeee. Ham se vorher schon wechgeschafft, großer Umtrieb. Steht nu woanders, ich mein in Hochheim inner Firma am Maa“, gab der Junge Auskunft und machte eine unbestimmte Handbewegung in Richtung der nahen Mainmündung.

Peter nickte. „Kennst nen anderen Drugger?“

Der Junge schüttelte den Kopf. „Neeee. In Biebrich gibs aanen. Neverm Schloss oder am Paak. Kannst nich überhöre.“

„Geh ich ebbe da hi.“

Der Junge sah ihn fordernd an, und Peter schnickte ihm einen Groschen hin. Er fing die Münze geschickt auf und quittierte sie mit einem zahnlückigen Grinsen. Aber dieses Kind hatte ohnehin keine Zukunft, die über die Lebenserwartung seiner Zahnreste hinausging. Der Junge machte auf den Hacken kehrt und verschwand. Peter zuckte die Achseln und ging weiter Richtung Mainbrücke nach Gustavsburg.

Nach Hochheim also. Das war nicht gut. Dort zu fahnden glich der berühmten Suche nach der Nadel im Heuhaufen – wie überall, wo sich die Arbeiter und die Arbeitsuchenden drängten. Oder die, die jede Hoffnung auf ein menschenwürdiges Leben aufgegeben hatten. Hochheim hatte nichts zu bieten. Wer dort lebte, war gestrandet – keine Fabriken, die Arbeit boten, und nur ein paar wenige, noch aktive Weinbauern mit einem festen Stamm an Knechten, welche die immer weiter schrumpfenden Rebhänge bearbeiteten.

Die einzigen noch lukrativen Weinbaugebiete begannen im Rheingau, an dessen Grenze in Walluf die Zeit und der Ausbau des Großstadtkreises stehengeblieben zu sein schien. Inzwischen war es fast verbotenes Terrain. Jeden, der aus dem Großstadtkreis nach Westen ging, beäugte man in den Dörfern bis Rüdesheim misstrauisch. Soldaten des Kaisers sorgten für Ruhe, weil dort die begehrten Tröpfchen für das Kurhaus angebaut wurden. Man wollte im Rheingau nicht enden wie in Hochheim und sorgte dafür, dass sich niemand aus den Unterstadtvierteln dort ansiedelte. Wer dort Fuß fassen wollte, musste eine Ausbildung zu bieten haben, die irgendwie nützlich sein konnte. Eine geschlossene Gesellschaft, die es sich mittlerweile sogar leistete, Polizisten nur dafür zu beschäftigen, dass sie an den Straßen und Bahnhöfen kontrollierten, wer einreisen wollte.

Peter hatte geglaubt, schäbiger als das Viertel am Floßhafen ginge es kaum mehr. Je näher er der Brücke kam, desto mehr wurde er eines Besseren belehrt. Die Schwarze Brücke war ursprünglich ein Zollhaus gewesen, das einzige noch wirklich fest wirkende steinerne Gebäude inmitten eines Meeres aus verfallenen, grob gemauerten Ziegelhütten und Holzverschlägen. Dennoch hatte es nichts Tröstliches an sich, war kein Fels in der Brandung, sondern ein bedrohlich lauerndes Raubtier, bereit, jeden zu verschlingen, der es betrat.

Die Mauern hatten Ruß und Hochwasser im Laufe der Jahre schwarz verfärbt, für das Dach aus Bieberschwanzziegeln galt das Gleiche. Die schief in den Angeln hängenden Fensterläden verdeckten die blinden Scheiben nur notdürftig. Einzig durch die offene Tür fiel ein scharfer Lichtstrahl auf das schlammige Pflaster der Straße, doch es wirkte alles andere als einladend. Eher wie das Maul eines Drachen, dessen Feuer den Unvorsichtigen verbrannte.

„De Cassard, ich bewundere Ihren Mut“, murmelte Peter. Er kannte das Wirtshaus zwar, aber unter den gegebenen Umständen konnte er sich eines Schauderns nicht erwehren. Der Nebel, der aus dem Brackwasser des Mains aufstieg, setzte dem Eindruck eines Geisterhauses noch die Krone auf. De Cassard musste eine unglaubliche innere Stärke besitzen, dass er es gewagt hatte, für eine ihm völlig fremde Person ein derartiges Risiko auf sich zu nehmen und dabei nicht irre zu werden. Peter fragte sich, ob diese

Eindrücke Einzug in die Werke des Künstlers halten würden, und nahm sich vor, seine nächste Ausstellung zu besuchen. De Cassard hatte ein Bild des Fegefeuers erwähnt. Die Schwarze Brücke war Peters Vorstellung zumindest einer Vorhölle. Der Hölle auf Erden.

Mit viel Überwindung fasste er sich ein Herz und trat näher. „Sperrstunde" war in diesen Gegenden ein absolutes Fremdwort. Eigentlich hätte der Laden längst geschlossen sein müssen, aber er war wie immer gerammelt voll, so dass einige Kunden mit den obligatorischen Huren im Arm auf den Stufen vor dem Eingang standen.

Peter war kaum in den schwachen Lichtkreis der einzigen funktionierenden Straßenlaterne vor dem Wirtshaus getreten, als er auch schon umringt war von billigen Prostituierten. Zwei finster dreinblickende Burschen standen in der Zufahrt zum Hof und beobachteten genau, was die Frauen taten – ihre Zuhälter. Wenn sie sich nicht genug ins Zeug legten, um potentielle Freier zu umgarnen, setzte es im besten Fall Ohrfeigen.

Schnell glich Peter die Gesichter der Huren mit dem Bild Katharinas ab. Er hatte es sich eingeprägt, um nicht zu dem Druck greifen zu müssen, der ihn nur als Schnüffler ausgewiesen hätte. Keine der vier Frauen kam Katharina auch nur nahe, eine Ähnlichkeit war nicht zu erkennen. Abgesehen davon ging er nach wie vor davon aus, dass der Fuchs seine Mädchen nicht an der Schwarzen Brücke postierte, selbst wenn die beiden brutal aussehenden Zuhälter zu seinen Leuten gehörten. Kostheim war das Revier eines anderen, den man nur die „Graue Eminenz" nannte. Die Abhängigkeiten und Reviergrenzen waren jedoch im ständigen Fluss, so dass man nie sicher sein konnte, wer gerade die Regentschaft innehatte.

Peter ging auf das alte Spiel ein, lächelte dann aber entschuldigend und zog das Innere seiner Manteltasche nach außen, wissend, dass sie gähnend leer war. „Tut mir leid, ich bin blank. Meine Kohle langt grade ma für n Bier, umen Frust zu ertränke, dass es heut mit ner neun Arbeit wieder nich klappt hat."

Die Huren wandten sich von ihm ab, strichen ihm aber mit einem „och du Aaaarmer" noch einmal übers Kinn. Sie stellten sich wieder in Positur und ordneten ihre zerlumpten Kleider etwas vorteilhafter.

Es war vergebliche Liebesmühe. Keine der vier Frauen war attraktiv, sie waren verbraucht und verlebt. Zwei husteten erbärmlich und würden sicher vor ihrem eigenen Ableben noch den einen oder anderen Freier mit Tuberkulose infizieren. Peter versuchte, unauffällig Abstand zu halten oder sich wenigstens nicht ins Gesicht husten zu lassen.

Die Rache des schwachen Geschlechtes: Diese Frauen straften ihre Vergewaltiger auf subtile Art. Wenn sie nicht die Syphilis oder eine andere Geschlechtskrankheit hatten, dann brachte eben Tuberkulose ihre Freier um, die Krankheit der Armut. Eine späte, aber wirkungsvolle Rache, denn die Frauen erlebten das Ergebnis nicht mehr. Nur begriffen die Männer es nicht.

Peter zuckte demonstrativ die Achseln und trat auf den Eingang der Kneipe zu, wobei er den Frauen eine Kusshand zuwarf. „Wenn ich wieder Arbeit hab, besuch ich euch, versprochen!"

In der Schwarzen Brücke drängten sich Menschen jeden Alters um grobgezimmerte Holztische. Die Stimmung war wie immer, wenn viele Frustrierte zusammenkamen. Sicher würde auch dieser Tag nicht ohne gehörige Prügelei enden, bei der durchaus der eine oder andere sein Leben verlieren konnte. Da sich keine Polizei in diese Viertel traute, machte man nicht viel Federlesens mit den Toten. Man warf sie einfach in den Main und vergaß sie. Schon Minuten danach, wenn die Blessuren der anderen versorgt waren, würde man sich ihrer nicht mehr erinnern.

Der Qualm billigen Tabaks hing wie eine Mauer aus Nebel und Gestank über der Szene. In Gasthäusern wie der Schwarzen Brücke herrschte zudem ein nahezu babylonisches Sprachgewirr, jedenfalls für jemanden, der sich zum ersten Mal dorthin verirrte. Unterbrochen von dem hin und wieder die nächtliche Ruhe störenden Dröhnen der Nebelhörner großer Frachter vor der nahen Schleuse, hörte man in ohrenbetäubender Lautstärke alle möglichen Mundarten. Das stark variierende hessische Platt aus den umliegenden Regionen vermischte sich mit dem stark französisch gefärbten Deutsch der Menschen aus dem Elsass. Schiffer vom Oberlauf brachten vom Schwäbischen über das Badische alles mit, was am Rhein gesprochen wurde, und übertönten das ebenso unverständliche Kauderwelsch der Menschen vom Unterlauf bis in die Niederlande. Frachtschiffer, gestrandet an Gestaden, die ihnen nicht freundlich gesinnt waren. Entwurzelte, die verzweifelt versuchten, in eigentlich nicht so fern von ihrer Heimat liegenden Gegenden, in denen man angeblich die gleiche Sprache sprach, Fuß zu fassen. Wenige hielten es lange aus, die meisten versuchten, so schnell wie möglich wieder wegzukommen.

Eine vorherrschende Gruppe waren die Horden der Versehrten, die sich in diesem wie in anderen Gasthäusern der Armenviertel aufhielten. Das bedeutete nicht nur eine stetig wachsende Zahl von Kriegsversehrten, auch wenn es derzeit im Reich und den angrenzenden Ländern keinen Krieg gab. Die Kolonien waren derzeit ein sehr unruhiges Gebiet, und auch von dort kehrten immer wieder verwundete Soldaten heim, denen die Heimat fremd geworden war. Die meisten dieser Krüppel waren allerdings Opfer eines ganz anderen Krieges geworden: des Kampfes Mensch gegen Maschine. Je größer und machtvoller eine Maschine war, je mehr Menschen sie mit ihrer Leistung ersetzen konnte, desto mehr Opfer schien sie unter den wenigen Menschen zu fordern, die zu ihrer Bedienung oder Wartung noch nötig waren.

Besonders unter den Kindern, die in die Fabriken strömten, um ihre Familie mit zu ernähren, und die gern genommen wurden, weil sie noch billiger waren als ungelernte Arbeiter oder Frauen, gab es immer mehr Opfer. Häufig mussten sie bei laufendem Betrieb Maschinen säubern und wurden von diesen im Wortsinne gefressen, wenn sie einen Fehler machten. Zerquetscht, zerhackt, zerfetzt. Wer lebend davonkam, trug ihre Spuren für den Rest seines Lebens mit sich und konnte sich meist nicht lange an seinem Glück erfreuen. Ohne Arbeit waren auch Kinderkrüppel zum Verhungern verurteilt, Entschädigung gab es nie, nur einen Fußtritt.

Peter erkämpfte sich einen Platz am wurmstichigen, feuchten Tresen und gab dem Wirt ein Zeichen, dass er ein Bier wünschte. Der schmutzige Krug wechselte gegen Übergabe eines halben Groschens den Besitzer, und er stellte sich an die Wand, um niemandem im Weg zu sein, der vielleicht auf Streit aus war. Von dort aus konnte er gut den ganzen Schankraum überblicken und unbemerkt die Leute beobachten.

Es war die übliche Klientel. Die Glücklichen saßen, die anderen standen und diskutierten lautstark. Die Themen waren immer dieselben: die Arbeit, sofern man eine hatte, der Hausdrachen und die Kinder und – vor allem – die diversen Belustigungen, die es auch in diesem Viertel neben der Schwarzen Brücke und anderen Etablissements noch gab. Dazu gehörten außer den Huren auch verschiedene verbotene Spiele, bei denen größere Summen gewettet wurden. Unbestätigten, aber glaubwürdigen Gerüchten zufolge waren es nicht nur die armen Arbeiter, die dabei ihr letztes Geld verzockten, sondern durchaus auch höhergestellte Personen, die einen gewissen Reiz dabei empfanden, Verbotenes zu tun, und über Mittler wetteten, weil sie selbst nicht an den Austragungsorten erscheinen konnten.

Hunde- oder Ringkämpfe waren die beliebtesten Spiele, moderne Gladiatorenkämpfe zur Belustigung der Armen. Dabei galten für Letztere die gleichen Regeln wie für Erstere: Der Kampf endete erst, wenn einer der Kontrahenten nicht mehr aufstand. Die Hunde bissen einander tot, und einer wurde als Leiche aus den versteckt gelegenen Kellerarenen geschleppt. Bei den Ringkämpfen sah es nicht besser aus. Nur wenige Unterlegene standen am Ende wieder auf, weil ihre Gegner in einen regelrechten Blutrausch verfielen, aufgeputscht von den johlenden Zuschauern. Wie tollwütige Tiere fielen sie übereinander her. Dass diese Spiele illegal waren, störte niemanden. Wie die Sperrstunde wurden sie nicht überwacht. Wer sollte dem auch in einem Stadtteil, in dem seit Jahren schon keine Polizeiuniform mehr gesichtet worden war, einen Riegel vorschieben?

Die Stimmen umschwirrten Peter, der versuchte, aus den Gesprächen die Dinge herauszufiltern, die vielleicht für ihn interessant waren. Dabei bemühte er sich, nicht aufzufallen. Zu trinken war die einfachste Möglichkeit, aber auch die härteste, denn es schmeckte nicht besser als ein Krug Mainwasser. Dafür hatte es einen deutlich höheren Alkoholgehalt als herkömmliches Bier und benebelte auch härter gesottene Kerle als Peter schon nach den ersten Schlucken extrem.

Ein dürrer Mann gesellte sich zu ihm, der sich von einem Tisch zurückgezogen hatte, an dem das Gespräch immer lauter wurde. „Do werd de Luft dicke, hier isses besser", nuschelte er und grinste mit seinem nahezu zahnlosen Mund.

Peter grinste zurück und betrachtete den Mann, der aussah, als wäre er schon an die hundert. Er hatte ein runzeliges Gesicht, ein schadhaftes Gebiss, schlohweißes Haar und einen ebensolchen Bart. Wahrscheinlich hatte er nicht mal die Hälfte an Jahren auf seinem gebeugten Rücken, aber in diesen Vierteln alterte man schnell. „Ducke mer uns halt", gab Peter gleichmütig zurück.

Tatsächlich sprangen drei Männer auf und fingen eine Rangelei an, in die sich sofort alle Umstehenden mischten. Peter musste sich wirklich ducken, als ein Bierkrug auf ihn zuflog. Das massive Gefäß donnerte an die Mauer über ihm und zersprang in einem Scherbenregen.

„Gute Reaktion", lobte der Alte mit leiser, vom Alkohol unsicherer Stimme und klatschte mit einem kindischen Kichern in die Hände.

Peter prostete ihm lächelnd zu, während er sich die Scherben aus dem Mantelkragen klaubte. Aus der Rangelei war eine unbarmherzige Prügelei geworden, in die bislang fünf Männer involviert waren. Der Rest bildete einen Kreis um sie und feuerte sie an. Der Wirt blieb hinter seinem Tresen und hängte ein paar Verschalungsbretter ein, um seine Gläser und Krüge vor herumfliegenden Gegenständen zu schützen. Es wirkte, als laure er hinter einer Mauer mit Schießscharten, er gab aber ungerührt weiter sein gepanschtes Bier aus.

Immer mehr Leute fingen an, sich einzumischen. Nur wenige hielten sich wie Peter und der Alte am Rande auf, als die Stühle im Schankraum plötzlich tief flogen. Aller Aufmerksamkeit richtete sich auf die Kämpfer, auch, weil man nichts abbekommen wollte. So bemerkte niemand den Mann, der sich durch die Hintertür hereinschob. Auch Peter entdeckte ihn erst, als er einen Packen Papier aus einer Wachstuchhülle nahm und dem Wirt durch eine seiner Schießscharten reichte. Das kurze Aufblitzen hellen Papiers in der Düsternis nahm Peter aus dem Augenwinkel wahr. Die Überschrift auf dem Flugblatt enthielt den Namen Pazuzu, und seine Aufmerksamkeit war geweckt.

Der Neuankömmling unterhielt sich mit dem Wirt durch die Klappen und warf immer wieder Blicke in die Runde. Peter prägte sich das Gesicht gut ein. Dann gab der Mann dem Wirt die Hand und versuchte, sich an der Wand entlang zum Vordereingang durchzuschlagen, während der Kneipier die Flugblätter auf seinen Tresen packte, weil der Kampf langsam nachließ. Peter griff sich sofort ein paar, kaum dass der Wirt sich wieder umgedreht hatte, und steckte sie ein. Als er erneut nur knapp einem Wurfgeschoss entging, nutzte er das als willkommene Ausrede, um sich zurückzuziehen.

Er drückte dem Alten seinen Bierkrug in die Hand. „Mir is die Luft en bissl zu dicke, hier!“

Vorsichtig umging er den Pulk der Kämpfenden. Einer lag ganz unten, sein Gesicht war blutüberströmt. Ein weiterer, der rücklings über einer Bank hing, regte sich ebenfalls nicht mehr. Peter vermutete, dass sie nach Ende der Kämpfe im Main ihr nasses Grab finden würden.

Vor dem Wirtshaus war es ruhig, alle hatten sich zu Beginn der Prügelei in den Schankraum gedrängt, einige hingen im Türrahmen, und Peter musste sich einen Weg durch die Schaulustigen bahnen. Den Mann, der kurz vor ihm das Gasthaus verlassen hatte, verlor er dennoch nicht aus den Augen. Dabei musste er aufpassen, selbst unbemerkt zu bleiben, denn der Verfolgte sah sich immer wieder um.

Peter nutzte die Gelegenheit, sich vor dem Gasthaus in Ruhe die Pfeife neu zu stopfen und zu entzünden. Dann machte er sich auf den gleichen Weg wie der Überbringer der Flugblätter. Sein Weg führte eine Straße entlang, die parallel zum Main Richtung Hochheim verlief. Er bog in einen Hof ab und verschwand im Hinterhaus. Das Licht, das bis dahin hinter einem der Fenster die Finsternis des Hofes durchbrochen hatte, erlosch.

„Mist, der wohnt hier. Natürlich, Friedrich-Karl ‚Fritz' Sanker, jetzt fällt mir das Bild von dem Steckbrief wieder ein", murmelte Peter. „Gesucht wegen Hehlerei. Aber ansonsten harmlos."

Er zog das Flugblatt aus der Tasche, konnte es aber kaum entziffern, weil es in der Straße fast vollständig dunkel war. Eine Lampe hinter einem schmutzigen Fenster war die einzige Lichtquelle in der verdächtig ruhigen Straße. Erst jetzt fiel Peter auf, dass die ganze verkommene Gegend den Atem anzuhalten schien. Selbst die Nebelhörner schwiegen in diesem fast theatralischen Augenblick, und der Nebel schluckte jedes Geräusch der eigentlich unermüdlich hin und her schippernden Raddampfer. Die Zeit schien stillzustehen und er das einzige Lebewesen zu sein.

Der Grund für die verdächtige Ruhe kam in einiger Entfernung in seine Richtung. In der Düsternis sah er anhand der Glut ihrer Zigaretten fünf Personen auf sich zukommen. Wie diese Gruppe sich bewegte, langsam und drohend wie sprungbereite Raubtiere, versprach unangenehme Gesellschaft. Hin und wieder blitzte ein Licht auf und schälte die grobschlächtigen Figuren deutlicher aus der Dunkelheit.

Peter schickte ein Stoßgebet zum Himmel, dass sie ihn noch nicht bemerkt hatten, und huschte in den Hof. Gehetzt sah er sich nach einem Versteck um. Er fand einen Verschlag, in dem sich fauliges Holz stapelte, und zwängte sich dazwischen. Dann lauschte er angespannt und spähte durch einen Mauerspalt nach draußen.

Die Männer kamen in den Hof und blieben vor dem Schuppen stehen. Peter wagte nicht mehr zu atmen. Doch sie beachteten den Schuppen nicht, sondern sahen sich um. Einer trug eine abgeblendete Karbid-Handlampe bei sich. Das Licht, das Peter zuvor gesehen hatte. Peter schluckte, als er das feuerrote Haar des Mannes in der Mitte erblickte.

Der Fuchs?

„Hier?“, hörte er die Stimme des Rothaarigen, die ihn an das Zischen einer Schlange erinnerte.

„Irschendwo in dem Block!“

„Hm.“

„Soll mer die Häuser durchkämme?“

„Hm.“

Die vier Männer hingen an den Lippen des Mannes, den Peter für den Fuchs hielt.

„Sanker is nur en kla Lichtsche. Wird nich viel erzählen könne, egal was mir mit em mache. Hier wohne Leut, die hinter uns stehe, lasse mer se penne. Mir wern schon noch erfahren, ob die anderen en Problem sin. Glaub, die mache nich unser Geschäft, die mache was anderes. Kommt, um den Sanker kümmern mer uns en anner ma. Ich hab Bock uffen Meedsche.“

Die Männer lachten dreckig, was den Bewohnern der Häuser nicht verborgen bleiben konnte. Aber es zeigte sich niemand. Keiner hatte den Mut dazu. Die Gruppe verließ den Hof, doch Peter wagte immer noch nicht, sich zu bewegen.

Was zum Teufel sollte das bedeuten? Schön, Sanker verteilte die Flugblätter der Sekte – und der Fuchs schien Bammel zu haben, dass die ihm irgendwelche Geschäfte vermasselte. Das schien die Essenz zu sein. „Eine Information mehr, neben der Tatsache, dass der Fuchs sich auch in Kostheim frei bewegen kann, was mir seltsam erscheint. Vielleicht hilft es, wenn ich Sanker im Auge behalte“, dachte Peter.

Erst als er lange nichts Verdächtiges mehr gehörte hatte, wagte er es, den Schuppen zu verlassen. Er war allein. Mit einem abgrundtiefen Seufzer machte er sich auf den Rückweg, hoffend, dass er sich viel Weg mit der Pferdebahn sparen konnte. Der Schrecken der Begegnung mit dem Fuchs steckte ihm in den

Knochen. Ihm war klar, dass er nur verdammt knapp einer Katastrophe entgangen war, und schwor sich mehr Wachsamkeit.

Ratten

Paul warf sich unruhig auf dem Bett hin und her und fand zunächst trotz Erschöpfung keinen Schlaf. Im ersten Moment vermeinte er, sich Sorgen um Peter zu machen. Dessen Aufzug hatte ihm verraten, wohin er zu gehen gedachte, und dass derartige Ausflüge gefährlich waren, wusste sogar der biedere Architekt. Zum fünften Mal, seit Peter die Wohnung verlassen hatte, sprang er aus dem Bett. Diesmal öffnete er das Fenster, um die kalte Nachtluft ins Zimmer zu lassen, weil er schwitzte.

„Neuer Versuch …“, murmelte er und legte sich wieder hin. Tatsächlich fiel er schnell in einen leichten, nervösen Schlaf.

In seinen Träumen fand er sich im Dunkeln wieder. Er wusste, dass es ein Raum unter der Erde sein musste, dessen Wände aber nicht sichtbar waren. Paul tastete sich durch die Schwärze und geriet dabei in Panik. Seine Hände bekamen nichts zu fassen, dafür glommen vor ihm plötzlich Lichtchen auf. Rote Lichter, die immer paarweise hin und her zuckten, und es wurden immer mehr, sie umzingelten ihn, ließen ihm nur einen Fluchtweg in die undurchdringliche Dunkelheit. Doch vor dieser Schwärze fürchtete er sich noch viel mehr als vor den Besitzern der unheimlichen Augenpaare. Etwas unaussprechlich Böses schien dort zu lauern. Paul begann zu rennen, durch ein Spalier roter Lichter in die Finsternis, auf einen entfernten hellen Punkt zu, der aber nicht größer zu werden schien. Er stolperte … und fand sich auf dem Boden neben dem Bett wieder.

Schweißgebadet rappelte sich Paul auf und blieb neben dem Bett stehen. Er wusste, dass an Schlaf nicht mehr zu denken war, und schloss das Fenster wieder, weil er, nass wie er war, fror. Mit einem Blick auf den antiken Wecker neben dem Bett stellte er fest, dass ohnehin schon der Morgen graute, und hoffte, Peter käme bald wieder. Paul beeilte sich, das zerwühlte Bett zu machen, um sich dann im Badezimmer um sein eigenes Äußeres zu kümmern.

Die Badewanne war verlockend, und so bereitete er sich heißes Wasser. Während er wartete, dass der Dampfboiler nach einer ordentlichen Ladung Kohle seinen Dienst verrichtete, betrachtete er sich im Badezimmerspiegel. Er hatte Ringe unter den Augen, und die Anzahl grauer Haare an den Schläfen war deutlich gewachsen. „Man kann tatsächlich über Nacht altern, hätte ich früher nie gedacht."

Die Wohnungstür klappte. Paul eilte in die Diele. Peter stand vor der Garderobe und ließ seine Kleidung einfach fallen. Er stank und sah übernächtigt aus.

„Guten Morgen. Du siehst aus, wie ich mich fühle. Nicht gut geschlafen?", grüßte Peter mit einem Grinsen.

„Eigentlich gar nicht, und du? War dein Ausflug erfolgreich?"

„Habe ein paar Informationen bekommen, die mir weiterhelfen werden. Dafür haben sich aber auch viele neue Fragen aufgetan. Wenigstens konnte ich mich ein bisschen mit den Örtlichkeiten vertraut machen", nuschelte Peter und begab sich nur noch in Unterwäsche zur Schlafzimmertür. „Ich gehe schlafen, weck mich zum Mittagessen! Sofern du etwas findest, aus dem du etwas Essbares zaubern kannst …"

Paul sah seinem Bruder nach, der ins Schlafzimmer schlurfte. „In Ordnung, ich zaubere uns ein Fünf-Gänge-Diner …", murmelte er.

Im Augenblick reizte ihn das Badewasser mehr. Während er sich im heißen Wasser entspannte, dachte er über seine Situation nach. Es war eine Bestandsaufnahme und der Versuch, sich etwas für seine Zukunft zu überlegen.

„Vermasselt. Durchs Raster gefallen. Ich wette, dass jedes Architekturbüro in Hessen-Nassau und auch weit über die Grenzen hinaus weiß, dass es mich nicht einstellen darf, wenn es Ärger aus dem Weg gehen will. Dafür hat mein Chef sicher gesorgt. Seine Verbindungen reichen weit … und über seine hinaus noch die seines Herrn und Meisters. Den nennt zwar niemand beim Namen, aber es kann eigentlich nur einer sein. Ein großer, gieriger Haufen. In einen Sack gesteckt und draufgehauen – es trifft immer den Richtigen."

Dass er Selbstgespräche führte, war ihm peinlich, und er rieb sich mit nassen Händen übers Gesicht. Welche Geschichten sie auch verbreiteten, vor sich selbst konnte er immer noch bestehen – er trug keine Schuld. „Solange ich mir noch in die Augen sehen kann … aber ich werde mich trotzdem immer fragen, was ich noch hätte tun können …"

Mit einem abgrundtiefen Seufzer tauchte er unter, um die Tränen abzuwaschen, die sich wieder in seine Augen stahlen.

Völlig durchweicht und verschrumpelt verließ er die Wanne und rubbelte sich mit dem Handtuch trocken, als wolle er allen Schmutz der Welt von sich abreiben. Dann begutachtete er wieder sein Spiegelbild, das frischer wirkte als zuvor, aber immer noch tiefe Traurigkeit ausdrückte. „Ich frage mich, wie manche Leute das anstellen. Sich ohne einen Funken von schlechtem Gewissen im Spiegel zu betrachten. Wie schlafen diese Leute? Was geht in ihnen vor? So gefühllos kann doch niemand sein! Oder sind sie Dauerkunden für Morphine? Nein! Ich glaube, sie beglückwünschen sich noch für ihre Großtaten gegen das Wohl der Menschheit und trinken einen auf das eigene Wohl."

Als ihm klar wurde, dass er sich diese Fragen in mehr oder minder dem gleichen Wortlaut in den letzten Tagen ständig ergebnislos gestellt hatte, riss er die Augen auf. Sein sanftes, weiches Gesicht nahm damit einen Ausdruck kindlichen Schreckens an. „Es ist ihnen egal. Was stört's, wenn ein Dutzend armer Arbeiterfamilien ums Leben kommt? Es gibt doch so viele! Die verwaisten Plätze werden wieder besetzt, als wäre nie etwas geschehen. Die Masse ist gesichtslos und austauschbar. Die Arbeit ist stupide, monoton und in minimaler Zeit erlernbar, und der Maschine ist egal, ob sie heute von Ludwig befeuert wird und morgen von Franz."

Wieder weinte er. Wenn er mit den Wölfen geheult hätte, wäre er jetzt immer noch in Lohn und Brot und ein angesehener Architekt. Aber sein Gewissen hatte ihm keine Ruhe gelassen. Er hatte seinem Herrn in die Waden gebissen.

Geknickt schlich er ins Wohnzimmer, wo seine Koffer standen. Die beiden Reise- und ein am Bahnhof zurückgelassener Schrankkoffer waren sein ganzer verbliebener materieller Besitz, dazu ein gut gefülltes Bankkonto, das er nie angetastet hatte, weil er nur sehr spartanisch lebte. Nur diese Koffer, sie enthielten sein ganzes Leben.

„Wirklich?“, murmelte er, als er einen der Koffer öffnete, um frische Kleidung herauszunehmen. Er hatte immer möbliert gewohnt, in kleinen Wohnungen oder auch nur zur Untermiete. Zuletzt hatte er in einer Mansarde gehaust, die nahe dem Büro gelegen hatte, in dem er arbeitete. Die Bezeichnung Wohnung hatte dieses Loch nicht verdient, aber er war ohnehin nur zum Schlafen dort gewesen. Ein Zimmer mit Bad auf halber Treppe, direkt am Main mit seinen trüben, stinkenden Wassern. Man konnte das Wasser nicht sehen, nur hören und riechen, da man im Bereich des Innenstadtgebietes von Frankenfurt den Main vollständig mit einer Bahntrasse überbaut hatte. Von seinem Mansardenfenster aus hatte Paul den Wartungssteg unterhalb der eigentlichen Gleise sehen können. Wenn er mutig genug gewesen wäre, vom Fenster aus das Dach hinunterzurutschen, hätte er mühelos sein Haus über die Stahlträger der Bahnbrücken verlassen können. Doch die im Minutentakt vorbeiratternden Züge hatten es auch unmöglich gemacht, dort ruhig zu schlafen, wenn man nicht besondere Ohrenstöpsel mit dicken Schalen verwendete, die sehr unbequem waren. Da er für die Projekte, die er betreut hatte, ständig im ganzen Deutschen Reich hin und her gefahren war, störte das nicht sonderlich, denn dann fand er Ruhe an den Zielorten. Sein Privatbesitz beschränkte sich durch dieses Zigeunerleben tatsächlich auf den Inhalt dieser Koffer.

„Was habe ich aus meinem Leben gemacht?“

Sein nächster Weg führte ihn in die Küche, doch wie befürchtet waren kaum Lebensmittel zu finden. „Na schön, dann gehe ich eben einkaufen.“

Paul zog seinen Mantel über und fand Peters Schlüsselbund am Haken neben der Tür. Er war lange nicht in Wiesbaden gewesen und hatte keine Ahnung, ob es die Läden in der Moritzstraße noch gab. Dennoch steuerte er sie an.

Es war nicht mehr so kalt. Am Himmel zeigte sich vereinzelt Blau, aber er hatte trotzdem keine Hoffnung, die Sonne zu sehen. Über dem Fluss im Süden hing eine zähe Nebelwand und verbarg sie vollständig.

Als er in die Moritzstraße einbog, wurde er von Polizisten aufgehalten, die seinen Ausweis verlangten. Verwundert händigte er dem Polizisten mit der majestätischen Pickelhaube und dem üppigen Zwirbelschnurrbart seine Papiere aus.

Der Mann sah ihn verwundert an. „Langendorf? Sind Sie verwandt mit dem Detektiv?"

„Peter ist mein Bruder, ich wohne derzeit bei ihm. Ich war lange nicht mehr in Wiesbaden, ist etwas passiert? Weil Sie hier so genau prüfen?"

„Ah, stimmt, da ist eine gewisse Ähnlichkeit", erwiderte der Mann deutlich freundlicher. „Grüßen Sie ihn von Wachtmeister Hartmann. Nein, es ist nichts passiert. Das machen wir nur prophylaktisch. Der Kaiser kommt morgen. Bisschen überraschend, normalerweise weilt er nur im Sommer hier, daher sind wir etwas alarmiert. Dann darf eben nicht mehr jeder einfach in die Innenstadt. Die Kontrollen am äußeren Stadtring haben wir auch verschärft."

„Ich werde Peter grüßen. Aber ich darf doch rein, oder? Ich will nur ein bisschen einkaufen", gab Paul lächelnd zurück, obwohl er wegen dieser Ausgrenzung innerlich kochte. Nach außen hin setzte er ein gleichmütiges Gesicht auf, um den Wachtmeister nicht gegen sich aufzubringen. Der Mann führte schließlich nur Befehle aus und konnte nichts für die Grillen seiner Herrschaft.

„Aber natürlich!" Die beiden Polizisten tippten an die Blenden ihrer Pickelhauben und gingen weiter, dem nächsten Passanten entgegen, der sich in die Moritzstraße bewegte.

Paul lief weiter und entdeckte einen Gemüsehändler, einen Bäcker und eine Fleischerei. Schnell kaufte er die Zutaten für ein ordentliches Essen und kehrte zurück, denn er hatte jegliche Lust verloren zu bummeln. Als er vor dem Haus stand, sah er zum ersten Mal, was Peter mit seiner Bemerkung, ein Architekt würde gebraucht, gemeint haben konnte. „Du liebe Zeit! Unser schönes Haus. Na, dann habe ich ja wirklich was zu tun, um mich abzulenken!“, rief er, als er die Schäden sah.

„Unser Haus ...“, dachte er. „Habe ich das eben tatsächlich gesagt? Es klingt gut. Unser Haus – mein Refugium.“ Mit einem abgrundtiefen Seufzer schaffte er seine Einkäufe in die Küche und begann zu kochen.

Paul kontrollierte gerade den Braten, als sich hinter ihm die Küchentür öffnete und Peter verschlafen hereinschlurfte. „Was für ein Duft! Was gibt's denn?“

„Ab ins Bad, du stinkst zum Himmel!“, fuhr ihn Paul mit demonstrativ gerümpfter Nase an. „Wenn du fertig bist, steht das Essen auf dem Tisch. Schweinekrustenbraten mit Sauerkraut und Kartoffelbrei.“

„Ich eile, ich fliege!“

Paul lachte, als Peter tatsächlich rennend im Bad entschwand. Er hörte das Wasser rauschen und deckte in der Küche den Tisch. Sogar mit einem Tischtuch, was Peter sicher nicht häufig tat, so wie das Holz der Tischplatte aussah. Grinsend nahm sich Paul vor, später den Salon genauer zu überprüfen. Er ging allerdings davon aus, dass dort alles noch so war, wie ihre Eltern es eingerichtet hatten. Ein bisschen verstaubt, aber unangetastet. Wie in einem Museum.

Es tat ihm wohl, wieder dort zu sein, wo er eine sorglose Kindheit verbracht hatte. Zusammen mit einem Bruder, der ihm auch Freund gewesen war, was nicht gerade als Selbstverständlichkeit gelten konnte. Es hatte zwischen ihnen nie Konkurrenzdruck gegeben, sie waren völlig unterschiedliche Charaktere.

„Darf ich so zu Tisch kommen?“ Peter kehrte frisch gewaschen und sauber gekleidet wieder in die Küche zurück und breitete die Arme aus.

Paul begutachtete ihn mit gespielt strengem Blick und nickte dann. „Ja. Du bist wandelbar wie ein Schauspieler. Der Beruf passt zu dir, und wenn du nicht mehr schnüffeln willst, bleibt immer noch die Bühne. Aber schauspielern konntest du ja schon immer gut, kleiner Bruder!“

„Ja, vor allem Mutter konnte ich immer gut etwas vormachen“, gab Peter feixend zurück.

Er half Paul auftragen, und sie setzten sich einander gegenüber. Zunächst machten sie sich schweigend über Pauls Mahl her. Doch nach dem Nachschlag hielt es Peter nicht mehr aus.

„Raus mit der Sprache, Paul. Was ist los? Du warst ja nicht mehr du selbst, als du gestern vor der Tür standest, und übernächtigt siehst du auch aus. So kenne ich dich gar nicht! Ich meine, empfindlicher als ich warst du schon immer, aber trotzdem eine Kämpfernatur!“

„Ja ... nur manchmal kämpft man gegen Windmühlenflügel. Vor allem, wenn man ein Gewissen hat, das immer wieder mit dem in Konflikt kommt, was man macht – oder im Auftrag der Vorgesetzten machen soll.“ Paul zögerte, obwohl ihn alles drängte, Peter die ganze Geschichte zu erzählen. Er war sehr gewissenhaft, und ihm war klar, dass er für viele Details keinerlei Beweise hatte. Peters analytischer Verstand und eigene Gewissenhaftigkeit bei seinen Ermittlungen würden ihm solche Vermutungen und Schlussfolgerungen nicht durchgehen lassen.

„Dann fang mal mit deinem Gewissen an. Was lastet dir so sehr darauf, dass du nicht schlafen kannst und aussiehst wie ein Gespenst?“, forderte Peter ihn auf, und es klang fast wie ein Befehl.

„Der Tod eines guten Dutzends Arbeiterfamilien“, stieß Paul hervor und fühlte sich im gleichen Augenblick unendlich erleichtert, weil er es ausgesprochen hatte. „Ich bin sicher, nicht die geringste Schuld daran zu tragen, aber die Beweisführung hat mich im übertragenen Sinne den Kopf gekostet. Ich sollte das Bauernopfer werden, dem man die Schuld für den Einsturz des Gebäudes gab. Ersatz ist ja leicht zu bekommen. Junge, hoffnungsvolle Architekten spuckt die Uni Frankenfurt ja genügend aus. Besonders die kleinbürgerlichen, die sich verschulden, um zu studieren. Die nehmen jede Arbeit an und sind leichter zu halten als gewissenhafte, erfahrene Architekten aus besseren Verhältnissen ohne Laster und Schulden.

Ich habe aber nicht mitgespielt, denn ich konnte nachweisen, dass es nicht meine Schuld war. Außer dem Grundriss stimmte an dem Haus nichts mit meinen Plänen, meinen Ausschreibungstexten und der Statik überein. Da hat jemand gepfuscht, hat billigstes Material verwendet und von allem zu wenig. Ziegelsteine, aus denen man nicht mal eine Gartenhütte bauen würde. Nur die Hälfte der notwendigen Stahlarmierung in den inzwischen so beliebten, neumodischen Betonwänden. Der Stahl war zudem ungeprüft, zu dünn und auch nicht sauber … mir kam danach zu Ohren, dass es auf allen Baustellen so aussah, wenn es nur um Arbeiterwohnungen ging. In Dresden habe ich dieses Gerücht heimlich geprüft und noch mehr Beweise gefunden. Wenn du also demnächst in den Zeitungen liest, dass die Arbeiterwohnkaserne einer großen Fabrik in Dresden oder Chemnitz in sich zusammenbricht, weißt du, woran es liegt.

Als man mich schon nach Nürnberg beordert hatte, hörten sie von meiner Fragerei und warfen mich raus, unter allen möglichen, an den Haaren herbeigezogenen Anschuldigungen. Ich soll sogar die Tochter meines Vorgesetzten geschwängert haben …" Paul schlug die Hände vors Gesicht, schluchzte und schüttelte den Kopf. Er brauchte eine Weile, bis er weiterreden konnte. „Wenn ich mit meinen Beweisen an die Öffentlichkeit gehe, treten sie eine ganze Lawine aus unwahrem Schmutz los, um mich zu diskreditieren. Solange ich schweige, werden sie mich in Ruhe lassen, aber meine Zukunft sieht dadurch natürlich alles andere als rosig aus. Als ich bei meinen Nachforschungen herausfand, wer der größte Anteilseigner des Bauunternehmens ist, zu dem das Architektenbüro gehört, war mir klar, dass ich keinen Fuß mehr in die

Tür eines anständigen Unternehmens bekommen werde. Wenn ich was sage, wird er mich in den Orkus stampfen."

„Wer?", hakte Peter nach.

„Baron von Wallenfels. Noch Fragen?" Paul sah erstaunt, wie Peters Augen sich weiteten. „Was ist? Kennst du ihn?"

„Ähm ... ich arbeite gerade für ihn ... ich soll die Anführer einer Gruppe Saboteure ausfindig machen, die er in den schlimmsten Gossen des Groß-Stadtkreises vermutet, wo auch die Polizei nicht hingeht. Unangenehm, der Herr, aber das Gehalt ist fürstlich – und ich brauche es, um das Haus in Schuss zu halten."

„Ich werfe dir nichts vor, dazu habe ich nicht das Recht. Ich will dich nur warnen. Mit Wallenfels ist nicht zu spaßen, und ich bekomme immer mehr den Eindruck, er hat sogar Freude daran, Menschen in den Dreck zu treten oder sie kriechen zu sehen. Wenn du seine Erwartungen nicht erfüllst, musst du dich darauf gefasst machen, dass er auch an dir kein gutes Haar lässt. Ihm ist es völlig egal, wie viele Menschen sterben, solange es keine seines Standes sind oder Leute, die er noch braucht. Es gab sogar eine Beschwerde seitens des Herrn Baron dahingehend, dass der Vorfall den Weg in eine Zeitung gefunden hatte. Als Randbemerkung ohne Bild, nur die Zahl der Toten: 136. 136 Menschen – Männer, Frauen, Kinder und Säuglinge –, alle tot, und der Baron ist wütend, dass es in der Zeitung erwähnt wird. Auf Seite fünf links unten in einer Achtelspalte."

Wieder weinte Paul.

Er war vor Ort gewesen, um nach den Ursachen des Einsturzes zu suchen. Seine Arbeitgeber hatten ihm das nicht gestattet, aber er wollte sehen, was zu retten war. Vor allem wollte er die halbherzigen Maßnahmen zur Rettung der Hausbewohner unterstützen. Aber das Gebäude war in sich zusammengesackt wie ein Kartenhaus und zum Teil von seinem Keller verschluckt worden. Er hatte mit den Feuerwehrleuten nach Überlebenden gesucht, aber das Unglück war mitten in der Nacht geschehen. Die zerquetschten Leiber tauchten wieder vor seinem inneren Auge auf, und er schüttelte sich.

Er erschrak, als er die Arme seines Bruders um seine Schultern spürte, denn er hatte nicht bemerkt, dass Peter aufgestanden war, um sich zu ihm zu setzen. „Du bist raus, du musst versuchen, es zu überwinden. Wenn dich keine Schuld trifft, dann belaste dich nicht damit. Leichter gesagt als getan, ich weiß, aber das Leben geht weiter. War das Weib wenigstens hübsch?"

Paul sah Peter entgeistert an und begriff zunächst nicht, was er meinte. „Du meinst die Tochter meines Chefs? Die hätte ich nicht mit der Kneifzange angerührt. Eine fette Xanthippe mit der Stimme einer Wasserbandsäge."

Das Gelächter vertrieb ein wenig von den schwarzen Wolken von Pauls Seele. Doch eine weitere Wolke legte sich auf sein Gemüt, als er an das Drama mit der Frau dachte. Paul überlegte, ob er seinem Bruder erzählen sollte, wie abwegig die Behauptung tatsächlich gewesen war. Er war sehr erleichtert, als ihm Peter eine Vorlage für das Geständnis gab.

„Du und Frauen? Das ist ein Witz. Du hast noch nie einen Blick an ein holdes Weib verschwendet und warst mit deiner Arbeit verheiratet. So ein Vorwurf kann wirklich nur dazu dienen, dir zu schaden und dir den Mund zu verbieten. Aber jetzt weißt du, woher der Wind weht, und bist hoffentlich etwas vorsichtiger", erklärte Peter mit erhobenem Zeigefinger.

„Vor allem, weil ich mit Frauen an sich schon nichts anfangen kann …", seufzte Paul und sah seinen Bruder verzagt an. „Erinnerst du dich an Simon und deine Lästereien, er würde mir schöne Augen machen? Du warst der Wahrheit näher, als du ahnst. Er hat mir schöne Augen gemacht, und ich fand das angenehm. Du musst mir glauben, dass ich mich in dieser Hinsicht noch nie zu einem Gesetzesbruch habe hinreißen lassen, aber manchmal fiel es schwer. Ich habe mich in der Arbeit vergraben, um mich vor Begierden zu schützen, die mir jetzt noch mehr geschadet hätten, als wenn ich mich tatsächlich an der Dame vergriffen hätte."

„Du würdest dich lieber mit einem Jungen vergnügen?" Peter war fassungslos, aber er rückte nicht von seinem Bruder ab, wofür ihm Paul sehr dankbar war.

„Nicht mit einem Jungen, ich vergreife mich doch nicht an Kindern. Aber ich finde … einen Männerkörper einfach … reizvoller als den einer Frau. Ich kann es dir nicht erklären, und ich kann mich nur wiederholen: Ich habe nie gegen ein Gesetz verstoßen. Ich bin bisher nur ein Mal mit einem Mann im Bett gelandet, und das in gegenseitigem Einvernehmen und ohne Bezahlung. Ich weiß, dass wir, hätte man uns erwischt, nach dem 175er für mindestens sechs Monate im Gefängnis verschwunden wären. Aber diese Gefahr war uns bewusst, und wir haben es trotzdem versucht, weil wir es … wissen wollten. Danach habe ich Simon nie wiedergesehen und auch keinen anderen angerührt. Was ich viel seltsamer fand, war die Tatsache, dass ich bei der Beichte in der Kirche auf viel Milde stieß. Der Pastor hat mir eine recht harmlose Buße auferlegt. Die habe ich abgeleistet. Keine Angst, ich werde hier kein unzüchtiges Treiben anfangen. Ich wollte dir einfach nur sagen, wie es ist … und mich auch gegen alle Vorwürfe zu wappnen, die möglicherweise hinsichtlich der Frau noch auf mich zukommen mögen, wenn man mich niedermachen will."

Nach seiner Beichte fühlte sich Paul, als habe man ihm eine tonnenschwere Last von den Schultern genommen. Zwar war er noch immer völlig aufgewühlt, aber die Wogen begannen, sich zu glätten, je mehr er sich bewusst wurde, wie weit das alles hinter ihm lag. Man würde ihn nicht verfolgen, solange er nicht versuchte, seinen ehemaligen Auftraggebern zu schaden. Das hatte er auch nicht vor, denn er wusste, wie weit er gehen konnte: keinen einzigen Schritt mehr.

Peters aufmunterndes Schulterklopfen tat ihm sehr wohl. „Dann komm jetzt erst mal richtig an und hilf mir, unser Elternhaus wieder in Schuss zu bekommen. Ich vertraue auf dein architektonisches Können ... und versuche, Abstand zu gewinnen. Was da gelaufen ist, war ein Verbrechen an den Armen, aber da ist nichts zu wollen. Ich frage mich, wo Wallenfels noch überall seine Finger im Spiel hat. Diese Verbindung zu meinem derzeitigen Fall will mir nicht gefallen."

„Wallenfels ist der heimliche Herrscher des Groß-Stadtkreises und hat Macht weit darüber hinaus. Im Büro habe ich einiges mitbekommen. Er ist reich wie König Midas. Was er anfasst, wird zu Gold, selbst jetzt, in der größten Krise. Ich habe läuten hören, dass sogar Parlamentsmitglieder und viele Adlige unter seiner Fuchtel stehen, weil sie bei ihm hoch verschuldet sind. Begreifst du? Er hat das Parlament gekauft! Er kann machen, was er will, und sie alle wie Marionetten an Fäden ziehen.

Ein Gesetz, das ihm hilft, noch reicher zu werden? Klar! Ihm gehören große Landgüter in den Kolonien. Er hat sie von den Besitzern bekommen, die ihre Schulden nicht mehr tilgen konnten. Das kommt ihm jetzt zugute, weil er dringend benötigte Rohstoffe von dort erhält. Auch Erz und Kohle. Wenn dort ein Aufstand losbricht, kann er ihn, ohne Repressalien fürchten zu müssen, mit eigenen Leuten niederschlagen. So hat er schon zu einem Zeitpunkt Kohle aus den Kolonien bekommen, als hier wegen eines Bergarbeiterstreikes an der Ruhr gar nichts mehr ging. Er konnte damit auch den Preis diktieren und so weiter und so fort." Paul schweifte ab und starrte einen imaginären Punkt über der Küchentür an. Fragen stürmten auf ihn ein. Seine unbestimmten Ängste, die Dinge, die er noch nicht belegen konnte, aber die für ihn im tiefsten Inneren bereits zum Faktum geworden waren, drängten in den Vordergrund. Er entschied sich für eine vorsichtige Umschreibung, um Peters Reaktion zu sehen: „Hast du von ungewöhnlichen Krankheitsfällen gehört? Unbekannten Krankheiten, nicht den allgegenwärtigen, und von besonders großen Rattenpopulationen?"

Peter schien über den Themenwechsel nicht verwundert zu sein, sondern dachte über die Frage nach. Dann sprang er unvermittelt auf und verschwand kurz im Flur. Als er zurückkehrte, hielt er Paul ein Flugblatt entgegen.

„Von Krankheiten weiß ich nichts außer dem, was mir sonst zu Ohren kommt und einfach nur der Armut und den barbarischen hygienischen Zuständen entspringt. Aber letzte Nacht bin ich an dieses Flugblatt gekommen, das beantwortet vielleicht einen Teil deiner Fragen – mir jedenfalls gibt es entscheidende Hinweise.“

Paul nahm das Flugblatt, drehte und wendete es aufmerksam und begutachtete Papier und Druckfarben. Peter beobachtete ihn interessiert. „Das Papier verrät schon ein paar Dinge – es wird nämlich nicht mehr hergestellt“, sagte Paul.

Er hielt es gegen das Licht. „Siehst du das Wasserzeichen? Das Papier stammt aus dem vor kurzem geschlossenen Druckfarben- und Papierwerk Königshofen bei Niedernhausen. Papierherstellung war dort nur ein Nebengeschäft, weil ein Sägewerk in der Lochmühle von Niedernhausen das Material lieferte. Es hat hauptsächlich Farben hergestellt, aber mit den Preisen, die die großen Chemiewerke am Main verlangten, konnte es bei aller Qualität nicht mithalten. Die Arbeiter sind Richtung Main gezogen, in der Hoffnung, in den dortigen Farben- und Chemiewerken Arbeit zu finden … war allerdings ein Trugschluss. Sie sind in Hochheim gelandet, auf dem Abstellgleis. Dafür haben die Bauern ringsum jetzt keine Erntehelfer mehr, aber zurück traut sich auch keiner. Komisch, oder? Die Druckfarbe ist auch aufschlussreich, sie ist nicht schwarz, sondern blau. Ich bin sicher, dass sie aus dem gleichen Werk stammt wie das Papier, denn das Architekturbüro, für das ich gearbeitet habe, hat den Laden deshalb verklagt. Weißt du, blaue Tusche auf den guten Transparentpapieren ist nicht völlig lichtundurchlässig, und das sieht man auf den Dampflichtpausen. Sie haben es nicht mehr in den Griff bekommen, schwarze, schnell trocknende Tusche anzubieten, und es immer auf die Hersteller der Pigmente geschoben. Die aber warfen dem Werk vor, es hätte einfach nur die falschen Rohstoffe genommen und diese zu sehr verdünnt. Aber ein Werk, das seit über dreißig Jahren zu aller Zufriedenheit produziert …“

Peter strahlte wie eine der seltenen elektrischen Glühbirnen. „Das ist die beste Spur, die ich in der letzten Zeit hatte, egal welchen Fall du nimmst. Wenn ich herausbekomme, wer die Restbestände an Papier und Farbe von dem stillgelegten Werk aufgekauft hat, bin ich sicher schon einen gewaltigen Schritt weiter! Aber was hältst du von der Bemerkung über die Ratten?"

Paul nahm sich den Inhalt des Flugblattes vor und runzelte die Stirn. Er las es immer wieder, wurde aber nicht recht schlau daraus, bis auf einen Satz, der seine schlimmsten Vermutungen bestätigte.

Ratten!

Um es richtig analysieren zu können, las er es vor: „Bürger des Groß-Stadtkreises Wiesbaden-Frankenfurt – und damit sind alle gemeint, selbst die kleinsten Kinder in den schlimmsten Armenvierteln. Wehrt euch gegen die perfiden Machenschaften der Wenigen, die alles besitzen und immer mehr wollen. Sogar eure Körper und euren Geist, um daraus Kapital zu schlagen. Ihr bekommt dafür nichts, nur Qual und einen unwürdigen Tod. Helft uns zu verhindern, dass noch mehr Gesetze, die zu eurem Schutz, zu eurer Unversehrtheit dienen sollen, ausgehöhlt oder abgeschafft werden. Wie die Sozialgesetze Bismarcks, die euch aus der Armut hätten befreien können. Das erste Zeichen dieser Machenschaften ist das Luftschiff ‚Pazuzu', das Dinge enthält, die nur einem teuflischen Gehirn entsprungen sein können. Wehrt euch gegen den immer rücksichtsloseren Umgang mit unseren Lebensbedingungen. Es ist ihnen egal, wie viele Menschen verrecken, weil sie immer mehr Dinge auf den Markt werfen, deren Herstellung Gifte erzeugt und denen ihr schutzlos ausgeliefert seid, weil ihr von dem Wasser lebt, mit dem man diese Gifte beiseiteschafft. Die Ratten sind nur die ersten Vorboten. Schützt euch, helft uns. Wir werden euch helfen. Lebenslicht."

Eine Weile schwieg er und war froh, dass Peter nicht darauf drängte, mehr zu erfahren. „Was willst du hören? Was ich von dem Schreiber halte?"

„Auch. Alles, was dir einfällt – und ich glaube, du weißt etwas über die Ratten."

„Na schön … ich schicke aber voraus, dass ich nichts weiß, sondern nur ein paar Schlüsse ziehe", begann Paul und legte sich seine Worte gut zurecht. „Zunächst einmal gehe ich davon aus, dass der Autor einer deutlich höheren Bildungsschicht entspringt. Wahrscheinlich Akademiker. Er ist zu gebildet, Rechtschreibung und Satzbau zu klar und korrekt, als dass er nur ein Bewohner der Armenviertel sein kann, der vielleicht die Sonntagsschule besuchen durfte. Auch wenn er einfache Worte wählt, die dem entsprechenden Klientel eingängiger sein dürften, als es seine übliche Art zu schreiben sein würde."

„Korrekt. Genau das habe ich auch gedacht. Trotz aller Bildung hat er genau den richtigen Ton getroffen – viele unbestimmte Ängste geschürt, ohne zu viel von seinem offensichtlich tiefer gehenden Wissen preiszugeben", lobte Peter.

„Dann komme ich jetzt zu den Ratten. Zum ersten Mal bin ich auf sie gestoßen, als es nach dem Einsturz des Hauses eine weitere Panne gab: Stinkende Abwässer überfluteten die ganze Gegend. Die Trümmer hatten einen Kanal beschädigt, der bis dahin wohl verborgen dicht neben der Baustelle verlaufen war. Die Herkunft des Wassers war ungewiss, und die Feuerwehr hat das Loch einfach zugeschüttet. Irgendwann hörte es zu sprudeln, wahrscheinlich hatten die Verantwortlichen den Nachschub abgestellt, als sie von der neuerlichen Katastrophe erfuhren. Ein Arbeiter sagte, er würde den Geruch kennen, es sei ein bestimmter chemischer Geruch. Aber das Schlimmste war das, was aus dem Loch kam, als man es zuschüttete: Ratten – solche Bestien hast du noch nicht gesehen, selbst wenn du häufiger in den Unterstädten forschst. Ich habe eine erschlagen, als sie an mir hochsprang. Sie hat zugebissen, aber zum Glück kam sie nicht durch meinen Wintermantel. Wer weiß, was ich sonst für Krankheiten bekommen hätte. Das Vieh war länger als mein Unterarm von der Spitze des Mittelfingers bis zum Ellbogen, der Schwanz noch mal so lang. Pechschwarz, glänzend wie eine Speckschwarte und mit Zähnen, die einem Hund gut zu Gesicht gestanden hätten. Dabei sind es Nagetiere! In den Häusern, die noch standen, kam es nach ihrem Auftauchen zu mysteriösen Todesfällen. Krankheiten mit unbekannten Symptomen. Man hat den Block unter Quarantäne gestellt. Wenn du mich fragst, lebt dort keiner mehr, und wenn nicht wegen der Ratten, dann sind sie vielleicht alle verhungert. Es hat sich niemand hingetraut, aus Angst vor den Krankheiten, und rausgelassen hat die Polizei auch niemanden. Meine tote Ratte verschwand schneller, als ich meinen Schrecken überwinden konnte. Ich habe mich weggedreht und schwupps, hatte ein Polizist sie in einen Sack gepackt und weggebracht. Das stinkt zum Himmel. Solche Ratten gab es bisher noch nicht, und sie verbreiten Krankheiten, gegen die kein Kraut gewachsen ist. Ich hoffe, man wird beider Dinge Herr, ehe sich Seuchen ausbreiten. Wenn in Biebrich oder Kastel oder sonst wo eine Seuche ausbricht, wird sie keinen halt vor den Villen der Reichen machen. Dann gibt es eine Katastrophe. Selbst wenn es nur gerecht wäre – man sollte es nicht dazu kommen lassen. An dieser Krankheit zu sterben ist grauenvoll, hörte ich. Von daher … ich glaube, der Schreiber dieses Flugblattes hat Einblicke hinter die Kulissen der Chemiewerke. Er weiß, was dort produziert und geforscht wird, und noch manches mehr. Oh, ehe ich's vergesse, noch ein kleines Detail: Ich habe gehört, dass zwei Feuerwehrleute, die von den Ratten gebissen worden waren, ebenfalls erkrankten und kurz darauf spurlos verschwunden sein sollen. Ein Gerücht möglicherweise nur, aber bei all den anderen Katastrophen fand ich es eigentlich nur folgerichtig."

„Ach Paul, wenn du nur ein bisschen mehr Arsch in der Hose hättest, du gäbest einen hervorragenden Kriminalisten ab", seufzte Peter und grinste breit. „Trotzdem: Danke für die Informationen. Jetzt weiß ich, an welcher Stelle ich besonders aufpassen muss. Das größte Problem scheinen mir weder die Sekte mit ihren Saboteuren noch die Armen am Fluss zu sein. Wallenfels selbst ist hier das Problem, und ich soll für ihn die Kartoffeln aus dem Feuer holen. Gefällt mir überhaupt nicht. Ich glaube, ich konzentriere mich lieber auf meinen anderen Fall. Obwohl …"

Paul sah Peter abwartend an, doch er erklärte sich nicht näher. „Was ist das für ein Fall? Mehr Chancen auf Aufklärung als bei der Sekte?"

„Ich habe gerade überlegt, ob es da eine Verbindung gibt, aber die einzige Überschneidung liegt dort, wo der Fuchs ins Spiel kommt. Allerdings scheint der mit Wallenfels nichts zu tun zu haben …“, murmelte Peter vor sich hin. „Entschuldige, ich denke laut. Nein, ich fürchte, die Chancen sind nicht gut, vor allem, weil die Zeit schon so weit fortgeschritten ist. Zumindest gibt es da nicht so viele Probleme im Hintergrund.“

Paul stand auf und begann abzuräumen. „Wenn ich dich irgendwie unterstützen kann, dann tue ich das gern. Du musst mir nur sagen, wie. Ich fürchte, ich kann nicht einfach tatenlos herumsitzen. Dann fällt mir die Decke auf den Kopf. Ich bin ziemlich sicher, dass ich keine Chance habe, einen Posten als Architekt zu bekommen, jedenfalls nicht in absehbarer Zeit und in dieser Gegend. Vielleicht kann ich mich selbstständig machen, aber ob das zum Leben reicht …“

„Nur die Ruhe. Wenn Gras über die Sache gewachsen ist, kannst du sicher wieder als Architekt arbeiten. Du hast doch gewiss ein paar Referenzobjekte, die du anführen kannst und die nicht zusammengefallen sind, und ja, du kannst etwas für mich tun – recherchieren. Ich habe nicht übermäßig viel Lust, in die Landesbibliothek oder an andere Örtlichkeiten zu gehen und mich durch Bücher und Pläne zu graben, und als Architekt hast du möglicherweise noch ganz andere Möglichkeiten.“

„Was darf's sein?“ Paul war froh. Recherchearbeit würde ihn ablenken.

„Ich will etwas über dieses Luftschiff und über den Luftschiffhafen wissen. Meinst du, du kannst auf dem Katasteramt Pläne einsehen? Oder bei der Bauaufsicht?“

Paul dachte nach, dann lächelte er leicht hinterhältig. „Wenn Justus Hausner noch bei der Baupolizei im Archiv sitzt, dann habe ich gute Chancen, mich dort ungestört umzusehen.“

„Mach das. Das wäre eine gewaltige Hilfe!“

Wieder in der Gosse

Das Wetter war nicht dazu angetan, Peter für eine weitere Nacht in Kostheim zu begeistern. Es schüttete wieder. Der einzige Trost war, dass der Wind nachgelassen hatte und so keine Gefahr bestand, von herabfallenden Ziegeln oder Mauersteinen erschlagen zu werden, und es gab ihm einen Vorwand, jede Deckung zu nutzen, die sich ihm bot. Kleine Pausen in Hofeinfahrten oder Hauseingängen waren üblich, und man teilte sie nicht selten mit anderen Schutzsuchenden.

Sein erstes Ziel war der Häuserblock, in dem Sanker verschwunden war. Das schien ihm die vielversprechendste Möglichkeit, einen Schritt weiterzukommen. Entweder würde Sanker ihn zur Sekte führen, oder der Fuchs tauchte auf, und er konnte ihm zu seinen Etablissements folgen, in denen er Katharina zu finden hoffte.

Neben dem Holzschuppen gab es einen Eingang mit einer lose in den Angeln hängenden Tür. Das Haus schien unbewohnt zu sein, aber das erwies sich als Trugschluss. Aus dem Obergeschoss hörte er Stimmen, kaum dass er das Gebäude betreten hatte. Weiter hinten im Hausflur hustete jemand erbärmlich. Der Raum zum Hof hinaus war leer. Es handelte sich um einen Anbau, dessen Dach halb eingestürzt war und in dem das Regenwasser knöcheltief stand. Als zeitweiliger Beobachtungsposten war der Raum jedoch ausreichend, denn durch die beiden kaputten Fenster konnte Peter die Straße und den Hof überblicken.

Er stellte sich dennoch auf Warten ein und fing an, sich alles noch einmal durch den Kopf gehen zu lassen, was er wusste. Paul hatte sich erboten nachzuforschen, wohin man die restlichen Druckpapier- und Farbbestände der Firma aus Königshofen verkauft hatte, damit Peter früher aufbrechen konnte. Er wollte auch in Erfahrung zu bringen, ob sein Freund noch bei der Bauaufsicht arbeitete oder bereits die Gnade einer sicheren Pension für getreue Staatsdiener genoss.

Pauls Geständnis, mit Frauen nichts anfangen zu können, kam ihm wieder in den Sinn, und Peter gestand sich ein, dass er so etwas schon vermutet hatte. Paul war schon immer weich gewesen, vom Äußerlichen wie von seinem ganzen Verhalten. Eher mädchenhaft. Obwohl Paul der Ältere war, hatte er immer wieder Peters Hilfe gegen die Rüpel an der Schule gebraucht. Insgeheim bedauerte Peter seinen Bruder wegen dieses Problems, konnte er doch niemals ungestraft seiner Leidenschaft nachkommen und aufkeimende Triebe befriedigen, außer indem er Hand an sich selbst legte. Ihm selbst standen da deutlich mehr Wege offen. Natürlich waren Prostitution und ihre Nutzung strafbar, aber im Zweifelsfall bekamen die Freier nur einen erhobenen Zeigefinger zu sehen, während die Frauen ins Gefängnis wanderten. Bei gleichgeschlechtlichen Paaren wanderten beide hinter Gitter, egal ob es ein gekauftes Stelldichein war oder ein freiwilliges unter gleichgestellten Partnern. Doppelmoral, wohin man auch schaute, besonders zu Lasten der Frauen. Diesen Gedanken schob Peter aber schnell wieder beiseite, damit er nicht die gesamte Wartezeit damit verbrachte, fruchtlos über das Elend dieser Welt zu philosophieren.

Insgeheim war Peter froh, seinen Bruder im Haus zu haben. Paul hatte keine Laster und daher ein stattliches Guthaben auf der Bank. Er würde sich auch um die notwendigen Reparaturen kümmern und kannte eine Menge Handwerker, die ihm noch den einen oder anderen Gefallen schuldeten. Peter war sicher, dass Paul wieder auf die Füße fallen würde. Mit diesen Handwerkern als Stütze und Auftraggeber konnte er als freier Architekt sein Auskommen finden.

Ein weiterer Vorteil für ihn war, dass Paul ein echter Gentleman war, ohne Allüren oder – was bei seinem weichlichen Äußeren nahegelegen hätte – ein dandyhaftes Auftreten. Das würde Paul bei seinen Nachforschungen Türen öffnen, ohne dass irgendjemand Verdacht schöpfen würde, dass er für seinen Bruder Ermittlungen anstellte.

Ein Geräusch auf der Straße riss Peter aus seinen Gedanken, und er spähte hinaus. Der Fuchs stand mit zweien seiner Schläger im Hof und starrte auf das Haus, in dem Sanker in der vergangenen Nacht verschwunden war. Jemand kam aus der Haustür. Peter glaubte, Sanker zu erkennen, und spannte sich an.

Sanker entdeckte das Empfangskomitee und wollte flüchten, als ihn schon zwei weitere Personen schnappten, die neben dem Hinterhaus gelauert hatten. Sie schleiften ihn vor den Fuchs und drückten ihn auf die Knie.

„Na, Fritze?", fragte der Fuchs mit einer fast schmeichlerischen Stimme. Doch diese Stimme täuschte weder Sanker noch den heimlichen Lauscher, denn der Unterton war schneidend wie ein Skalpell. Sanker wand sich wie ein Aal, aber er konnte den beiden Schlägern nicht entkommen. „Erzähl ma, was des für Typen sin, für die de jetzt schaffst. Will wisse, ob die nich mein Geschäft schade könne."

Sanker gab auf und blickte zu Boden. „Da brauchst dir kaa Sorsche mache. Die ham andere Ding im Sinn."

„Was'n Scheenes?" Die Stimme des Fuchses wurde ungeduldig. Das gab ihm die bösartige Anmutung eines schmollenden Kindes. „Wer sin eischentlich die Oberste vonnem Haufen? Immer noch de verrücke Pfaffe? Und wer sin die andere? Ham die aa son Dubbe wie de Schwarzrock, odder ham die Hern?"

„Der Pfaffe ist noch da, ja, und er hat nichts anderes im Sinn als unser aller Seelenheil, wassen sonst, und die anneren? Du glaubst doch ned im Ernst, dass die uns klane Lichter viel über sich erzählen tun? Namen gibts keine. Da ist nur n Typ, der Gregor genannt wird, kommt wohl aus Königsberch und ist achentlich Russ. Den halde se all für dod, weiler ne Bomb bastele wollt un die is mit seem Schuppe inne Luft gange. Der spielt sich als Boss auf, isser aber nich. Viel zu wenisch Hirn, jeder Ratz is schlauer. Dann is da noch der ‚Graf'. Der is, mein ich, der wahre Chef, zusammen mittem alten Nager, weißt schon, dem Hannes, un nem Riesen, dem Johann. Aber vonnem ‚Graf' kennt niemand des Gesicht. Habben ma gesehen, hat immer nen schwarzen Mantel mit Kapuze an, siehst nicht, wie er aussehe tut", sprudelte es aus Sanker heraus. „Was se wolle? Na, guck auf de Fetzen, die ich verteilt hab. Kannst doch lesen, oder? Mehr scheints echt nich zu sein, wasse wollen. Nix mit dein Geschäft. Mehr wees ich nich!"

Der Fuchs schwieg zu lange, um Sanker beruhigen zu können. „Na schee, ich will ma versuche, dir zu glauben … aber du begleitest jetzt ma meine Freund hier un mich zu deine Leute! Ihr habt doch irschendwo nen Treffpunkt, odder?"

„Kann ich nich, die mache mich platt!", rief Sanker entsetzt und zuckte zusammen, als plötzlich ein scharfes Messer vor seinem Gesicht aufklappte.

„Wenn nich die, denn ich. Hast die Wahl!"

Peter hatte aus seinem Versteck einen guten Blick auf Sankers Gesicht, da es von der Karbidlampe beleuchtet wurde, die einer der Begleiter des Fuchses in Händen hielt. Sankers Augen waren vor Schreck weit aufgerissen, aber der spöttische Zug um seine Mundwinkel widersprach der Angst, die er empfinden musste. Er schien hektisch zu überlegen, welches die angenehmere Alternative war. Es gehörte nur zum Spiel, dass er sich diese Zeit nahm, es würde sonst auf den Fuchs nur halb so glaubhaft wirken. Peter vermutete, dass die anderen, für die Sanker arbeitete, einen Notfallplan hatten, der in Kraft trat, sobald Sanker mit seinen Bewachern auftauchte. Dem Fuchs dagegen schien das nicht aufzufallen.

„Na schön … was soll ich mache?" Sanker sackte demonstrativ in sich zusammen.

Für den heimlichen Beobachter war das Spiel zu schnell beendet. Peter vermutete, dass Sankers Freunde so etwas wie ein Wächtersystem hatten und er sich Chancen auf ein sicheres Entkommen ausmalte, wenn er tat, was der Fuchs verlangte.

„Sag denen, die beeden da wolle auch der Trupp beitreten. Des langt. Wo sin die Herrschaften denn?"

„Am Rand von Biebrich, wo de Stinkhütt war, neben de alte Halle im Werk Amöneburschʺ, nuschelte Sanker ergeben. „Frankenfurter Straß.“

„Na denn“, rief der Fuchs und klatschte in die Hände, „lasst uns ma aufbreche. Mir ham unnerwechs aber noch was zu erledische.“

Die Gruppe brach auf. Als sie sich in ausreichender Entfernung befanden, verließ Peter sein Versteck. Es war riskant, aber er musste der Gruppe folgen, wenn er etwas über die Machenschaften des Fuchses erfahren wollte. Die Sekte lief ihm dank Sankers Angaben nicht davon. Der Regen hatte aufgehört, dafür wallte leichter Nebel vom Fluss in Fetzen durch die Seitenstraßen und hing immer wieder wie eine Gardine zwischen ihnen. Ausnahmsweise begrüßte Peter den Nebel als brauchbaren Helfer, denn so war er unsichtbar, bis er den nächsten Hauseingang erreicht hatte.

An der Schwarzen Brücke machte der seltsame Trupp halt, und Peter zog sich in eine Hofeinfahrt zurück. Der Fuchs sprach mit einem Zuhälter und dessen Damen, die sich ängstlich zusammendrängten – nicht ohne Grund, denn die Schläger, die nicht auf Sanker aufpassten, zerrten eine der Frauen in den Hof. Peter schluckte, als er sie schreien hörte wie ein waidwundes Tier. Dann wurde es still.

Totenstill.

Die beiden Schläger kamen zurück, dem einen hing die Hose um die Knie, und er ließ sich Zeit, sie wieder hochzuziehen. Der andere leckte die Klinge eines blutverschmierten Klappmessers genüsslich ab und steckte es wieder in seine Hosentasche. Die Männer lachten, als sie sahen, wie sich die Huren kreidebleich aneinander festhielten und still weinten. Ihr Gelächter durchbrach schrill die Ruhe, die nach den Schreien der Hure eingetreten war. Was auch immer diese Frau verbrochen haben mochte, sie hatte mit ihrem Leben gebüßt.

Peter schloss die Augen. Ihm war klar, was mit ihm geschehen würde, sollte er bei seiner Observation nicht vorsichtig genug sein. Abgesehen davon hatte ihm diese Szene erschreckend deutlich gemacht, dass der Fuchs seinen Machtbereich auf Kostheim ausgeweitet haben musste und nicht nur geduldeter Gast war. Die „Graue Eminenz“ hatte demnach an Boden verloren – oder ihr Leben, was sogar naheliegender war. Auch Sanker war bleich. Er hatte gerade eine Demonstration dessen bekommen, was ihm blühte, wenn er nicht spurte oder den Fuchs in eine Falle lockte.

Die Gruppe setzte sich wieder Richtung Kastel in Bewegung. Der Nebel erwies sich Peter auch weiterhin gewogen. Der Weg führte zur Reduit, und Peter suchte wieder einmal Deckung.

Die Reduit war trotz der Inbesitznahme durch die Armen noch immer öffentlicher Raum und Liegenschaft des Herzogtums Hessen-Nassau, seit das Großherzogtum alle rechtsrheinischen Gebiete abgetreten hatte. Gelegentlich kam Polizei vorbei, um dort aufzuräumen, bisher jedenfalls. Allerdings musste jedes Mal die Anzahl der Männer aufgestockt und ein immer größeres Arsenal an Waffen mitgeschleppt werden.

So etwas konnte eigentlich nicht das bevorzugte Umfeld des Fuchses sein. Die Gruppe lief denn auch an der Brücke nach Mainz vorbei und hielt auch nicht an der Reduit an. Tatsächlich hatte sich, wie er schon vermutet hatte, die Reduit schon wieder verändert. Der Fluss war über die Ufer getreten und hatte die um des Baumaterials willen ausgehöhlte Front der Festung einstürzen lassen. Über diesen Schutthaufen kam man trockenen Fußes in die Elendsviertel dahinter, aber das riskierte Peter nicht. Zu viele Augen hätten ihn beobachten können, also nahm er den Weg hinter der Reduit entlang, auch wenn er damit Gefahr lief, den Anschluss zu verlieren. Der Einsturz der Frontmauer war vielleicht auch der Grund, warum sich der Fuchs dort relativ sicher fühlte. Die Regierung hatte für zerstörtes Eigentum in den Bereichen am Fluss weder Interesse noch Verwendung, so dass sich auch ein Polizeieinsatz an dieser Stelle erübrigte. Der Freihafen Maaraue war wichtiger, und der war durch das giftige Wasser der Flüsse rundum gesichert. Zudem baute man die beiden anderen Rheinauen, die weiter entfernt vom Ufer lagen, zu ähnlich massiven Festungen aus. Peter hatte die gigantischen Dampfkräne von Biebrich aus sehen können, die die Fahrrinne ausbaggerten und ohne Rücksicht auf das üppige Grün des letzten zusammenhängenden Auenbereiches den Aushub auf die beständig von Überschwemmung bedrohten Inseln kippten. Natur störte nur.

Während er sich über den Weg hinter der Reduit kämpfte, kreisten seine Gedanken um diesen Punkt, um sich nicht ständig zu fragen, was er für Sanker oder die Sekte tun konnte, um ihnen näher zu kommen. Denn das konnte nur ein Zufall entscheiden. Von seinem erhöhten Standpunkt aus konnte er in der Dunkelheit die Kräne erkennen. Sie waren von einer Unzahl von Gaslampen taghell erleuchtet, und der Westwind trug ihr Dröhnen unangenehm laut an seine Ohren. Doch er schien der Einzige zu sein, den das störte.

Peter war nicht allein auf der Straße zwischen Festung und Bahnhof und ließ sich trotz der gebotenen Eile einfach im Strom übelriechender Leiber treiben. Hauptsache, die Richtung stimmte, für alles andere konnte er nur beten. Er nahm sich die Zeit, die Gesichter der Menschen zu betrachten, soweit er sie in der sehr spärlichen Beleuchtung aus improvisierten Fackeln und einigen Öllampen erkennen konnte. Einige schienen sich über irgendetwas zu freuen. Peter erkannte den Grund, als er auf einem Platz zwischen den Hütten den anachronistisch wirkenden Ochsenkarren sah. Der Fahrer verteilte Kistchen mit Kleidung, und Menschen balgten sich um die Fetzen darin.

Mit finsterem Gesicht sah Peter die Aufschrift auf den Kisten. Hospiz des Paulinenstifts. Das Sterbehospital, in dem vor allem arme unheilbar Kranke ihrem Ende entgegensiechten. Nicht selten auch Menschen, die in Quarantäne lagen, sich selbst überlassen bis zum bitteren Ende. Ihre Leichen verbrannte man unter strengen Hygienemaßnahmen, ihre Habseligkeiten kamen in diese Holzkisten – eigentlich, um sie mit ihren Besitzern dem Feuer zu überantworten. Immer wieder gelangten diese Kisten aber auf den falschen Weg – zu den Leuten, die für die Krankheiten, die in den ungewaschenen Stoffen steckten, am empfänglichsten waren. Ein weiterer Teufelskreis begann.

„Milde Gaben", brummte Peter. Dann riss er sich von dem Anblick los und hastete weiter.

Das Glück war auf seiner Seite, denn er entdeckte die Gruppe nicht weit entfernt auf einem anderen kleinen Platz inmitten der ärmlichsten nur irgendwie vorstellbaren Hütten. Menschen waren nicht zu sehen, Peter vermutete, dass sie sich verzogen, sobald die Schläger des Fuchses auftauchten, der sich in dieser Umgebung wie ein kleiner Kaiser des Drecks zu fühlen schien. Aus einer Hütte kam eine Gruppe Frauen, die nicht recht in die Umgebung passen wollten, denn sie hatten sich herausgeputzt, als wären sie auf einen kaiserlichen Ball eingeladen. Zumindest kam es dem flüchtigen Betrachter so vor, ehe man erkannte, dass die Kleider nicht passten und ziemlich fadenscheinig waren.

Sie stellten sich auf Brettern im Schlamm in eine Reihe und rafften die Röcke, damit sie nicht verschmutzen konnten. Die Handlanger des Fuchses entzündeten zwei Sturmlaternen, und er ging die Reihe entlang. Er sah sich die Gesichter der Frauen an, die seltsam leer und puppenhaft wirkten. Alle waren stark geschminkt, und ihre Augen reagierten kaum auf das blendende Licht.

Peter zuckte zusammen, als die Lampe das Gesicht des letzten Mädchens erhellte. Es war Katharina, die gesuchte Frau. Die Halbschwester des Künstlers. Auch sie reagierte nicht auf den Fuchs, der sie am Kinn packte und ihren Kopf brutal drehte. Die weiße Schminke in ihrem Gesicht verbarg nur mäßig die blauen Flecken und die Narbe einer Platzwunde an der Augenbraue.

„Drogen … sie haben die Mädchen unter Drogen gesetzt", dachte Peter entsetzt und überlegte, ob er eingreifen sollte. Aber ihm wurde klar, dass er nicht den Hauch einer Chance hatte, sie aus dieser Situation zu befreien. Er wäre ein toter Mann, denn die Gruppe war nicht das einzige Problem. Er rechnete damit, dass sich mindestens ein Dutzend weiterer Männer in der Nähe befand. Er hatte den Gedanken kaum zu Ende gebracht, als eine Handvoll Männer aus der Hütte kam und die Mädchen vor sich her Richtung Hauptstraße drängte. In der Hütte musste es einen

Zugang zu anderen Schlupfwinkeln geben, denn sie war kaum groß genug, als dass eine Handvoll Menschen dort aufrecht stehen konnte. Ein alter Geräteschuppen. Peter prägte sich den Standort der Hütte für spätere Nachforschungen ein.

Der Fuchs blieb mit seinen Leuten zurück und erteilte einem weiteren Mann Anweisungen. Zu Peters Leidwesen sprachen sie sehr leise, so dass er nicht hören konnte, wohin man die Mädchen bringen wollte. Der Mann verabschiedete sich, doch dann blieb er noch einmal stehen. „Was dürfe de Herrschaften mitten Weibern mache? Allet? Odder komme alle wieder her?"

„Eher nich. Rechne ma mitter Hälfte Ausschuss. War abgemacht, dass se mache könne, wasse wolle. Acht nur druff, dass de Rest wieder schwebt, wenn er zurückkommt. De Weiber wern immer so schnell hysterisch, wenn se Leiche sehe. Muss net sei, wenn se in der Geschend sind. Is zwar ne einsame Ecke, aber wer weiß …", gab der Fuchs abwinkend zurück. „Vergiss nich, die Extra-Kohle für jede dod Nutt zu kassiere, und bring de Klamotte wieder mit. Aufräum tun andere, die von de Herrschaften geholt wern."

Beinahe hätte sich Peter mit einem entsetzten Ausruf verraten, er konnte sich gerade noch die Hände vor den Mund schlagen. Er hatte schon davon gehört, dass wohlhabende Adlige Mädchen für orgiastische Feiern bestellten. Auch, dass diese Frauen alles über sich ergehen lassen mussten, was man von ihnen verlangte – und dass nicht wenige dabei ihr Leben verloren. Dennoch erschreckte es ihn, den Beweis für diese Gerüchte kalt serviert bekommen zu haben. Aus dem Munde des Fuchses glaubte er die Aussage sofort, die er bis dahin als Märchen abgetan hatte.

Peter schüttelte sich und versuchte, den entsetzlichen Gedanken wieder loszuwerden. Er schickte ein Stoßgebet zum Himmel, dass dieses Schicksal Katharina erspart bleiben möge, die er immer noch zu retten hoffte. Sie lebte und stand hoch genug im Kurs, für solche Feste genommen zu werden, wo nur die noch halbwegs unversehrten und hübschen Frauen verwendet wurden. Die Herrschaften waren trotz aller Abartigkeit ihrer Vorstellungen von Genuss doch anspruchsvoll und hatten keinen Bedarf, sich bei einer billigen Hure womöglich noch mit einer Krankheit anzustecken, die sie in Erklärungsnot oder vielleicht sogar in Lebensgefahr brachte. Eine kleine Chance.

„Lieber Gott, wenn es dich gibt und wenn dir diese armen Menschen noch etwas bedeuten, dann gib, dass sie stark genug ist, zu überleben, und zeige mir einen Weg, sie zu retten“, murmelte Peter und versuchte zu erkennen, wohin die Frauen gingen. Auf der Hauptstraße stand eine Kutsche mit vier gesund aussehenden, dunklen Pferden, in die sich die Frauen mit ihren wallenden Kleidern drängten.

Peter unterdrückte den Drang, sich an die Räder der Kutsche zu heften. Das würde ihm nicht gelingen, und er hatte noch einen anderen Auftrag, der ihm im Moment leichter zu erfüllen schien. Die Gruppe um den Fuchs stand noch einen Moment lachend beisammen, dann setzte er mit Sanker seinen Weg fort. Sie diskutierten leise, und anhand der Gesprächsfetzen konnte sich Peter zusammenreimen, dass sie sich über die Perversionen der Reichen amüsierten, die ihnen die Mädchen abkauften. Die Worte „Landschloss“ und „Weingut im Rheingau“ fielen. Peter war nicht ganz sicher, ob auch die Bezeichnung „Baron“ fiel, weil er sie nur zu gern gehört hätte. Ein Weingut, das im Rheingau lag und einem Landschloss glich – davon gab es einige, aber nicht so viele, dass es unmöglich war herauszufinden, welches sich besonders für eine Orgie eignete.

Der Fuchs erwies sich als faul. Bis an die Grenzen zwischen Amöneburg und Biebrich wollte er nicht laufen und weckte einen Kutscher, der unter seinem Wagen schlief. Der aufkeimende Protest des Alten wurde sofort erstickt, indem er ein Messer an die Kehle bekam. Leise maulend schirrte er sein Pferd an, um die ungebetenen Fahrgäste an ihr Ziel zu bringen.

Peter seufzte. Auch das lahme Pferd des Mannes war immer noch schneller als er zu Fuß, und der Fuchs hielt den Kutscher dazu an, ihm die Peitsche zu geben. Peter hörte deutlich, dass Sanker noch einmal das Ziel Frankenfurter Straße nannte. Es bestand also die Chance, sie wiederzufinden, wenn er sich beeilte.

Peter beschleunigte seinen Schritt, bis seine Lungen brannten, und beglückwünschte sich innerlich, dass er noch immer gut in Form war und sich auch so hielt. Andere Männer in seinem Alter setzten längst einen Bauch an. Das hatte er mit harter Arbeit an sich selbst bislang verhindert. Jetzt kam es ihm endlich einmal zugute, dass er den Drill des Polizeitrainings auch nach seinem Weggang weiter durchgehalten hatte. Auf diesen Drill hatte Sonnemann immer bestanden, wenigstens bei seinen wichtigsten Männern für die schweren Einsätze. Peter erinnerte sich nur zu gut daran, wie Sonnemann immer von den Bow-Street-Runners geschwärmt hatte, jener Truppe, aus der später Scotland Yard hervorgegangen war. Die hatten ihren Namen „Runner" nicht von ungefähr gehabt, und die Männer der Reichskriminalpolizei sollten das auch können.

Er gelangte zu den Industriegebieten Biebrichs und sah die Kutsche an der Einmündung der Frankenfurter Straße stehen. Peter zuckte zurück, als er nur noch einen der Schläger auf dem Kutschbock sah. Der Mann hatte ihn noch nicht entdeckt, und Peter legte auch keinen Wert darauf, das zu ändern. Schnell kletterte er die Böschung zur unteren Bahnlinie hinab, da das Tragwerk der oberen Gleise keine Deckung bot und leidlich beleuchtet war. Unten drängte er die Gleise im Schutz der Büsche entlang, bis er zur nächsten Straßenkreuzung gelangte. Mit schmerzenden Gliedern und völlig erschöpft umging er so den lauernden Posten. Der arme Kutscher hatte sein Leben bereits verloren. Als Peter an der Straßenkreuzung vorbeigekommen war, hatte er den Leichnam mit durchschnittener Kehle im Gestrüpp an der Böschung liegen sehen.

Im Schutze der wenigen verkrüppelten Straßenbäume, die noch nicht für die Verwendung als Feuerholz gefällt worden waren, spähte er die Straße entlang und wünschte sich, der Nebel wäre ein kleines bisschen dichter. Aber der nahe Rhein hatte es aufgegeben, weitere Schwaden zu schicken. Dafür stank es barbarisch aus den stillgelegten chemischen Fabriken. Peter fragte sich, was da noch schwelen mochte, obwohl die Produktion der Werke schon seit Monaten eingestellt war. Vielleicht waren es auch noch die Ausdünstungen der alten Stinkhütt, die damit ihrem Namen noch immer alle Ehre machte und den Anwohnern das Atmen schwer.

Unweit seines Standortes konnte Peter den Fuchs und seine Schergen erkennen, aber es war unmöglich, sich ihnen zu nähern. Sie hatten den armen Sanker in ihrer Mitte und schlugen ihn. Peter konnte nicht jedes Wort verstehen, aber was er hörte, ließ ihn wissen, dass sie die Leute nicht vorgefunden hatten, die Sanker hier zu treffen gedachte.

Peter nahm eine Bewegung hinter einer Fensterscheibe im zweiten Stock des Hauses wahr, in dessen Hofeinfahrt sich der Fuchs mit Sanker aufhielt. Aus den Augenwinkeln erspähte er zudem einen Schatten, der sich von der gegenüberliegenden Straßenseite näherte. Nach und nach wurden es immer mehr.

Das bemerkten nun auch seine Handlanger, aber der Überraschungseffekt lag bei den Angreifern, die auch zahlenmäßig überlegen waren. Der Fuchs reagierte schnell. Ein Messer schnappte aus seinem Ärmel, und er zerrte Sanker zu sich. Mit der Hauswand im Rücken und dem Messer an Sankers Kehle zog er sich zurück, während seine Männer überwältigt wurden. Sie wurden aber nicht umgebracht, wie sie es ihrerseits mit den Angreifern getan hätten, sondern nur unschädlich gemacht.

„Bleibt, wo ihr seid, sonst ist Sanker tot!“, brüllte der Fuchs. Zwei seiner Männer nutzten die Tatenlosigkeit der Angreifer, um aufzuspringen und mit ihrem Boss die Flucht anzutreten, die anderen waren noch bewusstlos.

Was hinter ihm geschah, bemerkte der Fuchs nicht, und seine Männer waren noch zu benommen. Sie kamen an Peters Schlupfwinkel vorbei, und der sah eine Möglichkeit, sich bei Sankers Auftraggebern beliebt zu machen.

Mit einem Satz war er beim Fuchs und entwand ihm das Messer. Der Fuchs schrie auf, als Peter ihm das Handgelenk verdrehte, bis die Elle mit einem scharfen Knacken brach. Peter stieß Sanker aus der Gefahrenzone und wehrte mit dem Messer des Fuchses die halbherzigen Versuche der beiden Begleiter ab, diesen vor dem neuen Angreifer zu schützen.

Als die anderen Männer ihre Chance sahen, ohne Gefährdung Sankers einzugreifen, rannten sie los. Der Fuchs und seine Männer hasteten zur Kutsche, die der Wartende bereits gewendet hatte, damit sie sofort Richtung Kastel flüchten konnten. Bei Peter und Sanker angelangt, hielten die Männer und winkten ab, als der Mann auf dem Kutschbock dem Pferd gnadenlos die Peitsche gab.

Peter atmete auf und warf das Messer des Fuchses angeekelt in den Rinnstein, als hätte ihn die Klinge gebissen. Einer der Angreifer trat zu ihm und hieb ihm mit seiner Pranke auf die Schulter. „Sauber, danke, dass de dem Fritze geholfen hast. War mutig. Wie heißt de?"

„Andreas", log Peter. Er besaß falsche Papiere auf den Namen Andreas Weinreich und nutzte diese falsche Identität gern, wenn er in den ärmeren Stadtvierteln unterwegs war. Sie waren wie der Straßenkehrerausweis ein Überbleibsel aus seiner Zeit bei der Kriminalpolizei und einer der Gründe, weshalb er sich mit dem Polizeipräsidenten überworfen hatte. Schon allein deswegen hütete er sie wie seinen Augapfel und drängte Sonnemann regelmäßig auf Verlängerung der Gültigkeitsfristen. „Mutig? Ich weiß nich, wo ich den Mut her hab, vor allem, wenn mer vorher den armen Kutscher im Gebüsch gesehen hat."

„Wa…" Ein anderer Mann rannte zur Bahnlinie, um Peters Worte zu überprüfen.

Sanker gesellte sich dazu und gab Peter die Hand. „Danke, der hätt mir den Hals abgetrennt."

„Keine Ursache …"

„Wo lebst denn, Andreas?"

„Im Parkfeld, ich war unne in Kastel bei meiner Schwester. Hab kaa Arbeit, aber des is ja normal. Hab gehofft, sie könnt mir Arbeit bei denen Leut verschaffen, wo se als Hausmädchen schafft. War aber nich. Dein Glück, sonst wär ich jetzt nich hier! Was seiden ihr fürn Haufen?" Peter sah den Mann an, der ihm auf die Schulter geschlagen hatte.

Der Riese, dessen Gesicht man im milchigen Licht des Halbmonds leidlich erkennen konnte, sah ihn mit einem milden Lächeln in seinem bärtigen Gesicht an. „Mir versuche, hier in Biebrich trotz allem Elend noch en bissl für Ordnung zu sorsche, damits hier nich bald ooch aussieht wie in Kastel oder so. War ma en gedieschenes Viertel hier. Mer helfe en paar Leut, die was verbessern wolle."

Peter schaute fragend, doch statt des Riesen antwortete Sanker: „E bissl Revolution, im Klaane, und noch nich sonderlich wirkungsvoll, aber des wird. Spätestens wenn de Leut auch von de Rieseratte gemeuchelt wern."

„Kannst ja ma vorbeikommen, wenn de nix zu tun hast, Andreas. Gibt immer was Warmes zu esse", fügte der Riese an. „Übermorschen treffe mir uns wieder, kannst bei Einbruch der Dunkelheit rüber zur 28 kommen. Mir dackele dann zu nem Treffpunkt zum Esse und dann weiter, weil mer uns was Wichtisches erzähle will. Aber bring nen Ausweis mit. Oder irschendwas, was bestätigen tut, dass de bist, wer de bist."

Peter dachte demonstrativ darüber nach. Dann zuckte er die Achseln. „Warum nich? Fürn warmes Essen hab ich schon ganz anneren Sachen gemacht. In Ordnung, ich komm."

Lug und Trug

Paul erwachte nach langem, erholsamem Schlaf, als Peter heimkam. Sein Bruder fackelte nicht lange und fiel todmüde in das noch gut gewärmte Bett, während sich Paul anzog. Sie wechselten kein Wort, aber das war auch nicht nötig. Paul spürte, dass Peter eine aufregende Nacht hinter sich hatte, und seine Aufgaben für den Tag standen fest. Eine weitere Absprache war nicht erforderlich.

Nach dem Frühstück machte sich Paul auf den Weg. Natürlich patrouillierten wieder Dutzende Polizisten auf dem Innenstadtring, aber niemand schien von dem elegant gekleideten Mann Notiz nehmen zu wollen, während aller Blicke auf den Bahnhof gerichtet waren. Paul traf auf den Wachtmeister, der ihn am Vortag kontrolliert hatte. Der brummte nur und tippte an seine Pickelhaube zur Begrüßung, wandte sich aber auch sofort wieder ab.

„Hoffentlich treffe ich im Amt überhaupt jemanden an – obwohl, das sind Beamte, die sind nicht von ihrem Posten zu bewegen. Die wissen, dass sie ihrem Herrscher mit Arbeit zu huldigen haben", murmelte er amüsiert, während er zur Rheinstraße lief.

Paul musste lachen, als er all die Menschen am Ende der Rheinstraße sah, die an der Wilhelmstraße entlang Spalier standen. Noch herrschte gespannte Ruhe, doch sobald die Nachricht sich verbreiten würde, dass der Zug des Kaisers im Bahnhof eingetroffen war, würde es sehr lautstark zugehen.

Diese Erwartungshaltung und die Verehrung für den Kaiser waren Paul völlig unverständlich. Er hielt nicht viel von dem Mann an der Spitze der Regierung und hoffte nur, dass Wilhelm II. keinen Fehler machte, der das Land ins Unglück stürzen konnte. Er war ein Mann voller Gegensätze, der Pomp und militärische

Stärkebekundungen liebte und mit unbedachten Provokationen keinerlei Rücksicht auf die Be- und Empfindlichkeiten der Fürsten aus den Nachbarländern nahm. Vor allem der fragile Frieden und die Annäherung an Frankreich waren immer wieder in Gefahr. Zum Glück für das Reich hatten umsichtigere Menschen den Kaiser aus den Verhandlungen gedrängt und den Friedensvertrag nach dem Krieg von 1870/71 so gestaltet, dass Frankreich die offene Demütigung erspart geblieben war. Dadurch war die „Erbfeindschaft“ aus dem Vokabular der Menschen gestrichen und durch „Annäherung“ ersetzt worden, trotz allem, was der Kaiser sonst noch so von sich gegeben hatte.

Mittlerweise schien es, als würden sowohl seine Verwandtschaft in den Königshäusern Europas als auch die Völker langsam anfangen, das Gepolter des Kaisers zu ignorieren, vor allem, weil jedermann wusste, dass der Kaiser ohne die deutschen Industriellen keinen Schritt mehr machen konnte, da er bei allen hoch in der Kreide stand. Sein überbordender Lebensstil und die militärische Überlegenheit waren auf Pump finanziert. Die Industriellen hatten ihn in der Hand und waren die wahren Herrscher. Von dieser Seite betrachtet – als Bremsklotz für den Kaiser –, befand Paul Leute wie Wallenfels als durchaus nützlich.

Andererseits waren sie aber auch bedrohlich, denn man kannte die Pläne dieser Männer nicht, und sie ließen sich ungern in die Karten sehen. Beim ungestümen Herrscher des Reiches glaubte man wenigstens zu wissen, woran man war. Bei den Industriellen nicht. Zwar hatten sie den Frieden gestärkt, aber was alles an den Diplomaten vorbei und hinter dem Rücken von Kaiser und Parlament geschah, überblickte wahrscheinlich niemand im Land.

Kopfschüttelnd betrat Paul einen Bau etwas weiter oben in Richtung der Ringkirche und meldete sich beim Pförtner. „Guten Morgen, mein Name ist Langendorf, ich bin Architekt. Ist Justus Hausner heute im Archiv anzutreffen?“

Der Pförtner, ein alter Mann mit Walrossschnurrbart, kontrollierte die Stechuhr neben seinem Tresen. Seine Miene verriet den ehemaligen Offizier, der kriegsversehrt in dieser untergeordneten

Beamtenstellung sein Auskommen gefunden hatte. Ihm fehlte der halbe linke Arm, und die Zeit, die keine Kriege mehr kannte, hatte ihn vergessen. „Ja, Oberverwaltungsrat Hausner ist da, ich werde Sie anmelden!"

Der Mann griff zum Haustelefon und stöpselte die Leitung auf der Vermittlungstafel um. „Ein Herr Langendorf für Sie. Ich schicke ihn runter! Kennen Sie den Weg, Herr Langendorf?"

Paul nickte und ließ sich die Tür zum Inneren des Amtes öffnen. Das Archiv befand sich in einem Souterrain zum Hinterhof hin, und er musste seinen Freund nicht lange suchen, denn er kam ihm schon entgegengeeilt.

„Paul, wie schön, Sie mal wiederzusehen. Was machen Sie denn für Sachen, da ist mir ja was zu Ohren gekommen, also das finde ich ja … also das kann doch …"

Paul hob die Hände, um den Redefluss des älteren Mannes zu stoppen, der ein guter Freund seines Vaters gewesen war. „Justus, ich bitte Sie, ich werde das gern erklären, aber alles nacheinander!"

Sie umarmten einander und gingen zu einem kleinen Abteil mit Schreibtisch und Zeichenbrett. Der Plan auf dem Reißbrett fesselte sofort Pauls Aufmerksamkeit, denn es handelte sich um den Grundriss eines ihm wohl bekannten Gebäudes. Aber darin war mit roter Tusche der Grundriss anderer Mauern eingetragen. „Ist das nicht der Plan des neuen Palasthotels?"

„Ja, der kam gerade gestern rein, sie haben beim Ausschachten die Grundmauern alter römischer Thermen gefunden. Sogar eine bisher unbekannte, inzwischen versiegte Thermalwasserquelle. Ein Hochgenuss für die Wissenschaft, nur die Bauherren sind nicht sonderlich begeistert. Schließlich mussten sie alle Bauarbeiten vorerst einstellen. Stammen die Pläne für das Hotel nicht ursprünglich von Ihnen? Auf diesem steht Ihr Name nicht mehr." Der ältere Mann musterte Paul durch sein Monokel.

Paul starrte auf den Planstempel, aus dem fein säuberlich sein Name herausgekratzt worden war. Jetzt stand da ein ihm unbekannter Name. Man hatte ihn schon ersetzt.

„Tja, lange Geschichte. Von den Thermen habe ich schon nichts mehr erfahren. Aber um Ihre Frage zu beantworten: Ja, die Pläne waren mein Werk. Jetzt einen anderen Namen darunter zu lesen macht mich traurig. Aber ich hatte die Pläne ja für das Büro gefertigt und kann, da das Haus noch nicht steht, keine Anrechte auf den Entwurf geltend machen."

„Setzen Sie sich und erzählen Sie mir die ganze Geschichte. Ich habe läuten hören, dass Sie einfach nur den Mund nicht halten konnten. Keine fremde Schuld auf sich laden wollten." Der Beamte zwinkerte ihm zu, wobei ihm das Monokel aus dem Gesicht fiel.

Paul ließ sich seufzend auf den Stuhl vorm Schreibtisch fallen und einen Kaffee einschenken. Dann erzählte er Hausner die gleiche Geschichte noch einmal, die er zuvor bereits seinem Bruder erzählt hatte. Diesmal fiel es ihm schon bedeutend leichter, denn besonders Peters Verständnis für seine Situation und sein Handeln hatten ihm wieder Mut gemacht. Vor allem hatte es ihm bestätigt, dass es noch Menschen gab, die Menschlichkeit wertschätzten, dass ein Gewissen noch etwas zählte. Hausner schien die gleichen Gefühle zu hegen.

Als er geendet hatte, saßen sie eine Weile schweigend da, bis Hausner wieder zu sprechen begann. „Eine schlimme Geschichte, wirklich schlimm, und ich muss sagen, ich habe so etwas schon vermutet, als ich von Ihrem Scheitern hörte, Paul. Sie sind kein Einzelfall, mein Bester. Andere Architekten kriechen zu Kreuze und laden Schuld auf sich, die sie ewig beugen wird. Bislang habe ich noch keinen erlebt, der den Mut hatte, gegen diesen Missstand vorzugehen. Ich bewundere Sie für Ihr Rückgrat, aber ich bedaure Sie auch, denn Ihre Karriere dürfte damit beendet sein. Leider. Ich habe die Pläne vom Palasthotel gesehen und den Bauantrag bearbeitet. Einfach wundervoll. Damit hätten Sie sich ein Denkmal setzen können, noch dazu in Ihrer Heimatstadt."

„Das ist nun vorbei. Ich weiß noch nicht, wie es weitergeht. Ich habe ein kleines Vermögen gespart, das mir erst mal über die Runden hilft und ein paar Dividenden abwirft. Außerdem wohne ich wieder zu Hause, bei meinem Bruder. Ich will bei der

Zukunftsplanung nichts überstürzen. Aber ich muss noch eine Sache klären, und ich hoffe, dass Sie mir dabei helfen können. Oder besser, bei zwei Dingen, denn auch mein Bruder hat ein Problem. Darf ich zwei Akten durchsehen? Nur ansehen, ich will nichts kopieren oder mitnehmen."

Wieder gab es eine Pause, dann lächelte Hausner. „Akteneinsicht ist kein Verbrechen, und Sie als Architekt haben dazu natürlich das Recht. Ich muss nur gegenzeichnen lassen, dass ich die Akten ausgehändigt habe. Das steht dann im Ausgabebuch."

„Egal. Wie gesagt, ich will es nicht verwenden. Nur verstehen." Paul nannte dem Mann zwei Adressen.

Hausner bedeutete ihm, ihm zu folgen, und sie gingen gemeinsam eine Etage tiefer. Dort musste Paul in einem Zimmerchen warten, in dem es lediglich ein Lesepult und einen Hocker gab, während Hausner weiter in die Katakomben des nassauischen Bauarchivs hinabstieg, um die Akten zu holen. Bald kehrte er mit einem schwer bepackten Rollwagen zurück. Angesichts des gigantischen Aktenstapels entfuhr Paul ein Seufzen, aber er bemühte sich auch um ein dankbares Lächeln.

„Ich lasse Sie dann mal mit dem ganzen Papierkram allein ... wenn Sie mir nur bitte noch den Erhalt gegenzeichnen würden?" Hausner hielt ihm ein dickes Buch entgegen, in dem er fein säuberlich die Nummern der ausgehändigten Akten verzeichnet hatte, und Paul unterschrieb.

„Danke, ich kämpfe mich dann mal durch."

Paul wartete, bis Hausner den Leseraum verlassen hatte und er allein war. Dann schloss er die Tür und ging ans Werk. Ehe er sich der Akte zuwandte, der sein eigenes Interesse galt, ging er die Unterlagen durch, die Peter weiterhelfen sollten. Die Pläne der Luftschiffhallen im Wald nahe Kelsterbach.

Für einen Moment starrte Paul verblüfft auf den Lageplan und fragte sich, wie er das vergessen haben konnte. Vielleicht war es nur Zufall, dass sich alles zeitlich überschnitt, aber wenn irgendetwas mit Wallenfels in Verbindung stand, glaubte Paul nicht mehr an Zufälle. „Was kam als erstes, Huhn oder Ei? Erst die

Eingemeindung oder erst die Genehmigung … und vor allem – Kelsterbach gehört doch gar nicht zum Herzogtum Hessen-Nassau, oder?“

Fieberhaft überlegte er, wann die Eingemeindung erfolgt war. Überraschenderweise fand er die Antwort in der Akte. Jemand hatte einen Zeitungsausschnitt über die Eingemeindung beigelegt. Gewiss niemand aus dem Architekturbüro, von dem die Pläne stammten, sondern jemand aus der Behörde, dem das Faktum auch aufgefallen war. 4. Mai 1896. Etwa ein Jahr vorher hatte Wallenfels die Firma der Luftschiffingenieure gekauft und angefangen, sich mit den Behörden darüber zu streiten, wie man sie erweitern könnte. Die Kelsterbacher waren dagegen gewesen … nach der Eingemeindung konnten sie nichts mehr dagegen einwenden, und die Planung für die neue Halle wurde einen Tag nach der Eingemeindung genehmigt. Kurz zuvor war das Gebiet dem Umkreis von Frankenfurt zugeschlagen worden, das schon früher Gebiete südlich des Mains im Großherzogtum Hessen innehatte. Wer konnte das in die Wege geleitet haben, und wie hatte man es eigentlich geschafft, die Kelsterbacher zur Eingemeindung zu überreden?

Paul notierte sich diese ungewöhnlichen Einzelheiten in ein Notizheftchen und beschloss, es gleich in der Nassauischen Landesbibliothek nachzuschlagen, die fast direkt gegenüber dem Bauamt lag. Er hatte eine vage Erinnerung an einen Skandal um den Bürgermeister und ein paar Honoratioren des Ortes. Die Halle war innerhalb von eineinhalb Jahren fertiggestellt worden, ein Koloss aus Ziegelstein und Stahl. Noch während der Dachdeckerarbeiten hatte man im Inneren schon begonnen, die ersten Gerüstteile des neuen Luftschiffes zu montieren. Danach blieben Nachrichten über das Luftschiff aus, die Quelle der Informationen für die Journalisten war versiegt.

Als nächstes nahm sich Paul die Pläne der Halle vor, ohne Neid auf den Kollegen, der diesen Auftrag erhalten hatte. Der Name auf dem Planstempel sagte ihm nichts. Das war kein Wunder, denn der Architekt kam aus Hamburg-Fuhlsbüttel, wo es bereits einen großen Luftschiffhafen gab. Ein Mann mit Erfahrung also, der mit den Architekturbüros aus Frankenfurt nichts zu tun gehabt hatte. Innerlich notierte sich Paul nachzuforschen, wo sich dieser Mann inzwischen befand, damit man vielleicht unter Kollegen ein paar Fragen zu dem Bau klären konnte. Die Pläne enthielten nichts Spektakuläres, jedenfalls nichts, was sich einem ungeübten Betrachter auf den ersten Blick erschloss.

Paul hingegen schon.

Das Erste, was ihm auffiel, war, dass die Halle einen massiven Unterbau besaß, ein Kellergeschoss, das sich von den Dimensionen her ausnahm wie ein Bunker. Der Boden zwischen Rüsselsheim und Kelsterbach war Schwemmland von Rhein und Main und bestand daher fast ausschließlich aus Sand. Ein Gebäude dieser Größe musste tief und gut gegründet werden. Aber Paul konnte sich keinen Grund vorstellen, wozu eine Halle wie diese einen Keller benötigte. Noch dazu einen, den man zusätzlich besonders behandeln musste, weil das Grundwasser sehr dicht unter der Oberfläche stand. So tief, wie dieses Gebäude im Boden stand, benötigte man eine Wanne, sonst stand das Wasser meterhoch in den Räumen. Paul suchte die Grundrisspläne des Kellers, weil er wissen wollte, was man darin unterzubringen gedachte. Doch der Plan schien bewusst vage zu sein. Es gab Räumlichkeiten, die gar nicht benannt waren oder lapidare Bemerkungen wie „Lager“ oder „Technik“ trugen. Mittig verlief ein sehr langer, breiter Schlauch, der auch außerhalb der Halle weiterging. In diese Wanne gelangte man über eine Rampe vor dem Hallentor. Sie war mit „Lastaufnahme“ beschriftet. Jetzt erkannte Paul auch den Sinn eines weiteren Hallenplans, der den Titel „Dachgeschoss“ trug und eigentlich nur mit Signaturen für Laufstege versehen war, und der gestrichelt eingetragenen Dachplatten, die auf massiven Metallschienen aufliegen sollten. Ein großer Motor sollte sie an Ketten übereinander ziehen, so dass das Luftschiff nicht durch das Hallentor fliegen musste, sondern direkt mit einer Last durch das Dach entschweben konnte.

„Ein technisches Meisterwerkt!“, murmelte er.

Dann fiel Paul ein Fehler auf. Er nahm den Grundriss zur Hand und stellte fest, dass Untergeschoss und Hallenplan den gleichen Maßstab hatten, aber die Pläne nicht übereinanderpassten. Der Keller hatte die gleichen Proportionen wie die Halle, war aber um einiges kleiner – kürzer und schmaler, doch die Fundamentierung der Halle musste eigentlich mit der des Kellers übereinstimmen.

Paul legte die Pläne übereinander und hielt sie gegen das Licht. Das auffälligste Merkmal war eine Treppe, die im hinteren Teil der Halle nach unten in den Keller führte, nach dem Kellerplan aber im Erdreich endete. „Auf diesem Plan fehlt eine ganze Flucht von Räumen … mal sehen, was die Statik sagt."

Seine Neugier war geweckt, so dass ihn nicht einmal die sonst so gefürchtete Überprüfung der Statik schreckte. Paul begann zu erkennen, was Peter an Ermittlungsarbeit und Recherche fand. In seinem Hinterkopf begann ein verwegener Plan für seine eigene Zukunft zu reifen. Vielleicht würde er sich als unabhängiger Gutachter selbstständig machen. Nach Baumängeln und Fehlern zu wühlen begann, ihm Spaß zu machen.

Da! Unter der Halle gab es Räume, die in keinem Plan enthalten waren. Die Berechnungsgrundlagen der Statik waren eindeutig. Aber was war dort? So lapidar wie die anderen Räume hätten sie auch diese titulieren können. Warum verbargen sie diese Räume? Paul zeichnete grob den Grundriss der Halle ab, für den Fall, dass Peter eines schönen Tages Zugang dazu haben würde. In einem Ausschreibungstext fand er Hinweise auf Grundwasserpumpen, aber deren Standorte waren durch im Plan eingezeichnete Rohrsysteme klar definiert. Für sie waren die zusätzlichen Räume nicht gedacht. Abgesehen davon gab es keinen Grund, diese zu verheimlichen.

Fast hätte er es übersehen, dass in der Ausschreibung Seiten fehlten. Die Blätter hatten keine Seitenzahlen, waren aber mit hartem Bleistift von Hand durchnummeriert. Auffällig waren ein paar Besonderheiten beim Kellergeschoss. Es war nicht nur wasserdicht, es waren auch besondere Schall- und Temperaturisolierungen vorgesehen. Letztere entsprachen den Vorkehrungen für Kühlräume.

Wozu Kühlräume? Für ein Gaslager waren die Räume zu klein, und für Fracht gab es gesonderte Häuser. Paul notierte auch diese Besonderheit. Er sortierte die Akten. Auf diese Art würde er nicht weiterkommen, weil sein Wissen über die Hintergründe dessen, was der Baron vorhaben könnte, zu gering war. Die fehlenden Seiten hätten ihm womöglich diese letzten Informationen geliefert, aber er wusste nicht, wo er sie herbekommen sollte. Die Baufirma, die die Halle gebaut hatte, gehörte zum großen Teil dem Baron, der Ausschreibungstext war nur pro forma, eben Bestandteil des Bauantrages für ein so großes Projekt. Da man es aber nie öffentlich ausgeschrieben hatte, also keine anderen Firmen diese Ausschreibung jemals in die Hände bekommen mussten, würde er nicht an den Originaltext gelangen.

Ein Kartell, etwas anderes war das Firmengeflecht des Barons nicht. Er konnte machen, was er wollte, weil er für alles, was er brauchte, Arbeiter hatte, die ohne Fragen zu stellen alles erledigten. „Gut, dass ich da raus bin", dachte Paul. Diese Schafe hatten ihr Gewissen mit der Unterschrift unter dem Arbeitsvertrag abgegeben. Er hatte seines behalten und den Absprung geschafft, ehe er abstumpfen konnte. Auch wenn ihm das gerade nicht weiterhalf.

Die Akten auf dem Lesepult wanderten zurück auf das Wägelchen, und ein neuer Stapel entlud eine Staubwolke in den Raum. Diesmal waren es die Pläne für mehrere Arbeiterwohnhäuser, die man in kurzen Abständen beantragt und gebaut hatte. Der letzte Teil der Akte enthielt Pauls Pläne des Hauses, das eingestürzt war.

Wehmütig blätterte Paul die Antragsunterlagen, die seine Unterschrift und teilweise seine Handschrift trugen, durch, Pläne, die er in mühevoller Kleinarbeit gezeichnet hatte. Seine Anlage war die letzte in der Reihe gewesen und bildete den Abschluss zu einer Straße, die an ein besseres Wohnviertel für Ingenieure und Vorarbeiter des Chemiewerks grenzte. Diese Front sollte daher besonders gestaltet werden, und er hatte sich viel Mühe mit den Zeichnungen gemacht, nahezu jeden einzelnen Ziegelstein dargestellt. Das Haus sollte ein Schmuckstück werden, das von außen optisch auch für höhere Weihen hätte herhalten können. Das Innere hingegen war entsetzlich eng gewesen. Ein Hasenstall. Während in einem bürgerlichen Haus ein Raum hinter mehreren Fenstern lag, so war hier hinter je einem Fenster ein Raum. Die Rastermaße der Fenster waren aber nicht anders als die der Fassaden zwischen dem ersten und zweiten Stadtring. Die Arbeiterfamilien sollten nicht mehr Raum bekommen als unbedingt nötig. Abgesehen davon hätte sich bei den üblichen Hungerlöhnen auch keine Familie mehr leisten können. Paul hatte es ihnen etwas komfortabler machen wollen und wenigstens Etagenbäder eingeplant. Diese hatte er nur mit Mühe gegen seine Auftraggeber verteidigen können, weil die Räume auf halber Treppe im innenliegenden Treppenhaus ohnehin nicht anders zu nutzen waren.

Wenn das Gebäude so entstanden wäre, wäre alles schön gewesen. Das Haus würde noch stehen und ein Dutzend Familien noch leben. Eigentlich konnte er froh sein, dass zum Zeitpunkt des Einsturzes nur zwölf Familien im Haus gewohnt hatten, gedacht war es für die doppelte Zahl.

„Was hat den Einsturz verursacht? Selbst mit dem schlechten Material und den dünnen Mauern hätte es nicht eine solche Katastrophe geben dürfen! Es hätte Vorwarnungen gegeben, Risse im Putz, herabfallende Ziegel. Aber es hat sich regelrecht selbst verschluckt", fluchte er. Er ging die Akten durch, in der Hoffnung, etwas Neues zu finden. Einen Hinweis, dass etwas mit dem Boden nicht stimmte. Doch die Akten gaben nichts her. Als er sie resigniert wieder auf den Wagen legen wollte, entdeckte er unter losen Blättern einen dünnen Ordner. Er trug den gleichen Straßennamen, deshalb hatte ihn Justus wohl auch mitgebracht. Aber die Akte war älter.

Überrascht, dass es für diese bis dahin unberührte Gegend eine Akte gegeben hatte, griff Paul danach und schlug den dünnen Ordner auf. Es handelte sich um ein Gutachten und einen Antrag, Entwässerungsleitungen für das nahegelegene Chemiewerk bauen zu dürfen. Er faltete einen Grundlagenplan auf, orientierte sich an den Katastergrenzen und wurde bleich. Noch einmal schlug er die andere Akte auf und entnahm ihr die Hauspläne. Seinen Plan legte er über den alten und hielt beides wieder gegen das Licht.

„Mein Gott … an der Stelle hätte man nicht einmal eine Remise bauen dürfen …“, stöhnte er. „Warum hat das die Bauaufsicht nicht gesehen?“

Das Gutachten sagte über das Grundstück, auf dem Pauls Haus entstanden war, aus, dass darunter ein Altarm des Mains lag, zugeschüttet mit Sand, Schlämmen aus Kanälen und Kläranlagen, Bauschutt und anderem Müll, der nicht näher definiert war. Darüber hatte man etwas Erde drapiert. Die Menschen sollten also nicht nur auf nicht tragfähigem Grund über nahem Grundwasser leben, sondern auf einer Müllkippe. Durch das Gelände verlief neben den Baugrenzen des Hauses eine gestrichelte Linie. Sie kam vom Gelände des Chemiewerkes und war als gemauerter Abwasserkanal von zwei Metern Höhe und eineinhalb Metern Breite betitelt. Er begann unter dem Hauptgebäude des Chemiewerkes und endete im Main. Paul entdeckte ein Kürzel, das besagte, dass der Kanal zum Zeitpunkt des Gutachtens unbenutzt und trocken gewesen war. „Wozu diente dieses verdammte Gutachten?“

Paul las die Akte Stück für Stück noch einmal durch, aber er fand keinen Hinweis. Es wurde lediglich erwähnt, dass das Hauptgebäude nicht als Verwaltungsgebäude für das Werk errichtet worden war, sondern schon gestanden hatte, als man das Werk eröffnete. Es war ein Landgut gewesen.

Erstellt hatte das Gutachten ein gewisser Johannes Peitner aus Niedernhausen. „Ich glaube, ich muss nach Niedernhausen. Nicht nur wegen des Farbenwerkes, wo ich niemanden telefonisch erreiche, um nach Peters Flugblatt zu fragen. Jetzt ist klar, man hätte das Haus dort nie bauen dürfen, und möglicherweise sind auch die anderen Gebäude nicht sicher. Eine Überflutung, Ausschwemmungen und fertig. Das ist es keine Frage des Ob, sondern des Wann!“

Er nahm den Plan des Gutachtens und zwei Lagepläne der Arbeiterhäuser aus den Akten und legte den Rest wieder auf den Wagen. Mit den Plänen kehrte er zu Justus Hausner zurück, um ihm das Problem zu schildern und zu fragen, warum niemand bei der Baupolizei erkannt hatte, dass es dort ein Problem mit dem Untergrund gab.

Hausner zeigte sich sichtlich bestürzt über die Entdeckung und ging sofort seine Listen durch, wer die Bauanträge geprüft hatte. Er erbleichte, als er eine Aktennotiz fand.

„Ich sage es nicht gern, denn das geht gegen meine Beamtenehre, aber da tut sich ein Sumpf auf. Geprüft hat das Harald Lauter. Doch den kann niemand mehr zur Rechenschaft ziehen ... wann genau stürzte das Haus ein?"

„Am 28. Januar ... was geht da vor?", stieß Paul entsetzt hervor, der zu ahnen begann, um was es ging.

„Am 29. Januar stand es also in der Zeitung, oder kenntnisreichere Leute haben ihm gesagt, dass ein Problem auf ihn zukommen könnte. Am Mittag dieses Tages ging Harald nach Hause und schoss sich eine Kugel durch den Mund. Er war sofort tot. Auf seinem Konto waren hohe Geldbeträge verbucht, deren Herkunft man nicht nachvollziehen konnte. Das bedeutet vermutlich, dass er die Genehmigungen nicht nach Prüfung, sondern nach Geldeingang vergab."

Paul ließ sich auf einen Stuhl sinken und barg sein Gesicht in den Händen. „Na toll."

Hausner trat zu ihm und klopfte ihm auf die Schultern. „Daran kann man wohl nichts mehr ändern. Aber wenn es Sie beruhigt: Ich werde sofort die Baupolizei informieren, damit ein Trupp Bauinspektoren rausfährt und die anderen Häuser und ihren Baugrund prüft. Damit nicht noch mehr passiert. So etwas darf nicht sein, und wir werden alles tun, um unsere so beschmutzte Ehre wieder reinzuwaschen. Lauter hat sich aus der Verantwortung gezogen, aber wir können und werden das nicht."

„Danke. Das beruhigt mich."

„Was wollen Sie nun machen, Paul?"

Paul zuckte die Achseln und tippte auf das Gutachten. „Ich will diesen Peitner aufsuchen und fragen, warum er das Ding angefertigt hat. Das Problem ist nicht nur, dass da vielleicht noch ein Haus einstürzt. Warnen Sie die Bauinspektoren, dass sie bei dem beschädigten Kanal aufpassen müssen. Der ist im Plan eingetragen, aber als stillgelegt gekennzeichnet. Als das Haus einstürzte und den Kanal beschädigte, war er aber eindeutig in Betrieb, und die Ratten, die dort leben, sind gigantisch, so was hat man noch nicht gesehen. Irgendwas stinkt hier, und es ist nicht nur das Wasser in diesem Kanal! Nach dem Auftauchen der Ratten gab es ein ungewöhnlich großes Polizeiaufgebot, auch weil im Nachbargebäude, das schon stand, plötzlich mysteriöse Krankheitsfälle auftraten. Das Haus dürfte noch leer stehen, möglicherweise kommen die Bauinspektoren gar nicht hinein."

„Ich werde es weitergeben. Aber warum hat man davon nichts gehört? Ich kann mich nicht erinnern, neben dem lapidaren Bericht über den Einsturz des Gebäudes auch nur ein Wort von weiteren Problemen in der Zeitung gelesen zu haben. Nun, wegen Peitner – der ist im Ruhestand und hat sich auf einen Bauernhof oder in eine Mühle bei Niederseelbach zurückgezogen. Das ist auf halbem Weg nach Idstein."

„Danke, Justus. Ich hoffe, die Behörde kann da in ein Wespennest stechen. Es wird mal Zeit!"

Der Morgen danach

Ob sie wachte, schlief oder vielleicht sogar schon tot war, konnte Katharina nicht sagen. Sie spürte ihren Körper nicht mehr und war nicht sicher, ob sie diese Tatsache vielleicht sogar begrüßen sollte. Bilder schoben sich in rascher Abfolge durch ihr Gedächtnis. Sie konnte allerdings keines davon lange genug festhalten, um es genauer zu analysieren. Erinnerungen oder Traumgebilde? Der schnelle Rhythmus, in dem die Bilder auftauchten und verblassten, ließ keine Rückschlüsse zu.

Der Versuch, sich auf die Bilder zu konzentrieren, hatte rasende Kopfschmerzen zur Folge. Sie lebte also, denn im Jenseits hatte man ganz sicher keine körperlichen Schmerzen mehr. Außer in der Hölle. Aber was konnte schlimmer sein als die Hölle, in der sie bereits war?

Nichts.

Tiefer ging es nicht mehr.

Ihr Kopf fühlte sich an, als wolle er platzen. Der Eindruck, er sei bereits auf das Vierfache seiner normalen Größe angewachsen, verstärkte sich mit jedem Herzschlag, der Blut in ihr Gehirn brachte. Der Wunsch zu sterben verdrängte ihren Kampfgeist. Doch als der Schmerz ein wenig nachließ, verfluchte sie sich selbst für diese Schwäche. Sie war nie schwach gewesen, warum dann ausgerechnet jetzt?

Unter Aufbietung ihrer letzten Kräfte zwang sie sich, die Augen zu öffnen und den Kopf zu drehen. Milchiges Licht fiel durch ein vielteiliges Sprossenfenster. Es war Tag, und man konnte an einem trüben Himmel die Sonne erkennen, die in der Farbe schimmeligen Käses das Grau des dicken Nebels durchdrang. Unwillkürlich fragte sie sich, wann sie zum letzten Mal die Sonne gesehen hatte.

Dass sie jemals eine strahlende Sonne an einem blauen Himmel gesehen haben sollte, kam ihr mit einem Mal wie ein Traumgebilde vor, und sie war versucht, diese Erinnerung ins Reich der Märchen zu verbannen. Eine Geschichte, die sie einmal gehört hatte, die aber nie Wirklichkeit gewesen war.

Sie befand sich in einem großen Herrenhaus, das seltsam unbewohnt wirkte. Ihr nackter Körper lag auf weichen Laken, aber diese verhüllten eine auf dem Boden liegende Matratze. Sonst war der Raum leer. Keine Möbel, keine Gardinen.

Das Gefühl für ihren Körper kehrte zurück, und sie spürte einen Arm, der ihr quer über der Brust lag, und die Spuren, die Fäuste, Reitpeitschen und andere Hilfsmittel an ihrem Körper hinterlassen hatten. Sie konnte ein Stöhnen nicht unterdrücken. Doch der, dem der Arm gehörte, rührte sich nicht.

Katharina drehte den Kopf weiter. Zwischen ihr und dem Fenster war ein weiteres Matratzenlager, darauf eine nackte Frau mit zwei halb bekleideten Männern. Die Augen der Frau waren aufgerissen und starrten leblos an die Decke. Ihre blonden Locken waren seltsam verfärbt und verklebt. Dann sah Katharina die klaffende rote Wunde unterm Kinn. Wie ein bizarres zweites Lächeln unter den üppig geschminkten roten Lippen, die zu einem stummen Schrei geöffnet waren.

Sie riss die Hand hoch und biss sich in den Daumen, um den Schrei zu unterdrücken, der aus ihren Lungen quoll. „Feli…", hauchte sie. „Was …"

Die Hand des Mannes, der ihr zugewandt auf der anderen Matratze lag, hing auf dem Boden. Sie hielt ein blutverschmiertes Messer. Katharina griff nach dem Arm, der auf ihr lastete, und schob ihn beiseite, wofür sie ein missgelauntes Grunzen erntete. Dann setzte sie sich auf, auch wenn ihr das eine weitere Kopfschmerzattacke einbrachte, und starrte den Mann an, der neben ihr lag. Es war ein grobschlächtiger, schon älterer Mann mit ausgeprägten Geheimratsecken in der größtenteils ergrauten Haartracht, die sich in breiten Koteletten auf seinen faltigen Wangen fortsetzte. Er lag auf dem Bauch und sabberte. Ihr Geruchssinn kehrte langsam zurück und enthüllte ihr eine übelkeitserregende Mischung aus Alkohol, Erbrochenem, Schweiß, Urin und Blut.

Neben ihr lag ein Laken auf dem Parkett. Sie griff danach und wickelte ihren nackten Körper darin ein, ehe sie sich aufrichtete. Einen Augenblick lang starrte sie auf den Leichnam des Mädchens, mit dem sie zusammen bei dem Mann gelandet war, den man den Fuchs nannte. Wie lange war das her? Tage, Wochen oder doch schon Monate? Die arme Felicia, die sich nur deshalb noch aufrecht gehalten hatte, weil sie sich Katharina als Vorbild ausgesucht hatte.

Tränen schossen in Katharinas Augen. Noch war sie unbeobachtet, doch was konnte sie tun? Sie schlich zum Fenster, aber man hatte die Griffe entfernt, mit denen man sie hätte öffnen können. Sehnsüchtig blickte sie in weitläufige Weingärten, hinunter zu dem trägen Fluss, dem der schmutziggraue Nebel entströmte, ohne den die Sonne kräftiger geschienen hätte. Aber das Sonnenlicht hätte auch nur falsche Hoffnungen geweckt. Sie befand sich im ersten Stock. Wenn sie die Fenster hätte öffnen können, hätte sie vielleicht fliehen können. Aber so? Keine Chance. Die Holzsprossen mit den kleinen Scheiben wirkten massiv. Beim Versuch, eines der Fenster zu zerstören, würde irgendjemand kommen und sie einfangen, bevor sie auch nur einen Schritt in die vermeintliche Freiheit machen konnte.

Sie wandte sich wieder um und spähte in die dunklen Ecken jenseits ihres Lagers. Es gab noch drei weitere Matratzenlager, und auf allen lagen Menschen. Vorsichtig trat sie an die anderen Lager heran und hätte fast geschrien, als sie in einer dunklen Ecke über einen weiteren leblosen Körper stolperte.

„Anna?“, wisperte sie und bückte sich, um den Körper zu drehen. Sie packte die Schulter der Frau, doch sie hatte das Gefühl, in Pudding zu greifen. Dazu knirschte es seltsam. Die Knochen des Armes und der Schulter waren gebrochen. Auch Annas Augen standen offen. Wäre sie wach gewesen, hätte sie unter Katharinas Berührungen einen Schmerzensschrei von sich gegeben.

Aber sie war tot, wie Felicia.

Wieder biss Katharina sich in die Hand, um nicht zu schreien. Sie konnte nur vermuten, dass Annas Sterben lang und qualvoll gewesen sein musste. Felicia hatte ein schnelles Ende gefunden. Vielleicht eine Gnade.

Schnell huschte sie zu den anderen Lagern und sah nach den Mädchen, die dort lagen. Sie waren sieben gewesen, jetzt waren sie nur noch sechs, die Toten mitgezählt. Eine fehlte – sie vermisste die andere Katharina. Ein Bild huschte durch ihr Gedächtnis, das Mädchen mit dem gleichen Namen war mit einem Mann hinausgegangen. Katharina konnte sich aber nicht erinnern, ob die blonde Katharina wieder zurückgekommen war.

Erleichtert stellte sie fest, dass sie anderen drei noch atmeten, und richtete sich wieder auf. Schmerzen machten sich in ihrem Unterleib und ihrem Hinterteil breit, und sie stellte fest, dass sich das Laken um ihren Körper bereits an vielen Stellen rot verfärbt hatte. Das Bedürfnis, sich zu waschen, den Dreck vom Leib zu spülen, den der Mann – und wahrscheinlich nicht nur er, aber sie erinnerte sich nicht – an und in ihr hinterlassen hatte, wurde übermächtig.

Sie tastete nach der Türklinke und fand die Tür unverschlossen. Leise öffnete sie sie und spähte hinaus. Als grobe Händen sie packten und nach draußen zerrten, schrie sie auf. Vor ihr stand einer der Zuhälter des Fuchses, die sie immer begleiteten.

„Was willst hier?“, zischte er und ohrfeigte sie.

„Aufs Klo, ich muss scheißen!“, keifte sie. „Oder soll ich ins Bett machen? Ist zwar nicht mehr viel zu verlieren …“

Ein weiteres Mal klatschte ihr die Hand ins Gesicht. Hätte er sie nicht gleichzeitig mit der anderen gehalten, wäre sie durch den düsteren Flur geflogen. Doch dann zerrte er sie ans Ende des Ganges und stieß sie in ein Zimmer. Es war ein kleiner, gekachelter Raum, auf dessen Boden sie landete. Hinter ihr knallte er die Tür zu und drehte den Schlüssel.

Vorsichtig zwang sie ihre schmerzenden Glieder in einer sitzende Position. Sie befand sich in einem kleinen Badezimmer. Zu ihrem Leidwesen war das Fenster allerdings kaum groß genug, um auch nur eine Katze hinauszulassen. Es diente nur der Belüftung.

Katharina zog sich an einem marmornen Waschtisch hoch und sah in den goldgerahmten Spiegel darüber. Ihr Gesicht blühte in allen möglichen Farben, ihr rechtes Auge war fast zugeschwollen, das rotbraune Haar verfilzt und von Blut und anderen Substanzen völlig verklebt. Sie probierte den Wasserhahn aus und seufzte erleichtert, als Wasser herauskam. Am Anfang hatte es eine bräunliche Färbung, wurde aber zusehends klarer. Ein Luxus, den sie wie so vieles schon lange nicht mehr hatte genießen können. Die Wassertemperatur schreckte sie wenig. Mit beiden Händen schaufelte sie sich kaltes Wasser ins Gesicht und wischte sich mit einem Zipfel des Lakens und Wasser so sauber, wie sie nur konnte. Das Urinieren war schmerzhaft, aber es kam ihr wie eine innere Reinigung vor.

Eine Weile blieb sie reglos sitzen und starrte auf das Laken und einen noch immer blutenden Riss auf ihrem Oberschenkel. Katharina konnte sich im ersten Moment nicht erinnern, wie er entstanden war, doch weitere rote Striemen auf ihrem geschundenen Körper riefen das Bild des Grauhaarigen zurück, und diesmal konnte sie es festhalten. Er hatte eine Reitgerte mit einem Draht am Ende benutzt. Kurzentschlossen riss sie einen Streifen von dem Laken ab, tauchte ihren Finger in das Blut und schrieb darauf: „Orgie, drei Tote, Mädchen von Kaiser-Wilhelm-Brücke, Rheinkanal km 498,4."

Den beschriebenen Streifen stopfte sie hinter den Geruchsverschluss des Waschtischablaufes, sicher, dass nach dieser Festlichkeit jemand zum Putzen kommen würde. Sie konnte nur hoffen, dass diese Putzkolonne nicht auch im Dienst ihrer Zuhälter stand, sondern den Fund an die richtigen Leute weitergab. Andernfalls war ihr Leben keine Staubflocke mehr wert, denn die Wachhunde des Fuchses würden sicher sofort petzen, welches Mädchen als einziges diese Toilette verwendet hatte. Es war ihr egal. Den Rest des Lakens schlang sie sich wieder um den Körper und klopfte an die Tür.

Was sie erwartete, wusste sie nicht, aber sie hoffte, dass wenigstens diese perverse Feier für die überlebenden Mädchen beendet war. Die Tür wurde aufgerissen, und wieder wurde sie grob gepackt. Diesmal schlang ihr der grobschlächtige Mann seine Arme um die Schultern und hielt ihre Handgelenke fest. Ein anderer tauchte aus dem Dunkel auf und hielt sich eine Spritze vor die Nase, um die Luft herauszudrücken.

Der Zuhälter drückte Katharina an die Wand, so dass sie nicht mehr treten konnte. Den Stich der Spritze spürte sie in ihrem schmerzenden Gesäß nicht. Der Mann hielt sie weiter fest, aber er ließ lockerer. Zur Gegenwehr war Katharina auch nicht mehr fähig. Kaum hatte sie gespürt, wie die Flüssigkeit sich heiß unter ihrer Haut ausbreitete, überfiel sie bleierne Müdigkeit.

„Zähes Luder!", war das Letzte, was sie von ihrer Umwelt wahrnahm. Es kam von dem Mann mit der Spritze. Dann wurde es wieder dunkel um sie.

Sauftour

Peter stand vor seiner Korkwand und grübelte. Er war kaum richtig wach gewesen, als er schon am Telefon gesessen hatte, das er als die wichtigste Erfindung der letzten Jahre betrachtete. Dabei war es das einzige Gerät in seinem Haus, das von Strom abhängig war, weshalb er dieser seltsamen Neuheit zunächst mit Misstrauen begegnet war. Er traute der Elektrizität nicht und wusste damit den Großteil der Menschheit hinter sich. Aber der Zweck heiligte die Mittel, und er ging davon aus, dass die Erfinder früher oder später Wege entwickeln würden, die Apparate auf eine andere Weise zu betreiben. Die Ingenieure waren da sehr einfallsreich, besonders dann, wenn die Erfindung aus Amerika kam und man sie verbessern wollte.

Sein erstes Interesse galt Landhäusern im Rheingau, zu denen man die Mädchen gebracht haben könnte. Da Paul unterwegs und somit nicht erreichbar war, musste er sich selbst darum kümmern. Aber er kannte noch genügend Leute bei der Kriminalpolizei, die ihm bei solchen Kleinigkeiten helfen konnten.

Paul hatte ihm einen Zettel hinterlassen, auf dem er mitteilte, er sei im Bauamt und etwas zu essen im Ofen. Während er wartete, dass sein Bekannter zurückrief, den er mit der Suche nach geeigneten Häusern beauftragt hatte, machte er sich über die Pastete her. „Hach, Paul, was habe ich nur die ganze Zeit ohne dich gemacht. Wenn ich nicht ab und zu bei Mütterchen Theresa hätte essen können, wäre ich ganz schön vom Fleisch gefallen“, seufzte er genüsslich. Er verwarf den Gedanken aber wieder, als er an seinen durchtrainierten Körper dachte, der unter Pauls Kochkünsten sicher gelitten hätte.

Oder nicht?

Paul wirkte zwar mädchenhaft weich, aber Peter musste neidlos zugestehen, dass auch an seinem Körper kein Gramm Fett zu viel war. Nur an Muskelmasse fehlte es ihm.

Das Schrillen des Telefons ließ ihn wie eine Katze aufspringen und seine Nackenhaare aufstellen. Er eilte zum Apparat und meldete sich.

Es war sein Bekannter von der Kriminalpolizei, der ihm drei Adressen im Rheingau durchgab. „Das sind die einzigen Häuser in dem Bereich, auf die deine Vorgaben zutreffen. Das eine in der Nähe von Eltville steht seit einem Jahr leer, weil der Besitzer angeblich seinen kompletten Besitz verloren hat und das Haus verkaufen musste. Es kann aber jederzeit benutzt werden, Wasser und Gas sind immer noch angeschlossen. Der neue Besitzer kommt erst im Sommer aus Amerika und will dann einziehen. Das Haus bei Frauenstein ist eine Sommerresidenz und liegt recht versteckt, und das zwischen Walluf und Martinsthal ist auch unbewohnt – Erbstreitigkeiten."

„Danke, Richard, das war mir eine gigantische Hilfe!"

„Keine Ursache. Viel Erfolg."

Peter betrachtete die Adressen und ließ sich Kriminalkommissar Richard Koglers Informationen noch einmal durch den Kopf gehen. Seine Intuition sagte ihm, er könne das Haus bei Frauenstein getrost streichen, denn die Kutsche hätte durch den ganzen Ort fahren müssen, um zu dem Haus zu gelangen, und die Frauensteiner waren aufmerksame Leute. Auch in der Nacht wäre ihnen ein solches Gefährt nicht entgangen, und es hätte Gerede gegeben. Das Haus bei Walluf schied ebenfalls aus. Wenn es dort um Erbstreitigkeiten ging, dann war das Haus sicher noch möbliert. Selbst das beste Reinigungspersonal würde nicht imstande sein, die Spuren einer Orgie zu beseitigen, außer man könnte beschädigte Möbel und Teppiche einfach entfernen. Das aber würde Diskrepanzen in der Erbliste ergeben, die mit Sicherheit von aufmerksamen Anwälten stammte, denen nicht eine Teppichfaser entging.

Blieb Eltville. Peter nahm eine Landkarte und markierte den Standort des Hauses. Es lag ein Stück außerhalb des Radius, den er festgelegt hatte, war aber dennoch gut erreichbar. „Perfekt! Da muss ich hin! Ich kann die Sekte ja erst morgen besuchen, also habe ich heute Zeit."

Er hörte, wie sich die Haustür öffnete. Paul trat ein, und Peter kam ein Gedanke. „Schön, dass du da bist. Wie wäre es mit einem Ausflug in den Rheingau? So wie du aussiehst, kannst du das gut gebrauchen, und du kannst mir in Ruhe erzählen, was du rausgefunden hast."

Peter musste lachen, als er Pauls argwöhnischen Blick sah. Er war so voller Tatendrang, dass seine Energie ihn strahlen ließ. Paul hingegen wirkte erschöpft.

„Die Sache hat doch einen Haken", brummte Paul.

„Ich brauche dich zum Schmierestehen und als harmlosen Begleiter. Eine Sauftour durch die Kneipen Eltvilles ist eine hervorragende Tarnung." Peter grinste, als Paul die Augen verdrehte.

„Ich brauche mich also gar nicht erst ausziehen? Ein guter Tropfen hilft vielleicht meinem angeschlagenen Nervenkostüm."

Peter holte einen Mantel mit großen Taschen, die sich verdächtig ausbeulten, und sie verließen das Haus wieder, um zum Bahnhof zu gehen. Sie kamen gerade noch rechtzeitig, um in den Zug nach Rüdesheim zu springen, dessen Anhang gerade mal aus einem Personenwagen und dafür fast einem Dutzend Güterwaggons bestand. Normalerweise durften Güterzüge nicht in den Hauptbahnhof einfahren, für sie gab es die Haupttrasse durch Biebrich und den dortigen Bahnhof. Aber der Personenverkehr in den Rheingau lohnte sich für die Regionalbahngesellschaft nur, wenn sie auch Güter transportieren konnte. Nur zu den mehrmals jährlich stattfindenden Weinfesten gab es längere Personenzüge, die dann vollgestopft mit Menschen der besseren Gesellschaft waren. Doch im Frühjahr gab es das nicht. Entsprechendes Gedränge herrschte in dem Wagen, die der Dampf der gewaltigen Zugmaschine durchdrang, bis sich jemand erbarmte und die Fenster schloss.

Die Brüder standen auf dem Gang und sahen aus dem Fenster, während der Zug zum Rhein hinuntertuckerte und dann auf die Güterbahntrasse wechselte, die parallel zum Fluss in die Weinberge des Rheingaus führte. Paul starrte die meiste Zeit vor sich hin, und Peter begann sich Sorgen zu machen.

„Schlechte Nachrichten?“, fragte er. „Hast du etwas über die Drucksachen herausgefunden?“

„In Niedernhausen ist niemand zu erreichen. Aber ich muss sowieso dorthin fahren, auch wegen des eingestürzten Gebäudes. Das mache ich morgen, ich habe mich mit jemandem verabredet. Die ganze Sache geht so tief, das reicht schon an die Höllenpforten, und wer der Zerberus ist, der über diese Pforte wacht, das wissen wir. Ich habe aber einiges gefunden, das dich interessieren könnte.“

„Fein, nachher bei Spundekäs und Woi in der Wirtschaft kannst du es mir erzählen.“

In Eltville stiegen sie aus. Es dämmerte bereits, und Peter warf einen Blick zu den Weinbergen. Das Haus war deutlich zu erkennen. Das erste Stockwerk ragte über den Reben auf und besaß eine große Front üppiger Sprossenfenster. „Da müssen wir hin“, murmelte er und zeigte Paul das Haus. „Aber erst, wenn es dunkel ist.“

Sie mussten eine Sperre im Bahnhof passieren und wurden prompt angehalten. Ein Polizist, der sichtlich zu oft dem guten Riesling seiner Heimat zusprach, verlangte ihre Ausweise zu sehen und den Grund ihres Aufenthaltes in Eltville zu erfahren.

„Mein Bruder und ich wollten unser Wiedersehen feiern“, gab sich Peter leutselig. „Er war so lange weg und hat im ganzen Kaiserreich Häuser gebaut, da wollte ich ihn einfach mal auf ein gutes Essen und den hervorragenden Rebensaft des Rheingaus einladen.“

Der Polizist musterte sie und glich die Ausweise ab. Dass sie Brüder waren, musste sogar diesem Trottel auffallen, und so gab er ihnen die Ausweise zurück und ließ sie passieren.

Peter zwinkerte Paul zu, als sie das Bahnhofsgebäude verließen. „Siehst du, deshalb wollte ich dich dabeihaben. Alleine wäre ich bei diesem Wachhund wahrscheinlich nicht durchgeschlüpft. Du hingegen siehst so bieder und unschuldig aus, da kann der Mann einfach nichts Böses denken!“

Er zuckte beiseite, als Paul ihm einen Boxhieb in die Rippen versetzen wollte, so dass der für seinen Bruder ungewohnt heftige

Schlag ins Leere ging. Aber Pauls Gesicht hellte sich auf. Wenigstens das hatte Peter mit seiner Lästerei erreicht.

In einer Seitengasse ließen sie sich an einem der roh gezimmerten Tische einer Wirtschaft nieder. Sie bestellten einen Krug Riesling und reichlich Spundekäs mit Brot, und Peter sah sich um. Die Stimmung der anderen Gäste war nicht besonders gut, wirkte aber auch nicht so geladen, wie es in mancher Kneipe in Wiesbaden der Fall sein durfte, jetzt, da der Kaiser wieder zur Kur in der Stadt weilte.

„Hast du den Kaiser gesehen?“, fragte er leise seinen Bruder, der abwesend in eine Ecke starrte und sein Weinglas in den Händen drehte.

„Nur den Menschenauflauf, der ihn erwartete. Als ich aus dem Bauamt wieder heraus war, hat sich das Ganze schon zerstreut, da war er bereits im Kurhaus, und die Innenstadt war noch stärker abgeriegelt. Die Polizei hat sich gebärdet wie ein Rudel Wachhunde.“

„Ich frage mich, warum er noch herkommt, obwohl er sich immer beschwert, die Luft sei wegen der vielen Fabriken so schlecht. Vor allem, warum kommt er jetzt schon? Im Frühjahr …“, murmelte Peter. Es war für ihn eine rhetorische Frage, umso überraschter war er, als sein Bruder eine Antwort parat hatte.

„Die Luft in Baden-Baden ist auch nicht besser, seit man in Elsass-Lothringen rund um Strasbourg jetzt auch Schwerindustrie angesiedelt hat. Der Friedensvertrag und das Handelsabkommen – beides Dinge, die der Kaiser nicht wollte, die aber von seinen Diplomaten eingefädelt wurden, hinter seinem Rücken und mit Billigung des Parlamentes – berechtigen die Franzosen, den Rhein auch für ihre Zwecke zu nutzen. Sie haben eine große Transporttrasse gebaut. Für Dampfzugwagen und für eine Bahnlinie. Abgesehen davon gehen die größten Gläubiger des Kaisers in Baden-Baden zur Kur, hier hat er Ruhe vor ihnen. Einige davon dürften auch hinter den Verträgen mit den Franzosen stehen, denn sie bringen ihnen breitere Absatzmärkte und mehr Zugriff auf die Kolonien Frankreichs – und nicht zuletzt schwört der

Kaiser auf Riesling." Paul hob grinsend sein Glas. „Mich wundert eher, dass Bad Homburg sich nicht mehr Mühe gibt, den Kaiser zu umgarnen. Aber denen scheinen die Neureichen aus Frankenfurt lieber zu sein als alter, schuldenbehafteter Adel."

„Da kannst du recht haben. Du kennst dich aus ... ich lese zwar auch viel Zeitung, aber diese großen Zusammenhänge sind mir entgangen", gab Peter grinsend zurück und hob ebenfalls sein Glas. Sie stießen an und machten sich dann über den Spundekäs und das frisch gebackene Brot her.

„Hmmm, das habe ich so vermisst", seufzte Paul. „Ich weiß nicht, was die Reichen an ihren ach so wunderbaren Menüs so schätzen, wenn die einfache Küche doch tausendmal schmackhafter ist."

„Wie kommt es, dass du da tiefere Einblicke hast?", fragte Peter zwischen zwei Happen und einem Nicken.

„Gelegentlich werden Verträge über neue Bauwerke während einer Festlichkeit abgeschlossen. Ich durfte meinen Chef manchmal begleiten, weil er der Ansicht war, ich hätte von seinen Zeichenbrettsklaven die besten Manieren und das angenehmste Äußere. Die Buffets, die da aufgefahren werden, solltest du mal sehen – von den Resten, die weggeworfen werden, könnte man ein ganzes Armenviertel zwei Tage ernähren. Aber ich glaube, die würden vor den Austern, Krebsen, Fischen, Fasanen und was weiß ich, was das alles war, zurückschrecken. An manche Sachen kann man sich gewöhnen, andere sind einfach nur teuer. Austern zum Beispiel sehen schon schlimm aus. Aber der Fisch war wunderbar, Schollenfilets, Lachs ... das wäre für mich ein Grund, nach Hamburg umzusiedeln, wo man so etwas als Grundnahrungsmittel hat, weil viele Fischkutter dort direkt am Hafen ihren Fang verkaufen. Da würde ich gern meine Kochkünste weiter ausbauen."

Peter ließ Paul reden, weil er spürte, dass er etwas loswerden musste, bevor er ihn fragen konnte, was er denn Ungewöhnliches im Bauamt erfahren hatte. Mit einem Ohr lauschte er Paul, mit dem anderen den Gesprächen rundherum, die allesamt so lautstark waren, dass ihn das keine Mühe kostete. Am Nebentisch fing jemand an, auf die hohe Herrschaft zu fluchen, und er fing die Worte „perverse Feier“ auf, die der Bürgermeister besser verbieten sollte.

Wir sind am richtigen Ort, fand Peter damit seine Vermutung bestätigt, dass er das richtige Haus ausgesucht hatte. „Was ist jetzt mit dem Bauamt? Konnte dein Freund helfen?“

„Justus hat mir die Akten beschafft. Den Rest musste ich selbst machen“, grinste Paul, doch die Fröhlichkeit verschwand sofort wieder. Er zog ein Notizbüchlein heraus und klappte es bei einer groben Skizze auf. „Zu deiner Luftschiffanlage: Die Halle ist ein ungewöhnliches Bauwerk. Gigantisch, aber nicht nur über, sondern auch unter der Erde, und das an einem Ort, wo du schon mit einem Kinderschäufelchen im Sandkasten auf Grundwasser stoßen kannst, und da war etwas Seltsames in den Plänen zu entdecken: geheime Räumlichkeiten. Sie waren im Grundriss des Untergeschosses nicht eingetragen, man konnte es nur anhand eines Maßstabsvergleiches und der Massenermittlung der Ausschreibung erkennen. Eine gigantische, wasserdichte Wanne unter der Halle, wo die Hälfte an Raum ausgereicht hätte, wenn man die Technik unbedingt unter die Erde legen müsste. Aber das meiste an Lager und Technik ist außerhalb, und die Heliumproduktion, die der Baron in langem Gerangel mit den monopolistisch angehauchten Amerikanern für seinen eigenen Bedarf selbst in die Hand nehmen durfte, ist in einem angrenzenden Chemiewerk angesiedelt. Gut, sie haben eine Art riesige Schleuse unter die Halle gebaut, um es schon dort mit Fracht zu versehen, das gute Stück kann dann durch das Dach entschweben. Aber neben diesem Verladeschacht und vor allem im hinteren Teil sind noch mehr nicht eingezeichnete Räume. Es gibt in dieser Kellerwanne auch Kühlräume, man konnte sie anhand der Ausschreibungstexte erkennen, wofür auch immer man die in einer Luftschiffhalle braucht. Ich habe dir die Lage der fehlenden Räumlichkeiten aufskizziert, vielleicht kannst du das mal gebrauchen. Anhand der Treppenläufe konnte ich sie genauer zusammenstellen. Wenn du es brauchst, mache ich dir gern noch eine größere, detailliertere Skizze, damit du dich auch blind dort zurechtfindest.“

Peter sah auf den Plan und nickte. Er konnte architektonische Pläne häufig nicht entschlüsseln, sie waren für ihn voller Symbole, die er nicht verstand, aber sein Bruder hatte die Fähigkeit, einen Grundriss so darzustellen, dass auch ein Laie ihn entziffern konnte. „Das werde ich sicher eines schönen Tages gebrauchen können, und es ist höchst interessant. Was auch immer dort unten ist, ist eines der Ziele der Saboteure."

„Davon kannst du ausgehen. Noch was … ich habe versucht, mit dem Ingenieur aus Hamburg Kontakt aufzunehmen, der die Pläne für die Halle gemacht hat. In Fuhlsbüttel gibt es einen großen Luftschiffhafen, der da oben im Norden noch immer misstrauisch beäugt wird, weil man fliegende Konkurrenz zur Seeschifffahrt befürchtet. Vor allem die Passagierdampfer fürchten, die bequemeren Luftschiffe könnten ihnen die gut zahlenden Überseepassagiere abwerben. Der Ingenieur ist nicht mehr erreichbar, er ist nach der Fertigstellung der Pläne ausgewandert in die Kolonien und baut dort Betriebshallen für den Bergbau."

„Bitte? Warum denn das?", hakte Peter nach, auch wenn er ahnte, die Antwort zu kennen. Wallenfels hatte sich also auch dieses Mitwissers entledigt.

„Ich habe mit einem jungen Ingenieur gesprochen, der versucht, das Büro aufrechtzuhalten. Ein Schüler des Mannes, aber nur ein Angestellter. Meine Fragen haben ihn aufgeschreckt, und er hat das Gespräch abgewürgt. Kurz darauf hat er mich von einer Polizeistation aus angerufen, wo ein Freund von ihm Dienst schob. Er fürchtete, man könne das Büro abhören. Alles wusste er auch nicht. Nur, dass der Chefingenieur eine Halle bauen wollte, die man wie die Platte vor einem Lokschuppen drehen konnte. So haben sie es in Fuhlsbüttel, eine leichte Halle auf einer drehbaren Platte, damit man die Luftschiffe nicht bei Seitenwind aus der Halle manövrieren muss. Das wollte Wallenfels nicht, und die Größe der von ihm geforderten Halle wäre so auch nicht herstellbar gewesen. Der Ingenieur war ihm zu neugierig und hatte wohl auch etwas herausgefunden, das für ihn ungesund war. Das hat ihm das Genick gebrochen. Er sah sich mit dem Vorwurf konfrontiert, sich mit der Ehefrau eines Adeligen versündigt zu haben, der sich darauf mit ihm duellieren wollte. Da hat er alle Zelte abgebrochen und ist in die Kolonien ausgewandert. Dem jungen Ingenieur hat er anvertraut, dass die neue Steuerung irgendwie gegen jede Moral verstoßen würde und Wallenfels der Teufel höchstselbst sei."

„Das ist keine neue Erkenntnis. Noch ein ruiniertes Leben", knurrte Peter. „Die gleiche Handschrift wie bei der Drohkulisse, die man bei dir aufgebaut hat: eine angeblich entehrte Frau."

Als die Gespräche rundherum mit steigendem Alkoholpegel immer lauter und die Sprüche über „die da oben" immer aggressiver wurden, machten sich Peter und Paul auf den Weg. Sie nahmen die nachtdunklen Straßen zu dem Anwesen im Weinberg, das von einer mannshohen Bruchsteinmauer umgeben war. Darüber wucherten Wein und Efeu. Peter ging zu dem hohen schmiedeeisernen Tor und spähte hindurch. Es war verschlossen und mit einer starken Kette gesichert. Er ruckelte daran, was einen scharfen metallischen Laut erzeugte. Nichts geschah.

„Was machst du?", fragte Paul nervös.

„Wenn es Hunde auf dem Grundstück gäbe, wären sie jetzt am Tor. Selbst die, die erst beißen und dann bellen. Keine Bange, ich will nicht durchs Tor. Kannst du klettern? Der Efeu zum Weinberg hin sieht vielversprechend aus."

Peter bog in den Weinberg ab und umrundete das Grundstück. Mittlerweile war es stockfinster, die Wolken ließen nur wenig Streulicht zu, aber seine Augen hatten sich daran weit genug gewöhnt, um Einzelheiten zu erkennen. Er kletterte als erster an den starken Efeutrieben die Mauer hoch. Paul folgte ihm und stellte sich dabei überraschend geschickt an, obwohl er einen Anzug trug, der ihn behinderte und den er sichtlich nicht allzu sehr schädigen wollte. Auf der anderen Seite sprangen sie in einen ungepflegten Garten. Aufmerksam lauschend schlich Peter voran zur gekiesten Zufahrt. Der schadhafte Belag war nur noch eine Kraterlandschaft. „Hier war vor kurzer Zeit noch reichlich Besuch. Mindestens ein Landauer, eine Droschke und ein Dampfautomobil der gehobenen Klasse. Auch ein oder zwei Reitpferde. Eine schöne Gesellschaft für ein angeblich verlassenes Haus."

„Willst du hinein?"

„Ich muss. Ich will wissen, was hier passiert ist. Mit etwas Glück hat noch keiner aufgeräumt, und wir finden irgendwelche Hinweise. Komm!" Peter sprang zur Tür und begutachtete das Schloss. Aus den Tiefen seiner unergründlichen Manteltaschen zog er ein kleines Päckchen, in dem ein Satz Dietriche klappersicher eingewickelt war, und probierte sie nacheinander aus. Es klickte beim dritten Versuch, und die Tür ließ sich lautlos öffnen. Die Brüder schlüpften hinein.

Peter entzündete ein Streichholz und sah sich um. Er hoffte, dass die letzten Gäste Laternen oder Öllampen zurückgelassen hätten, und tatsächlich stand eine Handvoll Sturmlaternen auf einer Anrichte neben der Treppe zu den oberen Stockwerken.

„Hier, Paul, nimm eine, aber pass auf, dass du immer zwischen Lampe und Fenster stehst!"

„Mir ist nicht wohl bei der Sache", gab Paul zu, nahm aber eine der Lampen.

„Ich weiß. Wir sollten uns beeilen, ehe das Aufräumkommando kommt. Dem Geruch nach war es nämlich noch nicht tätig. Los!" Peter betrat einen Salon und gab ein zynisches Lachen von sich. „Na, die Herrschaften haben es sich wirklich wohlergehen lassen."

Paul spähte ihm über die Schulter und schüttelte sprachlos den Kopf. Die Fenster waren mit schweren Vorhängen gegen jeden neugierigen Blick von außen gesichert. Sofas, Ottomanen und Chaiselonguen standen dicht an dicht und bildeten ein Lager, wie man es aus Darstellungen römischer Orgien kannte. In diesem Kreis standen Couchtische, auf denen sich schmutziges Geschirr und Essensreste stapelten. Es roch nach Alkohol und etwas anderem, das Peter sofort als Opiumrauch erkannte. Die langstieligen Pfeifen mit den kleinen Köpfen, die zwischen den Abfällen lagen, bestätigten dies. Er hielt sich die Nase zu und besichtigte den Raum. Paul hatte sich wegen des Geruchs in die Eingangshalle zurückgezogen.

Peter untersuchte die Liegen und schob seine Hand immer wieder zwischen die Kissen, in der Hoffnung, etwas zufällig Verlorenes zu entdecken. Tatsächlich wurde er fündig. In einer Sofaritze fand er einen Wappenring. Peter grinste, als er das Wappen erkannte. „Ah, das könnte hilfreich sein. So ein Himmelhund ..."

Ein weiterer Fund, den er in seinen tiefen Taschen verschwinden ließ, war ein Seidentaschentuch mit Initialen. „Damit hätten wir zwei der feinen Herren in der Hand. Mal sehen, was sich damit anstellen lässt."

Weiter fand er ein paar Stofffetzen von Frauenkleidern. Die Herrschaften waren in diesem Raum über die Damen hergefallen, die man ihnen mit Drogen ruhig gestellt zur Verfügung gestellt hatte.

Ihm fielen Weingläser auf, die rund um die Sofas auf dem Boden standen. Peter zückte sein Taschentuch und hob verschiedene Gläser hoch, um sie gegen das Licht zu halten. Auf mehreren waren deutliche Fingerabdrücke zu erkennen. Es war noch nicht lange her, seit man festgestellt hatte, dass die Fingerabdrücke der Menschen absolut individuell sind. Zwar erkannte noch nicht jedes Gericht Fingerabdrücke als Beweismittel an, aber wenn andere Beweise einen Verdacht nährten, der durch Fingerabdrücke eine Bestätigung erfuhr, war auch der skeptischste Richter bereit, sie zumindest zu beachten.

Peter sah sich nach etwas um, worin er die Gläser verpacken konnte. Er wollte die Gläser nicht mitnehmen, sondern im Haus verstecken. Er fand eine Weinkiste mit Holzwolle, bettete die beiden Gläser mit den deutlichsten Fingerabdrücken und eine leere Flasche hinein und kehrte zu seinem Bruder in die Halle zurück.

„Was hast du da?", fragte Paul.

„Ein paar Gläser mit schönen Fingerabdrücken. Jetzt brauche ich einen Platz, an dem ich sie verstecken kann, bis sie als Beweismittel gebraucht werden."

Paul schien nachzudenken, doch sein Gesicht hellte sich schnell auf. „An der Mauer, über die wir geklettert sind, war ein Kaninchenstall. Wäre das ein gutes Versteck?"

Peter stellte die Kiste ab und schlug Paul anerkennend auf die Schulter. „Perfekt! Machen wir auf dem Rückweg. Ich will noch den Rest des Hauses durchforsten. Wenn du nicht mitwillst, dann warte hier!“, fügte er besorgt an, als er das bleiche Gesicht seines Bruders sah.

Paul schüttelte den Kopf. „Nein, ich bleibe lieber in deiner Nähe.“

„Gut, dann komm, ich bin sicher, dass wir oben mehr finden. Da wird es richtig zur Sache gegangen sein.“

Gemeinsam schlichen sie ins Obergeschoss. Peter ließ immer wieder seinen Blick hin und her gleiten und nahm die Kleinigkeiten wahr, die ihn leiteten. Stofffetzen von Frauenkleidern waren die erste Spur, die zu einer Tür am Ende eines Ganges führte. Dann entdeckte er einen Blutfleck an der Wand und weitere auf dem Teppich am Boden, die zum entgegengesetzten Ende des Ganges wiesen. Doch zunächst reizte ihn das Zimmer mehr, und so schlich er mit Paul im Gefolge weiter. Er öffnete die Tür, leuchtete hinein und prallte zurück. Geistesgegenwärtig zog er die Tür zu. „Paul, könntest du bitte nachsehen, wohin die Spur aus Blutstropfen auf dem Teppich führt, und dort mal ganz aufmerksam suchen, ob etwas zu finden ist?“

Paul sah ihn stirnrunzelnd an, widersprach aber nicht und tat wie ihm geheißen, während Peter das Zimmer betrat. Er schirmte das Licht seiner Lampe mit seinem Mantel ab und eilte zu den Fenstern, um die schweren Vorhänge zuzuziehen. Dann wandte er sich den Matratzenlagern zu, vor allem dem, das den Fenstern am nächsten lag. Das darübergespannte Laken war vollgesogen mit Blut. Die Gerüche im Raum waren kaum zu ertragen, Blut, Erbrochenes, Schweiß, Urin, Kot, Ergüsse männlicher Geilheit und der allgegenwärtige Opiumduft bildeten eine schwindelerregende Mischung.

Eine weitere Blutlache, kleiner als die auf dem Lager, aber auch sie groß genug, um vom Tod zu zeugen, glitzerte hinter der Tür. Trotz seines Ekels untersuchte Peter die Laken in der Hoffnung auf weitere Spuren, doch es war nichts zu finden außer allen möglichen Überresten menschlicher Ausscheidungen. „Mindestens zwei Mädchen sind hier nicht wieder lebend rausgekommen. Hoffentlich war sie nicht darunter", murmelte Peter.

Als vor dem Raum eine Diele knarrte, eilte er zur Tür und verließ das Chaos. Paul stand davor und wirkte irgendwie krank. Peter ließ nicht zu, dass er einen Blick in das Schlafzimmer werfen konnte.

„Ich habe etwas gefunden. Es war unter dem Waschbecken versteckt, ich habe es entdeckt, als ich … mich übergeben habe. Entschuldige …"

Peter klopfte ihm aufmunternd auf die Schultern und nahm das Fundstück entgegen. Es war ein Streifen von einem Laken, mit Blut beschrieben. Die Schrift war erstaunlich gut lesbar. „Kanal an der Kaiser-Wilhelm-Brücke, Rheinkilometer 498,4 …"

Er hatte begriffen. Nahe der Reduit gab es einen Zugang zum Kanalsystem. Offensichtlich konnte man also noch tiefer sinken als bis in die Hüttensiedlungen am Fluss. Aber das hatte er bereits vermutet, als er die große Gesellschaft aus der Hütte hatte kommen sehen. „Mein Gott", sagte Paul.

Peter sah ihn entgeistert an. „Da … da hat eine der Frauen irrwitzige Kraft, Klarheit und Mut bewiesen. Jetzt weiß ich, wo ich nach ihnen suchen muss. Ich hoffe, ich habe genauso viel Kraft und Mut, dorthin zu gehen, wo diese Mädchen sind. Ich frage mich, ob die, die hier starben, nicht besser dran sind, als die, die es überlebten."

„Ich glaube, das will ich gar nicht wissen …", murmelte Paul und wischte sich mit dem Ärmel seines Mantels über den Mund. Er würgte wieder, aber es kam nichts mehr.

„Komm. Wir brauchen beide frische Luft. Schade um das gute Essen und den Wein." Sie verließen das Haus, und Peter verschloss die Tür wieder hinter sich. Auf dem Weg zur Mauer verstaute er die Kiste mit den Gläsern in einem der leeren Hasenställe und beeilte sich, mit Paul zu verschwinden. Keine Sekunde zu früh hechteten sie über die Mauer in den Weinberg, denn das Zufahrtstor öffnete sich quietschend, um ein Fuhrwerk einzulassen.

Peter blieb eine Weile im Efeu über der Mauer hängen, um das Fuhrwerk zu beobachten, von dem vier Männer absprangen und das Haus betraten. Einer blieb bei den Pferden. Man konnte ihn an der Glut seiner Zigarette ausmachen. Der Gedanke drängte sich Peter auf, dass es für die Leute des Fuchses zu gefährlich war, zu dieser Tageszeit an diesem Ort zu agieren. Dabei fielen ihm die Worte des Fuchses wieder ein, der angewiesen hatte, die Toten zu entsorgen. Das Aufräumkommando würden die Herrschaften stellen. Das warf neue Fragen auf, aber der Ring in seiner Tasche beantwortete möglicherweise einen Teil davon.

Peter beeilte sich, zu Paul zu gelangen, als der Mann vom Fuhrwerk auf die Mauer zu schlenderte. Sein Bruder war bereits ein Stück zwischen den Reben entlang hangabwärts geeilt, um sich ungehört übergeben zu können.

„Tut mir leid, Paul, ich hätte dir das nicht zumuten dürfen. Wahrscheinlich wäre ich besser alleine gegangen, aber dann hätte ich möglicherweise keine Zeit mehr gehabt, die Botschaft zu finden."

„Schon gut. Ist vielleicht auch mal ganz gut zu sehen, was es für Abgründe gibt. Ich bin froh, dass ich aus dieser ach so feinen Gesellschaft raus bin. Aber Menschen wie mich nennen sie pervers, nur weil ich nicht auf Frauen scharf bin. Was ist das denn?"

Peter zog den Ring hervor und hielt ihn Paul unter die Nase. „Kennst du das Wappen?"

Paul starrte entgeistert auf das goldene Siegel. „Ja", erwiderte er.

„Lass uns nach Hause fahren. Ich habe auch genug in den Abgrund gesehen. Mir reicht's für heute. Hoffentlich kann ich morgen etwas gegen diese Abgründe tun." Ein giftiges Grinsen zog sich um seine Mundwinkel, als er den Ring in die Luft warf, mit einer schnellen Bewegung auffing und in seiner Manteltasche verschwinden ließ. Er konnte ihm durchaus noch in anderer Hinsicht sehr nützlich sein.

Gut und Böse

Peter blieb im Flur stehen und starrte auf die Tür. Er lauschte auf die Geräusche von draußen und hörte das Klappern beschlagener Hufe, als sich die Droschke entfernte. Einer der Pinkertons hatte bei ihm vorgesprochen und nach seinen Ermittlungsergebnissen gefragt. Peter hatte ihm das Flugblatt ausgehändigt und ihm mitgeteilt, wo man die Druckerpresse finden konnte und dass er bereits Kontakte zu Sektenmitgliedern geknüpft hatte, die er vorsichtig zu vertiefen gedachte. Mit einem Seufzer dachte er an den Druck, den der Mann aufzubauen versucht hatte, um ihn zur Eile anzutreiben.

„Nun, es wäre sicher hilfreich, wenn Sie mithelfen könnten, die Druckerpresse im Mainviertel von Hochheim ausfindig zu machen. Eine Handvoll Leute würde genügen, so groß ist das Viertel ja nicht!“, hatte Peter dem Mann entgegnet und sich an dessen erbleichenden Gesichtszügen geweidet. Diese Kerle würden ihm nicht in die Quere kommen, da war er sicher.

Wenn ein Trupp Pinkerton-Männer dort auftauchte, wären sie schneller Fischfutter, als sie an eine einzige Tür klopfen konnten. Sofern es im Main überhaupt noch einen einzigen Fisch gab, der sich dann über die Leichen hermachen konnte. Nur eine Armee konnte dort auftauchen, wenn sie so martialisch auftrat, wie es den Pinkerton-Leuten eigen war. Mit der Handvoll Männer hatte er Leute gemeint, die so heimlich und vorsichtig vorgingen wie er. Das hatte sogar der Bote begriffen, obwohl er nicht übermäßig intelligent gewesen zu sein schien. So hatte Peter keine Mühe gehabt, ihn wieder loszuwerden.

Er klemmte sich hinter seinen Schreibtisch und starrte auf seine Korkwand. Viel war noch nicht dazugekommen, aber in beiden Fällen nahm die Sache klarere Konturen an. In dieser Nacht würde er mit der Sekte in Kontakt kommen, und er hatte eine Ahnung, wo er nach dem Mädchen suchen musste. Das war ein guter Anfang.

Im Flur hörte er Paul rumoren. Peter hatte Paul gegenüber ein schlechtes Gewissen. Die Worte Pauls nach ihrem Abenteuer in der Villa im Rheingau kamen ihm wieder in den Sinn: wer denn nun wirklich pervers war, Paul wegen seiner Leidenschaft für Männer, die er nur im gegenseitigen Einverständnis in die Tat umsetzte, oder eine Orgie, zu der man Mädchen zwang oder unter Drogen setzte und die um ihr Leben fürchten mussten.

Peter musste nicht lang überlegen. Für ihn hatte Pauls Geständnis nur im ersten Moment etwas Erschütterndes gehabt. Bei näherem Nachdenken befand Peter für sich, dass es ihm egal sein konnte, was sein Bruder im Bett machte. Er wollte ja auch nicht, dass sich ein anderer bei ihm einmischte. Ob er einer Frau treu war oder es mit vielen trieb, ob er nur in der Missionarsstellung seinem Vergnügen nachkam oder alle Stellungen aus diesem seltsamen Buch, dem Kamasutra, ausprobierte, ging niemanden etwas an, solange er der anderen Person mit seinem Verlangen keinen Schaden zufügte und alles freiwillig geschah.

Die Türglocke schrillte, und er hörte, wie Paul öffnete. Peter zwang sich aufzustehen, auch wenn ihm eine weitere Störung ungelegen kam, und hörte jemanden mit Paul sprechen. Verwunderung lag in der Stimme, die er sofort erkannte. De Cassard.

Paul klopfte an die Bürotür, und Peter beeilte sich, den mit Blut beschriebenen Stofffetzen verschwinden zu lassen, ehe er die Tür öffnete und de Cassard einließ.

„Monsieur de Cassard, was führt Sie zu mir?“, begrüßte Peter den jungen Mann, der sich an Paul vorbei ins Büro drückte.

„Bon jour, Monsieur Langendorf“, gab der Künstler lächelnd zurück. „Ich war nur zufällig in der Gegend, weil der Pastor der Ringkirche wissen wollte, ob ich auch Glasfenster gestalte. Da musste ich doch bei Ihnen vorbeikommen.“

„Ich habe sowohl gute als auch schlechte Nachrichten für Sie." Peter warf Paul einen Blick zu, der sich daraufhin beeilte aufzubrechen.

Paul verabschiedete sich und gab dem Künstler die Hand. Der Gesichtsausdruck seines Bruders verwirrte Peter, aber er kam schnell dahinter, was in Paul vorging. Offensichtlich war der Franzose jemand, der in ihm das gleiche Feuer weckte, das eine schöne Frau in Peter entfachen würde. In diesem Blick hatten sich Sehnsucht und Leidenschaft mit Resignation gemischt, und er musste sich eingestehen, dass er Paul sogar verstehen konnte.

„Lebt Ihr Bruder bei Ihnen? Ist er auch Detektiv oder Polizist?", fragte de Cassard, als die Tür ins Schloss fiel.

„Nein, um Gottes Willen. Er war auf seine Art auch künstlerisch veranlagt, hat aber einen anderen Weg gefunden, diese Kreativität auszuleben, als Sie. Er ist Architekt. Man hat ihm gekündigt, weil er sich nicht für unrechtmäßige Dinge einspannen lassen wollte, und bis er einen anderen Arbeitsplatz hat, bleibt er hier. Er ist mir in vielerlei Hinsicht eine große Hilfe."

De Cassard nickte und starrte versonnen auf die geschlossene Bürotür, als würde Paul dort immer noch stehen. Eine Erkenntnis durchzuckte Peter, und er musste sich sehr beherrschen, sie sich nicht anmerken zu lassen. Die Leidenschaft Pauls für den Maler schien auf Gegenseitigkeit zu beruhen.

Der Künstler straffte sich und sah Peter fragend an. „Nachrichten? Ich höre."

„Nun … ich habe sie gefunden. Ich habe sie mit ein paar anderen Mädchen zusammen gesehen. Leider waren die Mädchen gut bewacht, zugedröhnt und auf dem Weg zu einer ganz speziellen Veranstaltung. Ich weiß, was das für eine Veranstaltung war und wo sie stattfand. Allerdings weiß ich auch, dass drei der Mädchen nicht wieder zurückkehrten. Ich hoffe, die junge Dame war nicht unter den Unglücklichen. Dafür habe ich einen Hinweis gefunden, wo man die Mädchen ‚verwahrt'. Mit einem Quäntchen Glück kann ich sie dort finden und herausholen. Mit Geld oder Gewalt."

De Cassard seufzte, ließ aber nicht erkennen, ob er Erleichterung empfand oder neue Sorge. „Was für eine Veranstaltung war das?“, hakte er nach. „Sie sagen das so seltsam, ich nehme an, es ist nichts Angenehmes, und ich sollte mich vielleicht nicht damit belasten. Aber wenn es Ihnen gelingt, Katharina zu befreien, möchte ich wissen, was mit ihr geschehen ist. Ich möchte sie verstehen und nicht vielleicht noch ungewollt quälen.“

„Das ehrt Sie, Monsieur, und ist auch ganz richtig gedacht. Am besten wird es sein, man hilft ihr vergessen. Wenn sie eine Zukunft hat, kann sie das alles vielleicht hinter sich lassen, wenn es mir gelingt, sie zu befreien. Aber ich merke schon, ich werde Sie nicht los, ohne es Ihnen zu sagen. Ich rede von einer Orgie. Mädchen, die mit Drogen so willfährig gemacht werden, dass sie alles über sich ergehen lassen, ohne sich gegen ihre Peiniger zu wehren. Nicht selten haben auch die Freier, die für die Mädchen bezahlen, mit Drogen alle Hemmungen abgebaut, und das endet in einem Gewalt- oder Blutrausch. Die, die die Mädchen besorgen, erhalten Sonderzahlungen für jedes, das dabei stirbt, und räumen hinterher auf.“ Peter betrachtete genau die Reaktionen des Künstlers, zum einen, um im Zweifelsfalle etwas ungesagt zu lassen, zum anderen, weil er sehen wollte, welche Gefühle es in ihm auslöste. In einem Mann, der zu der Schicht Menschen gehörte, die für solche Dinge Geld ausgab.

De Cassards Augen funkelten vor Wut, während sein bleiches Gesicht grau wurde. „Wer macht so etwas und wo? Warum bleibt das unbemerkt?“

Peter umrundete seinen Schreibtisch und holte die Landkarte hervor, auf der er nach der Adresse gesucht hatte. Er zeigte sie de Cassard. „Das Haus steht leer, ist fernab aller Ansiedlungen. Man kann nicht hören oder sehen, was dort vor sich geht, und das Räumkommando kann unbemerkt wirken. Angeblich ist das Haus Konkursmasse und wurde an einen Amerikaner verkauft, der erst im Herbst herkommt und es bezieht. Gibt es eine bessere Örtlichkeit? Gut zu erreichen und unverdächtig. Wer? Alle, die es sich leisten können. Ich habe Gegenstände dort gefunden, die einen Hinweis auf die Identität zumindest zweier der dort Feiernden gibt. Mit dem einen Hinweis kann ich etwas anfangen, mit dem anderen noch nicht, aber die Initialen AK in einem Seidentaschentuch werden in der Liste der oberen Zehntausend nicht so häufig vorkommen."

„Anton von Kalkhofen, Arthur Kupfer und Adriano Kentano würden mir einfallen. Allen dreien traue ich Perversionen zu. Kupfer ist ein Schläger, der mit harter Hand seine Familie regiert, Kalkhofen ein Sadist, der Mätressen monatlich verbraucht und sie dann fallen lässt, und Kentano ist ein italienischer Don Juan, der keine Gelegenheit auslässt, seine Triebe zu befriedigen", half de Cassard mit einem hinterhältigen Lächeln aus.

Peter hielt ihm das Taschentuch hin, und der Maler untersuchte es kurz. „Kupfer scheidet aus. Der ist nicht fein genug für derartigen Tand … Seide mit Spitzenrand. Aber zu Kalkhofen und Kentano passt es."

Er gab Peter das Taschentuch zurück, der es grinsend wieder wegpackte. „Danke. Es ist gut, jemanden zu kennen, der sich in dieser Gesellschaft bewegt."

„Gern geschehen. Sagen Sie … gehörte das Haus nicht vorher den Wallenfels'? Ich meine, es wäre das Haus, das der Baron für seine Eltern kaufte. Die sind vor knapp zwei Jahren verstorben, und das Haus sollte verkauft werden. Die Lage stimmt, wenn ich es mir recht überlege. Ich sollte von Wallenfels' Mutter noch malen, aber sie erlag leider zu früh einem Herzanfall und folgte damit ihrem Mann nach nur wenigen Wochen. Ich war nie dort, hatte aber schon die Adresse."

Peter sah de Cassard wie vom Donner gerührt an. „Wallenfels? Das …" Er stockte, weil ihm der Kopf dröhnte. Er mochte sich nicht ausmalen, was dieser Hintergrund für seine weiteren Ermittlungen bedeuten konnte, und notierte in seinem Hinterkopf, Richard Kogler noch einmal anzurufen. Sein Kumpel bei der Polizei musste unbedingt herausfinden, ob die Informationen des Malers korrekt waren und ob der Baron immer noch seine Hand über dem Haus hatte … oder sein Sohn. Er nickte. Von Wallenfels, das war sehr naheliegend. „Das ist ein bemerkenswerter Hinweis. Ich werde also nicht nur versuchen, Ihre Schwester zu retten, sondern den Sumpf gleich mit auszutrocknen. Aber dabei riskiere ich womöglich Kopf und Kragen."

De Cassard lächelte jetzt. „Noch einmal: gern geschehen. Derlei Perversionen müssen aufhören, bevor es noch mehr arme Mädchen trifft. Wenn ich etwas für Sie tun kann, dann lassen Sie es mich wissen. Ich habe durchaus auch Möglichkeiten, etwas zu verbreiten und damit vielleicht auch Ihren Kopf zu retten. Aber jetzt lasse ich Sie besser arbeiten."

De Cassard wandte sich zum Gehen, drehte sich aber noch einmal um. „Könnten Sie vielleicht Ihren Bruder fragen, ob er ein paar Beispiele für künstlerisch gestaltete Bleiverglasung und Glasmalerei in neueren Gebäuden kennt? Ich würde mich gern inspirieren lassen. Vielleicht in den Villen, die derzeit Richtung Sonnenberg entstehen?"

„Ich werde es ihm ausrichten, er wird Ihnen sicher gern weiterhelfen."

Davon war Peter überzeugt. Versonnen sah er dem Künstler nach, dann raffte er sich auf und begann, die bevorstehende Nacht zu planen. Aber sein Blick wanderte immer wieder zu seiner Korktafel, bis er nicht mehr anders konnte und mit einem Stift zu allen Punkten den Namen Wallenfels schrieb, wo sich eine solche Verbindung auftat. Er hatte auch schon Pauls Problem an diese Tafel geheftet, weil ihm eine vage Ahnung sagte, dass alles zusammenhing. In diesem Fall waren die Ratten nicht nur ein Bindeglied zu der Sekte, sondern auch zu Wallenfels.

Er rief Kogler an und bat ihn, noch einmal nachzuforschen, wem das Haus in Eltville zuvor gehört hatte und ob nicht vielleicht noch immer der Vorbesitzer ein Auge darauf hatte. Dann bat er, zudem nachzuforschen, wem das Chemiewerk gehörte, dessen Kanal die Ratten ausgespuckt hatte, und was dort produziert wurde. Kogler stöhnte, aber er war zuversichtlich, dafür nicht lange zu brauchen.

Tatsächlich rief er nach einer knappen halben Stunde zurück, und Peter konnte beinahe hören, wie blass Kogler war. „Bis hierhin und nicht weiter. Das ist kein Wespennest mehr, in dem du stocherst. Das ist ein Hornissenpalast. Halt mich da raus."

„Nun, dann weise mich auf die Stachel der Hornissen hin, aber lass mich raten: Die Hornissenkönigin heißt Wilhelm von Wallenfels und die designierte Nachfolgerin Heinrich?"

Für einen Moment herrschte Schweigen, dann schnaufte Kogler. „Du wusstest es?"

„Ich ahnte es. Vieles wies in diese Richtung. Also, raus mit der Sprache, ich werde dich dann mit diesen Dingen in Ruhe lassen." Eigentlich reichte ihm schon die Bestätigung, aber ein paar Details wollte er noch mitnehmen.

„Das Haus hatte Wallenfels für seine Eltern gekauft, nachdem der ursprüngliche Besitzer Geldprobleme bekam. Die Eltern sind inzwischen tot. Das Haus blieb aber im Besitz einer familieneigenen Immobiliengesellschaft, die sein Sohn Heinrich leitet. Offiziell steht es zum Verkauf und soll wohl schon vergeben sein, aber ich habe mal nach dem Namen des Käufers aus Amerika geforscht. Käufer ist eine amerikanische Firma, die dem Bruder des Barons gehört, der vor zwanzig Jahren in die Staaten ausgewandert ist und dort sein Imperium aufgebaut hat. Man kann also sagen, reiner Buchwert. Anderes Konto, oder, um es umgangssprachlich auszudrücken, von de eine Täsch in de andere."

„Damit wäre auch geklärt, warum Wallenfels die Möglichkeit hat, für seine Luftschiffe selbst Helium herzustellen und es nicht von den Monopolisten aus Amerika kaufen muss. Da hat Brüderchen seine Finger im Spiel", brummte Peter.

„Keine Ahnung, wovon du sprichst, aber es ist mir auch egal. Aber wo du gerade ein Luftschiff erwähnst: Das Chemiewerk, nach dem du gefragt hast, stellt Teile für Luftschiffe her. Die Außenhülle aus einem neuartigen Material. Das Werk gehört über ein paar Ecken mehr oder minder dem Baron. Was weiß ich, Aktien, Sicherheiten, Beteiligungen – ein weites Feld, von dem ich keine Ahnung habe. Ich komme bei meinem Gehalt auch nicht auf die Idee, in Aktien zu investieren. Ich lasse da die Finger von,

Wallenfels ist ein heißes Eisen. Meines Wissens ist er gerade zu einem Vier-Augen-Gespräch beim Kaiser."

„Ich habe auch schon läuten hören, dass er der Hauptgläubiger des Kaisers ist. Da möchte man doch gern mal Mäuschen sein", lachte Peter, aber es schwang viel Bitternis mit.

„Herzlichen Dank, bei solchen Raubkatzen mag ich kein Nagetier sein. Wenn's dir geholfen hat, schön, dafür schuldest du mir ein Gelage im Poppenschänkelchen. Ich bin raus, auf diesen Pfaden schleiche ich nicht mehr ohne offiziellen Auftrag weiter."

„Danke, und das Gelage ist dir sicher, meinethalben auch im Schwarzen Bock. Das lasse ich mich was kosten. Die Informationen reichen mir völlig, denn ich wollte eigentlich nur wissen, ob drei scheinbar unzusammenhängende Fälle einen gemeinsamen Nenner haben. Haben sie, und der ist nicht mal klein." Peter legte wieder auf. Richard hatte recht, es war kein kleines Problem, das er sich da aufgeladen hatte, aber er konnte nicht mehr daran vorbei ermitteln. Alles, was er von nun an tat, würde sich letztlich gegen den Baron richten, wenn er sich so weit vor wagte, dass er ein für sich zufriedenstellendes Ergebnis erzielen konnte. Halbe Sachen waren sein Ding nicht, da machte ihm sein Gewissen einen Strich durch die Rechnung.

Peter griff nach seiner Pfeife und begann, sie langsam zu stopfen. Es war ein fast meditativer Ritus, er brachte Ordnung in seine Gedankengänge. „Wenn ich nicht nur meine Arbeit erledigen will, sondern auch tiefer greifen und das Übel bei der Wurzel packen, werde ich einige verdammt gute Beweise brauchen ..."

Er nahm den Wappenring zur Hand. Er würde ihm in mancherlei Hinsicht helfen. Nicht nur bei der Überführung eines der Mädchenmörder. Der Ring konnte ihm auch den Rücken freihalten, wenn eine ganz bestimmte Person querschoss. Manchmal waren ein bisschen Erpressung und ein guter Kontakt zu Tageszeitungen nicht schlecht. Er verstaute das Seidentaschentuch und den Ring in seinem Tresor. Die Zeit war noch nicht reif für diesen Schritt.

Mörderbrut

Paul verfluchte nicht zum ersten Mal die Reichsbahn. Ungeachtet ihrer allgegenwärtigen Werbung, das bequemste, schnellste und modernste Transportmittel im Reich zu sein, war Paul noch nie zu seiner vollsten Zufriedenheit befördert worden. Von Pünktlichkeit redete ohnehin niemand mehr. Nicht einmal auf den Renommierstrecken zwischen den großen Städten und Berlin war das möglich. Der einzige Trost für Paul war, dass nicht einmal die Sonderzüge des Kaisers frei von Verspätungen und anderen Unannehmlichkeiten blieben.

Diesmal war er gezwungen, einen Umweg über Hofheim zu fahren und dort umzusteigen, um nach Niedernhausen zu gelangen. Der Sturm der letzten Tage hatte einige Bäume über die Trasse geworfen, die über Erbenheim direkt nach Norden verlief und dabei die bäuerlich gebliebenen, noch nicht eingemeindeten Dörfer Igstadt und Naurod passierte. Da man sich bei der Bahngesellschaft in erster Linie um den Güterverkehr kümmerte, der am Rhein und Main entlanglief, ließ man sich mit der Reparatur Zeit. Der Personenverkehr zwischen Limburg und dem Groß-Stadtkreis galt als unwichtig, zumal man das Bistum gern von den sich stets weiter entwickelnden säkularen Machtbereichen ausschloss. So brauchte Paul Stunden, und das, obwohl der Ort keine zwanzig Kilometer entfernt war. Jede Droschke wäre schneller und bequemer gewesen, trotz der nicht besonders gut ausgebauten Straßen.

Erschwerend kam hinzu, dass man für die Fahrten in die ländlichen Gebiete die schlechtesten Zugmaschinen und Waggons einsetzte, bei denen sogar die erste Klasse ein Witz auf Rädern war. Er hatte wohlweislich eine Fahrkarte erster Klasse gebucht, um nicht gezwungen zu sein, zwischen Bauern mit ihrer Marktware und lebendigen Tieren fahren zu müssen, die vom Wochenmarkt zurückkehrten. Trotzdem war der Waggon in einem Zustand, den man bei Fernzügen nicht einmal als dritte Klasse bezeichnet hätte. Der einzige Vorteil des verfallenen Abteils war, dass er es für sich allein hatte.

Sein Rücken und Gesäß schmerzten von den harten Bänken, und er fühlte sich, als wäre er den Weg zu Fuß gegangen. Auf dem Bahnhof wandte er sich an den Schaffner, um nach seinem weiteren Weg zu fragen. Der Mann gab bereitwillig Auskunft, kannte sogar beide gesuchten Personen persönlich.

„Also den Buchhalder vonne Firma Henselmann finne Se ganz in de Näh, einfach durch de Bahnhof und no rechts. Da komme Se zu ner Bäggerei, Guckes wohnt im Dachgeschoss drüber. Den Doktor Peitner finne Se innere Fahrtmühle. Hat sich des aale Mühlehaus ausgebaut fürn Ruhestand. Innere Bäggerei könne Se no jemand frache, der Se rausfahren tut. Se könne aber ooch am Bach lang hinlaufe, is ned weit, halbe Stunde bei gutem Schritt, Wedder is ja ned so schlecht.“

Paul drückte dem Mann eine Münze in die Hand und machte sich auf. Peitner erwartete ihn erst in zwei Stunden. Wenn es bei dem Prokuristen nicht lange dauerte, würde er tatsächlich zur Mühle laufen, da er nach der höllischen Bahnfahrt das Bedürfnis nach Bewegung hatte. Vor allem war die Luft in Niedernhausen hervorragend, und er hatte das Gefühl, man könne in dieser ländlichen Gegend den Frühling tatsächlich riechen.

Pfauth wohnte in der Mansarde über der Bäckerei, aus der es verführerisch nach frischem Brot duftete. Er war ein verschrumpeltes Männlein, das Paul gerade mal bis an den untersten Rippenbogen reichte, ein Mann der Kontenbücher mit gebeugtem Rücken. Paul konnte sich gut vorstellen, wie er einst mit Ärmelschonern und Sonnenblende über den Augen Bleistifte gespitzt oder auf eine Rechenmaschine eingehackt hatte.

„Ah, der Herr aus Wiesbaden, habe die Ehre. Was kann ich für Sie tun? Die Firma Henselmann ist ja nun leider nicht mehr ...“, begrüßte Pfauth Paul leutselig und strengte sich an, seinen Buckel zu strecken, um sich nicht den Hals verdrehen zu müssen.

„Ja, leider, und ich gestehe, dass ich zu einer der Firmen gehörte, die mit schuld an ihrem Niedergang war, weil sie wegen der falschen Farben klagte. Aber aus dem Laden bin ich nun auch raus und helfe meinem Bruder, einem Privatdetektiv", antwortete Paul und ließ sich auf einen unbequemen Stuhl sinken, den ihm Pfauth anbot.

„Ach ja, vom Architekturbüro ‚Stadt und Raum' in Frankenfurt? Missliche Angelegenheit, und wir konnten nicht mal was dafür. Die Pigmente waren nicht in Ordnung. Später hieß es vom Hersteller, es sei zu dem vereinbarten Preis nicht mehr möglich, die hohe Qualität zu liefern. Entweder mehr zahlen oder schlechte Ware. Gesagt hat man uns das erst, als das Kind schon in den Brunnen gefallen war und wir verschiedene Klagen anhängig hatten. Das hat uns das Genick gebrochen. Privatdetektiv, soso ... was ermittelt Ihr Bruder so?" Pfauth setzte sich zu ihm und bot Tee aus einer Emailkanne auf seinem Kanonenofen an.

Paul lehnte dankend ab, denn er hatte schon entdeckt, dass in einer offenen Dose alle möglichen getrockneten Wiesenkräuter eine schlechte Schwarzteemischung streckten. Der Geruch des Gebräus war abschreckend, die Farbe noch viel mehr. Stattdessen fuhr er mit seinem Anliegen fort. „Mein Bruder versucht, den Weg einer Drucksache zu verfolgen, und ich bin der festen Überzeugung, dass sie mit Papier und Druckfarben aus Ihrer Firma erstellt wurde. Das Wasserzeichen des Papiers ist eindeutig, und die Farbe ist wie bei Ihren problematischen Tuschen nicht schwarz. Mich würde interessieren, wohin man die Restbestände des Papiers und der fehlerhaften Druckfarbe verkauft hat, als die Firma geschlossen wurde. Man hat doch sicher noch versucht, das Material bestmöglich zu veräußern?"

„Oh, natürlich, irgendwie mussten wir die Gläubiger ja auch befriedigen und die Anwälte bezahlen, die für einen Vergleich bei den Schadensersatzforderungen sorgen sollten. Es sind trotzdem horrende Schulden übrig geblieben. Da ist nichts mehr zu holen. Die Fabrikgebäude und Maschinen waren nicht mehr genug wert, um die Summe zu begleichen." Pfauth stemmte sich noch einmal von seinem klapprigen Stuhl hoch und holte ein dickes Geschäftsbuch aus einem Schrank in der Dachschräge unter einer Gaube. „Mein letztes Werk – nach der Buchprüfung durfte ich es mitnehmen. Auch Buchhalter können sentimental sein."

Er setzte sich wieder und strich verlegen über den Einband. „Mal sehen. Können Sie mir sagen, welche Art Papier das war?"

Paul zog das Flugblatt aus seiner Mappe und reichte es Pfauth. Der zog seine Brille aus seinen schütteren Haaren auf die Nase und drehte das Blatt hin und her. „Ein Blatt aus unserer Produktion, und mit der Farbe dürften Sie auch recht haben ..."

Er gab Paul das Blatt zurück und schlug das Buch auf. Sein Finger fuhr die eng beschriebenen Seiten entlang, bis er zu einem Blatt gelangte, das nur zur Hälfte gefüllt war. Der wenig erquickliche Abschluss eines langen, von Zahlen geprägten Lebens. „Da haben wir es doch. Alles, was wir noch an Papier und Farbe dieser Art hatten, ging an einen Herrn Kornelius Wallentin in Wiesbaden-Biebrich, Am Schlosspark 75. Er hatte ein Pferdefuhrwerk geschickt, die Ware wurde bar bezahlt. Den Namen habe ich nie gehört, und Biebrich ist auch nicht mehr das, was es einmal war. Vermutlich ein kleiner Drucker, der froh über die günstige Charge war."

Paul hatte mitgeschrieben und runzelte die Stirn. „Stimmt, Biebrich verkommt immer mehr. Was hat er denn für die Ware bezahlt? Es wundert mich, dass jemand aus dieser Gegend so viel Bargeld hat."

„Hundertfünfundsiebzig Goldmark. Das ist kein Pappenstiel, für die Menge allerdings ein echtes Schnäppchen. Sie haben auch Ersatzteile für Druckmaschinen mitgenommen. Hatten wohl den gleichen Typ, den wir auch in der Firma stehen hatten. Wirklich verwunderlich. Ich erinnere mich gut. Es waren vier Männer, kräftige Burschen, die mit dem Fuhrwerk kamen. Vier starke Zugpferde, vielleicht Brauereigäule. Einer der Männer war ein Bär von Gestalt, Haar und Bart schon ergraut. Netter, gemütlicher

Kerl, aber riesengroß, noch ein gutes Stück größer als Sie, junger Mann. Der hatte das Geld, aber er war nur der Überbringer. Er stellte sich vor als Johann Bartfelder!"

Paul seufzte. Er hatte das Gefühl, dass diese Informationen in eine Sackgasse führten. Dass die Namen ebenso falsch waren wie die Adresse der Druckerei. Trotzdem notierte er sich alles, in der Hoffnung, Peter könne mehr damit anfangen. Bevor Pfauth ihm noch einmal Tee anbieten konnte, erhob er sich und verabschiedete sich. „Vielen Dank, Sie haben mir sehr geholfen. Ich bin sicher, mein Bruder kann mit den Informationen etwas anfangen. Ich habe noch eine Verabredung mit Herrn Doktor Peitner und muss mich beeilen."

„Grüßen Sie mir den guten alten Peitner. Er soll sich mal wieder in der Wirtschaft sehen lassen", erwiderte der Alte ohne Groll wegen Pauls Eile.

„Ich werde es ausrichten. Danke!"

Paul beeilte sich, von Pfauth wegzukommen. In der Bäckerei kaufte er ein frisches Brot, das er während seines Spaziergangs zu dem Gutachter zu essen gedachte, und fragte nach dem Weg zur Fahrtmühle.

Die Bäckersfrau erklärte ihm leutselig, wie er am besten und mit sauberen Schuhen dort hingelangen konnte, und drückte ihm ein weiteres Brot für Peitner in die Hand. „Sonst kommt er fast täschlich vorbei, um sich Brot zu holen, er is gut zu Fuß. Hab ihn jetzt aber seit zwei Tachen ned mehr gesehen. Nicht, dass er vielleicht krank is."

Paul dachte an das Telefongespräch vom Vortag, als er um den Termin gebeten hatte. „Er ist vielleicht erkältet. Als ich gestern mit ihm telefonierte, war er kurz angebunden und klang heiser."

Als Paul sich aufmachte, brach die Wolkendecke auf und ließ ein paar Sonnenstrahlen durch. Er streckte dem Licht sein Gesicht entgegen und begann, seinen Ausflug zu genießen. Wenn er mit dem Gutachter mehr Erfolg hatte als bei dem Prokuristen, dann konnte er sich glücklich schätzen.

Der Weg führte parallel zu einem Bachlauf, der mit Erlen und Weiden zugewachsen war, durch frisch gepflügte Äcker und Felder, auf denen die hellen Blätter des Wintergetreides oder Ölsaaten grünten. Wehmütig dachte Paul an seine Arbeit zurück, mit der er sich eigentlich nur genug Geld hatte verdienen wollen, um sich eines schönen Tages wie dieser Gutachter auf dem Land zur Ruhe setzen zu können. Er hatte schon ordentlich gespart, aber es reichte noch nicht ganz. Abgesehen davon war er zu jung, um sich schon auf einen geruhsamen Lebensabend zu freuen, und die Arbeit fehlte ihm.

„Hamburg würde mich reizen, vielleicht auch noch weiter weg – in die Kolonien? Nein. Das ist nichts für mich, aber vielleicht nach Amerika? Eigentlich steht mir doch die Welt offen, und meinen Namen können sie bei den bestehenden Gebäuden nicht einfach ausmerzen, so wie sie es bei den Plänen vom Palasthotel getan haben. Eigentlich gönne ich es ihnen, dass es dort jetzt nicht weitergeht", redete er zwischen den Happen Brot vor sich hin und sah Vögeln nach, die durchs Gestrüpp huschten.

Dabei wunderte er sich über die Vielfalt und Farbenpracht der Tiere. In der Stadt gab es bestenfalls ein paar Sperlinge, verkrüppelte Tauben und Enten auf dem Kurparkweiher. Selbst der Turmfalke von der Marktkirche schien die Stadt inzwischen genauso aufgegeben zu haben wie das Tier, das es bei seinem Bruder unterm Dach ausgehalten hatte. Selbst die bisher zahlreichen Alexandersittiche, die einst aus einer Voliere geflohen waren und sich in den Bäumen des Biebricher Schlossparkes wohlzufühlen begannen, wurden immer weniger. Paul vermutete, dass es mit dem Absterben so vieler alter Bäume zu tun hatte, die den Sittichen und anderen Vögeln Bruthöhlen geboten hatten. Sogar die Bäume schienen aus der Stadt zu fliehen. Ihm war schon aufgefallen, dass die Platanen an den Ringstraßen, die besonders gehegt und gepflegt wurden, nicht nur wegen der Kargheit des Winters einen erbärmlichen Eindruck machten. In Niedernhausen hingegen schien die Natur noch in Ordnung zu sein, und Paul ergötzte sich an der üppigen Pracht, obwohl noch kein Laub die Bäume zierte.

Er erreichte die Mühle, als die Sonne sich anschickte, den Himmel wieder zu verlassen. Obwohl das Licht schon spärlicher wurde, brannte noch keine Lampe im Haus. Überhaupt sah das restaurierte Mühlenhaus aus, als sei niemand zu Hause. Langsam näherte sich Paul und entdeckte einen Hofhund an einer langen Leine. Das Tier lag reglos vor einem Schuppen. Um den Hund nicht zu überraschen, machte er sich mit einem lauten „Hallo" bemerkbar. Doch der Schäferhund regte sich immer noch nicht, hob nicht einmal den Kopf.

Unter dem Hals des Tieres war ein dunkler Fleck auf dem festgefahrenen Kies des Hofes, und Pauls Magen krampfte. Eine böse Ahnung stieg in ihm hoch, als er auf den Hund zutrat – vorsichtig, als befürchte er, das Tier schauspielere nur. Doch der Hund war tot, jemand hatte ihm den Schädel eingeschlagen.

„Mein Gott", entfuhr es Paul, und er rannte aufs Haus zu. Erst betätigte er die Türglocke, aber wie erwartet kam niemand, um ihm zu öffnen. Daher probierte er die Türklinke und stellte fest, dass die Haustür offen stand. Spuren brutalen Aushebelns umrahmten das Schloss. Paul unterdrückte das Bedürfnis, sich umzudrehen und davonzurennen.

Langsam betrat er den Flur. „Doktor Peitner?", rief er in die Düsternis. Keine Antwort. Im Haus war es totenstill. Eine Gaslampe glomm im nächsten Raum, und er beeilte sich, sie hochzudrehen. Der Raum neben der Lampe war die Küche, aber sie war leer. Die andere Tür war geschlossen. Er öffnete sie vorsichtig. Der große Raum dahinter war als Arbeitszimmer eingerichtet und hatte viele Fenster, durch die das Abendlicht fiel. Es reichte, um die Füße zu erkennen, die hinter dem massiven, wuchtigen Schreibtisch hervorlugten.

„Doktor Peitner?", hauchte Paul und trat um den Tisch herum. Der ältere, gutgekleidete Herr lag hinter dem Tisch auf dem Rücken und starrte mit leeren Augen an die Decke. Mitten auf der hohen Stirn prangte ein schwarzes Loch, der Kopf mit dem schlohweißen Haar lag in einer bereits geronnenen Blutlache.

Paul ließ das Brot für Peitner fallen und schlug die Hände vor den Mund. Dann rannte er auf den Hof und erbrach das Brot, das er auf dem Weg gegessen hatte. Als der Brechreiz nachließ und sein Gehirn wieder zu arbeiten begann, rasten seine Gedanken um das Gesehene. Dann erinnerte er sich an das Telefon im Flur und eilte zurück.

„Vermittlung? Hier ist der Anschluss von Doktor Peitner, bitte verbinden Sie mich sofort mit der Polizei ...", keuchte er und wurde von einem trockenen „Ist es wichtig?" unterbrochen.

„Verdammt, der Mann ist tot, erschossen!", brüllte er unter Tränen. „Die Polizei muss sofort kommen!"

Er wurde tatsächlich sofort verbunden und wiederholte, was er gefunden hatte. Der Mann am anderen Ende der Leitung brüllte Befehle und wies ihn an, an Ort und Stelle zu bleiben und zu warten.

Obwohl ihn alles drängte, nach draußen zu gehen und dort zu warten, zog es Paul zurück ins Arbeitszimmer. Er ließ seinen Blick über die Papiere und Aktenordner schweifen. Der aufgeschlagene Terminkalender erregte seine Aufmerksamkeit. Er enthielt keinen Hinweis auf eine Absprache für diesen Tag. „Das kann nicht sein ... habe ich wirklich mit Peitner gesprochen?"

Über diese Frage grübelte er, während er auf einer kleinen Bank vor dem Haus saß und wartete, dass die Polizei eintraf. Die Beamten erreichten den Hof mit einem zweispännigen Landauer. Es waren vier Uniformierte und ein Mann in Zivil mit Anzug und Melone. Paul sah auf, als der Wagen vor ihm hielt. Bevor die Polizisten irgendetwas sagen konnten, sprang der Mann in Zivil schon vom Wagen und legte Paul die Hand auf die Schulter.

„Ich bin Doktor Hannappel, ist mit Ihnen alles in Ordnung, junger Mann?"

Paul sah ihn mit blutunterlaufenen Augen an, während die Polizei an ihm vorbei ins Haus stürzte. „Abgesehen davon, dass ich das Gefühl habe, nie wieder etwas essen zu können, ja."

„Meinen Sie, Sie könnten mit hineinkommen? Oder soll man Sie hier vernehmen? Es wird doch ein bisschen kühl."

Paul folgte dem Arzt ergeben in das Arbeitszimmer, wo ein Polizist mit fragendem Blick gerade das Brot vom Boden aufhob. Er erklärte dem Beamten schnell, was es damit auf sich hatte, und sah dann verstohlen zu dem Arzt, der sich über den Toten beugte und ihn mit spitzen Fingern untersuchte.

„Genaues kann ich nicht sagen, ich bin kein geübter Leichenbeschauer, aber den Leichenflecken an Armen und Beinen nach ist er mindestens schon einen Tag tot", seufzte Hannappel und stemmte sich vom Boden hoch. „Auf jeden Fall hat er nicht gelitten, der Schuss ging aus nächster Nähe durch, er war sofort tot."

„Vielleicht kann ich etwas zum Todeszeitpunkt sagen", trat Paul die Flucht nach vorne an und sah demonstrativ auf den Tischkalender. Er wollte nur zurück nach Wiesbaden. Als alle ihn anstarrten, fuhr er fort: „Ich habe gestern um drei Uhr zehn nachmittags Doktor Peitner angerufen und um einen Termin gebeten. Der Sprecher war kurz angebunden, meldete sich nur mit ‚Hallo' und sagte, ich solle heute um fünf kommen. Er wollte nicht mal wissen, was ich wollte, obwohl wir uns nicht kennen. In dem Terminkalender steht aber nichts davon. Die Stimme klang sehr tief und heiser, irgendwie ... verstellt."

Der älteste Polizist zwirbelte nachdenklich seinen Schnurrbart und nickte. „Dann hatten Sie nicht Peitner am Telefon, sondern wahrscheinlich seinen Mörder. Vermerken Sie die Uhrzeit, Bauer. Peitner hatte eine hohe, quiekende Stimme, er hieß bei vielen unter der Hand nur Schweinchen. Was wollten Sie von ihm, Herr ...?"

„Langendorf, Paul Langendorf. Ich bin Architekt und wollte ihn etwas zu einem Gutachten fragen, das er vor vier Jahren erstellt hat. Da er im Ruhestand ist, wollte ich ihn persönlich aufsuchen. Zumal man diese Dinge schlecht am Telefon klären kann, weil das Studium von Plänen dafür unumgänglich ist."

„Das hilft wohl nicht weiter bei der Suche nach einer Begründung für den Tod des Mannes. Seltsam", entgegnete der Polizist seufzend.

Paul unterdrückte das Bedürfnis, ihm zu sagen, wie sicher er war, dass genau dieses Gutachten möglicherweise der Grund für den Mord an Peitner war. Aber es musste aus ihm heraus, und dieser Polizist schien ihm um Welten intelligenter zu sein, als es Polizisten gemeinhin waren, zumal in ländlichen Gebieten. Umso überraschter war Paul, als der Arzt ihn unterbrach, als er den Mund aufmachen wollte, um etwas zu entgegnen.

„Hier gibt es für uns nicht viel zu tun. Sie sollten die Kriminalpolizei aus Wiesbaden herbeordern, Wachtmeister … ähm, wir kennen uns auch noch nicht?", sagte der Arzt mit strenger Stimme und warf Paul einen warnenden Blick zu.

„Obermann, Doktor Hannappel. Ich war gerade bei den Kollegen aus Niedernhausen. Bin eigentlich aus Limburg und habe meine Hilfe angeboten", erwiderte der Mann. Er war sichtlich ungehalten über die Unterbrechung durch Hannappel und wagte nicht, noch einmal bei Paul nachzufragen.

„Dann kann der Tote schon mal ins Leichenschauhaus. Immer noch Idstein? Oder funktioniert die Kühlkammer des Niedernhausener Friedhofes wieder? Die Todesursache ist eindeutig, die Kugel können Sie dort aus dem Schrank puhlen, Hemberger. Dann sollte man das Haus verschließen und auf die Wiesbadener warten. Die können vielleicht aus den Unterlagen herausfinden, woher der Wind weht." Hannappel warf einen Blick auf die Unterlagen auf dem verwüsteten Schreibtisch. „Wenn da noch etwas von Belang dabei ist. Sieht aus, als hätte hier schon jemand etwas gesucht. Herr Langendorf, können Sie uns sagen, was? Als Architekt haben Sie bei diesen Plänen vielleicht einen besseren Durchblick."

Paul war Hannappel dankbar für die Möglichkeit, einen Blick in die Papiere zu werfen. Ohne auf den Toten zu achten, trat er an den Tisch und sah sich die Unterlagen an, blätterte sie vorsichtig durch, ohne etwas zu verändern. Seine Stirn warf tiefe Falten, als er sah, woran der Mann trotz Ruhestand offensichtlich intensiv gearbeitet hatte. „Kelsterbach – und erst vom letzten Jahr? Er war also doch noch nicht richtig im Ruhestand?"

Hannappel zuckte die Achseln. „Ach, Sie kennen das doch sicher. Wer kann schon nach einem langen Arbeitsleben einfach aufhören? Ich könnte es nicht. Ich bin Arzt aus Leidenschaft, und er war eben spezialisierter Gutachter. Da findet man vermutlich auch nicht so schnell Ersatz."

„Stimmt. Das hier ist in der Tat sehr speziell. Geologische Gutachten für geplante Baumaßnahmen, und die dürften den Kelsterbachern nicht gefallen haben. Da soll ein weiterer Chemiestandort bei ihnen an den Main kommen, dazu Rohrleitungen zum Luftschiffhafen. Das ist nicht ungefährlich, da der Boden dort nicht sonderlich tragfähig ist. Peitner war nach diesen Berechnungen auch nicht begeistert von diesen Plänen. Sie besagen, dass es erhebliche Gefahren für die Umgebung bedeutet, besonders für die Kelsterbacher. Ich glaube, die haben bitter bereut, dass sie eingemeindet wurden", erklärte Paul. Wieder notierte er sich nachzuforschen, wer was angestellt hatte, um die Kelsterbacher in den Groß-Stadtkreis einzugliedern. Wer hinter diesem neuen Chemiestandort stand, war jedenfalls eindeutig: Wallenfels.

„Dann gibt es zumindest einen Verdächtigen, dem der Tod des armen Peitner gelegen kommt! Den, der das Chemiewerk haben will, wer immer es ist", seufzte der Arzt, „meinen Sie nicht auch?"

Paul lächelte. „Haben Sie eine Ahnung, wer das sein könnte? Ich schon. Der Luftschiffhafen gehört Baron von Wallenfels. Wenn eine Hochdruck-Rohrleitung von diesem Chemiestandort zum Luftschiffhafen hinführen soll, dann kann das eigentlich nur bedeuten, dass eine der vielen Firmen dahintersteht, die ihm ganz oder teilweise gehören."

An der plötzlichen Blässe des Arztes und der Polizisten konnte er ablesen, dass den Männern die Konsequenzen sehr wohl klar waren. Nur Obermann schien unbeeindruckt. Im Gegenteil. Seine Augen gaben Paul einen Eindruck davon, was hinter der Fassade des Beamten brodelte. „Du bist kein Polizist, mein Freund. Das wette ich", dachte Paul.

„Nun … ich rufe die Kriminaler an!" Hemberger zog sich in den Flur zurück und ließ sich mit Wiesbaden verbinden.

Ein anderer Polizist lief zur Kutsche und kehrte mit einem Bündel Laken zurück, in die er den Leichnam einwickelte. Obermann verhielt sich passiv und sah nur mit finsterer Miene zu Paul, der sich nicht von den Plänen losreißen konnte, die Blicke aber deutlich spürte. In der Befürchtung, nie wieder eine Hand an die Pläne legen zu können, versuchte er, sich auf die Schnelle so viele Einzelheiten einzuprägen wie möglich.

Der Tote wurde aus dem Haus getragen, und Wachtmeister Hemberger drängte darauf, dass sie alle herauskamen, damit er es verschließen und versiegeln konnte. Ein paar Neugierige hatten sich eingefunden, und die Polizisten hielten sie zurück. Paul vermutete, dass sie von den umliegenden Höfen stammten und den Landauer gesehen hatten. Die Dorfpolizisten fragten einen nach den anderen, ob sie etwas Ungewöhnliches bemerkt hatten. Sie machten ihre Sache erstaunlich gut und professionell. Wahrscheinlich wollten sie sich bei ihrem ersten richtigen Kriminalfall in ihrem Zuständigkeitsbereich keine Blöße geben und sich blamieren.

Hemberger trat auf ihn zu und fragte nach Namen und Adresse. Paul nannte ihm beides. Dabei nahm er aus dem Augenwinkel wahr, dass Obermann etwas abseits stand und sich mit einem verschlagen aussehenden Burschen in der Nähe der Schaulustigen unterhielt. Auch sah er sich immer wieder misstrauisch zu Paul und Hannappel um. Paul prägte sich beider Gesichter genau ein, denn er hatte den Verdacht, dass von beiden noch Gefahr drohte. Vermutlich war der Name des Wachtmeisters so falsch wie sein ganzes Auftreten.

„Die Kutsche ist jetzt ziemlich voll, aber ich habe eine Lampe. Gehen wir zu Fuß nach Niedernhausen zurück, Herr Langendorf?“, fragte Hannappel.

„Gern.“ Paul wartete aber, bis auch der seiner Ansicht nach falsche Polizist in die Kutsche eingestiegen war, bevor er sich auf den Weg machte. Der Mann hatte ihm Angst gemacht, und er war sich sicher, dass er keinerlei Skrupel haben würde, lästige Mitwisser auszuschalten. Dass Hannappel bei Paul war, hätte ihn sicher nicht abgehalten, aber seine Tarnung durfte nicht fallen. Abgesehen davon waren die beiden Männer nicht alleine unterwegs. Ein paar neugierige Dörfler bewegten sich auf demselben Weg zurück, da es nichts Aufregendes mehr zu sehen gab.

„Sie misstrauen Obermann auch?“, fragte Paul, als sie außer Sicht und Hörweite waren.

Der Arzt lachte auf. „Ich habe den Kerl noch nie gesehen. Vielleicht ist er wirklich Polizist, aber er war nach Ihrem Anruf einfach zu schnell bereit, die Polizisten zu begleiten. Ich war gerade auf der Wache, daher war ich auch gleich dabei. Musste eine Schlägerei melden, bei der ich Verletzte versorgt hatte. Nein, Obermann gefällt mir nicht. Ich werde mal ganz unverdächtig in Limburg anrufen und um ein Gespräch mit Wachtmeister Obermann bitten. Sie wollten gerade was sagen?“

„Ich habe Ihr Ablenkungsmanöver bemerkt, und es war gut so, denn ich wollte tatsächlich gerade sagen, dass der Mord möglicherweise doch mit dem von mir genannten Gutachten zu tun hat. Inzwischen bin ich aber überzeugt, dass es mehr mit dem Kelsterbacher Gutachten zu tun hat. Dass Peitner deshalb sterben musste. Er wusste einfach zu viel.“

„Was war das für ein Gutachten, dessentwegen Sie kamen?“

Paul erklärte unter Auslassung einiger Einzelheiten, die sich auf Peters Fälle bezogen, was er nach dem Einsturz des Gebäudes herausgefunden hatte und dass er Peitner nach dem Grund für die Erstellung des Gutachtens fragen wollte.

Er hatte gerade geendet, als hinter ihnen ein lauter Knall durch das Tal hallte. Erschrocken fuhren die beiden herum und sahen mit Entsetzen die Feuersäule, die sich über den Bäumen um die Mühle herum erhob.

„Mein Gott!“, riefen beide gleichzeitig.

In Niedernhausen ging die Sirene der Feuerwehr los, und die beiden Männer starrten auf das Flammeninferno. „Das haben wir Obermann zu verdanken!“, knurrte Paul. „Ich habe gesehen, wie er mit einem seltsamen Mann sprach. Ich glaube nicht, dass er ihn verhört hat.“

„Das habe ich auch gesehen. Kannte den Mann nicht. Einer der Holzfäller vielleicht aus dem Staatsforst.“ Auch Hannappels

Gesicht hatte sich wütend verzogen. „Das war's wohl. Die einzigen Beweismittel sind vernichtet. Diese Leute haben keinerlei Skrupel."

Paul nickte, und Tränen der Trauer und des Zorns liefen ihm über die Wangen. Zorn, der seinen Tatendrang anstachelte, diesem Treiben ein Ende zu setzen. „Das muss ein Ende haben …"

Hannappel sah ihn besorgt an. „Lassen Sie die Finger davon. Ihr Engagement in Ehren, aber Sie bringen sich damit in höchste Gefahr. Ist es das wert?"

Paul sah Hannappel entsetzt an. „Ich habe nicht viel zu verlieren, denn die Urheber dieses Verbrechens haben mir schon alles genommen, und ich bin nicht allein. Nur kämpfen die anderen bisher auf verlorenem Posten, weil sie nicht in die Gesellschaft eindringen konnten, die dafür verantwortlich ist. Ich weiß, dass mein Leben seit heute kaum mehr einen Pfifferling wert ist. Obermann wird seinen Auftraggebern Bericht erstatten, und ihm muss klar sein, dass ich aus den Unterlagen herausgelesen habe, woher der Wind weht. Jetzt habe ich zwar nichts mehr in der Hand, weil die Unterlagen vernichtet sind, aber ich habe ein paar weitere lose Fäden verknüpft, wenn auch noch ohne Beweis. Ich hoffe, mir bleibt genügend Zeit, diese zu bekommen."

Hannappel sah ihn zweifelnd an, aber der Kampfgeist, der in Paul erwacht war, ließ ihm keine Ruhe, so dass es ihm leicht fiel, die Zweifel zu ignorieren, die auch ihm Angst machen wollten. „Ich hoffe, es geht heute noch ein Zug nach Wiesbaden?"

Die Sekte

Diesmal konnte Peter nicht einfach über die Brücke von der Sektkellerei nach Biebrich wandern. Er musste davon ausgehen, dass man ihn vom Parkfeld aus kommend erwartete, weil er diese Gegend als seinen Wohnort angegeben hatte. Wenn er aus der Innenstadt kam, würde man vielleicht Verdacht gegen ihn schöpfen. Da das Parkfeld mittlerweile mit Landflüchtigen aus dem Rheingau ähnlich überfüllt war wie alle anderen Örtlichkeiten am Fluss und kaum eine der unbefestigten Gassen einen Namen besaß, konnte man ihn dort auch nicht ausfindig machen. Seine falschen Papiere enthielten deshalb als Wohnsitz nur lapidar „Parkfeld". Der Plan der Stadtverwaltung, auf der dem alten Ortskern Biebrichs abgewandten Seite des Schlossparks eine etwas gediegenere Wohnsiedlung zu schaffen, war mit dem Niedergang der Industrie gestorben. Dennoch war der Bereich inzwischen vollständig bebaut. Es waren ärmlichste Hütten und Häuser aus wenig vertrauenserweckendem Fachwerk, Holz und Ziegelwänden, die sich hin und wieder selbst verschluckten – mit ihren Bewohnern. Vermisst wurde keiner, denn niemand kannte diese Menschen. Sie waren namenlos, Puppen mit kleinen Fehlern, die man aussortiert hatte. Wenn die Ratten mit den Opfern fertig waren, waren sie bereits vergessen, als wären sie nie existent gewesen. Dann rückte die nächste Familie an und baute sich aus dem übrig gebliebenen Material eine neue Behausung. Es war ein ewiger Kreislauf.

Fast schon ein Perpetuum mobile.

Oder ein böser Flaschengeist, einmal aus seinem Gefängnis entlassen und nicht mehr zu kontrollieren.

Peter strich eine Weile über die matschigen Wege an der Parkmauer und machte einen weiten Bogen um die Zugangstore, weil sich dort immer Polizisten aufhielten. Hinter den Torgittern zwar, aber es gab dort auch gute Beleuchtung, um jeden, der sich dem Park näherte, auch in der Nacht sofort erkennen zu können. Die starken Gaslichtbrenner brannten bereits, obwohl das Tageslicht noch nicht erloschen war. Wenn die Wachposten zu viel Betrieb innerhalb des Lichtkegels bemerkten, wurden sie nervös und schossen auch schon mal grundlos.

Es war nur eine Frage der Zeit und der weiteren Entwicklung Biebrichs, wann man wie die Reduit auch das Biebricher Schloss aufgeben und verfallen lassen würde. Noch war es Sitz der Ortsverwaltung, mit einer kleinen örtlichen Polizeibehörde und einem Gefängnis. Es befand sich nach wie vor im Besitz der Großherzöge von Luxemburg, der letzten Vertreter der nassauischen Fürsten, aber sie bewohnten es schon lange nicht mehr und hatten es an die Stadt verpachtet. Der einst so prächtige Schlosspark mit der Ruine der Moosburg war verwildert, da es niemand für nötig hielt, Pflegeaufwand für ein unbenutztes Areal zu betreiben, das seiner Repräsentationszwecke beraubt war. Peter vermutete, dass es in diesem Park als letzte Grünfläche inmitten eines Molochs aus Elend und Industrie noch so etwas wie wilde Tiere gab, die sich dort vom Menschen ungestört entwickeln konnten.

Auf den befestigten Straßen herrschte trotz der späten Stunde reges Leben. Das Wetter ließ es zu, dass man noch bis zum Einbruch der Dämmerung arbeiten konnte, und das wurde ausgenutzt. Männer, Frauen und Kinder mit Schaufeln schippten rund um den Park den Schmutz von den Straßen, den der Regen der letzten Tage aus der Luft gewaschen hatte, auf schwere Pferdefuhrwerke, um sie auf die Müllkippe zu bringen oder vielleicht auch in irgendein Chemiewerk – der Dreck der ungebremsten Industrialisierung.

Es gab Firmen, die diesen Schlamm kauften, um aus ihm die letzten Reste an Wertstoffen herauszufiltern. Die Rohstoffkrise hatte so doch noch etwas Gutes, auch wenn die Gerüchte nicht verstummen wollten, dass das Filtern von Rohstoffen aus Dreck nur noch schlimmere Gifte freisetzte. Doch darüber dachten diese Menschen nicht nach. Sie bekamen für die schwere Arbeit ein paar Groschen, die ihnen halfen, die nächsten Tage zu überleben, und machten die Straßen wieder durchgängig, was auch bewirkte, dass das Wasser des nächsten Regens nicht ihre Keller flutete. Dieser Überlebenswille verblüffte Peter immer wieder. Diese Menschen hatten nur die vage Hoffnung, dass es vielleicht eines Tages bessere Zeiten geben könnte.

Peter verdrängte den Gedanken sofort wieder, da er sicher war, dass es in absehbarer Zeit für diese Menschen kein besseres Leben geben würde. Nicht, solange Menschen wie Wallenfels die Regierung an Marionettenfäden zappeln lassen konnten. Doch eine Revolution war ein zweifelhafter Weg, und die Chancen auf einen Erfolg schätzte Peter als denkbar gering ein. Es würde nur eine Masse Toter geben und das einfache Volk das Schlachtvieh der Oberen bleiben. Brennstoff für industriell angeheizte Machtinteressen einiger weniger Geldpotentaten.

Abgesehen davon gab es niemanden, der diese Menschen hätte anführen können. Mit der Abschaffung der Reichssozialgesetze, bevor sie ihre Wirkung richtig hatten entfalten können, war auch die Zuchthausvorlage im Parlament durchgewinkt worden, ein Gesetz, das vorher an den Sozialdemokraten gescheitert war. Seitdem konnte jeder, der auch nur den Anschein erweckte, so etwas wie revolutionäres Gedankengut zu verbreiten, sofort und auf Nimmerwiedersehen im Zuchthaus verschwinden.

„Ich hoffe, dass das auch die Anführer von Lebenslicht wissen und die Menschen nicht vom Regen in die Traufe führen. Hier muss etwas geschehen, aber ich will verdammt sein, wenn ich sagen könnte, was“, dachte Peter, „und, noch wichtiger, wie!“

Er erreichte die Frankenfurter Straße und sah sich um. Überrascht stellte er fest, dass man den toten Kutscher an Ort und Stelle seines Ablebens bestattet hatte. Ein Erdhügel war am Rand der Eisenbahnböschung aufgeschüttet und mit alten Pflastersteinen abgedeckt worden, damit Hunde ihn nicht ausgruben. Jemand hatte aus zwei Holzlatten ein grobes Kreuz zusammengezimmert und den Hut des Kutschers darübergehängt. „Mir scheint, man will sich hier wirklich noch ein bisschen von dem Pack in Kostheim und Kastel abgrenzen und bewahrt ein klein wenig Anstand. Möge den Leuten das auch noch in Zukunft gelingen", murmelte er und faltete die Hände zu einem kurzen Gebet für den Mann, der nicht nur Pferd und Wagen, sondern auch sein Leben für den Fuchs hatte lassen müssen.

Eine Kirchturmuhr schlug achtmal, und das letzte Tageslicht verschwand mit dem letzten Ton der Glocke. Peter beeilte sich so unauffällig wie nur irgendwie möglich, zum Treffpunkt zu gelangen. Er blieb im Schatten und beobachtete aufmerksam alles, was sich bewegte. Am Haus angelangt, blieb er unschlüssig stehen und sah an der Fassade des Hauses hoch. Umso mehr erschrak er, als ihm jemand schwer die Hand auf die Schulter fallen ließ. Mit Mühe und Not konnte er einen Aufschrei unterdrücken, als er in den Hof gezogen wurde. Dann erkannte er den Riesen, der ihn eingeladen hatte, und atmete erleichtert aus.

„Hallo Andreas, pünktlich wie de Maurer, des gefällt mer. Komm nach hinne, mir sammele uns gerad."

Peter folgte ihm in den Hinterhof und hob die Hand zum Gruß, als er das gute Dutzend Männer sah, das dort wartete. Er entdeckte Fritz Sanker, der ihm verlegen zulächelte und mit zwei Fingern an den Schirm seiner Mütze tippte. Die anderen wussten offensichtlich schon von seinem Abenteuer mit dem Fuchs und was Peter für Sanker getan hatte, denn er las nur Wohlwollen in den Mienen der Männer.

„Haste Papiere bei?", fragte der Riese und hielt ihm die Hand entgegen.

Peter wühlte in seinen Manteltaschen und förderte den abgegriffenen Ausweis zutage, den der Mann kurz ins Licht hielt und ihm dann zurückgab.

„In Ordnung. Kann sein, dass de den nachher noch ma brauchst. Aber erste ma geh mer inne Kersch Sankt Marien und stärken uns. Mer wardde nur noch auf zwei andere. Vorstelle könne mer uns do."

Bald tauchten zwei weitere Männer auf. Die Gruppe machte sich auf den Weg, schweigend und verstohlen, und nicht auf den Wegen, auf denen sie gekommen waren. Sanker zog Peter mit sich durch einen Hinterhof und lugte um die Hausecke, bevor er auf die Straße trat. Von den anderen war nichts zu sehen. Peter lächelte. Die Leute waren extrem vorsichtig und sehr geschickt. Der Fuchs war nicht so verstohlen, in seinem Revier musste er das auch nicht. Jedenfalls nicht, bis ihm in der Verbreitung von Furcht und Gewalt jemand den Rang ablief. Früher oder später würde ein anderer ihn töten und seinen Platz einnehmen. In diesem Revier hatte er eine erste Schlappe einstecken müssen, die sicher ein paar Nachfolger auf den Plan rief, sobald die Kunde davon bis in den letzten Winkel der Kostheimer Gosse gedrungen war, und das würde sie, selbst wenn die Begleiter des Fuchses dichthielten. In der nächsten Zeit musste der Fuchs hart daran arbeiten, den verlorenen Boden wieder gutzumachen. Peter fragte sich, ob er Rachegelüste hatte und eines Tages mit seinen Leuten in Biebrich einfallen würde. Aber das Geschick der Männer in seiner Begleitung ließ ihn hoffen, dass der Fuchs sein persönliches Waterloo erleben würde, sollte er das versuchen. Die Biebricher würden ihm einen heißen Empfang bereiten.

Sie erreichten die katholische Pfarrei Sankt Marien, und ein abgezehrter, jüngerer Mann in Priestersoutane öffnete die Hintertür. Schweigend betraten sie das Pfarrhaus und versammelten sich in einem großen Saal. Massive Holztische standen hier und waren schon zur Hälfte besetzt. Jeder bekam eine Suppenschüssel und durfte sich aus einem Kessel bedienen, der verführerisch roch. Die Männer holten sich ihre Mahlzeit, setzten sich dann an den Tisch und warteten. Keiner begann einfach zu essen, auch wenn so mancher Magen lautstark knurrte. Der Riese aus der Frankenfurter Straße war der Letzte, der eintrat, und als er sich setzte, trat der Pfarrer an den Kopf der Tafel.

Die Männer – es waren Kinder darunter, die man beim besten Willen noch nicht als Männer bezeichnen konnte – falteten ihre Hände und senkten die Köpfe, während der Pfarrer ein mildes Tischgebet sprach. Als er das Essen freigab, begannen auch Gespräche, es wurde aber nicht laut.

„Was is mit euern Frauen? Dürfe die ned auch mal was esse? Sind doch ooch Kinner hier!“, fragte Peter den neben ihm sitzenden Sanker.

„Die sin woanders. Keene Bange, de Dame müsse ned hungern, während mir uns hier de Wanst vollschlache. Die stoße nachher zu uns“, antwortete Sanker. „Biste verheiratet?“

„Nein, wüsst ooch gar ned, wie ich ne Familie ernähren sollt, also lass ichs. Eh ich zuschaue muss, wie meine Kinner Hungers krepiere, verzichte ich lieber auf Frau und Blachen“, gab Peter zurück. „Was is mit dir?“

„Ooch ned mehr. Meine Gattin is beim Kinnerkriesche verreckt. Mitten Wurm, den se rausgedrückt hat. Konnte den Arzt nicht bezahle.“

Ein normales Schicksal in den Armenvierteln entlang der Flüsse. Peter seufzte. Er war froh, dass er sich angesichts dieses Elends abzuschotten in der Lage war, und fragte sich, wie Paul darauf reagieren würde. Er hatte schon bei der Ahnung des Dramas in dem Haus in Eltville die Kontrolle verloren, das Elend in diesen Vierteln würde ihn umbringen. Peter fragte sich, ob das seine mangelnde männliche Härte war. Die Antwort war ein klares Nein, das wurde ihm sofort klar, denn auch ihm lastete es auf der Seele. Wenn er es zuließ, dass sein Panzer Lücken bekam, dann erging es ihm nicht anders als Paul. Er hatte sich während seiner Ausbildung bei der Polizei eine besondere Einstellung angeeignet: Er konnte nicht für die Menschen da sein, wenn er mit ihnen litt, sondern nur, wenn er für sie arbeitete.

Nachdem er die Erbsensuppe verspeist hatte, sah er sich um. Alle Anwesenden waren einfache Arbeiter, deren Alter schwer zu schätzen war, weil sie in ihrem Umfeld schneller alterten. Ihm gegenüber saßen zwei Männer, deren Gesichter so zerfurcht waren, dass sie wie Mumien wirkten und man sie auf ein Alter schätzen konnte, in dem sie eigentlich schon erwachsene Kinder hätten haben müssen. Der eine war möglicherweise schon über sechzig, sein Haar war schlohweiß. Der andere mit dem dunklen Haar ohne eine Spur Grau hingegen war möglicherweise nicht älter als Peter, der gerade mal vierunddreißig Jahre zählte. Gegen diese Männer wirkte er trotzdem wie ein Jugendlicher, und er beschloss, sich entsprechend zu benehmen. In seinen Papieren war sein Alter ohnehin falsch. Andreas Weinreich war fast zehn Jahre jünger als der Träger seiner Papiere. Das entsprach aber eher der Wirklichkeit im Parkfeld, deshalb hatte er um diese amtliche Verjüngung gebeten, auch wenn der zuständige Beamte geglaubt haben musste, er habe den Verstand verloren.

Peter fragte sich, wer die Anführer der Gruppe waren und ob sie überhaupt auch hier aßen. Er ging davon aus, dass sie am nächsten Treffpunkt warteten und hier nur ein paar Leute hatten, auf die sie sich verlassen konnten. Den Riesen zum Beispiel. Der saß mit drei anderen etwas abseits und schien den weiteren Weg abzusprechen, denn sein Finger fuhr immer wieder imaginäre Stadtpläne auf der Tischplatte ab.

„Mir halte uns nachher an Johann, des ist der Große, der dich eingeladen hat“, erklärte Sanker ungefragt. „Die Weche, die wir zum Treffpunkt nehmen, sin verworren und wern als geändert, damit sich ooch en Polizeispitzel nix merge kann. Hams noch nicht versucht.“

„Is Johann der Boss?“, fragte Peter neugierig.

Sanker grinste mit seinem schadhaften Gebiss. „Nee, nur so was wie de rechte Hand, oder besser aane der rechten Hände. Der Boss ist en anderer. Do is so n olle Pfaff, der Vorgänger von dem hier. Is n bisschen ausgetickt, aber recht hatter. Aber da is seit ner Weile einer, der die Lage vonner anderen Seite kennt und weiß, was die da oben für Mist baue, und mir müsse drunter leide. Kaa Ahnung, ob der heut wieder bei is. Lässt sein Gesicht nicht sehen, ist vielleicht ooch besser so. Wennde hohe Herrschaften wüsste, was der so treibe tut, dann wär Schicht im Schacht.“

„Warum, iss er aner von de hohe Herrschaften?", fragte Peter.

„Kaa Ahnung, kenn den nicht. Nennt sich Kornelius Walentin, mehr wees ich a nicht. Ganz jung Kerlchen."

Die vier Männer am Ende des Tisches standen auf, und die anderen beeilten sich, ihnen zu folgen. Peter schloss sich mit Sanker der Gruppe um den Riesen an und wartete auf Anweisungen. Der Mann ging voran, aber nur bis auf den kleinen Platz an der Kirche, wo sie im Schutz einer Bank einen Kanalschacht öffneten und in der Tiefe verschwanden. Peter sah Johann zweifelnd an, der nur lächelte. „Halb so wild, nur ein kurzes Stück da durch. Stinkt nur bissi."

Peter seufzte und folgte Sanker in den Untergrund. Im Gänsemarsch liefen sie auf einem schmalen Bord an der überraschend sauberen Abwasserrinne entlang. Sie konnten in dem Schacht aufrecht gehen, außer Johann, der hinter Peter ging und seinen Kopf einziehen musste. Er gab leise Anweisungen, wohin man zu gehen hatte, die weit durch den Tunnel hallten. Vereinzelt tauchten Ratten aus den Zuläufen auf, zogen sich aber angesichts der Menschen sofort zurück. Peter beobachtete die Tiere, die sich im Licht der Karbidlampen zeigten, die die Männer mit sich führten. Sie erschienen ihm normal, und er atmete innerlich auf. Die Ratten, die Paul beschrieben hatte, waren also noch nicht bis in diese Gegend vorgedrungen.

Johann wies den Mann an der Spitze an, in einen schmaleren Schacht abzubiegen und am Ende aufzusteigen. Alle Männer folgten, und Peter fragte sich, wie Johann in den engen Schacht passen sollte. Aber er hatte die Geschicklichkeit des Riesen unterschätzt, der sich wie ein Aal hindurchwand. Der Schacht endete in einem Schuppen in einem Hinterhof, und Johann verwies die Gruppe weiter in ein kleines Ziegelgebäude, durch das sie in eine Werkstatt gelangten. Vor ihnen war bereits eine andere Gruppe eingetroffen, die sich anschickte, in den Keller der Werkstatt abzutauchen.

In der Werkstatt waren Lattenkisten gestapelt, die den Zugang zum Keller und eine Werkbank, auf der alle möglichen Maschinen zur Metallbearbeitung standen, verbargen. Peter prägte sich die Örtlichkeiten genau ein. Sie waren von der Kirche aus erst nach Westen und dann nach Norden gegangen. Er traute sich zu, oberirdisch den Weg zu dieser Werkstatt zu finden. Doch Peter war sicher, dass das sinnlos war. Die Vorsicht seiner Begleiter legte nahe, dass sie sich nie an den gleichen Orten trafen. Abgesehen davon hatte er keine Ambitionen, den Treffpunkt der Sekte zu verraten. Diese Leute hatten noch keinerlei Schuld auf sich geladen. Es gab keinen Grund, sie der Gefahr auszusetzen, die auf sie zukommen würde, wenn er Verrat übte.

Die Worte der Baronesse kamen ihm in den Sinn. Das hatte sie wohl gemeint, als sie Peter bat zu verhindern, dass Unschuldige sterben mussten. Wenn er den Treffpunkt verriet, würde Wallenfels einen Trupp seiner Leute zum Aufräumen hinschicken, die unterschiedslos alles niedermetzelten, was sich bewegte. Peters Gesicht verfinsterte sich, als er sich diese Konsequenzen vorstellte, und er nahm sich vor, keinen Fehler zu machen, der Unschuldige das Leben kosten konnte. Die Leute hatten schon genug zu leiden. Verglichen mit ihrem war sein eigenes Leben nahezu luxuriös.

Im Keller herrschte bereits Gedränge, auch Frauen waren schon eingetroffen, aber von irgendwelchen Anführern war noch nichts zu sehen. Mit den Frauen kamen noch mehr Kinder, sogar Säuglinge wurden mitgeschleppt. Die Anwesenden waren ein repräsentativer Querschnitt durch die Bevölkerung des Stadtteiles.

Eine niedrige Tür im Hintergrund öffnete sich, und alle Anwesenden verstummten, als drei Gestalten eintraten. Die erste musste sich nicht wie die anderen beiden unter der Tür hindurch ducken, sondern kam aufrecht in den Kellerraum. Es war der Priester, der trotz seiner Exkommunikation noch immer eine Soutane trug, ein dürres Männlein mit feuerrotem Gesicht, das von entrückter Erleuchtung erfüllt schien. Er stellte sich vor die Menschen, die ihn anstarrten wie eine göttliche Erscheinung, und breitete die Arme aus, als wolle er sie segnen. Die beiden anderen hielten sich im Hintergrund. Peter starrte den Priester an und grinste in sich hinein. Das war also der Gründer von Lebenslicht, er lebte noch, und seine Gemeinde liebte ihn nach wie vor. Verständlich, denn anders als der Kommunist, der große Reden geschwungen hatte, ohne ihnen Taten folgen zu lassen, wirkte dieser Mann wie ein asketischer Heiliger, der seiner Predigt von Armut auch selbst als leuchtendes Vorbild vorauseilte.

„Liebe Freunde, wir haben euch für heute einberufen, weil wir euch etwas mitteilen müssen, das euch alle betrifft und das möglicherweise entscheidend für unser aller Überleben ist", begann der Geistliche salbungsvoll, als stünde er auf einer Kanzel, und im Raum war es mucksmäuschenstill. Nicht einmal ein Säugling jammerte. Der Pfarrer hatte eine fast hypnotische Ausstrahlung, so dass die Pause, die er nun einlegte, eine nur mühsam unterdrückte Spannung bei den Menschen erzeugte. Seine Stimme war nicht, wie man angesichts seiner Statur vermuten konnte, hell und kreischend, sondern volltönend und tief. Peter konnte sich gut vorstellen, wie dieser Mann auf einer Kanzel gewirkt haben mochte und warum ihn das Bistum exkommuniziert hatte. Der Mann schien von einer Klarheit des Alters beseelt, nicht von Wahnsinn. Weisheit klang aus seinen Worten. Er war jemand, der zur Revolution aufrufen konnte, und alle würden ihm folgen. Er hatte die Dinge einst beim Namen genannt. Er war nicht irre, nur mitfühlend und mitreißend. Aber die Diagnose Wahnsinn war für seine Herren die beste und einfachste Erklärung, um ihn aus seiner Pfarrei zu entfernen, ohne dass es einen Aufschrei gab. „Doch ich werde heute schweigen und anderen das Wort lassen. Was meine beiden nachfolgenden Redner zu sagen haben, bedarf keines Priesters, um es in fassbare und eingehende Worte zu fassen. Tritt vor, mein Sohn."

Der größere und kräftigere der beiden Männer, die dem Priester gefolgt waren, trat ins Licht. Er hatte einen Kasten bei sich, den er auf einem Tisch abstellte. Ein Tuch verdeckte den Inhalt, aber man konnte erkennen, dass es sich um etwas Lebendiges handeln musste. Der Kasten wackelte und gab seltsame Geräusche von sich. „Ihr habt euch, sofern er lese könnt, wohl schon über die Sache mit de Radde auffem letzten Fluchblatt gewundert", begann der Mann zögernd. Im Gegensatz zu dem Priester hatte er keine Befähigung, mitreißend zu sprechen, aber seine Stimme hatte einen gequälten, besorgten Unterton, der die Leute aufmerksam hielt. „Ich bin von Kastel, müsster wisse, hab inner Stinkhütt gearbeitet. Kastel geht vor die Hunne, bald iss es nicht mehr als nen besserer Kanal, und mer könne mit Bootcher durchde Gasse fahren, weil des Wasser nicht mehr ablaufe tut. Jetzt wirds noch schlimmer. Ehrlich, des geht. Denn jetzt könne mer ooch noch gesche die Radde kämpfe, nicht mehr nur gesche des Wasser, und des sind Viecher, sach ich euch. Die bringe de Pest. In Kastel Kostem und vor allem Hochheim sin schon Menschen krank worn. Erst wars nur, wennse gebissen worn sin. Dann ham se Fieber bekomm, und des Blut quoll aus alle Löchern. Andere ham sich angesteckt. Sacht mer jedenfalls, vielleich ham se auch mitten wunde Fingern die Radde angefasst. Die Radde sin so groß, die beiße die Kinner tot, und nicht nur die Säuchling, auch große. Gehen gleich anne Kehle und hauen einen um, wennse springe. Groß wie Hunde sin die. Damit er mir ooch globt, hab ich eine mitgebracht!"

Peter konnte dem Mann trotz ungenügender Redefähigkeit eine gewisse Theatralik nicht absprechen, als er zu dem Tuch über seinem Mitbringsel griff und es wie ein Zauberer bei seinem besten Trick herunterzog. Jemand hatte eine Lampe auf den Tisch gestellt, so dass der Effekt maximal war.

Die Kiste entpuppte sich als Käfig mit kräftigen Metallstäben. Das Tier darin blinzelte zuerst verwirrt ins Licht der Öllampe, dann sprang es dem Mann knurrend entgegen. Die Wucht dieses Sprunges gegen das Gitter machte die Kraft des Tieres deutlich, denn der schwere Käfig rutschte dem Ziel auf der Tischplatte ein Stück entgegen.

Ein Aufschrei ging durch die Menge, besonders bei den Frauen und den Mädchen, die sich an die Rockschöße ihrer Mütter klammerten. Auch die Männer verfielen angesichts des Monsters in verblüfftes Geschnatter. Der Mann ließ sie gewähren, bis sich die Aufregung von alleine legte.

Peter betrachtete das Tier im Käfig mit großen Augen. Der Mann hatte ein beeindruckendes Exemplar mitgebracht, denn es war noch größer als das Tier, das Paul beschrieben hatte. Die Augen der Ratte funkelten bösartig, und sie fletschte angriffslustig die Zähne. Im seinem Geist aber keimte die Saat einer anderen Nachricht des Mannes zu blanker Panik auf: Die Krankheit, die die Ratten übertrugen, verbreitete sich auch schon ohne Bisse. Ob es tatsächlich eine Ansteckung von einem Kranken auf einen Gesunden durch die Luft oder einfachen Kontakt war, bezweifelte Peter zwar, aber es war trotzdem beunruhigend.

Er fand den Mann recht intelligent, denn er hatte etwas sehr Richtiges gesagt. Wunde Finger. Die Arbeiter hatten allesamt Schrunden an den Händen, die durch die mangelnde Sauberkeit nicht heilten. Das gleiche galt für alle Wunden und Schrammen, vor allem bei Kindern, die sich beim Spielen verletzten. Die Wunden entzündeten sich und konnten nicht gereinigt werden, weil es selbst an einfacher Seife fehlte, ganz zu schweigen von Verbandsmaterial. Nicht zuletzt musste man auch an all die entsetzlichen, allgegenwärtigen Hautkrankheiten denken, die nässende, schorfige oder offene Wunden verursachten. In den Gossen war kaum ein Mensch frei davon, da sauberes Wasser fehlte. Über solche offenen Wunden in Kontakt mit den Kranken zu kommen reichte schon, um sich anzustecken. Für die Kranken eine zusätzliche Belastung, denn damit waren sie zum Verhungern und Verdursten verurteilt. Wenn sich herumsprach, dass solche Infektionen von Mensch zu Mensch stattfanden, würde sie niemand mehr pflegen.

„Hört mir zu", rief der Mann nun. „Hier scheints noch keins von denen Viechern zu geben. Sorcht dafür, dass es so bleibt. Haltet Biebrich sauberer, als es in de andern Stadtteile aussieht, achtet auf de Löcher in de Wänd und machtse zu. Wenn eine auftaucht, dann macht nen Bogen drum. Macht de Kinnerbettche dicht und was euch sonst noch so einfallt. Die Biester sin abnormal, und se bringe die Pest! Was die Biester so gemacht hat, wees ich nicht, aber normal is des nicht!"

Der dritte Mann trat vor, hielt sich aber außerhalb des Lichtkreises und schlug auch die Kapuze seines Mantels nicht zurück, während er sprach. Seine angenehme, sanfte Stimme füllte den Raum und nahm die Zuhörer genauso für sich ein wie die des Priesters, wenn auch auf andere Art: Bei diesem Mann war es die Ruhe, die er ausstrahlte, obwohl er seine in Lederhandschuhen steckenden Hände krampfhaft gefaltet hielt. Er wirkte schwach, aber nicht nervös. Dazu kam ein hoher Grad an Bildung, die sich aus seinen Worten erschloss. Dies musste Kornelius Walentin sein. Die Verbindung zu den höheren Schichten.

„Niemand weiß, wie es zu diesen Veränderungen bei den Ratten kam, aber der Ursprung ist bekannt. Diese Ratten tauchten zuerst in einem Abwasserkanal in Höchst auf, der die Überreste aus einem Chemiewerk in den Main entsorgt. Dass diese Abwässer Auswirkungen auf die Ratten haben, ist bekannt, wie ich aus sicherer Quelle erfuhr. Aber niemand unternimmt etwas. Die wenigen Kläranlagen können nur aus dem Wasser herausfiltern, was ihnen bekannt ist und was sie bei ihren Proben entdecken. Schadstoffe, die unbekannt und mit herkömmlichen Methoden nicht zu ermitteln sind, verschmutzen das Wasser, und oft genug sieht man sie nicht einmal. Aber ihr trinkt das mit eurem Wasser, wascht eure Kinder und euch selbst damit und vergiftet euch schleichend, aber unaufhaltsam. Wonach man nicht sucht, das findet man nicht, und niemand macht sich die Mühe, die Ursachen und ein Gegenmittel zu suchen. So wird es auch mit der Krankheit geschehen, die immer mehr Menschen befällt und offensichtlich auch schon von Mensch zu Mensch übertragen werden kann, nicht nur von Ratte zu Mensch. Solange nur am Fluss Menschen an dieser Seuche sterben, wird sich auch niemand aus der Regierung oder der Stadtkreisverordnetenversammlung darum kümmern, die Krankheit auszurotten. Eher riegeln sie die Viertel ab und lassen euch hier verhungern. So ist es schon Menschen in einem Arbeiterwohnheim bei eben diesem Chemiewerk ergangen. Eines der Gebäude stürzte ein, weil man am Baumaterial gespart und den Untergrund nicht genau untersucht hatte. Der Einsturz beschädigte den Kanal, und die Ratten fielen über die Menschen eines anderen Blocks her. Als erste Krankheitsfälle auftraten, wurde der Block unter Quarantäne gestellt. Was das bedeutet, könnt ihr euch sicher vorstellen. Wer nicht an der Krankheit starb, der verhungerte, weil man die Menschen einfach nicht mehr versorgte. Inzwischen war ein Trupp Bauinspektoren dort, und man plant, den Block niederzubrennen, um die Gefahr zu bannen. Die Baupolizei hat auch die anderen Wohnblocks geräumt, weil Einsturzgefahr besteht. Woher auch immer sie den Hinweis bekommen hat. Es ist zwar erfreulich, dass man seitens der Ämter etwas gegen diese Machenschaften tut, aber nichtsdestotrotz ist damit das eigentliche Problem nicht aus der Welt geschafft. Wie gesagt: Was man nicht sucht, das findet man nicht, und die Beamten wussten dann doch nicht so genau, was sie noch alles hätten suchen müssen. Die Ratten haben sich ohnehin schon andere Wohnstätten gesucht. Der Kanal wurde stillgelegt, das heißt vielleicht, dass es dort jetzt keine Ratten mehr gibt. Aber sie vermehren sich und werden sich immer neue Schlupfwinkel suchen."

Eine Pause ließ das Grauen in die Köpfe der Menschen einsickern, die das Problem vor Augen hatten – die Ratte, die sich in die Mitte ihres Käfigs gesetzt hatte und die Menschen anstarrte. Peter versuchte, einen Blick auf das Gesicht des Mannes zu erhaschen. Rote Locken lugten unter der Kapuze hervor, aber von einem anderen Ton als das rotblonde Haar des Fuchses. Im Licht der Öllampen hatten sie den Ton reifer Kastanien.

„Bevor ihr nach Hause geht, nehmt euch oben in der Werkstatt aus den Kisten mit, was ihr tragen könnt. Darin sind stabile Netze, die ihr in die Kinderbetten hängen könnt, um sie vor Angriffen zu schützen. Auch Dosen mit Giftködern. Die werden zwar nicht lange vorhalten, denn Ratten sind klug, aber fürs Erste müssten sie eine Wirkung haben. Ansonsten ist wichtig, dass ihr darauf achtet, dass die Zugänge zu euch verschlossen sind. Lasst keinen Kanal offen, deckt die Löcher ab. Wenn ihr Rattenlöcher seht, stopft sie. Am besten mauert sie zu. Verschließt eure Vorräte, damit sie nichts anlocken. Auch Essensreste dürfen nicht offen herumstehen. Ratten können gut riechen, und vergesst es nicht: Ratten sind intelligent. Eine Falle, auf die eine Ratte hereinfällt, die nicht alleine war, ist gegen die anderen nutzlos. Auch gegen die nachfolgende Generation! Ihr müsst die Köder deshalb immer wieder anders präsentieren. Wenn ihr gebissen werdet, lasst es bluten und desinfiziert die Wunden. In den Kisten oben sind auch Fläschchen mit Jod und reinem Alkohol und scharfe Putzmittel.

Ihr Frauen: Haltet eure Wohnungen sauber, lasst sie nicht verkommen, so dass sie zu beliebten Aufenthaltsorten für die Bestien werden. Sauberkeit hassen sie. Mit dem, was ich euch mitgebracht habe, müsste es gelingen, die Biester fernzuhalten. Ich bedaure, dass ich nicht auch für die anderen Ortsteile etwas tun kann. In Hochheim ging es, obwohl es zusammen mit Oberrad als das verkommenste Viertel des Großstadtkreises gilt. Das Abstellgleis des Teufels. Trotzdem konnten wir unsere Warnungen ausgeben und den Menschen helfen. Aber Kastel und Kostheim sind verbrannte Erde. Dort haben Gruppen das Regiment übernommen, die nicht zulassen, dass wir zu Wort kommen. Nehmt, was ihr tragen könnt, und gebt auch euren Nachbarn etwas ab. Verbreitet die Nachricht. Philipp wird die Ratte noch eine Weile behalten, er wohnt jetzt am alten Zollhafen. Wenn euch jemand nicht glaubt, schickt ihn zu Philipp, damit er den Ungläubigen die Ratte zeigt."

Der Redner holte Luft und sah sich um. Dabei erhellte die Lampe für einen Moment sein Gesicht. Da die Anwesenden auf die Ratte starrten, entging das allen.

Außer Peter.

Er hatte das Gesicht mit der hellen Haut und den großen, ausdrucksvollen Augen kurz gesehen. Zunächst hatte er es mit dem des Künstlers verglichen, es war ein ähnlicher Typ Mann, adlig und fein. Doch dann kam ihm ein anderer Vergleich in den Sinn, und er musste sich beherrschen, den Mund zu halten. „Er ist ihr männliches Ebenbild", dachte er. „Kornelius Walentin … dein richtiger Name ist Konstantin von Wallenfels! Das ist es …"

Eine Frage nach der anderen schoss Peter durch den Kopf. Warum, woher, was … da er unter diesen Umständen keine Antwort erhalten würde, drängte er die Fragen zurück. Er hatte eine Antwort – die wichtigste. Alles andere würde er schon noch herausfinden.

„Mehr wollten wir euch heute nicht mitteilen. Ich glaube, das ist auch genug. Eine Bitte: Ich brauche einen Mann, der als Schlosser gearbeitet hat. Es ist diesmal kein gefährlicher Auftrag, er soll nur in der Luftschiffhalle arbeiten und ein paar Dinge für mich ausspionieren. Trotzdem wäre es gut, wenn er ledig wäre, denn ich möchte nicht, dass er für den Fall eines Gefängnisaufenthalts eine Familie zu Hause alleine lassen muss."

Peter zögerte zu lange, weil seine handwerklichen Fähigkeiten beschränkt waren. Sanker neben ihm hob die Hand und drängte sich nach vorne. Peter hielt sich daher zurück, seine Gelegenheit würde kommen.

„Sehr schön. Dann danke ich euch für eure Aufmerksamkeit. Geht in die Werkstatt und lasst euch Material geben. Was übrig bleibt, weil ihr es nicht mitnehmen könnt, werden wir zu Philipp an den Zollhafen schaffen, dort können eure Freunde und Nachbarn auch noch etwas bekommen. Wenn wir wieder zusammenkommen, werden wir es euch auf den üblichen Wegen kundtun."

In fast gespenstischer Ruhe zerstreute sich die Versammlung. Alle verließen den Kellerraum in gedrückter Stimmung, außer Sanker, der noch mit dem jungen Mann sprach und ab und an nickte. Peter schloss sich der Menge an, behielt aber die Männer im Auge.

Als Sanker ihm folgte, sah der junge Mann auf, und erneut konnte Peter sein Gesicht erkennen, ehe er es schnell wieder in den Schatten drehte. Dennoch glaubte Peter, der Blick unter der Kapuze durchbohre ihn, und er fragte sich, ob er zu auffällig gehandelt hatte. Aber er wurde nicht zurückgepfiffen und beeilte sich, den Keller zu verlassen und oben auf Sanker zu warten. In der Werkstatt hatte man einige Kisten geöffnet, und die Menschen deckten sich mit Desinfektionsmitteln, Köderdosen und Netzen ein. Auch Peter griff nach einem der alten Säcke, die als Transportmittel bereitlagen, und füllte ihn.

„Na, was denkst?“, fragte Sanker. „Was hältst von denen?“

„Ich hätt erwartet, dass man uns auffordert, gesche die Reichen zu kämpfen“, gab Peter zurück. „Aber die sin ned so doof. Gut des, kann eh nix draus wern und nur schade, und ich finds echt in Ordnung, dass sie für den Kram hier aufkomme. Das Raddeviech ist unheimlich. Trotzdem – da müsse auch noch die für blude, die des gezeidelt habe.“

„Haste recht, aber des kommt noch, da kannst nen Happe vom Gift drauf nehme. Ich fang mal an. Irschendwie soll ich denen den Weg ausspioniere, damit die Reiche nicht noch ein Elend über uns bringe. Die verstoße gesche irgendein Gesetz. Kaa Ahnung, warum des wichtisch is.“

„Is doch klar. Wenn die gesche ein Gesetz verstoße, dann kannst irschendwann des ganze Gesetzbuch uffen Dyckerhoff-Bersch kippe. Erst eins, dann zwei, dann drei, dann vier … und mir ham gar nix mehr zu sache. Dann sin mer alle nur noch Sklave, die se beliebisch benutze könne“, erklärte Peter mit einer Inbrunst, die seine tiefe Überzeugung durchblicken ließ. „Mer ham schon nicht viel zu sache, nur noch unsere Grundrechte, aber dann gehts gar nicht mer. Mit Freiheit is denn Essig.“

„Kannst recht ham. Auf gehts, de Johann warded schon.“

Sie schlossen sich wieder dem Riesen an, der den gleichen Weg zurück nahm, den sie gekommen waren, und wie ein Wachhund darauf achtete, dass niemand einen anderen einschlug. Vor der Kirche verabschiedete sich Peter von den anderen und zog mit seinem Sack über der Schulter hinunter zum Rhein, um dort über die Überreste der Promenade vorm Schloss entlang ins Parkfeld zu laufen. Das bedeutete zwar nasse Füße, weil der Weg sehr schlammig war, aber er durfte seine Rolle noch nicht aufgeben. Es war der kürzeste Weg auf die andere Seite des Parks, und er wollte nicht riskieren, dass seine Begleiter Verdacht schöpften. Johann hatte ihm noch den Hinweis mit auf den Weg gegeben, wo er herausfinden konnte, wann sich die Gruppe wieder treffen würde. Er solle sich dann in der Kirche einfinden.

Unterwegs traf er gelegentlich andere Personen, die durch die Nacht huschten. An den Säcken, die sie bei sich trugen, erkannte er andere Teilnehmer der konspirativen Sitzung.

Als er den Fluss erreichte und auf dem schmalen Überrest der einst stattlichen Allee auf der Uferböschung entlangschleichen wollte, hörte er Stimmen und verharrte. Vorsichtig spähte er um die Umfassungsmauer des Schlosses und entdeckte den Priester und den jungen Mann, die aus dem Hinterhof eines Hauses neben dem Parkzugang traten. Sie hielten sich außerhalb des Lichtkreises der Lampe vor dem Gittertor zum Park, wie zuvor auch schon Peter. Die Männer verabschiedeten sich, und der Priester beeilte sich, Richtung Zollhaus zu verschwinden.

Ein anderer Mann trat zu dem Wartenden. Er führte ein elegantes Pferd am Zügel und übergab es dem jungen Mann. Das Sattelzeug wies nicht wie sonst auf den Besitzer hin, die Satteldecke trug kein Wappen. Dennoch sah Peter in dem Tier eine weitere Bestätigung seiner Vermutung, es handele sich bei dem jungen Mann um Konstantin Wallenfels. Es war ein sehr großes, aber feingliedriges Pferd mit langer Mähne, die fast bis auf die Beine reichte. Unter dem glatten, goldbraunen Fell zeichneten sich Muskeln ab wie bei einem Arbeitspferd, aber die schlanken Beine wiesen das Tier als schnellen Läufer aus. Es entsprach damit nicht den beliebten Rassen, die es in der Stadt als Reitpferde für die bessere Gesellschaft gab, langbeinigen, schlanken Tieren für die Damen oder kräftigen Jagdpferden für Herren. Wallenfels ließ aber, wie man wusste, wenn man die Klatschblätter las, spanische Pferde züchten, seit er von einem entfernten Verwandten aus den spanischen Fürstenhäusern einen Grundstock für ein Gestüt geschenkt bekommen hatte. Dieses Tier schien eher in diesen Stall zu gehören.

Warum tat er das? Warum stellte er sich so gegen seinen Vater? Warum seine Schwester so in Sorge war, konnte Peter inzwischen verstehen. Aber seine Triebfeder war ihm noch nicht klar. Was hatte ihn so gegen Wallenfels aufgebracht, dass er Kopf und Kragen riskierte?

Das Pferd tänzelte, und der Blick des Reiters fiel auf die Ecke. Peter zuckte zurück, war aber nicht sicher, ob er vielleicht doch gesehen worden war. Da sich das Hufgeklapper entfernte, konnte er hoffen, dass der Reiter zu sehr auf sein Tier konzentriert gewesen war, als dass er ihn bemerkt hatte. Eilig entfernte er sich entlang der Mauer und lief durch das Parkfeld nach Hause.

Den Sack mit den Materialien ließ er vor einer Hütte stehen, durch deren leere Fensterhöhlen er mehrere schlafende Kinder erkennen konnte. Sie würden die Sachen dankbar annehmen. Peter erinnerte sich in diesem Moment daran, was der junge Mann über die Bauinspektoren erzählt hatte. Die Beamten um Hausner waren sehr schnell tätig geworden. Ihr Ruf war den Beamten also doch etwas wert. Das war eine Nachricht, die Paul sicher gut gefallen würde, und zeigte, dass für die armen Menschen immer noch Recht und Gesetz galten. Ein gutes Zeichen, aber mit bitterem Beigeschmack, denn es bewies die Behauptung des jungen Barons, dass man nur fand, wonach man suchte. Aber dafür musste man wissen, wonach man suchen musste. Kein Hinweis, keine Suche – und damit keine Gerechtigkeit.

Wenn der Baron tatsächlich gegen Gesetze verstieß und diese damit der Abschaffung preisgab, hatte er tatsächlich die letzte Hürde gegen Menschenwürde und Gerechtigkeit genommen. Von da an war es wohl nur noch ein kleiner Sprung zur Regentschaft. Was wollte Wallenfels? Peter hörte auf, diesen Gedanken weiter zu verfolgen, denn es klang für ihn zu sehr nach dem irrsinnigen Wunsch nach Weltherrschaft. Vielleicht war es ja genau das: Irrsinn. Dann müssten alle seine weiteren Handlungen darauf hinauslaufen, den Wahnsinnigen zu stoppen. Wilhelm II. war schon alles andere als ein optimaler Herrscher oder Repräsentant seines Volkes. Mit Wallenfels an der Spitze war für Peter nur ein großer Abgrund in Sicht.

Als er im ersten Morgengrauen über die Bahnbrücke kam, entdeckte er den Reiter mit dem auffälligen Pferd, der an der Bahnlinie entlang nach Westen ritt. Ein Mann trat auf ihn zu, und sie sprachen miteinander. Der Mann in Arbeiterkleidung kletterte daraufhin auf eine der Stelzen der Güterbahnlinie, die hoch über der Bahnlinie im Taleinschnitt über gewaltige Stahlbrücken fuhr und deren Gleise zum Teil auch durch Gebäude führten. Das war interessant, und Peter verharrte auf der Brücke. Ganz in die Beobachtung des Kletterers vertieft, bemerkte er gar nicht, dass der Reiter zu ihm hochsah.

Dieser wendete sein Pferd und verschwand zwischen den Häusern, und Peter beeilte sich, nach Hause zu kommen.

Sumpfiges Terrain

Der Geruch frisch gebrühten Kaffees weckte Peter. Schnell sprang er nach einem Blick auf den Wecker aus dem Bett, weil ihn verwunderte, dass Paul erst kurz vor Mittag Kaffee kochte. Nur in Unterwäsche schlich er in die Küche und wunderte sich noch mehr, denn auch Paul war noch nicht fertig mit der Morgentoilette. Sein Bruder saß im Morgenmantel wir wirrem Haaren am Küchentisch und starrte ins Leere, einen Becher Kaffee in den Händen. Peter wurde bewusst, dass er sein Bett leer und unberührt vorgefunden hatte, als er nach Hause zurückgekehrt war. Paul hatte demnach nicht geschlafen.

Paul schien Peter nicht bemerkt zu haben und erschrak, als der ihn mit einem „Guten Morgen" begrüßte. Peter beeilte sich, ihm versöhnlich auf die Schultern zu klopfen und sich zu ihm zu setzen. „Brüderchen, du siehst aus, als hättest du ein Gespenst gesehen. Hast du gar nicht geschlafen?"

„Ja und ja. Mir ist tatsächlich so etwas wie ein Gespenst begegnet … ich bin erst vor einer Stunde nach Hause gekommen, da so spät am Abend kein Zug mehr von Niedernhausen hierher zurück fuhr. Die Nacht habe ich im Gästezimmer eines Landarztes verbracht, aber von Schlaf kann keine Rede sein", murmelte Paul und starrte Peter an. „Der Geist eines Ermordeten ist mir begegnet und hat von mir Besitz ergriffen. Er will Gerechtigkeit. Aber ich fürchte, wenn ich versuche, ihm diese widerfahren zu lassen, bin ich das nächste Opfer des Meuchlers."

Peter sah Paul entgeistert an. „Was ist passiert? Ist es die Sache mit der Firma? Hätte ich dich da nicht hinschicken dürfen? Es tut mir leid, dich da reingezogen zu haben. Das ist nicht deine Sache – meine eigentlich auch nicht, wie ich inzwischen weiß."

Paul schüttelte den Kopf. „Die Sache mit der Firma ist harmlos. Ich habe mit dem Buchhalter gesprochen, und er konnte mir detaillierte Informationen geben, von denen ich aber nicht weiß, ob sie dir etwas nutzen werden. Nein, es geht um meinen zweiten Besuch gestern, den in eigener Sache. Ich habe den Termin nicht mit dem Gutachter gemacht, sondern mit seinem Mörder. Als ich mit Niedernhausen telefonierte, war der Mann schon tot. Ich bin gestern über seine Leiche gefallen, und alle Beweismittel wurden vernichtet. Nachdem die Polizei raus war und die Kripo holen wollte, hat man das Haus abgefackelt. Die Gasleitung ist explodiert und alles in Flammen aufgegangen. Auch alle Beweisstücke, die auf die Spur der Mörder hätten führen können. Allerdings glaube ich nicht, dass meine Nachforschungen das Ganze ausgelöst hatten, das ging zu schnell.

Der Mann hatte noch ein Gutachten in Arbeit, obwohl er schon im Ruhestand war. Das war es wohl eher." Er machte eine Pause, dann schob er nach: „Sag mal, hast du eine Ahnung, wie man die Kelsterbacher dazu bewegen konnte, sich eingemeinden zu lassen in den Groß-Stadtkreis? Ich habe in Erinnerung, dass sie eigenständig bleiben und vor allem keinen Luftschiffhafen vor ihrer Haustür dulden wollten, obwohl das für die Region Vorteile gebracht hätte, wenn man das nur geschickt genug gegen den Großstadtkreis durchgesetzt hätte. Vor allem: Wieso war das überhaupt möglich, wo doch Kelsterbach zum Großherzogtum Hessen gehörte und damit nicht einmal zum Norddeutschen Bund? Hessen-Nassau hört am Main auf. Südlich davon gab es nur Gegenden, die einst zur freien Stadt Frankenfurt gehörten. Warum sie nicht auf die Luftschifffahrt oder die neu entwickelten Dampfflugzeuge setzen wollten, hat niemand verstanden, aber das sollte deren eigenes Problem sein, wie ich finde. Jetzt will man ihnen auch noch ein weiteres Chemie- oder Kraftwerk vor die Haustür setzen, mit Rohrleitungen durch den Wald zum Luftschiffhafen. Das waren die Sachen, die Peitner begutachtete, und er hatte Argumente dagegen gesammelt."

Das alles hatte er derart tonlos vorgetragen, dass Peter Angst bekam, in Paul sei etwas zerbrochen. Dazu war sein Bericht aber zu klar, und das beruhigte ihn wieder. Pauls Kampfgeist war noch nicht vergangen, aber er brauchte eine Pause. „Hm, ich erinnere mich an den Widerhall der ganzen Geschichte in den Zeitungen. Keiner konnte glauben, dass man die sturen Kelsterbacher tatsächlich überzeugt hatte. Oder dass das Großherzogtum zur Landabtretung bereit gewesen war. Das wäre ein interessanter Ansatzpunkt für Recherche. Ich kümmere mich darum. Warum sie den Flughafen nicht haben wollten, ist eine allgemeine Furcht, die vor allem aus den Problemen erwachsen ist, die man aus Berlin zu Ohren bekommt. Der rasante Aufschwung bei der Luftfahrt ist für viele so unheimlich, wie es früher Schiffe für die erdverbundenen Landbewohner waren. Stahl, der schwimmen kann – das geht nicht in den Kopf einfacher Menschen, und Wasser hat bekanntlich keine Balken. Aber alles, was fliegen kann wie Vögel, ist noch erschreckender, und dementsprechend gieren die Leute nach allem, was sie in dieser Vorstellung bestätigt."

Paul zog seine Stirn in tiefe Falten, als er darüber nachdachte, was Peter damit meinte. Dann hellte sich sein Blick auf. „Du meinst die Geschichte mit dem Luftschiff, das mitten in Berlin explodierte, weil es mit Wasserstoff befüllt war und sich bei einem Sturm von seiner Verankerung losgerissen hatte? Oder die Sache mit den Probeflügen dieser seltsamen Kesselflugzeuge? Von denen eines fast in den Reichstag gestürzt wäre? Irgendwie nachvollziehbar, dass die einfachen Menschen nicht sehr erpicht darauf sind, solche Konstruktionen in ihrer Nähe verkehren zu sehen. Ich kann sie verstehen. Als ich in Dresden war, sind ein paar dieser Dinger dort auf einem provisorischen Flugfeld gelandet. Sie sind entsetzlich laut und wirken bei Starts und Landungen wie flügellahme Enten. Ich bin der Ansicht, wir sollten das Fliegen den Vögeln überlassen. Die können es besser. Schiffe sind schon unheimlich genug, und die Ozeane werden immer Sieger bleiben, wenn du es so willst."

Peter sah aus dem Küchenfenster und stellte fest, dass die Sonne den Frühling einläuten wollte. „Ich glaube, du hast recht, aber der Fortschritt wird sich von solchen Bedenken nicht stoppen lassen. Wenn ein Überseedampfer sinkt, was bedeutet das schon? Menschen gibt's genug. Mach dir heute einen schönen Tag, klar? Was ist eigentlich mit der Dachreparatur? Ach, und ehe ich es vergesse: Der Maler, de Cassard, hat mich gebeten, dich zu fragen, ob du ihm ein paar von den neueren Villen empfehlen kannst, die moderne Glasmalereien eingebaut haben. Er will sich Inspirationen holen."

Paul stierte ihn über den Rand seines Kaffeebechers hinweg misstrauisch an. „Brüderchen, du brauchst eine Pause", lachte Peter. „Das Detektivgeschäft ist nichts für dich. Ich bewundere zwar deine Fähigkeit, Schlüsse aus allen Hinweisen zu ziehen, die du findest, aber du hältst die Belastung nicht aus, die menschliche Abgründe mit sich bringen, und ja, mir ist klar, was de Cassard in dir ausgelöst hat. Seine Telefonnummer hängt an meiner Korkwand, melde dich bei ihm und mach einen Spaziergang durch das Villenviertel. Du kennst doch sicher ein paar Örtlichkeiten, die ihn interessieren."

Sein Bruder seufzte und sackte in sich zusammen. „Du hast recht, deine Arbeit ist nichts für mich, auch wenn mir die Recherche bisher Spaß gemacht hat. Ich werde tun, was du sagst. Vielleicht baut es mich wirklich etwas auf. Ich habe einen mir gut bekannten Dachdecker erreichen können. Da er mir noch einen Gefallen schuldet, will er noch diese Woche mit der Arbeit anfangen. Ich habe deinem Mieter, der unter dem Dach wohnt, schon Bescheid gesagt, dass er die Leute ranlässt, wenn sie kommen."

Peter hob den Daumen. „So, nun raus mit der Sprache: Was hast du sonst noch an Informationen für mich? Was ist mit dem Flugblatt?"

Paul berichtete ihm von dem Gespräch mit dem Prokuristen und schob Peter seine Notizen zu. Als er den Riesen erwähnte, der das Geld gehabt hatte, kam Peter sofort Johann in den Sinn, sein Führer durch die Biebricher Unterwelt.

„Kornelius Walentin … den habe ich vergangene Nacht kennengelernt“, erklärte er. „Er ist der Anführer von Lebenslicht, aber der Name ist falsch. Die Adresse allerdings stimmt in etwa mit dem Versammlungsort überein, und den Typen, der das Material abgeholt hat, den Riesen, kenne ich auch. So langsam fügt sich alles zusammen. Aber es gefällt mir nicht mehr. Am liebsten würde ich den Fall einfach hinschmeißen. Alles, was ich letzte Nacht erfahren habe, lässt mich mit dieser sogenannten Sekte und den armen Menschen sympathisieren, egal was sie gegen die Reichen so anstellen. Sie sind im Recht, und wenn ich dazunehme, was du mir über den Mord an diesem Gutachter erzählst, dann weiß ich, dass sich jemand aus den höheren Chargen mehr versündigt hat, als alle diese Menschen zusammen es jemals könnten. Ihrer ist das Himmelreich …“

„Ist das was Neues? Die Reichen und Mächtigen fluchen immer auf die Sünden der Armen. Aber wenn sie versuchen, sich im Spiegel anzusehen, dann würden sie keinen Stein mehr werfen, blickten sie doch der Sünde ins Gesicht. Die Sünden der kleinen Leute sind lässlicher Natur, denn meistens drehen sie sich um das nackte Überleben. Die großen Leute sind Heuchler vor dem Herrn“, schimpfte Paul.

Peter ließ ihn gewähren, denn Paul blühte sichtlich auf. Es tat ihm wohl, seinem Ärger freien Lauf zu lassen. „Du hast recht, aber das werden wir leider nicht ändern können. Eines nur: Wir brauchen Beweise, die wir als Druckmittel verwenden können, um nicht selbst in Gefahr zu geraten. Zwei Sachen haben wir schon, auch wenn ich noch nicht weiß, für wen oder was die eine gut ist. Ich weiß nur, dass ich erst einmal versuchen werde, ein Leben zu retten, bevor ich mich weiter in diesen Sumpf ziehen lasse. Wie nannte sich der Wachtmeister aus Limburg?“

Paul nannte ihm den Namen, und Peter begab sich mit seinem Kaffee zum Telefon. Er bekam Sonnemann an den Apparat.

„Was treibst du in Niedernhausen und lässt dich in einen Mordfall verwickeln?“, polterte der Hauptkommissar los, bevor Peter „Guten Morgen“ sagen konnte.

„Das war nicht ich, sondern mein Bruder. Halt mal die Luft an. Sag mir lieber, ob ihr schon was über diesen seltsamen Wachtmeister herausgefunden habt, der angeblich aus Limburg kam? Paul glaubt, dass der Mann alles andere als ein Polizist war."

„Dann hat er mehr Grips als alle Polizisten von der Niedernhausener Wache zusammen. Kannst du ihn mal vorbeischicken, damit er uns alles noch mal en détail erzählt? Ich traue den Burschen nicht so recht. Denn in ihrem Bericht steht tatsächlich Peter Langendorf, nicht Paul. Nicht mal zuhören können diese Flaschen. Was Obermann betrifft: Bei der Limburger Polizei gibt es selbstverständlich keinen Mann mit diesem Namen. Ich brauche eine Personenbeschreibung."

„Ist gut, ich sage Paul Bescheid. Er hat einen guten Blick für Details, und wenn der Kerl in deiner Bildersammlung enthalten ist, dann findet er ihn."

„Wie weit bist du mit deiner Fahndung?", hakte der Hauptkommissar nach.

Peter zögerte, und das spürte auch Sonnemann. Er war sicher, dass der Hauptkommissar das verstand, deshalb entgegnete er nur lapidar: „Ich bin schon sehr weit gekommen, aber ich möchte an diesem Punkt noch nicht darüber reden."

Vom anderen Ende der Leitung kam ein Brummen, das unzufrieden klang, aber auch ein gewisses Verständnis ausdrückte. Bevor Sonnemann weiter bohren konnte, fragte Peter: „Friedrich, weißt du, warum sich die Kelsterbacher eingemeinden lassen mussten, obwohl sie nicht mal zur gleichen Provinz gehörten?"

„Was soll denn das jetzt?", fragte Sonnemann verblüfft. „Ah, wegen des Luftschiffhafens. Nun … darüber wurde viel geredet. Das ganze Gerede verstummte dann, als hätte man allen Gerüchteverbreitern die Kehle durchgeschnitten. Auch zwei Journalisten waren plötzlich mundtot. Der eine macht weiter, sagt aber nichts mehr zu dem Thema, und der andere wurde ins Archiv versetzt. Wenn du mich fragst, dann hat man den Bürgermeister von Kelsterbach erpresst. Der war in krumme Dinger verwickelt, und geschickte Leute haben ihn darauf festgenagelt. Ging wohl um

Untreue und das Verschwinden von Geldern aus dem Gemeindesäckel, so dass die überschuldete Gemeinde schließlich nicht mehr anders konnte, als sich dem Stadtkreis auszuliefern, und da der Großherzog auch zu den sehr klammen Fürsten gehört ... so weit, so unschön. Kannst dir sicher vorstellen, was das für Wellen geschlagen hat. Leider wurde daraus schnell ein leises Plätschern."

Peter seufzte, denn das bedeutete, dass er selbst in den Archiven der Zeitungen stöbern musste, um einen Zusammenhang oder das entscheidende Gerücht zu finden. Seine letzten Quellen bei zwei großen Tageszeitungen waren leider versiegt. „Das hilft mir im Moment nicht weiter, aber trotzdem danke!"

Paul kam aus der Küche, als er auflegte. „Schmeiß dich in Schale, Sonnemann erwartet dich für eine Aussage und Personenbeschreibung wegen deines Leichenfunds gestern, und dann sieh zu, dass du was mit dem Maler unternimmst, um dich abzulenken."

Paul schlich ins Badezimmer. Peter sah ihm nach und trommelte nachdenklich mit den Fingernägeln gegen das hölzerne Gehäuse des Telefons. Er zog sich seinen Morgenmantel über und holte seine Tageszeitung aus dem Briefkasten. Auf dem Weg zurück in die Wohnung rollte er sie auf und warf einen Blick auf die Schlagzeilen.

Entsetzt blieb er stehen. „Verlobung bekanntgegeben" stand über einem Foto mit einigen Personen, die er nur zu gut kannte. Paul kam aus dem Bad und konnte sich ein Grinsen nicht verkneifen, das aber erstarb, als er neben der Verblüffung auch den Schrecken in Peters Gesicht erkannte.

„Schlechte Nachrichten?", fragte er.

Peter seufzte erneut. „Für uns sicher nicht, aber für ein paar der Betroffenen schon. Sag mir, was die Menschen auf dem Bild fühlen. Ich glaube, du hast dafür ein gutes Gespür." Er reichte die Zeitung an Paul weiter.

Der überflog den Artikel und betrachtete das Bild. „Der Sohn des Polizeipräsidenten von Reiffenberg, Major Karl-Erich von Reiffenberg, und Baronesse Elizabeth von Wallenfels gaben gestern ihre Verlobung bekannt", las er vor. „Nun … die von Reiffenbergs sind siegesgewiss bis triumphierend. Für sie bedeutet das einen Schritt auf der gesellschaftlichen Treppe weiter hoch. Vor allem, weil Sohnemann von Reiffenberg ein ziemlicher Verlierer sein soll. Ein Taugenichts. Nebenbei gesagt würde ich ihm nicht weiter über den Weg trauen, als ich in der Lage wäre, ein Brauereipferd zu werfen. Sein Gesicht drückt so viel Überheblichkeit und Brutalität aus wie das eines Schlägers aus dem Hurenviertel von Frankenfurt. Die Frau tut mir leid. Sie ist nicht nur wegen ihres Geldes attraktiv. Sie wird unter diesem Mann leiden, und ich glaube, das weiß sie genau. Ihr Gesicht drückt Qual aus. Sie hat diese Verlobung nicht gewollt. Das ist das Werk ihres Vaters und ihres Bruders. Den Gesichtsausdruck des Vaters kann ich nicht deuten, das Metall in seinem Gesicht verhindert verräterische Mimik. Aber das Gesicht des Juniors ist eindeutig. Sie haben einen Coup gelandet. Der andere Mann hinter der Baronesse – er sieht ihr sehr ähnlich, ich nehme an, er ist der jüngere Sohn des Barons – hasst seinen Vater dafür und bemitleidet seine Schwester. Ich frage mich, was der Baron davon hat, den Polizeipräsidenten auf seine Seite zu ziehen."

„Das kann ich dir erklären: Obwohl du recht hast, was von Reiffenberg junior und seine Qualitäten betrifft, wird er möglicherweise den Posten seines Vaters erben. Da wird gemauschelt, was das Zeug hält, und du weißt, gegen wie viele Gesetze Wallenfels verstößt. Eine Hand wäscht die andere. Wen soll er sonst mit der Hand seiner Tochter unter die Fuchtel bekommen? Ich kenne keine weiteren lohnenden Objekte. Aber die Baronesse ist clever. Selbst wenn sie sich jetzt fügt, weil sie noch nicht mündig ist, glaube ich nicht, dass sie sich mehr als unbedingt nötig mit ihrem künftigen Gatten befasst. Sie wird ihn auf Distanz halten … und vielleicht können wir ihr dabei helfen …" Peter hegte einen bestimmten Gedanken und konnte sicher sein, dass Paul wusste, was er meinte, so dass er sich nicht näher erklären musste.

„Sei vorsichtig, was du da vorhast, ist ein Tanz auf dem Vulkan", gab Paul zu bedenken.

„Ich weiß. Aber ich stecke schon zu tief drin. Mal sehen, was sich machen lässt. Eins nach dem anderen …"

Paul kleidete sich an und machte sich auf den Weg, während Peter zurückblieb, unschlüssig, was er unternehmen sollte. Auch er machte sich fertig, um vor seinen nächtlichen Aktivitäten noch einmal in die Innenstadt zu spazieren. Doch als er das Haus verlassen wollte, stand eine ihm bekannte Person in der Tür und drängte ihn zurück.

„Baronesse, was kann ich für Sie tun?", begrüßte er sie.

„Guten Morgen. Ich habe nicht viel Zeit." Ihr Blick fiel auf die Zeitung, die aufgeschlagen auf der Kommode im Flur lag. Sie verzog das Gesicht, und Peter konnte deutlich ihre rot verweinten Augen sehen, auch wenn sie direkten Blickkontakt vermied. „Wissen Sie inzwischen mehr?"

Peter entschloss sich zur Offenheit. „Ich war bei einer Versammlungen der Sekte und habe die beiden Anführer reden gehört. Den Priester und den … anderen."

Sie sah ihn forschend an. „Wie stehen Sie zu ihnen? Werden Sie diese Menschen meinem Vater ausliefern?"

Er schüttelte den Kopf. „Nein. Was sie tun, verstößt gegen kein Gesetz. Sie tun es, um anderen armen Menschen zu helfen. Es sind hehre Ziele, ich werde nur unterbinden, wenn sie, um diese Ziele zu erreichen, zu sehr über Grenzen hinausschießen. Ich denke, das ist in Ihrem Sinne. Nur verstehe ich noch nicht die Beweggründe des Mannes, der die Menschen antreibt, sich in Gefahr zu begeben, um das Luftschiff zu zerstören. Die Menschen folgen ihm aufs Wort, er hat großen Einfluss auf sie, nicht zuletzt, weil er ihnen hilft, das Leben erträglicher zu machen, oder sie – wie zurzeit – vor Gefahren schützt, die andere über sie bringen. Er hat in der Tat viel Charisma – aber warum tut er das?"

„Ich sagte doch", seufzte sie, „mein Vater hat sein Leben zerstört und bohrt immer weiter in einer offenen Wunde, ohne zu begreifen, dass es nicht nur falsch, sondern auch zu echter Qual für sein Opfer wird. Geistig und auch körperlich. Er kann und will die physischen und vor allem psychischen Schäden nicht wahrhaben, die er verursacht, weil er selbst keine Gefühle kennt. Nicht einmal Scham oder Achtung vor dem Leben. Manchmal scheint es, er habe mit dem Metall, das Teile seines Körpers ersetzte, auch seinen Geist ersetzt und seine Seele verkauft."

Peter nickte, auch wenn er noch nicht begriff, was hinter ihren Worten steckte. Er hatte das Gesicht des jungen Mannes auf dem Foto angesehen. Es drückte in der Tat Qual aus. Er war blass und wirkte schwach, in seinen Augen aber lag ein Ausdruck wilder Entschlossenheit. Mit Schrecken wurde Peter klar, dass der junge Baron bereit war, für seine Überzeugung zu sterben. Das machte ihn sympathisch, aber auch unberechenbar.

„Ich denke, ich habe zumindest verstanden, was ihn antreibt, auch wenn ich die eigentlichen Gründe nicht kenne und vielleicht auch nicht verstehen kann. Was ich kenne, sind die Hintergründe hierzu", er tippte auf den Artikel, was die Baronesse mit einem neuerlichen gequälten Gesichtsausdruck kommentierte. „Da kann ich Ihnen aber vielleicht weiterhelfen."

Sie sah ihn überrascht, aber auch erwartungsvoll an. So etwas wie Hoffnung keimte in ihr auf. Sie war in der Tat schön, und es graute Peter davor, was von Reiffenberg junior aus ihr machen würde, wenn er sie tatsächlich in die Finger bekam. Er bedeutete ihr, ihm zu folgen, und betrat sein Büro. Dem Tresor entnahm er die Gegenstände, die er in dem Haus in Eltville gefunden hatte, zeigte ihr aber erst einmal nur den Ring.

„Woher …", keuchte sie und sah Peter mit großen Augen an. „Sein Vater war nicht sehr erfreut, als er diesen Ring verlor. Ein Erbstück der Familie. Es gibt nur zwei davon, den einen trägt der General, den anderen der älteste Sohn der Familie, sobald dieser volljährig ist. Der General tobt, weil mein Verlobter ihn verloren hat."

„Hat er keinen Finderlohn ausgeschrieben?", hakte Peter nach. „Eine Anzeige geschaltet?"

Sie schüttelte den Kopf. „Das wunderte mich auch schon. Was haben Sie damit vor?"

„Für mich ist er ein Beweisstück in einem Fall menschlicher Grausamkeiten, wie man sie nicht einmal in den Zeitungen lesen kann, weil sie für die zartbesaitete Leserschaft zu entsetzlich sind, wenn nicht gar unglaublich. Aber es gibt diese Dinge, und Personen aus der Oberschicht begehen diese Grausamkeiten." Peter rollte den Lakenfetzen aus und hielt ihn ihr hin, damit sie die Worte darauf lesen konnte.

Die junge Frau erblasste. „Bitte sagen Sie, dass das Farbe ist und kein Blut. Drei tote Mädchen? Was ..."

„Ich belaste Sie nur ungern mit diesen Dingen, aber ich will auch nichts beschönigen. Es gibt Menschen, die junge Frauen in hoffnungslosen Lebenssituationen unter Drogen setzen und an die Organisatoren von Orgien verkaufen. Die Teilnehmer – Männer aus höheren Schichten – genießen dabei selbst Drogen und tun dann all die Dinge, zu denen sie sonst nur in feuchten Träumen bereit und in der Lage sind. Dabei kommt auch schon mal das eine oder andere Mädchen um. Diese jungen Frauen sind schon gestraft genug – die, nach der ich suche, ist der Bastard eines hohen Herrn. Für manche mag der Tod eine Erlösung sein, aber bis dahin sind sie nur Abfall. Kehricht, der seinen Besitzern noch Geld bringt, weil man damit machen kann, was man will. Ich fand den Ring in einem Haus, in dem kurz zuvor eine solche Orgie stattfand. Eines der Mädchen hatte noch Kraft genug, diese Botschaft zu hinterlassen. Vielleicht ist es auch schon tot."

Das Gesicht der Baronesse war grau geworden und drückte Ekel aus. Aber in ihren Augen brannte ein Feuer, das Peter zeigte, in welche Richtung der Ekel ging. Er hoffte, nicht zu weit gegangen zu sein, so dass sie möglicherweise einen Fehler machte und ihrem Verlobten zu viel verriet.

Sie holte tief Luft, und ihr Gesicht nahm wieder einen neutralen Ausdruck an. „Ich bin Ihnen zu Dank verpflichtet. Mein Verlobter ist mir zuwider, aber ich konnte mich den Wünschen meines Vaters nicht entziehen, da mich noch ein ganzes Jahr von der Volljährigkeit trennt. Die Hochzeit ist für den Hochsommer angesetzt. Wenn ich etwas tun kann, um bis dahin weitere Beweise für die Abgründe im Charakter meines Verlobten zu sammeln, lassen Sie es mich wissen. Betrachten Sie es als Auftrag. Ich verfüge über eigenes Vermögen, dank meiner Mutter, und falle daher nicht ganz so hart, egal was kommen mag."

Dies verbuchte Peter als weitere Erkenntnis. Die Ehefrau des Barons war also auch vermögend gewesen und hatte ihr Kapital nicht dem Ehemann, sondern ihren Kindern vererbt. Daher verfügte auch Konstantin über Vermögen, mit dem er seine guten Taten für die Armen finanzierte, ohne dass der Vater Einblick in die Bewegung der Konten hatte. Seine Spendierfreudigkeit war sicher im Sinne der Mutter, von deren eigenen Wohltaten immer mal wieder in der Zeitung berichtet worden war.

„Gern. Ich gestehe, ich verfolge mit diesem Ring auch eigene Ziele, die kann ich damit verbinden. Der Grund, weshalb ich nicht mehr bei der Kriminalpolizei arbeite, liegt in General von Reiffenberg. Ist er nicht mehr Polizeichef, könnte ich mir vorstellen, dem Wunsch meines damaligen Vorgesetzten zu entsprechen und an meinen alten Platz zurückzukehren. Aber vielleicht können Sie mir tatsächlich weiterhelfen …"

Er hielt ihr das Taschentuch hin. „Wüssten Sie eine Person, der dieses Taschentuch gehören könnte?"

Sie nahm es in die Hand und antwortete wie aus der Pistole geschossen: „Anton von Kalkhofen."

Peter grinste. „Ohne Zweifel? Es würde auch auf Herrn Kentano passen …"

„Ohne Zweifel. Kentano benutzt Taschentücher aus Spitze wie eine Frau, der weibische Romeo. Ich nehme an, Sie haben das Taschentuch am gleichen Ort gefunden wie den Ring? Dann entfällt auch der letzte Zweifel, denn ich würde Kalkhofen das jederzeit zutrauen. Er ist ein perverser Mensch. Seltsamerweise spüren das nur Frauen und halten sich von ihm fern. Männer hofieren ihn."

„Frauen haben für solche Abgründe die feineren Sinne. Ich danke Ihnen. Das hilft mir weiter. Sie dürfen sich darauf verlassen, dass ich nichts tun werde, was Menschenleben – egal welcher Schichten – in Gefahr bringt, und dass ich mir Mühe geben werde, Ihnen zu ermöglichen, sich diesen … Perversen nicht mehr aussetzen zu müssen als unbedingt gesellschaftlich erforderlich."

Sie hatte ihre Fassung wiedererlangt und nickte huldvoll. „Schön. Dann möchte ich Sie nicht weiter stören." Ihre Hand strich über den Lakenfetzen. „Ich hoffe, Sie können die Frau retten. Wenn sie danach der Hilfe bedarf, sei es durch einen Arzt oder was auch immer, vielleicht auch einen Anwalt, scheuen Sie sich nicht, mich zu kontaktieren. Danke für Ihre Hilfe."

Damit drehte sie sich brüsk um und verließ das Haus, allerdings nicht, ohne sich aufmerksam umzusehen. Sie hatte gelernt, vorsichtig zu sein. Der jugendliche Spion von gegenüber hatte ihr Kommen schon entdeckt, und Peter konnte von seinem Flurfenster aus sehen, wie er aus der gegenüberliegenden Hofeinfahrt schoss und ihr dann winkte, dass die Luft rein war.

Peter kehrte in sein Büro zurück, verstaute seine Beute wieder im Tresor und lehnte sich dann an seinen Schreibtisch, um wieder auf die Korkwand zu starren.

„Jetzt geht's rund, sagte der Sperling und flog in den Ventilator ...", brummte er, aber er war zufrieden mit sich und der Entwicklung, die die Dinge nahmen. „So langsam bekommt alles Hand und Fuß. Ich wette, Konstantin ist nicht ganz unschuldig am Auftauchen der Baronesse. Sie sollte herausfinden, ob ich ihn erkannt habe ... das bedeutet, dass er mich auch erkannt hat. Woher ..."

Für einen Augenblick geriet Peter aus der Fassung, bis ihm klar wurde, dass seine Schwester Konstantin von Wallenfels schon von ihrem ersten Besuch erzählt haben musste. Eine Frau, die einen derartig guten Blick für Details hatte, war auch in der Lage, ihrem Bruder einen Detektiv bildhaft zu beschreiben, egal in welcher Kleidung er aufzutauchen gedachte. „Nun, Herr Baron, ich hoffe, Sie machen mich jetzt nicht bei Ihren Anhängern madig – obwohl das sicher jetzt davon abhängt, wie glaubwürdig ich auf Ihre Schwester gewirkt habe."

Er schlug mit den Handflächen auf die Tischplatte, wie um sich selbst einen Startschuss zu geben, und zog sich an. Er wollte jemanden besuchen, von dem er sich Auskünfte zum Verhalten der Kelsterbacher erhoffte.

Sein Ziel war die Landesbibliothek von Hessen-Nassau in der Rheinstraße. Zielstrebig steuerte er eine Frau an, die hinter dem

Tresen der Buchausgabe stand und die Augen zur Decke verdrehte, als sie ihn kommen sah.

„Ich hoffe, Sie haben dieses Mal wenigstens an Ihren Leihausweis gedacht?", stöhnte sie.

„Nein, liebe Ingeborg, habe ich nicht, ich wollte auch ausnahmsweise nichts ausleihen!", erwiderte er mit einem strahlenden Lächeln und einem treuen Hundeblick.

Die ältere, dünne Frau mit dem hochgeschlossenen Kleid und den zu einem strengen Dutt aufgesteckten grauen Haaren verdrehte ein weiteres Mal die Augen. „Professor Drewermann ist in seinem Büro. Aber in einer halben Stunde hat er einen Termin. Dann sind Sie weg, klar?"

„Wenn Drewermann bei der Beantwortung meiner Fragen ein Ende findet, bin ich in einer Viertelstunde schon wieder aus aller Augen und Sinn. Danke!" Peter warf der Frau eine Kusshand zu und eilte die breite Treppe hinauf. Er wusste, dass Ingeborg Tilmann sofort nach seinem Abgang zum Haustelefon gegriffen hatte, um den Professor vorzuwarnen und an seinen Termin zu erinnern. Aus diesem Grunde wunderte er sich nicht, dass die Bürotür bereits offen stand und der Professor ihn mit ausgebreiteten Armen begrüßte.

„Peter, mein Junge, was führt Sie zu mir? Ich hoffe, nicht nur die Arbeit?"

Peter war das Schuldbewusstsein in Person, als er zerknirscht zugab, dass es doch so war. „Aber ich verspreche hoch und heilig, dass wir sofort zusammen essen gehen, wenn der Fall geklärt ist. Paul kommt auch mit, er ist nämlich in der Stadt."

„Paul ist auch wieder hier, ach wunderbar, dann warte ich gern noch ein bisschen, aber ich werde Sie ab sofort jeden Tag damit quälen!" Der Historiker August Drewermann nötigte ihn, sich zu setzen, steckte sich dann in Ruhe eine Zigarre zwischen die Lippen und bot auch Peter eine an. Einen Augenblick genossen sie die unförmigen, handgemachten Stangen aus Kuba.

„Ich muss wissen, wie es vor ein paar Jahren gelungen ist, die Kelsterbacher einzugemeinden. Ich kann mich natürlich auch durch alle Zeitungen dieser Zeit wühlen, aber ich schätze mal, Sie kennen die Hintergründe besser. Ich begreife es nämlich nicht."

Der Professor stieß nachdenklich den Rauch aus und starrte ihm nach, wie er an die Decke des Büros stieg. „Das ist auch eine wirklich geheimnisvolle Geschichte, über die Sie in den Zeitungen absolut keine aufschlussreichen Artikel finden werden. Das weiß nämlich niemand so genau – auch ich kenne nicht alle Details. Vermutungen gab es viele, aber keine, die irgendwie gesicherte Erkenntnisse geben. Was vermuten Sie? Wenn Sie so fragen, muss das ja einen Hintergrund haben."

„Mich interessiert, warum es Wallenfels gelungen ist, dort und nirgendwo anders seinen Luftschiffhafen ausbauen, ein Chemiewerk errichten und Rohrleitungen in den Wald legen zu dürfen und warum ein Gutachter sterben musste, der das nicht nur für verwerflich, sondern auch für technisch gefährlich hielt."

Das Gesicht des Professors verfinsterte sich. „Ja, Peitner, ich habe es gelesen, die Zeitungen wissen so etwas ja immer schneller als die Polizei. Grauenvoll, dabei hat man das Verbrechen doch gestern erst entdeckt. Das Telefon ist eine Pest. Aber woher wissen Sie von dem Gutachten, das er ... ach, ist ja auch egal. Daran hat er also gearbeitet. Wallenfels ... ein grässlicher Mensch. Nun, viel kann ich dazu nicht sagen, nur, dass der Bürgermeister in Schwierigkeiten steckte. Er hat Gelder veruntreut, weil er opiumabhängig ist. Oder war es Kokain? Als er aufzufliegen drohte und Kelsterbach finanziell nicht mehr aus noch ein wusste, kam ein rettender Engel – Wallenfels. Er hat für den Ausgleich des Defizits in der Gemeindekasse gesorgt, das durch einen Brand zerstörte Pfarrhaus wieder aufbauen lassen und für eine ordentliche Ausstattung der Feuerwehr gesorgt und, und, und. Damit war natürlich klar und folgerichtig, dass ein Mann seines Vertrauens Bürgermeister wird, und der hat für eine neue Abstimmung gesorgt, bei der dann der Gemeinderat dafür stimmte, eingemeindet zu werden. Nicht einstimmig, aber eben mehrheitlich. Wenn Sie dann mal nachhaken, wer alles für die Eingemeindung gestimmt hat, dann werden Sie erkennen, dass diese Leute ebenfalls finanzielle Probleme hatten ... bis zur Abstimmung."

„Es ist also, wie Paul sagt: Was er braucht, das kauft sich Wallenfels, im Zweifelsfall ganze Regierungen", schnaufte Peter.

Der Professor zuckte die Achseln. „Ich sage es ungern, aber ohne eine Spende des Barons hätten wir letztes Jahr nach dem großen Sturm im Frühling die Bibliothek schließen müssen, weil das Dach nicht mehr zu retten war. Eigentlich dürfte ich Ihnen das alles nicht erzählen. Aber da Sie nun mal der Sohn meiner Cousine sind und ich weiß, dass Sie schweigen können ... und ja, Paul hat recht. Wallenfels ist reich wie Krösus. Was kostet die Welt, ich kaufe sie, und was man mir nicht verkaufen will, das bekomme ich auf anderen Wegen, egal wie schmutzig sie sind. Das gilt auch und insbesondere für den Großherzog von Hessen. Der nicht nur bei Wallenfels in der Kreide steht, sondern mit ihm auch familiär verbunden ist. Hochadel wie niederer Adel – alles eine Sippschaft."

„Ich bin Ihnen unendlich dankbar. Dies war ein Gespräch unter Verwandten, die sich lange nicht gesehen haben", gab Peter zurück. „Ich melde mich, wenn ich den Fall erledigt habe, versprochen – und jetzt verschwinde ich lieber, bevor Ingeborg mich meuchelt."

Sie lachten herzlich, und Peter eilte aus dem Büro. Keine Sekunde zu früh verließ er das Geschoss über die Hintertreppe, doch wer der nächste Gast seines Verwandten war, bekam er noch mit: der Polizeipräsident. Schnell zog er sich in den Schatten einer Säule zurück und beobachtete, wie Fräulein Tilmann den General ins Büro führte und es dann wieder verließ. Lauschen wollte Peter nicht und zog sich zurück.

Das Schöne und das Hässliche

Wenn man das Schlimmste befürchtete, konnte man nur angenehm überrascht werden. Dass diese alte Weisheit der Pessimisten zutraf, wurde Paul bewusst, als er das Gebäude der Kriminalpolizei wieder verließ und in der Sonne vor dem Stadtpalais stand. Eine Weile starrte er versonnen auf die Polizisten, die einen Ring um das Gebäude gegenüber dem Rathaus bildeten, und fragte sich, was das Aufgebot zu bedeuten hatte. Dann fiel ihm ein, dass der Kaiser ja für längere Zeit zur Kur in Wiesbaden war und wie immer standesgemäß im Stadtschloss logierte.

Er dachte an Sonnemann und seine Befragung, die überraschend milde verlaufen war, nachdem er ihm glaubhaft versichert hatte, dass er in eigener Sache zu Peitner gegangen und nicht im Auftrag von Peter dort gewesen war. Zunächst hatten sie sich nur zwanglos unterhalten, wobei Paul den Hauptkommissar mit einer Anekdote belustigt hatte, dass dieser einen bekannten Namensvetter besaß: Friedrich Sonnemann, den fürstlichen Baumeister des letzten männlichen Sprosses der Linie Hessen-Nassau. Der Mann also, der den Grundstein zu dem prächtigen Gesamtbau des Biebricher Schlosses gelegt hatte, als er das westliche Lustschloss und sein östliches Adäquat baute.

Unter Auslassung all der Punkte, die Peter und seine Ermittlungen betrafen und nichts mit der Sache in der Mühle zu tun zu haben schienen, hatte er dem Hauptkommissar in allen Einzelheiten erzählt, was ihn zu Peitner geführt hatte und was dort geschehen war. Sonnemann hatte ihm im Gegenzug ohne zu zögern alles abgenommen und ihn für seine Beobachtungsgabe gelobt. Die nächste halbe Stunde hatte er über den Steckbriefen gebrütet, um vielleicht den vermeintlichen Polizisten und seinen Helfer zu identifizieren. Tatsächlich hatte er den Mann gefunden, der als Wachtmeister Obermann aufgetreten war, und ihn Sonnemann gezeigt, der sich nicht sonderlich verwundert gezeigt hatte.

„Markus Matthäus Heider", murmelte Paul, während er den Weg zum Warmen Damm einschlug, um in das Villenviertel nördlich des Kurhauses zu gelangen, wo der Maler sein Atelier hatte. „Na, da haben die ganzen Heiligen, nach denen man ihn benannt hat, aber keine schützende Hand über ihn gehalten. Vergebliche Liebesmüh."

Der Warme Damm und die Wilhelmstraße waren voller elegant gekleideter Menschen, die im Lichte der strahlenden Frühlingssonne den Müßiggang genossen. Kurgäste aus aller Welt waren darunter, und Paul hörte viele fremde Sprachen, vor allem Französisch und Russisch. Geistliche mischten sich im vollen Ornat unter die modisch gekleidete Oberschicht, und endlich waren die Wege auch trocken genug, dass die Damen nicht mühevoll oder mit allen Tricks der Schneiderkunst ihre Schleppen raffen mussten, um sie vor Schaden zu bewahren. Ausladende Hüte oder Spitzenschirme schützten die Haut der Damen vor dem Sonnenlicht und gingen der bald zu erwartenden Pracht der Frühlingsblumen voraus.

Paul war es bald leid, ständig seinen Hut lüften zu müssen, um zu grüßen, und verließ den Park zur Paulinenstraße hin. Durch einen Seiteneingang betrat er den Kurpark, für den man zu dieser Jahreszeit noch kein Entgelt entrichten musste, hastete hindurch und verließ ihn am anderen Ende wieder. Auch auf der Sonnenberger Straße flanierten die Leute, und Paul eilte in eine Seitenstraße, in der sich niemand aufhielt.

Er erreichte die angegebene Adresse und schritt durch den Garten ins Hinterhaus, das ein teilweise verglastes Dach besaß. Anklopfen war nicht nötig, die Tür zum Atelier stand offen, und er wurde bereits erwartet.

„Herr Langendorf – schön, dass sSie so schnell Zeit für mich und meinen vielleicht seltsam anmutenden Wunsch erübrigen konnten“, begrüßte ihn de Cassard mit einem strahlenden Lächeln und stellte sich Pauls Betrachtung.

Dem Künstler musste man wohl nachsehen, dass er keinen Hut trug, sondern ein Barett schräg über seine ungebändigten schwarzen Locken gezogen hatte. Trotzdem hatte er eine natürliche Eleganz, die in den Rahmen jeder feinen Gesellschaft passte.

„Gern geschehen, Monsieur de Cassard, und ich gestehe, ich bin selbst gespannt. Bei dem Haus, das wir besuchen können, habe ich das Endergebnis selbst noch nicht bewundern dürfen. Ich kenne nur die Skizzen des Künstlers, eines russischen Symbolisten ... Wrubel ist sein Name. Ich konnte den Besitzer des Hauses erreichen. Er ist zwar nicht im Haus, aber sein Diener wird uns einlassen. Es ist im Nerotal.“

„Das klingt großartig, dann lassen Sie uns aufbrechen ... ich hoffe, Sie haben nichts gegen einen Spaziergang? Wir könnten zurück eine Droschke nehmen.“

Auf dem weiteren Weg waren Paul die vielen Menschen gleichgültig, die ihnen begegneten. Er war so ins Gespräch mit dem jungen Maler vertieft, dass er die anderen Spaziergänger gar nicht wahrnahm, außer sie begrüßten de Cassard. Das zwanglose, offene Verhalten des Franzosen war für ihn wie Balsam und vertrieb all die düsteren Wolken der vergangenen Tage. Selbst als er nach seinem Beruf und seinen derzeitigen Projekten fragte, konnten diese Wolken den wundervollen Tag nicht trüben. Neugierig sahen sie sich die Ausgrabungsarbeiten an den Überresten der Thermen an, und Paul erklärte dem Maler architektonische Details der römischen Bauten. Dabei kamen sie sich sehr nahe, und Paul lief ein Schauer über den Rücken, als Valerian ihn wie zufällig berührte.

Das wissende Lächeln um die Lippen de Cassards reizte ihn zusätzlich. Er spielte mit Paul, aber der konnte nicht anders, als es zu genießen und sich dem hinzugeben. Nur unter Aufbietung aller Vernunft konnte er den Wunsch unterdrücken, Valerian an sich zu ziehen und ihn zu küssen. Immer wieder verfluchte er in Gedanken all die Scheinheiligen, die den Paragrafen 175 ausgearbeitet hatten und rigoros umsetzten. Aber niemand schien sich an den beiden Männern zu stören, die angeregt über Kunst, Historie und Architektur fachsimpelten, oder auch nur den geringsten Verdacht zu hegen, dass in ihren Köpfen etwas vorging, das mit den guten Sitten nicht übereinkam.

Paul wünschte sich, der Spaziergang möge nie enden. Selbst wenn das Verhältnis zu dem Maler sich rein platonisch gestalten sollte, er fühlte sich wohl. Es genügte ihm. Die gelegentlichen Berührungen erzeugten Gefühle, die er in sich aufsog und in einer Kammer seines Gedächtnisses speicherte, wo er sie sorgsam bewahren wollte, ahnend, dass er lange davon würde zehren müssen. Mehr konnten sie sich in dieser Umgebung nicht erlauben.

Der Diener erwartete sie bereits in der Villa, und sie folgten ihm ins Treppenhaus, das von farbigem Licht durchflutet war. Hohe Fenster mit Bleiverglasung und bemalten Scheiben ließen die Frühlingssonne ungehindert ein. De Cassard war begeistert und betrachtete sie lange und eingehend. Paul konnte die Begeisterung seines neuen Freundes gut verstehen.

„Fantastisch. Die Entwürfe waren eine Augenweide, aber das übertrifft alles. Ich glaube, selbst bei schlechtem Wetter ist man hier von mystischem Glanz umgeben", sagte Paul.

„Licht und Schatten sind in der Kunst ausschlaggebend", gab Valerian zurück. „Nur durch ihren geschickten Einsatz wird ein Bild erst zum Kunstwerk. Ich muss das Licht, das durch das Glas fällt, unbedingt in meine Planung einbeziehen. Es wird nicht nur optimal beleuchtet, sondern auch durchleuchtet. Die Schatten müssen entsprechend intensiver werden. Der Maler ist wirklich ausgezeichnet – Russe?"

„Das Haus gehört dem Großfürsten von Omsk. Er hat es für seine Familie gebaut, weil seine älteste Tochter einen Vertreter des Hauses Nassau-Weilburg geheiratet hat und die Familie gern hierher zur Kur kommt", erklärte der Diener. „Der Herr hat die Pläne Herrn Langendorfs mit nach Russland genommen und den Maler um Entwürfe gebeten."

„Den Namen des Künstlers sollte man in Erinnerung behalten, er ist wirklich hervorragend und sein Werk etwas Besonderes. Danke für diese Inspiration."

Sie verließen das Haus wieder und liefen zurück Richtung Innenstadt, um sich auf dem Platz an der Spitze des Parks eine Droschke zu gönnen. Sie mussten warten, da kein Wagen in Sichtweite war, und unterhielten sich angeregt über das Denkmal der Germania auf dem Platz.

Man hatte es mit einem Lattenzaun großräumig abgesperrt, und Paul schüttelte den Kopf, als er die rostigen Flecken am Fuß der Metallstatue sah. „Da hat jemand grob gepfuscht. So lange steht die alte Dame doch noch gar nicht. Sogar hier hat jemand am Material gespart."

„Nehmen Sie schon mal Abschied von ihr. Ich habe die Entwürfe für ein neues Kriegerdenkmal gesehen und finde sie grauenvoll. Die alte Dame wird uns nicht mehr lange mit ihrer Pracht beglücken, sondern ein stilisierter Reiter aus Stein", schnaufte de Cassard.

Paul stöhnte: „Moderne Zeiten. Ich glaube, der Herr da drüben gehört auch dazu." Er wies auf einen Mann, der mit einem großen Kasten auf einem massiven Dreifuß hantierte, um ihn aufzubauen. Zwei junge Mädchen mit ausladenden Strohhüten betrachteten derweil ein kleines Album.

„Fotografen – denen wird ein Gutteil der Zukunft gehören. Aber solange sie nur Bilder produzieren können, die wie eine Kohlezeichnung aussehen, und keine Farbe hineinbringen, werden wir Meister der Pinsel sicher nicht brotlos werden. Ich gestehe aber, dass auch ich gern auf Fotos zurückgreife, wenn es um die Vorzeichnung für meine Werke geht. Die Personen, die ich male, mögen nicht stundenlang Modell sitzen, nur die wenigen Minuten, die es bedarf, ein Foto zu machen, und danach noch etwa eine Stunde für die Zusammenstellung der Farben. Das ist schon praktisch."

Paul sah dem Mann gespannt zu, der seine massige Kamera justierte und den beiden Damen Anweisungen gab, wie sie sich postieren sollten und wie lange sie absolut stillstehen mussten. Paul griff neugierig zu dem Album, das der Mann als Werbung mitgebracht hatte. Valerian betrachtete es mit ihm, und Paul wurde sich erneut seiner Nähe bewusst, die ihm einen Schauer über den Rücken laufen ließ. Dann versteifte er sich, und die angenehmen Gefühle wurde zu kaltem Entsetzen.

„Was haben Sie?", fragte Valerian leise, der es gespürt haben musste.

Paul starrte mit offenem Mund auf eines der Fotos, das genau an dem Punkt entstanden sein musste, an dem sie standen. Er reagierte nicht auf die Frage des Malers, sondern starrte weiter auf das Bild. Ein kurzer Text in einer schwungvollen Handschrift auf der gegenüberliegenden Seite erklärte, die Aufnahme sei als Test für Belichtungen bei Sonnenschein ohne bestimmtes Motiv entstanden. Warum man bei einem Foto lange stillhalten musste, bewies die Person auf dem Foto, die Pauls Interesse und Schrecken geweckt hatte.

Es war Peitner.

Er diskutierte mit heftigen Armbewegungen mit einem elegant gekleideten Mann, dessen Hand in der Sonne verdächtig metallisch glänzte. Neben den beiden stand ein weiterer, untersetzter Mann mit dichtem Backenbart und starrte die beiden Disputanten grimmig an, und hinter diesem Mann, in dem Paul General von Reiffenberg erkannte, stand ein weiterer Mann im Schatten eines Baumes. Er hatte stillgehalten, deshalb war er trotz des Schattens gut zu erkennen. Obermann alias Heider.

„Die beiden streiten, oder?", fragte er Valerian und wies auf die Männer am Bildrand.

„Ich würde sagen, sie springen einander gleich ins Gesicht. Das ist kein einfacher Streit, wenn ich mir die Gesichter so ansehe", stellte der Künstler fest. „Zwei Personen kenne ich. Den Baron und Reiffenberg."

„Der Hektiker ist ein Gutachter namens Peitner. Oder besser, er war es, er ist tot, und der Mann im Schatten hinter dem General ist sein mutmaßlicher Mörder." Paul war blass geworden und sah Valerian verlegen an.

Der Maler sah sich um, bevor er ihn vertraulich über den Arm strich, um ihn zu beruhigen. „Auch wenn ich Sie verstehen kann – vergessen Sie es, gegen die kommen Sie nicht an. Aber vielleicht kann Peter helfen?"

„Interesse an einem Foto?", fragte der Fotograf und wies mit einer ausladenden Handbewegung auf seinen Apparat.

„Nicht von uns, aber wäre es möglich, dieses hier zu kaufen? Gerade weil es kein Motiv hat, finde ich es interessant. Vor allem, weil man die gute alte Germania so schön darauf sieht, lange wird sie uns ja nun nicht mehr erhalten bleiben", bemühte sich Paul um einen sachlichen Tonfall.

„Wie … die Germania wird nicht erneuert?", fragte der Mann fassungslos. „Das ist gut zu wissen, vielen Dank für den Hinweis, dann lohnt sich das Bild ja doch noch für mich. Sicher werden noch andere Menschen eine Erinnerung an sie haben wollen. Ich werde es gleich vervielfältigen, wenn ich zurück im Atelier bin, daher kann ich Ihnen diesen Abzug gerne verkaufen."

Sie einigten sich auf einen Preis, und Paul bekam das Foto in einem Umschlag mit einer Karte des Fotografen ausgehändigt. „Was wollen Sie mit dem Foto machen?", fragte Valerian.

„Ich weiß noch nicht. Vielleicht gebe ich es Hauptkommissar Sonnemann, aber ich will erst Peter fragen."

Eine Droschke brachte sie zum Atelier des Malers. Valerian zog Paul mit sich, als er ausstieg und den Kutscher bezahlte. „Kommen Sie, Sie brauchen noch ein bisschen Ablenkung, damit der Tag auch so schön abgeschlossen wird, wie er begonnen hat", raunte er ihm zu.

Paul folgte ihm mit gemischten Gefühlen. Einerseits wollte er Peter über seine Entdeckung informieren, andererseits konnte der längst zu seinen nächtlichen Ausflügen aufgebrochen sein. Daher folgte er Valerian in dessen Wohnung. Verwundert sah sich Paul um. Valerian hatte nur wenige Möbel, und die waren eher archaisch zu nennen denn stilvoll. Dennoch passte alles gut in das gediegene Ambiente der Wohnung. Dafür hingen alle Wände mit Bildern und Entwürfen voll. Kohlezeichnungen in den unterschiedlichsten Entwicklungsstadien, schwungvolle Aquarelle und Aktzeichnungen, dazwischen fertiggestellte Ölporträts. Vor den großen Fenstern standen hochbeinige Tischchen, auf denen einfache, unverzierte, rohe Tonschalen in Erdfarben standen. Darin waren kunstvoll geschnittene Bäumchen arrangiert.

„Bonsai nennt man die, oder? Die Japaner machen das als gestaltete Landschaft im Kleinformat?“ Paul bestaunte einen Baum mit armdickem Stamm und winzigen Blättern, der wie die Miniaturausgabe einer dicken Buche wirkte.

Valerian trat zu ihm und strich ihm über den Rücken. „Ja. Das ist eine chinesische Ulme, man hat mir diesen Baum schon vorgezogen mitgebracht, und ich versuche im Moment, ihn zu erhalten. Die anderen sind meine eigenen Zuchterfolge. Ich bin ganz stolz darauf.“

Ihre Blicke trafen sich, und Paul schmolz dahin. Der vernunftbegabte Teil seines Bewusstseins drängte ihn, sofort das Haus zu verlassen, ehe er einen fatalen Fehler machte, der ihm endgültig das Genick brechen würde, wenn er herauskam. Aber er konnte nicht verhindern, dass seine lange unterdrückten Triebe Oberhand gewannen und die Vernunft völlig verdrängten. Valerians Hand in seinem Nacken unterband jeden Fluchtinstinkt, und so fanden sich ihre Lippen zu einem Kuss, der ihn formbar machte wie Wachs in Valerians Händen.

„Keine Angst, außer mir wohnt niemand in diesem Haus. Es kann uns niemand sehen – wir sind ungestört. Mir war dieses Haus nicht nur wegen des großen Anbaus für mein Atelier sympathisch, sondern auch wegen der hohen Mauer und den vielen dichten Eiben hinter den Teilen der Umfassung mit Zaun“, erklärte Valerian in einem beruhigenden, schmeichelnden Tonfall, dem Paul sich nicht entziehen konnte. Er gab sich den geschickten, schmalen Händen hin, die ihn ohne Zögern seiner Jacke entledigten und ihn langsam, aber bestimmt in einen anderen Raum drängten.

Paul ließ sich treiben und ergab sich den Wünschen seines Begleiters, die mit den seinen so sehr harmonierten. Der Raum war das Schlafzimmer, dessen Fenster von dünnen, weißen Vorhängen verborgen waren, die das Abendlicht sanft filterten. Das Bett war groß und flach und eigentlich nur ein massiver Rahmen mit einer Matratze. Darüber hing ein weites, feines Netz, wie man es in den Kolonien zur Abwehr von Stechmücken benutzte. Ein weißer Schleier, der zusammen mit dem vollständig weiß gestrichenen Raum eine unwirkliche Szenerie erzeugte.

„Ich glaube, ich bin im Himmel", murmelte Paul.

„Genau das soll es auch bewirken – fühl dich in meinem Himmel wie zu Hause", hauchte ihm Valerian ins Ohr und fuhr mit der Hand unter Pauls Hemd.

Ohne dass er sie steuern konnte, begannen auch Pauls Hände ein Eigenleben und entkleideten Valerian. Dabei küssten sie einander innig und fielen schließlich nackt auf die weißen Laken. Nicht mehr Herr über sich und ihre Gefühle, gaben sich die beiden Männer ihren Begierden bis zum Äußersten hin, genossen die verbotene Zweisamkeit und sogen all die Erregung und Gier des anderen in sich auf, damit sie davon lange zehren konnten, war doch ungewiss, ob es jemals eine Wiederholung dieser Erfüllung geben würde.

Erschöpft, erlöst von den Qualen der Selbstkasteiung und glücklich ließen sie schließlich voneinander ab und schliefen aneinander geschmiegt ein.

Flucht aus der Gosse

Paul kam am Abend nicht zurück, und Peter hatte auch kaum damit gerechnet. Ein fieses Grinsen zog sich um seine Mundwinkel, als er daran dachte, was sein Bruder wohl gerade trieb. Der Gedanke, dass er sich wissentlich als Kuppler betätigt hatte, focht ihn hingegen überhaupt nicht an.

Da gab es ganz andere Leute, Leute wie Baron von Wallenfels, der seine minderjährige Tochter einzig aus eigenen Machtinteressen mit dem wohl übelsten Heuchler der ganzen sogenannten feinen Gesellschaft verkuppelte. Ohne Rücksicht auf die Gefühle und das Lebensglück der schönen und intelligenten jungen Frau, die wahrlich Besseres verdient hatte. Etwas deutlich Besseres als einen schmierigen, untersetzten und deutlich zur Fettleibigkeit neigenden und schon bald haarlosen Mann mit Schweinsäuglein und schiefem Blick. Einen Mann, der ohne seine guten Verbindungen und seine Adelstitel nicht mehr Beachtung bei den Damen gefunden hätte als ein Pferdeapfel und der zudem einen äußerst verstörenden Charakter besaß. Aber das war es wohl, was Menschen wie die Baronesse statt Arbeit, Hunger und Krankheiten hinzunehmen hatten: die Sklaverei des hohen Standes. Nicht selbst entscheiden zu dürfen, wer als Lebensbegleiter angemessen war. Nicht frei wählen zu dürfen, sondern sich Konventionen unterzuordnen.

Peter spuckte auf das Straßenpflaster. Paul war ein erwachsener Mann, der selbst wusste, worauf er sich einließ. Dass er seinen Bruder in diese Richtung geschubst hatte, konnte man kaum als Kuppelei betrachten. Eher war es ein Tritt in den Hintern, damit er eine Chance nicht verpasste. Paul hatte ein Stück Glück bitter nötig, nachdem man ihn bis zum Hals in den Dreck gestoßen hatte. In Valerians Armen fand er vielleicht für eine Weile Vergessen.

„Auch hinter Pauls Elend steckt Wallenfels. Es war sein Architekturbüro, seine Baufirma, die diesen Pfusch gemacht hat, und es ist sein Chemiewerk, das die Ratten ausgespuckt hat. So langsam könnte man Hass auf ihn entwickeln. Worin hat dieser Mann eigentlich nicht die Finger? Sogar in der elendsten Form der Kuppelei – den Orgien im Haus seiner Eltern. Schön, dafür ist möglicherweise Heinrich verantwortlich, aber ob das ohne Wissen des Vaters geschieht? Kaum. Eher ist es ein perfider Plan, Leute ohne Rückfahrkarte ins Elend zu schicken oder fester an sich zu binden."

Zu Fuß schlug er sich nach Kastel durch, um so wenigen Menschen wie nur möglich zu begegnen. Vor allem wollte er keinem seiner neuen Bekannten aus Biebrich über den Weg laufen. Auf dem Paulusplatz sah er sich missmutig um. Die Häuser waren früher von der besseren Sorte gewesen. Massive Ziegelbauten hatten einstmals die Facharbeiter der Werke am Rhein beherbergt. Inzwischen waren auch sie verfallen und zu Rattenlöchern geworden.

Wie aufs Stichwort sprang vor ihm eine Ratte aus einem Kellerfenster. Ein normales Tier, das sofort floh. Er atmete auf und vergewisserte sich, dass er die Flasche mit dem Jod dabeihatte. Er wollte jeder Gefahr aus dem Weg gehen. Auch der durch die Ratten.

Dass diese Gefahr sehr real war, wurde ihm bewusst, als er hinter einer Hausecke einen Schrei vernahm und vorsichtig nachsah, was vor sich ging. Ein kleiner Junge versuchte verzweifelt, sich einer riesigen Ratte zu erwehren, während seine Mutter hilflos danebenstand und nicht wusste, wie sie ihrem Kind helfen sollte. Das Tier hatte sich im Arm des Kindes verbissen. Peter sah sich um und fand einen Ziegelstein. Er packte ihn, sprang hinzu und griff der Ratte in den Nacken, die aber nicht losließ. Peter drückte das Tier zu Boden und schlug ihm mit aller Kraft den Ziegelstein auf den Kopf. Der Widerstand des Tieres erstarb, und Peter konnte die Kiefer aus dem Arm des Jungen lösen.

Die Mutter sprang hinzu und versuchte, die Blutung zu stoppen, aber Peter hielt sie zurück, als er sich daran erinnerte, was der Sektenführer zu den Vorsichtsmaßnahmen bei Rattenbissen gesagt hatte. „Lass es bluden, Frau, der Ratz hat vielleicht de Krankheit. Wenns noch blutet, gehts raus."

Die verzweifelte Frau heulte mit ihrem Kind um die Wette. Peter packte sein Jod aus und träufelte davon etwas auf die Wunde. Der Kleine schrie noch mehr, weil es brannte, aber darauf achtete Peter nicht. „Jetzt kannsts verbinnen. Dürft nichts mehr drin sein."

Dankbar sah ihn die arme Frau an, während Peter die Ratte am Schwanz packte und stirnrunzelnd in die Höhe hob. Das Tier war nicht ganz so groß wie die lebende Ratte im Käfig des Mannes bei der Sekte, aber größer als die aus Pauls Beschreibung, trotz zerschmettertem Schädel. Angewidert warf er den Kadaver in einen offenen Kanalschacht.

„Halt dich von denen fern. Sin kaa Schoßhündchen!", empfahl er dem Jungen und tippte an seinen Mützenschirm, bevor er sich schleunigst aus dem Staub machte. Das Geschrei hatte sicher die gesamte Umgebung auf das Geschehen aufmerksam gemacht.

Dann wurde ihm schlagartig bewusst, dass etwas nicht stimmte. Trotz des guten Wetters waren extrem wenige Menschen unterwegs. Ihm kam es vor, als halte Kastel den Atem an. Das konnte nichts Gutes bedeuten.

Er musste auch nicht lange nach dem Grund forschen, denn er konnte ihn deutlich auf dem einzigen beleuchteten Platz von Kastel, dem Bahnhofsvorplatz, erkennen. Der Bahnhof war mit massiven Zäunen und Stacheldraht gesichert, und es gab zweifellos diverse Scheußlichkeiten modernster Waffentechnik, um die Anlage gegen massiveres Vorgehen zu verteidigen. Auf dem Dach war eine Batterie dünner Röhren angebracht, die Peter unschwer als Dampfdruckgewehre erkennen konnte, die Kugeln oder Pfeile wie aus einer Armbrust verschossen. Hinter den Zäunen gab es sicher Auslöser, verborgen im Gestrüpp und im Pflaster der Bahnsteige. Aber es bestand auch kein Grund, den Bahnhof zu betreten, denn Personenzüge hielten dort schon lange nicht mehr. Hier wurden nur noch Güterzüge abgefertigt. Zwei riesige Zugmaschinen rangierten im Licht vieler Gasbrenner. Die gewaltigen Brennkammern schickten Dampfwolken in die kühle Nachtluft, die den Vorplatz einhüllten wie der Nebel vom Fluss. Dieser Dunst bot ein gespenstisches Bühnenbild für das Drama vor dem Bahnhof.

Sie standen einander gegenüber wie Gladiatoren in einer Arena, bewegungs- und lautlos, so dass man sie zunächst gar nicht bemerkte. Auf der einen Seite der Fuchs und ein gutes Dutzend seiner Leute, auf der anderen ein dunkelhäutiger Hüne mit ebenso vielen Bundesgenossen. Noch standen sie zwanzig Schritt voneinander entfernt und läuteten das Schauspiel ein, indem sie einander unflätig beleidigten. Doch das würde sich bald ändern, das konnte Peter an den gereizten Mienen deutlich erkennen. Das Streitgespräch nahm immer mehr an Heftigkeit zu und erinnerte an ein Spiel mit festen Regeln.

Dieses Ritual erforderte Geduld. Entweder verlor eine Seite die Nerven und schickte ihre Kämpfer vorzeitig in die Schlacht, was nicht gerade zum Ansehen beitrug und meist in einer Niederlage mündete, oder aber einer von beiden erkannte eine Schwäche auf der anderen Seite und nutzte die an einem bestimmten Punkt aus. Wie auch immer diese Schlacht ausging, der Sieger würde die Führung übernehmen, der andere landete im Fluss.

Der Fuchs war schon lange im Geschäft und hatte daher schon eine ganze Reihe solcher Schlachten erlebt. Ihn herauszufordern war ein Risiko. Aber es gab immer jemanden, den die Macht und das Geld des Fuchses anzogen. Die Kunde von seiner Niederlage in Biebrich ließ Schwäche vermuten, denn es war in diesen Kreisen absolut unmöglich, so etwas zu verschweigen. Doch auch diesmal würde es sicher zu seinen Gunsten ausgehen, davon war Peter fest überzeugt. Der Fuchs blieb ruhig, während sein Gegner immer wütender wurde. Einer der Männer des Herausforderers wurde unruhig, und als er einen halben Schritt vortrat, war das wie ein Startschuss.

Die Gladiatoren stürmten aufeinander zu. Der Fuchs jedoch blieb, wo er war. Der Herausforderer kam nicht bis zu ihm durch, er rannte einem der Männer des Fuchses direkt ins offene Messer und krachte wie ein gefällter Baum vor dem Fuchs in den Dreck des Bahnhofsvorplatzes. Seine Männer zuckten zurück und nahmen die Beine in die Hand. Der Kampf war beendet, ehe er richtig begonnen hatte, und der Fuchs hatte keinen Finger gerührt. Dafür wurde er nun umso emsiger. Er trat auf den Toten zu und trat ihm in die Seite. Dann lachte er, breitete die Arme aus und forderte seine Männer auf, mit ihm eine Runde feiern zu gehen.

Sie zogen gen Kostheim ab, was Peter sehr erleichterte. Einerseits war er sicher, dass der Fuchs ihn nicht gesehen hatte, als er ihm den Zugriff auf Sanker entzogen hatte. Aber es war sicherer, wenn der Fuchs nicht in seinem Bau war, wenn er versuchte, etwas daraus zu stehlen.

Nachdem der Fuchs mit seinen Leuten in der Dunkelheit verschwunden war, eilte Peter zur Reduit. Er hastete über den Bahnhofsvorplatz, auf dem die Leiche des Herausforderers lag, als Mahnung oder Warnung für alle anderen. Niemand würde sich um den Toten kümmern oder ihn bestatten. Dafür sorgten die Ratten, die Totengräber dieser grausamen Gesellschaft.

Der Rhein hatte kaum Hochwasser, so kam Peter bis an die Pfeiler der Kaiserbrücker heran, um sich ein Bild zu verschaffen. Schilder, die die Rheinkilometer markierten, gab es schon lange nicht mehr, aber er wusste, dass der Marker 498,4 den Bootsanleger östlich der Brücke nach Mainz gekennzeichnet hatte.

Tatsächlich war in diesem Bereich eine Mauer mit einem Einstieg in die Tiefe, aus der zwei Männer stolperten, gefolgt von einem bulligen Kerl, der einem der Männer in den Hintern trat. Die beiden fluchten, machten sich aber davon, während Peter scheinbar ziellos auf den Zugang zu schlenderte.

„Was willst?", schnauzte ihn der Mann an.

„Hab gehört, hier könnt mer sich amüsieren?"

„Haste Geld?"

„N bisschen", brummelte Peter, griff in seine Manteltasche und zog einige Groschen und zwei halbe Silbermark heraus.

Der Mann grinste. „Dafür darfst dich hier amüsieren, auch mitten Weibern." Er trat zur Seite. „Bitte. Hier darfst alles."

Peter tappte unsicher hinunter. Um eine plausible Erklärung zu bieten, bemühte er sich um einen schwankenden Gang, als habe er sich Mut angetrunken. Die Treppe führte von außen in einen Keller der Reduit. An ihrem Fuß wartete ein anderer Mann und streckte die Hand aus. Peter gab ihm sein Geld und wartete.

„Des reicht für alles – dafür bekommst Bier, soviel de willst, Drogen kannst ooch bekommen und n Weib darfst ebbe benutze wie du willst. Da lang." Der Mann ging ihm voraus eine weitere Treppe hinunter. Ein betäubender Fäkalgeruch umwehte Peter und seinen Führer durch die Unterwelt, und sie gelangten in einen Kanal, in dem das Abwasser wie ein Sturzbach rauschte. Auf einem schmalen Bord balancierten sie bis zu einem breiten Durchgang in andere Kellerräume. Die Ziegelwände des Kanals waren aufgebrochen und führten in ein Labyrinth kleinerer und größerer Räume und weiterer Kanäle. Betäubende Dunstschwaden hingen überall, eine widerwärtige Mischung aus Körpergerüchen, Fäkalien und Rauschmitteln. Peter begann, sich Sorgen zu machen, wie er an diesem Ort nüchtern bleiben konnte.

„Das also ist das Reich des Fuchses in der Unterwelt, wo er seine Mädchen verbrät, wenn sie für andere Aufgaben nicht mehr geeignet sind", dachte Peter verblüfft. Es war ein großes Reich, viele emsige Hände hatten Kastel unterhöhlt, Keller und Kanäle miteinander verbunden. „Wie soll ich sie hier finden und vor allem, wie hier herausholen? Wenn mir das gelingt, dann nur mit Glück. Eine Odyssee durch dieses Labyrinth ist zum Scheitern verurteilt."

„Hier gibts was zu saufen, da hinne gibts was zu rauchen, und Weiber kannst dir aussuchen. Wenn de eine willst, dann nimm sie dir. An Ort und Stelle oder in ihrem Loch", erklärte der Mann mit einer ausladenden Handbewegung und verschwand, nachdem er einem dicken, schmierigen Kerl hinter einem roh gezimmerten Tresen ein Zeichen gegeben hatte.

Peter blieb unschlüssig stehen, bis der Kerl, der als Wirt fungierte, ihn heranwinkte und ihm einen Krug auf den Tresen knallte, eine Aufforderung, der er gern nachkam. Er lehnte sich an den Tresen, griff nach dem Bier und sah sich um. An groben Tischen aus Lattenkisten saßen grobschlächtige Kerle und kippten ein Bier nach dem anderen. Es gab sogar Musik, ein Mann spielte auf einer

Mundharmonika getragene Melodien ohne Konzept. Qualm von billigem Tabak hing in der Luft, und Peter wollte wissen, wie viel sein Geld hier wert war. Er zog seine Pfeife hervor und hielt sie dem Wirt hin. „Haste was dafür?"

„Was willst? Nur Tabak oder was zum Durchziehe ragemischt?"

„Hm, erst mal nur Tabak, sonst kriech ich nachher kein hoch, wenn ich bei den Mädels bin", gab er grinsend zurück, und der Wirt grinste ebenfalls mit seinem schadhaften Gebiss. Er reichte Peter einen Beutel.

Der Geruch des Tabaks war besser, als Peter befürchtet hatte. Offensichtlich wurden hier Männer mit einer gewissen Hochachtung betrachtet, wenn sie ihre gesamten Ersparnisse in diesem Etablissement verschleuderten. Er stopfte sich die Pfeife und griff dann zum Bier, um sich zu den anderen Männern zu gesellen, zumindest in ihre Nähe. Manche der Kerle stanken so, dass sogar die Kanalratten vor ihnen die Flucht ergriffen hätten. Sie schienen ziemlich frustriert zu sein. Den Grund erkannte Peter, als sich ein weibliches Wesen im Raum zeigte.

Zumindest etwas, das dieses Geschlecht innehatte.

Die Frau mit den fauligen Zähnen und der wenig weiblichen, verbrauchten Figur wurde trotz ihres unangenehmen Äußeren sofort von den Anwesenden mit großem Hallo begrüßt. Ein paar Mienen blieben aber finster, offensichtlich hatten diese Männer nicht den entsprechenden Obolus entrichten können, der nötig war, um wenigstens eine Frau dieser Art haben zu können. Im Schatten des Ganges sah Peter einen Mann, der hinter ihm stehenden Personen Anweisungen gab. Ein Finger mit schwarzem Nagel richtete sich auf Peter und dann mit einem Zeichen nach hinten, das Peter nicht verstand. Er vermutete, dass er damit auch für die besseren Mädchen freigegeben war.

„Hoffentlich ist sie dabei", betete er innerlich. Er hatte sich längst eingestanden, dass er in die Frau, die Valerian so geschickt porträtiert hatte, verliebt war. Neben dem Wunsch, sie möge noch am Leben sein, keimte sofort auch die Befürchtung auf, man könne sie schon fertig gemacht haben. So sehr heruntergezogen, dass aus ihr eine ebenso hässliche Matrone wie die Frau geworden war, die als Erste in den Raum gekommen war. Die billige Nutte, die sich nun mit einem lallenden Lachen auf den Schoß eines Mannes fallen ließ. Bis über die Oberkante der Reste schwarzer Zähne in ihrem Unterkiefer zugedröhnt.

Andere Frauen kamen herein, aber sie gesellten sich nicht zu den Männern, sondern gingen erst einmal zum Tresen. Dabei bemühten sie sich um eine möglichst vorteilhafte Pose, obwohl ihnen Angst ins Gesicht geschrieben stand. Sie mussten das tun, um ihre Chancen auf einen Freier zu erhöhen, sonst würden sich ihre Bewacher an ihnen vergreifen. Wer nicht mehrfach benutzt wurde, der hatte seine Existenz verwirkt. Peter kannte die Regeln und hätte am liebsten alle Mädchen aus ihrem Elend befreit. Aber was sollte aus ihnen werden? Viele Augen waren trübe, der Ausdruck ihrer Gesichter trotz der Angst abgestumpft. Was immer die Kerle mit ihnen tun würden, es bedeutete Erlösung. Entweder starben sie im Rausch oder überlebten wenigstens den nächsten Tag ohne Prügel durch die Zuhälter, weil sie Geld eingebracht hatten.

Ein letztes Mädchen kam durch den Vorhang, der den Gang in ein weiteres Kellerloch verdeckte. Peter musste sich beherrschen, um nicht sofort aufzuspringen und zu ihr zu stürzen. Dass er trotz aller Selbstbeherrschung von ihrem Anblick wie vom Blitz getroffen zusammengezuckt war, konnte dem Zuhälter nicht entgangen sein. Er deutete es aber zu Peters Glück falsch, denn er hielt das Mädchen zurück und raunte ihr etwas zu. Daraufhin schritt sie mit einer gewissen Würde auf Peter zu, doch der Blick ihrer Augen war leer.

Peter versuchte, in seine Rolle zurückzufinden, und betrachtete sie abschätzig von Kopf bis Fuß. Sie blieb vor ihm stehen und drehte sich, wobei ihr das viel zu große Flatterkleid von den Schultern rutschte und mehr enthüllte als verbarg. Von den Kerlen, bei denen Peter saß, kamen abwertende Bemerkungen, was das Mädchen für ein Hungerhaken sei, nichts dran, an dem man sich festhalten konnte, aber Peter hörte nicht darauf.

„Genau mein Fall", gab er zurück und winkte sie herrisch heran, während er das halbwegs schmackhafte Bier kippte.

Die Frau kam zu ihm, und er zog sie auf seinen Schoß. Mit einem Seitenblick auf die ältere Frau sagte er an seinen Tischnachbarn gewandt: „Sieht halbweschs gesund aus und hat noch alle Beißer in der Klappe."

„Hast recht. Wo hasten des Geld für die gute Nutte her?", gab der Alte zurück, der gierig auf den Ausschnitt des Mädchens in Peters Armen sah.

Peter zuckte die Achseln und machte eine unbestimmte Handbewegung, die der Alte nicht missverstehen konnte. Er deutete an, es jemandem entwendet zu haben.

„Wenn sie mir keine Arbeit geben, dann hol ichs mir eben so", gab er auf das Grinsen des Alten gleichmütig zurück. Dann wandte er seine Aufmerksamkeit dem Mädchen zu.

Die Stimmung im Schankraum wurde durch die Anwesenheit der Frauen gelöster, auch wenn nach wie vor einige Männer frustriert schienen, dass sie an dem anschließenden Vergnügen mit den Mädchen keinen Anteil haben würden. Peter sah der Frau auf seinem Schoß in die Augen, die die Arme um seinen Hals geschlungen hatte und sich an ihn drückte. Alles geschah mechanisch, als sei sie eine Puppe mit Dampfantrieb, wie man sie auf Jahrmärkten bewundern konnte. Es waren eingeprügelte Verhaltensweisen, denn bei allem blieb sie völlig leidenschaftslos. Ihre auf dem Porträt so ausdrucksvollen grünen Augen waren glanzlos und verquollen. Die Pupillen waren geweitet, die Augäpfel rot. Das kastanienfarbene Haar hing wie Heu auf ihre Schultern, verfilzt und nur halbherzig frisiert. Im Gesicht und auf allen unbekleideten Hautstellen konnte er mit Puder überdeckte blaue Flecken erkennen. Die zarte Haut war von Narben und Pusteln übersät, das billige Parfüm überdeckte kaum den Geruch der Kanäle.

Aber sie lebte, und solange sie lebte, gab es Hoffnung, sie auch aus den Kanälen herauszuholen. Die körperlichen Wunden konnten heilen, die Drogen wieder aus ihrem Körper gespült werden. Es war eine qualvolle Prozedur, das wusste Peter, da man sie aber noch nicht so lange unter Drogen hielt, würde es nicht viel Zeit in Anspruch nehmen. Schlimmer wog, wenn sie sich bei ihren Freiern mit einer Geschlechtskrankheit angesteckt hatte.

Der Wirt brachte Schnäpse für die Männer, die sich mit einer Frau vergnügen durften. Der Hochprozentige sollte die Herren ein bisschen mehr in Stimmung bringen, damit sie richtig über die Damen herfielen, doch Peter entsorgte den Inhalt unauffällig auf den Fußboden. Die Männer um ihn herum bemerkten es nicht, sie waren zu sehr damit beschäftigt, das Letzte für sich aus dieser Nacht herauszuholen, und die ersten verschwanden mit ihren Mädchen in dem Gang hinter dem Vorhang.

„Wo können mir zwei Hübsche uns amüsieren?", fragte Peter das Mädchen lallend, als zeige der Schnaps Wirkung.

Sie rutschte von ihm herunter und zog ihn zu dem Gang. Aufmerksam registrierte Peter jedes Detail seiner Umgebung. Er wusste, dass er mit dem Mädchen nicht den Weg nehmen konnte, den er gekommen war, denn dort lauerten die Wachhunde des Fuchses. Die Frauen durften den Kanal sicher nicht verlassen. Aber die vielen Kanäle hinter dem Schankraum boten möglicherweise einen anderen Ausstieg. Von irgendwoher wehte ein leichter Hauch frischer Luft durch die Gänge, ohne den die Mädchen an diesem Ort sicher schon erstickt wären.

Katharina zog ihn an Nischen vorbei, in deren Düsternis lüsterne Geräusche verrieten, was hinter den Sackleinenvorhängen geschah. In einer davon brannte ein Kerzenstummel und verriet, dass sich die Männer dort mit ihren auserwählten Gespielinnen auf Decken vergnügten, die auf dem rohen Boden lagen. Die Kammern hatte man von einem trockengelegten Kanalschacht aus in die angrenzende Erde gegraben. Dann hatte man sie mit Holzplanken grob verschalt, damit die darin Befindlichen nicht verschüttet werden konnten, wenn der Boden des Schwemmlandes ins Rutschen kam. Vor allem wunderte es Peter, dass es in den Kammern trocken blieb, obwohl das Grundwasser nicht weit sein konnte.

Plötzlich konnte er sich einen Reim auf das beständige unterschwellige Wummern in den Gewölben machen. Es war ihm schon aufgefallen, als er an der Reduit in den Untergrund abgetaucht war. Es musste eine funktionstüchtige, große Dampfwasserpumpe geben, die im Dauerbetrieb die gesamte Gegend trocken hielt. Der Fuchs hielt seinen Bau sauber.

Beim Bau der Festung Maaraue hatte man mehrere solcher Pumpen installiert, um das Grundwasser und die ständigen Überschwemmungen aus den Gebäuden herauszuhalten. Die Schlote der Dampfkessel, die zum Betrieb dieser Pumpen nötig waren, hatten Ausmaße angenommen, die sie zu einem fragwürdigen Wahrzeichen des industriellen Wahnsinns stilisierten. Sie waren weithin sichtbar, höher als die Marktkirche. Auch in der Reduit hatte man kurz nach dem Bau eine solche Pumpe eingerichtet. Bislang war Peter davon ausgegangen, man habe sie mit Verlassen der Reduit wieder demontiert. Falsch gedacht …

Doch das Dröhnen der Pumpe warf neue Fragen auf. Der Unterhalt einer solchen Maschine war teuer und aufwändig. Die Unmengen Kohle, die ein solches Monstrum tagtäglich verbrauchte, konnte eigentlich nur beschafft werden, wenn man viel Geld hatte und einen Zugang zum Güterbahnhof – oder zum Freihafen Maaraue. Ein Ding der Unmöglichkeit für einen Kriminellen wie den Fuchs. Aber die Klärung dieser Fragen war nicht seine Aufgabe, daher verschob Peter sie auf ein anderes Mal.

„Wie ein Ameisenhaufen“, schoss es Peter durch den Kopf. „Ob die Kasteler wissen, was unter ihren Füßen vor sich geht und wie unsicher der Boden ist, auf denen ihre Häuser stehen? Ich könnte mir gut vorstellen, dass hier ein ums andere Mal der Boden wegbricht und auch ein Haus oben mit einstürzt.“

Das Mädchen drängte ihn in eine Kammer, die in einem besseren Zustand war als die Erdlöcher der anderen Frauen. Es war ein alter Aufstiegsschacht, den man nach oben mehrfach gesichert hatte. Im Licht der Öllampe, die dort rußig vor sich hin blakte, erkannte Peter ein Eisengitter, das man in die Schachtwände eingemauert hatte, und dass der Schachtdeckel zugeschweißt war, damit es nicht hineinregnete. Durch diesen Schacht war ein Entkommen unmöglich, und es erschien Peter auch zu früh, um einen Versuch zu wagen.

Erst wenn alle richtig abgefüllt waren und sich mit ihren Weibern vergnügten, wurden die Wächter wahrscheinlich nachlässiger.

Katharina begann mit mechanischen Bewegungen, Peter zu entkleiden. Es war eine antrainierte Verhaltensweise, wie das Schöntun im Schankraum. Peter war nicht sicher, was er tun sollte. Einerseits drängte ihn alles, der Frau seiner Träume beizuwohnen. Doch in diesem Moment, an diesem Ort und in einem Geisteszustand, in dem sie unfähig war, sich über ihre Situation und ihre Gefühle klarzuwerden und frei zu entscheiden, wollte er es nicht. Auch wenn er sicher war, dass sie eigentlich nicht mitbekam, was mit ihr geschah, weil die Drogen ihren Verstand benebelten, hielt er es für keine gute Grundlage, wenn es ihnen gelingen sollte zu fliehen. Konnte er ihr noch guten Gewissens in die Augen sehen, wenn sie wieder gesund war, und vielleicht sogar um sie werben, und woran würde sie sich erinnern?

Sie forderte ihn nicht heraus und sah ihn nur verwirrt an, als er so gar nicht reagierte. Peter vermutete, dass bald einer der Zuhälter nach dem Rechten sehen würde, dann durfte er nicht mehr dastehen wie ein Ochse im Joch. Er nahm sie in den Arm, als habe er Angst, sie zu zerbrechen, und küsste sie. Ihren Mund drehte sie weg, wie man es einer Hure beibrachte, daher strich er mit seinen Lippen an ihren Wangen und dem Hals entlang immer tiefer, bis zum Ansatz ihre kleinen, festen Brüste.

Trotz der Örtlichkeiten und ihrer Situation schien sie seine Zärtlichkeiten mit einem Mal zu genießen, denn ihre Bewegungen hatten plötzlich nichts Puppenhaftes mehr. Ihre Hände strichen sanft über seinen nun halb entblößten Körper, und mit einer schlangenartigen Bewegung ihres Leibes half sie ihm, sie des Kleides vollständig zu entledigen. Nun lag sie nackt in seinen Armen, aber er hütete sich, über sie herzufallen wie ein wilder Stier, obwohl jede Faser seines Körpers danach schrie. Er hatte schon lange nicht mehr das Vergnügen des Beischlafs auskosten dürfen und begann, Paul zu bewundern und zu bedauern. Der musste sich länger als er selbst kasteien, weil es für ihn noch viel weniger Möglichkeiten gab, seinen Trieben freien Lauf zu lassen.

Er begehrte Katharina, aber er hielt sich zurück, um keine unangenehmen Erinnerungen zu verursachen, die ihm später im Weg stehen würden. Sofern es ihm gelingen sollte, eines schönen Tages um sie freien zu können.

Er spürte ihren nackten Leib an seinem und liebkoste sie, küsste ihre Brüste und ihren Leib und fiel vor ihr auf die Knie. Sie stieß einen wohligen Seufzer aus, den sie so mit Sicherheit noch bei keinem ihrer Freier von sich gegeben hatte, und kraulte sein Haar, während er mit seinen Lippen an den Innenseiten ihrer Schenkel entlangfuhr. Unendlich langsam zog er sie zu sich hinunter und in seine Arme. Sie löste den Gürtel seiner Hose und fuhr mit der Hand hinein, um sein steifes Glied zu umfassen. Auch Peters Kehle entrang sich ein Seufzer, und er schloss die Augen, genoss das Ziehen in seinen Lenden und wünschte sich nichts sehnlicher, als es an einem anderen Ort als diesem stinkenden Moloch mit ihr zu treiben.

Katharina legte sich vor ihm auf die zerschlissenen Decken und zog seine Hose weiter herunter. Dabei ließ ihre Rechte nicht von seinem Glied ab. Peter glaubte, platzen zu müssen, wenn sie nicht aufhörte oder er sie einfach nahm. Da ihre Erregung auch zunahm und nicht nur gespielt war, drückte er ihre Schenkel auseinander und legte sich dazwischen. Es kostete ihn unendliche Kraft, nicht sofort in sie einzudringen, sondern sie weiterhin zu erregen, indem er ihre Brüste küsste und mit dem Finger über ihre Scham strich.

„Komm ...“, hauchte sie. „Ich bin bereit!“

Etwas in ihm gab nach, und der letzte Damm brach. Er glitt in sie, und sie schien mit ihm zu explodieren. Ihr Becken bewegte sich in seinem Rhythmus, und ihrer beider Stöhnen hallte durch den Kanal. Peter fühlte sich, als sauge sie ihm den Lebenssaft aus und lasse ihn als leere Hülle zurück. Genau so sank er schließlich keuchend neben ihr auf das harte Lager. Er war völlig erschöpft, aber auch zutiefst befriedigt und erfüllt. Bevor er es verhindern konnte, zog sie eine Decke über sich und ihn, und er schloss die Augen zu einem kurzen Schlaf.

Lange hatte diese Ruhe nicht gedauert, da war er sich sicher. Der Saft seiner Lenden verklebte sein Schamhaar, war aber noch nicht völlig eingetrocknet. Ein Schrei hatte ihn und seine Gespielin geweckt. Ein weiterer, schmerzerfüllter Schrei hallte durch den Kanal. Dann vernahmen sie laut und deutlich das Wort: „Ratten!"

Lautes Jammern folgte, es klatschte, als jemand der schreienden Frau eine gesalzene Ohrfeige verpasste. Sie ließ sich nicht beruhigen. „Die Bestie hat mich gebissen, sie war riesig", konnte Peter unter Schluchzen deutlich vernehmen.

Dem folgten ein überraschter Ausruf und wildes Getümmel. Jemand versuchte wohl, mit einem Knüppel auf etwas einzuschlagen, traf aber immer nur Holz oder Stein. Peter sprang halbnackt auf und sah den Gang entlang. Dabei zog er seine Hose hoch, die ihm in den Kniekehlen schlabberte.

„Ist es eine von den Monsterratten?", fragte die junge Frau hinter ihm mit fester Stimme.

Peter sah sie überrascht an. Tatsächlich hatten sich ihre Augen geklärt, und sie sah ihn fragend an. „Weißt du, wohin der Gang führt?", fragte er und wies in die der Gaststube entgegengesetzte Richtung.

„In den Hauptsammler von Amöneburg. Es ist aber gefährlich, dorthin zu gehen."

Peter sah zu dem Menschenauflauf im Schankraum. Weitere Schreie kamen vor dort, nicht nur von Frauen. „Eine ganze Rotte der Bestien!", hörte Peter einen Mann jammern.

„Zieh dich an. Wir versuchen, dort rauszukommen! Alles konzentriert sich auf die Ratten. Wir können uns dieser Gefahr ebenfalls aussetzen, oder wir nutzen die Situation."

„Warum soll ich mit dir gehen?", fragte sie, tat aber, was er von ihr verlangt hatte, und streifte sich das schlecht sitzende Kleid über.

Peter raffte wortlos seine Kleidung zusammen und zog sich schnell an. Dann prüfte er den Inhalt seiner Manteltaschen und spähte erneut hinaus. „Die Luft ist rein. Die spielen alle mit den Ratten."

Er packte sie am Arm und hastete mit ihr auf dem Bord entlang, so schnell es die Dunkelheit zuließ. Ihre Augen gewöhnten sich an die Düsternis, die nicht so allumfassend war, wie man gemeinhin annehmen durfte. Das Wasser und die Ziegelwände schienen

Licht auszustrahlen, gerade so, als hätten sie das Sonnenlicht gespeichert, als sie sich noch an der Oberfläche befanden, und würden es nun langsam wieder abgeben.

„Weißt du, wo wir hinmüssen?", wisperte das Mädchen hinter ihm.

„Ich habe keinen blassen Dunst, aber irgendwo muss es Schächte an die Oberfläche geben, die nicht zugeschweißt sind!" Peter blieb stehen und zog Katharina mit sich in einen halb verfallenen Seitenschacht. Aus der Manteltasche förderte er ein Schnappmesser zutage und hielt es bereit, für den Fall, dass man sie entdeckte. In einer solchen Situation hatte er nicht die geringsten Skrupel, das Messer zu benutzen. Schließlich wäre die Alternative ihrer beider Ableben.

Stimmen kamen von vorn schnell näher. Eine Gruppe von fünf Männern hastete am Versteck der beiden vorbei. Die Männer unterhielten sich nicht, nur einer bellte ständig kurze Befehle, die der letzte Mann in der Reihe ebenso kurz und knapp beantwortete.

„Die Verstärkung zum Rattenjagen", murmelte Peter und wartete noch einen Augenblick. Ihre Anwesenheit missfiel ihm, denn sie bedeutete, dass sich in ihrer Nähe noch ein Schlupfwinkel des Fuchses befand, in dem sich sehr wahrscheinlich noch weitere Männer aufhielten.

Sie kamen in einen Kanal, in dem das Wasser stärker floss und schlimmer stank. In ihn mündeten wie bei einem Y zwei Arme. Etwas weiter entfernt im ihnen zugewandten Arm des Kanals erhellte eine Grubenlampe die Ziegelmauer. Von dort waren die Männer gekommen, vor denen sie sich verborgen hatten. Der andere Arm lag in Dunkelheit.

„Da rüber!", erklärte er dem Mädchen, das angefangen hatte zu zittern, obwohl es in den Kanälen seltsamerweise alles andere als kalt war. Peter ging davon aus, dass man die Abwärme und Abgase der Dampfpumpe in den Kanal leitete, damit dieser warm genug für seine Bewohner war. Dafür sprachen die nach Teer stinkenden Schwaden dichten Rauches, die an der Kanaldecke entlangzogen und das Atmen erschwerten. Katharinas Zittern schob er auf das

Fehlen neuer Drogen. Er musste sich beeilen, wenn er sie vor dem Zusammenbruch in Sicherheit bringen wollte.

„Das ist gefährlich!“, flüsterte sie. „Das Wasser ist tief, da kann man nicht durch!“

Peter setzte sich und streckte den Fuß ins Wasser. Die Wassermassen hatten viel Kraft und rissen alles mit sich, aber der Kanal war nicht tief, er ging Peter nur bis in den Schritt. Sie hatte recht, gefährlich war es, aber sie mussten es versuchen. Er rutschte in das stinkende, schlammige Wasser und suchte mit den Füßen Halt. „Setz dich auf meine Schultern, ich trage dich!“

Erst schüttelte sie den Kopf, doch als sie einen weiteren Befehl durch den Kanal hallen hörte, beeilte sie sich, ihre Schenkel um Peters Hals zu klammern. Vorsichtig, Schritt für Schritt bewegte sich Peter wie eine Krabbe seitwärts in Richtung des gegenüberliegenden Kanalarmes.

Keine Sekunde zu früh setzte er Katharina auf dem Laufsteg ab und stemmte sich hoch, denn ein weiterer Trupp Männer kam aus dem Lichtschein in den Gang gehastet, schneller noch als ihre Vorgänger. „Diesen Gang bewachen sie sicher nicht. Sie haben euch Mädchen schließlich eingetrichtert, wie gefährlich er ist!“

Peter zog Katharina mit sich, die immer langsamer wurde. „Halte durch. Ich weiß, sie pumpen euch mit irgendetwas voll. Aber ich weiß nicht, ob ich dich lange schleppen kann.“

Doch ihre Kräfte verließen sie. Sie fiel mehr, als dass sie lief, und er setzte sie an die Wand des Kanals. „Geh ohne mich weiter, ich bin nur ein Klotz am Bein“, nuschelte sie, und ihr Kopf schwang hin und her wie an losen Marionettenfäden. Speichel lief ihr aus dem Mund, sie hatte ihre zitternden Glieder nicht unter Kontrolle.

„Warte hier! Ich gehe ein Stück weiter und versuche, einen Ausgang zu finden.“

Sie nickte, dann fiel ihr der Kopf auf die Brust, und ihre Arme sanken herab. Peter vergewisserte sich, dass sie sicher saß und nicht in den Kanal fallen konnte. Dann rannte er den Gang entlang, bis er einen Lichtschimmer vor sich sah. Vorsichtig ging er darauf zu, bis er die Ursache erkannte. Es war ein Schacht, auf dem ein rostiges

Gitter lag, durch das trübes Licht in den Kanal fiel. Hastig kletterte er die Steigeisen hoch, lauschte, ob er etwas Verdächtiges hörte, und stemmte sich dann gegen das Gitter. Es knirschte, aber es saß nicht so fest, dass er es nicht anheben und wegschieben konnte. Er steckte seinen Kopf aus dem Schacht und hätte fast gelacht, als er erkannte, wo er sich befand. Er sah über sich die Stahlträger der Bahnbrücke in der Nähe der Frankenfurter Straße von Biebrich. An der Brücke befand sich eine Gaslampe, die das Licht erzeugte.

Vorsichtshalber zog er das Gitter wieder über den Schacht und eilte zurück. Sie kauerte noch immer an der Wand und schlief, aber sie war nicht mehr allein. Neben ihr saß eine große Ratte, deren Augen im Dunkeln leuchteten wie zwei Sterne. Sie hatte Katharina noch nichts getan, sondern lediglich den reglosen Körper beschnuppert. Nun wandte sie ihre Aufmerksamkeit Peter zu, der wieder sein Messer aus der Tasche geholt hatte. Als die Klinge mit einem scharfen Klicken aus dem Griff schoss und einrastete, sprang das Tier auf seine Kehle los. Peter hatte sie nicht aus den Augen gelassen, duckte sich und riss das Messer hoch. Die Ratte wurde aufgeschlitzt und landete im Wasser des Kanals.

Peter zögerte keinen Augenblick, lud sich die leblose Frau auf die Schulter und eilte den Gang entlang, so schnell ihn seine Füße mit der Last trugen. Steigeisen für Steigeisen stemmte er sich mühsam mit ihr hinaus.

Oben blieb er keuchend sitzen, seine Beine baumelten in den Schacht. Die frischere Luft bewirkte, dass Katharina wieder zu sich kam. Sie sah sich verwirrt um. „Wo sind wir? Sind wir raus?"

Peter nickte lächelnd. „Ja. Meinst du, du kannst ein Stück laufen? Wir müssen im Schutze der Dunkelheit noch wenigstens auf die andere Seite der Gleise kommen, bis zu einem Freund, der uns mit seinem Karren zu mir nach Hause fahren kann. In dem Aufzug können wir uns nicht mal bis an die Grenze zur Innenstadt wagen, ohne verhaftet zu werden."

Sie sah ihn verwirrt an, nickte aber. „Ein Stück weit wird es gehen."

Peter zog das Mädchen hoch und umfasste seine Hüfte, um sie zu stützen. Sie durchquerten die düstere Unterführung mehrerer Eisenbahntrassen. Mit ohrenbetäubendem Lärm ratterte Zug an Zug über sie hinweg. Peter fragte sich unwillkürlich, was diese Güterzüge in dieser ach so schrecklichen Krise, in der es keine Rohstoffe und angeblich auch kaum mehr nennenswerte Produktionen mehr gab, transportierten. Um sich wachzuhalten, zählte er die Waggons, deren Radreifen jedes Mal einen Knall erzeugten, wenn sie über eine Weiche am Ende der Brücke fuhren.

Weniger Wagen pro Zug, aber die gleiche Anzahl der Durchgänge, schätzte er und schnupperte in der Luft, weil nicht nur Ruß umherwaberte, sondern auch die an Weihrauch erinnernden Abgase von Äther.

Sie liefen ein Stück den Bahndamm entlang bis zu den ersten Arbeiterhäusern am östlichen Güterbahnhof. Trotz der frühen Morgenstunde herrschte dort schon reges Treiben, und Peter scheute sich nicht, an einem flachen Steinhaus anzuklopfen.

Ein alter Mann öffnete und strahlte, als er Peter sah. „Kleiner, was führt dich zu mir? Wie siehst aus? Seh schon, ich muss dich heimbringe. So kannst ja nicht in dein nobles Viertel laufen, und die jung Dame da wohl auch?"

„Genau darum wollte ich dich bitten, soll dein Schaden nicht sein. Es wäre das Letzte, sie ihrem Zuhälter entrissen zu haben, nur um sie der Polizei zu überlassen."

„Klein Augenblick, ich spanne nur die alte Rosi an, könnt euch ja schon mal reinlegen."

Der Alte wies auf einen Planwagen voller Kohle. Peter führte Katharina dorthin, hob sie hinein und wies sie an, sich unter den Kutschbock zu legen. Er selbst schmierte sich mit einem Stück Kohle die Kleidung voll und setzte sich zu dem Alten auf den Kutschbock. Peter vergewisserte sich noch, dass man die junge Frau nicht sehen konnte, und war erleichtert, als er feststellte, dass sie bereits schlief.

Richtige und falsche Spuren

Dass Paul in der Nacht zurückkehren würde, hatte Peter nicht erwartet. Da er aber wusste, wo er seinen Bruder finden würde und ohnehin mit Pauls Gastgeber sprechen musste, hatte er keine Skrupel, im Haus des Malers anzurufen.

Ihm war nicht bekannt, inwieweit man Telefonate überwachen konnte, weil er die Technik nicht verstand. Daher sagte er, als er eine verschlafene Stimme am anderen Ende der Leitung hörte, nur: „Auftrag zur Zufriedenheit erledigt, wie weiter?"

„Sie …", kam es keuchend zurück. „Ich komme! Brauchen wir einen Arzt?"

„Im Moment nicht, aber schaden wird es auch nicht." Peter legte auf und dachte einen Moment darüber nach, ob er sich nicht vielleicht doch getäuscht hatte und sein Bruder sich an einem anderen Ort aufhielt. Dann befand er, dass der Maler nur vorsichtig war. Auch ihm stünde eine Menge Ärger ins Haus, würde bekannt werden, dass er ein Urning war. Zwar hatte er mächtigere Fürsprecher als Paul, aber das Aufsehen konnte de Cassard sich ebenso wenig leisten. Es wäre sein gesellschaftlicher Untergang. Peter ging davon aus, dass Paul mit de Cassard zusammen kommen würde.

Er kehrte ins Schlafzimmer zurück, wo er die junge Frau aufs Bett gelegt hatte. Sie war nicht erwacht, als er sie aus dem Kohlenwagen herausgehoben hatte, und ihr Schlaf hatte etwas von einer Toten. Beunruhigt überprüfte er ihre Atmung und fand sie bedenklich flach, so dass er schon bereute, nicht sofort die Anwesenheit eines Arztes gefordert zu haben. Er setzte sich auf das Schaffell vor dem Bett und lehnte sich an den Bettrahmen. Ohne es zu wollen, döste er ein und schreckte heftig auf, als er hörte, wie die Tür geöffnet wurde. Ein Blick auf den Wecker sagte ihm, dass seit seinem Anruf über eine Stunde vergangen war, seine Besucher hatten lange gebraucht.

Peter sprang auf und zog die Decke über Katharina. Das schmutzige Kleid hatte er ihr ausgezogen, er wollte ihr keine Blöße geben. Dann eilte er in den Flur, auch wenn ihm bewusst war, dass er nicht gerade angemessen gekleidet war, um Besuch zu empfangen. Er hatte sich nur der stinkenden Kleider entledigt und eine Arbeiterhose und ein Hemd übergezogen.

Im Flur stieß er mit Paul zusammen, der gerade den Maler und einen weiteren Herrn in die Wohnung einließ, den Peter nicht kannte. Ungerührt stellte er sich der Musterung des älteren Herrn mit dem weißen Backenbart. „Guten Morgen, die Herren. Sie ist im Schlafzimmer."

Valerian stellte den dritten Mann vor, obwohl er darauf brannte, nach seiner Halbschwester zu sehen. „Guten Morgen, Herr Langendorf, ich hoffe, Sie hatten keine allzu großen Gefahren zu meistern. Das ist Doktor Tiemens, er leitet ein kleines Sanatorium am Neroberg und hat sich bereit erklärt, meine Halbschwester aufzunehmen. Ich hoffe, es geht ihr nicht allzu schlecht?"

Peter verneigte sich leicht. „Ein wenig Erholung hat sie auf jeden Fall bitter nötig. Im Moment schläft sie wie ein Stein, was ein gutes Zeichen ist. Sie ist unverletzt und, wie ich hoffe, frei von schlimmeren Krankheiten. Allerdings hat man sie unter Drogen gesetzt, wobei es sich meiner Kenntnis entzieht, um welche es sich dabei handelt. Vielleicht ist es mit einiger Zeit guter Pflege getan, was das Körperliche betrifft. Die anderen … Wunden heilt hoffentlich die Zeit."

„Nun, das zu beurteilen hat mich Herr de Cassard so früh aus dem Bett geholt. Lassen Sie uns nachsehen."

Tiemens folgte Peter ins Schlafzimmer, schickte aber sowohl ihn als auch Valerian wieder aus dem Raum, der auch einen Blick auf die Frau werfen wollte.

Peter drängte ihn und Paul in die Küche. „Lassen wir den Doktor seine Arbeit machen."

In der Küche übernahm Paul das Zepter und machte Kaffee und etwas zu essen. Er sah wie der Maler ziemlich übernächtigt aus, was Peter vermuten ließ, dass es auch für sie die erste Mahlzeit war. Er konnte sich ein anzügliches Grinsen nur verkneifen, weil er selbst in der vergangenen Nacht sein Vergnügen gehabt hatte, obwohl er inzwischen seine Unvorsichtigkeit verfluchte. Er hatte sich verführen lassen, ohne Rücksicht auf die Möglichkeit, dass sie eine Geschlechtskrankheit haben könnte. Was bei Huren der Gegend eher die Regel war.

Schweigend frühstückten sie, und jeder hing müde seinen Gedanken nach, bis Paul eine Fotografie über den Tisch schob. Verwirrt nahm Peter die Aufnahme und betrachtete sie. Dann wurden seine Augen groß. „Das ist der Baron, aber was hat es mit dieser Aufnahme auf sich?"

„Der Kerl, der da so aufgeregt mit den Armen rudert, dass man sie auf dem Foto nur als verwischte Windmühlenflügel wahrnehmen kann, ist der tote Gutachter Peitner. Der Kerl im Hintergrund ist der, der sich mir als Wachtmeister Obermann vorgestellt hat, aber kein Polizist ist. Ich habe ihn in aus Sonnemanns Fahndungslisten identifizieren können. Er heißt Markus Matthäus Heider."

„Heider?", keuchte Peter. „Brüderchen, da konntest du aber von Glück reden, nicht mit ihm alleine gewesen zu sein. Heider ist bekannt, ich habe auch mal versucht, ihn zu fassen. Ich schätze, man kann ihm ein gutes Dutzend Morde nachweisen, weitere werden vermutet. Aber ich weiß, worauf du hinauswillst. Das ist die Verbindung zwischen dem Gutachter und Wallenfels. Er wird nicht leugnen können, mit Peitner gestritten zu haben, und auch nicht, dass er Heider kennt, einen der skrupellosesten Menschen überhaupt!"

„Dieser Heider kann nicht so schlimm sein wie Wallenfels, und wenn er hundertmal ein Mörder ist", kam es nun von Valerian, und die Brüder sahen ihn verwundert an. „Ich glaube, Wallenfels gehört zu den Leuten, die ihre Seele verkauft haben und dafür alles opfern, auch das, was sie einst zu lieben glaubten. Ich kannte seine beiden jüngeren Söhne, die Zwillinge Konstantin und Valentin. Sie sehen ihrer Mutter ähnlich, nicht ihm, so wie sein ältester, Heinrich. Aber beide entwickelten sich am Anfang weitestgehend so, wie der Vater es wünschte, obwohl die Mutter versuchte, etwas Einfluss zu behalten. Mit den Töchtern versiegte dieser Einfluss aber, sie durfte sich nur noch um die Mädchen kümmern. Bis Valentin bei einem Unfall starb. Danach war Konstantin ein anderer. Er hatte mit einem Mal keinerlei Beziehung mehr zum Vater und distanzierte sich von ihm. Was den Bruch herbeigeführt hat, kann ich nur vermuten, denn auch mir vertraute sich Konstantin nicht an. Aber es hat mit Valentin zu tun, da bin ich mir sicher."

„Wie lange ist er schon tot?", fragte Peter.

„Seit zehn Jahren. Sein Pferd scheute bei einem Jagdausflug in den Wäldern um Bad Homburg, als ein Wildschwein die Jagdgesellschaft angriff. Er kam noch in ein Krankenhaus, aber er lag im Koma und erwachte nicht mehr. Was danach geschah, weiß ich nicht, aber Konstantin behauptete einmal, Valentin lebe noch. Ich weiß nicht, wie er das meinte. Sie waren Zwillinge, äußerlich identisch und für einen Außenstehenden nicht zu unterscheiden. Dementsprechend waren sie einander sehr verbunden. Auf dem Familiengrab auf dem Nordfriedhof steht ein Grabstein, aber auch der ist seltsam, denn es ist das Geburtsdatum vermerkt, aber kein Todesdatum, nur das Jahr des Unfalls. Eine Trauerfeier fand nie statt, angeblich aus Rücksicht auf Konstantin, und dann geriet die Sache in Vergessenheit, weil Wallenfels seinen Unfall mit der Explosion hatte – deren Ursache auch nie geklärt wurde."

Peter schüttelte frustriert den Kopf, denn all das ergab keinen Sinn. Zu allen Rätseln um die Sekte kam nun noch ein geheimnisvoller Toter dazu. „Ich gehe davon aus, dass Konstantin damit meinte, dass sein Bruder in ihm selbst noch immer weiterlebt. Das kann man bei Zwillingen verstehen. Wenn sie einander so ähnlich waren, dann fühlte er sich wohl, als wäre ein Teil von ihm mit dem Bruder gestorben. Aber vielleicht wirft er seinem alten Herrn ja die Schuld an Valentins Tod vor – oder nicht genug Anteilnahme. Das zu glauben hätte ich auch keine Schwierigkeiten."

Alle drei lachten gequält.

„Valentin lag lange im Koma. Der Körper starb langsam, und sein Geist war darin gefangen. Ich denke, der Zwilling spürte das und war deshalb so darüber entsetzt, dass man den Körper bei vollem Bewusstsein des Geistes sterben ließ. Vielleicht weiß der Zwilling einfach mehr über das Verhältnis zwischen Geist und Körper, als wir Ärzte je herausfinden können. Die Entscheidung, Valentin sterben zu lassen, hat Wallenfels getroffen", meldete sich Tiemens zu Wort, der nun die Küche betrat. „Ich war damals Assistent des ehemaligen Besitzers meines Sanatoriums und erinnere mich noch gut an die Diskussionen. Man wollte Valentin in unser Haus holen, weil wir damals die Vorreiter in Sachen künstlicher Ernährung von Komapatienten waren. Konstantin bestand darauf, weil er steif und fest behauptete, sein Bruder kommuniziere noch mit ihm und wolle nicht sterben. Manchmal bekommen solche Patienten die Macht über ihren Körper zurück. Aber Wallenfels war dagegen und schickte uns fort. Was danach aus Valentin wurde, weiß ich nicht. Er war damals, glaube ich, vierzehn oder fünfzehn. Traurig. Wirklich traurig. Vor allem für Konstantin."

Die drei Männer in der Küche hingen an Tiemens' Lippen und nahmen seine Erklärungen in sich auf. Paul sprang von seinem Stuhl und bot ihn dem Mann an, der sich dankend niederließ und die Tasse Kaffee annahm, die ihm Paul reichte. „Was die junge Dame anbelangt: Sie ist erstaunlich. Wäre sie ein Mann, würde ich sagen, eine Kämpfernatur. Man hat sie verprügelt, vergewaltigt und unter Drogen gesetzt, das ist korrekt. Trotzdem ist sie in guter körperlicher Verfassung, trotz der sichtbaren Zeichen einer gewissen Unterernährung und Dehydrierung. Vor allem finde ich erstaunlich, dass sie keine Geschlechtskrankheiten zu haben scheint. Ich denke, bei guter Pflege wird sie bald wieder auf den Beinen sein und keine Spuren ihres Martyriums zurückbehalten. Nur in ihre Seele, wie Herr Langendorf schon ganz richtig sagte, kann auch ich nicht blicken. Da kann man nur auf den wohltuenden Einfluss der Zeit hoffen."

Peter fiel ein Stein vom Herzen, als er hörte, dass er sich keine Geschlechtskrankheit eingefangen haben konnte, und entspannte sich. Der fragende und leicht belustigte Blick seines Bruders entging ihm allerdings nicht, und er drohte ihm vor den anderen verborgen mit dem Finger. „Dann wird es wohl das Beste sein, Sie nehmen sie gleich mit. Ich suche ein paar Kleidungsstücke zusammen … von unserer Mutter, sie hatte in etwa die gleiche Statur. Irgendwo habe ich eine Kiste mit ihren Kleidern."

„Ich denke auch, je eher sie in ärztlicher Obhut ist, desto besser."

Peter erhob sich und kramte den Speicherschlüssel aus der Flurkommode. Er suchte den Schrankkoffer, der allerdings wegen des beschädigten Zwerchhauses den Platz gewechselt hatte. Erstaunt sah er, dass bereits neue Dachbalken eingezogen waren. Die Handwerker, die Paul beauftragt hatte, waren schon tätig geworden.

In dem Koffer fand er Unterwäsche und einfache Oberbekleidung, einen Rock und eine schlichte Bluse, die fürs Erste ausreichen würde, zumal er sich nicht sicher war, ob es wirklich passte. Wenn Katharina wieder bei Kräften war, würde Valerian sicher neue Kleidung für sie beschaffen.

Oder er …

Den letzten Gedanken schlug er sich aus dem Kopf. Natürlich hoffte er, dass sie ihn in guter Erinnerung behielt und nicht vor ihm zurückschrecken würde, wenn er ihr erneut begegnete. Aber wie viele Chancen hatten sie für einen gemeinsamen Weg?

„Lass es auf dich zukommen, Alter!", schalt er sich und beeilte sich, mit der Kleidung in die Wohnung zurückzukehren.

Der Arzt nahm die Sachen und bestand darauf, das selbst zu erledigen. So standen die drei Männer unschlüssig im Flur, bis Tiemens zurückkam und Peter bat, die junge Frau in die wartende Droschke zu bringen.

In der Kleidung seiner Mutter sah Katharina befremdlich aus, obwohl sie ihr tatsächlich recht gut passte, sah man davon ab, dass die Sachen ein wenig zu weit um den mageren Körper schlabberten. Aber die biedere, bürgerliche Kleidung passte nicht zu der trotz der Spuren von Misshandlung noch immer auffälligen, strahlenden Gestalt. Er seufzte, als er sie auf den Arm nahm und zur Droschke trug. Die biedere Kleidung würde ihr helfen, in der noblen Gesellschaft im gediegenen Nerotal nicht zu sehr als das aufzufallen, was sie bislang gewesen war: ein Bastard, der in ein schlechtes Umfeld geraten war. Tiemens folgte ihm auf dem Fuß und wartete bei der jungen Frau auf seinen Begleiter de Cassard.

Peter verabschiedete sich schnell, um seine Gefühle für die noch immer schlafende Frau vor ihm zu verbergen, und kehrte in die Wohnung zurück. Er spähte aber erst durch einen Spalt in der Tür, um niemanden unangenehm zu überraschen. Diese Eingebung war auch korrekt, wie er schnell feststellte, denn sein Bruder und Valerian standen in der Küche und küssten einander innig. Er schlich die kurze Treppe zurück und trat etwas fester auf, um sein Kommen anzukündigen.

Trotzdem machten die beiden ein Gesicht wie beim Apfelklau ertappte Kinder. Valerian verabschiedete sich und dankte Peter für seine erfolgreiche Arbeit. Dann folgte er nach einem kurzen Blick zu Paul Tiemens in die Droschke, die sich sofort entfernte.

Paul lächelte verlegen, als Peter grinste. „Hör schon auf, Paul, ich werfe dir nichts vor, und solange du vorsichtig bist, tu was du willst! Mache ich auch!"

„Nur ist es rechtlich ein Unterschied, ob ein Mann eine offensichtlich lässliche Sünde mit einer Frau begeht oder ob er sich der Sodomie hingibt. Was immer du treibst, viel kann dir nicht passieren. Wenn, dann der Frau. Aber wir beide stehen bei noch so kleinen Vertrautheiten mit einem Fuß im Gefängnis", seufzte Paul. Dann zog sich auch um seine Mundwinkel ein Lächeln. „Aber es bereitet trotzdem viel Spaß."

„Daran zweifele ich nicht."

„Was nun? Was machst du jetzt, da du einen Teil deiner Aufgaben gelöst hast?"

„Mich den anderen widmen. Ich bekomme hier ein Rätsel nach dem anderen aufgetischt und kann sie nicht verknüpfen. Ich muss den jungen Wallenfels erwischen, muss wissen, warum er tut, was er tut, und dann … nun, ich kann nicht für den Alten arbeiten und den Jungen unterstützen. Oder doch? Wie auch immer, ich muss aus dieser peinlichen und gefährlichen Geschichte irgendwie herauskommen, und nebenbei müssen wir Wallenfels ruhigstellen und das Problem mit den Ratten lösen. Die werden nämlich zur echten Plage."

„Wie weit sind sie denn schon gekommen?", fragte Paul. Seine Miene und sein Tonfall drückten Unbehagen aus.

„Auf jeden Fall bis Kastel. In Biebrich verhindert die Sekte das Schlimmste. Sie geben Warnungen und Desinfektionsmittel aus, das Viertel ist noch nicht so heruntergekommen wie die anderen am Fluss. Aber die Ratten können auch den Sprung über den Schlosspark hinaus schaffen, ins Parkfeld und nach Schierstein. Dann haben wir ein Problem. Sie haben vergangene Nacht die Aufregung verursacht, die uns die Flucht ermöglichte, aber ich schätze, es hat einige Opfer gegeben, nicht nur unter den Ratten mit vier Beinen. Dafür bin ich den Bestien sogar dankbar. Aber ich habe gesehen, wie aggressiv die Tiere sind. Eine normale Ratte flieht den Anblick eines Menschen, oder? Außer man treibt sie in die Enge, dann beißt sie. Diese Viecher greifen sofort an und scheinen sich ihrer Kraft vollauf bewusst zu sein."

Paul nickte, als er die Erklärung hörte, und eilte dann in Peters Büro, um einen Plan des Groß-Stadtkreises zu holen. „Bis wohin in Kastel?"

Peter wies auf den Kilometerpunkt am Rhein, an dem sich der Einstieg der Reduit befand. „Unter der Reduit und darüber hinaus erstreckt sich ein unterirdisches Reich des Verbrechens. Ich überlege, ob ich Sonnemann einen Tipp gebe, damit er dort aufräumt. Wir sind durch einen großen Kanal getürmt, der sich wie ein Y teilte. Ausgestiegen sind wir in einem Schacht unter der Unterführung der Bahnlinien zum Dyckerhoff-Bruch. Der Kanal muss von da aus schräg unter der Bahnlinie durchgehen, wahrscheinlich in die Mainzer Straße, wenn er nicht irgendwo einen Knick macht."

Pauls Blick folgte Peters Finger, der auf dem Plan hin und her fuhr, sein Gesicht drückte Verwirrung aus. „Diese Kanäle sind frei durchgängig? Dann haben wir die Biester bald in der Innenstadt. Komisch, dass die Ratten auf zwei Beinen das noch nicht erkannt haben. Das Einzige, was für uns arbeitet, ist die Tatsache, dass in der Innenstadt im Kanal nicht so viel Müll und Essensreste verschwinden wie in anderen Gegenden. Die Müllabfuhr ist dort besser geregelt, nichts landet auf der Straße oder auf Müllhalden in Hinterhöfen, und die Abwasserkanäle der Häuser werden regelmäßig gespült. Aber ich dachte, die Kanalsysteme seien getrennt worden, um die Innenstadtviertel unabhängig zu machen. Die Verbindung, die du benutzt hast, beweist, dass nicht überall ein sauberer Schnitt gemacht wurde. Langsam gönne ich es den Herrschaften, dass sie selbst zu spüren bekommen, was sie mit ihrer Besessenheit angerichtet haben."

„Könntest du einen Plan der Kanalisation auftreiben?", hakte Peter nach.

„Eine Übersicht der Hauptsammler oder für alles?"

„Was mir vorschwebt, ist eine Art unterirdischer Straßenkarte. Ich brauche nicht alle Hausanschlüsse, aber alles, was man als Mensch begehen oder bekrabbeln kann."

„Ich schätze, so etwas findest du für die Innenstadtbereiche und Randgebiete bei der Polizei. In den Vorstädten dürfte das, was bei den Behörden liegt, für deine Zwecke überflüssig sein – denn für die Grabungsarbeiten, die du beschrieben hast, die Stadt unter der Stadt, findest du sicher nirgendwo aufschlussreiche Pläne, und ich habe auch keine Ahnung, ob man in Wiesbaden oder anderswo im Groß-Stadtkreis Pläne von Kastel oder Kostheim bekommen kann. Du darfst nicht vergessen, dass die beiden Orte zusammen mit Amöneburg einst zum Großherzogtum Hessen gehörten und erst seit dem Krieg eingemeindet sind. Aber die Idee mit Sonnemann und dem Aufräumen hat etwas für sich. Dann können die

Herrschaften nicht mehr so schnell die Orgien der hohen Tiere bedienen."

„Ich habe eine bessere Idee …", murmelte Peter, der wegen eines Geräusches vor der Haustür ans Fenster getreten war. Sein Lächeln hatte etwas Teuflisches, als er auf das erste Klingeln an die Wohnungstür stürzte und sie öffnete. Seinem Bruder, der verblüfft auf die beiden Gestalten vor der Tür starrte und kurz vor einem schallenden Gelächter stand, warf er einen warnenden Blick zu.

Zwei Pinkertons traten mit hochmütig gehobenen Nasen und abfälligen Blicken auf die Brüder Langendorf ein. „Der Baron wünscht, von Ihren Ermittlungsergebnissen zu erfahren", schnarrte der ältere der beiden Männer ohne eine Begrüßung.

„Mit Vergnügen! Treten Sie ein, ich möchte Ihnen etwas Wichtiges mitteilen. Ich weiß, wo sich die Sekte trifft und wann sie das nächste Mal zusammenkommt. Sie können dann dafür sorgen, dass sie ausgehoben wird", erklärte Peter und schob die beiden ins Büro. „Paul, könntest du mir mit einem Plan der entsprechenden Kanäle helfen? Ich brauche jemanden mit deinem architektonischen Wissen und deinem Konstruktionstalent."

Er sah, wie Paul sich auf die Unterlippe biss, bevor er antwortete: „Aber gern!"

Peter nahm den alten Plan und erklärte den Männern, was er meinte. „Die Sekte trifft sich in unterirdischen Räumen in der Nähe der Reduit, die man durch einen Einstieg am Rheinkilometer 498,4 betreten kann. Dort unten ist alles, was das konspirative Herz begehrt: eine Wirtschaft mit reichlich Bier und Schnaps, ein Bordell in Kellerräumen, die man zu den Gebäuden hin, zu denen sie eigentlich gehören, zugemauert hat, und Räumlichkeiten für Treffen größerer Gruppen von Menschen. Man kann sich nicht nur von dem Zugang am Rhein aus, sondern auch durch diverse, gut begehbar gemachte Kanäle dorthin bewegen, und zwar geht – Paul, zeichnest du das bitte gleich ein? – von der Unterführung Biebrich-Dyckerhoffbruch ein Sammler direkt ins Herz der Finsternis, wie ich es getauft habe. Die Sekte fühlt sich dort sicher, denn sie scheint andere Ziele zu verfolgen als der Besitzer dieser Anlage. Ich weiß nicht, ob Ihnen der Spitzname ‚Fuchs' etwas sagt. Ich war in der vergangenen Nacht dort und weiß, dass sie in der übernächsten Nacht wieder tagen wird. Sie will dann ihre nächsten Schritte genauer planen und in die Tat umsetzen. Wegen des Auftauchens seltsam mutierter Ratten ist sie in letzter Zeit nicht dazu gekommen. Ich nehme an, es war ruhig in den vergangenen Tagen?"

Es fiel ihm schwer, sich angesichts des Mienenspiels der Pinkerton-Männer zu beherrschen, und versuchte, möglichst finster dreinzuschauen, als er Paul ansah. Doch das schien diesem noch mehr die Beherrschung zu nehmen. Paul kaute heftig auf dem Ende seines Bleistiftes herum, um nicht mit Lachen herauszuplatzen oder ganz zu explodieren. Es war ein zu schöner Anblick.

Die Pinkertons waren angesichts der Aussicht auf einen Besuch in der Unterwelt blass geworden. Trotzdem hoffte Peter, sie würden handeln. Gelogen war das, was er ihnen erzählt hatte, ja nicht gewesen. Zudem war es eine Chance, dem Fuchs für eine Weile die Einnahmequellen zu stopfen oder wenigstens zu kürzen und ihn vorsichtiger werden zu lassen. Die gefangenen Mädchen würden freikommen. Auch wenn es für sie keine Zukunft gab, konnten sie wenigstens der Sklaverei entfliehen. Der Drogenhandel würde für eine Weile stagnieren. Vielleicht würde es Peter auch den Weg zu Konstantin ebnen, wenn er glaubhaft machen konnte, dass er die falsche Spur gelegt hatte.

„Nun …", begann der Ältere. „Dann werden wir wohl morgen die Versammlung sprengen." Sein Versuch, dabei kämpferisch und siegessicher zu wirken, ging völlig daneben.

Paul hatte begonnen, die Kanäle und Zugänge, die Peter ihm beschrieben hatte, in die Karte einzuzeichnen. „Wo ist jetzt ungefähr was?"

Peter dachte noch einmal über seinen Abstieg in die Unterwelt nach und überlegte, welche Richtungen er eingeschlagen hatte. Dann tippte er mit dem Finger auf verschiedene Stellen im Plan. „Hier müsste die Gastwirtschaft sein, da der Raum, von dem ich vermute, dass er als Versammlungsraum dient, und hier geht's ins Bordell. Am Sammler entlang. Der stößt irgendwo mit dem zusammen, den man durch den Schacht in der Unterführung erreicht."

Paul zeichnete die Sachen konzentriert ein, um sein Grinsen zu verbergen, und gab ihn dann an den älteren Pinkerton-Mann weiter. Der nahm ihn mit einem Gesichtsausdruck entgegen, als müsse er eine Ratte anfassen.

„Sie sollten auf jeden Fall Hauptkommissar Sonnemann informieren, oder soll ich das tun? Er hat gute Chancen, dort einen seit langem gesuchten Verbrecher zu finden – den Fuchs. Der Gedanke gefällt ihm bestimmt, und er wird Sie sicher gern unterstützen", fuhr Peter fort und weidete sich an den Gesichtern der Männer.

„Ja, sicher, ohne die Polizei machen wir nichts, wir werden HK Sonnemann selbstverständlich in unser weiteres Vorgehen einbinden. Vielen Dank, wir werden es dem Baron berichten. Weitere Sabotageaktionen sind noch nicht geplant?", wechselte der Detektiv schnell das Thema.

„Derzeit nicht, man wollte einen Mann einschleusen, der die Lage peilt. Aber auf diesen Vorschlag haben sich so viele Männer beworben, ich weiß nicht, wen sie genommen haben. Außerdem war es fürchterlich dunkel, Gesichter waren überhaupt nicht zu erkennen", stellte Peter theatralisch dar. „Seltsam fand ich nur, dass die Sekte alles andere als technikfeindlich erscheint. Ganz und gar nicht. Ich meine, sie wollen nicht alle Luftschiffe vernichten, nur dieses eine. Weil da irgendetwas drin sein soll, das gegen Moral und Gesetz verstößt. Können Sie sich vorstellen, was an dem Luftschiff so schlimm sein soll, außer dem Namen? Ich weiß ehrlich gesagt nicht, ob es sinnvoll war, dem Schiff den Namen eines alten Dämons zu geben – nur meine Meinung, Sie wissen ja, nomen est omen. Vielleicht sollte der Baron einfach mit seinen wunderbaren neuen Erfindungen in dem Schiff mehr an die Öffentlichkeit gehen. Ich glaube, das könnte vieles verhindern."

Die beiden starrten Peter finster an und schienen sich nicht darüber im Klaren zu sein, was er mit diesen vorsichtigen Hinweisen bezweckte. „Wir werden es ihm sagen. Hier ist schon mal eine kleine Anerkennung Ihrer Arbeit, machen Sie weiter!", bellte der Ältere und warf einen Umschlag auf den Schreibtisch. Dann wandten sie sich grußlos ab und verschwanden eiligst.

„Wenn das funktioniert, schlägst du zwei Fliegen mit einer Klappe, oder?", fragte Paul, dessen Ohren Besuch von den Mundwinkeln bekamen. „Du räumst den Fuchs aus dem Weg, verhinderst weitere Orgien, weil du sein Geschäft lahmlegst, und kannst dich bei der Sekte anbiedern, weil du die Herrschaften auf eine falsche Spur geführt hast. Nur eine Antwort auf deine Fragen hast du nicht bekommen."

„Nein, ich schätze, die beiden tumben Trottel kennen auch keine. Deren Intelligenz ist adäquat mit der ihrer Melonen. Dumm wie Brot!"

„Da tust du dem Brot unrecht!", mahnte Paul mit erhobenem Zeigefinger. „Wenn Brot schimmelt, hat es mehr intelligente Lebewesen auf sich als diese beiden Herren funktionstüchtige Hirnmasse unter ihrem Schädeldach."

Das war das Ventil, das sie brauchten. Peter kannte seinen Bruder nicht so schlagfertig, und so lachten sie beide prustend los. Als sie sich wieder beruhigt hatten, öffnete Paul das Kuvert, das die Pinkerton-Leute hinterlassen hatten. „Üppig, Brüderchen, der Baron lässt sich die Sache was kosten."

„Ja, das wird uns weiterhelfen. Ich habe gesehen, oben sind zumindest schon mal neue Dachbalken. Dachte, die wollten erst heute kommen?"

„Dann hatte der Zimmermann gestern noch ein bisschen Zeit und hat schon mal vorbereitende Arbeiten gemacht. Das Wetter war schließlich halbwegs trocken, da arbeiten sie länger. Ich kümmere mich nachher darum. Was hast du heute vor?"

„Ich werde eine Pause machen. Was drängte, ist erst mal erledigt. Katharina ist gerettet. Alles andere sollten wir mit viel Ruhe weiterführen. Ich kann nur scheitern, wenn ich kopflos handele. Etwas Recherche, und gut ist. Schlafen kann ich im Moment nicht. Hoffentlich finde ich heute Nacht mal Ruhe."

Alpträume

Zur Ruhe kam Peter jedoch nicht. Der erste, der ihn von weiterer Recherche abhielt, war Sonnemann, der bei ihm erschien. Paul hatte sich mit den zwischenzeitlich eingetroffenen Dachdeckern auf den Speicher begeben.

„Peter, ich weiß wirklich nicht …", fing Sonnemann ohne Begrüßung an, aber Peter brachte ihn zum Schweigen, indem er ihm das Foto vorlegte, das Paul im Nerotal gekauft hatte.

Sonnemann betrachtete es argwöhnisch, dann riss er die Augen auf. „Das glaube ich nicht! Woher …"

„Paul hat es einem Fotografen abgekauft, der an der Germania Porträtaufnahmen machte. Ein zufälliges Bild, aber sehr aufschlussreich, nicht? Der hektische, kleine Mann ist übrigens Peitner, für den Fall, dass du ihn nicht kennst."

„Was?", brüllte Sonnemann und sprang auf. Er war eigentlich nur wegen der Verbindung von Wallenfels' zu Heider so überrascht gewesen, aber diese Information brachte ihn aus der Fassung. „Mein Gott, was …"

„Das weiß ich immer noch nicht so genau, aber so langsam schließen sich ein paar Kreise. Ich gehe allerdings davon aus, du bist wegen etwas anderem hier?"

Sonnemann seufzte und nahm wieder Platz. „Die Pinkertons waren bei mir. Das sind vielleicht Flaschen, dabei wird die Agentur so gelobt."

„Wenn man ihren Ursprung kennt, dann findet man das gar nicht so ungewöhnlich. Was haben die Pinkertons schon geleistet, außer auf Streikende zu schießen und Selbstjustiz zu üben? Ihre Ermittlungserfolge haben sie nicht eingehender Recherche zu verdanken, sondern nur brutaler Gewalt bei Verhören und der Tatsache, dass sie nie versuchen, sich in höhere Kreise einzumischen. Wenn echte Gefahren drohen, ziehen sie die Schwänze ein. Elitäres Pack", grummelte Peter und ließ sich Sonnemann gegenüber nieder.

„Du hast ihnen ein lohnendes Ziel genannt. Aber es hat nichts mit der Sekte zu tun, oder?", grinste Sonnemann.

„Am Rande schon, aber die Köpfe der Sekte wird man dort nicht finden. Wirst du in Kastel aufräumen?"

Sonnemann wiegte den Kopf hin und her. „Wie lohnend wäre das für die Verbrechensbekämpfung?"

„Mit etwas Glück ist der Fuchs in seinem Bau. Was Lohnenderes kann ich nicht bieten. Ich würde dir empfehlen, von zwei Seiten zugleich an den Bau heranzugehen. Der Kanal ist von der Unterführung aus problemlos begehbar, bis auf die Querung zum Sammler von Erbenheim. Ihr solltet Bohlen mitnehmen, sonst wird's nass an den Füßen. Haltet euch immer an den Hauptsammler zum Fluss. Wenn ihr in die unterirdische Stadt vordringt, seid extrem vorsichtig. Aber ihr werdet reiche Beute machen, wenn ihr koordiniert vorgeht, und dann solltet ihr vom Wasser aus kommen, nicht durch Kastel."

„Der Fuchs lohnt immer!", seufzte Sonnemann. „Schön, dann werde ich mal nachfragen, ob ich aus der Großkaserne der Infanterie an der Schiersteiner Straße einen Trupp Rekruten organisieren kann. Mit meinen Leuten allein schaffe ich das nicht, die sind noch zum Schutz des Kaisers abkommandiert. Mal sehen, ob meine Freunde von Wasserschutzpolizei und Zoll Lust auf ein Abenteuer bei den Landratten haben. Für einen Zugriff vom Wasser aus brauchen wir deren Dampfschnellboote aus dem Schiersteiner Hafen. Die haben mittlerweile keine Schaufelräder mehr, sondern erzeugen mit Dampfturbinen einen Luftstrahl, den sie nach hinten ins Wasser blasen. Das Tempo dieser Boote ist wirklich atemberaubend, und leise sind sie auch. Wie das Ganze genau vonstattengeht, weiß ich nicht, bin ja auch kein Ingenieur."

Weil Sonnemann brütend schwieg, wagte Peter nach einer Weile einen weiteren Vorstoß. „Hat es bei euch oder den Polizeistationen in der Innenstadt eigentlich schon Meldungen gegeben, dass außergewöhnlich große Ratten ihr Unwesen treiben? Haben Übergriffe von Ratten in der Innenstadt stattgefunden?"

Sonnemann hob die Brauen. „Wie kommst du auf dieses schmale Brett?"

„Es hat also schon Meldungen gegeben?", warf Peter ein, der Sonnemann gut genug kannte, um aus seinem Mienenspiel und der abwehrenden Antwort die Wahrheit zu lesen.

Wieder seufzte Sonnemann und sah fast gequält aus. „Was weißt du darüber?"

Peter berichtete ihm über Pauls Problem mit dem eingestürzten Haus sowie über den möglichen Zusammenhang mit dem Tod des Gutachters und dem, was er über die Ratten in Kastel und Kostheim erfahren hatte. Dass die Sekte bereits tätig war, um die Bürger Biebrichs zu schützen, verschwieg er allerdings, um nicht deren wahres Umfeld zu verraten.

Wieder schwieg Sonnemann eine Weile und starrte an die Zimmerdecke. „Wir haben es also mit mutierten Ratten zu tun, die ihren Ursprung in einem Chemiewerk bei Höchst haben, das Wallenfels gehört. Prachtvoll. Was empfiehlst du? Soll ich zum Baron gehen? Ihm sagen, er soll dafür sorgen, dass seine Ratten wieder verschwinden?"

Peter lachte. „Irgendjemand sollte den Mut aufbringen, das zu tun. Aber wer hat die Macht, die anschließenden Prügel auszusitzen? Vermutlich nicht mal der Kaiser persönlich. Da müsste schon der liebe Gott erscheinen. Eine Lösung habe ich nicht parat. Wenn die Entsorger nicht weiterwissen … wie sollte ich es? Paul hat erzählt, die Sammler der Innenstadt sollten schon lange von denen der Vorstädte abgehängt werden, aber offensichtlich sind sie es nicht!"

„Ach woher! Warum sollte man da auch Geld investieren? Die Sammler sind für zweibeinige Ratten undurchlässig, das reicht den hohen Herrschaften. Irgendwo unter der Mainzer Straße nahe dem Hauptbahnhof ist ein dickes Gitter, das Gleiche gilt für den Sammler am Biebricher Berg. Wo auch immer die Herrschaften aus dem Kanal kämen, es wäre Polizei in der Nähe. Ratten lassen sich davon natürlich nicht abhalten. Nun, eine Gefahr, die man kennt, ist nur eine halbe. Ich werde entsprechende Maßnahmen anordnen. Das Letzte, das ich im Moment gebrauchen kann, wäre Panik in der Innenstadt. Dann kann ich meinen Hut nehmen. Langsam wünsche ich dem General die Pest an den Hals, und seinem Sohn auch. Hast du schon gehört? Karl-Erich von Reiffenberg wird Wallenfels' Tochter heiraten. Das arme Ding! Außerdem soll er die Nachfolge seines Alten antreten. Als ich das hörte, wollte ich in einem Anfall resignierter Wut meinen Abgang kundtun. Aber den Triumph gönne ich ihm nicht. Er ist ein Lump, und wenn ich etwas herausfinde, dann gehe ich gegen ihn vor. Die Kriminalpolizei ist doch kein Erbhof!", ereiferte sich Sonnemann.

Peter lächelte. „Dann solltest du jemanden, dem du vertraust, auf diverse Freunde des netten Herrn ansetzen. Wenn von Reiffenberg junior sich mit Herrn von Kalkhofen trifft oder sie zu gemeinsamen Vergnügungen aufbrechen, solltest du alarmiert sein. Wenn die Herren dann mit Heinrich von Wallenfels in den Rheingau aufbrechen, solltest du eine schlagkräftige Truppe bereit haben. Auf frischer Tat ertappte Sünder … lass ihnen aber ein bisschen Zeit …"

Sonnemann sah Peter prüfend an, aber er wusste, dass er nicht mehr erfahren würde. Peter wusste zwar etwas, hatte aber nicht genug Beweise. Drohend hob er den Zeigefinger. „Peter, in was für Müllhaufen hast du wieder gestochert? Egal. Darauf, dass ich genau das tun werde, kannst du Gift nehmen. Wen nehme ich? Goerdeler fällt aus, Kogler ist zu alt für so was … na, ich habe da zwei hoffnungsvolle junge Kerle, die sich schon bei höheren Chargen unbeliebt gemacht haben, die machen das sicher gern."

„Was ist mit Goerdeler?", hakte Peter nach. „Ist was mit seiner Frau?"

„Nein. Ich musste ihm trotzdem freigeben – mit drei neuen Blagen auf einmal kommt auch eine gestandene Polizistenfrau nicht klar, auch wenn sie schon zwei ältere hat."

„Drillinge?", rief Peter halb erfreut, halb entsetzt. „Er hatte schon befürchtet, es könnten Zwillinge sein, und war stinkig, dass er seinem Weib wegen des Kaiserbesuches nicht beistehen konnte. Drei auf einmal sind hart. Der Ärmste."

Sonnemann verabschiedete sich und kehrte auf seine Dienststelle zurück. Peter sah zum Himmel auf, der sich drohend zuzog, und trat beiseite, als einer der Dachdecker an ihm vorbei ins Haus hastete. Paul winkte ihm aus dem Fenster des Zwerchhauses zu. Das Dach war schon fast wieder vollständig gedeckt, die Arbeiter würden den Rest vor Einbruch der Dunkelheit schaffen. Er winkte zurück und gähnte. „Dann kann der nächste Regen ja kommen. Heute freue ich mich erst mal auf mein Bett."

Er klemmte einen Zettel in die Tür, Paul möge leise sein, wenn er wieder hereinkam, weil er sich schon zu Bett begeben habe, und legte sich hin. Er schlief schnell ein, aber die Erholung wollte sich nicht einstellen. Alpträume plagten ihn. Diesmal fehlte das Mädchen in den Träumen, dafür waren umso mehr Ratten um ihn herum, die ihn durch lange, dunkle Gänge trieben. Er konnte nicht entkommen, und seine größte Angst war plötzlich, in einer Sackgasse zu landen, wo er ihnen hilflos ausgeliefert wäre. Wasser schien um ihn herum zu rauschen und in den Kanälen anzusteigen, ihn mitzureißen und wegzuspülen, aber die Ratten ließen sich nicht beeindrucken. Sie folgten ihm weiter.

Das Wasser spülte ihn in unterirdische Hallen, in denen eine Orgie stattfand. Die Ratten waren plötzlich nicht mehr da, dafür eine gewaltige Anzahl Männer in edler Kleidung, die im Opiumrausch über ein Heer schwindsüchtiger Huren herfiel, diese vergewaltigte, meuchelte. Die einen würgten die Frauen, bis sie sich nicht mehr wehrten. Andere peitschten sie, bis die Frauen blutend am Boden lagen. Wieder andere schnitten ihnen im Orgasmus die Kehle durch. Peter konnte nur zwischen ihnen stehen und hilflos zusehen, seine Glieder gehorchten ihm nicht. Ein paar Männer sahen ihn grinsend an und kamen mit Messern in der Hand auf ihn zu. Einige der Angreifer hatten kein Gesicht, nur eine wabernde, weiße Masse, aber er sah mehrfach den Sohn des Polizeipräsidenten und Heinrich von Wallenfels. Er wollte schreien, als sie immer näher kamen und ihnen die Mordgedanken nur zu deutlich ins Gesicht geschrieben standen. Dann sah er hinter ihnen die Augen der Ratten aufblitzen. Seine Gegner bemerkten es, liefen schreiend davon, die Ratten hinterdrein. Auch Peter war nun von den größten Ratten umzingelt, die er je gesehen hatte. Ein riesiges Exemplar, kaum kleiner als ein Schäferhund, setzte zum Sprung an seine Kehle an …

… und er erwachte schweißgebadet.

Überrascht stellte er fest, dass er eine Zeitlang ruhig geschlafen haben musste, bevor die Träume begonnen hatten, denn es war mitten in der Nacht, und neben sich hörte er die ruhigen Atemzüge seines Bruders. Leise verließ er das Bett, um Paul nicht zu stören, und zog sich an. Ihm war klar, dass er keinen Schlaf mehr finden würde, und er beschloss, nach Biebrich zu gehen, um herauszufinden, ob die Sekte ein neues Treffen anberaumt hatte. In seinem Büro schrieb er eine kurze Notiz für Paul, falls er bei dessen Erwachen noch nicht zurück war, und eine weitere Botschaft, die er an der Kirche zu hinterlassen gedachte. Er wollte vor der Polizeiaktion warnen, die durchaus auch das ein oder andere Mitglied der Sekte betreffen konnte, und machte sich auf.

Der Morgen graute, als er die Kirche erreichte, aber es war still in der Vorstadt. Er fand keine Botschaft, nur einen Hinweis, dass man im Pfarrhaus weitere Mittel gegen die Ratten bekommen konnte. Man hatte das Lager nahe dem Schlosspark also geräumt und dem Rattenfänger und dem Pfarrer die weitere Verteilung überlassen.

„Sehr großzügig, Baron“, murmelte Peter und pinnte seine Botschaft in den morschen Schaukasten an der Kirche, nachdem er noch einmal den Text überprüft hatte. „Polizeiaktion in Kastel erwartet, haltet euch fern, aber redet nicht zu viel darüber. Die Aktion gilt den Verbrechern im Untergrund und hilft damit auch uns.“

Peter fühlte sich beobachtet und trat den Rückzug an. Mehr konnte er derzeit nicht erreichen. Vielleicht würde der Beobachter melden, wer die Botschaft angebracht hatte. Ob das hilfreich war, würde sich weisen. Er ging davon aus, dass der junge Baron wusste, dass ein Detektiv seine Gruppe unterwandert hatte. Seine Schwester hatte ihm sicher nichts verschwiegen.

Es begann zu regnen, ein unangenehmes Nieseln, das sofort in die Kleidung eindrang und die Glieder steif werden ließ. Peter schlug den Kragen seines Wachsmantels hoch und lief zu den Gleisen. Als er die Brücke über die Stadtbahn erreichte, hörte er in seiner unmittelbaren Nähe den Hufschlag eines Pferds und sah sich um.

Er konnte ein elegantes Reitpferd erkennen, das zwischen den Häusern einer schmalen Seitenstraße heraussprang. Ein goldener Schatten, der im Gaslicht wie eine frisch gegossene Statue glänzte. Es preschte unter den Bahngleisen zum Biebricher Bahnhof hindurch. Peter verfolgte mit seinen Blicken Tier und Reiter.

Die Stadtbahnlinie verlief von dem Punkt aus, an dem er die Gleise überquert hatte, zum Teil auf einer gewaltigen Stahlbrücke weiter. Diese überspannte die Gleise der Rheinbahn, lag aber unter den gewaltigen, auf gemauerten Pfeilern verlaufenden Trassen der Güterbahn, die sich über das Dach des alten Biebricher Bahnhofs wölbten und dann in ein Gebäude führten: das Dampfturbinenkraftwerk, augenscheinlich Ziel des jungen Barons. Peter hatte zuvor den anderen Mann in das Gebäude eindringen gesehen, mit dem der Baron nach dem Treffen der Sekte gesprochen hatte, nun bestätigte sich, dass auch dieses ungewöhnliche Gebäude für konspirative Treffen diente.

Ein Mann kam dem Reiter entgegen, dem er das Pferd überließ. Dann kletterte er flink wie ein Marder an den Stahlpfeilern der Stadtbahnlinie hoch und weiter am Pfeiler der Güterbahnlinie. Eine Dampflok mit mehreren Güterwaggons ratterte über ihn hinweg, und der Mann klammerte sich an den Sprossen fest, um nicht von den Vibrationen heruntergeschleudert zu werden, die in den steinernen Pfeilern die Qualität eines starken Erdbebens hatten. Kaum war die Bahn in der Durchfahrt im Dachgeschoss des Kraftwerkes verschwunden, kletterte er weiter, zog sich auf die Gleise und hastete auf den Schwellen entlang zu dem düster gähnenden Schlund des Tunnels.

Peter eilte ihm nach. Um dem Mann nicht zu begegnen, der sich um das Pferd kümmerte, stieg er zwei Pfeiler vorher empor und nutzte den beschwerlicheren Weg, der direkt unter den Gleisen verlief und als Dienstweg Kontrolleuren der Bahn vorbehalten war. Dieser war kaum mehr als ein schmaler Stieg aus Lochblech, nicht hoch genug, um aufrecht zu gehen, und nur mit einem Stahlseil als Handlauf. Aber Peter wählte ihn, weil in den frühen Morgenstunden der Bahnverkehr zunahm und er auf den Hochgleisen keinem Zug begegnen wollte.

Ein langsamer Güterzug kam von Kastel und ratterte mit ohrenbetäubendem Lärm über Peter hinweg. Der Laufsteg vibrierte, und Peter ließ sich auf die Knie nieder, um sich besser auf dem Steg halten zu können. Seine Ohren summten, als der Zug endlich über ihm hinweggedonnert war, weil er sie sich nicht zuhalten konnte. Das Geräusch war kaum verstummt, und er wollte gerade aufspringen, um weiterzuhasten, als ein weiterer Zug aus der Gegenrichtung kam und er sich wieder auf den Laufsteg ducken musste.

Als auch dieses Ungetüm verschwunden war, zog er sich hoch und lief das letzte kurze Stück über die Schwellen auf den Tunnel zu. Wieder kam ein Zug durch den Tunnel, und er sprang keine Sekunde zu früh in die Dunkelheit des Seitenlaufs. Im schwachen Licht der vereinzelten Dampflampen im Tunnel bemerkte Peter mit Schrecken den Überhang des letzten Wagens, der Stahlplatten geladen hatte. Sie hingen so weit über, dass zwischen ihren Kanten und den Tunnelwänden kaum ein fingerbreiter Spalt blieb. Der Seitenlauf war zudem kaum höher als die Gleise, so dass nicht genug Platz blieb, um sich liegend unter die Platten zu ducken. Auch die Gleise waren eine Todesfalle, da die Lok einen Räumschild besaß, der nur eine Handbreit Luft über dem Stahl ließ. Bei einer Stadtbahn hätte er sich flach auf die Schwellen legen können, und sie wäre über ihn weggerattert, ohne Schaden anzurichten.

Peter tastete panisch nach einer Türöffnung oder etwas anderem, in das sich der Baron geflüchtet haben musste. Er hoffte, dass es auch ihm Schutz bot, doch er fand nichts. Die nahende Dampflok verdunkelte zudem die schwachen Lichtquellen im Tunnel.

Gerade als er in Panik umdrehen und zurück auf die Hochgleise springen wollte, obwohl er sicher war, auch das nicht zu schaffen, ohne überrollt zu werden, wurde er von hinten gepackt. Unsanft wurde er ein Stück in den Tunnel und dann in einen schmalen Seitengang gezerrt, kurz bevor ihn die Stahlplatten zerquetschten.

Peter konnte nichts sagen oder tun, er wurde einfach weiter in den Gang gestoßen. In der Dunkelheit des Tunnels konnte er auch seinen Retter nicht erkennen und ließ sich einfach wehrlos von ihm in Sicherheit bringen.

„Idiot!", zischte der Mann, der Peter in einen spärlich beleuchteten Raum schob. „Fahrpläne lesen wäre ein guter Anfang, um sich vor unliebsamen Überraschungen zu schützen. Sind Detektive immer so? Wie Bluthunde, die der Spur des Beutetiers folgen, ohne Rücksicht auf das eigene Wohlergehen?"

Da die Stimme spöttisch klang und nicht wütend, grunzte Peter nur. Es gab keine Fahrpläne für die Güterzüge. Aber er musste zugeben, dass er kopflos gehandelt hatte, als er die Chance gesehen hatte, seine Beute zu stellen. Die Vibrationen im Gleis waren eindeutig gewesen, er hatte gewusst, dass eine weitere Bahn durch den Tunnel kam, aber anstatt noch eine Weile in Sicherheit zu verweilen, war er in den Tunnel gelaufen.

Um sich abzulenken, betrachtete er seinen Retter. Der Mann stand unter einem Gasglühstrumpf an der Wand, der gemeinsam mit einem nahezu blinden Spiegel an der gegenüberliegenden Wand für die milchige Beleuchtung des kalten, unfreundlichen Raumes verantwortlich war. Noch immer verbarg die Kapuze das Gesicht bis auf den Mund, der zu einem feinen Lächeln verzogen war.

Peter wartete ab, während das Rauschen in seinen Ohren, das von den Zügen herrührte, langsam nachließ und ihn andere Geräusche wahrnehmen ließ. Auch in diesem riesigen, massigen Gebäude war ein unterschwelliges, gleichmäßiges Dröhnen zu vernehmen, ähnlich dem, das er in den Kanälen unter Kastel gehört hatte. Darunter mischte sich ein Pfeifen wie von einem Teekessel. Dampfmaschinen wurden befeuert und trieben gewaltige Zahnräder und Pumpen an, deren Funktion Peter unbekannt war. Auch hier mischte sich unter den Koksgeruch der verfeuerten Kohle der Duft nach Räucherwerk, den Äther hinterließ. Das war für Peter ein untrügliches Zeichen, dass die Energie, die dieses Kraftwerk produzierte, nicht für Biebrich oder die anderen Armenviertel gedacht war.

„In diesem Gebäude stehen die Pumpen, die das Wasserwerk nebenan versorgen. Sie halten den Wasserdruck in den städtischen Leitungen bis nach Höchst aufrecht. Nebenbei werden auch einige Mühlen und die Müllpressen im Bruch angetrieben“, bekam er eine Erklärung, als er so offensichtlich lauschte und schnupperte. „Nebenbei wird die Wärme, die die Dampfturbinen erzeugen, von der Kurverwaltung zur Beheizung der Bäder verwendet, um Thermalwasser zu sparen. Das gilt auch für alle öffentlichen Gebäude. Dieser Raum war ein Pausenraum für die Arbeiter des Dampfturbinenwerkes. Da die meisten Arbeitsabläufe inzwischen automatisiert wurden, gibt es kaum mehr Arbeiter hier, und der Raum wurde vergessen.“

Peters Gegenüber zog die Kapuze vom Kopf, und für einen Moment glaubte er, die Baronesse vor sich zu haben, obwohl die Stimme tief und männlich geklungen hatte. Das bartlose Gesicht des jungen Mannes hatte lediglich eine etwas ausgeprägtere, kantigere Kieferpartie als das der Baronesse, ansonsten waren sie kaum auseinanderzuhalten. Die gleichen grünen Augen, die gleiche schmale Nase zu hoch angesetzten Brauen, die einen dunkleren Farbton hatten als das wallende, rotbraune Haar. Im Gegensatz zu seiner Schwester hatte der junge Baron allerdings eine Unzahl Sommersprossen, was ihm einen kindlich-frechen, mädchenhaften Ausdruck verlieh. Seine Haare lockten sich bis auf die Schultern, und er warf sie mit einer ungeduldigen Kopfbewegung zurück, als ihm einige Strähnen in die Augen fielen.

Peter war fast erleichtert, nicht einen Hinweis auf den Vater im Gesicht des jungen Mannes zu finden. Konstantin von Wallenfels schien eine männliche Ausgabe seiner Mutter zu sein. „Sie haben mich mit Absicht hierhergelockt, nicht?“, stellte er fest.

„Natürlich. Ich habe Sie schon bei der Versammlung erkannt, meine Schwester gab mir eine ausführliche Beschreibung Ihrer Person. Sie haben Mut, das muss ich Ihnen neidlos zugestehen. Vor allem, weil Sie zwar für meinen Vater arbeiten, ihm aber, wie soll ich sagen … trotzdem auf eine gewisse Weise in den Rücken fallen, indem Sie uns helfen. Meine Schwester war sehr unglücklich, als sie die Verlobung bekanntgeben musste – jetzt lächelt sie wieder und hat Hoffnung, dass es doch noch anders kommt. Dafür bin ich Ihnen dankbar und hoffe, es gelingt Ihnen, von Reiffenberg aus dem Rennen zu nehmen. Aber davon soll hier keine Rede mehr sein. Sie sind aus anderem Grunde das Risiko eingegangen, mir zu folgen. Sie wollen Antworten, und Sie sollen sie haben.

Meine Schwester fürchtet sich vor dem, was ich vorhabe, aber in der Sache steht sie hinter mir, seit Vater ihr den Beweis für meine Behauptungen präsentiert hat. Er ist auch noch stolz darauf." Er stockte, und sein Blick wurde flehend, als er anfügte: „Sie haben uns nicht verraten?"

„Noch nicht, und die Pinkertons sind erst mal auf einer falschen Spur. Aber ich will endlich wissen, warum ich das auch weiterhin für mich behalten soll! Geben Sie mir einen Grund, Ihnen zu helfen und den Rücken freizuhalten. Bisher war es die Abneigung gegen Ihren Vater, die mich antrieb, und die Unmöglichkeit, aus dem Auftrag heil wieder herauszukommen, ohne meinen Ruf und meinen Lebensunterhalt zu riskieren."

„Was wissen Sie über die Pazuzu?", entgegnete von Wallenfels und zog aus dem Schatten zwei klapprige Hocker heran. Er ließ sich auf einen der Hocker sinken und bot Peter den anderen an.

Peter setzte sich und berichtete das Wenige, was er in Erfahrung hatte bringen können: die besonderen Patente und Materialien, die aus der Stahlkrise heraushelfen sollten. „Mehr war nicht herauszubekommen. Nur noch, dass auch der Bau der Halle mal wieder nur mit Druck auf entscheidende Personen zustande kam. In diesem Fall auf den Bürgermeister von Kelsterbach, um den Ort eingemeinden zu lassen, damit der Bauantrag trotz des Widerstandes der Anwohner und der Bedenken wegen des problematischen Baugrundes durchging. Warum wollen Sie verhindern, dass dieses Luftschiff in Dienst gestellt wird? Es gibt so viele anderen Dinge, die Ihr Vater verbockt hat, warum ist es so wichtig? Zumal Luftschiffen die Zukunft gehören könnte und auch andere Industrielle deren Entwicklung forcieren. In Hamburg gibt es schon einen Luftschiffhafen, der sogar Linienverkehr nach Übersee betreibt."

„Weil die Pazuzu das Symbol für den Wahnsinn meines Vaters ist. Alles andere ist eine Folge dieses Wahns. Aber das ist nicht der einzige Grund. Außer Heinrich und mir kennen nur zwei Ingenieure und zwei Ärzte das ‚Geheimnis' um die neuartige Steuerung des Luftschiffes. Jetzt kennt es auch meine Schwester, und ihr Entsetzen darüber ist genauso grenzenlos wie das meine. Wenn diese Entwicklung, weil sie so genial ist, tatsächlich eines Tages Einzug in die Patentbücher hält, dann ist alles zu spät. Dann hat mein Vater nicht nur die Gesetze des Deutschen Reiches gebrochen, sondern auch alle moralischen Grundlagen unserer Gesellschaft, die Grundrechte der Menschen. Dann sind Menschen nicht mehr als eine Handelsware, beliebig austausch- und benutzbar." Konstantin machte eine Pause und sog heftig Luft ein. „Oder besser gesagt, nur noch Lieferanten für Ersatzteile."

Peter verstand nicht, worauf er hinauswollte, aber er war sich sicher, genug Vertrauen gewonnen zu haben, damit der junge Baron auch ihn in das Geheimnis einweihte. Die letzte Bemerkung weckte in ihm eine unbestimmte Furcht. Noch verstand er sie nicht und unterdrückte das Entsetzen, das in ihm aufkeimte. Mit Schrecken bemerkte er die Tränen, die dem jungen Mann in die Augen schossen, und die heftige, wütende Bewegung, mit der er sie wegwischte. Ihm wurde klar, dass von Wallenfels seinen Vater aus tiefster Seele hasste. Sollte er jemals so etwas wie Zuneigung zu seinem Erzeuger empfunden haben, so hatte der Baron diese Empfindungen in seinem Sohn offensichtlich vollständig abgetötet. Peter wartete. Er hatte Zeit und war sicher, dass er nun alles erfahren würde.

„Für die Bedienung des Luftschiffes wird künftig nur eine Person notwendig sein", fuhr Konstantin fort. „Gutes Personal ist selten und entsprechend teuer. Ein Luftschiffkapitän verdient ein Vielfaches dessen, was der Kapitän eines normalen Schiffes heimbringt, er kann jeden Preis verlangen. Durchaus berechtigt, denn es sind in der Regel Studierte mit einem Kapitänspatent, und auch das übrige Personal ist teuer, weil es sehr spezialisiert ist, also Navigatoren und Techniker. Trotz aller Vorteile, die ein Luftschiff zum Beispiel beim Transport schwerer Lasten hat, verringert all das die Auftragslage. Also musste neben ein paar Innovationen, die ein Luftschiff schneller, leichter und billiger in der Herstellung machen konnten, auch eine Möglichkeit gefunden werden, die Steuerung so zu vereinfachen, dass man viel hochqualifiziertes Personal einsparen konnte.

Das Problem war, dass die Steuerung des Schiffes sehr komplex und auf mehrere Räume in der Steuerkabine verteilt war. Das Ziel war zunächst nur, alles auf kleinstem Raum unterzubringen und so einer Person zu ermöglichen, alle Arbeit zu machen. Weiteres Luftschiffpersonal sollte sich auf die Betreuung von Passagieren oder die Ladearbeiten beschränken. Bestenfalls sollte ein Techniker für Reparaturen dabei sein. Selbst für Langstrecken sollte ein einziger Kapitän ausreichen. Dampfgetriebene, datenverarbeitende Maschinen, die wie eine Dampforgel mit Lochstreifen bestimmte vorgefertigte Abläufe abspulen, selbst aber auch einzelne Arbeitsschritte speichern und die Anforderungen aus den Lochdatenträgern mit ihnen koordinieren können, waren ein Teil der Lösung, sie sind inzwischen schon recht ausgereift, und die Ingenieure meines Vaters haben sie für den Betrieb in einem Luftschiff weiter verfeinert. Das ist nur eine grobe Darstellung dieser wirklich genialen Innovation, aber es macht ihre Arbeitsweise auch für jemanden verständlich, der kein Ingenieursstudium durchlaufen hat.

Aber diese Maschinen sind sehr schwerfällig und nicht fähig, intuitiv zu handeln. Sie bieten unveränderliche Abläufe. Zwar kann man vieles vorausberechnen, aber ein Luftschiff ist vielen äußeren Bedingungen ausgesetzt, die sich schnell und unvermittelt ändern oder neu kombinieren. Denken Sie nur an das Wetter. Die Datengeräte können dem Luftschiffkapitän vieles abnehmen, aber nicht die Konzentration, die es erfordert, auf alle Schwankungen zu reagieren. Es musste eine ‚intelligente' Steuerung her, die intuitiv handelt. Aber das kann nach wie vor nur ein Mensch, eine Maschine wird das nie schaffen. Man kann vieles komprimieren, viele

Schaltungen auf ein Steuerpult bauen, aber alles zu überblicken, schnell und sicher zu reagieren, ist auch für einen jungen, agilen Mann nahezu unmöglich.

Vater hat eine Lösung dafür gefunden, die auf ihre Art an Abartigkeit kaum zu übertreffen ist. Für mich steht sie auf einer Stufe mit dem, was mein hoffentlich nicht künftiger Schwager treibt. Es verstößt gegen Gesetze, Moral und alle menschlichen Wertvorstellungen. Besonders kommt Vater dabei mit §328, Artikel 5 in Konflikt. Sagt Ihnen das etwas? Vater selbst schrammt gerade noch daran vorbei. Abgesehen davon ist es mit keinem Gesetz der Kirche und der Moral vereinbar."

Peter runzelte die Stirn. Er hatte von diesem Paragrafen gehört, wusste aber aus dem Stegreif nicht, was er besagte. Als Konstantin sich allerdings bei der letzten Bemerkung an sein rechtes Auge tippte, erinnerte er sich.

„Der Prothesenparagraf!", platzte er heraus. „Man darf nicht mehr als ein Fünftel des Körpers durch künstliche Bauteile ersetzen oder einen Körper damit künstlich am Leben erhalten, wenn sicher ist, dass er ohne nicht lebensfähig ist." Plötzlich dämmerte ihm, worauf Konstantin hinauswollte. „Er hat doch nicht …?"

„Doch, und noch viel mehr, deshalb habe ich mich auch von ihm losgesagt. Er hat einen Menschen als Teil einer intuitiven Steuerung für seinen wahnsinnigen Plan vom perfekten Luftschiff eingeplant. Ich weiß nicht, ob die Anlage schon eingebaut ist, aber das Gehirn hat er, und es wurde für die Aufgabe vorbereitet. Er will nicht irgendein Gehirn verwenden, sondern das meines Zwillingsbruders, inklusive seines Körpers. Valentin soll Teil der Pazuzu werden und die Pazuzu Teil von ihm. Ohne die lebenserhaltenden Maschinen kann sein Körper nicht existieren, und die Pazuzu ist ohne ihn nicht lenkbar.

Haben Sie auch nur eine Ahnung, wie eng Zwillinge miteinander verbunden sind? Wie tief ihre Verbindung reicht? Vor zehn Jahren hatte mein Bruder einen Unfall. Dabei blieben sein Körper und sein Gehirn voll funktionstüchtig, allerdings war sein Geist, sein Gehirn, nicht mehr imstande, den Körper zu verwenden, und vom Körper abgehängt. Der Körper war nur noch eine Hülle für das unversehrte Gehirn. Als man die Ernährung einstellte, versagten innerhalb kürzester Zeit Herz und Lunge, und Valentin starb. Das ist die offizielle Version. Die von Valentins Ableben. So sah es auch der Arzt, der den Totenschein ausstellte. Doch der Mann war kaum aus dem Zimmer, als andere Valentins Körper mitnahmen. Jetzt steuern Maschinen die Vitalfunktionen, die nötig sind, um das Gehirn am Leben zu erhalten. Valentins Geist ist hellwach, und ich spüre seine Verzweiflung, seine Angst, als wäre ich an seiner Stelle. Er war ja noch ein halbes Kind, als der Unfall geschah, und jetzt sollen Teile seines Gehirns das Schiff kontrollieren.

Es macht mich wahnsinnig, und ich habe versucht wegzulaufen, aber die Verbindung zwischen mir und ihm ist stärker als Mauern. Ich kann nicht entkommen, und er fordert von mir Erlösung. Das mag für Sie klingen, als sei ich selbst wahnsinnig geworden. Aber bitte, prüfen Sie Ihr Herz und Ihren Verstand, wie Sie auf derartige Dinge reagieren würden. Sie haben auch einen Bruder, oder? Als Mensch mit ganz normal ausgeprägter Moral und Skrupeln müssten Sie das nachfühlen können, selbst wenn Sie mit Ihrem Bruder nicht so eng verbunden sind, wie ich es mit Valentin war und bin. Ich will Valentin erlösen. Ich will dieses Luftschiff zerstören, mit ihm und meinetwegen auch mit mir darin. Es ist unerheblich. Mein Leben ist mit ihm vergangen. Wäre er damals gestorben, hätte ich vielleicht ein eigenes Leben beginnen können. Aber nicht mit dem Empfinden, genauso gequält zu werden wie Valentin. Ich halte seine Qualen nicht mehr aus, und wenn ich zu seinem Mörder werde, dann kann ich ohnehin nicht mehr weitermachen. Ich werde mit ihm gehen."

Konstantin endete mit einem Seufzer, der ein Schluchzen überspielte. Peter sah ihn entgeistert an. Es war fantastisch, surreal, doch er glaubte dem jungen Mann jedes Wort, und nicht nur, weil er dem Baron inzwischen jede Schandtat zutraute. Dass er auch ihm nahestehende Personen ausnutzte, bewies die Verlobung seiner Tochter mit dem schlimmsten Gecken des Groß-Stadtkreises. Alles, was er bislang an Feindschaft und Hass Wallenfels gegenüber bei anderen gespürt zu haben glaubte, konnte Peter nun verstehen. In ihm selbst kochte so etwas wie Feindseligkeit auf und verdrängte die Furcht, sich dem Baron entgegenzustellen, auch wenn er nicht wusste, wie er vorgehen sollte. Konstantins flehender Blick wurde für Peter zur fast körperlichen Qual. Konstantin erwartete von ihm eine Meinung, eine Stellungnahme.

„Was werden Sie tun? Was haben Sie vor? Gibt es einen Plan? Die Pazuzu vernichten oder nur ihre Steuerung? Wann soll sie überhaupt in Dienst gestellt werden?“, hakte er nach, um Zeit zu gewinnen.

„Wenn ich eine Möglichkeit finde, nur Valentin endlich Frieden zu geben, dann werde ich das tun. Ich will das Schiff nicht unbedingt vernichten. Das Schiff an sich ist keine Schande, es ist auch ohne diese Steuerung ein Meisterwerk. Aber es muss gewährleistet sein, dass er sich nicht einfach Ersatz beschafft und einen anderen Menschen ins Unglück stürzt. Im Zweifelsfalle bedeutet das auch die Vernichtung der Pazuzu. Ich will nicht, dass Unbeteiligte zu Schaden kommen. Das liegt mir fern, das müssen Sie mir glauben.

Ich weiß nur nicht, wo er Valentin versteckt hält, und glaube, mein Vater ahnt inzwischen, wer aus der Familie gegen ihn arbeitet, obwohl meine Schwester alles tut, um mich zu schützen. Ich darf nicht mehr auf die Werft und habe keine Ahnung, wo ich suchen müsste. Ich bin aber sicher, dass Valentin irgendwo beim Luftschiff ist, ich spürte ihn, als ich das letzte Mal dort war. Ich ertrug sein Flehen um Erlösung nicht mehr, es hat mich körperlich geschwächt, und ich bin auf der Werft zusammengebrochen. Das hat den Ausschlag gegeben, mich nicht mehr dorthin zu lassen, und leider ist auch mein letzter Spion nicht erfolgreich gewesen. Sanker, Sie kennen ihn, ich habe gehört, Sie bewahrten ihn vor dem Tod, als der Fuchs ihn aufgriff. Er hatte aber anscheinend schon anderen Dreck am Stecken, wie man so schön sagt, und ist möglicherweise erkannt worden. Jedenfalls ist er nicht zurückgekommen, um Bericht zu erstatten, und ist spurlos verschwunden. Niemand weiß, ob man ihn verhaftet hat oder was auch immer.

Ich hoffe, er erzählt nichts, aber eigentlich kann er nicht viel verraten, er hat mein Gesicht nie gesehen."

Peter dachte nach, und ihm kamen Pauls Hinweise zu unterirdischen Räumen unter der Luftschiffhalle in den Sinn. „Sanker hat wegen Hehlerei gesessen und stand möglicherweise noch auf verschiedenen Fahndungslisten. Es ist möglich, dass er nicht wegen Spionage verhaftet wurde, sondern wegen eines anderen Vergehens, und selbst wenn er einmal Ihr Gesicht gesehen hätte, ich glaube nicht, dass er in der Lage gewesen sein könnte, Sie zu identifizieren. Von daher können Sie sich sicher fühlen.

Möglicherweise kann ich Ihnen aber auch sagen, wo Ihr Bruder ist, wenn er noch nicht … in die Steuerung eingebaut wurde. Man braucht einen besonders ausgestatteten Raum, um einen solchen Körper zu lagern und zu behandeln, oder? Mein Bruder – dem ich auch sehr nahe stehe, näher als Brüder mit einem gewissen Altersunterschied das gemeinhin tun – hat eine Abweichung in den Bauantragsplänen der Luftschiffhalle entdeckt. Er ist Architekt und hat nicht weniger Brass auf Ihren Papa, deshalb war er schnell dafür zu gewinnen, sich in dieser Sache durch das Archiv der Baupolizei zu wühlen. Die Halle ist unterkellert, einige kleinere Räume tauchen aber nicht auf den Plänen auf. Dafür aber diverse Besonderheiten in der Ausschreibung: ein Kühlraum und besonders abgedichtete Räume. Ich kann Paul bitten, seine Skizzen etwas auszuarbeiten, dann haben Sie zumindest eine Übersicht, wo Sie suchen müssen. Oder wohin Sie einen Spion schicken können."

Konstantin sah ihn überrascht an. „Bitte tun Sie das! Sie haben recht, es bedarf besonderer Räumlichkeiten, bis man ihn in der Pazuzu verwenden kann. Zumal niemand erfahren darf, was in dem Raum hinter der Steuerkanzel geschehen soll, solange dort noch Arbeiter Montagearbeiten verrichten. Viel Zeit bleibt uns allerdings nicht. In gut einem Monat soll der Jungfernflug stattfinden. Dazu wird mein Vater ein Fest ausrichten. Ein Volksfest. Sollte es mir vorher nicht gelingen, das Schiff zu sabotieren, dann ist das meine letzte Hoffnung: im Trubel das Schiff zu entern und

Valentin zu töten. Das war sein Wunsch, er besteht darauf. Ich spüre ihn sogar hier, weit weg. Etwas von ihm ist in mir."

Peter seufzte. Er hoffte, sich elegant aus der Affäre ziehen zu können. „Wenn es Ihnen gelingt, ohne dass andere Menschen dabei zu Schaden kommen, dann werde ich Ihre Tätigkeiten geflissentlich übersehen. Ich fürchte, mehr kann ich nicht tun, da ist mir leider auch das Hemd näher als der Rock … wenn ich den Auftrag ablehne oder mich gegen Ihren Vater stelle – nun, Sie wissen, was mir dann blüht, und ich bin in mancherlei Hinsicht ein Feigling. Ich bin wohl gerade dabei, ihn mir zum Feind zu machen, weil ich noch in andere Richtungen ermittele, die ihn am Rande auch betreffen. Allerdings habe ich da ein paar Kleinigkeiten in der Hand, die mich absichern. Wenn ich irgendetwas für Sie tun kann, lassen Sie es mich wissen. Solange kein Schaden entsteht, werde ich gern tätig. Ich werde Paul auf jeden Fall um den Plan bitten."

Konstantins Gesicht entspannte sich. „Mehr konnte und wollte ich auch nicht verlangen. Danke. Sie können dem Pfarrer von Sankt Marien Botschaften für mich hinterlassen, er lässt sie mir zukommen. Ich fürchte allerdings, mein Vater lässt mich bald nicht einmal mehr in Valentins Nähe, und verstößt mich – aus seinem Umfeld und von seinen finanziellen Mitteln. Zum Glück bin ich finanziell unabhängig und volljährig. Wenn Sie Geld brauchen …"

„Danke, im Moment bin ich ganz gut ausgestattet, und Paul hat auch noch Ersparnisse. Ihr Herr Papa hat mich für die letzten Informationen, die ich ihm gegeben habe, recht üppig bezahlt. Ich werde mich jetzt erst mal anderen Fällen widmen und diesem nur am Rande … ähm – wie komme ich jetzt hier heil wieder raus, ohne vom Zug überfahren zu werden?"

Abgründe der Seele

Wo warst du?", fragte Paul, als Peter mit nachdenklichem Gesicht zur Mittagszeit wieder zu Hause ankam.

Peter antwortete nicht, sondern schnupperte, weil aus der Küche ein verführerischer Duft an seine Nase drang. Hunger ließ seinen Magen knurren, was Paul zu nicht weniger lautstarkem Gelächter verführte. Er drängte an ihm vorbei in die Küche und ließ sich auf einen Küchenstuhl fallen. „In Biebrich, weil ich nicht mehr schlafen konnte. Dabei traf ich Konstantin von Wallenfels. Ich weiß jetzt, was ihn antreibt. Es ist unglaublich abstoßend, ich könnte dem alten Wallenfels vor die Füße kotzen."

Paul servierte das Essen, setzte sich zu Peter und sah ihn erwartungsvoll an. Peter ließ sich Zeit mit seinem Bericht und schaufelte den deftigen Eintopf in sich hinein. Erst als er sich einen Nachschlag genehmigte, fing er an zu erzählen, was er von Konstantin erfahren hatte. Pauls Augen weiteten sich, als er die Geschichte von dem Zwillingsbruder hörte.

„Grauenvoll!", kommentierte Paul, als er nach einer Weile die Fassung wiederfand. „Ich setze mich gleich an die Skizze. Wenn ich noch etwas tun kann, lass es mich wissen."

„Im Moment weiß ich selbst nicht, was ich in dieser Sache unternehmen soll. Oder in Sachen Rattenjagd. Ich hoffe sehr, dass wenigstens das Rattenloch des Fuchses ausgehoben werden kann und dass ich noch ein paar Beweise finde, welchen netten Freizeitbeschäftigungen die Söhne bestimmter hoher Herrschaften nachgehen."

Das Telefon schrillte, und Paul eilte in den Flur, um das Gespräch anzunehmen. Peter lauschte, um herauszubekommen, was geschah. Paul nannte den Anrufer Rian, was Peter zunächst nichts sagte, da fiel ihm der Tonfall seines Bruders auf. Es musste de Cassard sein. Er grinste frech. Als Nächstes hörte er seinen Namen und die Versicherung, ihm etwas auszurichten.

Katharina.

Es musste mit Valerians Schwester zu tun haben. Bevor er aufspringen und selbst ans Telefon eilen konnte, legte Paul schon wieder auf und kehrte zurück.

„Katharina ist aufgewacht und erinnert sich an alles. Sie möchte dich sehen. Tiemens hält zwar nicht viel davon, aber sie besteht darauf. Valerian holt dich gleich mit einer Droschke ab und will mit dir ins Sanatorium“, bestellte Paul. Dann sah er Peter finster an, als ihm die Mimik seines jüngeren Bruders bewusst wurde und er sie richtig deutete.

Peter bemühte sich um einen neutraleren Gesichtsausdruck. „Willst du nicht mit?“

„Ich habe mit ihr nichts zu tun“, erwiderte Paul. „Aber vielleicht braucht Rian Gesellschaft, während du mit Katharina plauderst. Dann komme ich gerne mit. Du solltest dir auf jeden Fall elegantere Klamotten und eine Rasur gönnen.“

„Du siehst trotz deiner Küchenorgie aus wie aus dem Ei gepellt“, nörgelte Peter. „Wie machst du das nur?“

Er stemmte sich hoch und schlich ins Bad. Wieder einmal wunderte er sich über den ungepflegten Kerl, der ihm aus dem Spiegel entgegenstarrte. So, wie er aussah, hätte man ihn eher für einen Hafenarbeiter gehalten denn für einen Bürger mit Logis in der Innenstadt. „Meinst du, Rasur reicht?“, rief er und strich sich über das dichte, dunkle Haar.

Paul sah ins Badezimmer und schüttelte den Kopf. „Nein, das wird in der Tat nicht reichen. Hast du eine Schere? Dann werde ich dich mal von der Wolle befreien!“

„Im Schreibtisch.“ So langsam begann Peter die Anwesenheit seines Bruders zu genießen. Nicht nur, weil Paul ein begnadeter Koch war, der dafür sorgte, dass er wenigstens etwas Anständiges in den Magen bekam, wenn er schon so unregelmäßig aß. Paul hatte sich sogar um die Wäsche gekümmert, auch wenn Peter davon ausging, dass er sie in eine Wäscherei gebracht hatte. Aber ihm selbst fiel so etwas immer nur im Notfall beim Anblick eines leeren Schrankes ein. Er sah sich zudem außerstande, auch nur einen Knopf anzunähen. Alle diese Kleinigkeiten, für die Paul nun in mütterlicher Häuslichkeit sorgte.

Paul erschien mit Schere und Handtuch und fing an, Peters Haare auf eine Länge zu stutzen, die er problemlos bändigen konnte. „So langsam würde ich dir empfehlen, mal auf Brautschau zu gehen, Peter. Du verkommst hier ja regelrecht, wenn du alleine bist."

Peter schnaufte, als er seine neue Frisur begutachtete und dann zu seinem Rasiermesser griff. „Wahrscheinlich hast du recht, aber ich bin mir nicht sicher, ob ich wirklich dazu geeignet bin, zu heiraten und eine Familie zu gründen. Hätte ich mich damals nicht mit Reiffenberg angelegt und meinen Polizeidienst weiter bekleidet, dann wäre es sicher schon so weit. Aber mit diesem Beruf ist der Lebensunterhalt sehr unsicher und mein Leben ständig in Gefahr. Das wollte ich einer Frau nicht antun."

„Es gibt sicher auch Frauen, die dich trotzdem um deiner selbst willen nehmen würden", gab Paul zu bedenken, und an seiner Miene im Spiegel konnte Peter erkennen, dass es sein voller Ernst war.

„Du warst schon immer ein Romantiker. Möglicherweise liegst du sogar richtig, aber für mich ist es einfach auch wichtig, dass meine Familie abgesichert ist, wenn mir etwas zustoßen sollte. Wie oft ist es schon geschehen, dass Frau und Kinder in die Armut und die Gosse taumelten, wenn der Mann plötzlich nicht mehr ist? Ein Pölsterchen wäre da schon nicht schlecht."

„Du hast das Haus, und es liegt günstig, man wird das Gebiet südlich des Innenringes nicht verkommen lassen. Im Gegenteil, es gilt immer noch als Entwicklungsgebiet und grenzt unmittelbar an die Villen der Biebricher Allee. Das Grundstück ist viel wert und das Haus architektonisch etwas Besonderes. Das Polster ist gut genug."

Peter beendete seine Rasur und betrachtete skeptisch, ob er sich so im mondänen Nerotal blicken lassen konnte, sein verändertes Äußeres. Verglichen mit dem sauberen, frischen Äußeren seines älteren Bruders, das er zum direkten Vergleich im Spiegel sah, wirkte er immer noch wie ein dahergelaufener Lump. „An dir ist ein Dandy verlorengegangen. Dir würde es leicht fallen, alle Frauen der Stadt um den Finger zu wickeln, wenn du nur wolltest. Ist das hier wirklich noch Erweiterungsgebiet für die Innenstadt? Dann ist das Haus tatsächlich ein gutes Polster. Also werde ich nach einem Weibe Ausschau halten. Aber es ist auch dein Haus!"

„Ich habe dir doch schon gesagt, ich will es nicht, ich will nur wissen, wenn du vorhast, es zu verkaufen. Ich glaube, ich werde nicht in Wiesbaden bleiben. Da sind noch ein paar gute Kontakte, die ich demnächst ein wenig pflegen werde, und bei der Recherche im Bauamt kam mir eine Idee, die immer mehr Gestalt annimmt. Peitners Gutachten haben mich darauf gebracht, dass mir Detektivarbeit in Sachen Bau Spaß machen könnte."

Peter nahm von Paul einen Stapel Kleidung entgegen. Es waren seine besten Sachen, frisch gewaschen, gebügelt und gestärkt. „Oh, mein guter Hausgeist … und wo willst du hin? In Hessen-Nassau dürftest du noch Probleme haben, hier und offensichtlich noch weit darüber hinaus hat der Baron uneingeschränkte Hausmacht."

„Ja, aber nicht im gesamten Deutschen Reich. Ich werde nach Norden gehen. Hamburg wäre ein reizvolles Ziel. Vielleicht auch ganz raus. England, Amerika zu unserer Schwester – sofern es endlich gelingen sollte, sie ausfindig zu machen –, vielleicht auch Frankreich … ich habe keine Bindungen mehr an dieses Land und keine Scheu vor der Fremde."

Es klingelte, und Paul beeilte sich nachzusehen, wer gekommen war, während Peter sich fertig anzog. Da es sich eigentlich nur um Valerian handeln konnte, drückte er die Tür zum Flur nur einen Spalt weit auf, um sicherzugehen, dass er nicht ungelegen kam. Tatsächlich schob Paul gerade die Wohnungstür zu und begrüßte Valerian mit einer Umarmung und einem Kuss. Die Beziehung der beiden entwickelte sich demnach und war nicht nur ein Vergnügen für eine Nacht gewesen. Peter gönnte es ihnen und wartete, bis sie sich voneinander lösten. Eigentlich war es gar nicht so schlimm, wie Peter sich eingestehen musste. Der mädchenhafte Maler passte gut zu seinem Bruder. Was sollte so falsch an einer gleichgeschlechtlichen Beziehung sein, wenn zwei Menschen einander wirklich derart innig zugetan waren?

„Ich glaube, manche derartige Beziehung ist fester als ein Großteil aller normalen Ehen. Eigentlich sollte auch Gott froh sein, wenn sich zwei bis an ihr Lebensende lieben, ohne einen anderen zu begehren, und vor allem keine Kinder in eine Welt setzen, die mit Kindern nicht besonders liebevoll umspringt. Ich finde zwar, es ist Verschwendung, wenn einer seine Talente nicht an Kinder weitergibt, aber sicher kann man sich da ohnehin nicht sein. Pauls Talente und die Valerians – das gäbe schöne Wunderkinder, wäre einer der beiden eine Frau“, dachte er schmunzelnd bei sich und öffnete geräuschvoll die Tür.

„Monsieur de Cassard, guten Morgen. Ich hörte, es gibt gute Nachrichten von Ihrer Schwester?“

„Guten Morgen, Monsieur Langendorf“, erwiderte Valerian wenig überrascht über Peters Auftauchen. „Sie ist erwacht und scheint nur geringe Probleme mit dem Entzug der verabreichten Rauschmittel zu haben. Allerdings quälen sie unzusammenhängende Erinnerungen, so dass sie sich vor weiterem Schlaf fürchtet. Da sie diesen aber noch immer bitter nötig hat, konnte ich nach einiger Diskussion Doktor Tiemens überzeugen, dass sie diese Erinnerungen in eine Ordnung bringen muss, um Ruhe zu finden. Katharina muss begreifen, dass diese schrecklichen Zeiten vorüber sind. Da wir nicht wissen, was sie alles erlebt hat, und es vermutlich auch niemals begreifen könnten, hofft der Doktor, dass Sie in der Lage sind, uns weiterzuhelfen.“

Peter zuckte die Achseln. „Ich weiß nicht, inwiefern ich da etwas richten kann, aber ich werde es natürlich gern versuchen.“

„Soll ich den Plan gleich fertigmachen oder …?“, fragte Paul mit einem Seitenblick auf Valerian.

„Komm mit. Ich bin sicher, meine Anwesenheit wird nicht erforderlich sein, will aber nicht untätig warten. Wir könnten ein bisschen spazieren gehen und uns unterhalten“, forderte Valerian ihn auf, was Paul mit einem dankbaren Lächeln quittierte.

Peter wurde bewusst, dass Paul dem Maler berichtet haben musste, dass er über die Neigungen und Beziehung der beiden eingeweiht war. Valerian erlegte sich trotz der Anwesenheit Peters keinerlei Zwänge auf und duzte Paul, was in seinen Kreisen sonst ein Fauxpas erster Güte gewesen wäre, selbst unter besten Freunden. Unter anderen Umständen hätte es beiden die Gefängnistore weit aufgerissen.

Sie brachen mit der großen Droschke zum Nerotal auf, die Valerian in die Schenkendorfstraße gebracht hatte, und unterhielten sich angeregt. Peter hatte noch etwas aus seinem Tresor geholt und lauschte nun interessiert Valerian, der sie mit den neusten Gerüchten versorgte. „Ach, bevor ich es vergesse: Ich bin mir nun sicher, dass das Taschentuch, dass Sie gefunden haben, Anton von Kalkhofen gehört. Er war gestern bei mir, als ich kurz zu Hause nach dem Rechten sah. Dabei wischte er sich mit einem identischen Taschentuch über das Gesicht“, raunte er, als sie den Kranzplatz passierten. „Ich soll seine Frau und seine Tochter malen. Aber frühestens nächsten Monat, weil sich beide im Urlaub befänden. Ich habe bei einem Bekannten nachgefragt, und der lachte nur. Von wegen Urlaub – er hat seine Frau halb totgeprügelt, davon sind jedenfalls alle überzeugt. Laut Kalkhofen ist sie die Treppe hinuntergefallen. Sie kurt in Baden-Baden. Diesem Mann ist alles zuzutrauen. Ich weiß nicht, ob ich ihm zu Diensten sein soll, er widert mich an.“

Peter nickte. „Das mit dem Taschentuch hat mir schon die Baronesse bestätigt. Aber es ist gut, noch einen Zeugen zu haben. Dann ist es eindeutig. Ich bin gespannt, was die Observation ergibt. Wenn seine Frau nicht in der Stadt ist, hat der Mann freie Bahn. Hoffentlich wird er unvorsichtig.“

Sie erreichten das kleine Sanatorium im Nerotal. Paul wartete vor der Tür, während Peter mit Valerian das Haus betrat und von einer Krankenschwester in gestärkter Tracht in eine kleine Wohnung im ersten Stock geführt wurde. Alles in dem Haus war hell und freundlich. Es roch sauber und nach frischen Blumen. Die Wohnung, die Katharina zur Verfügung stand, hatte einen wundervollen Ausblick in den Park im Nerotal und auf die Villen an den Hängen des Neroberges. Von der verglasten Loggia aus konnte man die Kuppeln der orthodoxen Kapelle sehen, der Grabeskirche der russischen Großfürstin Alexandra. Die Schwester wies sie an, in den Korbsesseln Platz zu nehmen, und klopfte an der Schlafzimmertür.

Peter starrte gebannt auf die Tür und musste sich sehr beherrschen, seine Kinnlade oben zu behalten, als Katharina aus dem Schlafzimmer kam. Er konnte nicht verhindern, dass die Erregung ihm bei dem Anblick, der sich ihm bot, einen Schauer über den Rücken jagte. Sie trug ein helles Kleid mit einfacher Tournüre und schmaler Taille. Über die Schultern hatte sie eine üppige grüne Stola geworfen, die einen scharfen Kontrast zu ihrem kastanienfarbenen Haar bildete, das kunstvoll aufgesteckt war und ihr in gedrehten Locken auf die Schultern fiel. Nur die unnatürliche Blässe verriet ihre Leiden, die blauen Flecken hatte sie unter Kosmetik verborgen, doch das Sonnenlicht in der Loggia enthüllte sie wieder.

Sie trat auf Peter zu und sah ihn unverwandt an. Er riss den Hut vom Kopf, ergriff ihre ihm vorsichtig entgegengestreckte Hand und küsste sie. „Schön, Sie wohlauf zu sehen, Mademoiselle. Ich hoffe, Sie fühlen sich wieder besser?“

„Besser als was? Ich fürchte, mein Gedächtnis spielt mir einen Streich, und ich begreife nicht mehr, was vor sich geht. Es ist, als hätte ich in einem Alptraum gelebt und sei jetzt erwacht. Aber Alpträume bereiten keine körperlichen Schmerzen, und das Verhalten meiner Umgebung gibt mir Rätsel auf. Tiemens hielt zwar nichts davon, aber ich will wissen, was geschehen ist. Wer ich bin und wie ich hier hergekommen bin – und was davor geschah. Ich erinnere mich Ihrer, Herr … Langendorf? Sie haben mich aus diesem Alptraum gerettet, hörte ich. Bitte helfen Sie mir, diese Dinge zu ordnen, damit ich wieder Schlaf finde."

„Gerne!" Peter führte sie zu einem der Korbsessel auf der Loggia. Seine Worte straften seine Gefühle Lügen, denn ihm gefiel der Gedanke nicht, ihr einzugestehen, dass sie einander schon näher gekommen waren, als ihr lieb sein mochte. Sofern sie sich auch daran nicht erinnerte.

„Soll ich bleiben?", fragte Valerian, der stehengeblieben war. „Ich kann aber nicht viel dazu beitragen, und das Wenige kann dir auch Herr Langendorf berichten. Wenn es dir natürlich lieber ist ..."

„Nein danke. Du musst mir später andere Dinge berichten. Wir haben uns ohnehin noch viel zu erzählen. Erst muss ich Ordnung in die letzten Erinnerungen bekommen", erwiderte sie.

Peter bemerkte, dass sie noch unsicher war, in Valerian einen Verwandten zu sehen. Vor allem musste es ihr schwerfallen, zu begreifen, dass jemand aus seiner Gesellschaftsschicht so viel riskierte, um sie zu retten.

„Ich lasse euch dann jetzt allein. Ich gehe mit Herrn Langendorffs Bruder spazieren und werde ab und zu einen Blick hier hoch riskieren. Wenn du winkst, komme ich zurück."

Damit drehte er sich um und ging. Peter sah ihm versonnen lächelnd hinterher.

„Ein seltsames Geschöpf", begann Katharina. „Ich bin sicher, dass alles der Wahrheit entspricht, was er über unsere Verwandtschaft erzählt, warum sonst sollte er all das für mich tun? Aber ich kann immer noch nicht glauben, dass einer wie er so etwas für jemanden wie mich tut, und Ihr Bruder? Was hat es damit auf sich?"

„Das ist etwas, das Ihnen Valerian besser erklären kann, wenn Sie einander etwas näher kennengelernt haben", wehrte Peter ab. Ihm war klar, dass dieser Versuch, sich aus der Erklärungsnot zu winden, ihr genauso viel verriet, als wenn er offen geantwortet hätte.

Sie lachte. „Ah, so ist das. Diese Dinge sind mir nicht fremd, und wenn die beiden sich damit wohlfühlen, dann soll es eben so sein. Keine Angst, von mir erfährt niemand etwas. Das war dann wohl auch der Grund, warum ich Valerian so schnell vertrauen konnte – ich spürte, dass er keinerlei körperliches Interesse an mir hatte. Wie ist das bei Ihnen?"

Peter senkte verlegen den Blick und spürte, wie ihm Blut in den Kopf schoss. Hektisch überlegte er, was er antworten sollte, doch diese Sorge nahm sie ihm ab. Ein Kichern ließ ihn aufblicken. Sie hatte ihn durchschaut und offensichtlich prüfen wollen, ob ihre Erinnerungen hinsichtlich seiner Person zutrafen.

„Dann ist diese Erinnerung korrekt. Wir … haben miteinander geschlafen. In den Löchern. Aber es war anders als sonst. Ich glaube, mich zu erinnern, dass es eine angenehme Vereinigung war, und hoffe, dass es allein auf Sie und Ihr Geschick zurückzuführen ist und nicht auf die Wirkung der Drogen." Sie lächelte verführerisch, obwohl ihr diese Miene Schmerzen zu verursachen schien. Der blaue Fleck auf ihrem Kieferknochen hinderte sie daran, mehr mit ihrer Mimik zu spielen.

„Das hoffe ich auch …", murmelte Peter mit einem verzagten Hundeblick. „Ich … konnte nicht anders, durfte nicht auffallen, und als wir dann allein waren, ließ es sich auch nicht mehr verhindern. Ich hatte mich schon in das Porträt verliebt, das Ihr Bruder gemalt hatte, und in natura war trotz der Spuren von Misshandlung dann kein Halten mehr, es …"

Sie beugte sich vor und legte ihm einen ihrer Finger auf den Mund. Dabei lächelte sie ihn zärtlich an. „Schon gut! An die anderen Männer habe ich trotz der Drogen nur schlechte Erinnerungen. Schläge, brutale Behandlung, Schmerzen … wir sind oftmals nicht einmal bis in dieses Loch gekommen, das sich mein Boudoir schimpfte … jetzt werden die Erinnerungen klarer. Sie nahmen mich meist aufrecht stehend von hinten. Sie drückten mich und die anderen Mädchen gegen die Wand oder warfen uns auf den Boden, auf diesen schmalen Steg, der nass und voll stinkendem Schlamm war. Oder sie nahmen das nächstgelegene Loch, selbst wenn sich dort schon andere ‚vergnügten'. Die meisten Männer waren in diesem Moment bereits stockbesoffen oder selbst unter

Drogen. Oft bekamen sie ihren Schwanz nicht mal mehr hart, dann mussten wir dafür büßen. Ich habe gesehen, wie sie Mädchen dafür totprügelten und in den Kanal warfen ..."

Sie stockte, aber ihre entsetzt geweiteten Augen blieben trocken. Peter vermutete, dass sie schon lange keine Tränen mehr hatte, weil sie diese im Bau des Fuchses in endlosen Bächen vergossen hatte. In dem Moment, in dem ihr klar geworden war, wohin das Schicksal sie geführt hatte. Er griff nach ihrer Hand und drückte sie.

„Es fügt sich alles zusammen", fuhr sie nach einer Weile fort. „Seltsam, wie sich diese Männer verhalten haben. Sie waren so gierig, dass sie auch einen Haufen Dreck gevögelt hätten, könnte der nur anständig zucken. Aber wenn sie wegen des billigen Fusels nicht mehr konnten, waren wir nicht hübsch oder willig genug. Ich hatte wohl Glück, weil ich unter all diesen armen Würmern privilegiert war. Königin der Würmer. Einer unserer Bewacher hatte einen Narren an mir gefressen und hielt mich immer für die betuchte Kundschaft zurück. Zu der gehörten Sie wohl an diesem Abend. Ich weiß nicht, ob ich das alles wirklich erlebt habe ... vielleicht will ich es auch einfach nicht glauben. Können Sie es bestätigen?"

Sie sah ihn nun direkt an. Peter nickte, bestürzt und doch auch erfreut über ihre Offenheit. Sie quälte sich, aber er hielt das für eine erfolgversprechende Methode, mit dem Geschehenen fertig zu werden. „Die Details nicht, aber nach dem, was ich gesehen habe und schon vorher kannte, kann ich bestätigen, dass es genau so mit den armen Mädchen läuft, die dem Fuchs in die Hände fallen. Er ist die Endstation. Wer dort unten landet, kommt in der Regel nicht mehr lebend heraus. Von daher hatten Sie unendliches Glück oder eine ganze Armee Schutzengel. Vielleicht haben auch ein paar andere Mädchen demnächst die Chance, dort herauszukommen, wenn es der Polizei tatsächlich gelingt, dieses Nest auszuheben. Leider werden sie danach nicht in ein gemachtes Nest fallen. Aber da ist noch etwas anderes, und ich fürchte, ich muss einer weiteren unangenehmen Erinnerung an etwas, das nicht dort unten geschah, auf die Sprünge helfen."

„Die Sache in dem großen Haus in den Weinbergen?“, fragte sie. „Gut, dass Sie danach fragen, ich glaube, das ist der Punkt, an den ich mich am detailliertesten zu erinnern scheine, den ich aber am wenigsten glauben kann. Da war eine Feier mit Männern, die mit uns machen durften, was sie wollten. Drei von uns starben …“

Peter zog das Objekt aus der Tasche, das er aus dem Tresor geholt hatte, und reichte es ihr. Sie nahm es stirnrunzelnd entgegen und entfaltete den Leinenstreifen. Entgeistert starrte sie auf die Worte, und nun schossen ihr doch Tränen in die Augen. „Sie haben es gefunden? Hat es Sie zu dem Schlupfwinkel geführt?“

„Paul hat es gefunden, weil er sich beim Anblick dessen, was wir noch in dem Haus vorfanden, übergeben musste, und ja, diese Worte haben mich zum Versteck des Fuchses und zu Ihnen geführt. Sie haben das geschrieben?“

Sie nickte und ließ den Tränen freien Lauf. Peter tastete seine Taschen nach einem Taschentuch ab, fand aber keines und war erleichtert, als sie eines aus dem Ärmel zog. „Jetzt ist alles wieder da. Ich habe das wirklich erlebt und überlebt. Ich weiß nicht, woher ich die Kraft hatte, immer wieder aufzustehen, aber ich habe es getan, und jetzt bin ich hier … warum kann ich mich nicht freuen? Alle sind so freundlich. Vor allem Valerian bemüht sich so um mich. Was treibt ihn nur?“

„Das kann ich Ihnen nicht erklären, Katharina. Nur so viel: Wir sind sehr froh, dass Sie eben diese Kraft tatsächlich hatten – und bewundern Sie dafür. Valerian genauso wie ich selbst. Ich denke, die Freude kommt, wenn die Zeit ein paar Erinnerungen nimmt und Wunden heilt – sofern das möglich ist. Die Einschnitte in Ihrem Leben, zum Bösen wie zum Guten, kamen einfach zu schnell. Der Mensch muss sich an Dinge gewöhnen, um sie akzeptieren zu lernen. Das erfordert Zeit. Aber ich kann Ihnen sagen, dass es für Sie noch einmal eine Zeit geben wird, in der Sie Ihre Stärke wieder brauchen werden. Valerian ist Teil einer Gesellschaft, die peinlich darauf achtet … sauber und unter sich zu bleiben. Jemand wie Sie, Katharina, ist in dieser Gesellschaft ein Fremdkörper, und auch Valerian wird das zu spüren bekommen, wenn er Sie tatsächlich in diese Gesellschaft einzuführen versucht. Ich hoffe, er geht vorsichtig zu Werke, nicht mit Gewalt, denn das gäbe ein unangenehmes Echo. Es ist eine Art Buße, die er für seine Familie leistet, aber er muss sich und Ihnen Zeit lassen." Peter nahm ihre Hände und drückte sie. „Sie müssen jetzt viel verarbeiten. Ich würde Ihnen gern dabei helfen, wenn ich kann, und vielleicht können Sie mir helfen zu verhindern, dass manche Dinge sich wiederholen. Diese Orgie in den Weinbergen … wie viele Männer waren dabei? Können Sie sich erinnern? Vielleicht sogar an Gesichter oder Namen?"

Katharina putzte sich noch einmal die Nase, dachte aber bereits intensiv nach. „Es waren fünf, die sich berauschten und dann über uns herfielen. Sie sprachen einander mit Kurznamen an, vielleicht waren die falsch. Ich erinnere mich an ‚Toni', ‚Heiner', ‚Kalle', ‚Alf' … und den fünften nannten sie ‚Pille'. Kalle ging mit einem der Mädchen vors Haus, kam aber ohne sie zurück. Sein Hosenstall stand offen, und sein verschmiertes Glied hing draußen. Es war ihm egal, die anderen lachten nur. Heiner motzte, das würde ein teurer Spaß werden, aber das reizte die anderen nur zu noch mehr Gelächter. Dann trieben sie uns mit Reitpeitschen auf das Matratzenlager. Toni, ein ziemlich kleiner, aber kräftiger, brutaler Mann, hat sich gleich zwei Mädchen aufs Bett gezogen. Eine war danach tot. Mich hat sich der Mann geschnappt, den sie Pille nannten. Ein älterer Kerl mit dichtem Backenbart, ziemlich plump. Ich glaube, er hat die ganze Zeit über kein Wort gesprochen, ist nur über mich hergefallen wie ein wilder Stier. Ich muss das Bewusstsein verloren haben, denn ich erinnere mich erst wieder ans Erwachen. Neben mir lag Heiner über einem weiteren toten Mädchen. Er hatte ihr die Kehle durchgeschnitten."

Peter entschloss sich zu einem Experiment und beschrieb zwei Personen, so gut er konnte. Da er von Kalkhofen nicht persönlich kannte, ließ er ihn aus dem Spiel. Er ging allerdings davon aus, dass es sich bei „Toni" um eben jenen gewalttätigen Gesellen handelte. Wer seine Ehefrau krankenhausreif prügelte, der hatte unter Drogeneinfluss auch keine Skrupel, eine Hure totzuschlagen.

Katharina hörte aufmerksam zu und nickte schließlich mit finsterem Blick. „Die eine Beschreibung passt auf Kalle, die andere auf Heiner."

Karl-Erich von Reiffenberg und Heinrich von Wallenfels, und beide hatten jeweils eine Frau auf dem Gewissen. Peters Gesicht wurde finster. „Dann sollten Sie der Gesellschaft, in der Valerian ein und aus geht, fürs Erste fernbleiben. Ihre Peiniger gehören dazu. Solange ich nicht genug Beweise für ihre Vergehen habe, werden die beiden Herren alles daran setzen, dass Sie eines plötzlichen und unerwarteten Todes sterben, wenn sie sehen, wen ihr Lieblingsmaler da in die Familie aufgenommen hat."

„Ich glaube nicht, dass Valerian Ambitionen in diese Richtung hegt. Er scheint das alles selbst sehr genau zu wissen und will das Ansehen seiner Familie nicht beschmutzen. Nur … wie Sie schon sagten … Buße tun für das, was sein Vater verbrochen hat. Er hat nichts davon, wenn er sie brüskiert, und ich auch nicht. Ich will nur leben, und er will mir ein sorgenfreies Leben ermöglichen. Dazu gehört auch, mich aus der Gesellschaft herauszuhalten, die noch skrupelloser und schlimmer, weil scheinheiliger zu sein scheint, als es die Gesellschaft in den schlimmsten Rattenlöchern dieser Stadt ist." Sie drückte Peters Hand. „Die toten Mädchen bringt es zwar nicht mehr zurück, aber andere können vielleicht weiterleben. Bringen Sie diese Mistkerle zur Strecke, Herr Langendorf, und wenn ich dazu beitragen kann, dann will ich das gerne tun."

„Sie haben schon viel getan, jetzt ist es an uns, den Rest zu erledigen. Ich habe noch keine Ahnung, wie es gelingen kann, aber wir werden einen Weg finden. Um Ihres Seelenheils und dessen einer anderen starken Frau willen, die gerade in einen Abgrund gezogen wird. Ein anderer Abgrund, aber auch er bodenlos. Sie soll einen der Herren heiraten, die Ihnen so viel Elend bereitet haben – wenn ich richtig liege, den Mann namens ‚Kalle', und das, obwohl man auch ihr alles genommen hat, das ihr etwas bedeutete, vor allem ihre geliebten Brüder. Auch Sie sind Opfer des eigenen Vaters geworden, wie sie, wenn auch auf andere

Art.“ Peter genoss ihre Berührungen, auch wenn er ein schlechtes Gewissen dabei hatte, ihr etwas zu versprechen, was er möglicherweise nicht halten konnte.

„Die andere Frau tut mir leid, ohne dass ich sie kenne. Zwar musste sie nicht wie ich die schlimmste Gosse sehen, aber auch sie wird sich bald wünschen, sie wäre dort, weil man dort frei von gesellschaftlichen Zwängen ist – und Kalle? Den heiraten zu müssen … mein Gott, was hat diese arme Frau verbrochen, dass man sie so straft?“

„Nichts. Diese Dame ist eher wie Ihr Halbbruder, sie versucht zu helfen, wo sie kann. Keine höhere Macht ist es, welche diese Strafe verhängte, sondern die Gesellschaft.“

Katharina erhob sich und trat ans Fenster der Loggia, um in den Park hinunterzusehen. Peter trat zu ihr und sah sie besorgt an. „Geht es Ihnen gut?“

„Ja, ich fühle mich nur schrecklich müde. Sind das dort unsere Brüder?“

Peter sah an ihrem ausgestreckten Arm entlang und entdeckte Paul, der stehengeblieben war und zu ihnen hochblickte. Er wies den kleineren Valerian auf die Beobachter hin. Katharina winkte ihnen zu, und beide setzten sich in Bewegung. „Sie werden das als Störung empfinden.“

„Das sollte nicht Ihre Sorge sein. Die beiden müssen sehr aufpassen und werden deshalb nicht murren“, grinste Peter.

Sie sah zu ihm auf und lächelte. Er war ihr nun sehr nah, zu nah, um sich im Griff zu behalten, und es war deutlich zu sehen, dass sie das wusste. Als sie ihm über den Arm strich, musste er um seine Selbstbeherrschung kämpfen.

„Warum beherrschen Sie sich so?“

„Ich …“ Peter war perplex. „Ich will nicht mit der Tür ins Haus fallen. Wer weiß, wie Sie die Sache in ein paar Tagen sehen – ob Sie mich dann immer noch in guter Erinnerung haben.“

Sie drehte sich ihm zu und hob ihre Hände zu seinem Gesicht. „Da jetzt alle Erinnerungen wieder klar in meinem Gedächtnis vorliegen, glaube ich nicht, dass die Bewertung der Geschehnisse sich verändern wird. Mein Retter …"

Sie zog sein Gesicht zu sich und küsste ihn. Peters Hände zuckten hoch, um sie zu umarmen, doch er wagte es nicht. Sein Widerstand bröckelte, je länger der Kuss andauerte, und seine Hände schlossen sich um ihre schmale Taille, die von keinem Korsett umschlossen war. Der Moment zog sich endlos hin, und Peter wünschte sich, er würde niemals enden. Als sie schließlich voneinander abließen, glühten ihre Gesichter. Beide waren sich bewusst, einer peinlichen Situation ausgesetzt zu sein, sollte jemand die Wohnung betreten, da man ihnen das Geschehene ansehen würde. Aber es kam niemand, so dass sie auf den Boden der Realität zurückkehren konnten.

„Wirst du mich wieder besuchen?", flüsterte sie.

„Sobald ich ein wenig Zeit übrig habe, bin ich wieder hier – sofern man mich lässt. Was sagt Tiemens dazu?" Peter fiel am Rande auf, dass sein Bruder und der Maler noch immer nicht eingetroffen waren, obwohl sie nicht weit entfernt gestanden hatten, als Katharina ihnen gewinkt hatte.

„Ich glaube, der ist mit meiner bisherigen Entwicklung sehr zufrieden, und Ablenkung schadet nie, denke ich. Er sagte allerdings, die Drogen, mit denen ich misshandelt wurde, richten möglicherweise noch länger Schaden an, so dass ich unter Beobachtung bleiben muss. Es ist immer noch unklar, was ich alles zu mir nehmen musste."

Auf der Straße gab es Tumult. „Was ist denn da los?"

Sie traten ans Fenster, und Peter öffnete es, um einen Blick hinunter werfen zu können. Eine Frau stieß einen spitzen Schrei aus, und er konnte das aufgeregte Gerede einiger Personen hören, die sich um einen Mann und ein Tier scharten. „Paul …"

Mit Entsetzen erkannte er, dass es sich bei dem Tier nicht, wie er zuerst angenommen hatte, um einen schwarzen Hund handelte, sondern um eine Ratte, die seinen Bruder mit gefletschten Zähnen umkreiste. Paul hatte einen Stein aus einer Trockenmauer gelöst und hielt ihn abwehrbereit in der Hand. Bevor das Tier sprang, warf er den Stein und traf es am Kopf. Benommen taumelte die Ratte übers Pflaster. Paul nahm einen zweiten Stein und warf ihn mit Wucht auf das halb betäubte Tier. Das hässliche Knirschen des Rattenrückgrats war bis in die Loggia zu hören.

Als klar war, dass die Ratte nicht mehr aufstehen würde, drängten die Zuschauer näher und diskutierten aufgeregt. Ein älterer Mann mit großem, weißem Backenbart klopfte Paul auf die Schultern und sprach ihm wohl ein Lob aus. Den Wortlaut konnte Peter nicht verstehen. Dafür konnte er Tiemens erkennen, der sich, angetan mit einem weißen Kittel und gefolgt von einer ebenfalls in weiß gekleideten Krankenschwester, einen Weg durch die Menge bahnte.

Paul hob den Stein auf und legte ihn wieder an seinen Platz in der Trockenmauer, auch den, den er zuvor geworfen hatte. Peter sah, wie blass er war, und überlegte hektisch, ob er nach unten gehen sollte, entschied sich aber dagegen. Die Farbe kehrte schon wieder in Pauls Gesicht zurück, während er die für ihn typische Ordnung schaffte.

„Das ist eine Ratte aus den Kanälen am Fluss, oder?“, fragte Katharina.

„Ja, aber warum sollten die Tiere nicht das Bedürfnis haben, sich noblere Wohnstätten zu suchen?“, grummelte Peter. „Hoffentlich werden die Herrschaften, die für die Viecher verantwortlich sind, endlich wach! Die wohnen schließlich hier!“

Auf der Straße verzogen sich die Schaulustigen, nachdem Tiemens, der sich Handschuhe übergestreift hatte, den Rattenkörper mit einem Tuch verhüllt hatte. Er übergab das Bündel der Krankenschwester, einer älteren Matrone, die nur die Nase rümpfte, und wandte sich an Paul. Peter ging davon aus, dass Tiemens fragte, ob er gebissen worden sei. Erleichtert sah er Pauls Kopfschütteln. Dann betraten alle das Haus.

Es klopfte, aber auf Katharinas „Herein“ hin betrat nur der Künstler die Wohnung.

„Paul ist noch unten bei Tiemens. Die Ratte hat ihn nicht gebissen, aber doch an der Hand gekratzt. Eine tiefe Schramme, aber hoffentlich nicht bedenklich. Tiemens ist davon überzeugt, dass es nur die Bisse der Ratten sind, die Krankheiten übertragen, aber er will sichergehen, dass es sich nicht entzündet!", berichtete Valerian. „Er kommt sicher gleich."

Peter atmete auf. „Was passiert mit der Ratte? Lässt man die einfach im Müll verschwinden?"

Valerian schüttelte den Kopf. „Nein, diesmal wird man das nicht vertuschen, auf keinen Fall. Tiemens ist sehr besorgt. Er kennt einen Wissenschaftler, der sich mit biologischen Zusammenhängen auskennt. Ein Veterinär, der tiefergehende Interessen hat. Erbbiologie und … wie heißt das … Epidemiologie? Die Ausbreitung von Krankheiten. Er soll das Tier auf Pesterreger untersuchen. Das liegt auch im Sinne des Doktors – er kann es sich nicht leisten, in der Nähe seines Hospitals eine Rattenplage zu haben. Das Tier kam aus einem Rohr, das mit dem Schwarzbachkanal verbunden ist. Paul sagt, es soll das Hochwasser des Schwarzbaches aufnehmen, bevor es den Platz an der Germania überschwemmen kann, weil der dortige Rohrquerschnitt klein gehalten wurde. Der Optik wegen."

„Ich dachte immer, der Schwarzbachkanal wäre nur für sauberes Bachwasser gedacht?", fragte Peter.

„Ja, und wo fließt das Wasser hin?", kam die Gegenfrage von der Zimmertür. Paul stand dort, sein eleganter Anzug war ein wenig zerknittert, und er hatte seinen Hut in der Hand, weil er in eine Pfütze gefallen war. Seine Hand steckte in einem Verband, der intensiv nach Jod roch.

Peters Blick auf den Verband quittierte er mit einem zaghaften Lächeln und ließ sich von Katharina auf einen Sessel dirigieren. „Halb so wild. Bei den Mengen an Desinfektionsmitteln, die mir der Doktor über die Hand gekippt hat, kann ich eigentlich für den Rest meines Lebens nicht mehr krank werden. Aber zu deiner Frage: Wo geht das Wasser des Schwarzbaches hin? In den Fluss! Also hat er dort einen Ausgang, durch den die Ratten in den Kanal können. Punkt!"

„Was jetzt?", seufzte Peter.

„Ich habe eine Idee für eine einfach zu konstruierende Rattenfalle. Vielleicht gelingt es uns, ein paar lebendige Exemplare für den Bekannten des Doktors zu fangen. Tiemens hat mir seine Adresse gegeben. Eventuell kommen wir weiter, wenn der Mann nachweisen kann, dass die Abwässer der Fabrikanlagen für chemische Produkte verantwortlich sind für die Veränderung der Ratten und die Krankheiten, die sie verbreiten – was nicht einmal weit hergeholt ist, wenn du dich an die Beschwerden wegen der Vergiftung des Wassers durch die Farbenherstellung erinnerst. Wie der Mensch sich an gewisse kleine Mengen Gift wie zum Beispiel Arsen gewöhnen kannn ohne zu sterben, können es vielleicht auch die Ratten – und sich anpassen."

Guerilla

Peter stand vor dem Pfarrhaus von Sankt Marien und sah sich um, ob ihm auch wirklich niemand gefolgt war. Auf sein Läuten hin öffnete ihm eine Haushälterin. Die ältliche Frau führte ihn zum Arbeitszimmer des Pfarrers, der ihn willkommen hieß.

Da der Mann offensichtlich über Peters wahre Identität aufgeklärt worden war, ließ er das Versteckspiel mit dem falschen Namen sein. „Ich wollte Ihnen nur etwas für Herrn von Wallenfels geben, er weiß Bescheid“, sagte Peter und reichte dem Pfarrer den von Paul erstellten Plan der Luftschiffhalle.

„Ich auch. Er bat mich, Sie sofort zu ihm zu schicken. Dann können Sie ihm den Plan selbst übergeben. Er wird sich heute Abend in dem Versteck an der Bahnlinie einfinden, das Ihnen ja seit kurzem auch bekannt ist. Sie möchten bitte dorthin kommen – und vorher den Fahrplan studieren“, erwiderte der Pfarrer mit einem schelmischen Lächeln um die Mundwinkel.

Peter lachte. „In Ordnung. Noch einmal riskiere ich meinen Kopf nicht.“

Mit Einbruch der Dämmerung fand sich Peter an den Pfeilern der Stadtbahn ein und kletterte an der Stahlleiter hoch. Wieder einmal schwor er sich, mit dem Rauchen aufzuhören. Doch als ein Zug über seinem Kopf hinwegratterte und alles mit dem schwarzen Ruß seiner Brennkammer vernebelte, gab er den Gedanken wieder auf. Das Rauchen aufzugeben war in dieser Umgebung zwecklos, die Schadstoffe für seine Gesundheit kamen dann eben aus anderer Quelle. Für einen Augenblick überlegte er, ob Pauls Zukunftspläne nicht auch etwas für ihn wären. Aufs Land ziehen.

Doch er verwarf die Idee wieder. Peter brauchte die Stadt, die Hektik wie die Luft zum Atmen, egal wie verschmutzt diese war.

Bevor er in den Tunnel eintauchte, warf er einen Blick auf die Taschenuhr. Natürlich war die Stadtbahn unpünktlich, aber als die beiden erwarteten Güterzüge durch waren – einer davon hatte wieder überhängende Ladung gehabt, die ihm hätte gefährlich werden können –, sprang er nach oben und tastete sich zu dem Durchgang hin. Eine Stahltür versperrte ihm den Weg, und er klopfte in einer Reihenfolge, die ihm der Pfarrer genannt hatte. Der letzte Takt war noch nicht in der Stahlplatte verhallt, da öffnete sich die Tür.

Wenn Peter den Baron erwartet hatte, so wurde er enttäuscht. Es war der Riese, der ihn schnell in den Raum zog und die Tür wieder schloss.

„Der Chef ist noch net da, Andreas … ach nee, du heißt ja Peter!“, begrüßte ihn Johann.

„Ich hoffe, du nimmst mir nicht übel, dass ich euch alle getäuscht habe.“

„Getäuscht, ja, aber bislang net enttäuscht. Wies scheint, biste ja auf unsrer Seite – irschendwie.“

„Irgendwie, ja.“

Der Riese zauberte zwei Bügelflaschen aus einer Kiste und reichte eine davon Peter. „Selbstgebrautes – meine Frau weiß, was schmeckt.“

Peter stieß mit Johann an und musste eingestehen, dass Johanns Frau tatsächlich wusste, wie man ein gutes Bier braute. Sie hatten die Flaschen schon halb geleert, als der Baron auftauchte und sich wortlos ebenfalls ein Bier aus der Kiste griff. Dann sah er Peter an.

Der übergab ihm Pauls Plan und beobachtete das Gesicht des jungen Mannes, als er ihn entfaltete und prüfte. „Paul hat sich Mühe gegeben, den Plan so zu zeichnen, dass ihn auch jemand lesen kann, der von architektonischen Zeichnungen keine Ahnung hat. Ich hoffe, es ist alles klar?“

„Ja, das ist wirklich gute Arbeit, richten Sie Ihrem Bruder meinen Dank aus, Herr Langendorf. Ich wollte mit Ihnen aber noch etwas besprechen und hoffe, Sie können mir helfen. Nicht nur ich darf nicht mehr in die Halle, auch meine Schwester hat jetzt Hausverbot. Auf das Gelände dürfen wir noch, aber die Wachleute sind gehalten, uns nicht mehr ins Gebäude zu lassen. Zusätzlich gibt es nun eine Gruppe Pinkertons als Wächter, weil der Bau der Pazuzu in eine entscheidende Phase geht und der Termin für den Jungfernflug schon feststeht. Ich muss aber trotzdem versuchen, zu Valentin vorzudringen. Haben Sie eine Idee?"

„Scheinangriffe. Wenn Sie ein paar Leute an der Hand haben, die clever genug sind, überall ein bisschen Chaos zu verbreiten, so dass ein Teil der Wachmannschaft gebunden wird, dann können Sie sich unbemerkt dort hineinschleichen. Das Chaos kann ich gern perfekt machen, indem ich ein paar Gerüchte verbreite, was genau die Saboteure vorhaben. Es müssen viele kleine Stiche sein, an verschiedenen Orten, die alle Wächter von der Halle weglocken. Am besten immer nur einer allein, mit einem kleinen Sprengsatz oder Werkzeug. Viel Lärm, viel Qualm, viel Aufregung, aber ohne großartigen Schaden und Gefährdung der Saboteure, die nach erfolgtem Anschlag sofort den Rückzug antreten. Ich habe ein Rezept für sehr effektive Rauchbomben. Nur Nebel, kein Sachschaden", führte Peter aus. „Wie gesagt, man sollte die Herrschaften vom eigentlichen Objekt des Interesses wegführen. Die Rohrleitung vom Chemiewerk am Hafen Kelsterbach ist als Sabotageobjekt bestens geeignet. Ich sage den Pinkerton-Leuten, wann und wo Anschläge geplant sind, und ihr schlagt ein Stück entfernt dazwischen zu. Es erfordert allerdings ein bisschen Mut und Geschick, vor allem, weil die Pinkertons ganz sicher bewaffnet sein werden."

Konstantin von Wallenfels nickte bedächtig und sah zu Johann. „Was meinst du? Gibt es unter deinen Jungs ein Dutzend Männer, die bereit und fähig sind, sich auf ein Katz-und-Maus-Spiel einzulassen?"

Der Riese grinste. „Och, da würd ich selbst gern mitspiele, und fürn paar Lebensmittel sind die anneren auch jederzeit bereit. Da sin en paar Kerls, die des bestimmt gern ausprobieren, aber nicht so übermütig sind, sich grundlos in Gefahr zu bringe. Kann ich in de nächste Tache organisieren."

„Gut ... dann setze ich die Aktion für kommenden Montag an. Fünf Tage, in denen du die Sache auf die Reihe bringst. Lass dir von Herrn Langendorf erklären, wie man diese Rauchbomben baut, und schärfe den Männern ein, dass ich keine Opfer will. Sie sollen die Wachen weglocken und sich nicht als Zielscheibe anbieten. Wenn ihr Geld für Material braucht, lasst es mich wissen." Er wandte sich an Peter: „Montag, den 1. April werden wir anrücken. Sagen Sie das den Detektiven. Ich hoffe, Sie halten das nicht für einen Aprilscherz – oder sollte ich das Gegenteil hoffen, damit sie noch unaufmerksamer werden? Schmücken Sie es ein bisschen aus, am besten, dass wir die Luftschiffhalle von aller Versorgung abschneiden wollen, Energie, Wasser, die Rohrleitung für das Füllgas et cetera. Diese Punkte sind rund um die Halle verteilt, sie werden also von der Halle weg alle Aufmerksamkeit aufs Umfeld richten. Hoffe ich. Reicht Ihnen das?"

„Sicher. Ich werde das gleich in die Wege leiten. Eine Frage habe ich noch in eine andere Richtung: Gibt es schon Krankheitsfälle durch die Ratten in Biebrich? Die Biester sind im Nerotal aufgetaucht, im Herzogin-Elisabeth-Park, durch den Salzbachkanal. Ein Wissenschaftler ist daran, die Sache zu untersuchen, aber er kennt die Krankheit noch nicht. Vielleicht kann ich Hilfe für die Kranken organisieren. Das bedeutet zwar, dass sie zu Versuchskaninchen werden, aber ich denke, das ist immer noch besser, als still vor sich hin zu sterben."

„In Biebrich noch nich, aber aus Kastel hört mer immer neue Schreckensmeldungen. Ha, sind die Radde endlich da, wo se hingehören! Öhm ... Entschuldigung, Herr von Wallenfels ...", warf der Riese ein und lief sofort rot an.

„Schon gut, Hannes, ich kann dich ja verstehen, und du hast ganz sicher auch recht. Das ist gut zu wissen, Herr Langendorf, danke. Jetzt müssen die Wissenschaftler nur noch die richtigen Schlüsse ziehen ... wie kann man sie dahin bringen?" Tiemens war sichtlich interessiert und sah Peter erwartungsvoll an.

„Ich bin nicht sicher, aber ich glaube, mein Bruder hat einen Plan. Ich will noch nicht in ihn dringen, aber er denkt in mancherlei Hinsicht in anderen Bahnen, wenn er sich selbst auf etwas angesetzt hat. Eher wie ein Wissenschaftler, der evidenzbasiert arbeitet. Ich lasse ihm freie Hand und bin sicher, er wird mir schon bald einen Lösungsweg präsentieren."

„Wenn Sie Hilfe brauchen, ich stehe Ihnen zur Verfügung. Danke. Ich muss jetzt gehen, da ich noch zu einer Gesellschaft erwartet werde." Der Baron erhob sich und verschwand.

Peter erklärte Johannes, wie man die Rauchbomben baute, und schrieb ihm die Chemikalien auf, die dafür zu beschaffen waren. Nach einem weiteren Bier verschwand auch er, müde und bettschwer.

Doch zum Schlafen sollte er noch nicht kommen. Das Bild, das sich in seinem Flur bot, überraschte ihn aufs Äußerste. Obwohl einige Elemente des Bildes grotesk und unheimlich waren, musste Peter herzhaft lachen, als er Paul sah, der inmitten des Chaos auf dem Boden hockte, umgeben von zerknüllten und bekritzelten Papieren und verschiedenen Materialien. Vor allem trug Paul zum ersten Mal, seit er wieder in seinem Elternhaus logierte, etwas anderes als seine biederen Anzüge. Trotzdem wirkte er in der übergroßen, verdreckten und fadenscheinigen Arbeitskleidung, die er nach Peters Vermutung aus einer seiner Restekisten geholt haben musste, mehr wie ein feiner Herr als so mancher, der glaubte, einer zu sein.

Paul sah auf, als Peter durch die Tür kam, und grinste. „Ich räume gleich auf!"

„Nur die Ruhe!" Peter hockte sich zu Paul, der im Schneidersitz neben Röhren und Metallklappen saß. An der Wand stapelten sich Käfige aus Metallgittern. Diesen Konstrukten war deutlich anzusehen, dass sie aus diversen Kellern stammten und dass die ursprünglichen Bewohner schon lange nicht mehr darin hausten. Jetzt saßen darin Ratten von unterschiedlichster Größe. Auch zwei Exemplare der riesigen, mutierten Ratten kauerten in viel zu kleinen, aber dafür umso massiveren Kästen. Peter sah eine der Ratten an, die ihn mit ihren glitzernden Äuglein bösartig anstierte. „Wo hast du die her?"

„Aus dem Kanal hier unter der Straße. Ich habe mit Hilfe des Jungen von gegenüber ein paar Fallen gebaut und im Kanal installiert. Netter Kerl, er erzählte mir, er ‚arbeitet' ab und an auch für dich. Wir haben einfach den Schachtdeckel vor der Tür geöffnet. Ich musste doch ausprobieren, ob die Fallen funktionieren. Es hat keine zwei Stunden gedauert. Als ich sie wieder kontrollierte, waren alle bis auf eine zugeschnappt. Der Junge hat dann die Käfige beschafft. Zwei hatten wir selbst im Keller. Erinnerst du dich an den Marder, den Vater auf dem Dachboden gefangen hat? Damals, als in der Stadt außer Ratten noch andere wilde Tiere leben konnten? Der Käfig war sehr stabil und ist es noch." Paul wies auf den Holzkasten mit den kräftigen Metallstäben, in dem die größte Ratte saß. „Sie funktioniert. Allerdings beunruhigt mich, dass ich auch zwei der Großen erwischt habe. Ich habe den Wissenschaftler angerufen, er will die Tiere alle haben, auch die normalen, um Vergleiche zu ziehen. Morgen bringe ich sie ihm. Aber er braucht noch mehr, deshalb baue ich weitere Fallen und will morgen früh die anderen erneut kontrollieren. Kannst du mir helfen, ein paar Fallen südlich der Bahnlinie aufzustellen?"

„Gerne. Ich gehe jetzt erst mal ins Bett – ich wäre dir aber verbunden, wenn du die Biester nicht hier in der Wohnung behältst. Der Schuppen hinten tut es auch."

„Schlaf gut."

Peter wollte sich mit Storchenschritten zum Schlafzimmer begeben, als das Telefon schrillte. „Um die Zeit? Ist schon nach Mitternacht! Wer kann das sein?"

Er nahm das Gespräch entgegen, Auge in Auge mit einer eher normal großen, dunkelbraunen Ratte, die sehr fett wirkte. Als er sich meldete, dämmerte ihm, dass es möglicherweise ein trächtiges Weibchen war.

„Sonnemann“, knurrte es ihm aus dem Telefonhörer entgegen, aber Peter erkannt sofort, dass die schlechte Laune des Hauptkommissars nicht ihm galt.

„Einen wunderschönen guten Abend“, gab er betont freundlich zurück. „Was gibt es? Fuchsjagd erfolgreich beendet?“

„Jaaaaa, war etwas schwierig, weil sich die Jungs nicht trauten, bei tiefdunkler Nacht in Kastel einzumarschieren, aber es ist uns gelungen, unbemerkt bis zu den Einstiegslöchern zu kommen. Bin gerade wieder zurück, die Truppe räumt noch unten auf. Niemand hat mit uns gerechnet. Vor allem schien es vorher Chaos dort gegeben zu haben, der Bienenstock brummte ganz schön, aber nicht wegen uns. Wir haben alles vorgefunden, wie du es gesagt hast. Scheint aber noch das eine oder andere Schlupfloch zu geben, vor allem durch die Keller. Den Fuchs haben wir nicht gefunden, aber ein paar andere harte Jungs und viele Tote. Der Fluss führt derzeit wenig Wasser, die Kanäle auch nicht, also haben sie die Leichen am Ausgang eines Kanals gestapelt, damit das nächste Hochwasser sie gerade mitnehmen kann. Der Gestank war unbeschreiblich, und die Ratten hatten ein Festmahl. Es waren auch eine Menge Riesenratten dabei, von denen du erzählt hattest. Hundegroß. Wir haben die Mädels gefunden, eine traurige Truppe. Viele waren es nicht, ein Dutzend etwa. Aber das Drogenlager haben wir geräumt! Übelstes Zeug, irgendwelche Pilze und Blüten. Der Polizeiarzt wollte sich noch nicht genauer dazu auslassen. Rein theoretisch, sagt er, kann man die Pflanzen, von denen das Zeug stammt, auch hier züchten, sofern man Treibhäuser hat. Fragt sich natürlich, wo, und der Fuchs wird sicher schon ein neues Quartier bezogen haben.“

Peter dachte an die Frauen an der Schwarzen Brücke. Ursprünglich hatte er angenommen, die Zuhälter dort arbeiteten nicht für den Fuchs, aber der Tod der Hure bei seinem zweiten Besuch hatte ihn grübeln lassen. „Frag mal bei Gelegenheit, ob es ähnliche Kanäle an der Maaraue oder an der Brücke nach Gustavsburg gibt. Dort lohnt sich die Suche. Der Fuchs scheint sein Revier ausgeweitet zu haben. Die Schwarze Brücke zählt schon dazu."

Sonnemann stöhnte. „Prachtvoll. Egal, die Aktion hat sich gelohnt. Wollen mal sehen, was es sonst noch so zu finden gibt. Ich melde mich wieder. Ach ja, bevor ich's vergesse: Die Observation ist angelaufen und gestaltet sich recht einfach. Die Herren rechnen nicht mit solchen Dingen. Warum auch? Bisher aber kein Ergebnis außer dem, dass sich die drei Herren tatsächlich besonders gut zu kennen scheinen."

Scheinangriff

Es war schwer gewesen, in die Nähe des Luftschiffhafens zu gelangen. Aber Peter hatte es sich nicht nehmen lassen wollen, dabei zu sein, wenn die Gruppe um Konstantin die Pinkerton-Leute und die Wachen an der Halle foppten. Unschlüssig, wohin er sich wenden sollte, um am meisten mitzubekommen, studierte er in einer Ecke des Bahnhofs, wo ihn niemand sehen konnte, seinen Straßenplan. Aber er war anscheinend doch entdeckt worden und erschrak fürchterlich, als sich ihm eine Hand auf die Schultern legte.

Peter fuhr herum und musste den Kopf in den Nacken legen, um den Mann zu erkennen: Johann.

„Willste mitspielen?", fragte er grinsend.

„Ein bisschen ein Auge drauf haben und helfen, wenn's brennt. Ich nehme an, der Chef hält sich bereit, und sobald es kracht, ist er drin?"

„Ja. Ich will direkt an nen Zaun, im Westen vonne Anlage. Von da aus hat mer de beste Überblick über de Halle. Is aber wohl auch die am beste bewachte Eck, was meinst?"

Peter warf einen Blick über den Bahnsteig und entdeckte zwei typische Pinkertons. Sie fielen in der dörflichen Umgebung mit ihrer Stadtkleidung auf wie bunte Hunde. Beide trugen zudem einen kleinen, metallbeschlagenen Lederkoffer an einem Schulterriemen mit sich, auf dem ein Symbol prangte, das Peter nur allzu gut kannte. Ein stilisiertes Auge in einem Kreis stand für die Firma Jonson & Heckler, die kleine, handliche Dampfdruckpistolen mit einem dezenten Ätherkessel herstellten. Diese Waffen hatten eine enorme Reichweite und Durchschlagskraft. Die Pinkerton-Männer waren zu allem entschlossen.

Schnell zog Peter Johann mit sich, bevor die beiden sich umdrehten und sie entdeckten. „Auf jeden Fall ist es die Ecke, in der man die Augen am weitesten offen halten muss. Komm."

Er konnte nicht sagen, ob es Paranoia war oder ob tatsächlich so viele Detektive in den Straßen Kelsterbachs patrouillierten. Die Polizei war auch zahlreicher als sonst vor Ort und kontrollierte alle Männer, die vom Bahnhof kamen. Bevor sie ihn und Johann bemerken konnten, schob Peter seinen Begleiter wieder in eine Seitenstraße, nur um gleich einen Hof zu betreten und in einem Schuppen zu verschwinden, weil er aus den Augenwinkeln bemerkt hatte, dass ihnen zwei Männer in Zivil folgten.

„Was fürn Aufgebot! Wie gut, dass mir de Rauchbombe schon vorgestern in de Verstecke deponiert ham und nich mit uns rumschlebbe müsse!", flüsterte Johann und starrte über Peters Kopf hinweg nach draußen.

„Das rettet euch bei den Kontrollen. Aber unser Weg wird jetzt um einiges länger!", gab Peter zurück. „Komm, ich weiß eine sichere Route …"

Der Weg war ihnen nicht unvertraut. In einer Seitenstraße hob Peter einen Kanaldeckel an, und sie verschwanden im Boden. Paul hatte ihm die Informationen über das schlecht ausgebaute Kanalnetz Kelsterbachs beschafft, und so kamen sie wenigstens bis an den Ortsrand, wo der Kanal, den sie benutzten, am Überlauf der Jauchegrube eines Bauernhofes endete. Selbst wenn sie keinen Plan gehabt hätten, dieser Ausstieg wäre ob seines für einen Stadtbewohner fremdartig wirkenden Gestankes nicht zu verfehlen gewesen. Er bewirkte, dass sich sogar Johann die Nase zuhielt, der Kanalgeruch gut kannte.

„He, das ist gute Landluft!", lästerte Peter, als er es im Licht seiner rußenden Karbidlampe bemerkte.

Johann grunzte und kletterte voran. Oben hob er vorsichtig das Gitter neben der barbarisch stinkenden Grube. „Die Luft ist roi – sieht mer von de gute Landluft ab", spottete er zurück und kroch im Schutze der Grubenmauer aus dem Schacht.

Peter folgte ihm und hockte sich an die Mauer. Dann streckte er sich vorsichtig und spähte hinüber. Ein Grinsen zog sich über seine Wangen, als er einer gemütlichen, braun-weiß gescheckten Kuh in die Augen sah. Das Tier streckte ihm neugierig seine feuchte, rosa Nase entgegen und versuchte, Peter mit seiner rauen Zunge zu erreichen.

Menschen waren weit und breit nicht zu sehen, dafür begann in unmittelbarer Nähe der Kiefernwald um den Luftschiffhafen. „Ab durch die Mitte, in den Wald."

Sie sprinteten los, setzten über zwei hölzerne Weidezäune und tauchten ins spärliche Brombeergestrüpp ab. Johann ging zielsicher weiter, bis er in die Nähe einer Umzäunung gelangte, die mit einer Krone aus mehreren Windungen Stacheldraht versehen war. Unter einem Baum zog er das Gestrüpp weg. „Komm, helf mer ma, hier is eins der Verstecke", forderte er Peter auf.

Unter den geschickt drapierten Brombeerranken war die Erde locker und ließ sich mit dem Fuß beiseiteschieben, weil sie auf einem Holzdeckel lag. In dem Loch darunter fanden sich rund zwei Dutzend Rauchgranaten, wie Peter sie Johann beschrieben hatte. „Ihr wart ja richtig fleißig. Hut ab!"

„Mir ham engaschierde Frauen. Was glaubsten du, wie die uff die Geschichte vom Baron reagiert ham? Mir Männer ham nich so verstanne, warum Konstantin weche der Behandlung von seim Bruder so neben der Spur is. Mir fanden des schon pervers, aber ich glaub, unser Frauen ham schneller kapiert, was des für die Zukunft bedeute tut. Für unser Kinner. Mir arm Leut wern am End vielleicht nur Menschenmaterial für solche Irre wie de Baron sein. Sin mir prinzipiell ja jetzt schon, aber was ist, wenn mer nachher ooch noch Ersatzteillacher für Maschinen sin? Gar keen Lebe mehr führen? Das wäre denen da obbe sicher ganz recht, die könne doch ooch auf des Volk verzichte, solange irschendwas da ist, das ihren Reichtum mehrt. Unser Frauen ham als erste gesagt, dass mir was tun müssen gesche den Wahnsinn, und so wars kein Problem, se dafür zu gewinne, die Dinger hier zu bauen."

„Ein Hoch auf die Damen!" Peter packte sich eine paar Granaten in dic Taschen seines Mantels.

„Haste auch eine?", fragte Johann.

„Nein … noch nicht, aber was in Aussicht", gab Peter augenzwinkernd zurück.

Hinter ihnen knackte ein Ast, und sie fuhren herum, doch Johann entspannte sich sofort wieder, weil er zwei Männer aus seiner Truppe erkannte, die sich ebenfalls aus diesem Lager bedienen wollten. Sie trugen Äxte bei sich und grinsten. „Max und Josua. Die beiden wern sich mitter Rohrleitung beschäftische. Nich direkt mittem Rohr, aber mittem bisschen Holz, das unter den Rohren qualmt. Kann denen ja nicht schade, is ja aus Stahl, macht aber viel her!", erklärte Johann, während Peter den beiden Männern, die Brüder zu sein schienen, die Hand gab.

„Gut. Macht es aber nicht bei den Aufliegern der Rohre. Da ist Holz verarbeitet. Wir wissen nicht, was tatsächlich durch die Rohre fließt, deshalb ist es möglicherweise gefährlich, wenn die Rohre durchhängen. Nicht, dass sie an den Schweißstellen reißen und etwas ausläuft", teilte Peter den Männern seine Bedenken mit.

„Das issen guter Punkt, schreibts euch hinter die Ohren!", sekundierte Johann und verbarg das nunmehr leere Loch wieder. Die Männer zogen ab, und Johann lief mit Peter weiter. Es war nun stockdunkel, aber die Dampfscheinwerfer auf dem Dach der gigantischen Halle machten den Platz um das Bauwerk taghell und schälten die großen Mengen bewaffneter Männer deutlich heraus, die aufmerksam den Zaun beobachteten.

Peter und Johann verbargen sich im Schatten mächtiger Eichen, um unbemerkt auf das Flugfeld blicken zu können. Johann zog eine altertümliche Taschenuhr aus seiner Jacke und warf einen Blick darauf. „Inner viertel Stunde gehts los. Alle zusammen. Bleibst hier? Ich versuch, was weider zum Tor an de Ostseite zu komme. Anfangen wirds mittem große Knall, der nix kaputt mache soll. Nur paar Gaskartusche."

„Ist gut, ich treibe mich hier rum und versuche, euch den Rücken freizuhalten, wenn ich Probleme sehe", verabschiedete sich

Peter und wartete, bis Johann verschwunden war. Langsam und bedächtig setzte auch er sich in Bewegung, in der Hand eine Granate, für den Fall, dass er seine Flucht schnell tarnen musste.

Stimmen in seiner Nähe ließen ihn hinter einem Baum verharren. Es konnte niemand von Konstantins Leuten sein, denn Peter kannte die Männer inzwischen als clevere Strategen, die sich ganz gewiss nicht durch laute Unterhaltungen verraten würden. Ein Blick um den Stamm des Baumes herum bestätigte seine Annahme. Es waren zwei Bewaffnete mit starken Dampfdruckgewehren, die wie ihre schwarzen Uniformen das Pinkerton-Siegel trugen. Peter konnte nun ihre Unterhaltung verstehen und begann, ein stilles Gebet zu sprechen, sie mögen doch endlich ihren Weg ändern. So wie sie im Moment liefen, würden sie ihn entdecken, sobald sie den Baum passierten, und er wappnete sich schon mal für einen Fluchtversuch mit der Rauchgranate.

Die beiden stellten ihre Waffen im Laub ab und drehten sich in aller Ruhe Zigaretten, während sie sich unterhielten. „Scheißjob heute Nacht. Wer sagt denn, dass was laufen soll?"

„Der Typ, den sie in die Elendsviertel zu der Sekte geschickt haben, so 'n privater Schnüffler. Hat gehört, hier soll's heut' Nacht rundgehen."

„Privatschnüffler? Ey, das sind wir auch. Was'n das für'n Typ? Zu blöd, um bei Pinkerton einzusteigen?"

„Soll vorher bei den Kriminalen gewesen sein, ziemlich hoch oben. Hat sich aber mittem Präsidenten angelegt und macht jetzt auf Einzelgänger. Ist sich auch für die schlimmsten Ecken nicht zu schade, das soll den Reiz an dem ausmachen. Ist mir recht. Denk mal an die armen Rekruten, die sie in Kastel in die Kanäle geschickt haben. Soll auch 'n Tipp von dem Typen gewesen sein und war wohl auch echt erfolgreich, auch wenn der Oberboss entkommen konnte."

„Ist trotzdem unter allem Niveau, was wir hier machen. Wovor ham die Angst? Das 'n paar Deppen aus der Unterstadt kapieren, was abgeht? Wissen wir ja selbst nicht und ist mir auch scheißegal, solange der Alte pünktlich zahlt. Was könnte die Deppen hier schon interessieren? Das sind doch alles Idioten."

„Lass gut sein, schlagen wir uns die Nacht eben um die Ohren, gibt doch Zulagen, und die meisten von den Revoluzzern werden sicher schon am Bahnhof abgefangen. Kommen bestimmt nicht zu Fuß von Wiesbaden oder fliegen ein."

Peter hörte, dass sie weiter in seine Richtung marschierten. Sie konnte kaum mehr als vier Schritt von ihm entfernt sein, und er hob die Hand, um die Rauchgranate zu werfen.

In diesem Augenblick erscholl hinter ihm ein ohrenbetäubender Knall, und die Helligkeit der Flutlichter wich flackerndem Feuerschein. „Scheiße!", fluchte einer der beiden Wächter. „Auf, zum Flugfeld!"

Peter atmete auf und ließ die Hand sinken. Dann spähte er um den Baumstamm und sah die beiden in einiger Entfernung rennen. Er folgte ihnen. Das Feuer war weiter südlich am Zaun, und Peter sah ein großes Gewimmel. Viele Wachleute machten sich auf den Weg zu dem vermeintlichen Anschlag, als es an der entgegengesetzten Seite ebenfalls krachte und noch ein Brandherd entstand. Feuerschein war auch aus dem Wald zu sehen. Dazu qualmte es an allen Ecken des Zaunes, so dass die Wachleute nicht mehr wussten, wo sie anfangen sollten. In Zweiergruppen schwärmten sie aus und liefen völlig unorganisiert durcheinander. Wie Bienen, deren Brutstock mehrere Stöcke durchbohrten. Peter grinste, als er mehrere Wachleute in seine Richtung kommen sah. Er warf die Rauchbombe über den Zaun, wo sie kurz vor dem ersten Mann zerschellte und sofort einen unbeschreiblichen Qualm verursachte. Er selbst zog sich in den Wald zurück und hastete zu dem Punkt, zu dem Johann gelaufen sein musste. Peter ging davon aus, dass der Riese genau wusste, wo Konstantin sich aufhalten würde.

Am Osttor herrschte ebenso helle Aufregung wie überall sonst, aber das Chaos schien dort noch größer zu sein. Der Qualm mehrerer Granaten hing in der Luft und wurde von einer Vielzahl Gaslampen von innen heraus unheimlich ausgeleuchtet. Im Nebel reflektierten die Partikel der Rauchbomben das Licht, so dass es innerhalb der Wolke quasi unmöglich war, sich zu orientieren. Irgendjemand begriff, dass die Lampen eher hinderlich waren, und schaltete sie der Reihe nach aus. Doch für ein Holzgasautomobil kam diese Erkenntnis zu spät, es schlingerte ziellos durch den Dunst. Peter duckte sich hinter einen Holzstapel und beobachtete das Fahrzeug. Der Fahrer hatte die Orientierung verloren und kam von der Straße ab. Das Gefährt kippte in den Graben.

Zwei weitere Granaten flogen von irgendwoher. In dem Qualm, der von der Flutlichtanlage auf dem Dach der Halle immer noch zum großen Teil erhellt wurde, konnte Peter zwei Schemen erkennen, die durchs offene Tor aufs Gelände hasteten. Ein großer, mächtiger und ein kleinerer, zierlicher. Peter schlug einen Bogen um das Fahrzeug und schlich sich an den Wachen vorbei, um den beiden Schatten zu folgen. Da er außerhalb des Qualms lief, erkannte er als erster die Gefahr, die den beiden drohte. Eine Handvoll Pinkertons legte Gewehre auf die Schatten an.

„Stehenbleiben!“, brüllte der älteste der Männer. Tatsächlich blieben die beiden stehen. Wind kam auf und drohte, den Qualm zu vertreiben, was die beiden deutlich sichtbar gemacht hätte. Peter warf eine weitere Granate direkt vor die Gewehre, und die Männer wurden eingehüllt. Sie begannen zu husten, und ihre beiden Ziele konnten entkommen. Peter hastete auf den ihm am nächsten stehenden Wachmann zu, schlug ihm den Ellbogen in den Nacken und entwand ihm das Gewehr. Dann folgte er Johann und dem anderen.

Vor der Tür der Luftschiffhalle trafen sie aufeinander. Johann hatte die Faust erhoben. Als er Peter erkannte, ließ er sie wieder sinken. Der andere war, wie Peter vermutet hatte, Konstantin von Wallenfels.

„Das war genau im richtigen Augenblick“, begrüßte ihn der Baron mit einem verkrampften Lächeln. Er war blass und wirkte, als würde er gleich das Bewusstsein verlieren. „Ich wusste nicht, dass Sie mitmachen …“

„Hatte ich eigentlich nicht vor, aber wie heißt es so schön? Neugier bringt die Katze um, und ich wollte mit eigenen Augen sehen, was hier vorgeht“, gab Peter zurück und hielt dem Blick des jungen Adligen eisern stand.

Konstantin von Wallenfels’ Blick glitt unruhig über die Fassade der riesigen Halle. Johann trat von einem Fuß auf den anderen. „Könne mir uns verstecke? Mir stehn hier n bissl sehr offen.“

Das wirkte wie ein Startschuss. Der junge Adlige griff nach Johanns Hand und zog ihn zu einem kleinen, halb hinter Lagerkisten verborgenen Seiteneingang. Er besaß einen Schlüssel für die Tür und öffnete sie. Die Frage, wie Konstantin an den Schlüssel gekommen sein mochte, verkniff Peter sich. Er selbst hatte für alle Fälle seinen Satz Dietriche in der Manteltasche.

Zu dritt betraten sie die Halle. Kurz unter dem Dach, in schwindelerregender Höhe, gab es eine schmale Fensterreihe, durch die Feuerschein und Gaslicht schimmerten und unheimliche Schatten warfen. Peter blieb wie Johann stehen und starrte nach oben auf den gigantischen Körper, der in der Halle zu schweben schien. Johann wollte gerade beeindruckt durch die Zähen pfeifen, da hielt Peter ihm den Mund zu, denn er hörte Stimmen in einem anderen Teil der Halle. Dann fiel Peters Blick auf die Silhouette Konstantin von Wallenfels’ und erschrak. Er konnte kaum mehr erkennen als Konturen und das Weiß in den Augen des Barons – und den Schweiß, der ihm in breiten Bächen übers Gesicht lief. Er packte den Mann am Arm und zog ihn hinter ein paar Kisten, nötigte ihn dann, sich hinzuhocken. Johann folgte ihnen und setzte sich neben den Baron, der zitterte wie Espenlaub.

„Valentin ruft nach mir“, murmelte er und sah seine Begleiter mit weit aufgerissenen Augen an. „Er weiß, dass ich hier bin, um ihn zu erlösen. Er kann es nicht mehr erwarten.“

Die Verzweiflung in seiner Stimme machte Peter und Johann nervös. Sie wechselten beunruhigte Blicke. Der Baron stand kurz davor durchzudrehen und war der Aufgabe nicht mehr gewachsen. Peter schlich um die Kisten herum und hielt Ausschau nach Wachen. Sie waren unter dem Heck des Luftschiffes, jedenfalls vermutete er das, weil über ihm zwei ausladende Platten seitlich aus dem Rumpf ragten wie die Schwanzflosse eines Wals. Das Höhenruder. Im kalten, grünen Glühen einer Notausgangsbeleuchtung konnte Peter noch einen Treppenabgang erkennen. Das musste der sein, der laut der offiziellen Pläne überflüssig wäre, weil er ins Erdreich führte. Schnell kehrte er zu den anderen beiden zurück und zog Konstantin hoch.

„Die Treppe zu den unbekannten Räumen ist nur ein paar Schritte von hier, die Wächter sind vorne. Kommen Sie, ich helfe Ihnen!“, forderte Peter, obwohl es ihn drängte, den Luftschiffhafen zu verlassen.

Konstantin stützte sich dankbar lächelnd auf seine Schulter und ließ sich ohne Widerstand führen. Peter hielt das erbeutete Gewehr im Anschlag, auch wenn er wusste, dass es ihm hier nicht viel nutzen würde. Es war eine Waffe für freies Feld, deren Dampfdruck sich frei verteilen musste, wollte man sich selbst als Schütze nicht ebenso schaden wie dem Gegner. Aber besser als gar nichts. Johann folgte ihnen. Er hatte ein herumliegendes Stahlrohr gepackt und hielt es wie eine Axt vor sich. Die Treppe erreichten sie ohne Probleme, und Peter ging voran nach unten.

Unten führte ein düsterer Gang weiter, von dem zwei Türen abgingen. Eine einzelne, tranige Gaslampe verhinderte, dass man über die eigenen Füße fiel oder sich den Kopf an den Rohren unter der Decke stieß. In dem Raum zu ihrer Linken brummte es stetig, der Flur war warm und feucht.

„Das Kühlaggregat. Dann sollten wir uns nach rechts orientieren …“, murmelte Peter und wies auf die Tür. „Das ist ein Sicherheitsschloss. Das aufzubekommen ist schwer …“

Er sah sich zu Konstantin um, der an der Wand lehnte und keuchte. „Versuchen Sie es. Ich bin sicher, dass er da drinnen ist. Mir ist, als stünde er neben mir und brüllte um Hilfe, er liegt mir in den Ohren und ist in meinem Kopf, ich …“

Konstantin schloss die Augen und rutschte langsam an der Wand entlang nach unten. Peter packte ihn an den Schultern und schüttelte ihn. „Machen Sie jetzt nicht schlapp! Machen Sie

Valentin klar, dass Sie ihm nicht helfen können, wenn Sie jetzt das Bewusstsein verlieren!“, zischte er so laut er sich traute, als Konstantin die Augen wieder öffnete und ihn gequält ansah.

Die grünen Augen wurden langsam klarer, und sein Zittern ließ nach. Offensichtlich hatte er über diese unheimliche geistige Verbindung seinem Bruder klarmachen können, was Peter ihm gesagt hatte.

Als er sicher sein konnte, dass der Baron wieder in Ordnung war, versuchte sich Peter an dem Schloss, aber er kam einfach nicht voran. Sobald er einen Haken gelöst hatte, schnappte ein anderer wieder zu, und er fluchte ungehalten. „Da hat sich jemand viel Mühe gegeben. Für diese Schlösser braucht man Spezialschlüssel, einen anderen Weg gibt es nicht. Die Tür ist aus massivem Stahl, und beide Schlösser schließen mit jeweils drei Bolzen.“

Trotzdem versuchte er es noch eine Weile weiter. Als jedoch eine Alarmsirene durch die Halle dröhnte, war es mit seiner Fassung und seinen ruhigen Händen vorbei. Er gab auf. „Raus! Jetzt sind wir bestimmt gleich nicht mehr alleine. Die werden alles durchkämmen!“

Konstantin wollte sich an ihm vorbei zur Tür drücken, doch er hielt ihn auf. Panik stand in den Augen des Adligen, und Peter war drauf und dran, ihm eine zu knallen, um ihn auf den Boden der Tatsachen zu holen. „Ich muss …“

„Sie können nichts tun!“, brüllte Peter, und sein Griff wurde noch fester, weil Konstantin mit der Kraft der Verzweiflung und viel Geschick versuchte, sich seinen Händen zu entwinden. „Die Aktion ist gescheitert! Brechen wir ab, bevor sie ganz danebengeht und wir alle gefasst werden! Es gibt noch eine Chance, spätestens kurz vor dem Jungfernflug.“

Jetzt griff Johann ein. Sein kräftiger Arm packt Konstantin um die Schultern und zerrte ihn mit wie einen Kartoffelsack. Konstantin wehrte sich, aber sein Widerstand erstarb, als sie die Treppe erreichten und er von Johann nahezu hochgetragen wurde. Peter drängte an ihm vorbei und deckte ihren Rückzug. Er wies Johann auf eine weitere Seitentür hin, weil er im diffusen Licht der Halle sah, wie mehrere Männer durch den Seiteneingang in die Halle stürzten, den sie zuvor benutzt hatten.

Johann musste Konstantin nun nicht mehr mitschleifen. Er schien wie aus tiefer Betäubung erwacht und übernahm von sich aus wieder die Führung, da er sich besser in der Halle auskannte. Mit Peter und Johann im Gefolge tastete er sich zu dem anderen Zugang weiter. „Der geht auf die Ostzufahrt raus. Zu viel Licht und wahrscheinlich zu viele Leute!“, raunte er und lief zu einer Galerie aus Stahlblechen, die drei Meter über dem Boden entlang auf die Gerüste um das Schiff führten. Auch dort gab es Türen in der Außenwand, eine davon öffnete er mit seinen Schlüsseln. Von der Tür führte eine schmale Leiter auf den Boden hinab. Johann machte den Anfang, dann ließ Peter Konstantin folgen, bevor auch er die Halle nach einem letzten Blick auf das gewaltige Fluggerät verließ.

Immer noch herrschte auf dem Vorfeld unkoordiniertes Gewusel, immer noch qualmte es ringsum in den Wäldern, vereinzelt brannten kleine Feuer. Doch so langsam schien sogar den Wachleuten aufgegangen zu sein, dass es sich um einen Scheinangriff handelte, denn sie sammelten sich an verschiedenen Punkten und kamen auf die Halle zu. Noch waren die drei verhinderten Saboteure für die Wachen nicht zu sehen, da sie in ihrer dunklen Kleidung mit dem Hintergrund verschmolzen, doch das würde sich bald ändern. Der Qualm hatte sich wieder gelegt, und die Lampen brannten alle wieder.

Peter hob das Gewehr und sah zu den hellen Scheinwerfern auf dem Hallendach hoch. Konstantin fragte: „Was haben Sie vor?“

„Uns einen Fluchtweg verschaffen. Wohin wollen Sie?“

Konstantin wies in Richtung Osttor. „Aber wenn Sie das Licht dorthin ausschießen, wissen die gleich, wohin wir gehen!“

Peter grinste. „Stimmt, aber diese Dinger haben zehn Schuss, und ich habe nicht umsonst einmal in dieser Waffenklasse die Polizeimeisterschaft Hessen-Nassau gewonnen. Wenn meine letzten Rauchgranaten fliegen, dann macht ihr euch vom Acker, klar?“

Peters Ziel war ein Stapel Holzkisten, der ihm genug Deckung bot und weit genug von der Halle weg war, um freies Schussfeld auch auf andere Ziele zu bieten. Er nahm einen großen Scheinwerfer ins Visier, der den Osteingang erhellte, und schoss ihn mühelos aus. Zwei weitere in der gleichen Richtung folgten. Schreie und gebellte Kommandos sorgten dafür, dass genau das geschah, was er wollte – alles konzentrierte sich auf das Tor. Dann legte er auf Scheinwerfer am Ende der Halle an und schoss auch sie aus. Die von Westen anrückenden Wächtergruppen rannten dorthin. Die letzten Kugeln trafen Scheinwerfer auf der Langseite, so dass Korridore aus Dunkelheit auf dem Vorfeld entstanden. Jeder Schuss saß, und es verschaffte Peter eine gewisse Befriedigung, nichts verlernt zu haben. Dann warf er das leergeschossene Dampfdruckgewehr weg und seine letzten Granaten in die verbliebenen Lichtstreifen.

Wie er es angeordnet hatte, rannten seine Begleiter in einen der Schattenkorridore und verschwanden. Erst als er sicher sein konnte, dass niemand sich auf diesen Schatten konzentrierte, sprang auch Peter aus seiner Deckung und rannte hinterher. Am Zaun holte er sie ein, weil sie den Durchschlupf erst noch suchen mussten. Gemeinsam schlängelten sie sich hindurch und tauchten in die Finsternis des Waldes. Erst als das Licht der Scheinwerfer ihnen den Weg nicht mehr wies, zog Johann eine kleine Karbidlampe aus seinem Rucksack, füllte sie mit Wasser und entzündete die Gase, die aus dem kleinen Schnabel strömten, als das Kalziumkarbid mit dem Wasser beträufelt wurde.

Die Männer verharrten keuchend, und Peter warf einen besorgten Blick auf Konstantin, der nicht nur schwer atmete, sondern auch schluchzte. Das Gesicht des Barons war tränenüberströmt und gezeichnet von Qualen.

„Ich habe versagt“, wimmerte er.

Sowohl Peter als auch Johann schüttelten den Kopf. „Auf keinen Fall. Der Angriff war ein Erfolg, nur nicht mit der letzten Konsequenz, das eigentliche Problem zu beseitigen. Wir haben Ihrem Vater gezeigt, dass er auch eine Armee aufmarschieren lassen kann, und trotzdem gelingt es immer wieder ein paar Leuten, ins Wespennest zu stechen. Sicher wird ihm mit dem heutigen Angriff auch klar werden, dass es die Gruppe nicht auf das Luftschiff selbst abgesehen hat, denn das hätten wir drei problemlos zerstören können. Er kann also niemanden wegen Sabotage verhaften lassen, und das Geheimnis im Keller wird ein Geheimnis bleiben. Was hätte die Zerstörung des Luftschiffes sonst genutzt? Er hätte ein neues bauen lassen und dort seine tolle Steuerung eingefügt. Meine Versuche, die Tür zu öffnen, werden aber auffallen, ich habe Spuren hinterlassen. Sie wissen jetzt, worauf es dem Gegner ankommt", redete Peter auf Konstantin ein, der zweifelnd zu ihm aufsah.

„Ich hoffe nur, dass er dadurch nicht darauf kommt, wer dahintersteckt", brummelte Johann.

Konstantin machte eine wegwerfende Handbewegung. „Ich bin sicher, dass meinem Vater nicht mehr verborgen ist, wer als der wahre Initiator hinter der Sache steckt, auch wenn er noch zweifelt, ob ich wirklich zu so etwas in der Lage bin. Das wird das größte Problem werden – ich kann mit Sicherheit in der nächsten Zeit nichts Neues planen, weil er mich im Auge behalten wird. Ich kann nur hoffen, dass ich die Sache beim Jungfernflug beenden kann, ohne zu viele Menschen zu gefährden."

Er straffte sich und schien gelöster. Nach einem wehmütigen Blick zum Flugfeld, bei dem er stumm vor sich hin murmelte, setzte er sich in Bewegung. Peter und Johann schlossen sich ihm an.

Der Weg führte sie bis an den Main, wo ein Kahn am Ufer vertäut lag. Die drei setzten mit dem Kahn über auf die andere Seite und liefen müde weiter bis zu einem verfallenen Haus. Dort warteten ein Pferd mit einem geschlossenen Karren und ein Reitpferd auf sie, in dem Peter den Hengst erkannte, mit dem er Konstantin schon zweimal in Biebrich gesehen hatte.

„Ich nehme dich im Karren mit, Peter", bot Johann an, während er dem erschöpften Konstantin aufs Pferd half.

Peter trat an das Tier heran und sah besorgt zu Konstantin auf. „Schaffen Sie das?“

„Das Pferd wird seinen Heimweg schon finden“, erwiderte Konstantin und zwang sich zu einem Lächeln. „Danke, Herr Langendorf. Sie haben sicher recht. In gewissem Sinne war die Aktion ein Erfolg, und das haben wir nicht zuletzt Ihnen zu verdanken. Ich schätze, ich bin Ihnen mehrfach mein Leben schuldig. Wenn ich darüber geschlafen habe, kann ich es sicher auch als Erfolg betrachten. Im Moment fällt mir das schwer, da ich Valentins Enttäuschung spüre. Er wartet immer noch auf seine Erlösung, und ich fühle mich wie ein Versager. Kann ich weiterhin mit Ihrer Hilfe rechnen?“

Peter nickte und ergriff Konstantins Hand.

Rattenjagd

Das ist …", rief Peter entsetzt, als er sah, was Paul in dem Schuppen im Hinterhof gelagert hatte.

„… Wahnsinn", gab Paul mit einem Lächeln zurück. „Richtig. Ich habe selbst nicht damit gerechnet, dass es so üppige Beute werden würde, wenn ich die Fallen etwas weiter zur Bahnlinie hin positioniere. Sie sind überall. Bei den normalen Ratten bin ich davon ausgegangen, sie überall anzutreffen, aber bei den großen war ich ganz schön überrascht. Ich werde sie heute noch wegschaffen. Sie sind mir selbst unheimlich."

Peter, der gerade aus einem tiefen Schlaf erwacht war, der ihn einen ganzen Tag und die folgende Nacht gefangen gehalten hatte, schüttelte ungläubig den Kopf. Paul hatte größere Käfige beschafft, stabile Gitterkästen, wie Bauern sie verwendeten, wenn sie lebendige Tiere auf den Markt brachten. Geflügel oder Kaninchen. Darin tummelten sich Ratten unterschiedlichster Form und Größe. Ein Glaskasten war auch dabei, eine alte Vitrine, in der die Ratte saß, von der Peter angenommen hatte, sie wäre trächtig. Nun sah er deutlich, dass er recht gehabt hatte, denn in einem Nest aus Zeitungspapier lagen acht nackte, blinde Junge, die ihm erstaunlich groß vorkamen. Er machte das Fensterchen weit auf, um mehr Licht zu bekommen, und beugte sich mit gerunzelter Stirn über den Glaskasten.

Paul hob den Holzdeckel mit den winzigen Bohrlöchern an, um eine alte Scheibe Brot hineinzuwerfen. Die Rattenmutter verließ ihre Brut, um die Scheibe zu holen. „Faszinierend. Ich bin sicher, dass es neue Riesenratten sind, denn ich kann mir nicht vorstellen, dass ein so kleines Rattenweibchen normalerweise acht Junge von der Größe eines Daumens aus sich heraus schiebt. Sie ist auch ziemlich fertig, denn die Jungen saugen ständig. Deshalb füttere ich sie, um das Ganze zu beobachten. Ich schätze, sie ist auch für den Wissenschaftler am interessantesten."

„Irre", murmelte Peter und starrte das Rattenweibchen an, das auf der Scheibe Brot herumkaute. Er selbst hatte einen halb aufgegessenen Apfel in der Hand. Beim Anblick der Ratten war ihm der Appetit vergangen, und er warf dem Tier auch die Reste des Apfels in das durchsichtige Gefängnis.

Jemand rief nach ihnen, und Paul trat aus dem Schuppen. Der Nachbarsjunge stand dort mit einem vierschrötigen Mann, der eine Pferdepeitsche in der Hand hielt und schnell seine Mütze abnahm.

„Das ist Bernhard März, er hat ein Fuhrwerk und würde die Fahrt machen!", erklärte der Junge und verschwand grinsend, nachdem ihm Paul eine Münze in die Hand gedrückt hatte.

„Danke. Georg hat Ihnen gesagt, dass es keine besonders angenehme Fuhre wird? Wir müssen vorsichtig sein", sagte Paul und winkte März zum Schuppen.

„Radden, hatter Schorsch gesagt, fürn Dokter zum Untersuche. Radden sin nix Ungewöhnliches, aber werklich net angenehm", gab der Mann trocken zurück.

Als er Pauls Jagdbeute sah, gingen ihm aber doch die Augen über. „Sin des wirklich Radde?", rief er beim Anblick eines besonders großen Exemplars, das ihn sofort bösartig anfauchte.

„Leider. Haben Sie dicke Handschuhe und ein paar Decken, mit denen wir besonders den Glaskasten sicher verstauen können?", hakte Paul nach, während er sich selbst große Lederhandschuhe mit langen Stulpen überstreifte. Wie wichtig das war, wurde März schnell klar, als Paul zu dem Kasten mit der Riesenratte griff, denn das Tier steckte sofort seine Schnauze durch die Gitterstäbe und biss nach ihm.

„Hab ich. Auch en Sackkarre, dann brauche mir nicht weschen jedem Kasten einzeln laufe, hol ich gerad."

„Hilfst du mit?", fragte Paul mit einem besorgten Blick in Peters blasses Gesicht. „Oder willst du dich lieber noch ausruhen? Die

Aktion vorletzte Nacht hat ziemlich Staub aufgewirbelt. Auch solchen, der recht hilfreich ist. Es werden dumme Fragen gestellt. Ein Kolumnist vom Tagblatt stellte in einem Kommentar die Frage, warum die Saboteure denn nicht die Halle in die Luft gejagt haben, wenn sie sogar schon bis hinein gekommen sind, wenn es solche technologiefeindlichen Maschinenstürmer sind, wie der Baron behauptet. Die Kolumne ist nur mit BB gekennzeichnet, aber ich habe eine Idee, wer das sein könnte."

„Wirklich?" Über Peters Gesicht huschte ein Grinsen. „Ich muss unbedingt Zeitung lesen. Das ist eine gute Nachricht. Der Kolumnist soll nur weiterbohren, und der Redaktion wünsche ich, dass ihr nicht das Herz in die Hose rutscht, wenn Wallenfels reagiert. Sie sollen weiter stänkern. Hast du noch ein Paar Handschuhe? Dann helfe ich, ich habe lange genug geschlafen. Aber du fährst alleine zu dem Wissenschaftler."

Zu dritt räumten sie den Schuppen aus und beluden das Fuhrwerk, das mit seinen beiden kräftigen Ackergäulen sonst zum Transport von Futtermitteln dienen mochte. Die Ladefläche war mit Stroh gepolstert, und sie verbargen die Kästen mit den Ratten sorgfältig unter Decken, damit Passanten sie nicht sahen. Paul setzte sich zu März auf den Bock und hielt die Papiere bereit, die auswiesen, dass die Tiere für Professor Wittmann gedacht waren, für den Fall, dass sie doch von der Polizei überprüft werden würden. Noch immer herrschte in der Innenstadt der Ausnahmezustand, solange der Kaiser zur Kur weilte und im Stadtschloss residierte. Der Weg nach Klarenthal konnte lang werden.

Peter sah dem Fuhrwerk nach und begab sich dann wieder in die Wohnung, um endlich zu frühstücken. Paul hatte die Zeitungen auf dem Küchentisch zurückgelassen, und er griff sich die neueste, um sich über die Ereignisse in Kelsterbach zu informieren. Vor allem interessierte ihn, wie viel man der Presse zu berichten gestattet hatte.

Tatsächlich hatte man den Journalisten nicht viel durchgehen lassen. Ein großes Foto zeigte die Halle und einen Auflauf von Wachpersonal. Im Bericht hieß es, Verhaftungen habe es keine gegeben. Die Saboteure seien entkommen. Sie hätten auch nicht viel Sachschaden angerichtet, seien aber bis auf das Gelände und in die Halle vorgedrungen. Verletzte habe es nur gegeben, weil ein Fahrzeug der Wachmannschaften wegen einer Rauchbombe in einen Straßengraben gefahren sei. Auch das Großaufgebot an Polizei, das in Kelsterbach versucht hatte, mögliche Angreifer schon im Vorfeld aus den Fahrgästen der Bahn herauszufischen, war vergebens gewesen, man habe nicht einen Verdächtigen gefasst. Im Gegenteil sogar. Die Kelsterbacher hatten auf die Kontrollen derart ungehalten reagiert, dass man die Aktion abbrechen musste.

„Na also, Herr Baron, ein voller Erfolg. Wie aufgescheuchte Hühner, die Wächter, und nicht ein Kollateralschaden bei der Gruppe. Von wegen Deppen aus der Gosse, die Herren Pinkerton! Dafür haben sie die Kelsterbacher mal wieder schön gegen sich aufgebracht. Mich wundert, dass sie ihren ehemaligen Bürgermeister nicht geteert, gefedert und gemeuchelt haben, nachdem er seine Gemeinde derart an Wallenfels ausgeliefert hatte“, grinste Peter.

Dann fand er den Kommentar, von dem Paul gesprochen hatte. Er war mit dem Kürzel BB gezeichnet, nicht mit einem Namen. Das war sicher auch der beste Schutz, denn der Kolumnist hieb mit einer nahezu philosophischen Sprachgewandtheit ziemlich hart in die Kerben, die die vielen offenen Fragen hinterlassen hatten. „Dem alten Baron müssen da ja richtig die Ohren klingeln, wenn er das liest.“

Mit einem breiten Grinsen las Peter die Kolumne vollständig durch. Der Schreiber stellte genau die richtigen Fragen: Was hatte der Baron zu verbergen, dass er die Sekte so fürchtete? Was wollten die Saboteure dort, wenn nicht das Schiff vernichten? Wie war der Aufwand vertretbar, eine ganze Polizeistaffel in Kelsterbach einzusetzen, nachdem ein Privatermittler vor einem Anschlag durch die Sekte gewarnt hatte, und so weiter.

„Wenn der Baron herausfindet, wer hinter BB steckt, dann kannst du dich warm anziehen. Dein Leben ist dann keinen Pfifferling mehr wert“, lachte er und überlegte, wen er nach der

Identität des Schreibers bei der Zeitung befragen könnte. Er ging allerdings davon aus, dass man es ihm nicht verraten würde. Sicher wusste der Kolumnist selbst, welcher Gefahr er sich aussetzte. Aber die Tatsache, dass das Tagblatt so etwas druckte, konnte nur bedeuten, dass sich der Wind drehte. Nicht mehr alle kuschten vor Wallenfels. Die Arbeit der Saboteure hatte Fragen aufgeworfen und gezeigt, dass Wallenfels nicht allmächtig war. Möglicherweise würden noch andere Arten von Protest die Macht des Alten untergraben.

Peter erinnerte sich an Pauls Kommentar, er habe eine Ahnung, wer der Kolumnist sein könnte, und nahm sich vor, ihn danach zu fragen, doch dann dämmerte es ihm selbst. Der Schreiber konnte kein Redaktionsmitglied sein, die Kolumnen waren wie Leserbriefe mit dem rechtlich notwendigen Hinweis gekennzeichnet, dass die abgedruckten Texte nicht unbedingt die Meinung der Redaktion widerspiegelten. Peter las den Text noch einmal und befand, dass sich der Schreiber gewählt ausdrückte, fast poetisch. Er umschrieb vieles so, dass man ihn nicht zu packen bekam, und war nicht sehr pointiert. Das erinnerte ihn an den Schreibstil seiner Schwester, die nicht nur verbal vieles ausgeschmückt hatte. „Eine Frau? Meinst du das, Paul? BB … Baronesse Betty? Die Abkürzung von Elisabeth? Das wäre eine Sensation – aber auch naheliegend. Da könntest du recht haben, Brüderchen."

Nach dem Frühstück überlegte Peter, ob er sich für den Tag noch etwas vornehmen sollte, entschied sich aber dagegen. Er kam nicht umhin, zum Telefon zu greifen, um im Sanatorium anzurufen, ob er vielleicht willkommen sei. Doch die Dame am Empfang, die alle Anrufe für die Patienten filterte, richtete ihm aus, Valerian habe Katharina für einen Ausflug abgeholt. Wohin man fahren wolle, wüsste sie nicht.

Peter bedankte sich und legte wieder auf. Natürlich wusste die Dame, wo man Valerian und seine Halbschwester finden konnte. Man entließ Patienten nicht ohne Wissen über ihren Aufenthaltsort aus den Fängen der umfassenden Betreuung. Sicher waren sie im Taunus oder im Rheingau, wo sich der Künstler mit der Staffelei daran machte, Landschaften zu malen, während Katharina die frische Luft genoss. Das Wetter war genau richtig dafür.

Unschlüssig starrte er das Telefon an, konnte sich aber zu nichts anderem durchringen. „Na ja, ist vielleicht mal ganz erholsam, nichts zu tun."

Er wollte sich mit den anderen Zeitungen ins Wohnzimmer zurückziehen, fand dieses aber unaufgeräumt und in chaotischem Zustand vor. Paul hatte sich dort ausgebreitet und Pläne über Tisch und Sofa verteilt. Dazu kamen eine ansehnliche Menge Bücher und Akten. Neugierig sah Peter die Sachen durch, verstand die Pläne aber nicht. Er erkannte nur Gebäude und fand anhand des Planstempels heraus, dass es sich um eine Chemieanlage in Höchst handelte. Peter vermutete, dass es sich um Pläne der Anlage handelte, zu der der Kanal gehörte, in den Pauls Haus gestürzt war. Wie Paul an diese Pläne gekommen war, wollte er nicht wissen. Peter ahnte, was Paul vorhatte. Die Ratten waren zuerst dort aufgetaucht, und Paul wollte Antworten.

Ächzend ließ er sich auf das gemütliche alte Sofa fallen und blätterte die Pläne durch, ohne dabei etwas sichtbar zu verändern. Unter den Plänen lag eine Zeitschrift, die seine Neugier weckte, weil er sicher war, dass sie nicht zu seiner eigenen Lektüre gehörte und der Titel ihm seltsam vorkam.

„Der Eigene".

Vorsichtig zog er das Heft heraus, dessen Titelblatt ein Gemälde eines in eine Toga gehüllten Mannes zierte, ähnlich einer antiken Gottheit, und blätterte es durch. Neben Gedichten und einem philosophischen Artikel über die Literatur der vergangenen Jahrhunderte enthielt das Blatt mehrere Aktfotos und zwei geschwärzte Seiten, unter denen in dicken Lettern „Zensiert" stand. Wenn ihm nicht schon die Fotos entsprechende Hinweise gegeben hätten, so diese unverhohlene Demonstration dessen, dass die Zeitung bei den Hütern der Moral in Ungnade gefallen war. Als Herausgeber war ein Adolf Brand genannt, von dem Peter in Zusammenhang mit gleichgeschlechtlichen Liebesbeziehungen gehört hatte. Neugierig las er die Zeitung etwas genauer.

Aber er konnte nichts Verwerfliches an den ganz offensichtlich als Liebesgedichte zu erkennenden Lyrikwerken und den sehr ästhetischen Fotos finden, außer dass die Fotos im Gegensatz zu manch anderen, unzensierten Werken, die den Herren der Schöpfung unterm Ladentisch verkauft wurden, nahezu ausschließlich Männer darstellten.

„Armer Paul. Die Zeitung scheint zwar frei verkäuflich zu sein, aber ihr Erwerb könnte dich in Schwierigkeiten bringen, während mir der Kauf gewisser anderer Publikationen kein Problem macht – nur der Herausgeber und seine Fotomotive müssen sich dann warm anziehen. Ihr seid schon arme Socken, ihr Urninge."

Ein Gedicht fiel ihm auf, und er las es genauer. Auch wenn er für Poesie nicht viel übrig hatte, befand er es als sehr angenehm. Wohlklingend und unverdächtig, daher wohl auch nicht zensiert. Man hätte es auch als Liebesgedicht eines Mannes an eine Frau betrachten können, reinste Minne. Als Verfasser war ein gewisser Philipp Schenkendorf genannt, und Peter ahnte, dass er diesen Herrn kannte. „Paul, du hast wirklich Talent ... Philipp, Papas Name, und Schenkendorf – unsere Straße. Wirklich schön, aber auch traurig."

Es klingelte, und Peter öffnete dem Postboten, der ein Einschreiben für Paul hatte. Peter nahm es und drehte den Umschlag aus dickem Seidenpapier neugierig in Händen. Als Absender war Pauls alter Arbeitgeber angeführt. „Was die wohl von ihm wollen? Hoffentlich keine Klageschrift, das übersteht er nicht."

Er zog sich in sein Büro zurück, konnte sich aber nicht konzentrieren. Zu viel ging ihm im Kopf herum. Wieder klingelte es, und er ging stöhnend zur Tür. Diesmal stand ein Pinkerton vor der Tür und drängte hinein, was Peter zu verhindern wusste. „Was wollen Sie?"

„Der Baron hat uns beauftragt, das Arbeitsverhältnis mit Ihnen zu beenden. Er ist Ihnen sehr dankbar für die geleistete Arbeit, Sie haben die Sache sehr beschleunigt und wertvolle Erkenntnisse eingebracht. Darf ich ..."

Peter ließ ihn widerstrebend eintreten und führte ihn ins Büro. „Ist der Auftrag denn jetzt beendet? Ich hatte nicht den Eindruck, dass wir sonderlich weitergekommen sind. Vor allem, weil trotz meiner eindeutigen Warnungen der Anschlag nicht verhindert werden konnte und niemand festgenommen wurde, oder?" Er hielt dem Mann die Zeitung entgegen.

Der Pinkerton-Detektiv verzog das Gesicht. „Der Baron hat durch Sie Hinweise bekommen, wer hinter alldem steckt, und wird sich jetzt zusammen mit uns um die Sache kümmern. In den Elendsvierteln kommen wir nicht weiter. Das Übel wird an der Wurzel gepackt."

Peter bemühte sich um einen neutralen Gesichtsausdruck, auch wenn es in ihm rumorte. Er fürchtete um Konstantins Leben, denn er traute dem Baron sogar zu, dass er seinen Sohn umbrachte, wenn es für seine Pläne nötig war. Ein kleiner Unfall war schnell in Szene gesetzt, und um seine Nachfolge brauchte er sich ja dennoch nicht zu sorgen. „Na dann … viel Erfolg. Ich arbeite also nicht mehr für den Baron?"

„Nein, aber er entlohnt Sie fürstlich. Sogar ohne Spesenabrechnung." Der Pinkerton-Mann zog einen Umschlag aus der Tasche und übergab ihn Peter.

Peter zog ein Zettelchen heraus. Es war ein Scheck über eine stattliche Summe, und er nickte anerkennend. „Sehr großzügig. Scheint, als sei der Baron tatsächlich zufrieden mit meiner Arbeit. Das freut mich. Bestellen Sie ihm meinen untertänigsten Dank."

Der Agentur-Detektiv drehte sich grußlos um und verschwand. Peter starrte noch eine Weile auf den Scheck und überlegte, wie er in Erfahrung bringen konnte, was mit Konstantin geschehen war. Er steckte den Scheck ein und machte sich auf den Weg in die Innenstadt. Er konnte das Geld zu gut gebrauchen, als dass er riskieren wollte, es nur einen Tag länger auf diesem Blatt Papier zu belassen. Immerhin bestand die Möglichkeit, dass Wallenfels es sich anders überlegte und den Scheck sperrte. Es musste sofort auf sein Konto, also lief er zu seiner Bank.

Während der Schalterbeamte telefonisch die Korrektheit des Schecks überprüfte, sah sich Peter in der Schalterhalle um. Sein Blick fiel auf die Straße, und er erstarrte. Auf der gegenüberliegenden Straßenseite stand eine junge Frau und verbarg ihr Gesicht im Schatten eines Sonnenschirmchens.

Der Schalterbeamte bestätigte, dass man ihm den Betrag auf sein Konto gutschreiben würde, und er verließ dankend die Bank. Schnell überquerte er die Straße und lief der Baronesse nach, die ihren Weg fortgesetzt hatte.

„Ist mit Ihrem Bruder alles in Ordnung? Dass Ihr Vater mich jetzt entlassen hat, will mir nicht so recht gefallen!", sagte er leise und blieb zwei Schritte hinter ihr.

„Konstantin steht unter Hausarrest. Er ist nach den Ereignissen auf dem Flugfeld zu unserem Waldhaus in Wildsachsen zurückgekehrt. Er konnte ein Alibi für die Nacht präsentieren, aber Vater glaubt ihm natürlich nicht. Er hat dafür gesorgt, dass das Haus beständig von Pinkerton-Agenten überwacht wird, selbst Ausreiten darf er nicht mehr alleine. Er hat mich angerufen, als Vater vor seiner Tür stand …" Sie bog abrupt in eine Hofeinfahrt ab, und Peter folgte ihr nach einem schnellen Rundblick. „Wissen Sie, wie man seinen Freunden in Biebrich eine Nachricht zukommen lassen kann? Sie müssen erfahren, dass ihm die Hände gebunden sind. Sie sollen aber unbedingt weitermachen, damit Vaters Verdacht sich nicht erhärten kann! Ich hoffe, dass es in der Gruppe jemanden gibt, der in der Lage ist, so etwas durchzuführen, irgendwie …"

Peter nickte. „Kein Problem. Ich werde es noch heute weitergeben. Ich kenne den Verbindungsmann in Biebrich. Aktionen wird es geben, da bin ich sicher, und wenn ich sie selbst anleiern muss. Abgesehen davon ist Johann, der so etwas wie die rechte Hand Ihres Bruders in der Gruppe war, ein einfacher, aber doch recht kluger Kopf. Ihm traue ich viel zu. Abgesehen davon muss ich den Spagat nicht mehr machen, einerseits Ihrem Vater zu dienen und andererseits mich und meine Prinzipien nicht zu verraten. Passen Sie auf Ihren Bruder auf – er war nach Kelsterbach ziemlich erschöpft und verzweifelt. Ich denke, er braucht jetzt eine verständnisvolle Seele in seiner Nähe."

„Sie waren dabei?", fragte sie.

Peter nickte. „Ja, und das war gut so. Möglicherweise wäre die Sache sonst anders ausgegangen. Aber ich will meinen Beitrag dort nicht so in den Himmel heben. Fragen Sie Konstantin. Angenehmen Tag noch, Baronesse!" Er zog seinen Hut und wollte kehrtmachen, als ihm ein Gedanke kam.

Lächelnd wandte er sich noch einmal um. „Nebenbei – Sie machen Ihre Sache auch gut … BB – Baronesse Betty?"

Sie sah ihn verblüfft an, dann lächelte sie. „Sie haben die richtigen Schlüsse gezogen? Ich bewundere Ihre Menschenkenntnis. Mein Vater tobt, seit er diese Kolumne gelesen hat, aber er ist bei der Lösung des Rätsels nicht so weit gekommen. Er hat den Chefredakteur der Zeitung angerufen, ihn zur Schnecke gemacht, wie er so etwas abdrucken könne, und gefordert, BBs Identität preiszugeben. Doch der Redakteur hatte nur einen maschinengeschriebenen Brief im Redaktionsbriefkasten. Ich hoffe, man hat den Jungen nicht gesehen, der ihn einwarf, aber ich glaube, dieser Postbote ist bereits entsprechend … ausgebildet und gewitzt …"

„Georg?", lachte Paul. „Ja, konspiratives Tagewerk liegt ihm im Blut. Hervorragend, Baronesse, ein gut geführter Hieb. Aber Sie sollten es dabei belassen."

„Ich hatte nicht vor, mich noch weiter aus dem Fenster zu lehnen, aber da hat es mir – wie sagt man? – in den Fingern gejuckt? Schönen Tag noch." Sie verließ die Toreinfahrt und wagte nicht, sich noch einmal umzudrehen.

Als Peter den Innenstadtring erreichte, sah er in der Ferne das Fuhrwerk heranrumpeln. Die schweren Pferde bewegten sich in ihrem Zockeltrab recht flink und kamen zügig näher. Paul winkte vom Kutschbock, und Peter ging schneller. Der Kutscher ließ Paul abspringen, als er die Schenkendorfstraße erreichte, und fuhr sofort weiter.

„Na, bist du die Ratten los?", fragte Peter. Der Gedanke an sein Bankkonto hob seine Stimmung ein wenig, auch wenn es ihm

Sorgen machte, dass Konstantin nun Wallenfels hilflos ausgeliefert war. Er musste es dem Pfarrer von Sankt Marien noch mitteilen, aber erst einmal kehrte er mit Paul zum Haus zurück.

„Ja. Der Professor war überrascht, als er die riesigen Tiere sah. Solche Ratten hatte er noch nie gesehen, und besonders war er natürlich von dem Rattenweibchen mit den riesigen Jungen angetan. Aber auch er war beunruhigt. Er versuchte es zwar zu verbergen, aber seine Hand hat gezittert, als er höchstselbst eine von den Riesenratten getötet hat, um sie zu sezieren. Ich bin lieber gegangen, habe ihm aber auch noch versprochen, weitere Riesen zu beschaffen. Möglichst von dem Ort, von dem ich glaube, dass er ihr Ursprung ist."

„Deshalb die Pläne im Wohnzimmer?"

Paul sah ihn überrascht an und wollte etwas sagen, aber Peter hob die Hand. „Schon gut, ich will nicht wissen, woher du die Pläne hast, ich nehme an, der gute Justus war dir behilflich und will nicht, dass man ihm deshalb ans Bein pinkelt."

Paul nickte seufzend. „Es hat mich einige Überredungskunst gekostet. Einerseits ist Justus überkorrekt, andererseits trägt er das Herz am rechten Fleck. Das mit dem eingestürzten Haus geht ihm an seine Architektenehre, deshalb hilft er mir, das Ganze aufzuklären. Aber es darf nicht herauskommen, dass er mich die Pläne kopieren ließ."

„Euer Geheimnis ist bei mir gut aufgehoben. Es kam übrigens ein Einschreiben von deinem alten Arbeitgeber!"

Paul, der gerade die Haustür aufschloss, drehte sich mit aufgerissenen Augen zu Peter um und eilte in den Flur, um das Schreiben zu öffnen. Peter folgte ihm langsamer und betrachtete Pauls Gesicht, dessen Mimik von Unglauben zu Ärger wechselte, als er das Schreiben las.

„Was ist es? Eine Klage?"

„Nein. Sie bieten mir meinen alten Posten wieder an und entschuldigen sich. Es gibt Schwierigkeiten bei meinem Prestigeobjekt Palasthotel, und man will, dass ich es mit meinen unnachahmlichen Fähigkeiten fertigstelle." Paul reichte ihm das Schreiben.

Peter nahm es und las es mit ebensolcher Überraschung. Dabei wog er jedes Wort auf seiner inneren Goldwaage. „Sie wollen dich mundtot machen. Das ist alles. Sie bieten dir deine geliebte Arbeit wieder, um dich zum Schweigen zu bringen. Komm zurück, oh liebster, geschätzter Arbeitssklave. Dann darfst du wieder Träume und Luftschlösser bauen. Aber über die Interna hältst du deine Klappe!"

Pauls Gesicht verzog sich wütend, und in seinen Augen blitzte es. Das war für seinen sanftmütigen Bruder eine ungewohnte Reaktion, aber sie gefiel Peter. Er hatte Paul nie aufmüpfig erlebt. Jetzt stand ein Krieger vor ihm, bereit, sein Schwert gegen die Ungerechtigkeit zu schwingen. Eine Ahnung überkam Peter, dass Paul bereits ein anderes Eisen im Feuer hatte. „Kommt etwas zu spät, was?"

Paul sah ihn scharf an, dann lachte er. „Ja, so ist es. Du bist einfach der bessere Menschenkenner, ich hatte gerade die Befürchtung, im Schlaf gesprochen zu haben oder so. Du hast es in meinem Gesicht gesehen, was? Aber selbst wenn ich keine andere Chance bekommen hätte, ich würde nicht zu diesem unmenschlichen Haufen zurückkehren."

„Was ist das für eine Chance? Oder ist es noch unsicher? Ich würde mich wirklich freuen, aber vor allem freue ich mich, dass du so viel Kraft hast, gegen die anderen zu bestehen", gab Peter neugierig zurück.

„Du darfst fragen. Valerian will nicht hierbleiben, er hat einen Auftrag in Hamburg in Aussicht, er müsste sich nur durchringen, seine Heimat zu verlassen. Dazu kommt ein weiterer Auftrag in Amsterdam. Er überlegt, nach Hamburg umzusiedeln und von dort aus ab und an nach Amsterdam zu reisen. Ich habe mit einem Bekannten gesprochen, der dort ein Architekturbüro hat, und er war hoch erfreut, als ich sagte, ich spiele mit dem Gedanken, nach Hamburg zu ziehen. Es ist nur ein kleines Büro mit keinem besonders weit reichenden Ruf, aber er hat viele Aufträge und würde mich anstellen, weil er meine Arbeit schätzt. Er hat meine Pläne für das Palasthotel gesehen und war begeistert. Natürlich bedarf es einiger Planungen, aber je eher, desto besser. Valerian will wegen Katharina nichts überstürzen, und ich will diese Rattensache noch hinter mich bringen. Meinem Ruf hat es ja zum Glück nicht geschadet, dass das Haus einstürzte."

Peter hörte es mit gemischten Gefühlen. Einerseits freute er sich für Paul, dass er eine Chance bekam und dass er die Möglichkeit hatte, so etwas wie eine feste Beziehung zu führen, wenn auch mit gebührender Vorsicht. Andererseits war er dann sehr weit weg – und vielleicht auch Katharina, wenn sie Valerian folgte. Was für sie vielleicht das Beste war. Wegzukommen von dem Ort, an dem sie so entsetzliche Dinge erleben musste. Aber vielleicht würde sie ja bleiben wollen ... jedenfalls war es eine schöne Hoffnung, und er war auch bereit zu kämpfen. Um sie.

„Katharina ist von der Idee, Wiesbaden zu verlassen, nicht sonderlich angetan", ließ Paul mit einem Lächeln vernehmen.

Peter sah ihn verblüfft an. „Wirklich nicht?", fragte er leise.

Paul nickte.

Peter seufzte selig. „Das ... ist eine Option, die mir gefällt."

Paul lachte.

„Brauchst du Hilfe bei deiner Rattenaktion?", versuchte Peter vom Thema abzulenken, weil er spürte, dass er errötet war.

„Ich nehme Hilfe dankend an."

„Wann?"

„Sobald wie möglich!"

„Dann lass uns morgen nach Höchst fahren. Heute muss ich noch mal nach Biebrich, um ein paar Leuten Nachrichten zukommen zu lassen. Wenn du willst, kannst du mit. Ich bin sicher, dass man für deine Rattenfalle großes Interesse bekunden wird."

Paul suchte eine Skizze heraus, auf der man gut erkennen konnte, wie die Falle zu bauen war, und packte einen der fertigen Prototypen ein. Gemeinsam verließen sie das Haus, um nach Biebrich zu gehen.

Der Pfarrer schien sie bereits zu erwarten, und tatsächlich fanden sich in der Pfarrei noch andere Männer ein, die Peter kannte. Johann war der erste, der auftauchte, als hätte er die unsichtbare Grenze zwischen Biebrich und der Innenstadt ständig beobachtet. Peter berichtete von seiner Begegnung mit Elisabeth und was sie ihm aufgetragen hatte. Er schloss mit einer Warnung vor unüberlegten Handlungen und forderte dazu auf, weiterhin Aktionen durchzuführen, damit es nicht aussah, als wäre die Organisation kopflos.

Johann nickte. „Das wern mir mache. Mal schauen, was mer durchziehen könne, denn die ham noch mehr Wache aufziehe lasse. Ich schätz, die wern nicht unbedingt Kopflosigkeit vermuten, sondern das Greife ihrer Maßnahmen. Aber ein paar Scheinangriffe sin sicher sinnvoll“, sinnierte er.

Peter musterte ihn anerkennend. Er war schon auf dem Flugfeld sicher gewesen, dass Johann ein hellerer Kopf war, als sein tumber Gesichtsausdruck vermuten ließ. Jetzt bewies er zudem Führungsqualitäten. „Gut. Aber seid vorsichtig. Die Sache ist heikel – und noch was. Wir haben einen Wissenschaftler, der sich um die Riesenratten kümmern will. Das ist eine seriöse Angelegenheit, denn die Biester sind auch in der Innenstadt aufgetaucht. Mein Bruder hat eine Rattenfalle gebaut, mit der wir dem Doktor ein paar nette Exemplare für seine Forschungen liefern konnten. Aber ein paar mehr wären nicht schlecht, und vor allem fangen wir sie, bevor sie in euren Häusern auftauchen. Das ist sicher auch in eurem Sinne. Ich wette, die Giftköder haben nicht lange gewirkt, oder?“

Die Männer schüttelten sofort den Kopf, und Peter machte eine große Geste in Pauls Richtung, um ihm die Vorstellung zu überlassen.

Paul lächelte verlegen und legte seinen Plan auf den Tisch. „Es ist ganz einfach, ich habe auch ein Muster mitgebracht ...“ Er packte die Falle aus, die er mitgeschleppt hatte, und erklärte den Männern ihren Aufbau. Dabei baute er sie einmal auseinander und wieder zusammen. Die Männer folgten seinen Ausführungen aufmerksam.

Als er geendet hatte, begann Johann zu klatschen, was Paul erröten ließ. Peter sah das mit einer gewissen Verwirrung. Er wusste, dass Paul seine Pläne schon oft diversen Gremien vorgestellt hatte, in denen nicht wenige hochgestellte Personen saßen, und doch war er stolz darauf und verlegen wie beim ersten Mal, als er diesen grob gestrickten Menschen aus der Unterstadt seine Erfindung erklärte. Wahrscheinlich, weil diese Menschen, deren Leben von dem abhängen konnte, was Paul plante, und die sich daher nicht von einer schönen Fassade oder kunstvoll gezeichneten Plänen täuschen ließen, ein kritischeres Publikum waren als die städtischen Gremien. Sie wollten, sie mussten seine Arbeit verstehen, und sie hatten verstanden. Pauls beschämtes Verhalten ließ ihn im Ansehen bei den einfachen Menschen nur noch steigen.

Johann gab schließlich einen ersten lobenden Kommentar. „Einfach gemacht und irschendwie genial. Leicht nachzubaue ... komisch, warum kommt mer nie von allaans auf die naheliegschende Lösung? Danke. Mir wern sie nachbauen und in unsere Kanäle packe. Aber ich glaube, mir wern die Radde alle töten, wenn mir sie gefangen ham. Niemand wird hier so ein Vieh gefangen halte wolle."

„Das braucht ihr auch nicht. Wir besorgen die Tiere selbst, die der Wissenschaftler braucht. Vor allem an dem Ort, an dem wir ihren Ursprung vermuten", gab Peter zurück.

Paul mischte sich ein: „Tötet sie. Wir brauchen sie nicht. Aber es wäre sicher gut und informativ, wenn ihr die Ratten zählen würdet, die ihr fangt. Macht eine Strichliste – große und normale Ratten oder so –, und vor allem: Verbrennt die toten Tiere unbedingt! Damit die Krankheit, die sie in sich tragen, verschwindet. Wenn ihr sie nur in den Fluss werft, werden sie von anderen Tieren gefressen, die dann die Krankheit verbreiten!"

Chemiedünste

Es war nicht leicht gewesen, aus Paul einen einfachen Arbeiter zu machen, aber Peter war recht stolz auf sein Werk. Die alte, fleckenübersäte Kleidung hätte sogar einen Adligen wie einen Landstreicher wirken lassen. Peter musste dennoch neidlos anerkennen, dass Paul sich eleganter bewegte als er. Er war daher froh, dass Paul sein Haar länger trug, als es einem feinen Herrn gut zu Gesicht stand. Eher war es die Haartracht eines Dandys, aber in dieser Kleidung war es ein Attribut der Verwahrlosung, nachdem er seinen Bruder ein paarmal gegen den Strich gebürstet hatte. Paul schwieg, um seine Sprache zu verbergen, was seiner Rolle dann doch gerecht wurde. Verstockt und wortkarg.

„Mann, hast du eigentlich keinen Bartwuchs? Ich habe dich nie das Rasiermesser verwenden sehen und kann keine Bartstoppeln erkennen. Oder gehst du immer zum Barbier?", motzte er leise, als sie mit der Bahn nach Höchst fuhren.

Paul grinste. „So verschwenderisch bin ich nicht. Aber ich brauche nur alle paar Tage ein Rasiermesser. Weiß nicht, warum. Aber ich bin da nicht allein ..."

Peter ahnte, wen Paul meinte. Obwohl Valerian pechschwarzes Haare hatte, war nicht der geringste Bartschatten in seinem Gesicht zu sehen. „Ihr Weibsmänner ...", murmelte er und zwinkerte Paul zu.

Sein Bruder zuckte nur die Achseln und zwinkerte zurück. In Höchst stiegen sie aus und schlenderten Richtung Fluss, aus dem eine dichte Nebelwand aufstieg und sie einhüllte. Der Main hatte ab der Kostheimer Schleuse nichts Natürliches mehr an sich. Bis zur Fähre von Rumpenheim, dem östlichsten Punkt des Groß-Stadtkreises, hatte man den Fluss in ein Korsett aus Stahl, Beton und Stein gezwängt, die Fahrrinne metertief ausgebaggert und mit Stahlträgern überbaut, über die natürlich auch eine Bahntrasse verlief, um nicht noch mehr Land verbrauchen zu müssen. Die vielen Tonnen Aushub bildeten an beiden Ufern des Mains, aber besonders auf der kaum bebauten Südseite, dem Großherzogtum Hessen, ein neues Gebirge in den vormals urwüchsigen Auen. Doch wenn die Planer des Mainkanals gehofft haben sollten, dass sich diese Berge wieder in Natur verwandeln und grünen würden, so wurden sie kräftig enttäuscht. Auf den verseuchten Schlämmen aus der Fahrrinne wuchs so gut wie nichts, dafür stanken die Hügel zum Himmel und wuchsen beständig weiter. Das störte aber allenfalls die Bewohner der jenseitigen Mainansiedlungen, die einst zur freien Stadt Frankenfurt gehört hatten.

Die Brache zwischen den Wohnbereichen und dem Chemiewerk war das letzte Fleckchen, das noch nicht völlig zugebaut war. Mit gutem Grund, wie die Brüder inzwischen wussten.

„Der Nebel kommt wie gerufen. Er macht uns unsichtbar", murmelte Peter.

Paul nickte und übernahm die Führung. Er brauchte keinen Plan mehr, um sich zurechtzufinden, und auch der Nebel störte ihn nicht. Er stutzte nur, als seine Augen sich an das Zwielicht gewöhnten und ihm auffiel, dass der Nebel seltsam von innen heraus beleuchtet schien, obwohl dort weit und breit kein Gebäude sein konnte. Dazu kam ein Geräusch, das der Nebel halb verschluckte, als käme es aus unendlicher Entfernung. Ein leises, tiefes Dröhnen, das man mehr spürte denn hörte. Für Paul war es im Zusammenhang mit dem Licht aufschlussreich, aber er behielt es für sich, weil er keine unbewiesenen Vermutungen äußern wollte.

Die Brüder trugen große Wanderarbeiter-Rucksäcke, aber diese waren nicht mit Kleidern und Hausrat gefüllt, sondern mit Rattenfallen und anderer nützlicher Ausrüstung. Paul hatte darauf bestanden, Lederbekleidung mitzunehmen, wie Stahlkocher oder Ziegelbrenner sie benutzten. Diese sollte sie wie ein Panzer vor Bissen der Ratten schützen, wenn sie in deren Revier vordrangen. Trotz der schweren Last, die sie mitschleppten, hatte Peter keinerlei Einwände gegen diese Ausrüstung erhoben und sich nur gewundert, wo Paul sie aufgetrieben haben mochte.

Sie gelangten ans Ende einer gepflasterten Straße, die von einem verwahrlosten Grünstreifen begrenzt wurde, der mit Bäumen bepflanzt wohl einen gepflegten Eindruck gemacht hatte. Die Bäume waren schon lange dem Brennholzbedarf zum Opfer gefallen. Dahinter begann die Brache. Der Main führte wegen der vergangenen trockenen Tage wenig Wasser, dafür stank er noch bestialischer als sonst, weil die Konzentration von Müll und Abwässern entsprechend höher war. Zudem hatten die Unwetter des ausklingenden Winters wieder Sandmassen aus den ländlichen Gebieten jenseits der Stadtgrenze, wo der Main noch seinen natürlichen Verlauf nahm, ausgeschwemmt und mitgerissen. Bald würden die Schleusenwärter protestieren, weil sie die Schleusen nicht mehr öffnen konnten, wenn Schlamm und Unrat sich vor den Toren ablagerte. Dann hatten die Schwimmbagger wieder Hochbetrieb, um die Transportwege über das Wasser freizuhalten und wieder neue Berge zu erschaffen.

Die Schwimmbagger waren monströse Pontons, die fast die gesamte Fahrwasserbreite benötigten und nur geringfügig niedriger waren als die Gleisanlagen hoch. War der Wasserstand nicht korrekt gemessen worden, dann rissen sie schon mal hie und da einen Stütze oder Verstrebung um, und der Bahnverkehr wurde eingestellt. Da über diese Trasse aber nur die leichteren Personenzüge rollten, standen Reparaturarbeiten nicht weit oben auf der Prioritätenliste. Auf den Pontons waren Seilbagger montiert, in deren Schaufeln ein kleines Haus vollständig verschwinden konnte. Ihr Betrieb war mühevoll und teuer, aber die einzige Möglichkeit, die Lebensader Fluss freizuhalten. Vor diesem Hintergrund konnte Peter die Entwicklung von Luftschiffen verstehen. Luft hatte keine Hindernisse, und man war nicht an Straßen und Kanäle gebunden.

„Wohin?", fragte Peter.

Paul starrte in die nebeldurchflutete Dunkelheit und begab sich dann wortlos auf den Trampelpfad. Erst als er das Wasser vor sich schwappen hörte und Beton unter den Schuhsohlen spürte, entzündete er die Blendlaterne. Im dichten Nebel konnte man in ihrem Licht nicht sehr weit sehen, deshalb hielt er sie nahe über dem Boden und ging gebückt bis ans Wasser heran. „Hier!“, rief er, als sich vor ihm ein düsterer Schlund auftat.

Peter folgte ihm in den dunklen Schacht, der weniger nach Fäkalien roch als der Fluss, dafür einen chemischen Gestank verströmte. Hier konnte Paul mit der Karbid-Blendlaterne mehr ausrichten und stellte das Licht höher. Das bedeutete zwar auch, dass sich in die Chemiedünste der betäubende Ruß der Kalkbrennerflamme mischte, aber eine Wahl hatten sie nicht. Öllampen waren nicht besser, und Peter vertraute den Dynamolampen nicht, die die wenigen Verfechter des elektrischen Lichtes als große Innovation anpriesen.

Die erste Demonstration der Handlampen Jahre zuvor bei der Polizei war nicht sehr vielversprechend gewesen, das Licht schwächer als das der Karbidlampen und mit der Handkurbel anstrengend zu erzeugen. Man hatte sie daher auch nicht in größeren Mengen bestellt, da der Hersteller nicht garantieren konnte, dass die Lampen keine Funken schlugen. Denn dann waren sie in speziellen Situationen genauso gefährlich wie herkömmliche Lampen – sie konnten Explosionen verursachen.

Sie befanden sich in einem gemauerten Kanal, auf dessen Seitenläufen man bequem aufrecht gehen konnte. Kein Gitter versperrte den Zugang, und in dem offenen Abfluss schwappte eine in allen Farbvariationen schillernde Brühe.

Paul setzte seinen Rucksack ab und begann, sich umzuziehen. Er streifte eine dicke Lederjacke und einen Hut, an dem ein Lederkragen den Hals schützte, über. Dazu kamen Gummistiefel und Lederhandschuhe, deren Stulpen bis über die Ellbogen reichten. Peter tat es ihm gleich.

Bevor Paul seinen nun fast leeren Rucksack wieder schulterte, holte er ein Glas mit Schraubdeckel heraus und entnahm dem Kanal eine Wasserprobe. Dabei schien er intensiv zu lauschen, aber Peter hakte nicht nach, auf was. Er hörte selbst etwas. Ein Dröhnen, das erst lauter wurde und dann abbrach. Hintereinander liefen sie tiefer in den Gang. Ernüchtert musste Peter feststellen, dass sie Pauls Fallen wohl umsonst mitgeschleppt hatten, denn es gab keine Röhren, die in den Kanal mündeten. Er tat seinen Unmut darüber kund, aber Paul schüttelte den Kopf.

„Egal. Ich bin sicher, dass wir bald die Einsturzstelle des Hauses erreichen. Dort gibt es durch den Zusammenbruch des Kanals bestimmt genügend Schlupfwinkel, in denen wir Fallen deponieren können. Mich wundert viel mehr, dass ich bisher noch keine einzige Ratte gesehen habe."

Peter sah sich stirnrunzelnd um und musste Paul recht geben. Das sonst in den Kanälen allgegenwärtige Wuseln und Quieken blieb aus. „Ja, verwunderlich ... obwohl, eigentlich doch nicht, denn es gibt in diesem Kanal keinerlei Deckung, eben weil er keine Seitenröhren hat. Wo sind die Brutstätten der großen Ratten, die nach dem Einsturz des Hauses an die Oberfläche kamen? Das gefällt mir nicht. Lass uns weitergehen."

Wenn Paul erwartet hatte, dass der Kanal an der Einsturzstelle noch immer stand, so wurde er enttäuscht. Peter konnte zwar an seinem interessierten Gesichtsausdruck weder Verblüffung noch Ärger ablesen, aber Paul wirkte sehr nachdenklich. Sie waren an eine Stelle gelangt, an der ihnen Schutt den Weg versperrte. Dem Wasser jedoch hatte man freie Bahn verschafft, und die Decke des Kanals war mit Stahlträgern und Platten abgedeckt. „Gut, dass wir nicht versucht haben, über die Einsturzstelle in den Kanal zu kommen", kommentierte Peter trocken, um aus Paul herauszulocken, was ihm an der Stelle so viele Gedanken wert war.

Paul antwortete aber nicht, sondern stellte die Lampe mit nach oben gerichtetem Lichtstrahl auf und erklomm zwei nachlässig in die Kanalwand geschlagene Steigeisen zu einem Schachtdeckel in einem ebenso provisorisch gemauerten Schacht. Er musste viel Kraft aufwenden, um den massiven Deckel anzuheben, und spähte durch den Spalt an die Oberfläche. Plötzlich wurde das Dröhnen wieder lauter und schwoll zu ohrenbetäubendem Lärm an. Paul ließ den Deckel fallen, als wäre er plötzlich glühend heiß geworden. Danach warf er sich selbst zu Boden.

Peter sah ihn besorgt an, weil Paul blass geworden war, soweit man das in der spärlichen Beleuchtung erkennen konnte. „Was ist los?“, brüllte er gegen den immer stärker werdenden Lärm an.

„Dort oben wird gearbeitet. Mit elektrischem Flutlicht, das von einem riesigen Dampfgenerator betrieben wird, und es werden nicht nur Trümmer weggeräumt, sondern neue Fundamentgräben ausgehoben. Der Boden wird auch ausgetauscht, er war ja nicht tragfähig. Aber eines weiß ich, trotz des flüchtigen Blickes: Es werden keine neuen Wohnungen gebaut! Da ist schweres Gerät im Einsatz, und ich habe keine Ahnung, was das soll.“

Pauls letzte Worte gingen in ohrenbetäubendem Lärm unter. Beide Männer duckten sich und hielten sich die Ohren zu, als etwas über die Abdeckung des Kanals rumpelte und ihnen Staub und Steinchen auf die Köpfe rieselten. „Mein Gott, was war das?“

„Die Laderaupe, die mich so schnell wieder hier heruntergetrieben hat. Eine schwere Dampf-Laderaupe mit Drei-Kubikmeter-Ladekübel. Sie kam auf den Schacht zu“, brüllte Paul. „Auf den Gleisen standen Kübelwagen für den Abraum. Auf den Wagen steht der Name einer chemischen Fabrik, die aus Dreck Rohstoffe gewinnt.“

„Hast du deshalb die Konstruktion so angestarrt?“, hakte Peter nunmehr leiser, weil sich das Fauchen und Getöse der Dampfmaschine entfernte.

„Ja. Das ist ein Provisorium, wie es auch unter Bahngleisen verwendet wird, wenn der Güterverkehr weiterrollen muss, unter den Gleisen aber an Unterführungen oder Ähnlichem gearbeitet wird. Lastannahmen, wie sie dieser Konstruktion zugrundeliegen, sind einfach ungewöhnlich, und das Geräusch fand ich schon vorher verdächtig ... verdächtig bekannt.“

Peter hakte nicht weiter nach, auch wenn er ahnte, dass er tieferes Hintergrundwissen in Sachen Architektur, Statik und Baustoffkunde brauchte, um Pauls Ausführungen in ihrer ganzen Tragweite zu erfassen. Aber er hatte genug verstanden, um zu wissen, dass dort oben etwas im Gange war, das mit dem, was die Baubehörden wussten, nicht im Einklang stand. Der Lärm ließ wieder nach, als sich die Raupe entfernte, und Peter beobachtete Paul, wie er die Schutthaufen untersuchte. In eine kaum sichtbare Höhlung baute er eine der Fallen ein.

„Glaubst du, hier sind Ratten?“, fragte er ungläubig.

Paul grinste. „Ich glaube, diese Falle ist hier gut aufgehoben. Komm!“

Sie waren kaum zehn Schritte gegangen, als Peter es hinter sich klacken hörte. Die Falle war zugeschnappt. Paul sagte nichts, aber Peter wusste, dass er grinste. Er konnte es förmlich hören.

Je weiter sie in den Kanal vordrangen, desto mehr stank das Wasser nach Chemieabfällen. Die Gerüche, die sie umgaben, hatten nichts mehr mit Fäkalien zu tun, und Peter hielt sich die Nase zu. „Vielleicht wäre es besser gewesen, wir hätten Gasmasken mitgenommen!“, hustete er.

Zu seiner größten Überraschung zog Paul genau diese aus seinem Rucksack. „Hier. Irgendetwas sagt mir, dass wir langsam froh sein können, unsere Sicherheitskleidung bereits zu tragen.“

Sie streiften die Gasmasken über und kontrollierten noch einmal den Sitz ihrer Schutzkleidung, bevor sie weitergingen. Pauls Ahnung sollte sich bestätigen, denn kaum stieß der erste Seitenkanal auf den großen, waren auch die Ratten da. Die ersten Tiere, die sich im Lichtkegel der Blendlaterne zeigten, waren nicht ungewöhnlich groß, aber sie wehrten sich vehement gegen die Eindringlinge. Peter merkte schnell, wie wichtig die Kleidung war, für die Paul gesorgt hatte. Sie verhielten sich ruhig und liefen den Kanal entlang, um die Tiere nicht noch mehr zu reizen, aber sie wurden beständig von den Ratten angegriffen. Je weiter sie vordrangen, desto größer wurden die Tiere.

Eine besonders große Ratte mit vielen Lücken im Fell verbiss sich in Peters Jacke wie ein Bluthund. Er konnte sie erst abschütteln, als er ihr den Schädel einschlug. Kaum hatte er ihr Gebiss aus seiner Kleidung gelöst und den Kadaver hinter sich geworfen, war ein Dutzend weiterer Ratten da und fraß den toten Artgenossen.

Paul streute Körner aus, und Peter beobachtete fasziniert die Ratten, die sich ausgehungert darauf stürzten und sich kurz darauf in Krämpfen am Boden wanden. „Was ist das?"

„Ein absolut tödliches Rattengift. Es wundert mich nur, dass es so gut wirkt. Normalerweise schicken die Ratten ein altes oder krankes Tier vor, die Köder zu fressen. Wenn dieses Tier stirbt, fressen die anderen den Köder nicht. Es ist seltsam, wie diese Tiere reagieren", erklärte Paul. „Sie scheinen nicht nur zu wachsen, sondern auch zu degenerieren. Oder sie haben zu lange keine ausreichenden Nahrungsquellen mehr gefunden."

In den Wänden des Kanals klafften nun Löcher, aber sie waren nicht von Menschenhand geschaffen. Vielmehr wirkten sie, als hätten Krallen so lange an den Fugen gescharrt, bis die Ziegel von selbst herausgefallen waren. In diese Löcher drückte Paul seine Fallen und brauchte nicht lange zu warten, bis sie allesamt zuschnappten.

„Komm, lass uns bis zum Ende durchgehen, ich fühle mich hier nicht wohl!", maulte Peter und riss die Augen auf, als ihm plötzlich eine Ratte von der Größe eines Schäferhundes gegenüberstand. Das Tier fixierte ihn und setzte zum Sprung an, aber Paul war schneller und hieb mit einem Beilchen auf den Kopf des Tieres ein. Wieder sprangen die anderen Ratten auf den Kadaver und nagten ihn fein säuberlich ab.

„Ganz meine Meinung!", gab Paul zurück und hastete den Gang entlang, so schnell es die unförmige Kleidung und der Zustand des Weges zuließen.

Peter folgte ihm. Der Gang machte eine Biegung, und es gab plötzlich keinen Seitengang mehr. Wasser rauschte ein kurzes Stück voraus wie ein Katarakt aus einer größeren Halle heraus. Am Ende des Seitenganges führten Steigeisen empor.

„Das glaube ich nicht …", brummte Paul. „Wir müssen auf dem Gelände des Chemiewerkes sein. Die fühlen sich ganz schön sicher, oder wie soll man sich erklären, dass es keinerlei Gitter oder Tür hier gibt?"

„Sicher? Warum auch nicht, sie haben die besten Wachhunde der Welt. Wer würde schon freiwillig hierher kommen, wenn er nicht einen verdammt guten Grund hat?" Peter erklomm die Steigeisen in den dunklen Schacht. Verwundert stellte er fest, dass auf dem Schacht nicht der übliche schwere, runde Deckel aus Gussstahl lag, sondern ein quadratischer Rahmen mit dünnem Blech. Ganz sachte drückte er dagegen und hob ihn einen Spalt weit. Gleißendes Licht blendete ihn, und er schloss die Augen. Erst als sie sich an die Helligkeit gewöhnt hatten, wurde er gewahr, dass er sich nicht im Freien befand, sondern in einer Halle. Er schloss den Deckel wieder und kehrte zu Paul zurück.

Paul untersuchte die Mauern des Kanals und des höher gelegenen Sammelbeckens. Peter beobachtete ihn, ohne zu verstehen, was ihn daran so faszinierte. Dann spannte er sich alarmiert an, als im Schein der Blendlaterne Augen aufblitzten – hoch über dem Boden. „Paul ..."

Paul drehte sich zu Peter um und folgte mit seinem Blick dessen ausgestrecktem Zeigefinger. Sofort packte er das Beil fester und spannte sich ebenfalls. Die Augen in der Dunkelheit schlossen sich kurz, und als sie wieder aufglommen, kamen sie mit irrwitziger Geschwindigkeit näher. Paul reagierte mit traumhafter Sicherheit und schwang das Beil. Es knirschte hässlich, als die Klinge durch den Rattenkörper in die Ziegelmauer drang.

Peter nahm die Blendlaterne wieder auf und leuchtete seinen Bruder an, der zitternd an der Wand stand. Vor ihm lag der tote Körper einer Ratte, die zwar sehr groß war, aber nicht die größte, die sie bislang gesehen hatten. Dennoch war etwas an ihr bedrohlich. Peter ging neben der Ratte in die Hocke und bemerkte nun, was ihm an dem Tier so erschreckend vorgekommen war. Sie hatte kein Fell, sondern schwarze Haut, unter der sich kräftige Muskeln abzeichneten. Der abgeschlagene Kopf lag vor Pauls Füßen und zeigte ebenfalls Veränderungen. Die Nagezähne waren lang und spitz, die Augen waren zu groß im Verhältnis zum Kopf und quollen aus den Höhlen. „Was für ein Monstrum ...", murmelte er und packte das Tier in einen Sack ein, um es mitzunehmen.

„Mein Gott ...“, schluchzte Paul, der mit den Nerven am Ende zu sein schien.

„Ich glaube, wir brechen besser ab ... sammeln die Rattenfallen ein und verschwinden“, erwiderte Peter und sah Paul besorgt an.

„Nein! Wir brauchen noch Wasserproben aus dem Sammelbecken und am besten auch vom Ursprung der Abwässer!“, protestierte Paul.

Der neue Kampfgeist seines Bruders ließ Peter in Gelächter ausbrechen, das von den Wänden des Kanals widerhallte. „Dann versuchen wir unser Glück. Aber das wird nicht einfach – wir sind in der Höhle des Löwen!“

Peter kletterte in den Schacht, und Paul folgte ihm. Die Halle war trotz der hellen Beleuchtung menschenleer, und sie konnten gefahrlos die Unterwelt verlassen.

„Was ist das?“, zischte Paul, als er sich in der Halle umsah und die Gasmaske vom Gesicht zog. „Was machen die hier?“

„Frag mich was Leichteres!“ Peter sah sich verwirrt in der Halle um, die verschiedene gewaltige Kessel und Tanks dominierten. „Irgendwas kochen sie zusammen, und das, was davon übrig bleibt, lassen sie in den Kanal ab.“

Das Überraschendste war jedoch die Tatsache, dass es sich bei der hellen Beleuchtung nicht um Gaslampen handelte, sondern um elektrisches Licht. Zudem fehlte trotz der allgegenwärtigen Pumpgeräusche und mechanischen Abläufe das auffällige Zischen von Ventilen und Dampfpumpen. In der Ferne dröhnte eine Dampfturbine, von der Peter vermutete, sie erzeuge die Elektrizität. Den Strom, der ihm unheimlich war. Vorsichtig näherten sie sich den Anlagen.

Paul ging zu den Kesseln und prüfte ihren Inhalt. Sie waren verschlossen, so dass man nicht an den Inhalt herankam. Aber es gab mehrere Ventile. Paul fand eines, an dem es auch ein Ablasshähnchen gab. Darunter stand ein Zinkeimer, weil das Ventil nicht richtig schloss. Er hielt ein Probenfläschchen unter den Hahn und drehte ihn vorsichtig auf. Eine giftgrüne Flüssigkeit füllte die Flasche und stank unerträglich.

„Was ist das für ein Dreck?“, brummte Peter und zog sich wegen des ätzenden Gestanks die Gasmaske wieder vor das Gesicht. Er hatte sie zuvor abgenommen, weil der Gestank und Dreck der Kanäle einer klinisch reinen Krankenhausatmosphäre gewichen war.

„Keine Ahnung, aber die Wissenschaftler werden es herausfinden …“ Paul stockte und starrte ins Halbdunkel am Ende der Halle.

Peter versuchte zu erkennen, was Paul so beunruhigte. Als er es entdeckte, konnte er nur mit Mühe einen entsetzten Ausruf unterdrücken. Die Brüder schlichen zur Treppe hinüber.

„Das darf doch nicht …“ Peter starrte auf die massiven Stahlkäfige, in denen sich die verschiedensten Ratten tummelten. Normale, riesige, verkrüppelte und auch völlig deformierte.

„Sie wissen also ganz genau, was ihre Abwässer anrichten, und sammeln die Ergebnisse!“, knurrte Paul, der als erstes die Tragweite dessen erahnte, was sie sahen. „Hast du noch eine Falle? Diese hier nehme ich mit!“

Peter betrachtete das Tier, auf das Paul es abgesehen hatte. Die Ratte war keine der besonders großen, aber von erlesener Hässlichkeit. Ein Monstrum. Sie hatte die Größe eines Stallhasen, aber nur auf dem Rücken Fell. Ansonsten war sie nackt und ihre Haut dunkel und grindig. Sie war abgemagert, und Schaum stand ihr vor dem viel zu langen Maul mit den spitzen Zähnen, die nichts mehr von einem Nagetier hatten. Die Augen waren wasserblau, und das Tier schien blind zu sein, denn es reagierte auf die Geräusche, die Paul am Gitter verursachte, um sie von der Tatsache abzulenken, dass er mit der Hand durch die Klappe griff. Die Ratte stürzte sich geifernd auf das Geräusch, so dass Paul sie im Nacken packen und aus dem Käfig zerren konnte. Anstatt zu zappeln, machte sich die Ratte steif und stellte sich tot. Peter packte seine letzte Rattenfalle aus, und Paul stopfte das Tier hinein.

„Wir sollten verschwinden. Wir haben alles gesehen, was wir sehen müssen, und genug in der Hand, um den Laden dichtzumachen und ein Heer von Kammerjägern durch den Kanal zu schicken! Am besten mit Flammenwerfern“, gab Peter zu bedenken.

Paul folgte ihm wortlos, als er sich wieder dem Schacht zuwandte. Doch dann verhielt er in der Bewegung und packte Peter an der Schulter, um ihn mitzuziehen.

Mittlerweile war Peter sicher, dass außer von gelegentlich rundgehenden Wächtern keine Gefahr von Menschen drohte. Aber wegen eben dieser Gefahr war ihm diese erneute Verzögerung unangenehm.

„Was?“, zischte er.

Paul ignorierte ihn und lief zu einer Tür, neben der eine große Fensterscheibe in der Mauer eingelassen war. Peter blieb, wo er war, um im Zweifelsfalle eine schnelle Flucht organisieren zu können. Doch Pauls Verhalten besorgte ihn mehr als die Gefahr von Wächtern. Paul hatte beide Hände neben sein Gesicht an die Scheibe gelegt und fing plötzlich an zu zittern. Auch vermeinte Peter, ein Schluchzen zu hören.

Nach einem prüfenden Rundblick hastete er zu Paul, der noch immer keine Anstalten machte, sich von der Scheibe zu lösen. Im diffusen Licht, das von dem Raum dahinter ausging, konnte Peter erkennen, dass Paul Tränen der Wut und Hilflosigkeit weinte.

Peter warf ebenfalls einen Blick durch das Fenster, das von der anderen Seite von einer halb aufgezogenen Jalousie verdeckt war. Zunächst fiel es ihm schwer zu erkennen, was in dem Raum vor sich ging, doch dann erschauerte auch er.

Was er sah, war der Vorhof zur Hölle, eine Leichenhalle, auch wenn einige Menschen dort noch zu leben schienen. Mancher Brustkorb hob und senkte sich noch, manche Arme zuckten, aber alles schwach, unregelmäßig. Die Gesichter der Personen, die dort dicht an dicht auf fahrbaren Betten lagen, waren nichts mehr als schmerzverzerrte, monströse, kaum menschliche Fratzen, geprägt von unvorstellbarem Leid. Männer, Frauen, Kinder aller Altersgruppen.

Letztere waren besonders entsetzlich anzuschauen. Direkt an dem Fenster, hinter dem die Brüder standen, lag ein Mädchen, vielleicht zehn Jahre alt. Ihr Gesichtchen war der Scheibe zugewandt, und ihr starrer Blick schien Peter durchbohren zu wollen.

So jedenfalls kam es ihm vor, als er den stummen Vorwurf darin las. Schmerz hatte tiefe Furchen in das weiche Kindergesicht gegraben, die Haut war fahl und grau.

Das Mädchen war tot, wie Peter nach einem ersten Schrecken feststellte, denn die Augen blinzelten nicht mehr, und auch ihr Brustkorb war bar jeder Regung. Der Blick dieser toten Augen war eine einzige stumme Anklage.

Er wandte den Blick mühsam von dem Gesicht ab und ließ ihn über das Laken gleiten, das den Körper des Mädchens bedeckte. Unter ihrem Kopf hatte sich eine Blutlache gebildet, die geronnen war. Jetzt bemerkte er dort, wo die Beine des Mädchens begannen, einen weiteren schwarzen Fleck auf dem Laken. Sie konnte noch nicht lange tot sein, denn unter dem Laken lief eine zähe, schleimige Flüssigkeit heraus und tropfte zu Boden.

Aus den Augenwinkeln bemerkte Peter, dass sein Bruder aus seiner Starre erwacht war. Er faltete die Hände, und seine Lippen bewegten sich im stummen Gebet. Peter tat es ihm gleich, auch wenn sein Verstand sich auf anderen Bahnen bewegte. Er überschlug die Anzahl der Liegen und die der Leichensäcke, die sich im hinteren Teil des Raumes stapelten.

„Wer sind diese Leute?“, knurrte er, nachdem Paul die Hände wieder auseinandergenommen hatte.

„Es scheinen die Menschen aus dem Häuserblock zu sein, der unter Quarantäne stand. Niemand weiß, was aus ihnen geworden ist. Ich vermute, man hat sie unter dem Vorwand hierher gebracht, man wolle sie heilen“, murmelte Paul. „Den Mann hinten an der Wand meine ich zu kennen – es ist der Feuerwehrmann, der die von mir erschlagene Ratte entsorgte. Peter … das bedeutet …“

Peter hielt ihm den Mund zu, da Paul immer lauter wurde. „Es bedeutet noch viel mehr.“

Noch immer wanderte sein Blick von einer Liege zur nächsten, suchte eine Bestätigung für seine Vermutungen. Er schrak zusammen und legte Paul den Arm um die Schultern, weniger, weil er ihn trösten wollte, als weil er selbst vor Schreck Halt suchte.

Auch er hatte einen Menschen erkannt, der etwas abseits in einem durch weitere Glasscheiben abgetrennten Raum lag.

Fritz Sanker.

Sanker lag rücklings auf einem Bett und hatte die Augen geöffnet. Er regte sich nicht. Das konnte er auch nicht, wie Peter schnell feststellte, denn man hatte ihn mit schweren Ledermanschetten ans Bett gefesselt. An seiner Hand prangte ein blutdurchtränkter Verband, und in seinem Arm, in Nase, Mund und Brustkorb steckten feiner Metallröhren, die zu verschiedenen, Peter unbekannten Apparaten führten. In einem Glaskolben bewegte sich ein Blasebalg, und die Brust des Mannes hob und senkte sich gleichmäßig. Wo man Haut erkennen konnte, waren heftige Ausschläge und faulende Wundränder zu sehen. Überall an seinem Körper traten Flüssigkeiten aus, die kein Blut waren.

„Sie benutzen diese Menschen als Versuchskaninchen, um die Krankheit zu erforschen, die die Ratten verbreiten. Manche von ihnen wurden bewusst infiziert", murmelte er, obwohl ihm klar war, dass Paul ihn mit seinen guten Ohren deutlich vernehmen konnte.

Paul starrte ihn entgeistert an, aber auch ihm war dieser Gedanke gekommen. Er schluchzte, als die Erkenntnis in sein Bewusstsein drang. Peter hielt ihm erneut den Mund zu.

Er vermeinte, Schritte gehört zu haben, und zerrte Paul zurück zum Kanalschacht. Peter ließ ihm den Vortritt und sah sich noch einmal um, bevor er in den Kanal abtauchte. Irgendwo über ihnen wurde eine Tür geöffnet, und Peter beeilte sich, den Deckel so leise wie möglich zu schließen.

Im Kanal suchte er nach Paul, den er auf dem Rückweg wähnte. Doch Paul hatte sich dem höher gelegenen Sammelbecken zugewandt. Vorsichtig rutschte er vom Laufgang in den Kanal und kämpfte sich gegen das schlammige Wasser zu Steigeisen durch, um einen Blick über den Katarakt zu werfen. Peter behielt ihn im Auge, für den Fall, dass er abrutschte.

„Peter …", sagte Paul. „Das musst du gesehen haben, sonst glaubst du es mir so wenig, wie ich gerade meinen Augen glaube …"

Peter stutzte, bewegte sich aber auf dem gleichen Weg durch den Kanal wie sein Bruder. Paul rutschte von den Steigeisen, ließ aber die Lampe oben stehen. Seine Augen waren aufgerissen. Peter stieg die Eisen hoch und griff zur Lampe. Vor ihm tat sich eine weite, niedrige Halle mit Kuppelgewölbe auf, in das mehrere Kanalöffnungen mündeten. Die Steigeisen führten zu einem umlaufenden Gang, den man nicht mehr benutzen konnte. Auf den ersten Blick wirkte, was sich auf dem Gang türmte, wie angeschwemmter Müll. Auf den zweiten Blick sah man, dass der Unrat lebte.

Ratten!

Es waren Nester der unterschiedlichsten Rattengenerationen. Peter schätzte, dass sich auf einem Meter Laufgang mindestens ein Dutzend Nester befanden. Wie viele Meter es waren, konnte Paul sicher genauer abschätzen, weil er mit seinem Architektenblick den Umfang der Halle sicher schon berechnet hatte. Dazu kamen weitere Nester in trockenen Kanaleinläufen. Als die Ratten wegen seines Lichtes unruhig zu werden begannen, sprang auch Peter von den Steigeisen. „Lass uns verschwinden. Das waren für zwei Leben zu viele Schrecken. Sauzucht!“

Wagnisse

Geduld gehörte nicht zu Peters herausragenden Eigenschaften. Außer er observierte. Dann konnte ihn nichts erschüttern, denn die Beobachtung einer Zielperson erforderte nun einmal eine Engelsgeduld. Aber das Warten auf die Ergebnisse der Wissenschaftler war etwas anderes. Forschungsergebnisse fraßen möglicherweise kostbare Zeit. Wer konnte schon sagen, was die Ratten noch alles anstellten und wie viele Spuren in der Zwischenzeit verwischt werden mochten, weil man das Eindringen von Fremden auf dem Werksgelände bemerkt hatte?

Dann waren da noch die Menschen, die in der Fabrik vor sich hin starben. Unbemerkt, unter großen Schmerzen und unfassbarem Leid. Zwar waren die wenigen noch Lebenden dem Tode sehr nahe, aber was geschah mit ihnen, wenn sie die Krankheit möglicherweise überleben konnten? Die Möglichkeiten, die sich daraus ergaben, mochte sich Peter nicht ausmalen, denn sie hatten das Zeug, ihn noch tiefer zu deprimieren. Sankers eingefallenes Gesicht hatte sich in seinem Denken festgefressen. Sanker mochte ein Krimineller sein, den er unter anderen Umständen eingelocht hätte, aber dieses Schicksal hatte er nicht verdient. Niemand hatte das, schon gar nicht die Kinder …

Peter schüttelte sich und versuchte krampfhaft, den Gedanken zu verbannen. Er beneidete Paul, der zur Tagesordnung übergegangen war, kaum dass sie beide ausreichend geschlafen hatten. Eine Abwehrreaktion, um das Elend nicht in sein Herz vordringen zu lassen. Er brütete so konzentriert über Plänen, dass Peter nicht einmal zu fragen wagte, was es für ein Projekt war, um das er sich kümmerte. Im Grunde konnte er es sich vorstellen, denn die Planunterlagen waren von Hamburg per Eilboten zugestellt worden und sollten wahrscheinlich Pauls Eintrittskarte in das Hamburger Architekturbüro sein. Er selbst konnte sich nicht in Arbeit flüchten, um sich abzulenken, und das war das Schlimmste an der Wartezeit.

Mehrmals griff er zum Telefonhörer, legte aber immer wieder auf. Erst im sechsten Anlauf konnte er sich dazu durchringen, im Sanatorium anzurufen, um nach dem Befinden Katharina de Cassards zu fragen. Er wurde zu ihr durchgestellt, und sie nahm persönlich das Gespräch entgegen. Peter musste sich bemühen, nicht haltlos zu stottern, als er sie fragte, ob er sie besuchen dürfe. Umso größer war seine Erleichterung, als sie ohne Zögern „Jederzeit, sehr gerne!" antwortete.

Sofort überprüfte er im Badezimmer, ob er sich sehen lassen konnte, wie er war, und griff vorsichtshalber noch einmal zum Rasiermesser. Doch mit seinen Koteletten wollte er den Kampf nicht aufnehmen, obwohl sie ihm schon viel zu dicht und zu lang vorkamen.

Paul gesellte sich zu ihm und grinste. „Damit ist klar, wohin dein Weg dich führen wird. Darf ich dich darum bitten, auf dem Rückweg in der De-Laspé-Straße vorbeizufahren und mir vom Papierhändler dort diverse Dinge mitzubringen?"

Peter machte einen grimmigen Gesichtsausdruck, doch er konnte ihn nicht beibehalten. „Nur, wenn du mir mal behilflich bist. Mein Bart gefällt mir nicht!"

Lachend griff Paul zum Rasiermesser und stutzte Peters Koteletten auf ein vorteilhafteres Maß zurück. „So ist es besser, wenn du der Dame gefallen möchtest."

„Was würdest du von ihr als Schwägerin halten?", gab Peter zurück und strich sich über die nunmehr glatten Wangen.

„Sie ist trotz allem, was ihr widerfahren ist, eine attraktive Frau und vor allem sehr klug, wie ich meine. Meiner unmaßgeblichen Meinung in Bezug auf das schöne Geschlecht nach würde ich sagen, sie passt sehr gut zu dir. Du brauchst eine Frau, die dir auch mal Kontra gibt und mitdenken kann. Dann arbeitet dein Gehirn besser. Deine bisherigen Anwärterinnen auf den Posten hatten nicht einen Bruchteil der Intelligenz von Valerians Halbschwester. Deshalb hat es auch nie lange gewährt mit dir", erklärte Paul seinen Standpunkt und zuckte die Achseln, „und deine Chancen bei ihr stehen auch nicht schlecht, glaube ich, schließlich überlegt sie ja auch ernsthaft, in Wiesbaden zu bleiben und nicht mit nach Hamburg zu kommen!"

„Dann ist es also beschlossene Sache, dass du mit Valerian nach Hamburg gehst?", nutzte Peter die Gelegenheit nachzufragen nun doch.

„Ja. Ich arbeite ohnehin schon für das Büro in Hamburg, auch wenn es etwas umständlich ist. So ohne Zeichenbrett auf dem niedrigen Sofatisch oder der verschrumpelten Tischplatte in der Küche. Sie haben mir ein ziemlich kniffeliges Problem geschickt, aber ich glaube, ich kann es lösen. Dafür brauche ich Material." Paul sah betreten zu Boden und schob nach: „Ist es dir unrecht, wenn ich weggehe?"

Peter sah ihn verblüfft an. „Du bist erwachsen und der Ältere von uns beiden! Was hätte ich für ein Anrecht, deinem Glück im Wege zu stehen? Du machst mir Spaß. Oder wäre es dir lieber, ich würde dich zurückhalten, damit du nicht ins Unglück läufst?"

Paul schüttelte den Kopf. „Nein. Es ist nur, dass ich irgendwie auch an meiner Heimat hänge und Hamburg nun mal etwas völlig anderes ist. Ich freue mich darauf, weil Valerian mitkommt, aber es ist dennoch ein großer Einschnitt. Ich war zwar schon im ganzen Deutschen Reich, aber da war ich mir nun einmal immer bewusst, dass ich wieder hierher zurückkommen würde. Das Gefühl, Wurzeln zu haben, wird mir fehlen."

„Die hast du doch. Hier ist deine Heimat, dein Ursprung, das Haus steht noch, es gehört eigentlich dir als dem Älteren von uns, ich bin noch da, und du kannst jederzeit hierher zurückkommen. Wo liegt dein Problem? Ich werde dich vermissen, aber das soll kein Hindernis sein. Solange es Transportmittel gibt und wir nicht wieder in kleinstaatliche Kriege zurückfallen, kannst du ja jederzeit zu Besuch kommen. Oder ich zu dir. Abgesehen davon gibt es ja noch dieses entsetzliche elektrische Dingsda", erwiderte Peter und wies in den Flur, wo der hölzerne Kasten mit der Handkurbel, dem schweren Hörer aus Messing und Horn und den Messingschellen hing.

Eine Weile sahen die Brüder einander schweigend an. Dann breitete Peter die Arme aus und sie umarmten einander wortlos. Paul hatte Tränen in den Augen, und Peter wurde klar, dass es der Anfang eines Abschieds war. „Wann werdet ihr gehen? Ich frage mal völlig eigennützig, wie lange ich noch auf deine Hilfe in diesem Fall rechnen kann. Ich muss dem Baron irgendwie einen Denkzettel verpassen, und die Orgien müssen aufhören. Ich hoffe sehr, Sonnemann kommt endlich zu Potte. Aber von dem hört man nichts. Es kann nicht sein, dass die Herrschaften nichts mehr planen."

„Vielleicht bekommen sie seit dem Schlag gegen den Fuchs keine Frauen und Drogen mehr?", warf Paul ein. „Aber zu deiner Terminfrage: Valerian will noch einen größeren Auftrag fertig machen, oder besser gesagt mehrere. Er macht die Vorlagen für die neuen Apsisfenster der Ringkirche und ein Familienporträt. Das wird bestimmt noch bis Ende Mai dauern. Also sind wir frühestens Mitte Juni unterwegs nach Hamburg. Ich fange im Juli offiziell bei dem Architekten an. Bis dahin bereite ich aber schon Sachen vor, deren Bau ich dann beaufsichtigen darf. Der Architekt beschafft mir auch eine Wohnung. Valerian sucht ein Haus."

Peter dachte über das Argument mit dem Fuchs nach. „Stimmt, bis der Fuchs sich neu organisiert hat, können keine neuen Orgien geplant werden, außer sie haben noch einen anderen Lieferanten, was aber unwahrscheinlich ist. Mit wem sollten sie schon Kontakt aufnehmen … vielleicht Heider? Ich gehe mal davon aus, er ist der Kontaktmann nach unten. Vielleicht sollte ich mal wieder zur Schwarzen Brücke runter, aber das könnte noch ein bisschen hakelig werden. Je nachdem, wer aus dem alten Domizil flüchten konnte und mich möglicherweise wiedererkennt."

„Bring dich nicht unnötig in Gefahr. Ich glaube, das würde auch Katharina nicht gefallen", gab Paul mit einem Grinsen zurück.

Peter versetzte ihm einen Knuff in die Seite, und Paul klappte mit einem theatralischen Stöhnen zusammen. Erst jetzt wurde Peter bewusst, wie gut er sich mit Paul verstand und wie weit der wegziehen wollte. In ihm keimte plötzlich Wehmut auf, Paul nicht mehr in der Nähe zu haben, aber er versuchte, es sich nicht anmerken zu lassen. Ihr Verhältnis war für Brüder schon immer überraschend gut gewesen, und deshalb tat es weh, ihn in die Fremde gehen zu sehen.

Das Telefon läutete, und Peter nahm das Gespräch an, um sich von seinen schrecklichen Gedanken abzulenken. Überrascht lauschte er der seltsam verzerrten Stimme, die er aber an der Art zu sprechen sofort der Baronesse zuordnen konnte: „Das Haus soll wieder benutzt werden. Vier Tage nach dem Jungfernflug der Pazuzu am 1. Mai! Der Termin ist fest."

Das Gespräch wurde abrupt beendet, und Peter starrte den Telefonhörer an wie eine Giftschlange. Dann grinste er. „Ich weiß nicht, woher sie es weiß, aber das ist die beste Information der letzten Tagen. Die arme Baronesse – aber sie denkt mit und hat Mut. Das wird sie retten, denke ich … vor der Ehe mit diesem grauenvollen Reiffenberg!"

„Was meinst du?"

„Sie hat wohl von ihrem herzallerliebsten Bruder ein Datum aufgeschnappt, wann der sich wieder für eine Orgie in dem Haus im Rheingau mit seinen Freunden zu treffen gedenkt. Sie haben vor, den Jungfernflug der Pazuzu auf ihre Weise nachzufeiern. Leider wissen wir immer noch nicht, wer „Alf" und „Pille" sind. Ich werde mich dann mal auf den Weg zu Katharina machen."

Angetan mit dem besten Anzug, den sein Kleiderschrank für solche Anlässe hergab, machte sich Peter auf den Weg ins Nerotal und leistete sich dafür sogar eine Droschke. Das war allerdings der Tatsache geschuldet, dass seine besten Schuhe zwar gut aussahen, aber entsetzlich unbequem waren. Er hoffte auf einen Spaziergang mit Katharina und wollte sich nicht schon vorher Blasen laufen.

Der Frühling hatte sich endlich durchgesetzt, und angesichts des sprießenden Grüns der Platanen entlang des Alleenrings hob sich seine Laune. Wiesbaden war immer noch der schönste Stadtteil des Groß-Stadtkreises. Plötzlich konnte er sogar verstehen, warum der Kaiser immer wieder in diese Stadt zur Kur kam und damit das Ansehen Wiesbadens hob. Zudem verhinderte es, dass die Schwerindustrie auch in diesen Teil des Stadtkreises vordrang.

Wiesbaden blieb eine Oase in der Wüstenei der Fabrikschlote.

Der Kaiser bekam von allem anderen nichts mit, da man ihn auf verschlungenen Pfaden in die Stadt brachte und verhinderte, dass er das Elend wahrnahm. Je länger er darüber nachdachte, desto bewusster wurde ihm aber, dass sich der Kaiser dieser Wahrnehmung eigentlich nicht entziehen konnte, außer er verschloss bewusst die Augen. Schließlich sah es in allen größeren Städten des Deutschen Reiches aus wie rund um Wiesbaden und Frankenfurt. Auch in Berlin gab es vereinzelte herrschaftliche Viertel, und der Rest versank im Dreck. Der Kaiser und seine Entourage konnten diese Dinge nicht übersehen, förderten sie aber bewusst oder unbewusst. Wie anders konnte man die Abschaffung der Sozialgesetze verstehen, die Bismarck nach dem Krieg hatte einführen wollen und die der Kaiser, kaum dass er ihn entlassen hatte, kassiert hatte? Ganz zu schweigen von der Zuchthausverordnung …

Paul schob diese Gedanken von sich, als die Droschke den Herzogin-Elisabeth-Park erreichte. Ändern konnte er ohnehin nichts.

Vor dem Sanatorium zahlte Peter den Kutscher aus und trat dann ein. In der Halle empfing ihm jedoch Doktor Tiemens, bevor er zu Katharina vordringen konnte. Der Arzt zog ihn in ein Büro neben dem Empfang.

„Schön, dass ich Sie treffe, Herr Langendorf“, erklärte Tiemens und sah sich verstohlen um, ob man sie beobachtete. „Ich habe gehört, Sie haben in einer ziemlich verwegenen Aktion für neues Forschungsmaterial gesorgt. Professor Wittmann ist begeistert, aber auch entsetzt über das, was Sie und Ihr Bruder angeschleppt haben. Was soll nun passieren?“

Peter sah Tiemens in die Augen, um eine Spur zu bekommen, was in dem Mann vorging. Besorgnis war dort zu lesen und ein wenig Neugier. Der Mann fürchtete offensichtlich um sein Sanatorium. „Wir müssen noch auf die Ergebnisse des Professors warten, was alles in den Proben zu finden ist und ob das Abwasser wirklich für die Veränderung der Ratten verantwortlich sein kann. Sobald das klar ist, wird er bei den entsprechenden Gesundheitsbehörden und Paul bei der Bauaufsicht Alarm schlagen. Dann wird der Laden dichtgemacht, und es kommt nichts Neues mehr nach. Was man schon mit ziemlicher Sicherheit sagen kann, ist, dass die besonders stark veränderten Ratten nicht lange leben. Das bestärkt sie allerdings in ihrem Streben, sich zu vermehren, und ihre Fruchtbarkeit scheint nicht gelitten zu haben. Im Gegenteil. Nichtsdestotrotz hat man wohl in aller Mäuler den mutmaßlichen Krankheitserreger ausmachen können, und die Biester mutieren mit jeder neuen Rattengeneration weiter."

„Wie lange müssen wir noch warten?", hakte Tiemens nach. „Ihr Bruder war so freundlich, uns über Herrn de Cassard einen Plan für eine effektive Rattenfalle zukommen zu lassen, die mein Hausmeister auch sogleich in allen möglichen Zugängen installiert hat. Wirklich sehr effektiv, eigentlich sind diese Fallen jeden Tag mindestens einmal gefüllt, und es sind viele anormale Ratten dabei. Ich befürchte eine Panik unter meinen Patienten, sollten diese Bestien am helllichten Tag hier auftauchen. Im Park haben die Gärtner mit stabilen Rosten die Einläufe zum Schwarzbachkanal versperrt."

„Der Professor sagt, wir müssen auf jeden Fall abwarten, bis die ersten trächtigen Rattenweibchen ihre Jungen bekommen haben, um Schlüsse auf die Vererbung der Veränderung ziehen zu können. Eigentlich müsste man mindestens drei Würfe abwarten, um wirklich evidenzbasierte Forschungsergebnisse zu erlangen. Aber das dauert zu lange, das weiß auch Wittmann, und er ist der Ansicht, die bisherigen Erkenntnisse reichten aus, um die Behörden zum Handeln zu bewegen. Dennoch: Diese eine Brut braucht er! Zum Glück vermehren sich die Biester schnell und haben keine langen Tragzeiten", erklärte Peter mit einem zufriedenen Lächeln. Paul machte mit seiner Erfindungsgabe langsam Furore.

Der Arzt nickte, schien aber nicht beruhigt. „Gut, geben wir der Wissenschaft diese Zeit und hoffen das Beste. Sie möchten Fräulein de Cassard besuchen?“

„Wenn ich darf. Ich würde sie auch gern ein bisschen entführen, oder ist das noch nicht empfehlenswert?“

„Nur zu, die Frühlingsluft wird ihr guttun. Überhaupt hat sie sich überraschend schnell erholt.“

Peter dankte und drückte sich an Tiemens vorbei, um zu Katharinas Wohnung zu gelangen. Die Tür stand offen, sie musste ihn erwartet haben. Er klopfte an und trat gleichzeitig ein, ohne ein „Herein“ abzuwarten. Sie stand im Wohnzimmer und sah ihn erwartungsvoll an.

„Wurden Sie aufgehalten? Ich hatte Ihren Besuch am Empfang angekündigt!“, begrüßte sie ihn lächelnd.

„Doktor Tiemens hat mich mit Beschlag belegt, kaum dass ich das Haus betrat“, entschuldigte sich Peter, gab ihr die Hand und erwiderte die Küsschen auf die Wangen, eine Begrüßung, die sie offensichtlich von ihrem französischstämmigen Bruder übernommen hatte.

„Ist er immer noch so aufgedreht wegen der Ratten?“, fragte sie, während sie nach einem einfachen, weißen Strohhut mit Schleife aus weißer Spitze griff und ihn auf ihrem hochgesteckten Haar drapierte.

„Ist er, und zu recht. Die Biester sind tückisch, aber das muss ich Ihnen ja nicht erzählen“, gab er zurück und reichte der jungen Frau ein Sonnenschirmchen, während er sie wie bezaubert anstarrte.

Sie sah ihn nachdenklich an. „Irgendwie kommt mir das alles schon so fern vor. Natürlich, da sind noch Erinnerungen an die schrecklichen Kanäle und die Ratten, aber es verblasst langsam, als wären es nur Alpträume gewesen. Einzig die Narben an meinem Körper überzeugen mich jedes Mal wieder, dass es kein Traum, sondern Realität war. Kommen Sie, ich möchte die Sonne genießen.“

Er bot ihr den Arm, und sie hakte sich unter. Peter bewunderte ihre natürliche, ungezwungene Eleganz, die dafür sorgte, dass sie unter den Damen der besseren Gesellschaft nicht auffiel, als sie in den Park hinübergingen. Im Gegenteil, bewegte sich doch manche der reichen Damen eher wie ein Trampel als das Geschöpf an seiner Seite, das aus niedersten Gefilden aufgestiegen war. Peter hoffte, dass seine Freude über dieses traute Beisammensein nicht so stark auffiel und er nicht gar rot im Gesicht war. Aber er hätte vor Glück tanzen mögen. Nur seine Schuhe hinderten ihn daran.

„Wie geht es Paul?", begann Katharina die Unterhaltung. „Je besser ich Valerian kennenlerne, desto mehr verstehe ich das Verhältnis der beiden. Es scheint eine große Liebe zu sein, egal was das Gesetz dazu sagt."

„Ja. Paul geht es gut. Er bereitet sich intensiv darauf vor, in Hamburg Fuß zu fassen, und hat wohl auch schon eine gute Anstellung in Aussicht …" Peter stockte und sah Katharina verzagt an. „Werden Sie nach Hamburg gehen?"

Sie hatten eine der kleinen Brücken über den Schwarzbach erreicht, und Katharina blieb am Geländer stehen. Ihre Hand strich über das Schmiedeeisen, ihr Blick war ins Wasser gerichtet. Dann seufzte sie. „Geben Sie mir einen Grund zu bleiben?"

Peter war überrascht über diese direkte Aufforderung und wollte antworten. Als er merkte, dass er nur stottern würde, schloss er den Mund wieder. Erneut versuchte er, etwas zu sagen, aber als sie aufblickte und ihm in die Augen sah, verlor er abermals den Faden. „Ich … nun … Katharina …"

Sie lachte und fuhr ihm mit den Fingerspitzen über die Wangen, was ihm die Röte ins Gesicht trieb und in einer anderen Region seines Körpers zu hektischer Betriebsamkeit führte. Um das zu überspielen, schloss er die Augen und setzte zu einer neuen Antwort an: „Ich möchte, dass Sie bleiben. In Wiesbaden. Bei mir. Viel kann ich Ihnen nicht bieten, bei Ihrem Bruder ist das sicher anders. Aber ich will alles tun, um es Ihnen so angenehm wie möglich zu gestalten."

„Ich brauche nicht viel. Valerian überschüttet mich mit Annehmlichkeiten, weil er das Gefühl hat, alles wieder gutmachen zu müssen, was sein Vater getan hat. Aber es ist mir zu viel. Er meint es gut, aber damit falle ich von einem Extrem ins andere und reiße ihn am Ende in einen Abgrund, wenn er versuchen sollte, mich in seine Gesellschaft einzuführen. Ich will auch nicht schon wieder alles hinter mir lassen, deshalb ist mir der Gedanke an eine fremde Stadt nicht geheuer. Es ist schön zu wissen, dass es eine Alternative gibt."

Peter ergriff ihre Hände und küsste sie, unfähig, etwas zu sagen. Er konnte sein Glück kaum fassen und hätte am liebsten laut geschrien. Sie legte ihre Hände an seine Wangen und zog ihn zu sich, um ihn zu küssen. Peters Augen zuckten hektisch, um eventuelle Beobachter auszuschließen, doch sie waren für sich. Keine anderen Flaneure waren in ihrer Nähe und konnten sich an ihrer trauten Zweisamkeit stören. Der innige Kuss wurde fast zur körperlichen Qual, da er nicht mehr verbergen konnte, wie er ihn aufwühlte. Als sie voneinander abließen und er in Katharinas Gesicht sah, wusste er, dass es ihr kaum anders erging. Die Begierde wurde übermächtig und war kaum zu bezwingen.

„Die Wohnung neben meinem Schlafzimmer ist derzeit nicht besetzt ...", wisperte sie ihm ins Ohr, und Peter schloss die Augen.

„Geht das?", fragte er vorsichtig.

„Wenn ich niemanden rufe, kommt auch niemand. Ich gelte als kuriert und bedarf keiner Pflege. Ich müsste also nicht mehr hier sein. Aber zu Valerian zu ziehen ist derzeit problematisch, weil noch so oft Leute kommen, um ihm Modell zu stehen. Auch Leute, mit denen ich besser nicht verkehren sollte. Eine andere Lösung gibt es noch nicht ..." Sie zog ihn mit sich, zurück zum Sanatorium und durch den Hintereingang, der Patienten und Personal vorbehalten war. Unbemerkt von allen anderen Bewohnern des Hauses erreichten sie die Wohnung, und Katharina schloss die Tür hinter sich. Noch im Wohnraum fielen sie begierig übereinander her, bedeckten einander mit heißen Küssen und entledigten sich mit zitternden, aber zielstrebigen Händen gegenseitig der Kleidung. Peter genoss ihre Berührungen und die weiche, nackte Haut ihres schlanken Körpers, den er sogar problemlos des Korsetts entledigen konnte, weil es kaum einschnürte. Als sie beide nackt inmitten der unachtsam fallengelassenen Kleiderhaufen standen, gab es kein Halten mehr. Peter hockte sich auf den Boden und zog sie auf seinen Schoß. Voller Erregung nahm er sie an Ort und Stelle. Katharina klammerte sich um seinen Hals und stöhnte wohlig, während sie in sachten Stößen ihrer Unterleiber zu einem ersten Höhepunkt kamen.

Eng umschlungen blieben sie einen Augenblick sitzen, als die erste Begierde für einen Moment nachließ. Doch die Hitze ihrer Körper ließ die Gefühle schnell wieder aufwallen. Beider Hände fuhren fort, den anderen zärtlich streichelnd zu verwöhnen. Peter packte Katharina um die Taille und stemmte sich hoch. Sie schlang die Beine um seine Hüften und ließ sich in das kleine Schlafzimmer tragen.

Peter zerrte die Tagesdecke herunter und legte seine Last sanft ab. Katharina hielt ihn immer noch fest und ließ ihm keine Chance, sich weit von ihr zu entfernen. Sie zog ihn an sich und küsste ihn erneut.

Worte waren überflüssig. Peters legte sich zu ihr, liebkoste ihre Brüste und ließ seine Lippen Schritt für Schritt von ihrem Hals nach unten wandern. Katharinas Hüften bebten, und sie drängte sich ihm erneut entgegen, während auch seine Begierde erneut wuchs. Wieder drang er in sie ein, und sie vereinigten sich erneut in einer Explosion heftiger Begierden, bis sie eng umschlungen still nebeneinanderlagen.

Peters Augen schlossen sich mit einem Gefühl des Genusses, doch er raffte sich noch einmal auf, um endlich die alles entscheidende Frage zu stellen: „Katharina?“

Von der jungen Frau in seinen Armen kam nur ein Murmeln, aber er ging davon aus, dass sie seine Worte trotzdem wahrnehmen würde. „Willst du meine Frau werden?“

Ihr Gesicht hob sich, und sie sah ihn an. Ein strahlendes Lächeln erhellte ihre Miene. Es hatte etwas Entrücktes, wie ein Madonnenbild. „Nichts lieber als das!“

Ergebnisse

Peter spürte Pauls prüfenden Blick in seinem Rücken, als er sich in seinen Anzug quälte, und grinste, obwohl ihm eigentlich nicht wirklich danach war. Er wollte etwas hinter sich bringen, von dem er nicht wusste, wie der Betreffende es aufnehmen würde, auch wenn er sicher war, dass man ihn schon darauf vorbereitet hatte. Peter drehte sich zu Paul um, der ihn mit einem provozierend süffisanten Lächeln musterte. „Kann ich mich so in der besseren Gesellschaft blicken lassen?", fragte er und drehte sich.

Paul lachte. „Für einen Empfang beim Kaiser reicht es nicht, aber ich denke, das steht auch nicht an, oder?"

Erneut griff Peter in die Tasche seines Jacketts und prüfte, ob die kleine Schatulle mit dem Verlobungsring da war. Er zog sie heraus und klappte das samtüberzogene Kästchen auf. „Ich weiß, dass der eigentlich für deine Zukünftige gedacht war, weil du der Ältere bist. Aber ich brauche ihn wirklich dringend ... darf ich ihn haben?"

Paul starrte verblüfft auf den Ring in der kleinen Schachtel.

„Wenn du etwas dagegen hast, dass der Ring weitergegeben wird, dann besorge ich einen neuen", fügte Peter schnell an, weil er wusste, wie viel Paul ihrer beider Mutter bedeutet hatte.

Paul fasste sich und lächelte. „Ich werde nie für ihn Verwendung haben. Es war Mutters ausdrücklicher Wunsch, dass er innerhalb der Familie als Erbstück an diejenige geht, die auch für den Fortbestand der Familie Sorge tragen wird. Das wird bei meinen Lebensgefährten nie der Fall sein. Gehe ich recht in der Annahme, dass ich die künftige Trägerin kenne und dass du gerade auf dem Weg bist, um ihren Bruder um ihre Hand zu bitten?"

„So ist es", erwiderte Peter. „Du bist also einverstanden?"

„Meine Güte, Peter ... hast nicht du mir vorgehalten, ich sei erwachsen und müsse nicht meinen kleinen Bruder um Erlaubnis zum Umsiedeln nach Hamburg bitten? Du bist genauso erwachsen und kannst tun und lassen, was du willst. Ich bin bald weg, dann hast du auch Platz für deine Zukünftige. Soll ich noch ein bisschen umplanen? Die Leute oben ziehen nächste Woche aus, dann könnte man euch mehr Platz verschaffen, indem beide Geschosse zu einer Wohnung werden. In der Abstellkammer lässt sich eine Treppe einbauen, dann kann die Eingangstür für die obere Wohnung im Treppenhaus zugebaut werden."

Peter lachte. „Könnte von Vorteil sein, wenn sich Nachwuchs einstellen sollte, aber daran mag ich eigentlich nicht denken. Die Wohnung kann erst einmal frei bleiben. Haben sie dir eigentlich erzählt, warum sie ausziehen?"

„Sie wollten nicht mit der Sprache heraus. Offiziell finden sie es zu beengt, weil wieder Nachwuchs im Busch ist, zwei Kinder hat das Ehepaar ja schon, und nun wird wohl bald ein drittes da sein, aber so recht will ich das nicht glauben. Eher ist es ihnen zu teuer."

Peter nickte. Das bestätigte das Gerücht, dass sein Mieter arbeitslos war. Blieben aber immer noch drei zahlende Parteien im Haus, das reichte, um es zu unterhalten. Er warf einen Blick auf seine Taschenuhr. „Ich muss mich sputen. Schöne Aussicht, richtig?"

„Direkt neben dem Paulinenschlösschen", gab Paul zurück.

Peter ließ sich von Pauls aufgesetzter Fröhlichkeit nicht täuschen, denn dem Augenzwinkern folgte ein sehnsüchtiger Blick. Er hatte Valerian schon ein paar Tage nicht gesehen, weil Katharina bei ihm eingezogen war. Peter konnte ihn verstehen. Aus dem gleichen Grunde hatte auch er Katharina in den letzten Tagen nicht getroffen. Das verursachte fast körperliche Beschwerden, zumal er sich nicht wie sonst mit Ermittlungsarbeit ablenken konnte und das Warten auf Wittmanns Ergebnisse die Zeit wie Teer erscheinen ließ.

Es war seltsam ruhig, und auch von der sogenannten Sekte hörte man nicht mehr viel, sah man von kleinen Stichen ab, die sie nach wie vor gegen Wallenfels führte. Sie hatte ein paar Anschläge durchgeführt, die Johanns Handschrift trugen. Er hatte sich zu

Herzen genommen, was Peter ihm angeraten hatte. Weitermachen, um den Verdacht von Konstantin zu nehmen, der immer noch unter Hausarrest stand.

Peter selbst hatte eine Meldung bei der Zeitung lanciert, die Sekte sei nur deshalb so ruhig, weil sie fürchte, wie die Bande des Fuchses in eine Polizeirazzia zu geraten. Die Polizei sei derzeit zu aufmerksam. Er ging davon aus, dass Wallenfels von seinen Detektiven mit allen Meldungen versorgt wurde und sich so der Verdacht nicht zu sehr auf seinen Sohn konzentrierte.

„Na dann ... bis später!“ Peter verließ das Haus und nahm eine Droschke, die ihn zum Kurhaus brachte. Den restlichen Weg zur Schönen Aussicht nahm er zu Fuß, um sich innerlich vorzubereiten. Das Tor an der Zufahrt stand offen, und Peter ging um das Haus herum zum Atelier Valerians. Auch die Tür zu dem Anbau mit den hohen Fenstern stand offen, und er warf einen Blick hinein, nachdem er geklopft hatte.

De Cassard tauchte hinter einer Staffelei mit einer riesigen Leinwand auf, als er Peters gewahr wurde. Er trug einen langen, farbverschmierten Kittel und wusch gerade einen langstieligen Pinsel aus. „Herr Langendorf, pünktlich wie die Maurer, bitte treten Sie ein. Ich will nur schnell eine kleine Korrektur vornehmen.“

„Lassen Sie sich nicht stören!“, gab Peter unsicher zurück, der sich fragte, ob de Cassard wusste, warum er hatte kommen wollen.

Diese Unsicherheit nahm Valerian ihm schnell: „Katharina hat mir gesagt, dass sie nicht mit nach Hamburg kommen will. Ich kann sie verstehen, auch wenn es mir nahegeht, sie gefunden zu haben, nur um sie gleich wieder gehen zu lassen. Aber mir ist auch klar geworden, dass ich einen Traum geträumt hatte, der an der Realität zerbrechen musste. Jemand wie Katharina kann nicht Teil der Gesellschaft werden, zu der ich gehöre, egal wie ich zu ihr stehe. Ihre Vergangenheit wird ihr immer im Wege sein, und man kann sie nicht geheim halten. Sie soll es gut haben, aber in einer Gesellschaft, die zu ihr passt und in der sie sich bewegen kann, ohne ständig Rechenschaft ablegen zu müssen. Wird sie es gut haben?“

Peter war verblüfft über diese Frage und fürchtete, wieder zu stottern, als er versuchte, eine ehrliche Antwort zu formulieren: „Ich ... ich liebe Ihre Schwester. Sie ist die Frau, der ich mein Leben zu Füßen legen möchte, auch wenn das vielleicht pathetisch klingt. Sie ist ein Mensch, der meiner Denk- und Lebensweise sehr nahekommt, sie versteht und damit klarkommt. Natürlich kann ich nicht versprechen, dass es nie Probleme finanzieller oder emotionaler Natur geben wird, aber so weit es mich betrifft, kann ich versprechen, dass ich immer bestrebt sein werde, unser gemeinsames Leben so angenehm wie möglich zu gestalten."

Valerian sah neugierig an seiner Leinwand vorbei. „Möchten Sie Kinder haben? Eine Familie?"

Diese direkte Frage überraschte Peter. „Wenn Kinder aus dieser Verbindung entstehen, sind sie willkommen und werden in Liebe erzogen. Ich möchte Kinder, ja – ich betrachte sie als Krönung einer guten Ehe. Nur nicht um jeden Preis. Manchmal soll es nicht sein, dann gibt es eben keine Familie."

„Das klingt vernünftig. Herz und Verstand arbeiten zusammen", philosophierte Valerian und wandte sich wieder seiner Arbeit zu.

Peter verstand Valerians Denkweise nicht, ging aber davon aus, dass seine Antwort so etwas wie eine Genehmigung der Verbindung zwischen ihm und Katharina war. „Ich hoffe, Sie nehmen es mir nicht krumm, dass Sie Geld für die Rettung Ihrer Schwester gezahlt haben und ich Katharina nun für mich erbitte." Er trat um die Leinwand herum, neugierig, was der Maler gerade erschuf.

Valerian fügte seinem Werk gerade feinste Striche um die Augen einer Frau zu. Wimper für Wimper entstanden die ausdrucksvollen Augen einer wunderschönen jungen Dame, die Peter auf den ersten Blick erkannte. „Elisabeth von Wallenfels?"

„Sie saß mir in den letzten Tagen Modell. Der Baron hat das Bild in Auftrag gegeben, es soll in seinem Haus die Galerie zieren, wenn seine Tochter es verlässt, um zu heiraten. Sie ist eine großartige Frau, ganz ohne Allüren, und versteht sich wunderbar mit Katharina. Sie ist wunderschön, nicht?", sagte Valerian und trat einen Schritt zurück, um sein Werk zu überprüfen. Dann fügte er mit schnellem Strich des haarfeinen Pinsels eine winzige Linie in den klaren Augen ein.

Peter fand, genau diese Linie hauche dem Bild Leben ein. Eine winzige Spiegelung in der himmelblauen Iris der ausdrucksstarken Augen. „Ja, das ist sie, und Sie haben ihr perfektes Abbild geschaffen, Valerian. Das Bild ist fantastisch, und es bestärkt mich, alles zu tun, um ihr zu helfen. Die Hochzeit muss verhindert werden, dieser Mann ist ihrer nicht würdig."

Valerian nickte nur und zauberte noch ein Glanzlicht auf eine der Locken, bei denen man meinte, jedes einzelne Haar sehen zu können.

„Glaubst du denn, ihr helfen zu können?", hörte Peter eine Stimme hinter der Leinwand. Katharina trat hervor und raubte ihm den Atem.

Sie hatte ihr kastanienfarbenes Haar kunstvoll aufgesteckt. Einzelne Strähnen lockten sich wie zufällig über ihre Wangen. Katharina trug ein flaschengrünes Kleid mit üppiger Tournüre und schwarzen Volants, was ihre Figur perfekt unterstrich. Peter genoss den Anblick, der nun ihm gehören sollte, auch bestätigt von Valerian.

„Sie hat mir gesagt, wie ich ihr helfen kann. Ich bin überzeugt, dass sie es war, die mir den Termin für die nächste Orgie mitteilte, auch wenn die Stimme am Telefon fremd und ungewohnt klang. Es werden genügend Leute bereitstehen, das Schlimmste zu verhindern, und ich werde die letzten Beweise für diese Machenschaften vorlegen. Danach wird niemand mehr über diese Hochzeit reden, und ich werde die Chance bekommen, auf meinen alten Posten zurückzukehren. Dann ist mein Auskommen sicher, und ich kann ohne Sorgen für eine Familie aufkommen." Die letzte Anmerkung sollte noch einmal bestätigen, wie ernst es ihm war, doch Valerian lächelte nur. Peter achtete nicht mehr auf ihn. Etwas in ihm drängte ihn, endlich Klarheit zu schaffen. Er kniete vor Katharina nieder und zog den Ring aus seiner Tasche. „Ich frage noch einmal vor Zeugen: Willst du meine Frau werden?"

Katharina nahm lächelnd die geöffnete Schachtel, um den Ring zu betrachten. Klar und deutlich sagte sie ja und ließ sich den Verlobungsring überstreifen. Er passte genau.

Valerian verfolgte das Schauspiel von seiner Leinwand aus und klatschte Beifall. „Dann brauche ich mir um Katharina keine Gedanken mehr zu machen und weiß sie in guten Händen, und wegen Ihrer Frage von vorhin, Herr Langendorf: Ich habe Ihnen einen Auftrag erteilt, Sie haben ihn zu meiner vollsten Zufriedenheit erledigt und wurden dafür bezahlt. Was danach daraus werden würde, stand in den Sternen, und daher kann ich es Ihnen nicht übelnehmen, dass das Schicksal fand, eine andere Konstellation als die von mir ursprünglich geplante sei besser. Abgesehen davon haben Sie mir ja auch etwas abgetreten, das Ihnen vielleicht Bauchschmerzen verursacht."

Peter folgte dem Blick des Malers in eine Ecke des Raumes, in der Skizzen an der Wand hingen. Obwohl es nur wenige grobe Striche mit dicken Kohlestiften auf Papier waren, erkannte er Paul sofort. Seine Züge, sein Lachen, der schalkhafte Blick. „Dazu kann ich nur sagen, was ich auch Paul heute schon wissen ließ: Ihr seid erwachsene Männer und müsst wissen, was ihr tut. Natürlich werde ich ihn vermissen, wenn er nach Hamburg geht, aber welches Recht hätte ich, ihm diese Entscheidung zu verleiden?"

„Eben, und ich kann es Katharina nicht verübeln, wenn sie ihren eigenen Weg geht. Auch sie ist volljährig. Aber etwas kann und werde ich tun: ihr die fällige Aussteuer mit auf den Weg geben, und bis zur Hochzeit bleibt sie hier! Wie sich das gehört, lieber Schwager in spe." Valerian entledigte sich des Kittels und drängte Peter und Katharina ins Haus. „Jetzt lassen wir uns mal richtig verwöhnen, denn eines musste ich in den letzten Tagen feststellen: Katharinas Kochkünste sind ein Anschlag auf die gute Figur." Leiser und nur für Peter hörbar fügte er an: „Die Pauls aber auch."

Sie setzten sich ins Speisezimmer, und Katharina fuhr auf. Doch Peter kam nicht über die Suppe hinaus, denn das Telefon schrillte. Katharina nahm das Gespräch an, rief dann aber nach Peter.

„Peter, ich bin's, Paul, entschuldige, ich hoffe, du hast den eigentlichen Grund deines Besuches schon hinter dir. Aber der Professor hat mich gerade angerufen, völlig entsetzt über die Ergebnisse seiner Forschungen an den Ratten. Er möchte, dass wir sofort zu ihm kommen und mit ihm die weiteren Schritte beratschlagen. Er wollte am Telefon nicht mehr sagen, aber der Tonfall ließ keinen Widerspruch zu und hat mir Angst gemacht!"

„Wenn's nicht wirklich wichtig ist, verfüttere ich ihn an seine Laborratten", seufzte Peter und ließ sich von Paul die Adresse geben. „Ich mache mich auf den Weg, und du schuldest mir ein richtig gutes Essen, das ich hier nämlich leider unterbrechen muss."

Paul lachte und legte auf. Wie ein getretener Hund schlich Peter ins Speisezimmer zurück und erklärte, er müsse gehen, weil eine Katastrophe wegen der Ratten drohe. Die Halbgeschwister reagierten verständnisvoll, schließlich brauchte er beiden nichts zu erklären. Sie hatten das Problem mit eigenen Augen gesehen. Katharinas Lächeln baute ihn wieder auf. Sie brachte ihn zur Tür und küsste ihn sacht auf die Wange. „Bald hast du mich ganz für dich. Dann können wir alles nachholen."

Dieses Versprechen beflügelte Peter so, dass er den Hang am Paulinenschlösschen eher hinunterschwebte denn -lief. Vor dem Kurhaus standen zahlreiche Droschken, offensichtlich fand dort eine Festlichkeit statt. Peter machte eine große Anzahl Polizisten in Uniform und Zivil aus, aber es interessierte ihn nicht. Als er eine Droschke erklomm, entdeckte er Sonnemann in Zivil unter seinen Leuten. Der Kommissar konnte nicht weg, daher bedeutete er Peter, er solle ihn anrufen, und Peter hob den Daumen zum Zeichen, dass er verstanden hatte. Dann ruckte die Droschke an, und Peter gab dem Kutscher die Adresse.

Er grübelte nicht lange, was Sonnemann von ihm wollte, denn dafür war seine Gefühlswelt noch viel zu erhoben. Bald würde er mit der schönsten Frau der Stadt verheiratet sein und sein ganzes Leben für sie umkrempeln. Dieser Gedanke hatte nicht einmal etwas Erschreckendes, denn er hatte sich schon oft vorgestellt, wie das sein könnte, und es sich sogar sehnlichst gewünscht, denn eigentlich war er nicht gern allein. Seit Paul wieder bei ihm lebte, war ihm seine Einsamkeit zuvor schmerzlich bewusst geworden. Wenn Paul nun wieder ging, würde die Einsamkeit trotzdem nicht zurückkommen, und vielleicht würde endlich die bürgerliche

Beschaulichkeit im Hause der Langendorfs einkehren, die sich ihre Eltern immer für die beiden Söhne gewünscht hatten. Die Familienlinie der Langendorfs sollte weiter bestehen, und wenn sich Paul dem verschloss, dann eben durch Peter.

Die Zukunft hatte leuchtendere Farben angenommen, als das trübe Wetter vermuten ließ. Gefangen in seinen Tagträumen, bemerkte Peter gar nicht, wie schnell sie sich dem Ziel näherten. Sie verließen das dicht besiedelte Stadtgebiet und fuhren durch dichte Wälder, bis der Kutscher vor einem Gebäude neben der ehemaligen Mühle des Klarissenklosters hielt. Dort befand sich ein beliebtes Ausflugslokal. Der neuere Bau lag hinter Hecken verborgen, und kein Schild wies darauf hin, was dort geschah. Sonst hätte die Klostermühle sicher weniger Kundschaft gehabt, denn wer speiste schon gern in gehobenem Ambiente, wenn er wusste, dass man direkt nebenan in einem Forschungslabor mit Ratten und Krankheitserregern arbeitete? Das Türschildchen wies lediglich aus, dass es sich um das Institut von Professor Doktor Wittmann handelte.

Peter bat den Kutscher zu warten und klingelte am vorderen Tor. Ein Mann kam über den Hof und hielt mit Mühe einen Hund zurück, der zähnefletschend an seiner Leine zerrte. „Langendorf, ich werde erwartet!“, rief Peter.

Der Mann zischte einen Befehl, und der Hund setzte sich. Der Ausdruck des Tieres wechselte von mörderisch auf unschuldig, und es wartete brav, während der Mann das Tor öffnete und Peter einließ. Als Peter an ihm vorbei schlich, wedelte das Tier mit dem Schwanz und ließ die Ohren hängen.

„Du bist ja richtig gut erzogen“, lobte Peter grinsend den Hund, wagte aber nicht, näher an das Tier heranzugehen. „Ich hatte eben wirklich Angst.“

„Das ist auch der Sinn der Sache“, gab der Wächter zurück und wies auf ein Gebäude am Ende des Hofes. „Dort finden Sie den Professor und Ihren Bruder. In den letzten Tagen sind hier zu viele seltsame Gestalten rumgeschlichen. Der Professor ist nur vorsichtig.“

„Was für Gestalten?“, hakte Peter nach.

Der Wächter ging noch einmal ans Tor und sah sich um. „Da hinten an der Klostermühle steht einer davon. Der mit dem hellen Mantel und dem runden Hut!“

Peter trat ans Tor und sah in die beschriebene Richtung. Die Person, die der Wächter beschrieben hatte, wandte sich sofort ab und verschwand, aber Peter erkannte ihn dennoch als einen Pinkerton, der auch schon vor seiner Haustür gestanden hatte. Sein Gesicht wurde finster. „Pinkerton. Wer hat die wohl wieder beauftragt? Lassen Sie die bloß nicht rein!“ Zu dem Hund gewandt, fuhr Peter fort: „Die Kerle mit dem runden Hut darfst du zerfleischen, wenn die auch nur einen Fuß hier reinsetzen. Du bekommst einen Riesenknochen für jede Hut-Trophäe!“

Als hätte der Hund genau verstanden, wovon Peter sprach, kläffte er kurz vor Begeisterung und japste aufgeregt. Peter grinste und ging zu dem Gebäude, das ihm der Wachmann gezeigt hatte. Die Tür war nur angelehnt, er wurde wohl erwartet, daher trat er nach kurzem Klopfen ein. Niemand reagierte. Der Raum hinter der Tür war bis auf einen Aktenschrank leer. Aus einem Raum zur Rechten hörte er Stimmen und war sich sicher, dass eine davon Paul gehörte. Die anderen kannte er nicht. Noch einmal klopfte er an die Tür, die ihn noch von den anderen Räumen trennte, und diesmal kam auch eine Antwort.

Er trat ein und wäre am liebsten rückwärts wieder hinausgeflohen, denn das erste, was ihn begrüßte, waren lange Reihen mit kleinen Käfigen, in denen Ratten tobten. Durch die Gitter der Käfige nahm er die Bewegung größerer Lebewesen wahr und beeilte sich, zwischen den Käfigen hindurchzukommen und dabei das Zischen der Ratten zu ignorieren. Die Bewegungen gehörten zu zwei Männern in weißen Laborkitteln, seinem Bruder und zwei weiteren Männern in Anzügen. Einen der beiden, einen Schrank von einem Mann, glaubte Peter zu kennen, aber ein Name wollte ihm nicht über die Lippen kommen.

„Peter – gut, dass du kommst. Tut mir leid, dass ich dich stören musste!“, rief Paul und sah zerknirscht aus. „Aber ich denke, du erkennst die Dringlichkeit auch!“

„Ich kenne dich, du rufst nicht an, wenn du weißt, dass ich gerade etwas Wichtiges tue. Außer es geht um Leben und Tod!", sagte Peter. „Guten Tag, die Herren."

Paul beeilte sich, seinem Bruder die Anwesenden vorzustellen. Wer Professor Wittmann war, das hatte Peter auch vorher schon geahnt. Der Wissenschaftler war eine lebende Karikatur des Professorenstandes. Lang und dürr, mit einer kleinen, runden Brille auf der Nase und wirrem grauen Haar, stand er gebeugt neben Paul und starrte Peter prüfend an. Der andere Mann mit Laborkittel war sein Assistent Pawlow. Er stellte sich als Austauschstudent aus Sankt Petersburg heraus. Der kleine Mann, dem man den Beamten überdeutlich ansah, war Justus Haussner, Pauls Bekannter von der Baubehörde.

Als Paul sich dem breitschultrigen Mann zuwandte, um auch ihn vorzustellen, fiel Peter wieder ein, woher er ihn kannte. „August Mengel, Sonderpolizei für Gewerbeaufsicht, richtig?"

Der Hüne machte eine knappe Verbeugung, und seine üppigen Lippen verzogen sich zu einem zynischen Lächeln. „Stimmt. Wir haben uns einmal kurz bei dem Fall mit der Privatbank kennengelernt, deren Besitzer ermordet wurde. Damals waren Sie noch im Polizeidienst."

„Ich bin Reiffenbergs wegen freiwillig ausgeschieden. Aber gut, dass Sie dabei sind, ich glaube, das ist ein schöner Fall für Sie." Peter wandte sich an Wittmann. „Denn wenn ich Pauls Aufregung richtig deute, ist es Zeit zu handeln. Ohne Aufschub?"

„Korrekt. Wenn Sie mir bitte folgen würden? Ich werde Ihnen zeigen, was mich so beunruhigt und weswegen ich glaube, dass sofortiges Handeln dringend erforderlich ist." Wittmann drehte sich um und ging voran in einen weiteren Raum, der von polierten Stahltischen dominiert wurde und in dem es stark nach alkoholischen Desinfektionsmitteln roch. Auf den Tischen lagen die Überreste sezierter Ratten unterschiedlicher Größe und eine Menge Probengläser für das gewaltige Gasrastermikroskop. Dazu kam eine Batterie Glasgefäße, die Peter auf den ersten Blick an die eingemachten Gemüsekonserven seiner Großmutter erinnerten.

Dann erkannte er, dass sie Rattenkörper enthielten, haltbar gemacht in einer Ätherlösung. Angeekelt ging er an einer Reihe der Gläser entlang und betrachtete ihre Inhalte, die ihn an Beschreibungen aus Gruselgeschichten erinnerten. Keines der Tiere, die hier für die Ewigkeit konserviert waren, entsprach dem normalen Bild einer Ratte. Der Äther sorgte dafür, dass sie in den Gläsern schwebten, denn das farblose Gas, das in den stabilen Gläsern zur Flüssigkeit verdichtet war, dunkelte nicht nach wie Formaldehyd und löste auch die Farbe nicht aus den Körpern heraus. Die Ratten in den Gläsern waren entweder missgebildet, abnorm groß oder hatten ihre normalen Glieder und Körperteile in grotesker Weise verändert, so dass sie wie das Werk eines verrückten Künstlers anmuteten. Vor einem Glas blieb er stehen und nahm es in die Hand. Der Rattenkörper schien normal, vielleicht etwas zu groß. Dafür sah die Nase des Tieres eher aus wie ein Rüssel, und die Füße waren zu Klauen ausgebildet, die gut doppelt so lang waren wie die einer normalen Ratte. Sie erinnerten an Krallen eines Raubvogels. Mengel war neben Peter getreten und starrte ebenfalls auf das missgebildete Tier. Er war blass.

„Sie haben eines der Tiere vor sich, das die Herren Langendorf von ihrem Ausflug in diesen Kanal mitbrachten“, erklärte der Professor. „Es war in einer der Fallen, die sie mir zusammen mit den Wasserproben übergaben. Als wir die Falle öffneten, war dieses Biest bereits tot, es hatte sich wohl zu sehr über seine Gefangenschaft aufgeregt. Nun, sehen Sie sich dieses Schreckenskabinett ruhig an. Herrn Langendorfs Bericht haben Sie beide ja bereits gehört. Jetzt werde ich Ihnen ein paar Dinge über diese Ratten und die Ursache für diese … Monstrositäten erzählen. Dank Hauptkommissar Sonnemanns Arbeit sind wir auch an die Leiche eines Kanalarbeiters gekommen, die nach dem Biss einer Ratte seltsame Krankheitssymptome aufwies. In den Armenvierteln am Fluss wird diese Krankheit bereits reißerisch die ‚Rote Flusspest‘ genannt. Womit diese Leute leider nicht unrecht haben. Es ist eine Abart der Pest, nur dass sie nicht von Rattenflöhen übertragen wird, sondern von den Ratten selbst. Pawlow konnte den

Erreger isolieren – wenn Sie einen Blick in das Mikroskop werfen würden?"

Er führte seine Gäste zu dem Mikroskop und ließ sie hineinsehen. Peter sah durch die starke Vergrößerung mehrere fadenförmige Körper. „So ist er nicht mehr gefährlich?"

„Nach unseren bisherigen Erkenntnissen muss der Erreger bei Menschen in die Blutbahn gelangen, um Krankheitssymptome auszulösen. Bei den Ratten sieht das anders aus, dort vermehrt er sich in Schleimhäuten, und die Rattenmütter geben ihn so an ihre Jungen ab. Aber das bedeutet natürlich, dass der Biss einer infizierten Ratte für Menschen schlimme Folgen hat. Sicher auch eine Berührung der Tiere oder auch nur die bloße Anwesenheit in einem Raum, sofern man eine offene Wunde am Körper hat – was in den Armenvierteln ja eher die Regel als die Ausnahme ist. Ob der sofortige Gebrauch von Desinfektionsmitteln hilft, kann man noch nicht mit Gewissheit sagen. Der Krankheitserreger ist für uns im Moment auch eher nachrangig, denn er ist, wie wir glauben, nicht für die Veränderungen der Ratten verantwortlich. Allerdings ist die Anwesenheit einer Form des Pesterregers sehr bedenklich und eine veränderte Form noch viel mehr. Das und die Veränderungen an den Überträgern der Krankheit ist wohl das Werk der Abwässer, von denen Sie uns Proben mitbrachten. In dieser Fabrik wird mit Kunststoffen, vermutlich Phenoplasten experimentiert.

Wie Sie vielleicht wissen, hat Adolf von Baeyer 1872 einen Kunststoff namens Bakelit entwickelt. Er geriet danach für eine Weile wieder in Vergessenheit, war aber eigentlich keine schlechte Sache. Allerdings ist dafür Elektrosynthese erforderlich, und Sie wissen ja, das ist eine Technik, die nicht mehr gefördert wurde. Man forscht aber weiter an künstlich herzustellenden Werkstoffen, da die Stahlkrise uns des wichtigsten Baustoffes beraubt hat. Chemische Werkstoffe sind zum Teil in unbegrenzten Mengen herstellbar, je nach Ursprungsmaterial. Besonders gefragt sind Stoffe, die aus Kohle gewonnen werden, da sie zusammen mit Äther eine Stabilität erreichen, die jene von Stahl bei weitem übertrifft.

Ich will Sie jetzt nicht mit chemischen Details langweilen, deren Tragweite Ihnen womöglich entgeht und die auch mehr für die entsprechende Fachwelt interessant sein dürften. Jedenfalls werden die Abfallstoffe ohne Rücksicht darauf, was sie anrichten, ungesäubert in den Kanal und damit in unsere armen alten Flüsse gekippt. Wir haben normalen Ratten Wasser eingeflößt, das mit den gleichen Stoffen angereichert war wie in den Proben." Wittmann machte eine theatralische Pause und bückte sich hinter einen anderen Tisch. Als er wieder auftauchte, hatte er einen Rattenkäfig in den Händen, in dem eine Handvoll junger Ratten saß, die alle nicht aussahen, wie normale Ratten aussehen sollten. „Dies ist die erste nachfolgende Generation. Ich möchte nicht wissen, wie die Jungen dieser Ratten aussehen werden, wenn sie weiter diesen Stoffen ausgesetzt sind."

Mengel und der Mann von der Baubehörde betrachteten mit Abscheu und Ekel die wuselnden Ratten in dem Käfig, den der Professor auf dem Tisch abgestellt hatte. Gemeinsam war allen Tieren, dass sie keinen Schwanz hatten. Drei waren übergroß, eine weitere hatte ebenso wie das Tier in Formaldehyd viel zu lange Glieder, die fünfte war nahezu nackt.

„Das hat mit diesem Kanal zu tun, der beim Einsturz des Hauses beschädigt wurde? Dem, dessentwegen Sie bei mir im Archiv waren? Dem angeblich stillgelegten Kanal der ehemaligen Domäne?", fragte Haussner und zog seine Stirn in dicke Waschbrettfalten.

„Aus dem stammen die Ratten in diesen Gläsern, einige andere, noch lebende Exemplare und die Wasserproben, von denen der Professor sprach. Abgesehen davon … bin ich sicher, dass die Herrschaften, die diese Firma betreiben, genau wissen, was in ihrem Untergrund vor sich geht. Sie haben in ihrer Produktionshalle selbst Rattenkäfige mit wirklich monströsen Bestien stehen." Paul griff nach einem weiteren Glas. „Ich glaube, diese hier hatte ich aus den Käfigen mitgenommen, oder, Herr Professor?"

Peter mischte sich ein: „Es gibt noch etwas, das auf das Wissen der Fabrikbetreiber über die Auswirkungen ihrer Produktion hinweist. Mengel, wenn Sie in der Fabrik sind, dann sehen Sie bitte auch in den Raum rechts neben den Rattenkäfigen hinter einer Glasscheibe. Aber schicken Sie dort nur hartgesottene Leute unter größten Vorsichtsmaßnahmen hinein. Es kann sein, dass Sie dort nichts mehr finden, weil man schon aufgeräumt hat, aber für alle Fälle ..."

Der Professor nahm seinen Faden wieder auf, nachdem er Peter stirnrunzelnd zugehört hatte: „Das Problem, meine Herren, ist nicht dadurch zu bannen, dass man keine weiteren Abwässer mehr einleitet. Die Ratten verändern sich mittlerweile auch ohne weitere Gifte. Sie sind in ihren Erbanlagen schon so geschädigt und trotzdem noch fertil, dass sich vielleicht sogar ganz neue Arten entwickeln könnten. Die Veränderungen, die ihnen Vorteile bringen, werden sich durchsetzen, so dass wir es bald mit einer neuen Art zu tun haben, die sich weiter vermehrt. Möglicherweise ohne sich weiter zu verändern, aber dann auf einem entsetzlichen Niveau. Die Natur ist experimentierfreudig und lässt gute Veränderungen gerne zu. Das könnte bedeuten, dass vor allem Größe und Kraft der Riesenratten künftig von Dauer ist und sich gegenüber den schwächeren ‚Originalen' durchsetzt. Vor allem, weil sich diese großen Ratten durch besondere Anspruchslosigkeit auszeichnen. Für uns ein Problem, weil eine Vernichtung durch Aushungern sehr schwer wird, von dem Krankheitserreger, den wir in besonders großer Zahl in diesen mutierten Ratten fanden, mal abgesehen. Die veränderten Ratten zeichnen sich außerdem durch besondere Aggressivität aus. Dazu kommt ihr Mut. Sie sind in keiner Weise scheu, was ihr Auftauchen im Villengebiet bei Tageslicht beweist. Sie sind ein Problem, für das schleunigst eine Lösung her muss."

„Was schlagen Sie vor, Herr Professor?", knurrte Mengel mit finsterem Blick auf das Rattengezücht.

„Ich denke, Sie von der Gewerbepolizei und die Bauaufsicht sollten den ersten Schritt machen: Legen Sie die Quelle des Übels still. Die Fabrik darf nicht weiterproduzieren, und der Kanal muss ausgeräuchert und stillgelegt werden. Das ist Sache der Kammerjäger, den Anfang müssen Sie machen." Wittmann wippte auf den Zehen auf und ab, die Hände hinterm Rücken verschränkt.

Mengel sah seufzend zu Haussner. „Wir werden die Fabrik stilllegen und dann über weitere Schritte verhandeln. Wenn die … ‚Kammerjäger' in der Zwischenzeit fündig werden, haben wir mehr in der Hand."

Haussner mischte sich ein: „Wir haben durch die Benutzung des Kanals als Abwasserführung einer Chemieanlage genug in der Hand, um die Anlage zu schließen. Es mag Ihnen kleinlich vorkommen, aber der Kanal wurde dafür nicht gebaut, er war als Abwasserleitung für eine landwirtschaftlich genutzte Staatsdomäne gedacht. Jauche und Schweinemist sollte er transportieren. Für die andere Nutzung gab es keinen Antrag und somit auch keine Genehmigung."

„Manchmal kann bürokratische Kleinlichkeit größere Sprünge machen als eine Armee", gab Paul augenzwinkernd zurück.

„Dürfen wir Ihr Telefon benutzen?", fragte Mengel und verließ das Labor, als Wittmann nickte. Haussner folgte ihm.

Die Brüder wechselten bedeutungsschwangere Blicke. „Hoffentlich werden die Besitzer der Firma nicht gewarnt und versuchen selbst, der Sache Herr zu werden", murmelte Peter und starrte auf die Rattenkörper, die zur Sektion auf dem Labortisch lagen. „Diese Bestien verändern sich nur? Sie sind trotzdem weiterhin lebensfähig und können sich vermehren?"

Wittmann zuckte die Achseln. „Alle lebenden Exemplare, die Sie bisher beschaffen konnten und die wir nicht für erste Untersuchungen getötet haben, wurden zusammen gehalten und haben einander fleißig begattet. Die meisten Rättinnen wurden auch trächtig und haben lebendige Junge bekommen. Es ist noch zu früh, hier abschließende Aussagen zu machen, aber fürs Erste können wir mit ziemlicher Sicherheit sagen, dass die Veränderungen des Körpers und der Krankheitserreger keine Auswirkungen auf die Fertilität der Ratten haben. Es ist nur eine Generation, die gerade heranwächst. Wir müssen mindestens ein Jahr oder drei Generationen beobachten, um endgültige Gewissheit zu bekommen, aber der Anfang ist schon … beklemmend."

Mengel kehrte zurück und strahlte. „Die Sonderpolizei wird sofort tätig. Mein Vorgesetzter ist auf dem Weg zum Gericht, um einen offiziellen Bescheid zu erwirken, aber das wird nicht allzu lange dauern. Er kann sehr … überzeugend agieren."

„Oberst Brennickemeier?", fragte Peter und lachte, als Mengel nickte. „Der Mann ist sehr überzeugend. Der steht höchstselbst in spätestens zwei Stunden in Höchst auf der Matte."

„Davon ist auszugehen", erwiderte Mengel. „Ich darf mich verabschieden? Ich soll mich vor Ort begeben."

Haussner kehrte auch zurück. „Die Baupolizei ist ebenfalls unterwegs, sie nähert sich dem Problem vom Fluss aus. Herr Mengel, das dürfte Sie auch interessieren … ich habe gerade etwas zu den Besitzverhältnissen erfahren."

„Die Firma gehört von Wallenfels, nicht wahr?", warf Peter siegessicher ein. Der Blick Haussners verunsicherte ihn jedoch sofort und ließ ihn befürchten, dass der Schlag gegen den Baron gerade zum vernachlässigbaren Kratzer wurde. „Oder?"

„Die Firma ist eine Aktiengesellschaft. Die Aktien gingen nur zu einem geringen Teil an Fremde, den Großteil hielten Familienangehörige des Firmengründers. Wallenfels hat der Firma vor ein paar Jahren mit einem Kredit aus der Klemme geholfen, weil sie kein frisches Kapital mehr über neue Aktien bekam. Die Firma stellte zu dieser Zeit nichts Innovatives her. Abgesehen davon besaß Wallenfels bereits alle frei auf dem Markt befindlichen Aktien und hatte dadurch ein gewisses Mitspracherecht. Für ein Veto war der Anteil allerdings zu gering. Sein Kredit konnte dann aber nicht bedient werden, also gaben einige Familienmitglieder ihre Anteile ab, um sich aus der Affäre zu ziehen. Nicht an Wallenfels, aber wer hinter den Firmen steckt, die die Anteile kauften, weiß niemand. Der Rest war in Wallenfels' Hand, weil hoch bei ihm verschuldet. Ich habe gerade erfahren, dass er seinen kompletten Aktienbestand und die Schuldscheine an einen Investor aus Frankreich verkauft hat. Seit vier Tagen hat er mit dieser Firma nichts mehr zu tun."

Rachegelüste

Was hat ein Anteilseigner mit dem zu tun, was in der Firma geschieht? Er kauft Aktien, um vom Gewinn der Firma etwas abzuschöpfen und selbst Gewinn zu machen, wenn er die Aktien wieder verkauft. Dazu muss die Firma natürlich ihren Wert steigern. Ganz sicher hatte von Wallenfels viel Einfluss auf alle Entscheidungen der Geschäftsleitung, das spreche ich Ihnen gar nicht ab. Aber nicht dadurch, dass sein Anteil an der Firma so hoch war, sondern wegen des üppigen Kredites, den die Firmeneigner nicht mehr bedienen konnten. Im Endeffekt kann er sich damit herausreden, er habe nur das Kapital vorgestreckt und aus dem Unternehmen Rendite gezogen. Wer soll ihm beweisen, dass er mehr Einfluss genommen hat? Dass er vielleicht doch hinter den Firmenchefs saß und ihnen bei allen Tätigkeiten mehr als nur über die Schultern geschaut hat? Bestenfalls kann man nachweisen, dass er Aufträge erteilte, die bevorzugt behandelt und anders abgerechnet wurden als bei einem normalen Auftraggeber. Aber das ist dann auch eher etwas, das man den Firmenchefs belastend ankreiden kann, nicht unbedingt dem Herrn Baron … ist auch eher für die Steuerbehörden interessant." Der Bankier hob die Schultern und legte über seinem Schreibtisch die Fingerspitzen aneinander. „Sie sehen im Verkauf seiner Anteile natürlich eine Art Schuldeingeständnis, aber prinzipiell …"

Peter seufzte. „Ich habe es verstanden, Herr Quedin. Danke, dass Sie sich die Zeit genommen haben, mir zu erklären, was außerhalb einer Bank wohl nicht allzu viele Menschen durchschauen."

„Für Sie wie wohl für den größten Teil der Menschen ist Geld etwas, mit dem man seinen Lebensunterhalt bestreitet und das, wenn es in größerem Umfang vorhanden ist, zur Erfüllung eines Traumes oder der Verbesserung der Lebensumstände dient. Ab einer gewissen Menge hat Geld diesen Zweck nicht mehr. Ich glaube, Menschen, die mehr Geld besitzen, als sie zu dem eben genannten Zwecke benötigen, haben die Fähigkeit zu träumen verloren. Wenn man alles hat und alles macht, was man für Geld kaufen kann, wozu ist Geld dann noch da?", erklärte der Bankier lächelnd.

„Ich glaube, der Baron hat durchaus noch Träume", grunzte Peter. „Den Traum, so mächtig zu sein, wie es nur der Kaiser oder das Königshaus von England sind. Den Traum von Weltherrschaft. Leider geht sein Traum zu Lasten anderer Menschen. Die Träume des kleinen Mannes, ein Haus, ein Fahrzeug oder die Möglichkeit, mit dem Arbeiten aufzuhören und seinen Lebensabend mit einem Hobby oder Reisen zu verbringen, das alles kostet keine Menschenleben. Das unterscheidet die Träume der Reichen von den Träumen anderer Menschen."

„Sie haben recht, aber ich kann Ihnen nicht weiterhelfen. Allerdings ..." Quedin machte eine Pause und starrte auf ein Ölgemälde des Kaisers an der Wand hinter Peters Rücken.

Peter wartete, was kommen würde, fürchtete aber, dass der Mann gleich wieder den Kopf schütteln und abwinken würde. Doch das geschah nicht.

„Wenn die Firma geschlossen und durchsucht wird, sollten Sie jemanden mitnehmen, der etwas von Buchprüfung versteht. Vielleicht können Sie ja Unregelmäßigkeiten in den Geschäften mit dem Baron nachweisen. Oder die Tatsache, dass allein seine Aufträge für die Abwässer verantwortlich sind. Ich weiß, das ist nicht gerade eine elegante oder befriedigende Lösung und dauert sicher ihre Zeit, bis sie verwertbare Beweise hervorbringt. Aber damit könnten Sie den Baron in Schwierigkeiten bringen. Zumindest ein bisschen."

Ein Blitzen in Herrn Quedins Augen verriet Peter, dass der Mann nicht gut auf den Baron zu sprechen war und sich freute, wenn jemand ihm eins auswischte. „Das klingt in der Tat nicht nach einer befriedigenden Lösung für einen Mann wie mich, aber in diesem Fall zählt allein das Ergebnis. Ich werde Kommissar Mengel von der Gewerbepolizei darauf aufmerksam machen. Vielleicht hat er jemanden an der Hand oder kann von der Steuerpolizei jemanden heranziehen, der über entsprechende Kenntnisse verfügt. Ehrlich gesagt frage ich mich, ob der Baron überhaupt noch Freunde hat. Auch Sie scheinen ihm nicht besonders zugetan zu sein. Wie auch immer: Vielen Dank, dass Sie mir Ihre Zeit geopfert haben."

Peter stand gleichzeitig mit dem ältlichen Bankier auf. Quedin geleitete ihn zur Tür und gab ihm zum Abschied die Hand. „Gern geschehen – und zu Ihrer Frage, ob der Baron Freunde hat, kann ich Ihnen eine Antwort geben: nein. Nicht einmal seine Familie steht hinter ihm, außer seinem Sohn Heinrich, der im Prinzip nur ein jüngeres Ebenbild seines Vaters ist. Ich möchte Ihnen ein Geheimnis verraten, ich hoffe, es ist bei Ihnen gut aufgehoben. Meine Frau war eine Base zweiten Grades Baron von Wallenfels'. Ich bin daher bestens unterrichtet über alles, was bis zum Tod meiner Frau vor zwei Jahren in dieser Familie vor sich ging, denn im Gegensatz zu den männlichen Angehörigen sind die Frauen sehr offen. Die Baronesse ist ein entzückendes Kind, ein Jammer, dass sie an diesen Karl von Reiffenberg verschachert wurde. Auch der jüngere Sohn, Konstantin, ist ein wunderbarer Mann, aber gebrochen seit dem Tod seines Bruders. Sein Vater hat ihn immer wie Dreck behandelt, wie einen ungeliebten Bastard. Wussten Sie, dass die Ehefrau des Barons schon mehrmals versuchte, sich umzubringen? Nach außen drang nur durch, sie sei krank, Schwindsucht oder so. Sie war sehr schwach, und die Selbstmordversuche, unter anderem mit einer Überdosis Medikamente, haben ihr den Rest gegeben. Sie hatte meiner Frau einen Abschiedsbrief geschrieben, sie waren gute Freundinnen. Darin schrieb sie nicht nur, wie sie aus dem Leben zu scheiden gedachte, sondern auch warum. Ich will das nicht ausbreiten, es ist schlimm genug, nur so viel: Wallenfels scheint sie bewusst in den Tod zu treiben. Man kann der Frau eigentlich nur wünschen, dass sie bei ihrem nächsten Versuch

Erfolg hat. Ihr ist nichts geblieben, seit man ihr auch die jüngste Tochter weggenommen hat. Man hat das Kind auf ein Internat geschickt. Ein Pensionat für höhere Töchter in der Schweiz, wo meines Wissens der Herr Baron auch einen nicht unbeträchtlichen Teil seines Vermögens versteckt hat. Sicher vor der Steuerbehörde und der Polizei. Ich glaube, die kleine Privatbank am Zürichsee gehört sogar ihm. Aber auch das ist nur ein Gerücht."

Peter sah den Bankier, dessen Miene Wut ausstrahlte, verblüfft an. „Wissen Sie was? Bei anderen Menschen hätte ich einen Beweis gefordert. Den Brief sehen wollen. Aber bei Wallenfels glaube ich Ihnen aufs Wort. Danke für diese Information. Sie bestärkt mich zu tun, was ich schon lange vorhatte. Wobei ich nie wirklich sicher war, ob es eine gute Idee ist. Jetzt bin ich es."

Peter beeilte sich, nach Hause zu kommen, um mit Mengel Kontakt aufzunehmen. Er war voller Tatendrang, und in seinem Kopf formten sich Teile eines großen Planes, bis sie ein festes Grundgerüst ergaben. Eines Planes, die Pazuzu und damit den Traum des Barons am Tag ihres Jungfernfluges zu zerstören.

Paul stand am Telefon und lauschte. Schließlich bedankte er sich und hängte ein. „Das war die Baupolizei. Sie sind in Mannschaftsstärke bei der Firma angerückt und trafen die Firmenleitung vollkommen unvorbereitet. Die haben überhaupt nicht versucht, irgendetwas zu vertuschen. Alle waren nur wie vor den Kopf geschlagen, weil ein neuer Aktionär nicht nur das Aktienpaket des Barons übernommen hatte, sondern auch die Kreditverpflichtungen an ihn. Der neue Besitzer wollte die Firma zwingen, sich von einem Tag auf den anderen völlig umzustellen. Einen Verdacht, warum das so war, hatten sie nicht.

Man hat die Rattenkäfige unter der Treppe in der Halle gefunden, den Zugang zum Kanal und die Tanks, aus denen das Abwasser einfach so in den Kanal überlief, und natürlich den Raum neben den Käfigen. Die Baupolizei hat es nicht gewagt, den Raum zu betreten, sondern die Hygienepolizei alarmiert. Die hat sich mit Wittmann auf den Weg gemacht und ist schon vor Ort.

Der Bauinspektor klang, als hätte sogar sein Abendessen von vorgestern den Rückweg genommen. Laut ihm lebten in dem Raum nur noch drei Personen, der Rest ist verstorben und zum großen Teil schon in Leichensäcken verpackt gewesen. Einer der Lebenden war ein Mann, der in einem abgetrennten Raum lag. Auf ihn setzt Wittmann wohl große Hoffnung, weil er trotz vollen Krankheitsausbruchs noch sehr stark zu sein scheint.

Von den Firmenoberen schien niemanden das Schicksal dieser Menschen zu stören. Die Produktion wurde gestoppt, alle Maschinen stehen still, die Arbeiter hat man heimgeschickt. Viele waren es ohnehin nicht, in der Fabrik war fast alles automatisiert – mit Elektrizität. Die Firmenleitung und die Leute im Büro wurden weggeschickt und dürfen das Gelände nicht betreten."

Peter seufzte erleichtert, als er hörte, dass Sanker möglicherweise überleben würde. Das war die erste gute Nachricht. „Gut. Ist Mengel dort?"

„Der hat ein Büro bei deinem alten Arbeitgeber bezogen. Hat vorhin angerufen und nach dir gefragt. Er wartet auf deinen Rückruf. Hast du das schon gesehen?" Paul hielt ihm die Tageszeitung hin. Auf dem Titelblatt war eine Fotografie der Luftschiffhalle, eines der großen Torteile war zurückgezogen und gab einen Blick auf die Nase des Luftschiffs frei. „Das große Geheimnis wird enthüllt", stand darunter.

„Jungfernflug in einer Woche", murmelte Peter und grinste. „Großes Volksfest. Großartig. Dann weiß ich ja schon, wann's den großen Knall geben wird."

Paul sah ihn verständnislos an, doch Peter hielt es nicht für nötig, ihn einzuweihen. Um die Situation zu überspielen, griff er zum Telefon und rief Mengel an, um ihn zu bitten, die Buchprüfung intensiv zu betreiben, um eventuell nachweisen zu können, dass der Baron finanziell Schindluder getrieben hatte.

Dann rief er zu Pauls sichtlicher Überraschung Valerian an, um zu fragen, ob Elisabeth noch einmal zum Modellsitzen käme, so dass er sie an neutralem Ort sprechen könnte. Valerian verneinte dies, erbot sich aber, sie unter einem Vorwand in sein Atelier zu locken. Nicht lange, und Valerian rief zurück, um zu sagen, dass sie in zwei Stunden käme.

Peter lehnte sich an die Wand neben dem Telefon. „Wie am Schnürchen. Na schön, kurzer Überblick für dich: Ich will von der Baronesse wissen, wie ich Konstantin am Tag des Jungfernfluges aus dem Hausarrest bekommen kann, um ihm zu helfen, das Schiff zu zerstören. Ich will den Traum des Barons vernichten, der für so viele Menschen zum Alptraum wurde und werden wird."

„Wenn ich dir irgendwie helfen kann, lass es mich wissen", gab Paul nur zurück.

„Ich wüsste nicht, wie du mir helfen kannst, aber das findet sich. Vielleicht kannst du ein Ablenkungsmanöver starten. Ich brauche noch Informationen von Elisabeth."

Er machte sich zu Fuß auf den Weg. Trotz des einsetzenden Nieselregens verzichtete er auf eine Droschke, um seinen Kopf klarzubekommen, und nahm einen langen Weg um den Kurpark herum. Langsam reifte der bis dahin bruchstückhafte Vorsatz zum detaillierten Plan. Er musste Johann erreichen. Peter erinnerte sich an die Versammlung der vermeintlichen Sekte und einen jungen Mann, der in seiner Nähe gestanden hatte. Er hatte eine gewisse Ähnlichkeit mit dem jungen Baron. Peter war sicher, dass sie jemanden gut gebrauchen konnten, der als Doppelgänger für Konstantin herhalten konnte. Er musste den Baron aus dem Hausarrest holen und mitnehmen, denn es durfte einzig Konstantin überlassen sein, die Steuerung des Luftschiffes zu vernichten. Wenn es sein musste, mit dem Schiff zusammen. Diesen Punkt befand Peter als den schwierigsten von allen.

Triefnass erreichte er Valerians Atelier und klopfte. Katharina öffnete und bedeutete ihm, auf eine intimere Begrüßung zu verzichten, da sie nicht alleine waren. Tatsächlich war die Baronesse bereits anwesend und lächelte ihm entgegen, als er sich seines Wachsmantels entledigte und sein triefnasses Haar wie ein Hund schüttelte. Peter befand, dass sie blass und abgespannt wirkte, wenn sie sich auch um Haltung bemühte.

„Ich danke Ihnen, dass Sie die Zeit gefunden haben“, begrüßte er sie und küsste ihre Hand. „Die Umstände erfordern, dass ich von Ihnen ein paar Informationen erfrage.“

„Ich habe schon gehört. Die Firma in Höchst ... ich vermute, dass der Informant, der meinen Vater zum Verkauf an das französische Konsortium bewegte, zu den Gehilfen Professor Wittmanns gehört. Wie so vieles gehört meinem Vater auch ein Anteil der Stiftung, die unter anderem die Forschungsarbeit des Professors finanziell unterstützt. Natürlich wird sein Name dabei nie erwähnt“, erklärte die Baronesse mit einem entschuldigenden Lächeln.

Peter verdrehte die Augen. „Das hätte ich mir eigentlich denken können. Ich hoffe nur, dass von unserem Treffen hier niemand Wind bekommt.“

„Sicher nicht, wenn ich davon ausgehen darf, dass Monsieur de Cassard und seine Schwester mit Ihnen ... unter einer Decke stecken. So sagt man doch, oder? Was kann ich für Sie tun?“

„Ich hege langsam intensive Rachegelüste Ihrem Vater gegenüber. Die Sache mit von Reiffenberg läuft, und ich werde bereitstehen, wenn die nächste Orgie stattfindet. Die Herrschaften befinden sich unter intensiver Beobachtung. Aber ich will mehr: Ich will die Pazuzu vernichten. Besser gesagt: Ich will Konstantin ermöglichen, sein Werk zu vollenden. Der Jungfernflug ist unsere letzte Chance. Ich habe schon einen Plan, aber für ein paar Details brauche ich Ihre Unterstützung: Wo ist Ihr Bruder? Wie viele Personen bewachen ihn? Geht es ihm gut? Kann er das Haus verlassen?“

Die Baronesse zögerte einen Moment, während sie unbewegt auf ihr Porträt starrte. Dann seufzte sie. „Wenn es Ihnen gelingt, ohne dass einer der Gäste, die bei der Feier anwesend sein werden, zu Schaden kommt, dann haben Sie meinen Segen. Mein Bruder ist unter Hausarrest in Wildsachsen, ich habe Ihnen die Adresse aufgeschrieben. Es sind neben den Bediensteten, für die ich bezüglich ihrer Loyalitäten nicht unbedingt meine Hand ins Feuer legen würde, immer zwei Pinkertons anwesend, die alle vier Stunden abwechseln. Konstantin darf das Grundstück nicht verlassen, aber Spaziergänge im Garten machen. Der Garten ist unübersichtlich, aber mit einem hohen Zaun umgeben, und wenn man ihn dort aus den Augen verliert und er nicht nach ein paar Minuten wieder auftaucht, dann ist sofort einer der Detektive hinter ihm her. Mein Bruder meidet diese Männer wie die Pest. Er speist auf seinen Zimmern, und die Bediensteten bekommen ihn kaum zu Gesicht. Sie haben Anweisung, einen großen Bogen um ihn zu machen, um ihn nicht aufzuregen. Es geht ihm schlecht. Er ist blass, bewegt sich wie ein Gespenst, und in seinen Augen ist ein Glanz, als hätte er Fieber. Aber ich denke nicht, dass es ein Problem mit ihm gibt, wenn er seinem Ziel näher kommen kann. Genügt das?"

Peter strahlte. „Ja, das ist alles, was ich wissen wollte, und es sind hervorragend passende Gegebenheiten für meinen Plan, ich muss kaum etwas ändern. Werden Sie Konstantin vor dem Fest noch einmal besuchen?"

„Ich habe einen Besuch für morgen geplant. Soll ich ihm etwas ausrichten?"

Er überlegte, wie der Zeitplan des Jungfernfluges aussehen sollte. „Er sollte am Tag des Jungfernfluges keinen allzu tiefen Schlaf haben und so früh es vertretbar ist einen Spaziergang im Garten machen. Dabei bitte keine aufwändige Kleidung, nur Sachen, die man schnell aus- und anziehen kann."

Die Baronesse betrachtete ihn mit gerunzelter Stirn, dann schien ihr aufzugehen, was er vorhatte. „Ich werde es ihm bestellen. Ganz nebenbei, ich werde auf dem Flugfeld sein, denn ich habe die zweifelhafte Ehre, das Schiff taufen zu dürfen. Wenn ich etwas für Sie tun kann?"

„Sie tun schon unendlich viel, alles Weitere könnte Sie in Bedrängnis bringen. Aber wenn Sie bemerken, dass man in der Runde der Herrschaften beunruhigt ist, wäre eine kleine Ablenkung sicher hilfreich. Einer Dame Ihres Ranges wird man bestimmt Aufmerksamkeit schenken."

Katharinas Kichern im Hintergrund und auch das Prusten Valerians belustigten die Baronesse sichtlich. „Sie meinen den klassischen Ohnmachtsanfall? Das wäre in meinem Fall vielleicht übertrieben, denn ich bin nicht für schwache Nerven bekannt. Aber ich kann Ihnen etwas anderes empfehlen: Bringen Sie doch das eine oder andere Exemplar Ihrer ... Forschungsobjekte aus den Kanälen mit. Eine bessere Ablenkung als die spitzen Schreie der Damen in der Menge und ein bisschen Chaos, das bei der Jagd nach den Ursachen der Hysterie entsteht, dürfte es kaum geben, oder?"

Peters Gesicht hellte sich noch mehr auf. „Das ist eine hervorragende Ergänzung für meinen Plan. Warum habe ich nicht schon selbst daran gedacht? Manchmal kommt man auf die naheliegenden Dinge zuletzt. Müsste mit dem Teufel zugehen, wenn es uns dann nicht gelingen sollte, das Problem aus der Welt zu schaffen!"

Feuertaufe

Die Dämmerung war noch nicht angebrochen, als Peter sich am Tor des winzigen Friedhofs einfand. Auch wenn er sicher war, dass die Wildsachsener erst mit dem ersten Hahnenschrei aufstehen und ihrem Tagwerk nachgehen würden, sofern sie sich schon vom Tanz in den Mai erholt hatten, verbarg er sich hinter dem Stamm einer Feldulme, die halb aus der Umfassungsmauer herauswuchs. Der Geruch nach Misthaufen war allgegenwärtig, und aus den feuchten Wiesen stieg Dunst auf, der sich zu Frühnebel verdichten würde, sobald Licht den Horizont erhellte. Wildsachsen bestand nur aus einer Handvoll Wohnhäuser, und in keinem der Fensterchen zwischen krummen Fachwerkbalken war ein Licht zu sehen.

Das leise Knirschen von Kies unter den Schritten mehrerer Personen ließ Peter aufmerksam werden. Sie näherten sich seinem Standort, und jemand pfiff eine Folge von fünf Tönen. Erleichtert löste sich Peter von der Mauer und trat auf den Weg. Seine an die Dunkelheit gewöhnten Augen nahmen einen mächtigen Schatten an der Straße wahr.

„Johann!“, rief er leise. Sofort bewegten sich der große Schatten und drei weitere auf ihn zu.

„Wunderschöne gute Morsche, Peter. Endlich gibts mal wieder was zu tue. Ich bin sehr gespannt. Das ist Sebastian. Von deiner Beschreibung her bin ich von ausgegangen, dass de den meinst“, stellte Johann einen schmalen Mann an seiner Seite vor.

Peter ließ ein Streichholz aufflammen und hielt es vor das Gesicht von Johanns Begleiter. „Das ist er. Ich hoffe, Johann hat dich schon ein wenig in deine Aufgabe eingeweiht?“

Das Streichholz erlosch, und Peter konnte den Jungen für einen Moment nur schemenhaft erkennen. „Bastian einfach nur. Jo, hadder, aber im Ernst, des klappt doch ned?“

„Ich denke schon. Kommt, wir laufen zum Herrenhaus rüber, ich gebe dir noch ein paar Kleinigkeiten mit. Im Endeffekt muss es nur für ein paar Stunden funktionieren, bis wir Konstantin auf dem Flughafen und im Schiff haben. Danach kannst du dich verpissen. Konstantin hält sich von allen Menschen im Haus fern, und alle haben Anweisung, ihn nicht zu stören, Bedienstete wie Bewacher. Wenn er nicht nach ihnen verlangt, kommt auch keiner zu ihm. Du gehst einfach ins Haus und setzt dich ins Zimmer. Essen wird in einen anderen Raum gebracht, und wenn die Diener wieder raus sind, kannst du es dir mal richtig gut gehen lassen.“ Peter ging voran, über die Straße und die Wiesen zum Wald. Johann und die drei anderen folgten ihm und lauschten auf seine geflüsterten Erklärungen. „Es muss sehr schnell gehen. Wenn der Baron im Garten ist, kann er nicht lange außer Sicht der Detektive bleiben, ohne dass sie alarmiert sind.“

Bastian nickte. Er war nur in einfachste Kleider gehüllt, derer er sich leicht entledigen konnte. Peter beglückwünschte sich zu seinem guten Blick. Er hatte auf dem Sektentreffen nur wenige Blicke für die anderen Anwesenden übrig gehabt und doch die Ähnlichkeit des Jungen mit Konstantin richtig eingeschätzt. Die gleiche Größe und Gestalt, blasse Haut und kastanienfarbene Locken. Damit war es zwar schon vorbei mit den Gemeinsamkeiten, denn der Junge hatte statt Sommersprossen eine Menge entzündeter Pickel um die Nase und die wasserblauen Augen. Das Gesicht war eher breit und kantig und hatte wenig von dem feinen Schnitt der Gesichter Konstantins und der Baronesse. Aber für den Zweck, den Peter ihm zugedacht hatte, reichte es aus, wenn die Ähnlichkeiten nur von weitem deutlich waren. Niemand sollte nahe genug an Bastian herankommen, dass im Detail die Unähnlichkeiten hervorstachen.

Sie gelangten in den ersten Momenten der Dämmerung an den Zaun. Peter suchte eine Stelle, an der man einen guten Überblick über den Garten hatte, vom Haus aus aber nicht gesehen werden konnte. Johanns Körperkraft reichte, um aus dem rostigen Gitter eine Stange herauszubrechen. Die entstandene Lücke war breit genug, um einen Austausch der schlanken Männer zu gewährleisten.

Danach hieß es warten. Peter suchte sich einen anderen Standpunkt, um einen besseren Blick auf das Gebäude zu haben. Im Herrenhaus flammten nach und nach Lichter in den Fenstern auf, und auf der Terrasse erschien ein Pinkerton, um eine Zigarette zu rauchen. Im Obergeschoss wurde ein Fenster geöffnet, und Peter erkannte die Gestalt des Barons, der im Nachthemd in der Öffnung stand und aufmerksam den Garten absuchte. Peter stellte sich vor den Stamm einer Birke, so dass der Baron ihn trotz der Düsternis im Wald erkennen musste. Tatsächlich stockte der Baron kurz, und Peter deutete in die Richtung, wo die anderen auf ihn warteten. Mit der Andeutung eines Nickens bedeutete Konstantin ihm, dass er verstanden hatte, und verschwand wieder im Zimmers.

„Dort hoch muss ich?", hörte Peter eine Stimme hinter sich. Er verbarg sich hinter den Stämmen und sah Bastian an.

„Ja. Lass dir den Weg beschreiben, während ihr die Kleider tauscht." Peter zog den Jungen wieder zum Zaun und wartete.

Es dauerte nicht lange, da sahen sie Konstantin durch den Garten schlendern. Sofort sprang Johann auf, um nachzusehen, wo die Pinkerton-Agenten waren. Von seinem Standort gab er Peter ein Zeichen, dass sie sich weit entfernt hielten und die Luft rein war.

Konstantin lief weiter gemütlich den Weg an den äußersten Rabatten entlang, sah unbeteiligt zu einer Rose auf, wobei er prüfte, ob die Wache ihn verfolgte oder sehen konnte, und verschwand dann mit einer schnellen Bewegung im Gebüsch. Peter pfiff, um ihn zu der offenen Stelle im Zaun zu leiten, und der Baron schlüpfte wie ein Aal hindurch.

Einen Moment lang stand er mit verblüfftem Gesicht vor Bastian, dann lächelte er und wandte sich an Peter: „Als Elisabeth mich besuchte, habe ich nicht ganz verstanden, was Sie vorhaben, jetzt weiß ich es!"

Er entledigte sich seiner Kleidung und gab sie Sebastian, der sich ebenfalls entkleidet hatte. Der Hände des Jungen zitterten vor Aufregung, als er Konstantins Kleidung überstreifte und zur gleichen Zeit von diesem eine knappe Beschreibung der Örtlichkeiten bekam.

Jemand rief nach dem Baron, und Konstantin brüllte zurück: „Ja doch!"

Konstantin schob Bastian mit den Worten „Schnell, Junge, zurück auf den Weg und nach rechts. Durch die Flügeltür mit der Bleiverglasung. Ganz gemächlich, sie müssen dich nur sehen!" durch den Zaun.

Bastian tat, wie ihm geheißen, und trat auf den Weg. Peter schlich weiter, um besser sehen zu können. Tatsächlich wandte sich der Pinkerton-Agent, kaum dass er die Gestalt auf dem Weg erkennen konnte, der Terrasse zu und rauchte weiter. Bastian lief langsam auf das Haus zu und verschwand in der angegebenen Tür. Der Agent reckte sich, um sehen zu können, was der vermeintliche Baron tat, schien aber keinerlei Verdacht zu schöpfen.

„Das hat geklappt", kommentierte Konstantin, der sich in Bastians Klamotten zu Peter geschlichen hatte. Gemeinsam warteten sie auf ein Zeichen Bastians. Das Fenster, durch das Konstantin Ausschau gehalten hatte, öffnete sich erneut, und eine Hand glitt mit gehobenem Daumen für einen kurzen Augenblick durch den Spalt. „Wie weiter?"

Peter wies auf Johann. „Der nächste Teil ist seine Sache: unsere Reise zum Flugplatz. Die Ablenkungsmanöver will Paul organisieren, er kennt sich mit den, hm, Hilfsmitteln dafür inzwischen am besten aus. Aber davon später mehr. Wir müssen uns nur darum kümmern, wie wir an Bord der Pazuzu kommen. Möglichst unbemerkt und vor allen anderen!"

Konstantin runzelte belustigt die Stirn, wurde aber sofort wieder ernst. Mit Besorgnis sah Peter das fiebrige Glitzern in den Augen des Barons, das seine Blässe makaber unterstrich. Er wirkte wie ein lebendiger Toter. Peters prüfender Blick blieb Konstantin natürlich nicht verborgen, und er straffte sich bemüht.

„Ich schaffe das. Nur bin ich wahrscheinlich keine große Hilfe. Sie müssen mich führen, und scheuen Sie sich nicht, sollte ich mehr als nur einen Tritt in den Allerwertesten benötigen." Er drehte sich zu Johann um. „Auf! Wie kommen wir nach Kelsterbach?"

Johann führte seine kleine Gruppe zurück nach Wildsachsen, aber nicht zum Friedhof, sondern zu einem kleinen Waldstück an der Straße nach Breckenheim. Verborgen hinter dichten Schlehenhecken stand eine geschlossene Droschke mit zwei gesunden, kräftigen Pferden. Einer der anderen Männer, die Peter nicht kannte, holte Anzugjacke und Zylinder aus dem Wagen und zog sie an.

„Ich hab de Droschgelizenz für de Innenstadt!", erklärte er knapp mit einem breiten Grinsen. „Bitte einzusteischen, eine hochwohlgeborene Dame hat die Tour hin und zurück schon vorab bezahlt!"

Konstantin sah den Mann verblüfft an. „Betty?", fragte er, während er sich in den Font zog.

„Nee, des Frollein de Cassard hat mir die Botschaft und de Kohle überbracht!", erwiderte der Mann schmunzelnd.

„Erkläre ich auf der Fahrt!", lachte Peter und schob Konstantin ganz in die Kutsche. Johann und der zweite Mann setzten sich zu ihnen. So hofften sie, möglichst unbehelligt so nahe wie möglich an den Flugplatz heranzukommen.

Der Kutscher gab seinen Pferden die Peitsche und beeilte sich, die schlechten Straßen zwischen den kleinen Dörfern gegen die Hauptstraße einzutauschen. Die Männer in der Kutsche unterhielten sich angeregt, und Peter legte ihnen noch einmal seinen Plan dar, soweit er gewagt hatte, ihn detailliert auszuarbeiten. Alles Weitere, das sah auch Konstantin ein, war von der Situation vor Ort abhängig.

Über die Diskussionen ging die Fahrt schnell vorüber, und die Kutsche erreichte Kelsterbach. Auf dem Bahnhofsvorplatz war die Hölle los, viele Menschen schoben und drängten sich. Wenn Peter befürchtet hatte, dass die Polizei die Kutsche aufhalten und kontrollieren würde, so fielen diese Sorgen schnell von ihm ab. Die Polizei hatte genug damit zu tun, die Passagiere der ersten Klasse aus den Zügen von den vielen Schaulustigen aus den ärmeren Vierteln zu trennen. Vor allem mussten die Beamten aufpassen, um die Taschendiebe, die sich den Menschenauflauf zunutze machten, von ihrem Tagwerk abzuhalten. Nur einmal winkte ein Polizist, aber der Kutscher reagierte sofort, indem er seine Lizenz mit dem großen W hochhielt, die ihn als geprüften Fahrer aus Wiesbaden auswies. Wie von Peter erhofft, zählten Fahrgäste, die sich eine Droschkenfahrt von Wiesbaden nach Kelsterbach leisten konnten, nicht zu den Verdächtigen, die in den Augen der Beamten einer strengeren Prüfung bedurften. Unbehelligt kamen sie aus Kelsterbach heraus und näherten sich dem Luftschiffhafen.

Dort war es noch ruhig, nur auf der Straße zum Haupttor bewegten sich schon vereinzelte Grüppchen von Spaziergängern. Peter klopfte gegen die Wand der Kutsche zum Bock hin, und der Kutscher brachte seine Pferde neben einem Gebüsch zum Stehen. Johann und der andere Mann spähten zur Straßenseite hinaus, ohne die Vorhänge wegzuziehen, während Peter die Tür zum Gebüsch einen Spalt breit öffnete.

„Wie sieht's aus?", fragte er den Kutscher, der sich demonstrativ streckte und umsah.

„Jetzt raus!"

Peter packte Konstantins Handgelenk und zog ihn mit sich ins Gebüsch. Sofort schloss sich die Tür hinter ihnen, und die Pferde liefen ein paar Schritte weiter, als wären sie wegen irgendetwas erschrocken. Im nächsten Moment verließ Johann mit seinem Begleiter die Kutsche und mischte sich unter eine Gruppe Schaulustiger, während Peter den Baron weiter in den Wald zog.

Ein verwaister, ziemlich morscher Jägeransitz half ihm, sich einen Überblick zu verschaffen, denn man konnte von oben den Zaun des Flugfeldes sehen. Nur kurz verweilte er droben und sprang dann wieder hinunter. „Großaufgebot an Wachposten und Polizei, aber sie können nicht alles im Auge behalten. Schon gar nicht, wenn sie kein freies Feld mehr haben."

Ohne weitere Erklärungen zog er Konstantin, der seltsam abwesend wirkte, mit sich. Sie kamen in die Nähe des kleinen Seiteneingangs, bei dem das Gestrüpp teilweise bis an den Zaun wuchs. Dort ließ Peter Konstantin einen Augenblick zurück und schlich näher heran. Auch an diesem Eingang war noch nicht viel los, aber ein paar Gruppen Besucher hatten sich schon eingefunden. Peter entdeckte Paul, der mit Katharina am Rand neben dem Wachhäuschen stand und auf jemanden zu warten schien. Paul trug einen gepflegten Gehrock und wirkte wie ein Bilderbuch-Dandy. Katharina hatte sich bei Paul untergehakt, und kein unbeteiligter Beobachter hätte in ihnen etwas anderes gesehen als ein frischgebackenes, glückliches Ehepaar aus der gehobenen Mittelschicht, das sich einen angenehmen Tag machte.

Katharina entdeckte Peter zuerst und machte Paul nach einem betont desinteressiert wirkenden Rundblick auf ihn aufmerksam. Paul tippte auf einen Zaunpfosten aus Beton und zeigte mit den Fingern einer Hand die Zahl 15 in Peters Richtung an. Peter nickte und verschwand wieder, während Paul sich mit Katharina aufs Flugfeld begab.

Es war Peter unrecht gewesen, dass Katharina auch auf das Fest wollte, weniger, weil sie als Tarnung für Paul dienen sollte und ihn Eifersucht plagte, weil die beiden sich gut verstanden, sondern weil er befürchtete, ihre Peiniger würden auch anwesend sein. Katharina hatte ihn beruhigt, sie würde keinem der Herren ins Gesicht springen, und war sicher, dass auch niemand von den Vergewaltigern aus der besseren Gesellschaft in ihr noch eine der Huren aus Kastel erkennen würde. Bei Ersterem war sich Peter nicht sicher gewesen, von Letzterem war er überzeugt.

Er hastete durch den Wald und zählte Zaunpfosten ab. Das Versteck war perfekt, denn an diesem Zaunstück wucherte eine Waldrebe, die nicht nur durch ihr dichtes Geschlinge von Ranken nahezu undurchsichtig war, sondern auch gerade üppig mit weißen Blüten und frischem Laub besetzt war. Direkt daneben war ein Loch in den Maschendraht geschnitten, und nicht weit entfernt lagerten mehrere Stapel Fracht in Lattenkisten, die ihm als Deckung dienen konnten. Unter den Ranken fand Peter zwei Kisten und zerrte sie hervor. Dann holte er Konstantin dazu.

„Wir schlüpfen jetzt durch den Zaun und sehen zu, dass wir in die Halle kommen, ohne gesehen zu werden. Ich hoffe, dass sich drinnen noch nicht so viele Leute aufhalten. Ich werde Sie ins Schiff begleiten, und dann sehen wir weiter. Wir müssen die Steuerung finden, und was dann geschieht, bleibt Ihnen überlassen. Ich mische mich nicht ein, ich will nur keine Opfer, die mit der Sache nichts zu tun haben", erklärte er.

Konstantin nickte und starrte auf die Halle. „Was machen wir, wenn ich Valentin nicht erlösen kann? Wenn er mit dem Schiff untergehen muss?"

Peter öffnete die kleinere Kiste und reichte Konstantin zwei faustgroße Metallkugeln. „Wissen Sie, was das ist?"

„Handgranaten", sagte Konstantin und starrte sie an wie eklige Insekten. Dann seufzte er. „Sie haben an alles gedacht."

„Leider nicht, denn ein Problem konnte ich nicht lösen: wie wir das Schiff vernichten können, ohne dass die Halle dabei draufgeht und somit auch eine Menge Menschen."

Konstantin lächelte geheimnisvoll. „Ich hatte viel Zeit, über solche Dinge nachzudenken, und seit ich vor der Tür des Labors stand und die Anwesenheit meines Bruders in meiner unmittelbaren Nähe spürte, weiß ich eines: Er kann das Schiff steuern. Wir werden die Pazuzu entführen, wenn es sein muss."

Konstantins Zuversicht war ansteckend, und Peter lächelte erleichtert. „Dann jetzt zum schwierigen Teil der Sache: Wir müssen hin!"

Aus der größeren Kiste holte Peter zwei Rucksäcke, in denen jeweils sechs Röhren steckten, und stopfte sich die Manteltaschen mit Granaten voll. Konstantin nahm stirnrunzelnd einen der Rucksäcke, die seltsam zuckten und leise Geräusche von sich gaben. Auch er steckte Granaten ein.

„Was ist da drin?"

„Unsere Helfer zum Ablenken eventueller Wächter", gab Peter grinsend zurück und schlüpfte durch den Zaun.

Konstantin folgte ihm und duckte sich unters Gesträuch. In einiger Entfernung liefen zwei Agenten an den Kistenstapeln vorbei und sahen sich gelangweilt um. Noch waren nicht so viele Besucher da, dass sie mehr Aufmerksamkeit von den Wächtern erforderten, aber die beiden Zaungäste mussten sichergehen, dass sie nicht bemerkt wurden. Als die beiden Agenten verschwunden waren, rannten sie los und duckten sich zwischen die Kistenstapel. Von dort hasteten sie zur Halle und verbargen sich hinter einem Stapel Gerüststangen.

Unweit ihres Standortes war ein Seitentürchen, vor dem ein uniformierter Wächter stand. Der Mann war aber nicht besonders aufmerksam und eher gelangweilt, da er noch nicht viel zu tun hatte. Peter zog zwei Röhren und eine kleine Schachtel aus Konstantins Rucksack. In der Schachtel waren kleine Brocken eines fürchterlich stinkenden Käses, von denen Peter zwei Stücke hinter dem Wachmann vorbeiwarf. Dann öffnete er die Röhren und zog sich weiter zurück.

Zwei entsetzlich entstellte, riesige Ratten wanden sich wie Schlangen aus den viel zu engen Röhren und schnupperten. Der Duft des Käses zog sie magisch an, und sie machten keinen Hehl aus ihrer Anwesenheit, als sie an dem Wächter vorbeiflitzten. Der Mann drehte sich erschrocken um. Ihm entfuhr ein leiser Schrei. Dann sah er sich um. Nicht weit entfernt schlenderte ein elegant gekleidetes Paar vorbei, und dem Mann war klar, dass er keine Panik verursachen durfte.

„Fantastisches Timing!“, flüsterte Konstantin. „Die kommen wie gerufen!“

„Die beiden sind gerufen. Das ist mein Bruder mit meiner Braut!“, gab Peter zurück.

Der Wächter zog seinen Schlagstock vom Gürtel und näherte sich den Ratten. Er zielte nicht richtig, sondern drosch wild auf das erste Tier ein. Er traf die Ratte am Rücken, aber sie schoss mit einem Quieken an der Wand entlang davon. Auch die andere Ratte, erschrocken über diesen Angriff, hetzte auf missgestalteten Pfoten weiter. Der Mann folgte den Tieren und versuchte, sie mit dem Schlagstock zu erwischen, was ihm bei der verkrüppelten zweiten Ratte auch gelang.

Peter und Konstantin schlüpften derweil ungestört in den schattigen Eingang und probierten die Tür. Sie war nicht abgeschlossen, und die beiden gelangten ungehindert ins Innere.

In der Halle war es finster, die kleinen Scheiben an der Decke ließen kaum Sonnenlicht durch, und der massige Schiffskörper warf groteske Schatten an die Wände, die nicht mehr so vollgestellt waren wie bei ihrem ersten Besuch. Die vordere Hallentür, durch die das Luftschiff später die Halle verlassen sollte, stand schon weit offen. Es sollte demnach nicht unspektakulär durch das Hallendach entschweben, sondern sich in voller Pracht und Schönheit langsam nach vorne durch das Hallentor präsentieren. Fähig, ohne eine Hundertschaft von Helfern an Seilen eigenständig aus der Halle zu fahren. Natürlich durfte kein Besucher in die Nähe der Tür kommen, das Gelände war weiträumig abgesperrt. Weit entfernt konnten die beiden ungebetenen Besucher der Halle die Festgäste sehen. Menschen aller Schichten, die sich aber nie vermischten, sondern immer für sich blieben. Dafür sorgte schon die große Zahl livrierter Diener und Leibwächter.

Das gewaltige Bauwerk, das sich wie eine gotische Kathedrale gen Himmel erhob und dessen Dach in weiter Ferne zu sein schien, führte bei Peter ebenso wie der gewaltige Leib des Luftschiffs zu Beklemmung. Er fühlte sich winzig und für einen Moment machtlos. Es erschien ihm mit einem Mal ein wahnsinniges Unterfangen.

Diesmal bewahrte Konstantin einen klaren Kopf und übernahm die Führung. „Kommen Sie! Valentin ist schon ins Schiff eingebaut, aber die Besatzung ist noch nicht an Bord. Wahrscheinlich ist der Luftschiffkapitän noch bei der feinen Gesellschaft und lässt sich hofieren. Er hat ja auch noch ein paar Stunden Zeit bis zu seinem großen Auftritt.“

Konstantin zog Peter mit sich zu einem Treppenlauf, der zu einer Plattform auf halber Höhe der Halle führte. Von dieser ragte ein wackeliger Steg zur Kabine des Schiffes hinüber. „Woher wissen Sie das?“, zischte Peter und sah sich aufmerksam um, ob sie nicht geradenwegs einer Wache in die Arme liefen, aber die Halle schien menschenleer zu sein.

„Valentin sagt es. An Bord werden beim Abflug nur der Kapitän, ein Offizier und ein Techniker sein. Keiner der drei ist bereits an

Bord. Valentin muss es wissen, denn es ist niemand an der Steuerung zugange, die er überwachen soll. Allerdings kann auf der Kommandobrücke eine Wache sein. Das kann er nicht spüren."

Peter sparte sich den Protest. Konstantins Aussage war zu fantastisch, um sie begreifen zu können. Dennoch vertraute er auf die Verbundenheit der Zwillinge und folgte Konstantin. Der Laufsteg wurde für ihn allerdings zur größeren Herausforderung, denn Peter war nicht ganz schwindelfrei. Lieber wäre er durch einen engen Kanal gekrochen, als so ins Schiff zu gelangen. Sein Blick folgte Konstantin, der über das Brett zur Kabine huschte und dort auf ihn wartete.

Konstantin wies mit den Fingern auf seine Augen, dann nach unten und schüttelte den Kopf. Peter begriff, dass er auf keinen Fall nach unten sehen durfte, während er den Steg passierte. Er schloss die Augen, öffnete sie wieder, fixierte Konstantins Gesicht und lief so schnell es ging ebenfalls ins Schiff. Es waren nur wenige Schritte, aber sein Herz raste.

„Wohin jetzt?", fragte er, als er den trügerisch festen Boden der Passagierkabine unter seinen Füßen spürte.

Konstantin legte den Finger auf die Lippen und zeigte nach oben. Was ihn beunruhigte, hörte Peter nach einem Augenblick der Stille genau. Jemand lief in den Räumen über ihnen hin und her.

„Meine Aufgabe!" Peter nahm wieder eine Röhre und die Köderdose aus dem Rucksack. Er schlich zu einer Wendeltreppe, die nach oben führte. Vorsichtig lugte er über die letzte Stufe in den Flur und sah den Rücken eines Wachmannes in Uniform, der aus einem Fenster starrte und sich offensichtlich langweilte. Peter warf einen Köder und ließ die Ratte frei.

Das hastige Trippeln des Tieres entging dem Wächter nicht. Er drehte sich um und erstarrte, als er die Ratte sah, die genüsslich den stinkenden Käse verspeiste. Auch dieser Mann zog seinen Schlagstock, fiel aber nicht einfach über das Tier her, sondern schlich sich an. Als Peter sicher sein konnte, dass die ganze Aufmerksamkeit des Mannes dem Tier gehörte, eilte er mit zwei schnellen Schritten auf ihn zu und hieb ihm die Rattenröhre über den Kopf. Mit einem erstickten Laut sackte der Mann zusammen, und die Ratte floh in weiter entfernte Räume.

Konstantin kam die Treppe hoch, beachtete den Wachmann aber nicht, während er an Peter vorbei nach vorn hastete. Sein Blick hatte wieder etwas Abwesendes, als nähme er seine Umwelt nur wie durch Nebel wahr. Er ging einfach weiter, ohne auf Peter oder Gefahren durch weitere Wachmänner zu achten.

Peter sah sich hektisch um und entdeckte eine Gardine, die statt einer Tür die Räume trennte. Der Stoff interessierte ihn weniger als die lange Zugschnur. Er riss sie ab, fesselte den Wachmann und stopfte ihm sein Taschentuch in den Mund, da er davon ausging, dass die Betäubung des Schlages nicht lange anhalten würde. Dann folgte er Konstantin.

Vorne angekommen, gelangte Peter in einen Raum, der vollverglast war und ihn an die Brücke eines Schiffes erinnerte, wenn auch verdächtig wenige Hebel, Knöpfe, Räder und sonstiges Stellwerk vorhanden waren. Weniger jedenfalls, als er es sich bei einem Transportmittel wie einem Luftschiff vorgestellt hätte. Lediglich ein großes Pult war in der Mitte angebracht, ein glänzender Kasten aus Messing mit einem runden Fuß aus dem gleichen Material. Darauf waren ein gutes Dutzend Hebel und ebenso viele Knöpfe aus schwarzem Bakelit angebracht, die seltsam unbenutzt wirkten, aber nach Metallputzmitteln rochen. Vor dem Kasten erhob sich eine zierliche Säule, an der ein kleines, hölzernes Steuerrad angebracht war. Die einzige Reminiszenz an eine Schiffsbrücke, die in diesem leeren, sauberen Kapitänsstand noch blieb. Verblüfft sah sich Peter um, doch er konnte außer ein paar Anzeigen, auf die der Blick des Kapitäns gerichtet sein würde, wenn er am Steuerrad stand, keine weiteren technischen Einrichtungen erkennen. Einen Kompass und ein Barometer konnte Peter identifizieren, die anderen Anzeigen erkannte er nicht. Misstrauisch machte ihn eine Anzeige, die er schon einmal im Zusammenhang mit Elektrizität gesehen zu haben glaubte. Sogar diese unbeliebte Technik war Wallenfels nicht zu gefährlich.

Sonst war der Raum leer bis auf ein fein gearbeitetes, hölzernes Stehpult mit Schrank darunter, durch dessen verglaste Tür Peter einen Stapel zusammengerollter Karten erkannte. Der Navigationsstand mit einem Kasten, in dem wahrscheinlich ein Sextant und andere Instrumente lagen. Alles wirkte unfertig und klinisch sauber. So ähnlich stellte sich Peter einen Raum in einer Irrenanstalt vor, wo nichts die Patienten über Gebühr ablenken durfte.

„Konstantin?“, rief er gedämpft. „Wo sind Sie?“

Ein Schluchzen führte ihn in einen schmalen Gang, der vor einer massiv wirkenden Tür mit gläsernem Bullauge endete. Dort fand er Konstantin, das Gesicht ans Glas des Fensters gepresst. Ein Weinkrampf schüttelte seinen Körper.

„Ein geschlossenes System!“, sagte er gepresst und schluchzte erneut. „Ich komme nicht an ihn heran!“

Peter zog ihn sanft von dem Bullauge weg und warf über seine Schultern einen Blick in den Raum hinter der Tür. Er musste sich erst an das Zwielicht gewöhnen, um etwas zu erkennen. Doch dann weiteten sich seine Augen voller Entsetzen.

Eine Gaslampe erhellte mit seltsam kaltem Licht einen dicht mit Maschinen, Röhren, Ventilen und undefinierbaren Metallgeräten vollgestopften Raum, in dessen Mitte eine ungewöhnliche Liege installiert war. Auf dem schmalen, langen Bett, von dem zwei Seitenteile rechtwinklig abgingen, lag wie ein Gekreuzigter ein nackter Körper mit ausgestreckten Armen. In allen Gliedmaßen, in der Brust und in allen Öffnungen des Gesichtes steckten zahlreiche Schläuche und feine Röhren, so dass der zierliche Knabenkörper fast mit der Maschinerie verschmolz. Ein Geflecht aus hauchdünnen, glänzenden Röhrchen war über den kahlgeschorenen Schädel geschraubt, überall arbeiteten kleine Pumpen, und es zischte aus vielen winzigen Ventilen.

Ein Meisterwerk der Technik, aber auch unvorstellbares Grauen, das den Körper des Halbwüchsigen umgab. Die Haut war blass und wirkte wächsern, die Augen waren geschlossen. Außer dass sich der Brustkorb im Takt eines Blasebalges in einer Glasröhre direkt neben dem Kopf mechanisch hob und senkte, war kein Lebenszeichen zu erkennen.

Wut stieg in Peter auf. Wut auf Wallenfels, der seine Opfer nicht einmal in Frieden sterben lassen konnte. Selbst ein toter Körper war für ihn noch von Nutzen, wenn ein funktionierendes Gehirn darin ruhte. Der eigene Sohn, sein eigen Fleisch und Blut, bedeutete ihm nichts. Er hatte ihn großgezogen und nun, nachdem die Investition in seine Ausbildung durch den Unfall zum Fenster hinausgeworfen zu sein schien, sollte der Junge sich auf andere Art rechnen. Ein rein monetäres Denken, akribisch aufgerechnet wie von einem Lohnbuchhalter. Menschliche Werte schienen für Wallenfels nicht zu existieren. Sollte der Baron jemals so etwas wie Menschlichkeit besessen haben, dachte Peter, so hatte er diese mit seinen Körperteilen bei dem Unfall verloren und gegen blanken, kalten Stahl getauscht. Ein seelenloser Roboter, eine Maschine, mehr war Wallenfels nicht. Ein Mann mit einem Herzen aus Stahl. Oder war da mehr? Wenn der Baron seinen Sohn am Leben erhalten konnte, verdammt dazu, in einem nicht ausgewachsenen Körper seinen Verstand reifen zu lassen, was konnte er noch wollen? Der Schluss, der sich für Peter daraus ergab, ließ ihn vor Angst erschauern. Es schien, als suche der von einer Explosion gezeichnete Mann nach einer Formel für das ewige Leben.

Peter legte Konstantin den Arm um die Schultern und versuchte, ihn von der Tür wegzuziehen. Nach einigem Widerstand ließ Konstantin es zu. Seine Tränen versiegten, machten wilder Entschlossenheit Platz. „Dann muss die Pazuzu eben mit Valentin untergehen“, knurrte er und drückte sich an Peter vorbei zur Brücke.

Unschlüssig stand er vor den Instrumenten, dann lächelte er. „Ich kann es, mit Valentins Hilfe kann ich sie steuern. Hauen Sie ab. Sorgen Sie dafür, dass niemand versucht, mich aufzuhalten, und lassen Sie mir Ihre Granaten hier.“

Peter betrachtete Konstantin. Die durchgeistigte Abwesenheit war verschwunden. Konstantin war bereit, seinen letzten Weg zu gehen. „Wie kann ich den Wachmann hier rausbringen? Über den Steg kann ich ihn nicht schleppen.“

„Im untersten Geschoss ist ein Evakuierungskorb. Seilen Sie sich mit ihm ab. Aber beeilen Sie sich, viel Zeit bleibt nicht, bis die Besatzung kommt! Valentin kennt den Zeitplan."

Peter legte seine Granaten aufs Pult vor dem Steuerrad und gab Konstantin die Hand. „Gute Reise ... Ihnen beiden!" Dann eilte er davon, damit Konstantin nicht sehen konnte, wie tief ihn der Anblick des menschlichen Körpers in der Maschine getroffen hatte – und die Tränen nicht sah, die er nicht mehr zurückhalten konnte.

Der Wachmann war noch nicht zu Bewusstsein gekommen. Peter fasste ihn unter den Achseln und schleifte ihn zu einer Freitreppe ins unterste Kabinengeschoss. Der Evakuierungskorb wirkte wie ein Bergwerksaufzug. Peter schob die Gittertüren auf, zerrte den Wächter hinein, schloss die Türen und betätigte den Hebel, mit dem man eine Klappe im Boden öffnen konnte. Langsam setzte sich der Korb in Bewegung und schlug hart auf dem Hallenboden auf. Peter schleppte den Mann heraus und ließ den Korb hochfahren.

Kaum hatte sich die Klappe geschlossen, wurde die Halle von einem ohrenbetäubenden Zischen erfüllt. Die automatischen Brennstoffzufuhren setzten die Turbinen unter Dampf, und die seitlichen Propellerchen sprangen an. Der gesamte massiv wie ein Berg erscheinende Rumpf des Luftgiganten erzitterte wie unter einem schweren Erdbeben und zerrte an seinen Verankerungen. Als Geschrei erklang, beeilte sich Peter, mit dem Wächter an den Rand der Halle zu kommen und sich hinter Kisten zu verbergen. Den Mann ließ er an die Wand gelehnt liegen und hastete zu einem Seitentor. Auf den Laufstegen über ihm tauchten Arbeiter auf und versuchten, an Bord zu gelangen, doch mit einem harten Ruck riss sich die Pazuzu von ihren Halteseilen und den Laufstegen los. Mit ohrenbetäubendem Knall rissen die letzten Haltetrossen, und die Laufstege stürzten auf den Hallenboden. Majestätisch schob sich der gewaltige, zigarrenförmige Körper auf das Hallentor zu, unaufhaltsam und bis auf das nervenzerfetzende Zischen der Dampfturbine nahezu lautlos. Die Propeller erzeugten allerdings einen schauerlichen Wind in der Halle, der alles mit sich riss, was nicht sehr schwer oder festgezurrt war. Ein majestätisch wirkender älterer Mann in Uniform rief die Männer auf den Laufstegen mit panisch gebellten Befehlen zurück. Peter verstand nur „Haupttriebwerk … tödlich … raus!“

Peter ließ sich das nicht zweimal sagen und schlüpfte durch die Tür ins Freie. Wie ein Aal schlängelte er sich geduckt hinter aufgewickelten Seilen und Kisten entlang zur Absperrung. Ein kurzer Blick zurück zeigte ihm, dass die Pazuzu zu einem guten Drittel aus der Halle war. Unter ihr rannten Arbeiter planlos hin und her. Ein paar versuchten, herabhängende Trossen zu greifen, aber sie hatten keine Chance, das Schiff aufzuhalten. Auch sie wurden hastig zurückgeholt.

Die Besucher hielten das Spektakel für den offiziellen Beginn des Jungfernfluges und jubelten dem Luftschiff zu. Das Geschrei der Arbeiter und die Hoch-Rufe der Gäste gingen im Getöse des Haupttriebwerks des Schiffes unter, das am Heck angebracht war wie die Schiffschraube eines Ozeanriesen. Als dieser gewaltige Propeller ansprang, wurde die hintere Hallentür von dem irren Luftdruck mit Gewalt aufgesprengt. Das explosionsartige Geräusch des Hallentores ließ die Menge wieder verstummen, denn die zerstörten Türflügel machte wohl jedem Anwesenden klar, dass etwas nicht stimmte. Das Luftschiff schoss aus der Halle hervor wie eine jagende Muräne aus ihrer Unterwasserhöhle. Kaum hatte es das Tor hinter sich gelassen, hob sich das gewaltige Höhenruder hinter dem Heckpropeller, und das Luftschiff gewann an Höhe.

Fasziniert beobachtete Peter aus seinem Versteck heraus, wie das Luftschiff über die Wipfel der Bäume stieg, die den Flughafen umgaben. Immer höher, in Richtung Wiesbaden. Doch dann drehte es ab, und Peter wunderte sich, wie wenig Luftraum es dafür benötigte, fast als drehte es wie eine Eisenbahn vor dem Lokschuppen auf einem Teller. Die Pazuzu kam noch einmal zurück und schwebte über den Flughafen, verfolgt von den Blicken vieler hundert Augenpaare.

„Er fliegt zu den Kiesgruben …“, murmelte Peter überrascht und bemerkte, dass er die Daumen gedrückt hielt.

Sein Versteck wurde zu unsicher, weil die Wachleute mit schweren Waffen über das Flugfeld hasteten. Die Pazuzu verschwand aus Peters Blickfeld, und er suchte nach einem Weg, sich unter die Schaulustigen zu mischen. Doch er kam nicht weg, und ein Trupp Pinkerton-Agenten näherte sich dem Kistenstapel.

Da entdeckte er Johann und Paul am Geländer und stellte sich so, dass sie ihn sehen konnten. Katharina tauchte bei Paul auf und entdeckte Peter in seiner prekären Situation. Johann und Paul sahen einander kurz an, griffen in ihre Jackentaschen und beeilten sich, ihre Position zu verlassen. Nur wenig später ging ein Schuppen mit einem Knall in Rauch und Feuer auf. Sofort waren alle Pinkerton-Agenten auf dem Weg dorthin. Katharina verwickelte die neben ihr stehenden Besucher in ein Gespräch und wies auf irgendeinen Punkt weiter entfernt. Eine Rauchschwade trieb im gleichen Moment auf Peter zu, und er nutzte die Gelegenheit, sein Versteck zu verlassen.

Außer Atem erreichte er Katharina. Auch Paul und Johann kehrten wieder zurück und grinsten übers ganze Gesicht. Gemeinsam liefen sie in aller Ruhe in Richtung der Pavillons, die der Gesellschaft des Barons vorbehalten und von Wachleuten abgeschirmt waren. Es drängte Peter und die anderen, einen Blick auf das Gesicht des Barons zu erhaschen.

Von der Pazuzu war nichts mehr zu sehen und zu hören. Doch plötzlich gab es einen höllischen Knall und eine Druckwelle, die die Kronen der Bäume am Rand des Flugfeldes beugte. Feuerschein und öliger Qualm stieg hinter dem Wald auf, die Pazuzu verging in einem gleißenden Fanal.

Katharina hatte die Hand vor den Mund gehoben, und Tränen kullerten über ihre Wangen. Johann stand starr mit vor Schreck geöffnetem Mund da, und auch aus seinen Augen rannen Tränen, liefen in breiten Bächen in seinen Bart. Paul sah Peter fragend an, doch der konnte seinen Blick nicht von der schwarzen Wolke über dem Wald lassen.

„Möge Gott euch gnädig sein und Pazuzu euch nicht mit in die Hölle nehmen!“, murmelte er, und ein seliges Lächeln erhellte sein

Gesicht. „Der Dämon des Südostwindes kehrt in seine Fieberhölle zurück. Möge er einen Fluch über den Baron legen, der seine Söhne in den Tod getrieben hat."

Paul seufzte. „Mit der Pazuzu vergeht auch eine Menge neuer Errungenschaften, die durchaus nützlich hätten sein können."

Als er die überraschten Blicke seiner Begleiter sah, fügte er an: „Doch was ist das gegen die Rettung zweier armer Seelen, die für schändliche Dinge missbraucht wurden? Sie haben hoffentlich Erlösung gefunden. Wallenfels hat Grenzen überschritten, die mit nichts im Einklang standen, woran ein Mensch nur glauben kann. Er wird schon wieder auf die Beine kommen, so etwas kann seinem Einfluss nicht schaden, und die anderen Patente sind ihm ja sicher. Um ihn tut es mir nicht leid. Nur um die beiden Männer."

„Sie werden als Engel über alle künftigen Himmelsstürmer wachen. Es wird weiter Luftschiffe und andere Fluggeräte geben. Die technische Entwicklung schreitet fort. Aber hoffentlich mit menschlichem Antlitz", sagte Katharina tröstend. „Wir sollten die beiden in unsere Gebete einschließen und hoffen, dass die Gesellschaft erfährt, warum alles so geschehen musste. Damit niemand auf die Idee kommt, die Gesetze zum Schutz der Menschenwürde in Zweifel zu ziehen."

„Was wird eigentlich aus Bastian?", fragte Peter.

„Kaa Bang, der ist sicher schon auf dem Weg no Haus. Ich hab dem gesagt, er soll nach m Mittachesse verschwinde. Een Spaziergang mache und ford!"

Peter wandte sich von dem feurigen Fanal ab und sah zu den Pavillons hinüber. Ein besonders großes Zelt hatte eine Art Veranda mit Zaun. Dort stand ein Mann und starrte wie eine Statue auf den Wald. Sein rechter Arm blitzte in der Sonne metallisch, ebenso seine rechte Gesichtshälfte.

„Wir haben das Ziel erreicht. Die Zwillinge sind erlöst von ihren Qualen, und die Rache am Baron ist vollzogen, wenn er vielleicht auch noch nicht begreift, wer sich rächt und wofür, und es womöglich nie verstehen wird."

Orgienstürmer

Der Triumph über Wallenfels gab Peter und seinen Bundesgenossen die Kraft weiterzukämpfen. Die nächste Schlacht stand auch schon unmittelbar bevor. Schließlich wusste Peter bereits, wann die nächste Orgie stattfinden sollte, und hatte Sonnemann gegenüber Andeutungen gemacht, die zu verstärkter Observationstätigkeit führten.

Zwei Tage lang hatte Peter befürchtet, Heinrich von Wallenfels habe nach dem Drama auf dem Flugfeld möglicherweise die Lust an einer weiteren Orgie verloren, aber diese Angst erwies sich als unbegründet. Im Gegenteil, schien er doch erst recht Luft ablassen zu wollen, jedenfalls deutete Peter die kurze telefonische Warnung der Baronesse so, die am Morgen vor der terminierten Orgie kam.

Was das bedeutete, war Peter klar. Wallenfels würde sich abreagieren wollen, selbst wenn das immense Kosten verursachte, weil es alle Huren das Leben kostete. Es konnte ihm egal sein, wie viel er investieren musste, Geld spielte für ihn nun mal keine Rolle. Peter war fantasievoll genug, um sich vorzustellen, wie schief der Haussegen bei den von Wallenfels' hing und wie viel Entspannung ein Mann wie Heinrich nun brauchte.

Um seine Anspannung zu bekämpfen, beschäftigte Peter sich mit den Vorbereitungen für die Hochzeit mit Katharina und stieß dabei rasch an seine Grenzen, so dass das Telefon ein weiteres Mal zu seinem wichtigsten Arbeitsgerät wurde. Es fing damit an, dass er keine Ahnung hatte, welcher Konfession Katharina angehörte, ob sie auf eine kirchliche Trauung Wert legte und ob sie alle Papiere dafür hatte. Es wurde ein langes Telefonat, immer wieder unterbrochen von Bekundungen der Zuneigung, so dass Paul, der ihm eigentlich helfen wollte, schnell wieder aus seinem Blickfeld verschwand und sich seinen Plänen widmete.

Als er einhängte, schrillte der Apparat sofort wieder. Kaum hatte er abgenommen, knurrte ihm Sonnemanns Stimme entgegen: „Was telefonierst du denn stundenlang? Ich dachte, du hasst diesen Apparat? Es tut sich was. Wallenfels hat sich heute ganz früh zu einem Spaziergang auf den Neroberg aufgemacht und im Café des Hotels oben zwei Männern getroffen, auf die die fehlenden Kürzel ‚Alf' und ‚Pille' perfekt passen würden. Alf ist Geheimrat Alfons Hasselbach, einer der direkten Zuträger unseres Oberbürgermeisters. Entschuldige den Fäkalausdruck, aber der Mann ist ein Arschloch. Wenn ich sage: Zuträger des Oberbürgermeisters, dann meine ich einen, der selbigem auch gern in den Allerwertesten kriecht und bei dem man aufpassen muss, dass man nicht auf der Schleimspur ausrutscht, die er hinterlässt. Wie sagt Kogler immer so schön? Ein Radfahrer, nach oben buckelt und nach unten tritt. Der passt bestens ins Bild. Bei dem anderen Mann habe ich wegen des beschriebenen Äußeren die richtigen Schlüsse gezogen. Du sagtest, ein älterer Mann mit dichtem Backen- und Kaiserschnurrbart. Pille ist keine Abkürzung von Philipp oder so, sondern bezieht sich auf den Beruf des Herrn: Er ist Oberarzt in der psychiatrischen Klinik auf dem Eichberg bei Eltville – Doktor Matthias Wagner. Auch kein netter Mensch, aber da schiebe ich es mal auf den Umgang. Man kann mir viel erzählen, aber ich kann mir nicht vorstellen, dass der Umgang mit Irren im Laufe der Jahre nicht doch mal abfärbt."

„Wagner? Von dem habe ich gehört, soll eine Koryphäe seines Berufsstandes sein. Aber wahrscheinlich hast du recht, irgendwann überträgt es sich. Wagner hat einen Haufen Bücher über Irrsinn und Hysterie geschrieben. Ich habe mal einen Auszug aus einem davon gelesen. Ich fand, es sind eher irrsinnige, hysterische Bücher mit kaum vermittelbarem Inhalt und damit nutzlos. Also, was machen wir? Oder kannst du nichts tun, weil es im Rheingau passiert, nicht im Stadtkreis? Da gab es doch immer Probleme?"

Sonnemann erklärte Peter, was er getan und geplant hatte und wo er ihn mit einzubeziehen gedachte. Peter sagte zu und hörte sich dann noch an, was Sonnemann zu den Drogen berichtete, die man im Fuchsbau gefunden hatte. Natürlich hatte der Gerichtsmediziner mit Hilfe eines Botanikers aus dem Institut des Botanischen Gartens zu Frankenfurt herausfinden können, um was für Pflanzen es sich handelte, aber das erklärte noch lange nicht, woher der Fuchs sie hatte. Vor allem nicht in diesen Mengen.

„Ein Gewächs, von dem säckeweise Blüten im Lager waren, ist die Engelstrompete, botanisch Datura irgendwas. Das Kraut wächst in Kübeln vor dem Kurhaus, und es gibt wohl auch eine wilde Pflanze, die auf Bahndämmen und Brachen wächst, bei der ein Konsum der Blüten oder Samen ähnliche Wirkung hat – nur viel gefährlicher. Das Zeug ist noch giftiger, Stechapfel oder so. Kenne ich sogar, piekt gewaltig beim Unkrautrupfen. Die großen Kübelpflanzen allerdings ertragen unsere Winter hier nicht und werden deshalb im Herbst in die Treibhäuser der Stadtgärtnerei im Aukammtal gebracht. Das andere Zeug ist ein Pulver aus getrockneten Pilzen. Die kann man auf Strohballen in feuchten Kellern ziehen – das würde zum Fuchs passen. Feuchte Keller gibt es in seinem Revier massenhaft. Das Problem beider Substanzen ist allerdings, dass man sie ohne genaue chemische Analyse nicht richtig dosieren kann. Der Wirkstoff ist immer in unterschiedlicher Konzentration in den Pflanzen vorhanden, jeder Strauch, jedes Pilzbündel hat einen anderen Giftgehalt. Deshalb gibt es auch so oft Tote beim Genuss dieser Mittel. Mich wundert bei dem Zeug aber in erster Linie, woher sie die Engelstrompeten in solchen Mengen bekommen“, erläuterte Sonnemann.

Peter hatte sich selbst auch Gedanken über dieses Problem gemacht und einen losen Faden gefunden. Plötzlich bekam er ihn zu fassen: „Oberrad! Die alten Grünkohl- und Kräutergärtnereien. Sie sollten doch dem wachsenden Ortsteil beziehungsweise den wuchernden Armenvierteln am Main weichen. Wer hat je kontrolliert, ob die Gewächshäuser dort tatsächlich abgerissen wurden, nur weil die Armen dort wie im Parkfeld in irrwitziger

Zeit alle freien Flächen zugebaut haben – und im Palmengarten zu Frankenfurt gab es doch sicher auch die ein oder andere Engelstrompete, von der ein findiger Gärtner, der nicht im noblen Westend residieren darf, sondern in den Gossen am Main, ein paar Stecklinge zieht?"

„Das werde ich sofort kontrollieren lassen!", rief Sonnemann und legte auf, bevor Peter noch etwas sagen konnte.

Ein Blick auf die Uhr verriet Peter, dass er nicht mehr viel Zeit hatte, sich auf die Tour in den Rheingau vorzubereiten. Er ging ins Wohnzimmer, um Paul zu informieren. Sein Bruder brütete über einem Berg Papiere und sah überrascht auf, als Peter eintrat. Dabei ließ er fast unbemerkt eine Handvoll Briefbögen unterm Wohnzimmertisch verschwinden.

„Willst du mitkommen, wenn wir von Wallenfels und von Reiffenberg hopsnehmen?", fragte Peter, obwohl er sicher war, die Antwort schon zu kennen.

Paul schüttelte den Kopf. „Da will ich nicht nochmal hin, wenn zu befürchten steht, dass es dort wieder zugeht wie das letzte Mal."

„Dachte ich mir ... was hast du da gerade weggetan?", fragte Peter grinsend.

„N... nichts ...!", stotterte Paul verlegen und sah, ganz Unschuldsengel, zur Zimmerdecke. Allerdings war er puterrot angelaufen.

„Na schön, ich lasse mich überraschen ... ich hoffe, es ist eine angenehme Überraschung." Peter hob drohend den Finger und machte sich auf den Weg nach Eltville.

Als er aus dem Haus trat, stieß er fast mit dem Jungen von gegenüber zusammen, der sich sofort verkrümeln wollte, aber von Peter gnadenlos am Kragen gepackt wurde. „Raus mit der Sprache. Ich weiß, dass mein Bruder dich auch schon in Lohn und Brot genommen hat, und ganz offensichtlich plant ihr zwei etwas. Was?"

Der Junge druckste herum, aber er grinste breit. „Soll eine Überraschung für Sie werden, Herr Langendorf, ich verrat nix!", nuschelte er. „Sonst isses doch keine mehr, und ich finds schön. Sie bestimmt ooch!“

„Georg Feix, mit dir nimmt es mal ein schlimmes Ende ...“, predigte Peter mit gespielt verzweifeltem Gesicht. Dann entdeckte er zwei weitere Personen in der Hofeinfahrt, die sein Gespräch mit dem Jungen beobachteten. In dem einem meinte Peter den Schreinermeister aus der Schiersteiner Straße zu erkennen, in dem anderen einen Glaser, der ihm einmal die Bleiverglasungen im Treppenhaus repariert hatte, nachdem bei einem Sturm ein Ast der Straßenbäume Teile davon zerschmettert hatte. So langsam machte sich eine Ahnung in Peter breit, dass die Pläne auf dem Wohnzimmertisch nicht nur das Hamburger Projekt betrafen. Aber er hatte nicht genauer hingesehen, zumal er ohnehin nicht in der Lage war, einen Bauplan zu lesen. Er ließ Georg los. „Na schön, dann lasse ich mich überraschen. Wehe, ihr richtet Chaos an.“

„Keine Bange!“

Ohne weiter auf die Männer in der Durchfahrt zu achten, lief Peter zum Bahnhof, um in den Rheingau zu fahren. Da er viel Zeit hatte und das Ganze unauffällig gestalten wollte, nahm er einen Bummelzug, der an nahezu jeder Straßenkreuzung hielt.

Zu seiner größten Überraschung entdeckte er in seinem Abteil einen Mann, der ihm bekannt vorkam. Als Sonnemann den Namen Hasselbach genannt hatte, war ihm ein Zeitungsartikel mit einem Foto eingefallen, auf dem der Geheimrat dem Kaiser vorgestellt worden war. Peter war sicher, dass vier Sitzreihen vor ihm der Geheimrat saß und selig lächelnd aus dem Fenster starrte, ohne seine Mitreisenden wahrzunehmen. Seine hohe Position in der Stadtverwaltung war ihm nicht anzusehen, er war gekleidet wie ein Bürger aus dem Mittelstand, was auch dem Waggon zweiter Klasse entsprach, und das, obwohl die Züge in den Rheingau in deutlich besserem Zustand waren als die nach Norden und eine erste Klasse besaßen, die diesen Namen auch tatsächlich verdiente.

Peter betrachtete das Gesicht des Mannes, und seine Miene wurde eisig. Solche verlogenen, perversen Menschen standen also einem derart großen, komplexen Städteverbund vor. Sie herrschten wie kleine Könige über offiziell mehr als zwei Millionen Menschen im Großstadtkreis. Inoffiziell wurde sogar die doppelte Anzahl angenommen, aber diese Kerle konzentrierten sich nur darauf, Würdenträger und Monarchen zu hofieren, und wenn man sie mal aus den Augen ließ, dann kam eine finstere Seite zum Vorschein, die niemand erahnte. Dann waren die Menschen, über deren Wohl und Wehe sie zu befinden hatten, nur Sklaven, mit denen man tun und lassen konnte, was man wollte.

Peter wandte sich angeekelt ab, als der Mann sich umsah, und nahm sich vor, ihm zu folgen, obwohl er eigentlich erst noch irgendwo hatte einkehren wollen. Aber das hatte auch der Mann vor und steuerte ein Weinlokal am Bahnhof an: die Wirtschaft, in der Peter mit seinem Bruder bereits bei ihrem letzten Aufenthalt in Eltville gegessen hatte. Der Mann setzte sich in eine dunkle Ecke und bestellte Weinschorle und Brezel mit Spundekäs, während Hasselbach ein üppiges Mahl aus Schweinebraten orderte, als bekäme er für den Rest des Tages nichts mehr zu essen. Sein üppiger Bauch zeugte davon, dass er nicht selten zu viel aß, und für die Drogen, die er an diesem Abend zu sich zu nehmen gedachte, brauchte er eine Grundlage.

Grimmig verfolgte Peter über den Rand seines Römers hinweg jeden Bissen des Geheimrats, bis eine Bewegung am Rand seines Blickfeldes seine Aufmerksamkeit forderte. Ein Mann war an seinen Tisch getreten, und Peter sah überrascht auf. „Richard?“, sagte er verblüfft, als er seinen Freund Kogler erkannte.

„Darf ich mich setzen?“

„Klar!“ Peter schob den Stuhl weg, und Kogler setzte sich ihm ächzend gegenüber, ohne auf sein Umfeld zu achten. Jedenfalls schien es so, aber Peter wusste es besser. Die blauen Augen des Kommissars huschten unruhig in ihren tiefen Höhlen hin und her. „Bist du auf ‚Alf‘ angesetzt? Ich dachte, du wärst nur noch Schreibtischtäter.“

Kogler grinste und beugte sich näher zu Peter. „Du weißt doch, wie groß der Personalmangel wegen des Kaiserbesuches ist. Da werden dann eben auch alte Säcke wie ich in den aktiven Dienst zurückgeholt. Ich war schon an Alf dran, als du in den Zug gestiegen bist. Jeder potentielle Verdächtige hat einen Schatten. Wir folgen ihnen bis zum Ort des Geschehens und werden sie hopsnehmen, wenn wir sicher sein können, dass sie schön feiern. Rate mal, wer Reiffenberg folgt!"

Da das giftige Grinsen nicht aus Koglers Gesicht wich, fiel es Peter leicht, die Antwort zu erraten: „Sonnemann?"

Kogler zog sich mit dem Zeigefinger das Unterlid hinunter. „Holzauge, sei wachsam! Stimmt. Wenn das klappt heute, kommst du dann wieder? Dann ist von Reiffenberg weg vom Fenster, senior wie junior!"

Peter starrte in den blauen Dunst über den Köpfen der Gäste. Zigarettenrauch mischte sich mit dem Rauch aus vielen Pfeifenköpfen und dem Qualm des Kohlefeuers der Küche. Er dachte an Katharina und ihr gemeinsames Leben. Eine Anstellung bei der Polizei war allemal besser als ein ungewisses Leben als Privatdetektiv. „Ich hatte ja kundgetan, dass ich nur gehe, weil ich nicht in der Lage bin, unter von Reiffenberg zu arbeiten. Wenn er weg ist und man mich noch haben will, dann bin ich auch wieder bei euch, natürlich."

Kogler nickte. „Gut. Dann machen wir ihn fertig!"

„Aber gern!"

Hasselbach zahlte und ging. Auch Kogler und Peter beglichen ihre Rechnungen und folgten ihm. Sie schwatzten unbeschwert, was Hasselbach in Sicherheit wiegte, der sich misstrauisch umgesehen hatte, als sie so kurz nach ihm aus dem Haus gekommen waren. Peter zog Richard um eine Hausecke und blieb einen Augenblick weiter schwätzend mit ihm dort. Dann spähte er vorsichtig in die Straße, die zur Villa führte.

„Er spaziert hoch. Komm, wir nehmen einen anderen Weg, um ihm nicht zu dicht auf die Pelle zu rücken." Peter erinnerte sich noch an den Rückweg durch die Weinberge, den Paul und er genommen hatten. Geduckt rannte er mit Kogler den parallel zur Straße verlaufenden Weg entlang. Nur hin und wieder hob er den

Kopf, um nachzusehen, ob Hasselbach noch auf der Straße war. Zwischen den Reben tauchte immer wieder der beleibte Körper des Geheimrates auf, der ein fröhliches Liedchen pfiff.

Kogler schnaufte hinter Peter her. „Stopp!", zischte er plötzlich und duckte sich hinter die Reben. „Da kommt eine Kutsche!"

Peter sah unter den noch nicht so üppig belaubten Reben hindurch und konnte einen kurzen Blick auf eine düstere Kutsche mit nur einer Lampe erhaschen. „Der Fuchs", murmelte er, „ist auf dem Kutschbock. Die liefern die Mädchen. Da wird sich Sonnemann aber freuen und strahlen wie sein Namensgeber. Nicht nur die Orgie sprengen, er darf auch noch den Fuchs in Empfang nehmen, der seine Lieferung persönlich überwacht."

„Feine Sache für Sonnemann!", knurrte jemand hinter ihnen, und sie fuhren herum.

Sonnemann hatte sich lautlos wie eine Katze hinter sie geschlichen und gab ein Zeichen. Ein weiterer Mann kam zu ihnen geeilt, ein junger Kerl in Uniform. „Lenze, sorgen Sie dafür, dass die Kutsche unbehelligt von der Villa wegkann, und nehmen Sie die Kerle auf dem Bock dann spätestens am Ortseingang von Eltville in Empfang, bevor sie in Seitenstraßen entwischen können. Passen Sie auf, dass der Rothaarige Ihnen nicht durch die Finger schlüpft. Ich will ihn haben und dem Fuchs persönlich das Fell abziehen!", wies Sonnemann den jungen Mann an.

Der hob seine Hand an die Mütze und verzog sich wortlos, während Sonnemann sich an Peter und Richard wandte. „Willst es dir also nicht entgehen lassen, was, Peter? Keine Bange, wir vermasseln es nicht. Ich habe so viele Leute aufgetrieben wie nur irgend möglich, die Villa ist umstellt!"

„Ich dachte, der Kaiser ist immer noch zur Kur – und wenn du Richard schon wieder mitspielen lässt ...", feixte Peter, auch wenn er sich die Antwort schon denken konnte, die auch prompt kam. Er kannte Sonnemann einfach zu gut.

„Nationale Sicherheit geht vor! Ich habe aus der Infanteriekaserne einen Trupp zur Sicherung des Kaisers abordnen können und ein paar Leute aus einer Spezialeinheit für diesen Einsatz hier bekommen. Ich mag das Militär zwar normalerweise nicht meine Arbeit machen lassen, aber egal, wenn Not am Mann ist … den Kaiser bewachen, das können die auch gerade noch so machen." Sonnemann zuckte die Achseln. „Kommt mit, wollen doch mal sehen, was passiert. Kennst du eine Stelle, von der aus man besser sieht, was passiert?"

Peter winkte seinen Begleitern, ihm zu folgen, und führte sie zu der Mauer, von der aus er mit Paul den Aufräumtrupp observiert hatte. Gemeinsam hingen sie im Efeu über der Mauerkrone und beobachteten die Ankunft der Kutsche und ihren Empfang. Hasselbach kam hinter der Kutsche in den Hof gerannt und gesellte sich keuchend zu den bereits wartenden Männern.

Mehrere Sturmlaternen erhellten den dunklen Hof vor der Villa, und die Lauscher auf der Mauer konnten die Gesichter der Anwesenden gut erkennen. Ein zynisches Grinsen huschte über Peters Gesicht, als er von Reiffenberg und von Wallenfels erkannte. Die Beweisstücke, die Paul und er von der letzten Orgie hatten mitgehen lassen, trug er bei sich, damit keiner der Herren sagen konnte, er wäre zum ersten Mal dabei und nur durch die Drogen so gefügig mitgegangen. Ein Seitenblick auf den Hasenstall beruhigte ihn. Nach ihnen war niemand an den Kisten gewesen und hatte die Gläser gefunden. Warum hätte auch jemand leere Hasenställe kontrollieren sollen, das Versteck war perfekt. Innerlich dankte Peter Paul für diesen Einfall und vor allem für die Geistesgegenwart, die er trotz des Schocks über die Zustände im Haus bewahrt hatte.

Aus der Kutsche kamen sieben Frauen, die leer vor sich hin starrten. Eine Rothaarige trug das grüne Kleid, das Peter zuvor an Katharina gesehen hatte. An ihrem drallen Körper wirkte es, als wolle es aus allen Nähten platzen, während es an Katharina haltlos herumgehangen hatte wie ein Sack. Aber lange würde sie es ohnehin nicht tragen müssen. Sie wurde auch sofort von Heinrich von Wallenfels beiseite genommen, der sie mit einem lüsternen, besitzergreifenden Blick für sich beanspruchte.

„Hat der einen Geschmack! Das Gesicht der Rothaarigen ist zum Weglaufen“, kommentierte Kogler.

„Dafür hat sie einen Körper wie ein Sofakissen. Zum Reinkuscheln“, gab Sonnemann zurück. „Gesichter zählen nicht. Man will sich nicht an die Damen erinnern, nur Triebe abarbeiten.“

Peter lauschte der Diskussion nur mit halbem Ohr, er konzentrierte sich ganz auf das Geschehen im Hof. Die Kutsche verschwand, und die Frauen wurden ins Haus gezogen. Brav und willenlos wie Schafe auf dem Weg zur Schlachtbank tappten sie über die Türschwelle, und die Tür schloss sich.

Die Beobachter warteten eine Weile, bis sie die Räder der Kutsche nicht mehr auf dem Kies der Straße hörten und auch niemand mehr aus dem Haus herauskam. Sonnemann richtete sich auf und gab mit seiner Blendlaterne ein Signal. Rund um das Anwesen machte Peter fünf Antworten aus. Aus der Ferne war zudem eine Polizeipfeife zu vernehmen. Erst nur ein Pfiff, dann eine kurze Tonfolge.

„Die Kutsche wurde aufgehalten. Hoffentlich ist ihnen der Fuchs nicht durch die Lappen gegangen. Wenn doch, rollen Köpfe!“, knurrte Sonnemann und winkte Kogler und Peter, ihm zu folgen.

Sie ließen sich am Efeu in den Hof gleiten und schlichen im Schatten der Gebäude weiter zum Haus. Die Fenster waren wie zuvor mit den schweren Portieren verdeckt, so dass nicht einmal ein kleiner Lichtstrahl aus dem Haus dringen konnte. Immer mehr Polizisten versammelten sich ringsum, dicht an dicht. Keine Maus konnte unbemerkt entweichen. Peter schob sich mit dem Rücken an der Wand bis zu einem der Fenster vor, von dem er vermutete, dass es zum Salon gehörte. Ein Flügel des Fensters stand halb auf, offensichtlich vorbeugend für den Fall, dass die Luft im Raum doch zu dick wurde. Vorsichtig drückte er es weiter auf, und tatsächlich kamen ihm der Dunst von Opiumpfeifen und Schwaden billigsten Parfüms entgegen. Noch schien die Stimmung heiter, er konnte sogar eines der Mädchen kichern hören. Peter sah zu Sonnemann, der sich ruhig hinter ihm positioniert hatte und lauschte. Er ging davon aus, dass der Hauptkommissar darauf wartete, dass die Stimmung im Haus umschlug, um im rechten Augenblick die größtmögliche Wirkung seines Auftrittes zu zelebrieren. Dann würde er auch die besten Ergebnisse für seine Anklage bekommen, auch wenn Peter davon ausging, dass zumindest im Falle Wallenfels' und von Reiffenbergs alles getan werden würde, um die Sache zu vertuschen. Die anderen drei würden das gesellschaftliche Notopfer werden. Aber der Boden unter Wallenfels' und Reiffenbergs Füßen sollte doch so heiß wie nur irgendwie möglich werden.

Auf den Umschwung der Stimmung brauchten sie nicht lange zu warten, denn das Opium enthemmte die Gemüter der Männer. Als eines der Mädchen aufschrie, wagte Peter es, den Fensterflügel etwas weiter zu öffnen und den Vorhang etwas zu verschieben. Sonnemann spähte über seine Schulter.

Peter war sicher, in dem Mann, der über eine Frau in Rot herfiel, von Reiffenberg zu erkennen. Er hatte ein Messer in der Hand. Der ältere Mann mit dem Backenbart, der Peter nun als Wagner bekannt war, drückte der Frau brutal den Hals auf den Boden, so dass ihr Schrei erstarb und sie röchelnd um Luft rang. Mit den Knien hielt er durch sein Körpergewicht ihre Hände ruhig. Die anderen Frauen waren wie erstarrt. Von Reiffenberg schnitt der Frau das Kleid vom Körper und ritzte ihr mit der scharfen Spitze des Messers Linien in die Haut. Trotz des Mangels an Luft fing sie an, sich wie verrückt zu wehren, während er sein Glied in ihren Unterleib rammte.

Peter sah sich zu Sonnemann um, dessen finsterer Blick seine Gedanken nur unzulänglich verbarg. Er schob Peter beiseite, entsicherte seine Handfeuerwaffe und riss den Vorhang auf.

„Polizei! Von Reiffenberg, Messer weg“, brüllte er in den Raum, während seine Leute die Türen aufbrachen und das Haus stürmten.

Der Arzt hatte das Mädchen losgelassen und war ebenso erstarrt wie von Reiffenberg. Die Frau kam wieder zu Atem und zog ruckartig ihr Knie hoch, um es dem Sohn des Polizeipräsidenten unsanft in den Unterleib zu rammen. Von Reiffenberg klappte erstickt keuchend zusammen.

Bis auf den stöhnenden Reiffenberg und das heulende Mädchen waren alle stumm und unbeweglich wie Wachsfiguren, als die Polizisten das Zimmer stürmten und ihre Waffen auf die Anwesenden richteten. Sonnemann ließ seine Waffe sinken und eilte zur Tür. Peter folgte ihm mit einem breiten Grinsen. Das Leiden Reiffenbergs gab ihm ein befriedigendes Gefühl der Genugtuung. Sicher würde er eine Weile lang kein Interesse mehr an einer Frau zeigen können. Sofern ihm überhaupt vergönnt war, in der nächsten Zeit anderen Frauen als Gefängniswärterinnen zu begegnen.

„Was für eine Scheiße!", fluchte Sonnemann, als er den Salon betrat. „Ihr scheinheiligen Penner. Was unterscheidet euch eigentlich von dem Abschaum, der euch zu diesen netten Mädchen verholfen hat?"

Auf einen Wink des Hauptkommissars hin zerrte ein Polizist Reiffenberg vom Boden hoch und hielt ihn aufrecht, so dass er Sonnemann mit heruntergelassener, spermabefleckter Hose und schmerzverzerrten Zügen ins Gesicht sehen musste. Peter biss sich auf die Lippen, um sich Gelächter zu verkneifen, das dem Ernst der Sache nicht würdig gewesen wäre. Stattdessen betrachtete er die Frauen aufmerksam und eilte zu dem vergewaltigten Mädchen, das sich unbeachtet von den Akteuren des Dramas in eine Ecke verzogen hatte. Dabei hob er einen achtlos in die Ecke geworfenen Herrenmantel auf und legte ihn der nunmehr nackten Frau um die Schultern. Während er ein Glas mit Wasser füllte und es der Frau zu trinken gab, beobachtete er weiter die unwirkliche Szenerie, die nun Heinrich von Wallenfels bestimmte.

Dieser hatte sich wieder gefangen und erhoben. Er bemühte sich, trotz des Opiums, das seine Sinne benebelte, aufrecht zu gehen und seiner Stimme einen schneidenden Ton zu geben. „Was soll das, meine Herren? Was fällt Ihnen ein, eine private Feier zu stören und uns so zu behandeln? Das ist Hausfriedensbruch, das Anwesen gehört meiner Familie. Mein Vater wird Sie in den Orkus stampfen!"

Sonnemann drehte sich ungerührt zu ihm um und baute sich vor Wallenfels auf, der fast einen Kopf kleiner war als der Hauptkommissar. „Nun, Herr von Wallenfels, dann lassen Sie sich gesagt sein, dass sowohl der Besitz als auch der Verzehr von Opium eine Straftat ist, vom Kauf der Droge und demjenigen, der sie verkauft, wollen wir hier mal gar nicht reden. Wenn ich mir die Menge betrachte, die bereitliegt, dann sind das Drogen im Wert von ... na, sagen wir, einer mittleren vierstelligen Summe? Goldmark, wohlgemerkt. Das ist auf jeden Fall mehr, als man in einem Krankenhaus für medizinische Zwecke bereithalten darf, das wird Ihnen Herr Doktor Wagner sicher gerne bestätigen – und wissen Sie, was auf diese Straftat steht? Gefängnis von bis zu zehn Jahren! Das kann Ihnen bestimmt Herr Hasselbach genauer erklären, mit allen Paragrafen, da er meines Wissens Jura studiert hat, wenn auch ohne besonderen Abschluss. Dazu kommen diese sieben Damen, die einem nicht genehmigten Gewerbe nachgehen, wenn auch nicht aus freien Stücken, sondern weil ihr Zuhälter – den wir soeben festgenommen haben – sie dazu gezwungen hat. Hurerei, Zuhälterei und Menschenhandel – noch einmal für Sie als Nutzer dieser ... Dienstleistung ... fünf Jahre Knast, und Herr von Reiffenberg hat die eine Dame soeben gegen ihren Willen brutal vergewaltigt und mit einem Messer verletzt. Körperverletzung, Notzucht ... für Herrn von Reiffenberg also mit den anderen Delikten zusammen lebenslänglich."

Die Männer wurden bleich, während die Frauen von ihnen Abstand nahmen und sich sogar freiwillig in die Hände der Polizeibeamten begaben. Wallenfels kämpfte um seine Fassung und das letzte bisschen klaren Verstand, das nicht von Opium benebelt war. „Aber das wussten wir doch alles gar nicht! Der Herr, der uns all das organisiert hat, versicherte uns, alles sei ganz legal. Wir wollten einfach nur ein bisschen feiern und Spaß haben. Was Herr von Reiffenberg gemacht hat, ist doch nur seinem Unwissen zuzuschreiben, was diese Mittel mit ihm machen. Beim ersten Gebrauch solcher Genussmittel ist man sich doch nicht über die

Wirkung bewusst. Ich bin sicher, das wird sich alles regeln lassen, wenn wir wieder nüchtern sind."

„Sie behaupten also, das hier zum ersten Mal zu machen?", fügte Sonnemann seelenruhig an. In seinen Augen glomm ein seltsames Feuer, das Peter ohne Probleme als Ende einer Zündschnur definieren konnte. Sonnemann stand kurz vor der Explosion.

„Aber natürlich, was denken Sie denn?", brach es aus Wallenfels heraus, und seine Spießgesellen beeilten sich zu nicken.

Sonnemann drehte sich zu Peter um, in dessen Augen das gleiche Feuer aufgeflammt war. „Da haben wir andere Informationen. Ich habe bei den Anwohnern der Straße unten in Eltville Erkundigungen einholen lassen, und mir wurde bestätigt, dass diese spezielle Kutsche mit den Damen bereits fünf Mal hier hochgefahren ist, und Sie können mir doch nicht erzählen, dass Sie dieses Haus für solche Festlichkeiten an Fremde vermieten! Die Herren wurden auch schon ebenso viele Male in Eltville gesehen, besonders Herr Hasselbach, der immer erst in der ‚Reblaus' einkehrt, bevor er sich auf den Weg hier hoch macht, und ... ach, Peter, mach du den Rest!"

Sonnemanns Stimme war mit jedem Wort lauter geworden und überschlug sich am Ende fast. Peter klopfte der Frau aufmunternd auf die Schulter und trat zu Sonnemann. Dabei griff er in seine Tasche und zog ein Päckchen heraus. „Ich hatte den Auftrag, nach einer jungen Frau zu fahnden, die in gefährliche Kreise abgerutscht war. Ihre Spur führte hierher, und ich hatte das Glück, vor dem Aufräumtrupp hier zu sein, der nach diesen ... Feiern die Spuren beseitigt. Dabei fand ich diese Dinge!"

Er hielt den Siegelring demonstrativ vor Reiffenbergs Nase, der wie in Trance die Hand hob und versuchte, ihn Peter zu entreißen. „Der Siegelring des Herrn von Reiffenberg, den er seitdem zum Leidwesen seines Vaters schmerzlich vermisst, sowie ein Taschentuch mit den Initialen AK. Identisch mit dem Tuch, das Herr von Kalkhofen gerade benutzt, um sich den Schweiß von der Stirn zu wischen."

Der zuckte zusammen und sah auf das Taschentuch, das er gerade aus der Hosentasche gezogen hatte, um sich damit über den bis zur Mitte bereits kahlen Kopf zu wischen. Dann fiel sein Blick auf das Tuch in Peters Hand.

„Somit ist wohl erwiesen, dass die Herren schon beim letzten Mal mit Ihnen zusammen gefeiert haben, Herr von Wallenfels. Oder reicht Ihnen das nicht?“ Peter griff mit einem Taschentuch in der Hand nach einem der großen Weinkelche auf dem Tisch, an dem Wallenfels gesessen hatte, auf dem sich deutlich Fingerabdrücke abzeichneten. „Friedrich, wenn einer deiner Männer so freundlich wäre, die Weinkiste aus dem Hasenstall an der Mauer hinten zu holen ... ich habe dort ein paar Weingläser mit ähnlich wundervollen Fingerabdrücken von der letzten Orgie gesichert. Wussten Sie, Herr von Wallenfels, dass jeder Mensch einen individuellen Fingerabdruck hat und dass man ernsthaft darüber nachdenkt, Fingerabdrücke in jedem Fall als Beweismittel anzuerkennen – nicht nur in Fällen, in denen es schon andere stichhaltige Beweise gibt, die nur noch bestätigt werden müssen?“

Er stellte das Glas wieder ab und sah dem Beamten hinterher, den Sonnemann losschickte. „Aber damit nicht genug. Von den sieben Mädchen, die damals dabei waren, sind nur vier zurückgekehrt. Drei haben hier ihr Leben gelassen.“

Peter entrollte den Stofffetzen mit der in Blut geschriebenen Botschaft. Wallenfels wurde grau im Gesicht, da er ohnehin schon durch das Opium blass gewesen war, und fing an zu stottern: „D... d... das ist d... d... doch kein B... Beweis!“

„Doch!“, schrie ihn Sonnemann an. „Davon ausgehend, dass die Kerle, die damals mit den Mädchen hierher kamen, ein fauler Haufen waren und sich in der Zwischenzeit betranken, haben wir in nicht allzu weiter Umgebung gesucht, wohin man die toten Mädchen gebracht haben könnte. Sie wurden in eine Zisterne im Weinberg hinter der Villa geworfen. Wir haben die halb verwesten Leichen geborgen. Die Frau, die das geschrieben hat, überlebte und konnte uns sehr detaillierte Beschreibungen der Personen geben, die wir nicht anhand solch schlagender Beweise wie dem Ring identifizieren konnten. Wir haben Sie alle daraufhin beschattet. Sie kommen da nicht mehr raus. Sie sind verhaftet.“

Abschied und Neuanfang

Na, kalte Füße?", feixte Paul, als er mit dem Frack für Peter ins Badezimmer kam.

Peter stand vor dem Spiegel und prüfte zum hundertsten Mal den Status seiner Rasur und den Zustand seiner Frisur. Dann fuhr seine Hand wieder in die Hosentasche, um den Verbleib der Eheringe zu kontrollieren. Pauls Bemerkung brachte die Farbe in sein Gesicht zurück, und er lief zusätzlich noch rot an. „Du hast gut reden. Dir wird das niemals widerfahren!"

„Ich habe dafür andere Probleme, bei denen ich kalte Füße bekomme. Spätestens, wenn Valerian und ich in Hamburg sind und wir uns mit den Norddeutschen zusammenraufen müssen. Soll ja auch ein ungewöhnliches Völkchen sein, dort oben im flachen Land", sinnierte Paul und hielt seinem Bruder den Frack hin, damit er ihn endlich überstreifen konnte.

„Klar, wenn man heute schon sehen kann, wer übermorgen zu Besuch kommt, wird man seltsam", grinste Peter. Er bemerkte mit Genugtuung, dass Paul es tatsächlich geschafft hatte, ihn abzulenken.

„Die Droschke wartet. Los geht's, die Gäste warten auf dein Ja-Wort."

„Klingt, als hättest du die halbe Stadt eingeladen. Na schön, gehen wir!" Peter riss sich von seinem Spiegelbild los und verließ eilends das Haus.

„Ich nicht, aber Valerian. Als ‚Brautvater' richtet er schließlich die Feier aus. Lass dich überraschen, er hat eine königliche Hochzeit organisiert und seine ganze Kreativität ausgelebt. Komm, das Standesamt wartet, und danach die Kirche!" Paul schob Peter in die Droschke, deren Fahrer mit einer Verbeugung seinen Zylinder lüftete.

„Na, der Herr, kann man schon gratulieren?", fragte er.

„Nein, noch nicht, aber so in einer Stunde gibt es für meinen Bruder kein Zurück mehr!", antwortete Paul. „Zum Standesamt!"

„Na denn, auf in den Kampf!", brummelte der Mann gutmütig und trieb das Pferd an.

Peter warf Paul einen vernichtenden Blick zu, doch dann bemerkte er Georg, den Jungen von gegenüber, der ihm zuwinkte und dann kurz auf Pauls Seite des Wagens nebenherlief. Paul streckte den Arm aus und ließ etwas in Georgs Hand fallen, der sich grinsend abwandte und zum Haus zurückrannte.

„Was geht da jetzt vor sich?", fragte Peter misstrauisch.

Paul zwinkerte. „Meine Überraschung für deinen neuen Lebensabschnitt", erwiderte er im Verschwörerton.

Peter seufzte und ließ sich nach einem weiteren Kontrollgriff in seine Hosentasche in das Polster der Droschke zurücksinken. Ohne Probleme erreichten sie das Standesamt. Selbst die wachhabenden Soldaten vor dem Schloss, in dem immerhin nach wie vor der Kaiser weilte, obwohl er schon händeringend in Berlin erwartet wurde, hielten sich zurück, als ein gutes Dutzend Droschken sich vor dem kleinen Gebäude versammelte. Sie zogen sogar den Kreis der Wachen näher ans Schloss heran, um mehr Platz zu schaffen. Schließlich wartete bereits eine weiße, blumengeschmückte Kutsche mit vier Schimmeln vor dem Amt, Beweis dafür, dass keine Gefahr drohte, außer für das Seelenheil zweier Menschen, die sich aneinander binden wollten.

Die Brüder stiegen aus und eilten ins Gebäude. Peter war unendlich nervös. Er hatte Katharina seit gut einer Woche nicht mehr zu Gesicht bekommen und kannte natürlich traditionsgemäß auch ihr Brautkleid nicht, das von einem mit Valerian befreundeten Schneider entworfen worden war.

Vor der Tür zum Trausaal wartete schon Sonnemann, Peters Trauzeuge. Wen Katharina gewählt hatte, war ebenfalls noch ein Geheimnis. „Peter, endlich kommst du auch unter die Haube.

Deine Braut ist entzückend. Ich hatte schon das Vergnügen, sie zu sehen … und vor allem ihre Trauzeugin."

Peter schüttelte ihm die Hand und holte tief Luft. „Na dann … ich glaube, ich habe mich noch nie so gefürchtet wie in diesem Augenblick, und ich habe nicht selten in Lebensgefahr geschwebt."

Die Umstehenden lachten lautstark. Sonnemann hatte Goerdeler und Kogler mitgebracht, und zu Peters größter Überraschung schälte sich auch Helene Kaltwasser aus dem Schatten eines Türrahmens. Ihr sonst so verbiestertes Gesicht hatte einen seligen Ausdruck, den er von dem ältlichen Fräulein noch nicht kannte. Er bildete sich auch ein, dass ihre Augen feucht waren, und bedauerte sie ein wenig. Sie war über das Lehrerinnenzölibat hinaus zu alt geworden, um für sich selbst nach einem Ehemann und Ernährer Ausschau zu halten. Peter war der Überzeugung, sie hätte sicher einen Mann gefunden, denn man sah ihrem sonst so strengen, verhärmten Gesicht nun an, dass sie einst eine Schönheit gewesen sein musste.

Paul riss die Tür zum Trausaal auf, und Peter zupfte seinen Frack glatt, bevor er in den Raum trat. Doch er kam nicht weit: Der Anblick Katharinas raubte ihm den Atem. Sie stand am Tisch des Standesbeamten, eingehüllt in eine Wolke cremefarbener Seide, die ihren wohlgestalten Körper betonte. Ihr Gesicht war von einem Schleier und Korkenzieherlocken umrahmt. In Händen hielt sie einen Blumenstrauß, der sich wie ein Wasserfall aus weißen Rosen über die von einem Reifrock gebauschte Krinoline des Kleides ergoss.

Fast hätte er die größte Überraschung nicht bemerkt, so faszinierte ihn der Anblick seiner Braut, doch dann fiel sein Blick auf die Frau an der Seite Katharinas vor dem Stuhl der Trauzeugin. Elisabeth von Wallenfels stand dort, kerzengerade, mit einem wohlwollenden Blick auf Peter und angetan in einer nahezu königlichen Robe aus fliederfarbenem Seidensatin. Peter wechselte einen Blick mit Paul, der ihn mit einem sanften Knuff in den Rücken in Katharinas Richtung drängte, als leise Musik einsetzte.

In einer Ecke des großen Saales saßen drei Musiker mit Geige, Cello und Querflöte, die auf Valerians Anweisungen die Zeremonie untermalten.

Peter nahm das Folgende nur wie in Trance wahr, so dass er Mühe hatte, allem zu folgen, und sich darauf konzentrierte, sich beim Ja-Wort und dem Ringtausch nicht zu blamieren. Während die Trauzeugen die Papiere unterschrieben, hielt Peter Katharinas Hand und ihren Blick fest, der ein einziges Versprechen für die Zukunft war.

Als sie das Standesamt wieder verließen, hatte Peter den Eindruck, die Anzahl der Gäste habe sich verdoppelt. Mehr oder minder bekannte Gesichter scharten sich um die Freitreppe, und ein Fotograf tauchte auf, um sie an der Treppe und vor ihrer Kutsche abzulichten.

Als sie die Kutsche besteigen wollten, hörten sie einen überraschten Ausruf und sahen, wie jemand zum Balkon über dem Portal des Stadtschlosses hinaufwies. Der Kaiser stand dort und beobachtete das Spektakel vor dem Standesamt. Huldvoll winkte er dem Brautpaar zu. Kleider raschelten, als die Damen knicksten, und die Zylinder der Herren bewegten sich nahezu synchron.

Dann verschwand der erlauchte Zaungast wieder, und die Gäste beeilten sich, in ihre Droschken zu kommen. Sogar Automobile waren dabei und das riesige Ätherdampfantrieb-Fahrzeug des Barons von Wallenfels, in das nun die Baronesse mit einem Peter unbekannten jungen Herrn stieg.

„Ihr Verlobter", erklärte Katharina, die Peters Blick bemerkt hatte. „Der, den sie sich ausgesucht hat, und ich finde, er steht ihr deutlich besser zu Gesicht. Ein Herzog zu Nassau aus der Luxemburger Linie."

Peter wandte sich lächelnd seiner Frau zu. Seine Frau ... das hatte einen ungewohnten Klang, aber er war sicher, dass es ihm bald in Fleisch und Blut übergehen würde. „Jeder Mann, den sie selbst aussuchen konnte, hätte besser zu ihr gepasst als von Reiffenberg. Aber diese Kuh haben wir ja auch vom Eis bekommen."

„Was wird eigentlich aus ihm?“, hakte Katharina nach, die von dem wenige Tage zuvor abgeschlossenen Prozess nicht viel mitbekommen hatte, weil die Zeitungen so wenig berichteten. Man hatte den Angeklagten die Gnade gewährt, sich nicht in der Öffentlichkeit selbst kasteien zu müssen.

„Heinrich von Wallenfels ist mit einem blauen Auge davongekommen. Geldstrafe wegen Drogenbesitzes und Förderung der Prostitution. Fließt alles in ein Heim für ‚gefallene Mädchen‘, in dem sicher auch die gelandet sind, die auf der gesprengten Orgie die Opfer sein sollten. Von Reiffenberg hat es dicke getroffen, weil es erwiesen scheint – wegen der Aussage von Heinrich von Wallenfels –, dass er der eigentliche Kopf der Sache war. Schließlich hat er auch die Aufräumtruppe organisiert, die nach Abzug der überlebenden Mädchen alles wieder gerichtet hat, eine Truppe, zu der im Übrigen auch Heider alias Obermann gehörte, der Mann, der den Gutachter ermordet hat, mit dem Paul sprechen wollte. Heider ist zur Fahndung ausgeschrieben. Von Reiffenberg kommt in den Knast, den sehen wir so bald nicht wieder. Lebenslänglich, bei guter Führung zwanzig Jahre. Von Reiffenberg senior ist in den Zwangsruhestand gegangen, abgesehen davon wird seine Ehe mit der Cousine des Barons annulliert. Er ist nicht mehr hoffähig. Den anderen konnte der Mord an den Mädchen nicht nachgewiesen werden, da wir dich raushalten mussten. Sie haben Bewährungs- und hohe Geldstrafen bekommen, Hasselbach verliert zudem seine Stellung als rechte Hand des Oberbürgermeisters. Eigentlich unfair, andere Leute wären dafür auf Nimmerwiedersehen in den Knast gegangen. Aber immer noch besser, als wenn sie ungehindert weitermachen könnten. Ich habe einem Journalisten einen Tipp gegeben ...“

„Was bist du doch für ein gemeiner Kerl ...“, schimpfte Katharina gespielt und lachte dann: „Und so etwas heirate ich!“

Peter verschloss ihren Mund mit einem Kuss. „Man muss mich einfach liebhaben. Ich habe auch nette Seiten.“

„Ohne Zweifel ... und es wäre schön, wenn du sie auch weitergegeben hast ...“

Peter stutzte. „Was meinst du?“

Katharina blickte auf den Blumenstrauß in ihrem Schoß und lächelte sanft. „Weißt du, warum mein Kleid nicht schneeweiß ist, sondern cremefarben? Ein kleines Zugeständnis, aber nicht nur, weil ich nicht mehr jungfräulich bin ...“

Begreifen schlich sich in Peters Geist, und er riss die Augen auf. „Du bist ...“

„Ja. Da meldet sich ein kleiner oder eine kleine Langendorf an.“

Peter verdrehte die Augen und ließ sich theatralisch in die Polster fallen. Katharina lachte und strich ihm sanft übers Gesicht.

„Bei Gott, der Überraschungen sind an diesem Tag viele“, murmelte er perplex. Doch er hatte keine Zeit mehr, sich darüber Gedanken zu machen, weil die Kutsche in diesem Moment vor der Bonifatiuskirche hielt, wo ein Trupp uniformierter Polizisten Spalier stand. Bevor er ausstieg, umarmte er Katharina und küsste sie. „Ich freue mich schon auf den Nachwuchs, egal was es wird.“

Paul kam zu ihrem Wagen geeilt und öffnete mit einer Verbeugung den Wagenschlag. Dann hielt er Katharina die Hand entgegen, um ihr herauszuhelfen. Peter folgte ihr und ließ sie nur ungern wieder an den Arm Valerians verschwinden, um den Ritus zu wahren, während er mit Paul durch das Spalier der Uniformierten die Kirche betrat.

Auch von der langatmigen Zeremonie bekam Peter kaum etwas mit. Er wähnte sich in einem Traum und fragte sich, wann er erwachen würde. Er, der Detektiv, hatte unter seinen Hochzeitsgästen Fürsten von höchstem Stand, obwohl er eine Dame ungewisser Herkunft heiratete. Das allein war ein Wunder und besonders von einer ganz bestimmten Dame als eine offene Form des Protestes gegen den Missbrauch ihres Standes gedacht.

Elisabeth saß neben Katharina und tauschte einen kurzen Blick mit Peter, dem ein wohlwollendes Lächeln folgte. Da sich sein Kontostand stark erhöht hatte, ging er davon aus, dass die Baronesse auf diese Art und Weise ihre Dankbarkeit für die Verhinderung ihrer Vermählung mit von Reiffenberg ausgedrückt hatte, auch wenn keiner der Bankbeamten bereit war, ihm zu sagen, woher das Geld kam. Peter war sicher, dass ihr Auftritt an diesem Ort bei dieser Feier vor allem ihren Vater treffen sollte. Der Baron war nicht anwesend, aber er würde es haarklein ausgeschmückt erfahren. Spätestens aus der Zeitung, denn kaum war die Baronesse mit ihrem zukünftigen Gemahl am Standesamt aufgetaucht, hatten sich auch schon ein paar Journalisten eingefunden.

So verging die Zeit wie im Fluge, und die Gesellschaft brach wieder auf, zum Hochzeitsbankett. Peter hatte keine Ahnung, wohin die Fahrt gehen würde, weil Valerian alles organisiert hatte, und Paul schwieg wie ein Grab. Umso überraschter war er, als der Weg der Droschken wieder zurück zum Rathaus und auf die Wilhelmstraße führte.

Als die Kutschen vor dem Portal des Kurhauses hielten, war Peter einfach baff. „Ich fühle mich, als hätte ich in die Familie des Kaisers eingeheiratet“, murmelte er.

„Hast du auch“, gab Katharina zu bedenken. „Kennst du Valerians Stammbaum?“

Peter sah sie groß an. „Nein … und ich weiß nicht, ob ich ihn unbedingt kennenlernen will … und dann führe ich dich nachher in meine Räuberhöhle anstatt in einen Palast.“

„Mach dir darüber keine Gedanken!“

Das Bankett gestaltete sich sehr üppig, und es verließ keiner mit einem Hungergefühl die lange Tafel, die sich unter Bergen erlesener Speisen bog. Bei diesem Überfluss musste Peter mit einem Mal an die Menschen denken, die nicht unwesentlich zu seinem Glück beigetragen hatten, die vieles von dem, was ihm nun widerfuhr, erst ermöglicht hatten. All die Leute aus Biebrich, die er in den vergangenen Monaten kennen und schätzen gelernt hatte und die nun an seinem Fest nicht teilhaben konnten, die es aber auch verdienten mitzufeiern.

Sein versonnener Blick fiel Katharina auf. „Was ist? Du wirkst traurig.“

„Ich musste gerade an Konstantins Truppe denken, Johann und die anderen. Ich denke, wir sollten dort noch eine Feier ausrichten, damit sie an unserem Glück teilhaben können.“

„Das tun sie", gab Katharina schmunzelnd zurück. „Wenn ich sage, unsere Organisatoren haben an alles gedacht, dann meine ich auch alles. In diesem Augenblick trinken unsere Freunde dort auf unser Wohl."

Sie zog ein Flugblatt aus ihrer winzigen Handtasche und reichte es ihm unter dem Tisch. Peter las die Einladung zu einem Bankett zur Feier eines ganz bestimmten Paares ins Pfarrhaus von Sankt Marien. „Wie …"

„Paul kennt den Pfarrer, woher auch immer, er hat es organisiert. Unter anderem fürstlich unterstützt von der Baronesse, die auch das Bedürfnis hatte, sich den Menschen erkenntlich zu zeigen, die ihren Bruder so tatkräftig unterstützt haben."

„Na, das ist ja …" Peter grinste Paul über den Tisch hinweg an und zeigte kurz mit gehobenem Daumen das Flugblatt. Paul grinste schulterzuckend zurück.

Nach dem Essen verabschiedete sich die Baronesse und wünschte ihnen alles Gute. So lernte Peter auch den künftigen Bräutigam der Baronesse kennen, einen stattlichen, gebildeten jungen Mann, der mehr Wert auf seinen Doktortitel in Jura zu legen schien als auf seinen Titel des Herzogs von Nassau-Weilburg.

Noch während sie miteinander sprachen, gab es plötzlich einen Aufruhr, weil sich die Tür geöffnet hatte und zwei Personen eintraten, mit denen niemand gerechnet hatte. Alle Gäste sprangen auf und verneigten sich, als der Kaiser sich auf das frischgebackene Ehepaar zu bewegte. Auf seinem Fuß folgte der Oberbürgermeister des Groß-Stadtkreises.

Auch Katharina und Peter beeilten sich mit ihren Ehrbekundungen, doch der Kaiser winkte ab. „Ich wollte nur sehen, wem das Patenkind meiner verehrten Frau Mutter hier als Trauzeugin zur Verfügung stand." Damit nickte er Baronesse von Wallenfels zu, die einen Knicks machte und sich vom Kaiser die Hand küssen ließ.

Ehe es sich Peter versah, waren Valerian und Sonnemann an ihrer Seite. Beide kannten den Kaiser gut, der eine wegen seines

Standes als französischer Adeliger, der andere, weil er für den Schutz des Kaisers während seiner Kuraufenthalte zuständig war.

„Meine Halbschwester, Katharina de Cassard, nun verheiratete Langendorf, Majestät", stellte Valerian die Braut vor.

Katharina knickste noch einmal tief vor dem Kaiser, und auch sie erhielt einen Handkuss. „Meine Verehrung, meine Liebe, und alles Gute für die Zukunft."

Ehe Peter etwas sagen konnte, als der Kaiser sich ihm zuwandte, übernahm Sonnemann die Vorstellung: „Kriminaloberkommissar Peter Langendorf! Er wird eine Einheit Sonderermittler in meinem Ressort leiten."

Peter wusste nicht, was er sagen oder tun sollte, daher verbeugte er sich und warf einen schnellen Seitenblick auf Sonnemann, der reinste Verblüffung ausdrückte.

Als der Kaiser nach weiteren Glückwünschen wieder mit dem Oberbürgermeister aus dem Bankettsaal verschwand und sich das Geraschel der Kleider und das Geraune rundherum legte, beugte sich Sonnemann zu Peter hin: „Du hast gesagt, dass du wieder zurückkommst, wenn von Reiffenberg weg ist. Nun, das hat sich erledigt, und mit dem neuen Polizeipräsidenten wirst du gut auskommen. Ich kenne schon Personalien, darf aber noch nichts dazu sagen und hoffe, die Beförderung ist auch ein Anreiz …"

„Werde ich heute eigentlich nur überfahren?", seufzte Peter und drehte gespielt die Augen zur Zimmerdecke. Allerdings zog sich dabei ein Grinsen um seine Mundwinkel. „Sonderermittler? Was schwebt dir vor? Ein Trupp Kanalratten, die sich auch in die unschönsten Winkel hineinwindet?"

„Genau. Leute, die nach deiner Art arbeiten. Das fehlt uns!"

„Hm …" Peter starrte einen Moment auf das Buffet, dann schürzte er die Lippen. „Na dann … auf in den Kampf! Ich hoffe, das bleibt die letzte Überraschung für heute. Ich platze nämlich sonst. Erst die Baronesse als Trauzeugin, dann eine Eröffnung meiner Frau, der Auftritt des Kaisers und meine neue Anstellung … das reicht für einen Tag, der ohnehin nicht arm an Aufregung ist."

Er spähte über den Tisch zu Kogler und Goerdeler, die feixend die Daumen hoben. „Ihr habt es schon gewusst …“, murmelte Peter und hob drohend den Zeigefinger.

„Damit darf ich dir auch schon mal zwei deiner neuen Untergebenen präsentieren. Den kleinen Lenze und die beiden vorher degradierten Jungs, die für die Observation unserer Orgienteilnehmer abgestellt waren, kannst du auch haben, wenn du sie berufst. Dann hast du alte Hasen und junge, leistungswillige Frischlinge in der Truppe“, erklärte Sonnemann.

Am späten Abend zerstreute sich die Gesellschaft und entließ das Brautpaar in die Hochzeitsnacht. Bei der Verabschiedung fiel Peter auf, dass Paul und Valerian fehlten, gab aber nicht viel darauf. Auch Katharina bemerkte es, aber ihr warmes Lächeln ließ Peter darauf schließen, dass sie das Gleiche vermutete wie er. Schließlich war Valerians Haus nicht weit weg, und auch ihnen stand so etwas wie eine Hochzeitsnacht zu.

Die Hochzeitskutsche hielt vor dem Haus in der Schenkendorfstraße, und Peter war froh, dass ausnahmsweise alle Gaslaternen brannten, um die Umgebung nicht allzu heruntergekommen wirken zu lassen. Aber die laue Frühsommernacht, der helle Mondschein und die Frau in seinen Armen ließen ohnehin alles vergessen, und Peter wollte nur noch mit ihr allein sein.

Dennoch fiel ihm auf, dass es extrem ruhig war. Noch war die Zeit nicht so weit fortgeschritten, dass nicht wenigstens ein paar Menschen den warmen Abend für einen Spaziergang nutzen würden. Schon rechnete er mit einer weiteren Überraschung, die auch prompt eintrat, kaum dass die Kutsche vor dem Haus hielt.

Gaslichter flammten auf, und aus der Zufahrt zu seinem Hinterhof strömten die Nachbarn und Mitbewohner, um das Brautpaar zu begrüßen und hochleben zu lassen. Doch nach den Glückwünschen und der Abgabe kleiner Geschenke war der Spuk auch schon wieder vorbei, und alle zogen sich taktvoll zurück. Auch sie würden noch in den Genuss einer kleinen Feier kommen, wie Paul berichtet hatte.

Peter trug seine Braut über die Schwelle ins dunkle Treppenhaus und hielt sie auch auf dem Arm, während er die Treppe zu seiner Wohnung erklomm. Die Tür stand offen, was ihm missfiel, bis er sich daran erinnerte, dass Paul dem jungen Georg etwas in die Hand gegeben hatte. Es musste der Wohnungsschlüssel gewesen sein.

Im Flur ließ er Katharina wieder auf den Boden und lauschte. Er griff nach dem Lichtschalter, und die Gaslampe flammte auf.

„Stimmt etwas nicht?“, fragte Katharina.

„Irgendwas kommt noch, ich weiß nur nicht, was …“, murmelte er und schloss die Tür hinter sich. „Na ja, schreiten wir einfach zur Hochzeitsnacht.“

Er riss die Tür zu seinem Schlafzimmer auf und blieb mit offenem Mund stehen. Das Bett war verschwunden, dafür türmten sich Geschenkpakete in dem Raum, der von einer Vielzahl an Kerzen erleuchtet wurde.

„Tja … auf dem Sofa im Wohnzimmer schlafen wird ein bisschen eng …“, seufzte Katharina spitzbübisch. „Aber wer will auch schlafen?“

„Irgendwann wollt sogar ihr schlafen!“, tönte es hinter ihnen, und sie fuhren beide herum. Paul stand vor der Tür der Abstellkammer und wies mit einer einladenden Handbewegung hinein. „Wenn die Herrschaften mir folgen wollen? Das Schlafgemach ist bereitet.“

Verblüfft und neugierig folgten sie Paul durch die Tür. Aus der Abstellkammer war ein Treppenhaus geworden, das hoch in die nächste Wohnung führte. Oben war alles festlich beleuchtet, und das Paar schritt durch einen frisch renovierten Flur auf die weit geöffnete Tür des größten Raumes am Ende zu, in dem Valerian wartete. Wortlos trat er beiseite, damit die beiden hineinsehen konnten. Das Ehebett war noch das einzige Möbelstück in dem Raum mit dem erneuerten Dielenboden, aber es hatte neues Bettzeug und einen ausladenden Himmel erhalten. Vor den Fenstern hingen üppige, schwere Portieren und gaben dem Raum etwas Königliches.

Peter und Katharina wandten sich Paul zu, der lächelnd hinter ihnen stehengeblieben war. „Nun, das ist mein Hochzeitsgeschenk für euch. Ihr brauchtet mehr Platz, und ich haben ihn euch geschaffen, zusammen mit vielen fleißigen Händen und der unbezahlbaren Beratung eines Künstlers in Sachen Farben und Innendekoration."

Katharina löste sich als Erste aus der Überraschung und fiel erst Paul, dann Valerian um den Hals. „Lieber Schwager, das ist ein wirklich fantastisches Geschenk."

Auch Peter grinste breit und hieb seinem Bruder freundschaftlich-brutal auf die Schulter. „Das ist in der Tat eine freudige Überraschung. Danke auch Ihnen, Valerian. Ich nehme an, das ist ein Abschiedsgeschenk?"

„In etwa. Paul ist schon auf dem Sprung, meine Sachen werden in einer Woche in Kisten verpackt und verladen. Dann verlasse auch ich die Stadt und werde, solange das Haus noch nicht eingerichtet ist, in einem Hotel wohnen", erklärte Valerian.

„Wie … auf dem Sprung?", hakte Peter nach.

„Irgendwie sind wir in der letzten Zeit nie zu einem Gespräch unter vier Augen gekommen, aber meine Tage hier sind gezählt. Übermorgen geht mein Zug nach Hamburg. Fürs Erste habe ich Unterkunft in der Dienstbotenwohnung über der Remise einer Villa, deren Umbau ich geplant habe. Solange die Arbeiten dort laufen, habe ich in der Wohnung freies Logis, und vielleicht auch noch später, denn ratet, wer das Haus gemietet hat …"

Das Raten war überflüssig. Katharina und Peter sahen einander lachend an. „Nun, dann werden wir uns morgen wohl ein wenig Zeit nehmen müssen, dich anständig zu verabschieden … oder besser: heute. Jetzt sind erst mal dringendere Verpflichtungen dran!", frotzelte Peter.

„Wir verschwinden jetzt und lassen euch in Ruhe", erwiderte Valerian und griff nach Pauls Hand.

Gemeinsam verließen sie die Wohnung. Paul rief noch: „Eine angenehme Hochzeitsnacht wünsche ich!"

„Oh, beinahe hätte ich noch mein kleines Abschiedsgeschenk vergessen ...“ Valerian drängte noch einmal an Paul vorbei in den Flur und reichte Katharina einen dicken Umschlag. „Fahrkarten für eure Hochzeitsreise. Ich war so dreist und habe alles organisiert. Florenz ist, wie ich glaube, ein wunderschöner Ort für romantische Tage. Eine Suite im Grand Hotel mit Blick auf die Ponte Vecchio und ein Besuch in den Uffizien ist auch schon bestellt. Nur in der Art und Weise, wie ihr nach Florenz kommt, hat sich Paul durchgesetzt. Ich dachte an eine Fahrt mit einem der schönen neuen Luftschiffe, aber Paul meinte, es wäre Ihnen, Peter, lieber, Zug zu fahren. Erste Klasse, versteht sich.“

Peters Blick sagte alles. Eine Antwort war unnötig. „Das wird sicher eine traumhafte Hochzeitsreise, davon bin ich überzeugt, und sogar ich alter Kunstbanause habe schon von den Werken Botticellis und Caravaggios und wie sie alle heißen gehört. Ich werde sie mit Interesse und Freude betrachten. Habt Dank.“

Endlich verschwanden Paul und Valerian, und Peter beeilte sich, die Tür hinter ihnen zu verschließen. Dann legte er den Arm um Katharina und zog sie in das märchenhafte Schlafzimmer. „Das wird diese Reise ganz sicher. Aber erst einmal … auf geht's, legalisieren wir das, was in dir heranwächst. Damit dieses Haus bald wieder von Kindergeschrei erfüllt wird …“